DANS SON OMBRE

Gerald Seymour est né en 1941. Journaliste, il publie son premier livre en 1975. *Dans son ombre* est son premier ouvrage publié en France.

GERALD SEYMOUR

Dans son ombre

TRADUIT DE L'ANGLAIS PAR BENJAMIN LEGRAND

SONATINE ÉDITIONS

Titre original :

THE UNTOUCHABLE

ISBN : 978-2-253-09514-9 – 1re publication LGF

Pour Georgia

Prologue

« Je pense que ça ira – oui… »

C'était un moment symbolique, se dit Henry Arbuthnot, presque un classique du genre – mais Dubbs n'en avait sans doute pas conscience, et Albert William Packer encore moins. Avec ces mots, le pouvoir avait changé de mains.

« … Oui – ce que vous envisagez ne me pose aucun problème… Et vous n'aurez aucun problème de mon côté. »

L'homme se glissa hors de la pièce. Ils l'entendirent dévaler l'escalier abrupt. La porte donnant sur la rue claqua, puis il y eut le bruit d'une voiture puissante qui accélérait, s'éloignait, et enfin le silence, troublé par le seul ronronnement des machines qui tournaient dans la laverie, juste en dessous. C'était un bel après-midi de début d'hiver et, au premier étage, les fenêtres étaient restées ouvertes. La laverie automatique était toujours pleine de monde le vendredi, et les machines en phase d'essorage faisaient vibrer la pièce et danser dans la lumière la poussière des dossiers et des livres reliés de cuir. Le ménage n'était pas souvent fait. Arbuthnot se servait rarement de l'aspirateur et il n'aurait jamais autorisé du personnel extérieur à pénétrer dans son bureau.

Trois hommes étaient venus ce jour-là dans les locaux que louait Henry Arbuthnot, avocat à la Cour. Il en attendait un quatrième, puis il avait remarqué les poignets de la chemise d'Albert William Packer, qui dépassaient sous sa veste. Tachés de sang, des taches d'un rouge brillant, encore clair. Le sang était frais, et l'absence du quatrième visiteur devenait aveuglante.

Trois hommes étaient venus, et avaient donné l'assurance que leurs activités n'empiéteraient en aucune façon sur les diverses affaires de son patron. Une telle passation de pouvoir – la reconnaissance par ses rivaux de sa mainmise sur la capitale – aurait dû être célébrée avec une bonne bouteille de Veuve Clicquot. Mais son patron aurait jugé cela dégradant. Dubbs ôta ses pieds du bureau, grimaça un sourire, et tapota dans le dos de leur employeur. Arbuthnot tendit une main grassouillette, qui fut prise, serrée et relâchée. Pas de triomphalisme. Flanqué de son comptable et de son avocat, Packer avait écouté les trois hommes, embarrassés et marmottant, faire acte d'allégeance.

« Ça valait de l'or, pas vrai ? exulta Dubbs de sa voix aigrelette, dans la pénombre du bureau. Eh bien, ça y est, non ? Nous régnons sur Londres. On y est. Au sommet de l'échelle… Moi, je m'occupe du fric, lui, il s'occupe des flics et de nous garder blancs comme neige, et vous, vous dirigez le business, ce que vous faites comme personne… Un jour à marquer d'une pierre blanche. »

Et ce fut tout. Fin des réjouissances.

Arbuthnot, petit, râblé, le visage rougeaud et très dégarni – à trois jours de son quarante et unième anniversaire – médita cela ; il était désormais le représentant légal d'un homme qui imposait sa loi avec une cruauté impitoyable. Dans une semaine ou deux, pas tout de suite, il choisirait le moment de parler de ses appointements avec son employeur. Pour lui, désormais, il valait au moins cinquante pour cent de plus. Et ce n'était pas cher payé. Bientôt vingt ans que sa mission consistait à garantir la liberté de son patron, et il savait qu'il avait les talents requis pour continuer dans le futur, mais les enjeux devenaient plus importants. Il se frotta les mains et sourit vaguement. Il savait ce qu'il avait à dire, mais cela risquait de faire aux autres l'effet d'une douche froide. Il hésitait.

Il regarda Dubbs. Insupportable petit salopard. Ses pensées galopaient. Dubbs avait l'air d'un chimpanzé qui venait de cueillir une banane, avec son sourire qui étirait ses lèvres minces. Mais, de la même façon qu'il ne pouvait se passer d'un homme de loi, un patron à ce niveau ne pouvait se passer d'un homme de confiance pour gérer ses biens, qui étaient considérables. Dubbs était petit, mince, le teint cireux mais soigné, et ses cheveux, teints probablement, tombaient raides et ternes sur son front. La lotion qu'il utilisait dégageait une senteur âcre. Arbuthnot ne l'aurait jamais laissé franchir le seuil de sa maison, quelle que soit la nécessité. Mais si lui-même était brillant dans la manipulation des lois, Dubbs était un expert dans la manipulation de l'argent.

L'avocat et le comptable avaient une importance égale aux yeux de leur employeur, et, même si leur aversion était réciproque, ils la mettaient sous cloche, et parvenaient à peu près à l'oublier.

Arbuthnot laissa errer son regard avant de s'arrêter sur le visage de son employeur. Albert William Packer avait une apparence très ordinaire. De taille et de corpulence moyennes, les cheveux soigneusement coupés, les mains ni grandes ni petites, les vêtements... Il détourna le regard. Packer n'aimait pas qu'on le dévisage, et il avait cette façon de braquer les yeux sur ceux qui l'observaient, comme sur une proie. Des yeux de cobra, songea Arbuthnot. Si on devait lui demander un jour – et il espérait de toute son âme que ce jour n'arriverait jamais – de donner des indications pour établir un portrait-robot de Packer, il insisterait sur les yeux, le seul signe distinctif de cet homme. La férocité qui l'avait conduit jusqu'au sommet apparaissait dans ces yeux. Il avait toujours craint ce regard.

« Je voudrais dire une chose, avant que vous ne partiez. La police criminelle et l'Église seront très vite mises au parfum du nouvel ordre des choses. Je pense qu'il faut laisser passer un peu de temps pour que la situation se stabilise, ne rien entreprendre de trop voyant dans l'immédiat. Consolidons ce que nous avons, puis on pourra se déployer. Un pas après l'autre, en quelque sorte. Nous devons être très prudents... » Arbuthnot regardait sa bouche, pas ses yeux... « car à partir d'aujourd'hui, ils ne vont plus vous lâcher. Dorénavant, vous êtes la cible numéro un. »

Dubbs eut un petit rire, mais Packer demeura silencieux, esquissant tout juste un sourire glacial.

La réunion était terminée.

Arbuthnot les raccompagna jusqu'à la rue, les regarda s'assurer que personne ne les attendait, les petits rituels de contre-surveillance. Puis ils disparurent, Dubbs tournant à droite sur le trottoir, Packer à gauche. Il remonta avec lenteur – l'escalier était raide et le tapis, élimé, ne tenait plus par endroits. Il tremblait et sentait ses genoux lâcher. Il lui fallut un siècle pour regagner son cabinet. Ainsi, son client était désormais le roi de la pègre de la capitale. Et il en mesurait pleinement les conséquences. Il avait conclu un pacte avec le diable : il était Faust. Il avait vendu son âme en échange de la richesse.

Quand le diable viendrait-il le chercher ?

De retour à son cabinet, il prit un mouchoir crasseux pour essuyer les traces laissées sur le bureau par les talons de Dubbs, puis il enleva le fauteuil sur lequel s'était assis Packer de derrière le bureau pour le remettre à sa place habituelle, contre un mur d'étagères qui pliaient sous le poids des ouvrages juridiques. On frappa à la porte et le clerc entra avec un plateau pour débarrasser les tasses de café et la carafe d'eau, lui tendit le journal du soir et sortit respectueusement. Il s'était rendu dépendant de l'argent, en toute connaissance de cause. Il ouvrit le journal. Margaret Thatcher avait quitté Downing Street aujourd'hui… La Dame de fer était partie la larme à l'œil, chassée par une révolution de palais… Vicieux, mais sans effusion de sang ? Il tourna les pages. Ce coup d'État était secondaire, comparé à celui qui venait de se jouer dans ce petit bureau. Il alla à la rubrique faits-divers.

Un habitant du sud-est de Londres avait été retrouvé à l'aube dans la forêt d'Epping. Ses jambes avaient été découpées par ce qui semblait être une tronçonneuse, d'après la police. La mort était due au choc et à la perte de sang, déclarait un porte-parole de Scotland Yard, qui ajoutait que ce meurtre était de toute évidence une atrocité de plus à mettre sur le compte de la guerre que se livraient les gangs de la capitale pour leurs territoires.

Il fourra le journal dans la corbeille déjà débordante de papiers.

Dans sa tête, il se récita :

Les étoiles se meuvent, le temps s'écoule, l'heure va sonner,
Le Diable va venir, Faust doit être damné…[1]

Pas aujourd'hui – ni demain, mon vieux – ni jamais. Il était lié à Albert William Packer. Packer était un salopard redoutable, le nec plus ultra. Packer veillerait sur lui. Il n'avait pas le choix… La lumière baissait. La pièce parut s'assombrir.

---

1. Christopher Marlowe, *Le Docteur Faust*, trad. F. Laroque et J.-P. Villquin, GF Flammarion, 1997. *(N.d.T.)*

Chapitre un

Quand l'aube pointa, le cadavre était resté bloqué dans les branches d'un arbre. À vrai dire, il était difficile d'y reconnaître un corps.

Malgré l'alternance de suppliques, de menaces et d'argent déversés par les étrangers auprès des autorités municipales, le ramassage des ordures avait une nouvelle fois été interrompu. Dans la plupart des rues près de la rivière, les ordures formaient des monticules devant les magasins et l'entrée des vieux immeubles. Jugeant que le conflit entre les étrangers censés gérer les affaires de la ville et les officiels locaux n'allait pas se régler dans un avenir proche, les résidents des grands ensembles qui faisaient face à la rivière avaient pris l'habitude d'y jeter leurs poubelles. Le corps était coincé entre deux sacs en plastique, et bien camouflé.

L'arbre qui le retenait contre le courant se dressait, solitaire, sur une langue de gravier, à mi-chemin entre deux ponts enjambant la rivière. L'un d'eux menait au bâtiment couvert d'échafaudages et de bâches qui abritait la Bibliothèque nationale, riche de documents historiques inestimables avant qu'elle ne soit détruite par des obus incendiaires. L'autre était celui sur lequel se trouvait Gavrilo Princip, quatre-vingt-sept ans auparavant, quand il avait levé un pistolet et tiré les balles qui avaient tué un archiduc et une archiduchesse, condamnant l'Europe à une conflagration d'une ampleur sans précédent.

Les avenues qui couraient de chaque côté de la rivière – l'Obala Kulina bana côté nord, et l'Obala isa-bega Isakovica côté sud – étaient déjà encombrées de voitures, fourgons et poids lourds, auxquels s'ajoutaient les Jeep et les camions militaires des étrangers. Les conducteurs n'avaient pas le temps de regarder en contrebas et de s'occuper de l'arbre. Une foule de piétons pressés empruntait les ponts, tout en fumant et en poursuivant les discussions de la veille, et personne, jeune ou vieux, n'aurait lutté contre la marée humaine pour s'arrêter et regarder l'eau boueuse, l'avancée caillouteuse et l'arbre planté là. Comme ils l'avaient fait durant tout le siège de la ville, les gens se hâtaient d'accomplir leur trajet matinal. Traîner et regarder autour de soi, c'était flirter avec la mort ; pendant quatre ans, cette ville avait été la plus dangereuse du monde – les habitudes de ceux qui ont dû se battre pour leur survie ont la vie dure. Mais, désormais, la marée de barbarie était partie baigner d'autres rivages lointains : Dili, au Timor oriental, Grozny, ou Mitrovica au Kosovo.

La ville avait connu cinq belles journées printanières à la suite. Sur les trottoirs près de la rivière, les amas de neige gelée compactée au bulldozer durant les mois d'hiver se décidaient enfin à fondre. Loin au-dessus de la ville, là où l'artillerie de siège avait été installée pour bénéficier de la vue parfaite sur la rivière, les ponts et les rues, les pistes de ski fondaient aussi. Les ruisseaux de montagne, cherchant à gagner la Miljacka, dévalaient en cascades les pentes escarpées, la rivière qui passait au cœur de la cité gonflait. Son niveau montait et sa force grandissait. Lorsque le flux matinal de piétons et de véhicules commença de décroître, le courant souleva suffisamment le corps pour le libérer des branches de l'arbre.

La Miljacka n'avait rien de noble ou de romantique. Ce n'était ni la Tamise ni la Seine, le Tibre ou le Danube ; peut-être était-ce pour cela que personne ne s'arrêtait pour la contempler. Large de cinquante pas d'un homme doté de grandes jambes (et qui les aurait gardées intactes pendant les bombardements), flanquée de murs de béton et de pierre, brisée par des barrages, c'était plus une canalisation malpropre qu'un fleuve majestueux. Tandis qu'il poursuivait son voyage vers l'aval, le corps fut plusieurs fois submergé, pris dans des courants profonds, rejeté vers la surface, avant d'être à nouveau englouti, et, souvent, seul le fond de son pantalon gris sombre émergeait au-dessus de l'eau.

Il n'eut pas droit au moindre égard, tandis que le flot l'emportait à travers la cité aveugle.

*

Derrière lui se fit entendre le bruit de l'œilleton qu'on ouvrait, puis le claquement de la charnière quand il retomba sur la porte.

« Café, *Mister* Packer. Cappuccino. Deux mesures de sucre de canne. »

Il se releva du sol, chassa la poussière des genoux de son pantalon et s'approcha de la porte de sa cellule. Il saisit le gobelet de polystyrène que lui tendait la main à travers le passe-plat. Il ne remercia pas le gardien qui lui avait apporté le café, avec ses deux mesures de sucre – mais, après tout, il ne lui avait pas demandé de lui en apporter, ni ce jour-là, ni aucun des autres jours qu'il avait passés à la Haute Cour criminelle. Il eut un sourire bref, vague signe de gratitude. Il aperçut le visage du gardien par l'ouverture, ses yeux plissés et le blanc de ses dents, et vit que son semblant de sourire avait suffi à illuminer la journée de ce connard stupide. Il savait pourquoi on lui apportait du café, pourquoi ce connard et les autres s'excusaient de la saleté de sa cellule et de l'état des toilettes, et pourquoi ils faisaient la grimace à chaque fois qu'ils lui passaient les menottes, avant de le ramener au fourgon pour rentrer à la maison d'arrêt de Brixton. Tous avaient peur de lui, tous sans exception. Ils craignaient qu'il ne garde en mémoire un geste rude, un sarcasme ou un sourire méprisant – il devait avoir une excellente mémoire. Ils savaient aussi qu'il pouvait, sur un claquement de doigts, savoir où ils vivaient, quelle était leur voiture, où travaillait leur femme. Sa réputation le précédait. Plus important encore, il allait sortir, aussi sûrement que la nuit vient après le jour, et ils le savaient tous. Il y avait toujours quelqu'un pour aller lui chercher un café sucré à leur cantine, quand on le faisait entrer dans la cellule d'attente avant de l'escorter jusqu'à la Septième Chambre, puis au moment de la pause déjeuner, et le soir, une fois la séance levée, avant de le faire remonter dans le panier à salade.

« Je vous tiendrai au courant dès qu'il y aura du mouvement, monsieur Packer. »

Il tournait le dos au passe-plat. Il ôta le couvercle de la tasse, la vida dans les toilettes, et retourna à ce qu'il était en train de faire. Il avait étalé sur le béton les feuilles d'un magazine, et posé dessus les vêtements et les objets qu'il avait utilisés depuis son arrestation, durant ces huit mois de détention provisoire. La veste de son costume était accrochée au dossier de l'unique chaise de la cellule, en bois. Sur les journaux étaient posés son second costume, très classique, gris à fines raies blanches, trois chemises, deux cravates, trois rechanges de sous-vêtements, cinq paires de chaussettes et une seconde paire de sobres chaussures de cuir noir. Tout avait été lavé, repassé et ciré, car il ne voulait pas rapporter des vêtements sales ou froissés à la Princesse à son retour. Pas de costumes coûteux, pas de sur-mesure, du simple prêt-à-porter. Des chemises convenables, sans monogramme, des cravates discrètes, des chaussures ordinaires. Rien de remarquable dans son habillement ni dans son apparence. Sa certitude qu'il allait sortir l'avait convaincu de renvoyer chez lui les baskets, les tee-shirts et le survêtement qu'il avait portés durant ces longs mois passés au quartier de haute sécurité de Brixton, avant le début du procès. Ni livres, ni magazines, ni photos dans des cadres, juste un sac à linge et un petit radio-réveil. Un peu plus tôt ce matin-là, le personnel de la prison avait été surpris de le voir vider sa cellule, fourrer tout ce qui lui appartenait dans un sac-poubelle, et l'emporter jusqu'au fourgon cellulaire, escorté, à l'aller comme au retour du tribunal, par des policiers armés de pistolets-mitrailleurs Heckler & Koch. On était à mi-parcours du procès, l'accusation avait déposé ses conclusions, et, l'après-midi précédent, son bavard avait déposé un recours devant le juge, affirmant que l'on ne pouvait retenir aucun chef d'accusation contre son client.

Au moment de son arrestation, les journaux racontaient qu'il valait plus de cent millions de livres, qu'il était à la tête de la plus grande dynastie criminelle de la capitale depuis une décennie, qu'il était dans la ligne de mire des services de renseignements nationaux, de la police criminelle, des Douanes, du GCHQ[1], les grandes oreilles des renseignements, du MI5, le service de renseignement et de contre-espionnage, et du MI6, le service des renseignements extérieurs. Mais il allait sortir. Il était l'Intouchable. Il allait sortir, et il n'y avait aucun doute là-dessus car l'Aigle lui en avait donné l'assurance.

Il s'assit sur la chaise, face à la porte, parcourant des yeux les graffitis écrits par des politiques ou des droit commun, des meurtriers ou des violeurs. Dans un geste rapide, presque involontaire, il toucha tour à tour chacune des poches de sa veste accrochée au dossier de la chaise. Elles étaient vides. Pas de cigarettes, il ne fumait pas, pas de clés, il n'en avait pas besoin, pas de portefeuille plein de liquide, puisque

---

1. Government Communications Headquarters, le service de renseignement britannique. *(N.d.T.)*

les durs de Brixton faisaient la queue devant sa porte pour lui offrir tout ce qu'il voulait, pas de cartes de crédit ni de chéquier, puisqu'il n'existait aucun compte au nom d'Albert William Packer, dans aucune société de crédit et aucune banque.

« Monsieur Packer, on vient de me dire que le juge sera de retour dans cinq minutes. »

Le visage était à nouveau dans l'ouverture du passe-plat.

Packer hocha la tête, puis aspira une longue bouffée d'air dans ses poumons. En avançant dans la vie, Mister – il insistait pour que ceux qui travaillaient pour lui, ou lui parlaient dans un de ces portables qu'il changeait constamment, l'appellent Mister – avait appris à ne faire confiance qu'à très peu de gens. Parmi ces rares personnes se trouvait l'Aigle, l'homme de loi aux honoraires démesurés, son « aigle légal[1] ». L'Aigle lui avait annoncé qu'il allait sortir, et Mister le croyait. Jusqu'à ce jour, l'idée ne lui était jamais venue que sa confiance puisse être mal placée. Si le cas s'avérait, cela irait très mal pour l'Aigle. Mister respira calmement, puis se leva, prit sa veste sur le dossier de la chaise et l'enfila. Il s'avança vers la porte de sa cellule, et rajusta sa cravate.

Par le passe-plat, la voix dit : « Bien, monsieur Packer, si vous êtes prêt, je vais vous faire monter – oh, ne vous en faites pas pour votre sac, je veillerai à ce qu'on s'en occupe. »

---

1. *Legal eagle*, anagramme approximatif ; tous les surnoms des hommes de Packer sont formés par un jeu sur les mots ou les allitérations. *(N.d.T.)*

Mister lissa ses cheveux sur son crâne tandis que la clé tournait dans la serrure de la porte, et il laissa derrière lui la saleté et l'indignité de ces huit derniers mois.

Dans le pub irlandais qui faisait face à l'Old Bailey, la Haute Cour criminelle, l'Aigle chipotait sur son déjeuner, une tourte à la viande et à la bière, accompagnée d'une salade. Un journaleux l'interpella avec la familiarité propre à sa profession : « Henry ! Voilà le juge qui revient, il va statuer… »

L'Aigle eut un signe de tête imperceptible. Hormis pour nier la culpabilité de son client, et sans jamais donner aucun détail, il ne parlait pas aux journalistes, ni à la presse judiciaire. Il les considérait comme de la racaille parasite, et fut irrité d'entendre un parfait étranger l'appeler par son nom. Avant que son client, Mister Packer, n'arrive en haut de l'échelle, il y en avait eu d'autres, assis sur les échelons les plus élevés, qui adoraient la compagnie des pisse-copie et aimaient voir leur nom dans les canards. Depuis toujours, il recommandait à son client de se tenir à l'écart des journaux et des journalistes. Selon lui, leur motivation première était la vanité, et la vanité était dangereuse. Il continua à picorer sa tourte.

Près de lui, son téléphone collé à l'oreille, son clerc murmura : « Plus que trois ou quatre minutes, monsieur Arbuthnot, le juge va entrer.

— Tout va bien, Josh, dit tranquillement l'Aigle. Allez-y, je vous suis. »

Josh se précipita vers la porte du pub. L'Aigle posa son couteau et sa fourchette sur la table de bar devant laquelle il était perché, puis changea d'avis et attrapa une dernière feuille de laitue. C'était un homme corpulent et ses fesses débordaient du tabouret. Son costume défraîchi présentait des taches de précédents repas, et sa chemise, élimée au col, avait fait son temps ; les faux plis incrustés dans sa cravate dénotaient un usage trop répété. Avec ce que lui rapportait sa pratique et les honoraires que lui payait Mister, il aurait pu s'offrir ses costumes et chemises sur Jermyn Street. Ramenées sous ses genoux, sur la barre de son tabouret, se cachaient des chaussures en daim fatiguées. Quand il quittait sa maison de campagne pour rentrer à Londres le lundi matin, il était vêtu en vrai gentleman. La première chose qu'il faisait en arrivant à son bureau de Clerkenwell, au-dessus du lavomatic, c'était de se débarrasser de ces vêtements avec leurs marques chics, de les suspendre dans le placard et d'enfiler un de ses costumes, chemises et cravates qui avaient connu des jours meilleurs, ainsi que ses vieilles chaussures en daim. Il terminait sa journée le vendredi après-midi en entamant le processus inverse ; comme s'il changeait d'identité avant de reprendre le train pour Guildford. Ses tenues londoniennes étaient un élément essentiel de ce qu'il prêchait à Mister : rien ne devait sortir de l'ordinaire, rien ne devait attirer l'attention sur une richesse qui ne puisse être facilement justifiée.

Henry Arbuthnot n'avait que vingt-deux ans quand il avait rencontré pour la première fois l'homme qui lui payait désormais ses énormes honoraires. Il lui avait été présenté par son frère, David, le mouton noir qui avait fait vingt-sept mois pour fraude à la prison de Pentonville, où il avait connu Packer – vingt-quatre mois pour vol aggravé. Pendant les vingt-huit ans écoulés depuis, son client n'avait plus jamais été condamné. Il finit son verre de Pepsi limonade, s'essuya la bouche avec la serviette en papier, et se souleva lourdement du tabouret de bar. À vingt-deux ans, quand il était sorti de l'université et s'était lancé dans le droit pénal et criminel, il buvait beaucoup. Cette époque était révolue. Il était au sec depuis qu'il avait rencontré Mister. Son téléphone restait allumé vingt-quatre heures sur vingt-quatre. En échange de ses honoraires, qui augmentaient chaque année, on exigeait de lui une disponibilité constante. Mister était sa vache à lait, et renoncer à l'alcool était le prix à payer.

Il quitta le pub et s'arrêta sur le seuil pour évaluer la puissance de l'averse.

De l'autre côté de la rue se trouvait l'entrée de l'Old Bailey. La rumeur allait bon train. Des photographes se pressaient devant la principale entrée sécurisée. Deux voitures de police étaient garées devant, et les hommes, leur boulot terminé, commençaient à ranger leurs pistolets-mitrailleurs dans les compartiments blindés au dos des sièges avant. Des policiers en armes étaient postés aux quatre coins du bâtiment depuis que le procès avait commencé. Arbuthnot traversa la rue laborieusement. Il avait un peu de mal à marcher, à cause de son poids.

Il entra et présenta sa carte. Il savait quelles allaient être les conclusions, depuis plusieurs jours déjà.

À l'origine, l'acte d'accusation reposait sur l'identification par le service des Douanes – que l'Aigle surnommait l'Église – de son client dans une voiture, les empreintes de son client dans cette voiture, et le témoignage d'un informateur, présent lui aussi dans la voiture. Pendant que Mister était en détention provisoire, l'Aigle avait systématiquement démoli les charges de l'accusation, avec l'aide des hommes de main du boss. L'unité de protection des témoins était censée être secrète et impénétrable. Un paquet de fric avait permis d'obtenir la localisation de l'unité de protection, et le numéro sous lequel le témoin était désigné. Un gros paquet de fric avait permis d'acheter le gardien qui avait empoisonné la nourriture du témoin. Un lavage d'estomac lui avait sauvé la vie, mais n'avait pu sauver sa résolution. « S'ils peuvent me trouver ici, avait-il gémi, ils pourront me trouver n'importe où. » Il était revenu sur ses déclarations, et avait refusé de témoigner.

Il vit Mister debout à l'extrémité du couloir, auréolé d'une lumière terne. La cellule de son client était la seule de tout le bâtiment à garder la porte ouverte. À côté de lui se tenaient Josh et un gardien, agrippé au sac-poubelle comme s'il était bagagiste dans un grand hôtel.

Le laboratoire médico-légal du ministère de l'Intérieur se trouvait à Chepstow, côté pays de Galles. C'est là qu'étaient gardées les empreintes. Un technicien qui avait un fort penchant pour les tables de roulette d'un casino de Newport s'était vu offrir le choix suivant : en échange de sa coopération, il serait débarrassé de sa dette de neuf mille livres ; en cas d'obstruction, les jambes de sa mère seraient brisées à coups de batte de base-ball de telle sorte qu'elle ne pourrait plus jamais faire un pas. Les empreintes avaient inexplicablement disparu.

« Bon, très bien… Nous y allons ? » demanda l'Aigle, un sourire sur ses lèvres luisantes.

L'identification de son client par l'équipe de surveillance de l'Église avait été un défi plus tenace. On ne pouvait pas acheter l'Église, ni la menacer. Des nuits durant, l'Aigle avait méticuleusement passé en revue tous les rapports de surveillance pour trouver la faille de ce versant de l'affaire. Il avait trouvé le point faible, et avait envoyé les Cartes – les gros bras de Mister – dans un pavillon d'une banlieue cossue, la demeure du procureur général en charge du bureau des affaires spéciales… Tout était rentré dans l'ordre, car tel était le pouvoir de son client.

Mister gardait les yeux fixés droit devant lui. Le gardien confia le sac au clerc. L'Aigle les précéda dans l'escalier. Sur le premier palier, au lieu de tourner à gauche et d'attendre qu'on leur ouvre une grille pour monter à la salle d'audience numéro 7, il partit à droite. À la porte, l'Aigle montra son passe, le clerc fit de même en brandissant le document de libération sous le nez du responsable de la sécurité qui détenait la clé de la liberté de Mister, un ancien de la Garde royale, armoire au visage rubicond qui n'aurait jamais apporté un café à un prisonnier et aurait encore moins trimballé ses affaires. L'Aigle sentit que l'homme se retenait de ricaner ou de cracher à ses pieds.

Ils sortirent dans la vaste salle des pas perdus du bâtiment.

« Tu as trouvé un taxi, Josh ?

— Oui, monsieur Arbuthnot – près de la porte latérale, comme vous avez demandé. »

Pas question de laisser Albert William Packer se faire photographier en gros plan par une mêlée de reporters, et de voir ressortir ces photos à chaque fois qu'un scribouillard minable se fendrait d'un papier sur le crime organisé dans la capitale. L'anonymat, voilà ce que l'Aigle voulait, pour son client et pour lui-même.

Deux groupes d'hommes et de femmes les observaient. Ils allaient devoir passer devant eux pour gagner la sortie latérale.

« Avancez tout droit, Mister, aucun contact visuel. »

Le premier groupe était constitué des inspecteurs de la police criminelle. Comme le savait l'Aigle, ils avaient eu droit à un sermon quand la surveillance de son client leur avait été retirée au profit de l'Église. Seuls les imbéciles faisaient les malins quand ils passaient devant les inspecteurs, quand les poursuites avaient échoué. L'Aigle reconnaissait la plupart d'entre eux, mais derrière lui Mister, qui avait la mémoire la plus affûtée qu'il ait jamais pu observer, aurait pu donner leur nom, leur âge, leur adresse, le prénom de leurs enfants… Il y en avait un qui était acquis à Mister, et qui détourna les yeux. L'Aigle dépassa les inspecteurs et avança vers l'autre groupe, roulant son gros corps, essoufflé d'avoir grimpé les escaliers.

« Vous savez ce que dit l'Église, Mister ? » L'Aigle parlait du coin de la bouche. « "Bien sûr qu'il y a des jalousies professionnelles entre nous, l'Église, et la police criminelle. Nous, nous sommes des professionnels, et eux, ce sont des jaloux"... Voilà ce que dit l'Église. »

On aurait dit qu'on veillait un mort. Les gens de l'Église étaient regroupés près de la sortie, lugubres. D'après ce que vit l'Aigle, il y avait là un SIO, officier supérieur en charge des investigations, et tous les plus hauts gradés des équipes d'intervention. Et presque tous les inspecteurs qui formaient le SQG, le groupe Sierra Quebec Golf, l'air écœuré au point de ne même pas pouvoir vomir. Le SQG s'était consacré exclusivement à son client durant les trois ans qui avaient précédé l'arrestation de Mister. De nos jours, tout se ramenait à des questions de budget. Dans sa tête, l'Aigle jouait avec les chiffres. Il estimait que l'Église avait engagé un minimum de cinq millions de livres dans cette enquête, sans parler de tous les extras du service du procureur, et du coût d'un procès à l'Old Bailey. Les agents du SQG avaient de bonnes raisons de se dire que la terre venait de s'ouvrir sous leurs pieds. Parvenant à la sortie, l'Aigle ne put s'empêcher de les regarder. Dans la frustration de ces hommes et de ces femmes se lisait une haine profonde et authentique. Ils n'étaient pas comme les policiers. À maintes reprises, l'Aigle avait eu l'occasion de sortir de commissariats de police avec son client, relaxé faute de charges, et d'observer les haussements d'épaules résignés des hommes qui faisaient mine de relire leurs formulaires, l'air affairé. Là, c'était différent, c'était une affaire personnelle. Il regarda ses pieds en passant devant eux, parce que leurs yeux saignaient de haine. Il franchit la porte, descendit lourdement une courte volée de marches, entendant derrière lui le pas mesuré de Mister. Quant à lui, les agents de l'Église ne l'avaient nullement impressionné.

Le taxi attendait à la porte. L'Aigle s'engouffra dans la sécurité du siège arrière. Il vit la façon dont le chauffeur jeta un coup d'œil nerveux à l'homme qui le suivait, avant de détourner le regard. Tous les taxis de Londres savaient que cet homme à la mise simple, au visage quelconque, son client, était Albert William Packer. L'Aigle annonça leur destination. Il se rendit compte alors que Mister ne l'avait toujours pas remercié, n'avait pas serré son bras en signe de gratitude, ni murmuré un mot aimable à son intention.

Comme le taxi quittait la ruelle sombre derrière l'Old Bailey, Mister demanda doucement : « Où est le Craqueur ? »

*

La première fois que les pompiers de Sarajevo parvinrent à attraper le corps avec un crochet pour le ramener du courant de la Miljacka vers des eaux plus calmes, ils ne remontèrent qu'une manche arrachée de sa veste. La corde se détendit, et, en la tirant à eux, ils découvrirent la longueur de tissu.

Le chef des pompiers se redressa, vérifia la corde retombée à ses pieds, puis fit tournoyer l'extrémité munie du crochet en cercles de plus en plus rapides au-dessus de son casque. Les arbres autour d'eux l'empêchaient de faire tourner une longueur plus grande pour atteindre la puissance nécessaire. Une foule se pressait derrière eux, et aussi sur l'autre berge de la rivière. Frank Williams, qui portait l'uniforme bleu clair du GIP, le Groupe international de police des Nations unies[1], en savait assez long sur cette guerre pour savoir pourquoi il restait des arbres sur cette section des berges. Cette partie de la rivière avait constitué la ligne de front. Les appartements calcinés sur les rives avaient été les repaires des snipers, tapis derrière leur viseur télescopique, jouissant d'une vue parfaite sur les arbres en contrebas. Même durant les pires bombardements, dans toute la ville, les hommes continuaient à sortir avec des haches et des scies pour aller couper des arbres, risquant la mort pour gagner un minimum vital de chaleur. Les arbres avaient survécu à cet endroit parce que la mort n'était pas ici une éventualité, mais une certitude. Il avait suivi des cours du soir pour apprendre la langue des Serbo-Croates-Bosniaques ; il n'était pas particulièrement brillant, ni intelligent au sens où on l'entend, et cet apprentissage avait été difficile, mais ses maigres connaissances de leur langue étaient toujours appréciées des autochtones avec qui il travaillait. Cela rendait ce boulot pourri légèrement moins impraticable.

Laborieusement, mais avec ferveur, il les encouragea dans un *patois**[2] au fort accent gallois : « Allez, les gars, faut en finir avec ce boulot de merde ! »

---

1. Traduction officielle de l'IPTF, International Police Task Force. *(N.d.T.)*

2. Les mots en italique suivis d'un astérisque sont en français dans le texte. *(N.d.T.)*

Le chef des pompiers lança le crochet. Un bon lancer. Il avait bien calculé la vitesse avec laquelle la rivière charriait le corps. Le cadavre était sur le dos maintenant, les bras étendus comme s'il se prélassait dans une piscine. Le crochet atterrit dans l'eau en aval de ses jambes et accrocha son pantalon. La corde se tendit. Une bordée d'applaudissements s'éleva de la rive en face et des acclamations montèrent derrière eux.

Frank Williams grimaça. Quand on sortait un corps de la Taff ou de l'Ebbw, l'Usk ou la Tawe, on lui accordait un certain respect, un minimum de compassion. Ici, ce n'était qu'une distraction, un court spectacle. Le corps soulevait un sillage tandis qu'on le ramenait à contre-courant.

Williams repassa à l'anglais, comme à chaque fois qu'il était nerveux : « Pour l'amour du ciel, faites ça avec un peu de décence, bordel ! »

Trois pompiers descendirent laborieusement le remblai instable, prenant appui dans les trous ouverts dans la maçonnerie par les obus, ou aux endroits où les tirs de mitrailleuses avaient cassé les pierres. Ils attrapèrent la corde et halèrent le corps sur les pierres glissantes du bord de la rivière. Frank se pencha par-dessus le parapet et regarda le visage blafard, les grands yeux et la bouche ouverte. Il avait passé treize ans dans la gendarmerie en Galles du Sud, et sept mois moins une semaine en détachement auprès de la Mission des Nations unies pour la Bosnie-Herzégovine, et il n'avait toujours pas appris à rester indifférent à la vue du cadavre d'un inconnu. Le corps fut soulevé, glissé le long du remblai, puis déposé avec une certaine désinvolture sur le trottoir, où l'eau de la rivière s'échappa de lui. Une ambulance se gara derrière eux. La foule se pressait pour mieux voir.

Tout en enroulant la corde, le chef des pompiers dit d'un ton dédaigneux : « C'est un étranger…

— Qu'est-ce qui vous permet de dire ça ? »

Vingt-sept minutes plus tôt, Frank passait par là en voiture, lorsqu'il avait vu une bande de gamins bombarder quelque chose dans l'eau à coups de cailloux. Il s'était arrêté, par pur réflexe, comme il l'aurait fait à Cardiff, s'attendant à découvrir que la cible des gosses était un cygne avec une aile cassée, un canard, ou un chien en train de se noyer. Il était en route pour sa base, à Kula, au bout des pistes de l'aéroport, après un raid express dans les boutiques du vieux quartier où il avait acheté un bracelet pour l'anniversaire de sa mère. Il était déjà en retard. Si le corps était celui d'un Musulman, mort dans le secteur musulman, le GIP n'avait rien à voir là-dedans. Si c'était un Serbe mort dans le secteur musulman, le GIP serait concerné. Si c'était un étranger, les implications seraient beaucoup plus lourdes.

« Regardez la montre à son poignet – elle est en or. C'est soit un politicien soit un criminel – si tant est qu'il y ait une différence –, ou alors, c'est un étranger. »

« Alors, où est le Craqueur ? » répéta Mister, et il vit l'Aigle ciller de surprise.

Mais jamais l'avocat ne se permettrait de le prendre de haut ou d'émettre un sarcasme. Packer savait qu'il était terrifié, et c'est ce mélange de terreur et de cupidité qui le faisait rester à sa place. Toute la vie de Mister était une question de pouvoir et de contrôle, qu'il soit libre ou dans une cellule. Il avait formé peu d'attaches, mais il aimait le Craqueur. Il avait grandi avec le Craqueur, il était à Cripps House et le Craqueur à Attlee House, dans les logements sociaux entre Albion et Stoke Newington Road. Il était allé à l'école avec le Craqueur, l'avait perdu de vue, puis retrouvé en taule à Pentonville. Une fois, il avait entendu l'Aigle, sans que celui-ci sache qu'il écoutait, traiter le Craqueur de *minable petit vendeur à l'étalage.*

Le taxi quitta la rocade nord pour s'engager dans les rues à trois voies où pointaient les premiers bourgeons du printemps. Mister était resté en quartier de haute sécurité depuis le dernier jour de juillet, quand les arbres étaient lourds de feuilles ; il n'avait pas vu l'or de l'automne ni la nudité âpre de Noël. À présent, les jonquilles sortaient en pleine gloire, mais les crocus flétrissaient. C'était une époque de l'année qu'aimait la Princesse… Ils arrivèrent en haut de sa rue. Les maisons étaient de grands bâtiments bien écartés les uns des autres, de briques, de stuc ou à colombages de style Tudor, et nombre de fenêtres arboraient des stickers de la brigade de vigilance du quartier. Des dos-d'âne barrant la chaussée prévenaient tout excès de vitesse. C'était une rue calme et respectable, comme des centaines d'autres dans la capitale, de même que sa propre maison ressemblait à des milliers de propriétés semblables. Seuls les idiots souhaitent attirer l'attention : ceux-là étaient pour la plupart à Long Lartin ou Whitemoor – ou bien dans les geôles de l'île d'Albany. Mis à part sa question réitérée au sujet du Craqueur, qui aurait dû être là, Mister n'avait pas ouvert la bouche pendant tout le trajet ; il avait écouté ce qui s'était passé en son absence – un rapport détaillé des achats et des ventes, et des affaires trop délicates pour être abordées lors des visites au parloir – et avait tout enregistré soigneusement.

L'Aigle tapota la vitre qui les séparait du chauffeur et indiqua la rue menant à la maison de Mister, puis il dit : « Le Craqueur aurait dû être de retour hier soir. Les Cartes étaient à l'aéroport pour l'accueillir. Il n'était pas sur le vol. Il ne l'a pas pris. J'ai appelé son hôtel. Ils ont dit qu'il n'avait pas réglé sa note, mais que son lit n'avait pas été défait depuis la nuit précédente. J'ai rappelé ce matin, il n'était toujours pas rentré à sa chambre. Désolé, Mister, je n'en sais pas plus. »

Cela aurait dû être une journée parfaite. Mister n'avait plus devant lui la perspective de passer vingt ou vingt-cinq ans en taule, mais celle de rentrer retrouver sa Princesse… Mais le Craqueur était absent.

Il y eut comme un chevrotement dans la voix de l'Aigle. « Vous savez ce qui me tracasse ? Je veux dire, ce qui m'empêche vraiment de dormir ? C'est qu'un jour vous vouliez aller trop loin – je veux dire, que vous fassiez un pas de trop. Voilà ce qui me tracasse… C'est passé de justesse, cette fois. »

Mister frappa l'Aigle de son poing serré, juste en dessous du cœur, là où ça fait mal. Un direct court et précis, et l'avocat eut un petit hoquet étouffé. Mister avait un inspecteur principal au sein du service des enquêtes sur le crime organisé, un gardien chef, des ingénieurs en télécommunications dans les services de vidéosurveillance ; il avait un homme en place partout où c'était nécessaire. Il pouvait semer la terreur chez ses concurrents, chez les renégats et même chez les magistrats. Il avait le meilleur des avocats et l'as du jonglage avec les chiffres. Où pouvait bien être le Craqueur, bon sang ?

Le taxi s'arrêta. Mister se glissa hors de la voiture avec son sac de linge, sans inviter l'Aigle à entrer avec lui. Il ne l'avait pas remercié, il était très bien payé pour faire son boulot. Il ne se mettait jamais en dette – d'argent ou de services rendus – avec qui que ce soit, ne contractait aucune obligation envers quiconque.

« Bonjour, monsieur Packer, je suis contente de vous voir de retour. »

Il sourit à la jeune femme qui poussait le landau où dormait son bébé. Elle habitait à quatre portes de chez eux et son mari faisait de l'importation de fringues italiennes. « Content d'être rentré, Rosie. »

Une autre femme taillait les jeunes pousses de sa haie, deux maisons plus haut. Son mari possédait une pépinière à Edmonton, et son jardin était exemplaire. Le jardinier qui s'occupait de l'entretien du gazon et des massifs de la Princesse se fournissait chez eux.

« Bon après-midi, monsieur Packer. Bienvenue chez vous.

— Merci, Carol, merci beaucoup. »

Rosie et Carol, et tous les autres habitants de la rue, se souvenaient sans doute avec précision de ce matin-là, le dernier jour de juillet, quand la rue s'était mise à grouiller de policiers en armes et d'experts vêtus de combinaisons blanches, et que l'Église l'avait emmené, menottes aux poignets ; tout le monde était là, en pyjamas et robes de chambre, à le regarder tandis qu'on l'escortait vers une voiture et qu'on le poussait sans ménagement à l'intérieur. Il savait par la Princesse que Rosie était passée, ce matin-là, après le départ de la police et des experts, avec un gâteau, et que Carol lui avait apporté des fleurs. C'étaient des voisins ordinaires dans une rue ordinaire, et ils ne savaient foutrement rien de quoi que ce soit.

Il entendit le taxi s'éloigner derrière lui et sonna à la porte. Des feuilles couvraient les rosiers grimpants au-dessus du porche, mais il n'y avait pas encore de boutons. La pelouse venait d'être tondue. La porte s'ouvrit.

Elle s'appelait Primrose Hinds. Ils étaient mariés depuis dix-huit ans, et, toutes ces années, il n'avait jamais touché une autre femme. C'était la fille de Charlie Hinds le Balafré. Charlie avait un emphysème, le sang chaud, une adresse régulière derrière les barreaux, et il était du milieu. De son beau-père, il avait appris toutes les erreurs à ne pas commettre dans une vie. Primrose était sa Princesse. Elle savait tout de lui, était aussi discrète que son père ne l'était pas, et elle était la seule personne en qui il avait une confiance absolue. Il aurait pu acheter un château à sa Princesse, la couvrir de bijoux et mener la grande vie, comme tant d'autres le faisaient. Elle n'avait jamais travaillé depuis leur mariage, lors duquel aucune photo n'avait été prise, ni par les invités, ni par un quelconque photographe officiel. Un an après leur mariage, un médecin lui avait annoncé qu'elle ne pourrait jamais avoir d'enfants.

« C'est bon de te voir, Mister, je suis heureuse que tu sois de retour… »

Il l'embrassa, sur la joue. Ce n'était pas un baiser de dévotion mais de véritable amitié. Tout à l'heure, elle lui donnerait les numéros des nouveaux portables que les Cartes avaient apportés pour lui, lui dirait quand la maison avait été fouillée à la recherche de mouchards électroniques, et où étaient postées les camionnettes avec les caméras des flics. C'était une jolie femme, quelques centimètres de plus que lui, avec une belle poitrine et des chevilles fines. Il avait insisté pour qu'elle ne lui rende jamais visite à Brixton, qu'elle ne vienne jamais dans les salles d'audience préliminaire, ni à l'Old Bailey. Il protégeait sa Princesse des regards indiscrets, fouineurs, inquisiteurs.

« J'imagine qu'un bain te fera du bien, et, après, qu'est-ce que tu dirais d'un bon plat de lasagnes ? Mon Dieu, comme c'est bon de te retrouver ! »

Elle referma la porte derrière lui.

Et comme si c'était sa première préoccupation, Mister dit : « Nous ne savons pas où est le Craqueur. Il n'était pas dans son avion hier soir. Son hôtel ne sait pas où il est… C'est ridicule… Le Craqueur n'a jamais manqué à l'appel. »

Le juge interrompit son laborieux travail d'écriture, haussa les épaules, sourit et lui expliqua que, normalement, sa fille tapait les formulaires pour lui, mais que malheureusement elle n'était pas disponible. Frank Williams venait de regarder sa montre.

« Aucun problème, monsieur, dit Frank. Vous avez mon nom, mon numéro, et vous savez où est mon bureau, n'est-ce pas ? Mon intervention est purement fortuite. Il se trouve que je passais près de la rivière et que j'ai aperçu le corps. Si jamais il s'agissait d'un étranger, son décès serait une affaire pour le GIP. La routine veut que nous fassions procéder à une autopsie, et que j'ouvre une enquête pour découvrir l'identité du défunt. Tout cela est plutôt simple, je ne m'attends pas à trop de remue-ménage… »

Le juge eut à nouveau un geste de défense plein de dérision. « C'est précisément parce qu'il s'agit d'une affaire de routine qu'on vous a envoyé à moi. Si on s'était attendu à un cataclysme, vous auriez été dirigé vers quelqu'un de plus approprié, de plus méritant.

— Je n'ai besoin que d'une signature, monsieur, pour l'hôpital et le médecin légiste. »

Le juge mit une éternité à remplir le formulaire. Chez Frank, cette formalité aurait été expédiée en une seconde par un bureaucrate rapide et compétent. Frank se demanda d'où ils avaient exhumé ce vieux fou, de sous quelle pierre ils l'avaient tiré.

Il n'y avait aucune pièce d'identité sur le corps, et aucune carte magnétique d'hôtel. Il allait commencer par les meilleurs hôtels de la ville. Les vêtements portaient des étiquettes de créateurs : costume italien, chemise française, cravate italienne, chaussures allemandes, et un slip de soie moulant avec une étiquette de Londres… de la *soie*.

Automne 1991

On l'observait. On l'avait observé toute la journée, depuis l'aube. C'était la fin de l'après-midi, maintenant, et le soleil était bas sur la ligne dorée des arbres en haut des collines à l'ouest de la vallée. Il tourna son corps mince sur le siège du tracteur pour renvoyer son regard au gros homme qui était assis sur une chaise en bois devant la porte de la maison. Les roues du tracteur s'enfoncèrent dans une ornière, provoquant une secousse, et il sentit sa colonne vertébrale encaisser le choc à travers le coussin de mousse râpé sur le siège de fer. Il perdit le contact avec les yeux durs qui le fixaient par-delà les champs de pâture, le grand mûrier et la barrière qu'il avait installée près de la maison au printemps d'avant. Ils étaient deux vieux hommes, têtus, aux avis tranchés, et chacun, dans l'intimité, aurait admis à contrecœur que l'autre était un ami de valeur – mais les temps étaient durs et ne cessaient d'empirer. Ce jour-là, ils ne s'étaient pas fait signe de la main, ni adressé de salut. Ils vivaient face à face, de chaque côté de la vallée, séparés par les eaux de la Bunica. Les événements de l'été, qui laissait place désormais à l'automne, avaient semblé accroître leurs différences politiques et culturelles ; plus de signe de la main ni de salutation. Chacun semblait penser que c'était à l'autre de faire le premier pas.

Par-dessus le bruit du moteur, il siffla son chien. Quelques années plus tôt, il aurait pu aller à pied rassembler les vaches le matin et les moutons l'après-midi, mais l'âge avait prélevé son tribut dans ses genoux et dans ses hanches, et il dépendait désormais de son tracteur et de l'habileté de son chien. Quand l'animal le regarda, attendant ses instructions, il lui indiqua le gué. Au matin, avec son chien, il avait sorti les vaches des pâtures, avait traversé la rivière avec elles, puis les avait ramenées aux enclos près de ses granges ; maintenant, il ramenait les moutons. L'herbe s'amenuisait, la terre se refermait pour l'hiver. Le chien, courant de chaque côté de la colonne de moutons, les poussa jusqu'à la rivière à l'endroit où son père, son grand-père et le grand-père de son grand-père avaient déversé de pleines charretées de pierres pour aménager un gué. Husein et l'homme qui l'observait n'avaient quitté leur village, de leur vie entière, que pour les deux années de service militaire obligatoire, c'est-à-dire plus de quarante ans auparavant.

Il se retourna vers la vallée qui s'étendait de l'autre côté de la rive. Il voyait les bons pâturages et les terres arables où la moisson d'été avait été récoltée, les rangs où les légumes avaient été ramassés, et les lignes sombres des piquets reliés par des fils de fer, au-dessus des vignes taillées. Il regarda par-delà les champs jaunissants, la terre labourée et les couloirs désherbés entre les vignes, par-delà le grand mûrier dont les feuilles tombaient, et la maison avec le porche étroit d'où Dragan l'observait. Puis plus loin encore, vers la sente qui gravissait la colline, près du puits, vers l'autre village où de la fumée sortait des cheminées, et au-dessus des arbres ocre que baignaient les derniers rayons du soleil. Son ouïe n'était plus très bonne, mais pendant les quelques secondes où son tracteur avait calé, il avait cru entendre des voix stridentes venant du nord et du sud, comme une querelle. Le moteur qui peinait maintenant pour le ramener sur l'autre rive effaçait ces bruits. Tandis que les roues crachaient de l'eau en glissant sur la berge boueuse, il regarda le bassin, en amont, et la fine trace de la longue ligne qu'il avait posée pour les truites.

C'était la faute des radios. Les radios qu'on écoutait à Vraca, dans son village, distillaient du poison, tout comme les radios de l'autre village, Ljut. Face au bruit du tracteur, les voix étaient assourdies. Il freina. Il laissa le chien passer devant avec les moutons. Il se leva, de sa petite hauteur maigrichonne. Il ôta sa casquette effilochée, révélant ses cheveux clairsemés. Sa bouche aux dents gâtées était surmontée d'une moustache tombante et grisonnante. Son visage était comme une noix burinée. Husein trouvait ridicule et inconcevable que le poison des radios et la haine puissent détruire la vieille amitié des deux ronchons qu'ils étaient. Il agita sa casquette et cria : « Dragan Kovac, tu m'entends ? Hé ! Je reviendrai dans deux jours, si la rivière n'a pas monté, pour planter les pommiers. On pourra prendre le café ? Ou un coup de gnôle ? Hé ! Je te verrai dans deux jours, s'il ne pleut pas ! »

Il attendit pour voir si son ami allait agiter la main et faire l'effort de le saluer en retour, mais il ne vit aucun mouvement, n'entendit aucune réponse.

Pendant deux siècles, les ancêtres d'Husein Bekir avaient racheté des terres aux ancêtres de Dragan Kovac ; ils avaient payé au prix fort chaque champ, chaque parcelle, chaque mouchoir de poche. La terre chrétienne était maintenant possession musulmane. Pour Husein, comme pour son grand-père et le grand-père de son grand-père, il était incroyable que le village serbe ait été prêt à vendre des terres précieuses à un village musulman pour le seul profit à court terme. Mais il savait que les Serbes prisaient plus l'uniforme que les hectares de pâturages et de terres arables, de vergers et de vignes. Les Serbes étaient conducteurs de bus, ambulanciers, employés dans l'administration, soldats, douaniers et policiers. Dragan Kovac avait été sergent dans la police avant d'arriver à la retraite. Ils préféraient le statut de l'uniforme et la sécurité du salaire aux mains abîmées de cicatrices et à l'arthrite provoquée par les travaux de la terre. Husein lui-même avait acheté la bande de terrain en dessous de la maison de Dragan, qui comprenait le mûrier et le champ où il comptait planter des pommiers la semaine prochaine. Il ne restait pas une parcelle de terre à vendre, et la radio de Belgrade, qu'on écoutait à Ljut, répétait du matin au soir que les Musulmans avaient volé les terres des Serbes. La radio de Sarajevo, que captaient les transistors de Vraca, disait chaque jour que les chars serbes, l'artillerie et les atrocités perpétrées en Croatie n'intimideraient pas les dirigeants musulmans, même au prix de l'indépendance de la Bosnie. Ils tuaient de très anciennes amitiés.

Lila, qui était sa femme depuis trente-neuf ans, le gronda de ne pas avoir mis un manteau plus épais contre la froidure du soir, tandis que ses petits-enfants, des petits bouts de chou surexcités, couraient vers les moutons pour les faire rentrer dans l'enclos. Il y eut un grondement de tonnerre. Des nuages noirs chassèrent le coucher de soleil.

Les premières gouttes de pluie tombèrent sur le visage d'Husein Bekir.

Il descendit de son tracteur avec raideur.

Le soleil brillait encore sur l'autre côté de la vallée, sur la terre qu'il possédait là, des berges de la rivière aux pentes couvertes de broussailles qui s'étendaient jusqu'à la ligne des arbres et l'autre village. Husein était un homme simple : son éducation à l'école s'était arrêtée à son quatorzième anniversaire, et il ne parvenait à écrire et à lire qu'avec difficulté. Il affirmait que les débats politiques étaient au-delà de sa compréhension, et suivait les instructions simples du mollah à la mosquée. Il savait comment dresser un chien. Il savait aussi comment travailler la terre, et tirer le meilleur profit de ses champs, et des raisins de ses vignes. Il savait attraper une truite pour nourrir cinq personnes. Il savait traquer un ours et le tuer pour sa fourrure, pister un chevreuil et le tuer pour sa viande. Cette vallée, c'était chez lui. Il l'aimait. Il n'aurait pas pu exprimer cet amour, mais il brûlait en lui. À cause de ce que les radios disaient, depuis Belgrade et Sarajevo, il ne savait plus quel avenir l'attendait.

Il pensait que Dragan, le sergent de police en retraite – un monument, cet homme-là, séparé de lui par la politique et la religion – partageait le même amour. Il monta maladroitement la colline vers sa maison. À la porte, il s'arrêta. Le soleil disparaissait. La pluie tombait plus fort. La beauté de la vallée se perdait dans la bourrasque qui la traversait. Les couleurs rousses et ocre avaient disparu. Husein frissonna, puis toussa du fond de ses poumons, et recracha des glaires. Il referma la porte derrière lui d'un coup de pied pour ne plus voir sa vallée.

Le petit panneau, une sortie d'imprimante collée sur une bande de carton, disait : « Si on peut le faire, Cann le fera[1] ».

Assis à son bureau, tapant avec deux doigts sur son clavier, puis s'arrêtant pour vérifier son écran, le jeune homme ignorait avec ostentation le chaos qui régnait autour de lui. C'était comme si le travail qu'il faisait le coupait de cette atmosphère de morosité et de chagrin amer. Joey Cann était le seul membre de Sierra Quebec Golf à ne pas s'être rendu au tribunal. En tant que SQG12, l'homme à tout faire de l'équipe, on l'avait laissé à garder la boutique pendant que le reste de la troupe se rendait à l'Old Bailey. Tout en frappant les touches et en griffonnant de longues notes sur un bloc, il semblait refuser ce que tous les autres savaient. L'équipe était finie. Certains empilaient des papiers dans des boîtes en carton, d'autres arrachaient graphiques et photos des murs de la pièce, assez rageusement pour faire venir la peinture avec le Scotch, ou vidaient des ordinateurs en stockant disquettes et CD, reprenaient leurs postes de radio personnels dans les casiers, vérifiaient les numéros de série des caméras de surveillance sur des bordereaux, et ceux des

1. « CANN *DO*-WILL *DO*. » Jeu de mots sur la signification du verbe *can*, « pouvoir » en anglais. *(N.d.T.)*

téléobjectifs, avant de les ranger sans ménagement dans leurs valises en métal argenté. Le SIO, l'inspecteur en chef, fumait cigarette sur cigarette sous le panneau « Défense de Fumer ». C'était terminé. L'enquête interne commencerait dans la matinée, et ça ne serait pas joli joli. Le SIO allait devoir surveiller ses arrières, car les plus hauts gradés feraient en sorte de ne pas endosser le blâme. Quand l'enquête interne démarrerait, tous, hormis le SIO, allaient soit donner la démission qu'ils avaient fait traîner jusqu'à la fin du procès, soit partir pour une nouvelle vie dans une autre équipe.

« Ne touche pas à ça ! »

Il avait levé les yeux au moment précis où la dernière photo était arrachée du mur. C'était la photo en pied, demi-grandeur nature, d'un homme en tee-shirt et pantalon de survêtement, menotté, escorté dans l'allée d'un jardin. Au bas de la photo, un seul mot était écrit au feutre noir : Mister. Le fiel dans la voix de Joey Cann fit hésiter l'homme qui s'apprêtait à la retirer.

« Laisse cette foutue photo où elle est. »

La vaste pièce avait été rituellement nettoyée, les boîtes et les cartons remplis, tous les ordinateurs éteints, sauf un. Ça leur avait pris pas mal de temps, tous les pubs de la City devaient à présent être vides.

Ils signaient leurs feuilles de sortie. Joey entendait leurs rires forcés dans le couloir. Le groupe avait travaillé de conserve pendant trois ans. Pour rien. C'était l'idée que se faisait le SIO de son rôle de meneur : ils allaient tous au pub pour se saouler jusqu'à ne plus tenir debout, puis des taxis les ramèneraient chez eux, et, au matin, ils auraient tous des gueules de bois terribles, ils n'auraient rien résolu et n'auraient pas effacé la douleur.

Joey Cann avait vingt-sept ans. Il était le plus jeune. Le SQG, formé pour traquer Albert William Packer, l'unique but de son existence, était la seule équipe au sein de laquelle Joey ait travaillé. Pendant ces trois ans, il avait vécu, dormi, marché, discuté avec Albert William Packer. Il n'avait jamais vu Mister en personne, seulement en photo ou sur des vidéos. Il ne l'avait jamais entendu de vive voix, seulement sur les enregistrements des écoutes téléphoniques et des micros directionnels. Mais il aurait pu certifier qu'il le connaissait. Pendant trois ans, dans l'immeuble des Douanes au bord de la Tamise, Joey avait vécu sous les bandes, les vidéos, les reportages photos, les résultats des labos, enfoui dessous si profondément qu'il avait parfois cru mourir étouffé. Ça lui était tombé dessus sans prévenir. Le SIO avait probablement su que l'affaire allait se clore, peut-être les commissaires et les plus anciens parmi les inspecteurs en chef, mais aucun d'entre eux n'avait pensé à le lui dire. Pas même un coup de fil pour l'informer que tout était fini.

Joey attrapa un téléphone et composa un numéro.
« Salut Jen, c'est moi… Je vais travailler tard.

— Tu devrais changer de disque…

— Tu as entendu ?

— Entendu quoi ?

— L'affaire, bon sang, l'affaire – Packer.

— C'est vraiment terminé ? Ce n'était pas censé finir tant que…

— C'est plié, Jen.

— Désolée, je suis idiote. Il a plongé? Il a pris combien?

— Jen, il n'y a plus d'affaire. Il a été libéré.

— Mais vous le teniez pieds et poings liés! Après tout ce que tu m'as raconté, ça n'a aucun sens… Écoute, c'est le soir où je vais à l'aérobic, mais tu veux que j'annule?

— Je vais rester tard au boulot.

— Tu ne veux pas en parler?

— Non.»

Il raccrocha. Parler à Jen avait semé le trouble dans son esprit. Tout devint clair quand il eut coupé la communication. Pas à pas, minutieusement, il entama une longue nuit de voyage à travers les trois ans d'enquête. Ceux qui étaient au pub auraient jugé que ce qu'il faisait était inepte. Chaque fois que la fatigue alourdissait ses paupières, il clignait des yeux derrière ses grosses lunettes aux verres épais et fixait la photo de Mister à sa place d'honneur solitaire sur le mur. Cela suffisait à chasser l'épuisement et à le ramener à son écran.

Chapitre deux

Passé neuf heures du matin, ses doigts tapaient toujours en cadence sur le clavier de l'ordinateur. Deux heures auparavant, il avait renvoyé l'équipe de nettoyage. La pièce était un mausolée de cartons empilés autour des bureaux vides et de placards et casiers béants. À chaque fois qu'il arrivait au bord de l'épuisement, un regard à la photo sur le mur ravivait ses forces. Joey Cann avait presque fini.

L'ordinateur moulina sa dernière commande, et une page-type de contre-interrogatoire apparut à l'écran. Il se mit à lire.

Question : Et vous étiez seul dans le véhicule de surveillance ?
Réponse : J'étais seul.
Question : Il était vingt-trois heures passées ?
Réponse : Oui.
Question : Jusqu'à cette heure, vingt-trois heures, depuis combien de temps étiez-vous au travail ?
Réponse : Dix-sept heures.

Question : Combien d'heures aviez-vous travaillé cette semaine-là ?

Réponse : Quatre-vingt-quatorze.

Question : Vous étiez fatigué ? Vous étiez terriblement fatigué ?

Réponse : Je faisais mon travail.

Question : Combien d'heures aviez-vous dormi cette semaine-là, approximativement ?

Réponse : Trente-cinq ou quarante… Je ne sais plus.

Question : Quel temps faisait-il ce soir-là ?

Réponse : Je ne me rappelle pas, rien d'exceptionnel en tout cas.

Question : Selon la météo nationale, ciel bas et bruines intermittentes – mais vous ne vous en souvenez pas ?

Réponse : Je ne m'en souviens pas.

Question : Aviez-vous mangé pendant cette garde de dix-sept heures ?

Réponse : En général, on se débrouille pour manger un sandwich – je ne me souviens pas de ce que j'ai mangé.

Question : J'arrive donc au portrait d'un homme fatigué, et affamé – Vous n'ignorez pas que la faim accroît la fatigue ?

Réponse : Je peux l'imaginer…

Question : La distance entre vous et le véhicule dans lequel vous aviez identifié M. Packer était de soixante-dix-sept mètres. Est-ce exact ?

Réponse : Je crois, oui.

Question : Vous étiez épuisé, vous aviez faim, la visibilité était mauvaise, vous étiez à soixante-dix-sept mètres de l'objet de votre surveillance, mais vous maintenez que vous êtes certain d'avoir pu identifier M. Packer?

Réponse : Je le maintiens, oui, j'en suis certain.

Question : Aviez-vous, vous-même, nettoyé le pare-brise de votre véhicule?

Réponse : Non.

Question : Quand ce pare-brise avait-il été nettoyé pour la dernière fois?

Réponse : Je ne sais pas.

Question : Vous n'avez pas les dossiers, les rapports du service des véhicules?

Réponse : Je ne les ai pas.

Question : Y avait-il un réverbère près du véhicule dans lequel vous prétendez que M. Packer était assis?

Réponse : Il y avait assez de lumière pour que je puisse faire une identification…

Question : Je vous demandais s'il y avait un réverbère proche de ce véhicule – y en avait-il un?

Réponse : Je ne m'en souviens pas.

Question : Sur la carte que vous nous avez fournie, il y a un réverbère presque exactement au-dessus de la voiture que vous aviez en surveillance. Le saviez-vous?

Réponse : La lumière était suffisante pour une identification.

Question : Selon les rapports du Département des voies et routes d'Haringey, ce réverbère avait été déclaré hors service dix-huit jours plus tôt, et n'avait pas été réparé à la date qui nous intéresse – cela vous surprend-il?

Réponse : J'ai identifié M. Packer.

Question : Avez-vous pris des photos ce soir-là ?

Réponse : Oui.

Question : Où sont ces photos ?

Réponse : Elles n'ont rien donné.

Question : On ne voyait rien sur la pellicule ?

Réponse : C'est exact.

Question : Je vois que vous portez des lunettes – vous les portez en permanence ?

Réponse : Oui.

Question : Depuis quand portez-vous des lunettes ?

Réponse : Depuis que je suis enfant.

C'était une démolition publique. L'homme dans le box des témoins était aussi bon que tous les autres membres de l'équipe Sierra Quebec Golf et, devant la cour, il avait été transformé en un amateur à peine crédible. La politesse mesurée et glaciale de l'avocat de Mister suintait de toute cette retranscription… Joey entendit la porte s'ouvrir, mais ne leva pas les yeux.

Il griffonnait ses notes. Un informateur s'était rétracté, des empreintes avaient disparu, le témoin essentiel s'était complètement ratatiné. Cela avait été une démolition clinique et méthodique de trois années de travail.

Quelqu'un éructa une toux sèche derrière lui.

« Vous remettez le monde dans le droit chemin ? »

Il reconnut la voix rauque et gutturale du SIO. Joey prit son temps pour refermer son PC, puis pivota sur sa chaise. « Je cherchais où on s'était plantés…

— Mes couilles ! Je vais vous dire ce que vous êtes, Cann, vous êtes un petit connard arrogant.

— Vraiment ?

— Une petite merde arrogante qui a un gros problème relationnel.

— C'est ce que vous pensez ? »

Joey le fixait, sans baisser les yeux. Il voyait le visage rougeaud et les poches bouffies sous les yeux de son supérieur. Il regarda ses chaussures, tachées et éraflées, et son pantalon qui semblait avoir traîné par terre. Le SIO le fusillait du regard.

« On est allés boire hier soir – je ne sais pas combien de pubs on a faits. Il y en a qui ont été malades, d'autres qui se sont ramassé la gueule sur le trottoir – on s'est fait jeter de deux pubs. On avait fait une cagnotte, avec un trésorier, cinquante livres chacun. On a plié bagage quand le trésorier a dit qu'on avait tout bu. On est restés ensemble pour attendre que tous les taxis soient là et que tout le monde puisse repartir. Personne n'a été laissé dans son coin. On est rentrés chez nous. On était une véritable équipe, tout le SQG, vous excepté. Vous, vous étiez trop supérieur pour en faire partie. *Je cherchais où on s'est plantés.* Vous pensez que vous êtes le seul à vous en soucier ? Vous pensez être le seul suffisamment intelligent pour trouver *où on s'est plantés* ? C'est un travail d'équipe, Cann, et tant que vous n'aurez pas compris ça, vous resterez une petite merde arrogante et sans un ami au monde. Y a pas de héros ici, on ne veut pas de Zorro de merde ! Dans cette équipe, il y avait certains des meilleurs enquêteurs de tout le pays, mais ils ne sont pas assez bons pour vous, et vous leur pissez dessus. Je doute que vous appreniez un jour… Pauvre couillon, on est tous dedans, on a tous donné trois ans de notre vie pour coller Packer à l'ombre. Rentrez chez vous et allez bêcher votre jardin de merde.

— Je n'ai pas de jardin.

— Votre balcon de merde, si vous voulez.

— Je n'ai pas de balcon.

— Alors, qu'est-ce que vous diriez d'aller vous faire foutre, hein ? »

Il savait que le SIO était à huit mois de la retraite. Il aurait fait un départ en beauté s'il avait pu fanfaronner gentiment parce qu'il avait arrêté et collé au trou Albert William Packer, l'Intouchable. De petites portes se seraient ouvertes sur le circuit très lucratif du renseignement privé. Le SIO avait le gros poisson à portée de main, et il l'avait laissé filer dans l'égout. Joey se leva, s'étira puis s'approcha du mur et enleva délicatement la photo de l'arrestation de Mister, la décollant lentement pour ne pas arracher les coins, puis il l'enroula et la mit dans son sac.

Le SIO tituba jusqu'à lui et planta sur sa poitrine son gros doigt, encore luisant des taches de nicotine de leur virée de la veille. « Vous savez pourquoi nous détestons les héros et les Zorro, Cann ? Pourquoi on les saque ? Pourquoi ? Parce qu'ils mettent en danger la sécurité de l'équipe. Ils ne s'occupent pas de ce que les autres essayent de faire. Ils sont égoïstes et se croient supérieurs aux collègues. Les connards qui se croient investis d'une mission ne sont pas des joueurs d'équipe. Allez vous faire foutre, et, quand vous aurez dormi un peu, vous devriez réfléchir à ce que vous pouvez faire pour arrêter de vous considérer trop super pour venir vous bourrer la gueule avec nous. Vous n'avez aucun avenir ici. »

Joey quitta la pièce et longea le couloir, son sac battant sur sa cuisse. Il passa sa carte magnétique à la porte, sortit sur le trottoir, évita le petit groupe habituel qui fumait sa première cigarette de la journée, et se dirigea vers la station de métro.

Depuis Bank, il aurait pu prendre un train direct de la Northern Line, direction sud, jusqu'à Tooting Bec et sa chambre meublée où il aurait pu dormir. Au lieu de ça, il prit un ticket pour partir dans l'autre sens, jusqu'à King's Cross, puis changer pour un train de la Piccadilly Line vers la banlieue.

Suivre un avis, bon ou mauvais, n'avait jamais été le point fort de Joey Cann.

Frank Williams était souvent venu prendre un café dans le vaste atrium ornementé de plantes vertes, mais c'était la première fois qu'il entrait dans une chambre de l'Holiday Inn. Il avait emmené deux policiers locaux avec lui, se disant que ce serait une bonne expérience pour eux de le voir à l'œuvre, une occasion d'apprendre les règles de base du boulot.

Le lit n'avait pas été défait. Rien sur le bureau, hormis le papier à lettres offert par l'hôtel. Il trouva deux costumes dans la penderie, avec deux autres chemises italiennes, et une paire de chaussures en cuir souple posée au sol. Près du téléphone était posé un petit bloc-notes et, d'un geste machinal, il en détacha les deux premières pages qu'il glissa dans un sachet en plastique. Il cherchait un passeport, un attaché-case, n'importe quoi qui puisse mettre un peu de chair sur celui qui occupait cette pièce, une photo de famille… mais il ne trouva rien. Le soleil dardait ses rayons à travers la chambre. S'il n'avait pas été policier, il aurait eu l'impression de violer l'intimité de quelqu'un. Il avait déjà essayé le Saraj, le Grand Hôtel et le Motel Belveder, mais aucun n'avait de client étranger manquant. C'était le genre de travail de terrain dans lequel Frank Williams excellait. Il était lent et minutieux, et il avait obligé les policiers à mettre les gants qu'il leur avait fournis. Ils étaient jeunes, et donc probablement encore honnêtes, mais ils rattraperaient vite le temps perdu. Encore six mois et on ne les trouverait plus à plat ventre sur la moquette à regarder sous un lit, ou grimpés sur une chaise pour examiner le dessus d'une penderie, mais postés à un carrefour, occupés à distribuer aux automobilistes des amendes payables immédiatement, en liquide, et sans reçu, pour un excès de vitesse ou des phares défectueux.

Pas de passeport, pas d'attaché-case, pas de portefeuille, pas d'agenda papier ou électronique, pas de chéquier ni de cartes de crédit, aucun papier professionnel, pas de téléphone portable ni de guide touristique… La chambre avait été réservée au nom de Duncan Dubbs, 48 River Mansions, Narrow Street, Londres E14. La description de son occupant semblait correspondre à peu près au visage déformé de l'homme tiré de la rivière, et la confirmation viendrait rapidement.

Quel genre d'homme, menant quel type de business, pouvait laisser une chambre d'hôtel parfaitement stérile de toute activité, de son passé et de son identité ? Frank Williams se posait la question… Il perçut le miroitement du tissu brillant et entendit le rire rauque du plus jeune des policiers – il avait ouvert le dernier tiroir de la commode et exhibait deux slips devant son collègue plus âgé. Frank Williams se précipita et s'empara des sous-vêtements, vérifia les étiquettes, qui correspondaient. Les slips étaient en soie… C'est déjà assez moche de mourir loin de chez soi, songea-t-il, mais c'est encore pire quand vos petits secrets deviennent l'objet des sarcasmes de parfaits étrangers.

Mister était de retour.

Deux hommes figuraient en tête de sa liste de priorités, et la nouvelle de la débâcle du procès arriva trop tard pour qu'ils aient le temps de prendre le large. Ni l'un ni l'autre n'eut le loisir de sauter dans un avion pour Miami, l'Algarve, l'Espagne ou ailleurs. L'un d'eux, durant les huit mois de préventive de Mister, avait négligé de payer son tribut, à hauteur de 750 000 livres. L'autre avait profité de son absence pour tenter de s'imposer dans son réseau de dealers, en important sa propre héroïne d'Afghanistan raffinée en Turquie.

Il était urgent pour Mister de montrer qu'il était de retour.

L'homme aux 750 000 livres avait été cueilli à son appartement, avec sa valise à demi remplie pour un départ précipité ; tout s'était passé trop vite pour qu'il puisse sortir l'Uzi qu'il gardait en cas d'urgence dans une cache sous son plancher. Ce matin-là, il était dans l'unité de soins intensifs de Charing Cross, où une équipe médicale bataillait pour le maintenir en vie... L'autre gros dur était dans un lit d'un service similaire, à l'Hôpital universitaire, hérissé de perfusions et de fils reliés au monitoring. Quand les Cartes étaient venus le chercher, à l'heure du loup, dans le club de billard qu'il possédait à Hackney, il ne savait pas que ses propres gardes du corps s'étaient volatilisés de leurs postes devant l'entrée et la sortie de secours.

Durant l'absence de Mister, des libertés avaient été prises. Personne ne pouvait se douter qu'il allait recouvrer sa liberté sans préambule. Mister ne pouvait conserver son autorité et sa mainmise après huit mois de prison sans une démonstration de force. Dès cette nuit-là, il avait envoyé un double message.

À l'hôpital de Charing Cross, un inspecteur demanda au médecin s'il avait une idée de la façon dont on s'y était pris pour détacher la jambe de la victime au niveau du genou. Livide, le médecin avait suggéré à l'inspecteur de rechercher un taille-haie professionnel, du genre de ceux qu'utilisent les employés des Parcs et jardins pour couper les buissons et les broussailles. « Combien de temps ça a pu prendre ?

— Pour la découper entièrement ? Pas moins d'une minute, peut-être même un peu plus. »

Un autre inspecteur était assis dans une salle d'attente près du bloc opératoire à l'Hôpital universitaire, non loin d'une équipe inutile de policiers armés. On lui avait dit que la victime souffrait d'énormes dégâts à l'abdomen, causés par la décharge d'un fusil à canon scié. Un médecin lui avait demandé : « Mais qui peut faire ce genre de chose ?

— C'est ce qu'on appelle l'escalade de la violence. Pour eux, c'est la procédure normale dans le business. Vous et moi, nous enverrions une lettre d'avocat. Eux, ils se servent d'un calibre 12 à canon scié. »

Le corps, recousu, fut ramené dans la chambre froide sur un brancard roulant.

Le légiste arracha ses gants souillés et son assistant détacha les cordons dans le dos de son long tablier. Le médecin haussa les épaules.

« Mort par noyade, déclara-t-il d'une voix traînante, en anglais, avec un accent américain. Une quantité considérable d'alcool dans l'estomac, et un repas – je n'ai pas vraiment le temps de détailler ce qu'il a mangé. Aucun signe d'un acte criminel. Les blessures et les abrasions sont cohérentes pour un cadavre qui a passé trente heures dans une rivière. Je ne vois aucune raison pour que le corps ne soit pas renvoyé à sa famille pour être enterré. » Il s'arrêta et leva les yeux sur Frank Williams. « Maintenant, si vous voulez bien m'excuser. »

Il devait gagner, au maximum, cinq cents marks, se dit Frank. À peu près quarante livres sterling par semaine, avant impôts. Ce médecin était un professionnel expérimenté, qui avait probablement appris à découper des corps dans une université américaine. En étant détaché auprès du GIP en Bosnie, Frank se faisait six cents livres sterling par semaine, après impôts, et il n'avait pas été plus loin que le lycée. Il ne croyait pas un mot de ce que pouvait lui raconter un employé gouvernemental de Sarajevo ; il se pouvait qu'il n'y ait aucune blessure d'origine criminelle ; il se pouvait aussi qu'il y ait des blessures criminelles que le légiste n'avait pas détectées, ou encore des blessures criminelles qu'il avait été payé pour passer sous silence. Ils étaient dans les sous-sols de l'hôpital Kosevo et il imaginait à quoi cela avait dû ressembler ici pendant le siège de la ville, à la lueur des bougies, quelque chose comme un abattoir, un carnage infernal. Hearn, un jeune diplomate de l'ambassade, se tenait auprès de lui.

« Tout est en ordre, donc ? demanda-t-il avec une grimace. C'est la première fois que j'assiste à une autopsie, je suis content de ne pas avoir déjeuné.

— Ma foi, dit Frank, avec une ironie appuyée, tout est parfait, n'est-ce pas ? Vous descendez dans un hôtel pour affaires. Petit hic : aucun papier relatif à ces affaires dans votre chambre. Donc, incroyable mais vrai, vous devez être l'un des cinq touristes qui se rendent à Sarajevo chaque année. Petit hic : aucun guide touristique, aucune carte de la région dans votre chambre. Bien. Vous êtes bourré et incapable de mettre un pied devant l'autre. Petit hic : comment faites-vous votre compte pour escalader un parapet ou un muret, à cinquante ans bien tassés, pour aller vous flanquer dans la rivière, après avoir perdu votre portefeuille et tout autre moyen d'identification ?

— Et donc ?

— Donc, ça n'est pas satisfaisant.

— C'est bien noté, dit Hearn, je vous remercie. Laissez-moi m'en occuper, et voyons où tout ça nous mène. »

Le SIO était debout. L'officier supérieur, le CIO, était assis à son bureau.

« Inutile de tourner autour du pot, Brian.

— Je crois que j'avais compris. » Le SIO transpirait.

« Sierra Quebec Golf, sous sa forme actuelle, est démantelé, et vous – pardonnez-moi d'être brutal – vous êtes en surnombre.

— C'est plus de trente ans de ma vie… »

Il n'aurait pas dû dire ça, il ne voulait pas avoir l'air de s'apitoyer sur lui-même. Il savait bien qu'il allait être convoqué, mais il avait espéré que ce serait plus tard, et que l'alcool aurait eu le temps de se dissiper dans ses artères.

« C'est un scandale, et croyez bien que je le pense sincèrement… Mais il faut regarder les choses en face.

— Je regarde les choses en face. Nous n'avons pas eu de chance, voilà tout. » Le ton de sa propre voix lui parut acerbe. Il ne s'était jamais senti à l'aise avec le nouveau CIO, un étranger parachuté par la communauté des renseignements. Il n'avait jamais pu discuter avec lui comme il le faisait avec les autres patrons, promus au sein même de la boutique.

« Pour l'amour du ciel, Brian, soyez un peu adulte. Ce n'est pas le moment de faire la gueule.

On a dépensé des millions de livres. On s'est fait sortir du tribunal sous les ricanements… Packer est au crime organisé de ce pays ce qui se rapproche le plus d'un joueur de *superleague*. Vous avez eu tous les moyens que vous vouliez, tout ce que vous demandiez.

— C'est la chasse aux sorcières, c'est ça, et c'est moi qui suis le connard de balai ? »

Il n'avait pas recoiffé le peu de cheveux qui lui restait. Son crâne pulsait au rythme de sa colère. Le nouveau CIO portait un costume impeccable, une chemise impeccable et une cravate tout aussi impeccable, avec un dessin à la con, il n'arrivait pas à voir quoi, un truc de l'époque des espions, il lui semblait. Il sortait de Cambridge, il avait des relations et l'oreille de l'*élite**.

« Pour les mois qu'il vous reste à faire, vous pouvez être muté aux enquêtes fiscales ou, si vous pensez que c'est préférable, prendre votre retraite anticipée. Votre pension n'en sera pas affectée, cela va sans dire.

— Comme c'est généreux à vous. »

Se montrer sarcastique n'était pas dans sa nature. Sa femme, qui était avec lui depuis ses débuts au sein de l'Église, disait que, quand il essayait d'être sarcastique, il se rabaissait. Le CIO l'ignora.

« À vous voir, Brian – et je n'éprouve aucun plaisir à le dire –, on a l'impression que vous avez passé la nuit dans les buissons. Les anciens qui se saoulent avec les jeunes, ce n'est pas très raisonnable.

— J'ai emmené l'équipe boire un coup. Bon Dieu de merde, vous ne savez pas ça ? On fait toujours ça quand une affaire échoue. Ces femmes, ces hommes, ils avaient mis leur vie là-dedans, tout le reste passait en second, et pour moi aussi. On est allés boire un verre ou deux ou trois, et alors ?

— Ce n'est pas une tradition que j'apprécie. À mon avis, analyser le désastre, car c'est un désastre, devrait se faire avec l'esprit clair, pas avec la gueule de bois… »

Le SIO éclata de rire, un ricanement rauque.

Des yeux glacés le fixaient. « Qu'est-ce que j'ai dit de si drôle ? Éclairez ma lanterne, je vous en prie.

— Cann a fait ça. Cann est resté tout seul devant son ordinateur toute la nuit. Et pour faire quoi ? *Pour chercher où on s'est plantés.* On ne s'est pas plantés. C'est ce système, cette procédure. »

Le CIO avait ramené ses paumes l'une vers l'autre, les doigts tendus, comme un évêque en prière. « C'est toujours la faute de quelqu'un d'autre. Je vous entends parfaitement, Brian. Continuez à vous le répéter et ça finira peut-être par vous réconforter. De toute manière, j'ai bien peur que ce soit la fin du parcours. Désolé, mais il n'y a pas place pour le sentiment, pas quand un homme aussi important que Packer s'en sort la tête haute. Alors, que choisissez-vous ? »

Il n'y aurait pas de pot de départ. Peut-être une pendulette de voyage envoyée par la poste, peut-être un rassemblement miteux dans un pub où on lui offrirait une carafe à décanter le sherry, après avoir fait une collecte. Il répondit calmement : « J'aimerais disposer du reste de la journée pour rassembler mes affaires et faire quelques adieux.

— Un choix judicieux. Le service des pensions vous contactera. »

Il explosa. Il allait disparaître, relégué au dépotoir. « Bon Dieu, je voulais le faire tomber, vraiment, comme tout le monde ici.

— Mais vous ne l'avez pas fait, n'est-ce pas ? C'est là tout le problème, Brian. Bonne chance, dit le CIO avec un sourire.

— Au revoir. J'espère que d'autres réussiront là où nous avons échoué.

— Oui, avec les bonnes personnes, je suis sûr que nous y arriverons. »

Le SIO se dirigea vers la porte.

« Dites-moi, reprit derrière lui la voix, soudain faussement désinvolte, ce type de l'équipe qui est resté insensible à votre charisme de meneur de beuveries, comment s'appelle-t-il ?

— Aucun intérêt, ce n'était pas vraiment un membre de l'équipe, en fait, juste un factotum, il était chargé de l'archivage, il mettait de l'ordre dans la paperasse. C'est personne.

— Et comment s'appelle-t-il, ce monsieur Personne ?

— SQG12. Joey Cann. »

Joey s'engagea dans la rue. Il n'était jamais venu ici avant. Il avait classé peut-être deux cents photos de cet endroit. Il en connaissait chaque détail – avec les arbres en fleurs, couverts de feuilles ou dénudés, avec les jardins pelés ou fleuris. C'était comme s'il avait vécu dans cette rue, à travers les objectifs des caméras et des appareils photo dissimulés dans des abris des British Telecom, dans des fourgons en stationnement ou des voitures abandonnées. Habituellement, il la voyait en monochrome, mais cela ne l'empêchait pas de tout reconnaître.

Joey était un homme déterminé. Dans le monde des procédures légales, un juriste aurait réduit en miettes ce jeune homme mince et pâle aux cheveux bruns emmêlés, avec ses grosses lunettes et son jeans tire-bouchonné. Il était entré dans la rue par le carrefour sud et la remontait d'un pas nonchalant, se dirigeant vers les terrains de sport, à l'autre bout. Il n'avait pas le droit d'être ici, aucune autorisation de surveillance rapprochée. Le simple fait d'être dans cette rue était une entorse aux règles de l'Église et frisait les limites de la légalité. Il n'aurait jamais pu en répondre face à un avocat.

« Excusez-moi », dit une voix aiguë derrière lui.

Il s'écarta vers le bord du trottoir, et une femme poussant un landau le dépassa. Elle se retourna et darda sur lui un regard suspicieux. Il la connaissait, par les photos. Rosie Carthew. Il se rendit compte qu'il devait avoir l'air d'un barjot égaré, peut-être même qu'il sentait un peu mauvais. Le mari de cette femme importait des robes, des jupes, des chemisiers et des sacs italiens haut de gamme. Joey savait aussi que, un an et demi plus tôt, Rosie Carthew avait appelé à deux reprises la police locale pour se plaindre de la présence de véhicules suspects dans sa rue ; les deux fois, les opérations de surveillance avaient dû être suspendues.

Plus loin sur le trottoir, une femme balayait les feuilles d'une haie fraîchement taillée. D'après les photos, il reconnut Carol Penberthy. Trois mois avant l'arrestation de Mister, en pleine nuit, les agents de la Branche A du service de sécurité avaient enfoui une mini-caméra équipée d'un fish-eye dans le pilier de briques de son portail, en face de chez Packer. Pas le genre de travail des milices de voisins. Carol Penberthy devait souffrir d'insomnies et s'était trouvée à sa fenêtre pendant qu'ils travaillaient. Le lendemain matin, Carol Penberthy avait été filmée par le fish-eye, sortant à grands pas de chez elle, traversant la rue et prenant l'allée menant chez Packer, pour avoir une rapide conversation chuchotée avec Mister. La nuit suivante, une camionnette délabrée avait déboulé dans la rue, et la dernière image transmise par le fish-eye avait été celle de son pare-chocs avant, venant s'écraser contre la colonne de briques et détruisant la caméra.

Il doutait que ces femmes soient complices de Packer – juste des fouineuses à la langue bien pendue.

Joey parvint devant la maison. Il l'avait vue à toutes les heures du jour, tous les jours de la semaine, toutes les semaines du mois, tous les mois et toutes les saisons de l'année. Il connaissait la disposition et la taille des briques des murs, le nombre de panneaux des baies vitrées de la façade, de chaque côté du porche, l'emplacement du minuscule judas de la porte, les motifs des rideaux et même la mélodie du carillon. Un an avant l'arrestation, un micro avait été caché sous l'écorce de l'arbre en fleur devant l'entrée ; il avait tenu une semaine avant qu'on ne l'arrache. Ils avaient alors marmonné que soit Mister avait du bol, soit il y avait encore eu des fuites avec les bandes enregistrées. Joey savait comment les pièces étaient agencées derrière la porte et les rideaux. La maison avait été *cambriolée* par la Branche A, la première fois qu'ils étaient entrés en scène. C'étaient des mecs malins, capables de se faufiler partout où les policiers balourds et les médiocres douaniers de l'Église ne pouvaient accéder. Ils avaient caché un micro derrière la prise de l'antenne parabolique et un autre, de la taille d'une tête d'épingle, derrière la grille de ventilation de la chambre à coucher – celui-ci avait tenu quatre jours. L'un et l'autre avaient disparu avec les ordures déposées dans la poubelle sur le trottoir. Joey savait que les éboueurs passaient le lundi matin. Mais les intrus de la Branche A étaient restés sept minutes dans la maison et avaient eu le temps de photographier chaque pièce. Joey savait tout des tableaux décorant les murs, de jolies aquarelles mais sans grande valeur, de la couleur du papier peint, des médicaments dans le placard de la salle de bains, et de la nourriture dans le frigo. C'était comme s'il avait été l'hôte de Mister.

« Est-ce que je peux vous aider ? »

Une femme sortait de sa voiture, dans l'allée en face, deux numéros plus haut. Leonora Govan. Séparée, en instance de divorce, deux enfants. La surveillance avait révélé que, de toutes les femmes du voisinage, c'était elle qui allait le plus régulièrement prendre le café chez la Princesse.

« Non, répondit Joey.

— Puis-je vous demander ce que vous faites là ? » Sa voix claquait d'un ton accusateur.

« Vous pouvez, nous sommes dans un pays libre », répondit Joey en souriant. C'était la première fois qu'il souriait depuis qu'il avait reçu cet appel sur son portable hier après-midi. Mais il ne s'arrêta pas.

À vrai dire, c'était une bonne question, qui le mettait face à un mur. Que venait-il faire ici ? Il se retourna et regarda derrière lui. Dans l'angle de son champ de vision, la femme, Leonora Govan, restait debout au milieu des sacs de courses sortis du coffre de sa voiture, à le fixer. Il regarda une dernière fois la maison. Le simple fait de passer devant l'avait rendue bien réelle, et non plus une simple photographie. Joey Cann n'était pas un romantique ; ceux qui ne l'aimaient pas disaient qu'il était dénué d'humour et de sentiments, ceux qui s'intéressaient à lui auraient dit qu'il était investi et déterminé. La fantaisie n'était pas sa caractéristique première. Que croyait-il faire, dans cette rue de la banlieue nord de Londres, à contempler une maison où le seul signe de vie était une fenêtre entrebâillée de trois centimètres à l'étage ?

Il restait immobile sur la chaussée. En face de lui, sur des terrains de sport, un groupe de garçons apprenait le football et, derrière eux, un groupe de filles s'essayait maladroitement au hockey sur gazon. En fin de journée, ils se précipiteraient vers les portes de leur école, sentant la sueur, les genoux sales ; et dans la rue devant l'établissement, il y aurait les *pushers*, les revendeurs qui achetaient la dope aux dealers et la coupaient. Les dealers achetaient la dope des importateurs et la coupaient. Les importateurs prodiguaient héroïne, crack, cocaïne, ecstasy, LSD et amphétamines, venus de lointaines contrées du globe et revendus à grand profit aux dealers et aux *pushers*.

Un esprit romantique aurait dit que l'importateur, un type banal vivant dans une maison banale, était le Mal incarné. Ce n'est pas le mot que Joey Cann aurait utilisé. Ce type banal, dans sa maison banale, c'était une cible, ni plus ni moins, en l'occurrence la plus grosse cible que visait l'Église : la cible numéro un. Il se demanda si cette ordure de Packer avait ri en quittant le tribunal, libre comme l'air. Il avait entendu Mister rire sur certaines bandes, il l'avait vu rire sur des photos, également.

Que faisait-il ici ? En passant devant cette maison, Joey donnait vie aux photos et aux bandes. Il donnait vie à la cible. Il titubait de fatigue et s'appuya contre le grillage. L'homme – Mister, Packer – devait se croire véritablement intouchable. Il se retourna. Il n'y avait pas âme qui vive dans la rue.

Il murmura : « Ce que vous devez savoir, Mister, c'est que, où que vous alliez, je serai avec vous, je vous suivrai. Regardez par-dessus votre épaule, je serai là. »

Joey ricana tout haut.

Dans le bureau des Balkans, au ministère des Affaires étrangères et du Commonwealth, ils lisaient le message envoyé par Hearn depuis Sarajevo.

« Doux Jésus…, dit une femme. Encore un mort ? On n'avait vraiment pas besoin de ça, bon sang ! Des cercueils plombés, de la paperasserie épaisse comme un annuaire… C'est un peu Interflora, c'est ça ? Ces gens expédient des corps, les croque-morts je veux dire, comme les fleuristes expédient des couronnes, non ? Il va nous falloir la moitié de l'après-midi pour régler ça. Les familles disent toujours oui, puis elles rechignent quand elles voient le prix, pas vrai? J'imagine que Zagreb est la ville la plus proche pour un transfert international, vous en dites quoi?»

L'homme à côté d'elle hocha la tête. Il relisait le message pour la troisième fois. Il dit, très calmement : «Il semblerait que Hearn ne soit pas très à l'aise avec cette affaire. Je vais balancer le message aux imperméables, là, de l'autre côté de la Tamise. Ça les occupera.»

Ça le taraudait, comme une démangeaison qui ne laisse pas en paix. Où était le Craqueur?

Ce matin-là, il alla voir son père. Certains hommes, en prison, souffraient de claustrophobie, se détérioraient physiquement et mentalement, écrasés sous le poids de l'institution. Pas Mister. Il était sorti indemne de l'emprisonnement, et, à présent, il pensait avoir rétabli sa réputation. Il les avait laminés. Il était au volant de la BMW de la Princesse, une série 5 vieille de trois ans, et avait descendu les vitres à l'avant, si bien que l'air de la rue lui soufflait au visage. Très souvent, en descendant Green Lanes depuis la rocade nord, son territoire, avant de prendre vers Cripps House, il avait ressenti cette excitation vibrante, si particulière, que faisait naître le pouvoir, mais, à chaque fois qu'elle montait en lui, la démangeaison revenait – l'absence du Craqueur.

L'immeuble de Cripps House comptait huit étages. C'était un logement social qui avait été bâti en 1949, vieillissant, se délabrant peu à peu, mais les responsables trouvaient toujours moyen de redonner un coup de peinture aux portes et aux fenêtres. L'ascenseur était vérifié régulièrement. Il ne se produisait jamais d'agressions ni de cambriolages dans cet immeuble, pas de vente de drogue, et pas de seringues sur les pelouses qui l'entouraient. Au huitième étage, tout au bout de la coursive couverte, perché comme une tour de guet avec vue sur la rue principale et les aires de parking, se trouvait l'appartement de Herbie Packer, chauffeur de bus à la retraite, veuf, qui n'avait jamais eu de problèmes avec la police. Elizabeth Packer, qui faisait le ménage au Waldorf Hotel, du temps où elle travaillait encore, était morte quatre ans plus tôt. Quand Albert, que l'on n'appelait pas encore Mister, avait douze ans, les personnes qui rendaient le plus souvent visite au dernier étage étaient des professeurs et des travailleurs sociaux. Quand il eut quatorze ans, ils furent remplacés par des policiers, en uniforme ou en civil. Elizabeth et Herbie Packer leur servaient le même refrain à chaque fois : « C'est un bon garçon, vraiment, un cœur d'or, le problème c'est qu'il s'est acoquiné avec les mauvaises personnes. » Ils n'en changèrent jamais, même quand la police vint l'arrêter et qu'il se retrouva, à quinze ans, à devoir passer un an dans un centre de détention pour mineurs à Feltham. Ni à dix-neuf ans, quand on enfonça leur porte à l'aube pour l'emmener purger deux ans à Pentonville. Encore et toujours, comme il le disait avec fierté, ses parents se refusaient à lui faire le moindre reproche. Il prit l'ascenseur. Dans tous les autres immeubles de ce grand ensemble, tous baptisés de noms de Premiers ministres, il y avait des graffitis sur les parois de l'ascenseur, des numéros de téléphone de putes et de *pushers*. Il traînait par terre des enveloppes froissées qui avaient contenu des doses d'héroïne et, même en plein jour, on courait le risque de se faire agresser dans la pénombre du hall, près des ascenseurs. Mais son père vivait dans Cripps House, et le recours à un manche de pioche et quelques décharges électriques avaient garanti la sécurité des plus vieux résidents, tandis que de petites sommes de fric dans des enveloppes brunes anonymes, judicieusement placées dans quelques mains, assuraient que l'immeuble restait propre, régulièrement repeint, et que l'ascenseur ne tombait jamais en panne.

Il sortit de l'ascenseur et s'arrêta sur la galerie couverte pour regarder par-dessus Albion Road, vers Highbury Grove. Son regard se porta au-delà d'Holloway Road, et se fixa sur la tour centrale du centre de détention de Pentonville. En plissant les yeux, il parvenait à distinguer les alignements de fenêtres des cellules sur l'arrière de l'aile D. Durant les deux années qu'il avait passées là-bas, il avait établi des contacts qui avaient été les fondations de sa vie d'adulte. Pentonville lui avait permis de rencontrer les hommes qui étaient devenus son bras armé, ses distributeurs, ses dealers, et l'Aigle. Et c'est là aussi qu'il avait renoué ses liens avec le Craqueur. Il jura en lui-même… Ses yeux revinrent à l'horizon morne des tours, des clochers d'églises et des cheminées. Au-dessus du muret de la coursive se dressaient Dalton House et Morrison House, puis le plus gros immeuble de tout cet ensemble, Attlee House. Là où habitait le Craqueur.

Mister aimait à ordonner sa vie dans des boîtes. À chacune, il attribuait un certain laps de temps et certains engagements. Dans l'une d'elles se trouvaient les affaires prioritaires, discipline et respect, qu'il avait réglées. Dans une autre, les questions concernant son père. Il sonna à la porte, et arrangea un sourire sur son visage.

La question de la disparition du Craqueur était rangée à l'écart, dans une boîte à part.

Il prit son père dans ses bras et sentit les os frêles de ses vieilles épaules. Des années auparavant, Mister avait voulu acheter un bungalow pour ses parents, sur la côte sud, mais sa mère avait toujours refusé de quitter Cripps House. Aujourd'hui, à soixante-quatorze ans, son père faisait de même, refusant également de se rapprocher de ses filles, Vicky, Alex, May et Julie. Il restait ici : c'était chez lui. Ils entrèrent, le bras de Mister passé autour des épaules de son père. Le salon était dominé par le téléviseur écran large surdimensionné, sur lequel passait un soap avec le son à fond, parce que son père perdait peu à peu l'ouïe.

« Tu as l'air d'aller bien, fils…

— Pas trop mal, P'pa, à vrai dire.

— Je ne vais pas trop mal non plus.

— Il y a quelque chose que tu voudrais, P'pa ?

— Non, rien. J'ai besoin de rien.

— Tu n'as qu'à demander, tu le sais.

— Rien, merci, t'es un bon garçon… Je suis content de te voir revenu. Ça ne se passe pas bien quand tu n'es pas dans les parages.

— C'était juste une erreur, P'pa. Ils ont additionné deux et deux, et ils ont trouvé cinq. Tu n'as pas à t'inquiéter. »

C'était à peu près tout ce qu'ils se disaient, quand il leur arrivait de parler de sa vie. Mister s'installa sur le canapé, qui jadis était mis sens dessus dessous une demi-douzaine de fois l'an par la police judiciaire de Caledonian Road, les talons posés sur ce même tapis qui avait si souvent été soulevé par les flics. À côté du téléviseur se dressait le meuble d'étagères et de placards qui n'avait plus jamais été d'aplomb depuis que les inspecteurs l'avaient démonté pour la première fois, trente-deux ans plus tôt. Quoi qu'aient pu dire de lui les professeurs et les travailleurs sociaux, qu'il était un hooligan et une brute, son père n'avait jamais émis une critique, n'avait jamais levé la main sur lui, ni même élevé la voix contre lui. Tout ce qu'il avait été autorisé à fournir pour l'appartement, c'étaient une nouvelle cuisinière et un frigo pour la cuisine, la jolie cheminée électrique avec ses charbons artificiels éclairés, et l'énorme téléviseur. En retour, il n'avait jamais autorisé son père à lui rendre visite en préventive, pour la même raison qu'il avait interdit à la Princesse de venir à Brixton, ou à s'asseoir avec le public lors du procès. Ils discutèrent des programmes de la télé, du nouveau buteur camerounais qui venait juste de signer à Arsenal, du temps, et des bébés de ses sœurs ; il écoutait, surtout, et son père parlait.

Quand arriva l'heure de repartir, il dit : « Je pensais passer à St Matthew, P'pa – oui, je pense que je vais faire ça. »

Ils étaient sur la galerie. Derrière son père se dressait la masse déglinguée d'Attlee House, et il pouvait voir la fenêtre condamnée qui avait été celle du Craqueur quand ils étaient enfants. Il embrassa son père et pressa le pas vers l'ascenseur.

Par les voies de l'électronique, le message du diplomate parvint jusqu'au bâtiment de l'Intelligence Service, sur la rive gauche de la Tamise. Le nom, Duncan Dubbs, et l'adresse, 48 River Mansions, Narrow Street, London E14, furent entrés dans leurs ordinateurs. Ils ne trouvèrent pas la moindre trace. Le message de Sarajevo fut copié et repartit de l'autre côté du fleuve pour Thames House, siège des services de contre-espionnage.

Il demanda l'infirmière en chef, qu'il avait surnommée la Colonelle.

« De la part de qui, s'il vous plaît ? demanda sèchement la réceptionniste.

— Packer. Albert Packer. »

La réceptionniste était nouvelle. Il ne l'avait jamais vue auparavant, son nom ne signifiait rien pour elle.

« Vous avez rendez-vous ?

— Je ne fais que passer.

— Je sais qu'elle est très occupée cet après-midi.

— Dites-lui juste qu'Albert Packer est là. Merci. »

De l'extérieur, c'était un bâtiment victorien déprimant, avec une haute façade de briques crasseuses. À l'intérieur, des fleurs fraîchement coupées apportaient de la lumière et de la chaleur. Quatre ans plus tôt, avec sa sœur aînée et son père, il avait emmené sa mère ici. Sa tumeur à l'estomac était inopérable… La réceptionniste parlait au téléphone et il vit la surprise se dessiner sur son visage. Elle lui dit qu'il pouvait monter, ce qui signifiait que la Colonelle allait faire place nette dans son bureau pour lui, et il répondit qu'il connaissait le chemin. Sa mère avait passé une semaine à St Matthew avant d'y finir ses jours, en paix. Il aimait la quiétude de cet endroit, son odeur de propre, la lumière dans les couloirs et les escaliers, le parfum des fleurs. St Matthew ne le plongeait plus dans l'angoisse.

La Colonelle l'attendait devant son bureau, vêtue de son uniforme bleu guindé invariablement décoré des médailles du corps des infirmières de l'Armée britannique, et d'une montre en or ancienne qui pendait de sa poche de poitrine. C'était une grande femme au visage émacié, originaire de l'ouest de l'Irlande. Elle paraissait impressionnante, jusqu'à ce qu'elle parle, sévère jusqu'à ce que l'on découvre l'étincelle d'intelligence dans ses yeux. Par un froid après-midi de février, quatre ans auparavant, quand il avait amené sa mère ici, refusant le diagnostic des médecins, et qu'il avait rencontré la Colonelle pour la première fois, il lui avait demandé, d'un air de défi : « Est-il possible – est-ce qu'il arrive parfois qu'un patient ressorte d'ici ? »

Le regardant droit dans les yeux, elle avait répliqué : « Non, cela n'arrive jamais, c'est absolument impossible, et cela ne vous aiderait en rien de le penser. »

Peu de gens disaient la vérité à Mister, sans fard, sans embellissements. Dans le lit à côté de sa mère se trouvait un peintre qui avait exposé dans les meilleures galeries, et de l'autre côté un colonel à la retraite de la Garde royale. Sa mère, la femme de ménage des grands hôtels, se retrouvait entre le talent et la position sociale ; on lui avait accordé la même attention, le même amour, et les mêmes doses d'antidouleur.

« Ravie de vous revoir, monsieur Packer. Je me demandais… » Elle gloussa.

« … Où en êtes-vous ? Je veux dire, j'espère que la pièce n'est pas retombée du mauvais côté ? »

Elle lui serra la main. Ils riaient tous les deux. Avec son autre main, il prit dans sa poche intérieure une petite enveloppe très épaisse et la lui passa. Il n'y avait jamais moins de deux mille cinq cents livres, en billets de cinquante et de vingt, dans les enveloppes qu'il lui remettait, rarement plus de cinq mille… Comme par un tour de passe-passe, elle glissa l'enveloppe dans le V de son uniforme sous sa gorge, puis elle lui fit un clin d'œil. Elle ne lui parlait jamais de sa vie, ou de ce qu'elle avait pu lire dans les journaux. La première fois qu'il était revenu la voir, un mois après la mort de sa mère, il lui avait demandé de quoi elle avait besoin. Elle avait répondu que la liste était longue comme le bras, mais qu'un chèque ferait l'affaire. Mister ne faisait jamais de chèques, mais il donnait du cash, tant qu'on ne posait pas de questions. « Comment vais-je faire figurer du liquide dans la comptabilité, si je n'ai pas le nom du donateur ? Dois-je dire au contrôleur fiscal que le Père Noël est en avance ? » avait-elle demandé. Il avait souri. « Vous ne dites rien à personne. Vous arrangez un peu les chiffres. Vous achetez ce que vous voulez, cash, et vous n'avez pas à attendre l'autorisation de la direction. Disposez de cet argent comme vous le jugerez bon, et quand vous voudrez. Je vous enverrai quelqu'un. Arranger les chiffres est sa spécialité. »

Ce quelqu'un était le Craqueur. Les billets dans les petites enveloppes avaient payé des lits inclinables, repeint des murs, fourni de nouvelles télévisions, assuré six mois de salaire d'une infirmière spécialisée, fourni des ordinateurs pour la gestion des soins journaliers, permis des enterrements décents pour des défunts sans ressources, payé des bus pour des sorties, des comédiens pour des fêtes, et des vacances pour les bénévoles. Personne d'autre qu'elle n'était au courant de ses contributions à ce mouroir, et la Colonelle n'avait jamais posé de questions sur l'origine de cet argent, qu'elle utilisait avec gratitude. Mister se tenait à l'écart de toutes les soirées de levée de fonds. Jamais personne n'avait pris de photo de lui dans l'hospice. Elle lui avait dit un jour que ce qu'il faisait était « authentique, pas des bonnes œuvres pour la galerie » et, une autre fois, que, lorsqu'elle se retrouvait seule, le soir, à batailler avec les budgets et les dépenses, elle se demandait ce qu'elle ferait sans sa générosité. Il avait rougi, ce jour-là, et elle n'avait plus jamais redit quoi que ce soit de ce genre.

« Que puis-je faire ?

— J'hésite à vous demander…

— Allez-y. »

Elle leva les yeux au ciel. « Il y a ce M. Thompson, qui vient juste de nous rejoindre. Il va probablement rester ici une ou deux semaines, pas beaucoup plus. Il a apporté un carton plein de romans de cow-boys, mais ses yeux sont trop fatigués pour lire, et il dit que les femmes ne savent pas raconter les histoires de cow-boys… Je n'ose pas vous demander…

— Pas de problème. »

Une demi-heure plus tard, Mister refermait *Sunset Pass*, de Zane Grey, après en avoir lu deux chapitres à un ex-ingénieur atteint d'un cancer des poumons en phase terminale.

« Eh bien, voilà qui est intéressant, très intéressant. »

Lorsqu'on avait entré son nom, les ordinateurs de Thames House avaient trouvé une trace de Duncan Dubbs. Les temps étaient durs pour les services de contre-espionnage. La fin de la guerre froide et de la menace d'espions infiltrés et la réduction des attentats irlandais avaient déclenché une furieuse campagne ; on exigeait de voir justifié le budget toujours croissant du MI5. Un politicien d'extrême droite avait attaqué la « médiocrité abyssale » de ce service ; dans l'autre aile du Parlement, un gauchiste l'avait qualifié comme « le pire et le plus discrédité de toute l'alliance occidentale ». Ils étaient « des lourdauds en blouse grise », souffrant « d'inertie structurelle ». Ils faisaient preuve d'une « étroitesse d'esprit fâcheuse » et étaient incapables d'ouvrir un « débat de fond » quant à leur rôle futur. Pour rançon de leur inactivité, la charge du crime organisé avait été transmise à leurs bureaux. Et là, l'ordinateur crachait les secrets de cet homme tiré de la rivière Miljacka, en plein Sarajevo. Comme la promesse d'un succès, une raison d'exister.

Le responsable de l'unité relut de très près ce qui venait de sortir de l'imprimante. « Passionnant. Que va dire Mister ? Mon Dieu. Pauvre vieux Craqueur. C'est la meilleure nouvelle que j'aie entendue depuis des lustres – le Craqueur a rejoint son Créateur… à Sarajevo. Qu'est-ce qu'il pouvait bien foutre à Sarajevo ? Je vais vous dire – quoi qu'il soit allé foutre, ça va faire blêmir Mister. Ça va lui pourrir son triomphe d'être sorti de l'Old Bailey. »

Il se tourna vers la jeune femme qui lui avait apporté les pages imprimées. « Le Craqueur était la main droite de Mister – le craqueur de chiffres, vous pigez, Irène ? – son comptable. C'est une vraie victoire pour nous, qu'il ait perdu cet homme-là. Je n'arrive pas à imaginer ce qu'il faisait à Sarajevo. J'espère que la rumeur va se répandre comme une traînée de poudre que le bras droit tordu de Mister portait des petites culottes de soie. J'aurais aimé être celui qui va lui apporter cette bonne nouvelle. »

Il était minuit moins vingt-cinq quand la BMW série 5 tourna pour entrer dans l'allée. Dans sa voiture, le SIO attendait sur le siège passager, à côté de Freddie, un de ses agents les plus loyaux. Quand Packer et la Princesse furent entrés dans la maison, il compta lentement jusqu'à cinquante. Puis il se redressa et ouvrit sa portière. Il sortit, toussota et vérifia que son vieux porte-cartes en cuir était bien dans sa poche de poitrine – avec sa carte, qui ne serait plus valide dans vingt-quatre heures. Les lumières brillaient aux fenêtres. Il traversa la rue, remonta l'allée et sonna, entendit le carillon et le bruit des pas venant vers la porte. Il se tint bien droit devant le judas, ouvrit son étui de cuir et présenta sa carte.

« Brian Finch, commissaire principal des Douanes. Désolé de vous déranger, monsieur ou madame, mais je crains que ce ne soit important. Il s'agit d'un décès. Pourriez-vous m'ouvrir, s'il vous plaît ? »

La porte s'entrouvrit jusqu'à la limite de la chaîne de sécurité et, une fois encore, Brian Finch brandit sa carte. On ôta la chaîne. Il supposa qu'une caméra de sécurité le filmait.

« Bonsoir, madame Packer. C'est votre mari que je souhaiterais voir. »

Mister se tenait dans l'encadrement d'une porte. Il avait dénoué sa cravate et ôté sa veste. Il paraissait plus grand qu'au tribunal. Il semblait avoir un problème à l'œil droit, sa paupière était plus basse que celle de gauche, et son index monta jusqu'à sa cicatrice, comme mû par un tic nerveux. Ni particulièrement grand, ni particulièrement puissant. Pas d'exhibition de muscles, pas de roulement d'épaules, pas de démonstration de force dans son attitude. Plutôt quelconque, le teint pâle des mois passés sous les verrous. C'était là l'homme qui, Brian Finch ne le savait que trop bien, répandait la terreur autour de lui.

« Qu'est-ce que vous voulez ?

— Je suis venu vous donner de mauvaises nouvelles, monsieur Packer.

— Vous avez un mandat ?

— Je ne crois pas avoir besoin d'un mandat pour ce que j'ai à vous dire, monsieur Packer.

— C'est une intrusion et du harcèlement. J'appelle mon avocat.

— C'est pour ainsi dire un décès familial, monsieur Packer, j'en ai peur. Ils ont repêché un corps dans la rivière à Sarajevo… avec des sous-vêtements de soie – il faut de tout pour faire un monde. Nous pensons qu'il s'agit du corps de votre vieil ami, M. Duncan Dubbs. Une noyade, probablement accidentelle, rien n'indique un acte criminel. Nous avons besoin d'un coup de main, monsieur Packer, le nom de ses parents proches, ce genre de chose… »

Le SIO garderait le souvenir de cette soirée comme l'un des moments les plus extraordinaires de sa carrière. Il était en train d'annoncer à une pièce maîtresse du crime organisé que son principal lieutenant, son gourou de la finance, son génie du blanchiment d'argent, était mort. Ses yeux ne lâchaient pas le visage qui lui faisait face. Il n'y eut aucune réaction. Il avait cherché, par ses mots, à frapper l'homme à l'endroit le plus vulnérable, comme des coups de pied dans le mou du ventre. Pas un hoquet de surprise, pas un tremblement, pas un balancement d'un pied sur l'autre, pas de langue venant humecter les lèvres, pas le moindre vacillement dans le regard.

« Et aussi, monsieur Packer, nous n'arrivons pas à comprendre ce que le Craqueur – pardon, M. Dubbs – faisait là-bas, dans un endroit aussi dangereux. Pourquoi diable était-il en Bosnie ? »

La porte lui claqua au nez.

Début de l'été 1992

« Qui est-ce ?

— C'est Husein Bekir.

— Et il compte faire quoi ?

— Je crois qu'il vient planter des pommiers. Il voulait le faire l'automne dernier, mais l'eau est montée trop vite et l'a pris de vitesse. C'est la première fois que le niveau de la rivière baisse à nouveau suffisamment.

— Dites-lui de faire demi-tour. »

La veille, dans l'après-midi, l'unité de l'armée régulière était entrée dans Ljut et, en début de soirée, le capitaine Vokic avait eu le temps de faire une reconnaissance des terres descendant du village vers la barrière naturelle que formait la rivière. Ses ordres étaient d'organiser le village en poste défensif, pour ôter toute chance à l'ennemi de s'en emparer et de prendre le contrôle de la route qui passait derrière. Dans la soirée, une femme avait descendu la colline jusqu'à la maison de Dragan Kovac, et avait préparé à dîner pour le capitaine et le policier à la retraite. Puis les deux hommes s'étaient assis sur la véranda, et avaient bu de la gnôle en chassant les mouches.

Le capitaine Vokic était un officier de métier de l'armée de Yougoslavie ; en contemplant la vallée sous la lumière tombante, il avait été frappé à la fois par sa beauté et par la simplicité de sa défense. Aux premières lueurs de l'aube, tandis que Dragan Kovac ronflait encore sur un lit de camp dans le salon, le capitaine avait quitté le lit de son hôte, que celui-ci lui avait offert avec enthousiasme. Il avait fait sa toilette, s'était rasé et avait déjeuné d'une assiette de fromage avec du pain et une pomme. Il était monté jusqu'au village pour retrouver son vieux sous-officier et une partie des troupes, avait réquisitionné deux brouettes et supervisé le déchargement des mines des camions sur les brouettes.

Un vieux tracteur, tirant une remorque cliquetante, descendait le sentier de l'autre côté de la rivière et se dirigeait vers le gué, là où le flot bouillonnait en chargeant par-dessus les pierres qui affleuraient. Il roulait vers les champs qui s'étendaient devant l'endroit où le policier en retraite se tenait en ce moment avec le capitaine. Sous le soleil, les prairies brillaient de rosée et la lumière avivait les couleurs des fleurs sauvages.

« Il a acheté ces terres, dit Dragan Kovac. Elles lui appartiennent. Il les a achetées, comme son grand-père et le grand-père de son grand-père avant lui.

— Il ne doit pas traverser la rivière ! Dites-le-lui. »

Dragan Kovac fit ce que le capitaine lui avait ordonné. Il mit ses mains en coupe autour de sa bouche, et brailla dans l'air du petit matin. Son ami, Husein Bekir, n'était pas autorisé à traverser le gué et devait faire demi-tour. Mais le tracteur continua d'avancer, ignorant ces injonctions. Le capitaine regarda dans ses jumelles, sous la lumière rasante. Il vit un petit homme maigre courbé sur le volant du tracteur. Les gaz d'échappement laissaient un sillage derrière le tracteur qui progressait lentement. Il continuait d'avancer vers la Bunica.

« Je crois qu'il est un peu sourd, dit Dragan Kovac. Je pense qu'il ne peut pas m'entendre à cause du bruit du tracteur. »

Le capitaine se retourna, montra du doigt le fusil qu'un soldat portait en bandoulière et tendit la main pour qu'on le lui donne. Il épaula, arma, entendit la balle s'engager dans la culasse, ôta la sécurité, et visa.

L'ex-policier protesta : « C'est un ami, il est sourd, ces champs sont à lui ! »

Dragan ne sut jamais que le capitaine visait la terre et l'herbe sur le sentier devant le tracteur. Le capitaine plissa les yeux puis tira une seule balle. Son épaule encaissa la secousse du recul. Il y eut comme un petit panache sur le sentier, à cinq ou six pas devant le tracteur, mais la balle à haute vélocité n'alla pas se perdre dans la boue. Elle toucha un galet et ricocha vers le haut, tout droit dans le radiateur. Le tracteur s'arrêta net. Le coup de feu résonna dans toute la vallée, puis ce fut le silence total. La balle avait tué le moteur. Le silence resta suspendu au-dessus d'eux, au-dessus des champs labourés, des pâtures vertes, des vignobles qui attendaient d'être sarclés, des piquets et des fils de clôture qui attendaient d'être rafistolés, au-dessus de la rivière et des villages de Ljut et Vraca.

À Sarajevo, la guerre avait commencé depuis un mois.

Ce jour-là, à Sarajevo, huit civils allaient être tués et quarante-neuf grièvement blessés par des obus tirés par les chars et l'artillerie ; l'aéroport était fermé ; la maternité n'avait plus d'électricité et attendait que des bidons contenant deux cents précieux litres de kérosène puissent être versés dans un générateur de secours ; les zones résidentielles faisaient l'objet d'attaques soutenues. Ce jour-là, on imprima des tickets, pour rationner les produits alimentaires de base… Mais c'était le premier coup de feu que l'on tirait dans la vallée.

À quelques mètres du gué, le vieil homme restait assis bien droit sur son tracteur immobile.

« Vous croyez qu'il peut vous entendre, maintenant ?

— J'en sais rien, dit Dragan Kovac d'un ton amer.

— Essayez. Dites-lui de repartir. Dites-lui que, s'il s'approche encore de la rivière, il sera abattu. Dites-lui que cette rive-ci est désormais zone interdite, sous le contrôle des forces armées serbes. »

Dragan Kovac cria dans le silence. Il n'avait aucune envie de faire ce qu'on lui ordonnait, même s'il n'était pas assez perspicace pour comprendre que cet unique coup de feu venait de détruire, peut-être sans retour, l'innocence de la vallée dans laquelle il avait passé sa vie, la vallée qui était aussi celle d'Husein Bekir. Cette fois, son ami de l'autre côté de la rivière l'entendit. Il se dressa sur les repose-pieds de son tracteur et secoua le poing en l'air à leur intention, avant d'essayer de redémarrer. Le moteur ne toussa même pas. Dragan regarda le fermier descendre maladroitement du véhicule, puis leur tourner le dos pour repartir vers sa maison et son village.

« Je pense que vous n'avez plus besoin de moi, dit Dragan.

— Exact. Mais il y a quelque chose que vous ne devez jamais oublier. Nous sommes ici pour assurer votre protection. Si nous n'étions pas là, ils viendraient, la nuit, vous égorger dans votre sommeil, et, s'ils vous laissaient la vie sauve, ils feraient de vous des serviteurs de leur religion. Vous seriez sous l'autorité des fondamentalistes.

— Peut-être… »

Ce que disait l'officier n'était rien d'autre que ce que répétaient à longueur de temps la télé et la radio. Dragan Kovac regarda le dos d'Husein Bekir qui rapetissait au loin, et le tracteur abandonné près de la rivière, puis il rentra chez lui.

Le capitaine surveilla la pose des mines. Le soir précédent, il avait dessiné une carte détaillée du village, du sentier menant à la rivière, des champs, du grand mûrier et des berges. Les deux brouettes contenaient quarante-sept mines et, quand l'une était enterrée, il dessinait un cercle pour repérer son emplacement sur la carte, qui couvrait presque toute la page, étiquetée Zapisnik Minskoeksplosivne Prepreke (MEP). Trente et une de ces mines étaient des PMA2, les seize restantes des PMR3. Des PAM, des mines antipersonnel. On s'occupa d'abord des PMA2. Elles étaient rondes, peintes en marron et vert, et mesuraient dix centimètres de diamètre. On les glissait dans un trou peu profond, creusé au déplantoir, de manière que seule affleure la couronne de six pointes de trois centimètres. Il fallait une pression de cinq kilos pour faire exploser quatre-vingt-dix grammes de TNT. À un mètre, elles étaient fatales, à cinq mètres, elles estropiaient et mutilaient, à vingt-cinq mètres, elles étaient inefficaces. Pour celles-ci, le capitaine avait choisi six zones. On les enterra, on nota leur position notée, puis on les arma. Inutile de placer des signes ou des panneaux d'avertissement : les soldats qui gardaient le village savaient où elles se trouvaient.

La mise en place des PMR3 exigeait plus de soin. Elles étaient fixées sur un piquet de bois, à trente centimètres du sol. Depuis le corps, les soldats déroulaient vingt-cinq mètres de câble fin, le tendaient et attachaient l'extrémité à un pieu. Le fil de détente courait à quinze centimètres au-dessus du sol. À l'intérieur du container de métal cannelé, qui se fragmenterait en shrapnel, il y avait un noyau de TNT. Ces mines tuaient tout ce qui se trouvait dans un rayon de vingt-cinq mètres. La position de chacune fut notée sur la carte du capitaine, ainsi que l'emplacement de deux PROM, avec leurs fils de détente.

La guerre étendait ses bras avides vers eux. Désormais, les villages et la vallée étaient contaminés.

Chapitre trois

« Que vas-tu faire ? Continuer ou faire machine arrière ?

— Je réfléchis. »

Il était presque cinq heures du matin, les moineaux, les mésanges et les pinsons commençaient à chanter et, dans la grisaille qui adoucissait les lumières de la ville, Mister faisait les cent pas dans le jardin, derrière la maison. La Princesse était avec lui. Elle s'était réveillée, avait découvert qu'il n'était plus à côté d'elle dans le lit – une bouffée de panique avant que la confusion du sommeil ne se dissipe – et avait passé une robe de chambre pour aller le rejoindre.

« Pourras-tu y arriver sans le Craqueur ? » murmura-t-elle.

Mister avait deux ans de moins que le Craqueur. Au collège déjà, il gagnait beaucoup d'argent, et le Craqueur était son banquier ; il fichait la trouille aux autres mômes, qui volaient de l'argent à leurs parents, puis le Craqueur le gérait pour lui et lui disait quoi en faire. Ce bon vieux Craqueur, si avisé dès l'âge de quinze ans… Il avait investi ses premières cent livres, puis son premier millier, dans des obligations dans les îles Anglo-Normandes, sur un compte anonyme numéroté. Mister avait perdu contact avec lui quand il avait été interné en centre de détention pour mineurs, et que le Craqueur avait déménagé d'Attlee House. S'il avait été de constitution plus robuste, ou plus dur à la tâche, le Craqueur aurait peut-être repris l'étalage de fruits et légumes de ses parents au marché de Dalston. S'il avait eu de l'argent, beaucoup d'argent, il se serait payé une école privée pour devenir expert-comptable. Il n'était pas costaud et n'avait pas d'argent, alors il avait trouvé un appartement au sud de la Tamise et un boulot d'aide-comptable dans la City. Le Craqueur lui avait raconté que le chef comptable détournait de l'argent, et il le faisait habilement car, lorsque le bilan arriva, tout le blâme en fut attribué au Craqueur. Une condamnation pour fraude l'expédia à Pentonville, et leur vieille amitié se renoua alors. Mister, et il l'avait toujours reconnu, était fasciné – sans démenti depuis Pentonville – par le savoir encyclopédique du Craqueur quant aux chemins que l'on pouvait faire suivre à l'argent sale. Le lendemain de sa libération, deux semaines avant la sortie du Craqueur, il s'était rendu dans une rue de la banlieue de Blackheath, avait enfoncé la porte du chef comptable, battu le type jusqu'à le laisser pour mort, de sorte qu'il ne puisse plus jamais travailler, et le Craqueur était devenu son principal lieutenant.

« Je ne fais jamais machine arrière.

— C'est si important pour toi ?

— Il faut croire.

— Mais tu ne t'es jamais lancé dans une grosse affaire sans le Craqueur, et là, c'est une très grosse affaire. »

Le Craqueur coordonnait un réseau de banquiers et de trafiquants qui savaient contourner les réglementations sur les délits d'initiés, et faire rentrer l'argent dans le circuit légal. Il aimait à dire que la taille du globe s'était réduite à celle d'un écran d'ordinateur. Il y avait des comptes dans les îles Caïmans, à Chypre, Panama, Mexico, au Nigeria, au Venezuela et au Canada, et il restait toujours le nid du premier compte de Jersey. Le Craqueur parlait une langue plutôt étrangère à Mister, flux des coûts, franchises, sociétés écrans et offshore. Il passait la moitié de l'année dans les airs et dans les meilleurs hôtels pour veiller aux affaires de Mister, déplaçant de l'argent et réalisant des investissements fonciers que l'Aigle se chargeait de rendre légaux. S'il avait existé des registres qu'il eût été possible de consulter – mais il n'en existait pas –, Mister aurait figuré dans le top vingt des Anglais les plus riches, sur quelque liste que ce soit. C'est le Craqueur qui avait imaginé qu'il devait aller plus loin, et se lancer dans ce qui serait sa plus grosse affaire. Cette pensée l'avait soutenu tout au long de ses huit mois à Brixton.

« Eh bien, il va falloir que j'apprenne, alors, dit Mister.

— Ça rappelle le bon vieux temps…

— La meilleure époque. »

Le bon vieux temps, cette belle époque qu'il chérissait, celle où il avait établi ce territoire inviolable et coupé les jambes de ses rivaux. Le temps des fourgons blindés et des payes des usines, où il obligeait ses concurrents à céder leurs commerces, forçant leur respect à coups de fusils à canon scié et de 357 Magnum, le temps des premiers bars et de la première propriété dans une marina de la côte sud. Il faisait rentrer l'argent, le Craqueur le blanchissait, et l'Aigle le tenait à l'écart des tribunaux. Ce temps d'avant, le temps de son ascension, quand tous ses rivaux capitulaient, une époque grisante, exaltante… Et puis, il avait atteint le sommet.

Un peu plus de trois ans auparavant, il s'était rendu compte qu'il n'avançait plus. Finis les raids et les braquages ; depuis le milieu des années quatre-vingt, le commerce avait viré vers l'importation, la distribution et le deal. L'héroïne faisait rentrer un argent considérable, et le Craqueur le blanchissait. L'héroïne d'Afghanistan, importée par les Turcs de Green Lanes via la rocade nord, avait fait déferler des masses d'argent considérables, et le sommet avait été atteint quand tous ses rivaux avaient été lessivés. Mister était maître de tout ce qui entrait dans la capitale, d'une partie de ce qui allait à Birmingham, d'un peu de ce qui atterrissait à Liverpool et Manchester, et de l'essentiel de ce qui partait vers Newcastle. C'est quand il avait atteint ce sommet que, pour la première fois, il s'était fait prendre la main dans le sac, dans une voiture, alors qu'il apportait un paquet de came dans un hangar ; quelqu'un l'avait reconnu, et il s'était fait piéger. Il n'avait aucun besoin d'être là ; ce qui l'avait poussé dans cette voiture, c'était l'*ennui*. Au bon vieux temps, il était seul maître à bord, le Craqueur et l'Aigle dépendaient de lui. Maintenant, il n'avait presque plus rien à faire, à part lire les bilans comptables que le Craqueur lui présentait, et valider les contrats que l'Aigle préparait – il ne pouvait même pas dépenser son argent, car tous deux serinaient la même rengaine : les yachts, les villas, les jets privés et les actions dans des clubs de foot attiraient immanquablement des enquêtes, et la chute. La semaine qui avait précédé son arrestation, le Craqueur était venu lui exposer son plan pour le *big deal*, et l'ennui avait été étouffé, décapé – éjecté de son organisme.

Le portable vibra doucement dans sa poche. Il prit l'appel, écouta, puis dit : « Je suis désolé, mais je ne vois pas de quoi vous parlez. Vous devez vous tromper de numéro. » Il raccrocha et remit l'appareil dans sa poche. L'Aigle lui avait dit de toujours procéder ainsi quand leur homme, à la brigade criminelle, l'appelait.

Il eut un fin sourire. « Le type qui est venu hier soir, il a été viré. Il est fini. Sa carrière s'est arrêtée à minuit pile. Je reste la cible numéro un, mais son équipe a été démantelée. »

Elle lui caressa le visage du bout des doigts. « Tu es le numéro un, tu es intouchable. Tu es inaccessible.

— La cible numéro un, s'amusa-t-il, faisant rouler les mots dans sa bouche. Et l'équipe des Douanes est liquidée… Je ne peux pas faire grand-chose, pas dans l'immédiat, mais il faudra faire payer l'ardoise pour le Craqueur. »

Mister savait tout de la vie du Craqueur. Ses trois amours, qui étaient les jeunes garçons, le luxe, et les jeux avec l'argent. Il tolérait son homosexualité, autorisait le luxe et s'émerveillait de son expertise dans la manipulation de l'argent. La police devait être en train de passer au crible son penthouse de Docklands. Mister ne pouvait qu'espérer que les registres étaient bien planqués dans les coffres des petites banques privées dont seuls le Craqueur et lui avaient les mots de passe et les codes d'accès. Il ne pensait pas que le Craqueur ait pu laisser traîner la moindre preuve risquant de l'incriminer, lui – ou pire, de rendre possible la mise sous séquestre de ses biens.

« Et donc ?

— Je vais continuer, dit Mister. Voilà ce que je veux.

— Je vais faire du café.

— Ne crois pas que je ne suis pas triste pour le Craqueur, mais je me sens bien. »

Dans le premier train de la journée, qui cheminait bruyamment vers le sud depuis Glasgow, un vieil homme, grand, boitillant un peu, quitta la voiture-bar pour regagner son siège.

Il voyageait en seconde classe. Sa position au service des Douanes l'aurait autorisé à prendre un pullman ou une première classe, avec petit déjeuner au wagon-restaurant et journaux gratuits. Mais il était plutôt du genre à limiter les dépenses au minimum. Cette habitude déroutait ses jeunes collègues et lui valait la désapprobation des plus âgés. Il aimait provoquer le trouble. Il ne l'aurait jamais admis devant aucun collègue, mais il se félicitait de son aptitude à mettre les gens mal à l'aise. Personne aux Douanes, même complètement saoul ou défoncé, n'aurait jamais imaginé la moindre possibilité de voir le vieil officier enquêteur se laisser corrompre. Dans l'exercice de ses fonctions, il apparaissait comme un dinosaure d'avant l'âge de pierre, mais son intégrité était irrécusable. Il avait exigé, et s'était vu délivrer avec réticence, un reçu pour son unique gobelet de café. Il s'installa dans son siège. À côté de lui une jeune maman donnait le sein à son bébé. En face d'elle, un homme d'affaires braillait dans son portable. Il partageait l'espace au sol avec les pieds d'un étudiant qui avait étalé ses cahiers sur la tablette. Lui voyageait léger. Dans le porte-bagages au-dessus de sa tête se trouvaient son petit sac de sport écossais et son Barbour vert. Il gardait à portée de main un mince porte-document, posé sur la tablette, comme si c'était la seule chose importante qu'il ait emportée. Il portait des chaussures basses marron, de bonne facture mais très usées, une épaisse chemise à carreaux, une cravate toute simple et un costume trois pièces en tweed gris moucheté de vert. La chaîne dorée d'une montre à gousset antique pendait sur le haut de son abdomen. La mère, l'homme d'affaires et l'étudiant auraient été bien en peine de dire à quel niveau il se situait dans la société. D'une poche intérieure, il sortit une mince flasque très ancienne, et versa une dose de pur malt dans le café de la compagnie des chemins de fer. Il en but une gorgée, eut un grognement appréciateur, puis vissa une pipe éteinte dans sa bouche.

Il ouvrit la fermeture Éclair du porte-document et en sortit une unique feuille de papier, qu'on lui avait faxée la veille au soir après lui avoir demandé de venir à Londres. C'était le rapport préliminaire concernant un noyé retrouvé dans la rivière qui traverse Sarajevo.

Fin de l'été 1992

Quand arriva l'aube, les soldats étaient nerveux et fatigués après une nuit en état d'alerte. Une explosion avait déclenché l'alarme.

Dragan Kovac rejoignit le capitaine Vokic près du puits. Il voyait les cernes sous ses yeux fatigués. Le vieux policier ne vivait plus dans sa propre maison : on lui avait dit que c'était trop dangereux d'y demeurer maintenant que des groupes de bandits armés s'étaient installés dans le village d'en face, aussi logeait-il avec son neveu, la femme de son neveu et leurs enfants, un arrangement assez incommode. Le capitaine dormait désormais dans l'un des deux bunkers de pierre et de poutres massives, et avait installé son poste de commandement dans l'intérieur humide du second. Dragan Kovac était venu exprimer son ressentiment au capitaine Vokic, car sa présence le reléguait à un rôle de subalterne dans la vie de sa communauté : toutes les décisions affectant le village et la vie de ses habitants étaient prises par le capitaine. Non qu'il y ait beaucoup de vie dans le village. Les hommes jeunes avaient tous été enrôlés dans l'armée serbe, et étaient dispersés dans toute la Bosnie, et nombre des plus jeunes femmes étaient reparties dans leur famille, au cœur de leur pays, loin des incertitudes de la ligne de front.

Dragan Kovac demanda ses jumelles au capitaine, qui les lui tendit à contrecœur. Il ne vit que du flou avant que le capitaine, agacé, ne lui montre comment faire le point. La vision devint claire. Dragan regarda la maison de son ancien ami, Husein Bekir. Quand il parlait avec les vieux, hommes et femmes, qui étaient restés à Ljut, ou à son neveu ou aux jeunes soldats, il était toujours question de l'ennemi de l'autre côté de la vallée, et des atrocités qu'ils commettraient s'ils parvenaient à passer en force la rivière Bunica. Il n'avait plus eu aucun contact avec les hommes et les femmes de Vraca depuis que les soldats étaient arrivés à Ljut. Il voyait la fumée monter des cheminées, des enfants qui jouaient et des hommes armés de fusils assis paresseusement sur des pierres, fumant ou lisant. Il ne vit pas Husein Bekir, même en le cherchant parmi les vaches et les moutons qui grattaient les terres pauvres de l'autre rive, à la recherche de quoi manger. S'il n'avait pas eu les jumelles, il n'aurait pas vu non plus Lila, la femme d'Husein, et il n'aurait plus pensé à l'homme dont la maison faisait face à la sienne. Il rendit les jumelles au capitaine.

« Qu'est-ce qui s'est passé, cette nuit ?

— Une mine a sauté.

— Est-ce qu'ils ont tenté de traverser, capitaine ?

— Je ne sais pas. Peut-être.

— Les soldats ont peur comme des femmes, dit Dragan Kovac d'un ton dédaigneux.

— Bien sûr qu'ils ont peur… Ce ne sont pas des soldats de métier, comme ceux qui sont venus au début, ce ne sont même pas des conscrits. Ce sont des gamins de la campagne. Tout ce qu'ils ont de militaire, c'est l'uniforme. Je n'arrête pas de demander qu'on m'envoie d'autres hommes pour constituer une ligne de front plus solide. Je ne crois pas que nous pourrions résister à un assaut un peu vigoureux.

— Que faites-vous pour leur donner du courage ?

— Je pose encore plus de mines. Plus il y a de mines devant eux, plus ils sont braves. »

Plus tard dans la matinée, les soldats apportèrent deux sacs de mines PROM. Le capitaine s'agitait autour d'eux dans les hautes herbes des pâtures, dans les mauvaises herbes qui avaient poussé dans les champs labourés et les vignes à l'abandon. Les PROM étaient plus grosses, plus meurtrières. Quelques-unes furent enterrées dans des trous forés entre les hautes herbes, de façon que seules les quatre pointes dépassent avant qu'on ne rabatte les plantes dessus, les rendant invisibles. Il fallait neuf kilos de pression pour les activer. D'autres étaient plantées sur de courts piquets et munies d'un fil de détente allant de l'antenne à un second piquet. Elles aussi seraient dissimulées quand l'herbe et les plantes auraient poussé, et il suffisait d'une traction de trois kilos sur le fil pour les activer. Dans les deux camps de cette guerre, c'étaient les PROM que les soldats redoutaient le plus. Quand elles se déclenchaient, une première charge projetait la capsule explosive à près d'un mètre du sol, avant la déflagration principale. Le shrapnel volait horizontalement, à une hauteur calculée pour frapper les parties génitales ou le ventre des victimes. C'était mortel. S'il n'avait pas eu cette carte détaillée, le capitaine n'aurait jamais pu faire descendre ses soldats dans les champs où l'herbe aplatie et jaunissante et les pousses sauvages recouvraient les mines enfouies précédemment. Quatorze mines supplémentaires furent posées, pour raffermir le moral des jeunes soldats, et leurs emplacements ajoutés sur la carte du capitaine.

La pollution de la vallée s'étendait, et, hormis cette carte, il n'en existait aucune trace.

« Nous avons trouvé où la mine a explosé, mais il n'y avait pas de sang, pas de restes, dit plus tard le capitaine à Dragan Kovac, devant son bunker. C'était sûrement un animal trop petit pour être touché par le shrapnel... Vous devriez partir, vous savez, vous devriez quitter la région. Vous n'êtes plus en sécurité ici.

— C'est chez moi, dit le vieil homme.

— J'ai été informé par radio – je serai transféré demain matin à Sarajevo. Vous n'aurez plus un professionnel pour vous protéger, juste un idiot débarqué de Foca, avec des gosses sans entraînement, et un champ de mines. »

Le corps fut détourné à son arrivée à l'aéroport d'Heathrow.

Sur le papier autorisant sa récupération, la signature était illisible, mais cela suffit amplement à la société de pompes funèbres de Londres. Le corbillard quitta la compagnie de fret à vide et un fourgon emporta le cercueil plombé jusqu'aux services de pathologie du West Middlesex Hospital. L'homme choisi par le ministère de l'Intérieur pour pratiquer l'autopsie était un expert de l'étude des cadavres retrouvés dans l'eau. On disait de lui que, s'il existait une seule chance de comprendre la cause d'un décès – suicide, accident ou meurtre –, il la trouvait. Par ce samedi matin paisible, le docteur en pathologie attendait donc l'entrée du chariot dans son laboratoire, et qu'on déboulonne le cercueil.

Ce week-end-là…

… Mister tenait ses rendez-vous dans des pubs ou les arrière-salles des cafés turcs de Green Lanes choisis au hasard. Il remettait de l'ordre dans ses affaires. Les Cartes gardaient les portes, les ruelles et les arrière-cours des bâtiments. Des échanges eurent lieu, des tables se couvrirent d'enveloppes bourrées de billets, au fur et à mesure que l'on battait le rappel des dettes et des obligations. Convoqués par de brefs appels sur des téléphones portables, des hommes venaient rendre allégeance à Mister et saluer son retour. Lui parlait peu, mais c'était sa manière d'être. Trois hommes se trouvaient toujours dans diverses unités de soins intensifs de la capitale – c'était suffisant pour faire la démonstration de sa puissance.

… Durant quatorze heures ce samedi-là, et treize autres le jour suivant, un homme en costume de tweed chiné resta assis sans qu'on vienne l'interrompre, invisible de tous, dans une petite pièce annexe derrière le bureau du CIO, à passer en revue les papiers, les profils et les retranscriptions d'enregistrements concernant la vie et l'œuvre d'Albert William Packer.

… Joey Cann passa son samedi et son dimanche, nuits comprises, assis, apathique, dans son meublé du sud de Londres, dormant par intermittence. Le téléphone dans le hall du rez-de-chaussée, deux étages plus bas, ne sonna pas pour lui ; et son portable non plus. Le samedi après-midi, il aurait dû être sur le terrain de hockey pour regarder Jen jouer, mais il n'y était pas allé et, sans explication, il avait annulé la soirée en boîte prévue de longue date. Le dimanche, il aurait dû se rendre dans le Somerset pour le déjeuner d'anniversaire de sa mère, mais il avait appelé pour dire qu'il avait une mauvaise grippe et qu'il craignait d'être contagieux. La photo prise lors de l'arrestation était à présent scotchée sur le mur au pied de son lit.

… Dans sa campagne du Surrey, où personne n'avait jamais entendu parler de l'Aigle, Henry Arbuthnot avait un emploi du temps serré. Tir au pigeon le samedi matin, un peu vulgaire, mais utile pour garder l'œil en attendant de passer aux choses sérieuses avec la chasse au faisan, un moment de répit avant d'aller le jour suivant, avec Maureen et les filles, assister au concours équestre de Chiddingfold Hunter, où son aînée briguait une rosette, et enfin quelques heures solitaires dans son bureau, pour se préparer avant son départ matinal pour Londres le lundi.

… Derrière une église dans un village des Midlands, on chargeait un camion caritatif de cartons de lainages, de vêtements usagés et de jouets délaissés. Deux mois plus tôt, un appel pressant était paru dans un journal local : on recherchait un poids lourd pour une œuvre caritative. Un certain M. Duncan Dubbs avait répondu. Non seulement le camion serait fourni gratuitement pour aider ces malheureux privés de tout en plein cœur de l'Europe, mais avec un chauffeur, et M. Dubbs avait dit au comité organisateur qu'il souhaitait pouvoir ajouter à leur générosité des vêtements et des jouets que sa propre communauté avait collectés.

… Un blizzard violent frappa Sarajevo. Des nuages gris-noir masquaient les montagnes. Les rues étaient verglacées et traîtresses. Dans cette obscurité prématurée, la tristesse et l'angoisse s'abattirent sur la ville, et la rivière qui la traversait se mua en un torrent furieux.

Frank Williams traversa avec précaution la route principale qui entrait dans la ville, et arriva aux bureaux du juge. Il avait annulé sa séance de football en salle du week-end, au lieu de quoi il avait passé en revue la pile de rapports relatifs au repêchage d'un corps dans la Miljacka. Une dernière signature et le dossier serait clos. Le cabinet du juge n'était qu'un amas chaotique de paperasses, et l'homme avait la tête ailleurs. Frank avait juste besoin d'une signature, et, quand il l'eut obtenue, il n'eut plus que quelques derniers détails à régler. On lui remit trois déclarations de témoins oculaires, trois citoyens de la ville qui avaient dit à la police locale avoir effectivement vu un homme sortir en titubant d'un night-club près de la rivière, et rester seul, appuyé à la rambarde du pont. Le dernier témoin avait entendu un bruit d'éclaboussure. Bien joué, les gars, se dit-il. Des initiatives, une affaire rondement menée – un revirement inespéré. En retour, il donna au juge un numéro de téléphone récupéré sur le bloc-notes qu'il avait trouvé au chevet du lit, à l'hôtel. Un Finlandais avec qui il travaillait maîtrisait la technique consistant à couvrir le papier de poudre noire aux grains très fins pour faire apparaître le relief incrusté sur les feuilles du dessous, quand on avait arraché les feuilles du dessus après utilisation. Ils se serrèrent la main.

Elle trouva Joey allongé sur son lit, lumières éteintes, fixant le plafond. Sans l'éclairage des réverbères qui filtrait par les fenêtres, elle ne l'aurait pas vu.

Le lit n'avait pas été fait, et on était en milieu de soirée. Habituellement, cette pièce était un temple élevé au rangement et à l'ordre. Son regard balaya les tasses de café sales, les barquettes de curry à emporter, les bouteilles de bière vides et les feuilles imprimées étalées sur le tapis. Elle avait des clés de la porte d'entrée et de la chambre du second étage. Les filles de son équipe de hockey disaient qu'elle était dingue de continuer avec lui. Elles avaient raison, et elle n'écoutait pas… Elle aperçut la photo sur le mur. C'était nouveau, elle n'y était pas la semaine précédente. Ce n'était pas correct vis-à-vis de Violet, qui avait fait poser un beau papier peint coûteux pour son locataire. En temps normal, elle aurait dit que c'était vraiment une belle chambre, spacieuse et claire dans la journée ; elle s'y sentait même un peu chez elle quand les rideaux étaient tirés. Mais ce soir, dans la pénombre traversée par l'éclairage orange de la rue, la pièce semblait receler une menace. Elle regarda à nouveau la photo, comme si c'était elle qui la créait, et non la pagaille sur le sol et l'image de Joey prostré sur son lit défait. La chambre semblait conspirer.

« Depuis combien de temps es-tu là ? »

Il ne répondit pas. Ses yeux fixaient un point au plafond.

« Je te parle, Joey. Depuis combien de temps es-tu comme ça ? »

Le silence lui revint.

« Joey, je ne demande pas grand-chose. Est-ce que je n'ai pas droit à une réponse quand je pose une question poliment ? Non ? »

Elle crut voir de la dureté sur son visage, et quelque chose de cruel au coin de sa bouche.

« Joey, ce n'est pas pour moi, mais tu es pathétique. Tu ne veux plus de moi ici ? Très bien, je m'en vais. »

Elle ne bougea pas. Les filles disaient qu'elle était séduisante, et qu'elle aurait pu trouver mieux. Ce n'était pas de l'amour qu'il y avait entre eux, en tout cas pas le genre d'amour de ses lectures d'adolescente dans les magazines, juste quelque chose de très confortable, et elle avait appris à vivre avec ses alternances d'indélicatesse et d'indifférence. Ils s'étaient connus quand il avait été envoyé dans son école pour installer, avec l'accord du proviseur, une caméra de surveillance dans les combles au-dessus du bâtiment des sciences, dirigée sur une maison de l'autre côté de la rue, face à l'entrée de l'école. Elle n'avait pas cours à cette heure-là, et elle avait été désignée pour lui montrer la trappe menant aux combles. Il lui avait plu dès la première minute. Et plus encore l'espèce de timidité enfantine avec laquelle il lui avait demandé s'ils pouvaient se revoir. OK, la terre ne tremblait pas sous leurs pieds, mais ils couchaient ensemble, allaient au cinéma ensemble et regardaient la télé ensemble. Ces deux dernières années, avant et après l'arrestation de l'homme à présent scotché sur le papier peint, elle était venue dans cette pièce – trop souvent vide – pour faire le ménage, la cuisine, et parfois même porter son linge sale à la laverie automatique. Toutes les autres filles la traitaient d'idiote.

Elle connaissait la réponse, mais elle demanda : « Tu n'es pas allé travailler aujourd'hui ?

— Plus besoin de moi. On m'a dit de rentrer chez moi. De lever le pied. Relax, profite, pense à envisager autre chose… Et voilà. »

Elle se sentait encore plus idiote quand il semblait si vulnérable, c'était plus fort qu'elle. Elle doutait qu'il y ait quelqu'un d'autre au monde qui connaisse de lui ce côté faible, blessé. Pendant ces deux ans, à ce qu'elle en savait, il ne lui avait pas été possible de penser à quoi que ce soit d'autre. Quand ils étaient ensemble, elle le partageait avec Sierra Quebec Golf – quel nom stupide. Pas de hobby, d'intérêt pour quoi que ce soit. Certains de ses collègues masculins faisaient du sport, de la photo, grimpaient des collines, se bourraient la gueule, couraient les filles. Lui n'avait que son équipe et sa cible. Face à son équipe, et à l'homme qui était en photo sur le mur, elle ne comptait pas. Elle s'assit sur le lit à côté de lui.

« Qu'est-ce qu'il a de si spécial ? » Elle lui prit la main. « Pourquoi est-il si important ? » Du pouce et de l'index, elle malaxa le dos rêche de sa main. « Ça ne veut pas juste dire une nouvelle affaire, un nouveau départ ? »

Tenant toujours sa main, elle se détourna de lui et de la douleur qu'elle lisait sur son visage, et examina la photo. « C'est à cause de la corruption ? »

Elle avait touché le point sensible. Joey crispa les doigts sur sa main, y planta ses ongles. Sa bouche se détendit, puis se resserra dans un spasme.

« Est-ce qu'il a acheté sa libération ? C'est ça le pire, n'est-ce pas ? C'est la corruption qui fait mal, hein ? »

Il relâcha sa main.

« La corruption, c'est ça le pire, hein ? Vous vous regardez les uns les autres, pourris par le soupçon. Je suppose que des types vont venir fouiller vos dossiers, examiner vos possessions ; leurs ordinateurs vont passer vos comptes à la moulinette, quel modèle de voiture vous possédez, à combien s'élèvent vos emprunts ou vos loyers, ils vont fouiner dans vos vies. Il n'y a rien à faire contre ça, pas vrai ? On ne peut plus se débarrasser de cette odeur. On ne peut plus faire confiance… Je suis navrée, Joey, crois-moi. Je ne sais pas quoi te dire de plus… »

Elle savait comment ça fonctionnait, d'après ce qu'il lui avait expliqué – pas de confidence véritable, juste les bases. Que l'enquête avait impliqué la police criminelle, les services de renseignements nationaux et, bien sûr, le ministère de la Justice, et les services du ministère de l'Intérieur.

Sa voix devint féroce : « Ne donne jamais la possibilité à personne de dire que c'était toi… Ne laisse jamais personne dire que ce bâtard t'a acheté, ou terrorisé. »

Elle se releva, marcha avec détermination jusqu'à la porte, alluma la lumière, puis retourna à la fenêtre et tira les rideaux. Elle frappa dans ses mains comme s'il était temps de reprendre à zéro. Elle lui tourna le dos tandis que, accroupie sur le tapis, elle ramassait les papiers dispersés, les regroupait au hasard pour les entasser n'importe comment dans des boîtes en carton qu'elle posait à côté de la porte. Il ne protesta pas ; il s'était tourné vers le mur. Elle alla au placard sous l'évier, en sortit un sac-poubelle dans lequel elle jeta les barquettes en aluminium. Elle ramassa les bouteilles et les fourra aussi dans le sac. Les tasses atterrirent dans l'évier. Les vêtements laissés par terre, et les chaussures, elle les balança au fond de l'armoire. Elle rinça les tasses, son couteau et sa fourchette, puis les laissa tomber avec bruit dans l'égouttoir. Elle sortit l'aspirateur du placard près des étagères à vaisselle, et le passa sur le tapis, traquant les grains de riz, la poussière, purgeant la pièce. Elle se dirigea vers le lit, attrapa le bas de son tee-shirt et le tira hors du lit, sur le tapis. Elle secoua les couvertures, les draps et les taies d'oreiller, et refit le lit. Puis elle se retourna et se planta devant la photo sur le mur. Délicatement, pour ne pas abîmer le papier peint de Violet, elle la décolla du motif floral. Elle la brandit devant elle, ses doigts tremblaient.

« Cette ordure n'a pas de droit sur toi, Joey, siffla-t-elle. Si tu le laisses ici, il te surveille, il te domine. Ne le laisse pas faire, Joey, sinon il va te détruire.

Ce salopard doit penser qu'il peut acheter n'importe qui, terroriser n'importe qui – mais pas toi, Joey. C'est rien qu'une merde. »

Elle pleurait tout en déchirant la photo en morceaux qu'elle jeta dans le sac-poubelle.

« Comment est-il possible que des gens comme ça aient autant de pouvoir ? »

Les larmes ruisselaient sur ses joues. Elle haussa les épaules et enfila son manteau. Le téléphone sonnait dans le hall, en bas. Elle ferma la porte derrière elle et descendit les marches en trébuchant, emportant le sac-poubelle.

La logeuse de Joey, Violet, parlait au téléphone. « Son travail, vous dites… ? Très bien, je vais aller le chercher. Il y a deux étages à monter, donc ça va me prendre un moment. »

Elle aurait dû le faire elle-même. Elle aurait dû remonter pour épargner l'ascension pénible à la vieille dame, mais elle était incapable d'affronter à nouveau l'atmosphère lugubre de la chambre. Elle sortit dans la rue, jeta le sac dans la poubelle. Mais elle savait que le pouvoir de cet homme était toujours dans la pièce avec Joey.

Il avançait d'un pas nonchalant derrière Atkins, son spécialiste pour l'armement. Il avait beau être difficile à décontenancer, c'était pour lui une expérience surprenante. Mister ne s'était jamais rendu dans quoi que ce soit de semblable à ce « salon international des équipements et systèmes de défense ». Dehors, la pluie cliquetait sur la matinée de printemps. Atkins l'avait rejoint dans une station-service sur la rocade nord de l'autoroute qui contournait Londres, et l'avait emmené dans son 4×4. En approchant du site, ils avaient été pris dans un embouteillage, puis ils avaient dû se faufiler entre des manifestants, retenus par un cordon de police devant la grille d'entrée, qui brandissaient des banderoles et des pancartes dénonçant «le Supermarché de la Mort». Le fait de venir ici, que tout ait été arrangé, était la preuve de sa confiance, la même que celle qu'il plaçait en l'Aigle, quand celui-ci lui assurait qu'il sortirait libre de toute charge de l'Old Bailey. Il parlait peu, mais il écoutait. Atkins en savait assez pour engager des conversations susceptibles, d'après lui, d'intéresser Mister, sans qu'il ait besoin d'y prendre part, ni même d'être présenté.

Ils arpentaient des allées entre des stands où était exhibé avec fierté du matériel militaire. On y trouvait de tout, depuis les chars et les véhicules blindés jusqu'aux cockpits d'avion renforcés au titane, aux mitrailleuses rotatives à triple canon pour hélicoptères, en passant par les vêtements de protection pour les soldats affrontant une guerre chimique, et les missiles, terrestres, navals ou aériens.

À l'entrée, tandis qu'on imprimait leurs badges, Atkins avait demandé : «Vous voulez voir quoi en particulier, Mister?

— Ce que je trouverai, fut la réponse laconique.

— Vous avez combien de temps?

— Rien ne nous presse.»

Il lui était arrivé d'emmener la Princesse au salon de la maison idéale et au salon de l'auto. Pas de différence notable. Du fond des stands, des vendeurs étaient à l'affût du moindre signe d'intérêt et jaillissaient pour vous coller un cocktail dans la main. Mister n'acceptait jamais. Et Atkins connaissait suffisamment Mister pour savoir qu'il voyait l'alcool d'un très mauvais œil. Mister avait engagé beaucoup d'argent pour ce qu'il voulait obtenir, mais cela lui paraissait justifié, si l'affaire s'organisait tel que le Craqueur l'avait imaginé.

Tout le monde ici parlait de *paix*, nota Mister. Maintien de l'ordre, renforcement de la paix, tels étaient les slogans du jour. On n'entendait jamais le mot *tuer*, et il n'apparaissait nulle part. Mister resta en retrait quand Atkins rencontra un général sous les ordres duquel il avait servi, et qui connaissait son père.

« Hello, hello ! Comment ça va pour vous, Atkins, depuis que vous êtes parti ?

— On se bagarre, mon général, mais ça ne va pas trop mal, on n'a pas à se plaindre – c'est vraiment incroyable ici, mais j'ai pas encore vu une baïonnette. »

— Tout est si sacrément sophistiqué… on oublierait facilement que ce sont des hommes qui se battent. Plus l'équipement que vous donnez à vos gars est sophistiqué, plus ils ont de chances qu'il foire. Et quand il foire, c'est foutu. Dans un vrai combat, c'est d'homme à homme – mais tous les étrangers veulent le matériel dernier cri, pour saliver devant en priant Dieu de ne jamais avoir à s'en servir. Je dois y aller. Ravi de vous avoir revu. »

Ils arrivèrent devant un poste frontière factice, où l'armée britannique « combattait pour la paix ». Il regarda la Land Rover avec la mitrailleuse montée sur pied, un sniper en tenue de camouflage, et une équipe de servants de mortier. Devant lui se serrait un groupe de minuscules Asiatiques, des Chinois et des Thaïs, escortés par des officiers qui les dominaient de leur hauteur. Ils regardaient vers le bas. Mister chercha le sol et Atkins écarta légèrement les Asiatiques menus, avec assez de délicatesse pour ne pas les froisser. Couchés à terre devant le « poste frontière », deux officiers en tenue de camouflage jouaient une saynète autour d'un appareil trapu et menaçant, monté sur un trépied très bas. Une lueur pâle se reflétait sur la lentille de visée. Un sergent détaillait pour les Asiatiques les atouts du système antichar : « ... Il détruit chars, hélicoptères et bunkers. Capacité de tir de trois missiles par minute. Le point visé est le point atteint, avec une efficacité jusqu'à 2300 mètres. Vous pouvez changer de cible pendant le vol du missile, et, grâce à sa basse vélocité de lancement, les chances de détection et de contre-attaque sont minimales. Il possède une ogive à double charge pour la pénétration, ce qui lui donne un sacré punch... »

Mister chuchota sa question : « C'est ça que j'achète ?

— Le Trigat à moyenne portée – MR Trigat –, c'est ça que vous aurez. Pardon, que vous avez. Une arme excellente, Mister, la meilleure dans sa catégorie. »

Il avait enregistré tout ce qu'il avait entendu. Une arme était *en route** pour la Bosnie, une arme qu'on ne pouvait se procurer là-bas, une arme sophistiquée qui serait perçue comme un symbole de supériorité. Lors d'une de ses rares visites à Brixton, le Craqueur lui avait dit qu'il devrait emporter avec lui des engins qui feraient tourner les têtes. Ce petit lance-missiles était une offrande, un cadeau – comme le Craqueur le lui avait expliqué – destiné à convaincre ceux qui douteraient que Mister joue en première division. Il allait surfer sur ce MR Trigat. C'était du lourd, cette fois, rien à voir avec ce qu'il avait acheté jusqu'ici. Atkins, l'armurier, lui avait déjà fourni des Uzi et des Glock, des Scorpion, des Heckler et une Kalachnikov, et même deux onces de Semtex pour faire sauter la porte blindée d'un hangar pour un *protégé**. Il aimait bien Atkins. Neuf ans dans les Royal Green Jackets, dont il était sorti avec le grade de capitaine ; le bonhomme avait quitté son régiment à la suite d'un scandale – ayant engrossé la fille d'un général de brigade, il avait pris la poudre d'escampette – puis s'était établi comme consultant militaire free-lance, ce qui cadrait parfaitement avec les plans de Mister. Atkins affectait une voix traînante, désinvolte, mais il ne s'autorisait aucun écart, et livrait toujours dans les temps. De plus, il avait servi quelque temps en Bosnie. Mister n'avait rien à redire. Atkins avait suggéré un moyen d'acheter quatre lanceurs MR Trigat et vingt missiles, ainsi que sept appareils de transmission et une unité de contrôle d'un ATCS, un système avancé de communications tactiques de chez ITT, combinant commande vocale et électronique. Puissance et fiabilité. Quand Mister irait là-bas, il arriverait chargé de présents. Il ignorait comment fonctionnait l'arme antichar, ou le système de communications, mais cela ne lui procurait aucun sentiment d'infériorité. Ces offrandes lui garantissaient d'être accueilli avec attention et respect... Le Craqueur avait préparé le terrain.

« Que diriez-vous d'aller déjeuner, Mister ? Vous avez à peu près tout vu, mis à part les armes aériennes exposées dehors, mais ça ne vaut pas le coup d'aller vous faire saucer. On doit pouvoir trouver un pavé de saumon au restaurant VIP.

— Pourquoi pas ? »

Il avait le pouvoir de contourner le système légal, d'acheter les tout derniers équipements militaires secret défense, et personne n'avait prise sur lui.

« Dis-moi, tout ce matériel, là, qui sont les acheteurs ?

— Mis à part vous, Mister, ce sont des gouvernements. C'est à ce niveau que se situe le marché... »

Le légiste se faisait peu d'illusions quant aux connaissances techniques de ceux qui allaient lire son rapport, donc il en rédigea deux : un pour ceux qui avaient des connaissances médicales et médico-légales, et un second pour les policiers, les officiers des services de contre-espionnage, et les civils du ministère de l'Intérieur et des Douanes. Le second rapport, pour les profanes, expliquait la découverte d'une fine trace de contusion en haut de la nuque du cadavre – Duncan Dubbs. Le coup ayant causé cette contusion avait suffi, de l'avis du légiste, à provoquer la mort, ou au moins une paralysie totale.

Il s'ensuivait, toujours selon lui, que le cadavre ne pouvait en aucun cas avoir escaladé une rambarde ou un mur pour se jeter lui-même dans la rivière. Le paragraphe suivant établissait que la blessure n'avait pas pu être faite durant le séjour du cadavre dans la rivière. Le rapport d'une demi-page se concluait ainsi : « Le coup a probablement été porté avec le tranchant de la main par un homme d'une force considérable qui savait exactement où frapper. On peut en déduire que c'est un professionnel, ou un homme rompu aux techniques de combat à mains nues, telles qu'on les enseigne dans les forces spéciales. Conclusion : meurtre. »

Après avoir téléphoné au CIO, un employé civil très angoissé accepta de suivre une procédure inhabituelle et possiblement illégale : retenir ces découvertes *sine die*. On fit jouer la hiérarchie. On exprima clairement à ce civil le pouvoir des relations du CIO, et de son influence à Whitehall, et il s'engagea sur un terrain très mouvant : les conclusions du légiste n'atteindraient pas le domaine public. Il se passait rarement un mois sans que le CIO déclare à ses collègues : « À quoi bon avoir l'autorité si vous n'êtes pas prêts à vous en servir ? » Mais ce qui eut raison de l'employé, comme une clé au bras lui coupant la respiration, ce fut le mot d'ordre très clair du CIO : ces découvertes relevaient de la sécurité nationale.

Les deux rapports, le profane et le scientifique, furent mis sous clé.

« Vous arrivez avec une pleine valise de recommandations.

— Ce n'est pas moi qui les ai écrites. »

Le CIO, Dennis Cork, prit la théière en argent et versa du thé dans une tasse de porcelaine fine. Il proposa le pot à lait, mais, de l'autre côté du bureau, on secoua la tête. Il indiqua les tranches de citron, mais n'obtint qu'un geste de refus. Il tendit le thé noir à son hôte. Qui le lui rendit.

« Je prendrai trois sucres, s'il vous plaît. »

Trois petits cubes atterrirent dans la tasse. Elle fut reprise, puis remuée vigoureusement. « Merci – c'est comme ça que le prenait mon père, toujours.

— Ces recommandations accompagnent et confirment une réputation conséquente.

— C'est aux autres de le dire… Et je ne crois pas que les compliments, sincères ou pas, aient jamais servi à grand-chose. »

Le CIO appréciait cet homme. La température de son bureau était régulée par un thermostat, un nouveau système qu'il avait fait installer quand l'ensemble des pièces avait été rénové – à grands frais – et qui lui permettait de rester confortablement en bras de chemise. Il trouvait un peu excentrique et plutôt amusant que son hôte ait gardé sa lourde veste de tweed et son gilet boutonné avec sa chaîne de montre. Ses yeux brillaient face à lui, un peu chassieux avec l'âge, mais durs – quand ils étaient braqués sur lui, il avait du mal à soutenir son regard.

« Vous avez tout lu ? demanda-t-il.

— J'en ai lu autant que je pouvais, en deux jours et demi, pour une enquête qui a duré trois ans.

— Elle a été très douloureuse.

— Quand un homme de cet acabit s'en sort, c'est toujours douloureux, surtout si vous devez payer la facture. »

Si le CIO avait cherché à attirer sa sympathie, il devait être déçu. Mais il doutait que cet homme soit enclin à la compassion. C'était justement cette dureté qu'il recherchait, cette froideur inquiétante – et un meneur d'hommes. Il poursuivit : « Vous avez cinquante-neuf ans, vous êtes proche de la retraite. Vous nous avez fait la courtoisie de descendre dans le Sud au pied levé, malgré le dérangement, et maintenant je vous demande – c'est une requête – de passer quelques semaines, peut-être un mois de votre dernière année, avec nous, ici. Pour donner l'estocade à Packer, battre le fer tant qu'il est encore tiède, si l'on peut dire. Si on laisse tout refroidir, il risque de se passer des années avant que je puisse justifier du même budget pour reprendre la traque – le coup de grâce. Le ferez-vous ? »

C'était un appel à l'aide. Il lui offrait le poste le plus élevé du service, et le plus délicat. Hormis se mettre à genoux devant lui, merde, il ne pouvait pas faire plus. Son hôte réfléchit, longuement. Le CIO, qui tambourinait négligemment sur le bureau avec un crayon, eut l'impression que cela durait une éternité. Son interlocuteur fronçait les sourcils, et son front était barré d'une ligne horizontale ; ses doigts entrecroisés craquaient à chaque fois qu'il ouvrait puis refermait ses paumes. Il but une gorgée de thé et se lança.

« À ma manière, sans interruptions, sans restrictions, dit-il.

— Tout ce que vous voudrez, dans le cadre de la loi. Je ne sais pas exactement quel soutien vous recevrez ici…

— Personne n'aura bougé le temps que j'en finisse. »

Le CIO vit en esprit des montagnes et des falaises côtières aussi retirées et inhospitalières que les yeux qui étaient fixés sur lui. Le dossier disait que cet homme austère passait ses week-ends sur une péninsule au nord-ouest de Glasgow. Il imaginait, une idée un peu bête, que le terrain et le paysage marin, farouches et sans pitié, avaient forgé le caractère de cet homme. Sa réponse était un défi.

« Il faudra une nouvelle équipe.

— Accordé.

— Choisie par moi, hors de Londres, hors du service des Douanes.

— Accordé. » Il tenta une manœuvre de séduction. « Avec une petite exception.

— Je n'ai pas bien compris… »

Il n'avait pas voulu d'un type facile pour reprendre Sierra Quebec Golf. Il voulait un homme qui ait du répondant, abrupt et dogmatique, un homme qui ne lâche pas prise.

« Une nouvelle équipe qui ne vienne pas de Londres, choisie par vous, vous l'aurez – avec une exception.

— Je ne négocie pas. » La réplique, grinçante, avait été immédiate.

« Votre dossier dit, et c'est pour cette raison que vous êtes là, que vous ne faites jamais aucun compromis. Cette exception dont je vous parle – je crois que vous devriez y réfléchir – est quelqu'un qui m'a été décrit comme un *merdeux arrogant*. Voyez-le, au moins. »

Joey Cann était assis dans la pièce, solitaire, au milieu des tiroirs vides, des murs nus et des écrans d'ordinateurs aveugles, et il attendait. Il n'avait aucune idée de ce qu'il attendait.

Chapitre quatre

Sa tête était appuyée sur ses mains, devant l'écran. Il entendit la porte s'ouvrir et le battement de grosses chaussures sur le sol. Il sentit la présence de l'homme derrière lui.

« Vous êtes Joey Cann ?

— C'est exact.

— Mon nom est Douglas Gough – Dougie pour les intimes, mais il faut beaucoup de temps pour devenir intime. »

Il parlait d'une voix rocailleuse et froide. Il ne fallut à Joey que quelques secondes pour comprendre qu'elle ne cachait aucune chaleur sous-jacente. Ils n'étaient pas amis, copains, potes, camarades. Lors de l'appel téléphonique qui l'avait ramené ici, l'assistant du CIO lui avait expliqué qu'une nouvelle équipe allait reprendre Sierra Quebec Golf, et qu'il devait rencontrer le chef d'équipe qui remplaçait Finch et lui faire son rapport. Il se dit que le temps des plaisanteries, des vannes et des blagues de la vieille équipe était révolu. Il se retourna pour faire face à Gough et ne vit aucun signe de bienvenue.

« Je vais devoir me coltiner votre présence, dit Gough.

— Ne vous attendez pas à ce que je m'excuse.

— On m'a dit que j'aurai besoin de vous parce que vous êtes l'archiviste.

— J'en sais plus sur ce dossier que qui que ce soit.

— Et que vous êtes un merdeux arrogant.

— Je fais mon boulot du mieux que je peux.

— *Du mieux que vous pouvez*, c'est tout juste suffisant. Oubliez ça et je vous flanque dehors par la peau du cou.

— Merci. » Il le pensait vraiment. Joey se sentait envahi d'une vague de gratitude et de soulagement. Il avait passé tout le week-end allongé sur son lit, à chipoter des barquettes de curry et à boire des bières, sans y trouver le moindre plaisir, et à tenter d'imaginer une vie sans Albert William Packer. Tout, après Packer, serait un boulot de seconde zone. Il remarqua le teint de Gough, un teint de bébé, comme poli par la vie au grand air. La peau veinée de ses pommettes était semblable à celle de son père dans sa maison du Somerset. Les chaussures, cirées et craquelées, étaient les mêmes que celles que portait son père, et son costume rappelait celui de son père quand il devait se rendre à la villa de ses propriétaires. Il y eut le craquement d'une allumette et le visage disparut derrière la fumée d'une pipe.

Une question rocailleuse : « Comment es-tu venu ici, Joey ?

— J'ai été jusqu'au métro, j'ai pris une rame de Tooting Bec jusqu'à Bank, et j'ai marché jusqu'ici.

— Est-ce que tu as vu des soldats ?
— Non.
— Est-ce que tu as vu des policiers en armes ?
— Non.
— Est-ce que tu as vu des barrages routiers, est-ce qu'on t'a fouillé, est-ce que tu as dû montrer tes papiers ?
— Non.
— C'est juste pour qu'on se comprenne bien, tous les deux, pour que tu saches d'où je pars et où je vais. Si nous étions face à une menace terroriste à l'échelle de celle que nous affrontons aujourd'hui, il y aurait des troupes armées dans les rues, des mitrailleuses, des barrages et des contrôles d'identité. Des gros titres dans les journaux, des visages inquiets à la télé, des bavardages d'experts – mais nous ne sommes pas face au terrorisme. Nous sommes face au crime organisé… Au plus fort d'une alerte terroriste, avec des attentats et des bombes dans les stations de métro, combien de gens sont blessés ou meurent – dix par an, maximum ? Ce que je veux dire, Joey, c'est que le terrorisme est du pipi de chat comparé à la menace du crime organisé. Là d'où je viens, là où j'ai été élevé, nous avons une petite communauté religieuse, une église libre, qui provoque l'hilarité des gens qui ne nous connaissent pas. Notre communauté croit aux forces du mal. Nous ne trouvons aucune excuse au mal, nous pensons qu'il doit être éradiqué, tronc, branches et racines, et brûlé. Le crime organisé, ce sont avant tout les stupéfiants ; les stupéfiants sont le mal. Ils tuent et détruisent. Ils mettent en péril nos valeurs.

Il n'y a pas de "hautes terres ensoleillées[1]" dans la lutte contre le crime, pas de charges à la baïonnette, rien d'héroïque… Est-ce que tu comprends d'où je pars et où je vais ?

— Je crois, oui.

— Tu penses que je suis un vieux cinglé arrogant et stupide ?

— Je pense que je serais honoré de travailler dans votre équipe.

— Tu peux t'en aller immédiatement.

— J'aimerais rester.

— Pourquoi l'affaire s'est-elle dégonflée comme ça ?

— Les coupables habituels, dit Joey, incompétence, intimidation et corruption.

— Écoute-moi bien, jeune homme. Nous sommes en train de perdre la guerre contre l'importation des drogues de classe A. Avec nos saisies, nous ne perturbons même pas l'approvisionnement des clients. Nous sommes incapables de créer la pénurie dans les rues. Nous sommes prisonniers des contraintes des procédures légales, des décisions de la Cour européenne des droits de l'homme, tout ce que nous pouvons faire, c'est partir en haussant les épaules et en nous disant que ça ira mieux demain. Mais ce n'est pas vrai, demain, ce sera pire. Je n'accepte pas ça. Je dois gagner, Joey, et, pour y parvenir, je passerai sur le corps de ceux qui me barrent la route. Tous. Je te marcherai dessus, s'il le faut, et ça ne me fera pas

1. Allusion au discours de Churchill prononcé à la Chambre des communes le 18 juin 1940. *(N.d.T.)*

ralentir. Ce à quoi nous assistons aujourd'hui, l'ampleur de ces importations de drogue, est notre honte. Cela nous détruira, comme un cancer que nous nourrissons. Je vais te dire ce que j'aime. C'est quand un juge dit : "Quinze ans. Emmenez-le." Et ce que j'aime encore plus, c'est quand le type se retourne et hurle : "Je vais tous vous tuer, putain, vous allez voir ce que vous allez voir !" Si on les talonne sans relâche, on brise leur pouvoir. Sans ce pouvoir, ils ne sont plus que des ordures. Les ordures, on les fout à la poubelle. Quand on met la pression sur une pourriture, il commet des erreurs. Quand il fait des erreurs, il faut être là… Tu es peut-être arrogant, tu as peut-être un problème relationnel – je m'en contrefiche, tant que tu es prêt et que tu es là au moment où il fera une erreur. »

Joey dit : « Je veux faire partie de ceux qui seront là.

— Fais-moi la roue de charrette. »

Joey alluma l'ordinateur. Dans leur argot, une roue de charrette était un organigramme représentant l'organisation d'une entreprise criminelle. Il dessina une boîte au centre de l'écran. Il tapa deux noms dans la boîte : *Mister* et *la Princesse*.

« Tout le monde l'appelle Mister. C'est son nom de code au téléphone, et aussi la façon dont il veut qu'on s'adresse à lui – on suppose que c'est venu d'une exigence de respect. Il voulait être Mister Packer. Elle s'appelle Primrose, son nom de code et le nom qu'il lui donne, c'est la Princesse. Elle fait partie de son organisation, il lui parle, il lui fait confiance. Il ne la trompe pas, il ne lui cache rien. »

Joey traça un cercle autour de la boîte, puis des rayons partant de la boîte vers le cercle. Au bout d'un des rayons, il tapa *le Craqueur*. « Tous les associés principaux ont des noms codés. Le craqueur de chiffres, le financier, Duncan Dubbs. Il gère les finances sur chaque affaire importante – il n'était pas à l'Old Bailey. »

Gough lui tendit une feuille de papier.

Il fronça les sourcils en lisant le rapport du légiste, la version pour les profanes. « Je ne comprends pas ce qu'ils font à Sarajevo, dit Joey.

— Ça viendra. Continue. »

Il tapa un autre nom. « Henry Arbuthnot est *l'Aigle*, c'est-à-dire l'aigle de la Loi. Il est d'astreinte vingt-quatre heures sur vingt-quatre, et c'est lui qui rédige tous les contrats. »

D'autres noms et d'autres rayons furent ajoutés, et la roue de charrette prit forme. *Atkins*, expliqua Joey, le soldat Tommy Atkins, était en réalité Bruce James, ex-officier des Royal Green Jackets. C'était lui qui fournissait les armes dont avaient besoin *les Cartes*, les gros durs, les hommes de main, et Joey donna les noms des trois principaux. Ensuite, il y avait *le Fixeur*, qui agissait en tant que directeur général de la firme et s'occupait de l'administration au quotidien.

Il traça un dernier rayon, et il écrivit *les Anguilles*. « Les Anguilles sont les chauffeurs – Billy Smith et Jason Tyrie. Ils conduisent pour lui. Ils viennent tous les deux du pâté d'immeubles où il a grandi, et aussi de l'époque de Pentonville. Voilà la garde rapprochée. Oh, et il y a un nom que je n'ai pas, ni son code. C'est le rayon information – il est soit chez nous, soit à la Criminelle –, très important. C'est quelqu'un de l'intérieur. »

Gough considéra le diagramme. Cette roue représentait toute la vie de Joey durant ces dernières semaines, ces derniers mois, ces dernières années. C'était l'obsession qui l'habitait. Il avait été contaminé dès le premier jour où on lui avait confié le rôle d'archiviste du SQG. Toutes les photographies et toutes les retranscriptions de bandes enregistrées étaient dans les ordinateurs, mais elles auraient aussi bien pu ne pas y être. Elles habitaient l'esprit de Joey Cann. Cloîtré dans cette pièce, avec l'écran pour toute compagnie, il en avait plus appris sur Mister que n'importe lequel des agents qui avaient filé les voitures, planqué devant la maison, tenté de remonter la filière de l'argent et qui, en conclusion, étaient allés picoler jusqu'à rouler par terre. Il avait entendu, mais jamais on ne le lui avait dit en face, qu'il souffrait d'obsession, une obsession macabre. Il eut soudain le sentiment qu'on venait de lui lancer une bouée de sauvetage.

« Quel est le maillon faible ? demanda Gough.

— Il en existe peut-être un, mais nous ne l'avons jamais trouvé. Ce que je pense…

— Que penses-tu, Joey ?

— Il croit nous avoir battus, et il va se précipiter, maintenant, pour rattraper le temps perdu – je pense que le maillon faible, c'est *Mister* lui-même. »

Ça lui avait échappé, et il aurait préféré n'avoir rien dit. Il regarda la roue qu'il avait dessinée et qui semblait se moquer de lui sur l'écran de l'ordinateur, et il se demanda si Gough le jugeait stupide.

Il se retourna pour voir si son avis le faisait sourire, mais il ne vit que le dos de Gough, qui quittait la salle.

« Je t'emmène avec moi », dit Mister.

La voix de l'Aigle chevrota. « Vous êtes sûr ? Est-ce vraiment nécessaire ?

— Oui, c'est pour ça que je t'emmène.

— Vous ne pensez pas que je serais plus utile ici ?

— Non, sinon je ne t'emmènerais pas. »

Il existait deux endroits où Mister s'était toujours senti en sécurité pour parler : l'un des deux était le bureau d'Henry Arbuthnot, avocat au barreau, à Clerkenwell, au-dessus de la laverie automatique. Selon la réglementation de la surveillance intrusive publiée dans le *Code de bonne pratique*, une autorisation d'écoute et d'enregistrement dans les lieux où un client rencontrait son conseil juridique ne pouvait être donnée ni par un policier, ni par un officier des Douanes. La section 2, paragraphe 7, exigeait que cette autorisation vienne d'un préfet. La section 1, paragraphe 8, établissait qu'un *préfet* était « une personne ayant, ou ayant eu, de hautes fonctions judiciaires, et ayant été nommée pour trois ans par le Premier ministre pour occuper les fonctions spécifiées dans la troisième partie de la Loi (Loi sur la police de 1997) ». Les juges en exercice ou à la retraite – l'Aigle le lui avait juré – étaient enclins à rejeter cette requête neuf fois sur dix. Ce bureau était un territoire protégé. Josh, le clerc, faisait le café et n'entrait jamais sans avoir frappé et avoir été invité à le faire.

« On part jeudi. Le Fixeur s'occupe des billets.

— Je ne suis pas certain d'avoir le profil et encore moins les compétences requises.

— Est-ce que tu refuses ? »

Jamais l'Aigle ne marquait de désaccord avec Mister. En privé, personnellement, hors de portée de quiconque, il était opposé à ce projet depuis le jour où le Craqueur l'avait évoqué, avec sa faconde de bateleur. Il avait regardé avec un désarroi croissant l'enthousiasme de Mister devenir de plus en plus vif à l'idée d'étendre ses activités à de nouveaux territoires. L'Aigle savait jusqu'où on pouvait aller : il y avait une ligne qu'il ne franchirait pas. Lorsqu'il était d'humeur geignarde, il se regardait comme une victime – en particulier quand il prenait le train du lundi matin, de Guildford à Londres, laissant derrière lui le confort de sa famille, ses terres et sa maison. Il aurait pu décider de faire cavalier seul, évidemment, et témoigner contre ses complices, mais il ne serait plus là pour profiter des seules choses qui comptaient vraiment pour lui – la famille, les terres, la maison. Il serait tué sauvagement, et cela ferait mal. Il savait comment procédaient les Cartes, et il savait aussi que Mister était encore plus cruel que les hommes qu'il employait. Par conséquent, l'Aigle prenait l'argent, et faisait ce qu'on lui disait de faire.

« Où allez-vous chercher ça ? protesta-t-il. Vous voulez que je vienne avec vous, je viens. C'est aussi simple que ça.

— Pendant un instant, j'ai cru que mon bon vieil Aigle était en train de me lâcher.

— Jamais, Mister, jamais de la vie. Ce sera un voyage très intéressant. »

L'Aigle était un homme prudent, et il jugeait ce voyage dangereux. Un téléphone portable se mit à sonner, se répercutant sur les murs couverts de livres et sur les dossiers empilés au sol, royaume de la crasse et des araignées. Il aimait travailler sur son terrain, là où il était en confiance. Il avait besoin de se sentir en contact avec un système légal autour duquel il pouvait danser, au sein duquel il pouvait jongler avec les règles établies, et les réduire à néant – mais il n'aurait jamais osé s'opposer ouvertement à quoi que ce soit. Mister sortit son portable de sa poche, écouta, parfaitement impassible, puis raccrocha.

« Je dois y aller, un truc à régler… Atkins viendra avec nous. On parlera.

— Oui, Mister. Je suis ici. J'attends. Vous n'aurez qu'à me dire où je dois aller. »

L'Aigle comprenait que la situation avait changé, mais n'aimait pas l'agitation qu'il percevait chez Mister. Il était fatigué lui-même, et aurait aspiré à des voies plus faciles. Il frissonna en pensant à Sarajevo. Il revoyait des images de la télé, des cadavres et des ruines, des adolescents ivres armés de flingues…

Automne 1992

Le jour pointait à peine quand les troupes commencèrent à traverser la rivière pour rentrer. Husein Bekir n'avait pas vu les combats, mais il les avait entendus. Il avait laissé sa femme dans leur chambre, et n'avait pas cédé à ses suppliques pour qu'il reste auprès d'elle. Il avait éteint les lumières de la maison, s'était enveloppé dans un épais manteau et était allé s'asseoir sur un tronc d'arbre, à mi-chemin entre sa maison et le puits qui desservait le village. La nuit était claire : il y avait une voûte d'étoiles et c'était la pleine lune. C'était une de ces nuits où, quand il était plus jeune, il aurait tenté sa chance à la chasse au daim.

Les soldats sortirent de derrière les arbres qui masquaient Vraca, traversèrent le village et descendirent la pente menant au gué. Plus tôt dans la soirée, avant de lancer l'assaut, un officier était venu le voir. Le militaire s'attendait à ce que le patriarche qui faisait autorité dans le village lui dise où se trouvaient les mines qui défendaient Ljut. Cela avait été un moment très difficile pour Husein, parce qu'il y avait des amis de toute une vie de l'autre côté de la vallée, et il avait plaidé la vieillesse, disant qu'il ne se souvenait pas avoir bien vu où les mines avaient été enterrées.

Révéler ou non où les mines se trouvaient était le pire problème auquel il ait jamais été confronté. D'autant plus lorsqu'il avait entendu les échos froissés et crépitants des détonations, des bruits à vous déchirer les oreilles qui éclataient entre les parois de la vallée, les tirs d'armes automatiques, et le sifflet de l'officier, qui ressemblait à l'horrible et misérable glapissement que l'on entend quand des chiens coincent un renard et mettent du temps à le tuer.

Ils ne se servaient pas de fusées éclairantes, comme celles que lui et son ami Dragan Kovac avaient appris à utiliser quand ils faisaient leur service militaire. Il s'était donc fié à son ouïe déficiente pour suivre l'évolution des combats. On avait ramené quatre hommes de l'autre rive : l'un avait perdu un pied ; un autre tout le bas de la jambe sous le genou de son pantalon de treillis ; tandis qu'on le transportait, le troisième serrait ses mains en travers de son estomac pour retenir ses intestins ; et le quatrième avait eu la moitié du visage emportée. Tous hurlaient, sauf celui avec la blessure au ventre, qui appelait doucement sa mère, et les hommes qui les accompagnaient maudissaient les mines.

Du tronc sur lequel il était assis, il avait compris d'après les tirs que les troupes musulmanes avaient atteint le village et, soudain, il s'était fait un calme étrange et effrayant. Il avait cru entendre des cris et des appels venus du lointain, mais il n'en était pas certain. Il avait resserré son manteau autour de lui et craqué une allumette entre ses paumes pour allumer une cigarette, en faisant très attention à ne pas trahir sa position avec la lueur de sa cigarette. Jamais de toute sa vie l'obscurité ne l'avait inquiété. Pour lui, quand il chassait ou pêchait les grosses truites dans la rivière, l'obscurité était une alliée, elle lui était plus familière que les daims, les ours ou les grosses truites. Mais ce calme soudain dans la vallée était très éprouvant.

Il avait été rompu, finalement. La bataille avait repris. Husein Bekir était un vieux fermier, mais c'était un homme malin, et il avait de l'imagination. D'abord des combats au corps à corps, probablement, qu'il ne pouvait voir, seulement entendre.

Puis les soldats serbes avaient repoussé les troupes musulmanes au bas de la colline, et là, il n'avait pas eu besoin de voir pour comprendre ce qui s'était passé.

Une masse chaotique, en pleine confusion.

Ils ruisselaient d'eau, d'avoir traversé à la nage, leurs yeux brillaient, écarquillés, et Husein vit la folie sur leurs visages. Il y avait d'autres blessés avec eux, et il reconnut encore l'œuvre des mines. Voir ces blessures le troublait, parce qu'il n'avait pas dit ce qu'il savait sur l'emplacement des mines.

Dans le froid automnal, il y avait toujours à l'aube un brouillard bas sur la rivière et sur les champs, et les troupes en émergèrent comme des spectres. Ils bénissaient la protection que cela leur fournissait, et certains se retournaient pour tirer inutilement à travers la brume, vers le village qu'ils avaient pris, et perdu. Ils défilaient devant lui et, dans leur folie, hurlaient des obscénités vers un ennemi invisible. Il vit un couteau passé dans la ceinture d'un caporal. Un sang noir tachait la lame, et avait maculé le haut de son treillis.

Husein Bekir observait chacun des hommes qui passaient devant lui – les morts jetés par-dessus les épaules, les blessés ramenés sur des brancards, et les hommes qui n'étaient ni morts ni mutilés.

L'officier arriva en dernier.

Assis sur son tronc d'arbre, Husein Bekir alluma une autre cigarette. Comme le brouillard se dissipait, il put apercevoir un voile de fumée au-dessus de Ljut, le vieil or des arbres derrière le village, l'herbe haute aplatie dans les champs qu'il n'avait pas pu labourer, ses vignes à l'abandon, et la maison de son ami Dragan Kovac.

Il demanda : « Ça a été dur ? »

L'officier trébucha. Il semblait près de s'effondrer, mais parvint à se laisser tomber sur le tronc d'arbre, haletant à grand bruit. « C'est à cause des mines – parce qu'on ne savait pas où elles étaient. Je ne sais pas, il faut que je vérifie, je crois que j'ai vingt hommes, pas plus, qui ont été tués ou blessés, et les mines en ont eu quatorze ou quinze.

— Qu'est-il arrivé aux habitants de Ljut ?

— Le village est nettoyé. Ce n'est plus une menace pour vous », dit l'officier.

Husein pensa au sang qu'il avait vu sur les couteaux, et aux gens du village qu'il avait connus, de l'autre côté de la vallée.

« Il y en a qui ont pu s'échapper ?

— Quelques-uns ont pu s'enfuir, parce qu'on a été retenus quelques minutes par les bunkers. La plupart sont restés dans leurs maisons, dans les caves.

— Et vous avez eu le temps de les dénicher avant d'être repoussés ? demanda Husein d'un air grave.

— Nous étions une section, et eux une compagnie entière. Quand les renforts sont arrivés, c'était à un contre trois… Oui, on en a trouvé dans des caves, avant ça. Même si j'avais voulu arrêter mes hommes, je n'aurais pas pu, pas après qu'ils avaient vu les dégâts causés par les mines. »

Husein bredouilla sa question : « Y avait-il un gros type là-bas – un vrai sanglier ? Un policier à la retraite – épaules carrées, gros ventre, grosse moustache – un chef ? Il en a réchappé ? Il est en vie ?

— S'il est parti en courant, il est en vie. Sinon… » L'officier haussa les épaules et se releva avec peine. « Je ne sais pas. Je ne l'ai pas vu – il y en a plein que je n'ai pas vus, et je me foutais bien de les voir. »

Quand sa femme arriva avec du café et un petit verre de gnôle, le vieux fermier lui dit que leur vallée était morte cette nuit. Elle tint sa main tremblante pour qu'il ne renverse pas son café, et il avala sa gnôle. Il n'avait pas besoin de lui dire que c'étaient les vieilles gens qui s'étaient cachés dans les caves, elle le savait. Ils le savaient car, les matins précédents, ils avaient regardé l'autre rive ensemble, et ils avaient aperçu les silhouettes lointaines qui vivaient là-bas.

Le soleil se leva et tira de longues ombres nettes sous les arbres de l'autre côté de la vallée. Il regarda les soldats serbes sortir des fumées du village avec une brouette et de gros sacs. Il les vit se disperser, puis se rassembler en petits groupes avant de s'agenouiller. Ils semaient d'autres mines dans ses champs, pour remplacer celles qui avaient explosé pendant la nuit, et il essaya de ne plus entendre les gémissements du jeune soldat qui tenait son ventre en appelant sa mère.

Dougie Gough faisait volontiers le long trajet pour assister à un enterrement, quand il avait lieu sur la péninsule d'Ardnamurchan. À de nombreuses reprises, il avait aidé à porter le cercueil de la chapelle presbytérienne libre de Kilchoan jusqu'au cimetière découpé dans un champ d'herbes hautes. Il aimait se retrouver dans ce cimetière, surplombant la mer qui s'étendait jusqu'à Mull, et méditer sur la vie d'un ami ou d'un fidèle qu'il avait connu, en sentant sur son visage le vent, la pluie ou le soleil. C'était l'endroit rêvé pour ces séparations momentanées, et il regardait toujours les falaises pour voir si un aigle chassait, ou les flots pour apercevoir un phoque ou un marsouin. Sa foi lui donnait le sentiment de la fatalité et de l'inéluctable, et cela ne l'effrayait pas. Il ne craignait pas la mort, ni les épreuves, et cette absence de peur le rendait plus fort.

Mais cet enterrement-là, se dit-il, était vraiment pathétique.

Il n'y avait ni dignité, ni amour, ni respect dans ce crématorium.

Le cercueil renfermant les restes recousus de Duncan Dubbs, qu'il connaissait à présent sous le nom du Craqueur, fut avancé dans la chapelle sur un chariot poussé par des inconnus. Lui se tenait tout au fond. Le cercueil était suivi par un couple dans les soixante-dix ans, et il se dit qu'ils ne savaient rien de la vie d'adulte de leur fils. Seules quatre femmes avaient pris place devant Gough, du même âge que les parents du défunt, ainsi que deux jeunes types en chemise voyante et sans veste. Le vicaire, lui aussi un inconnu, hâta l'office. Gough se dit que l'homme d'Église ne devait savoir du mort guère plus que son nom, et se réfugiait donc en terrain connu. « Duncan fut avant tout un homme secret, dont la loyauté resta vouée à ses parents bien-aimés, à qui il donnait tout l'amour dont il était capable. C'était un membre populaire et très apprécié de sa communauté et il manquera beaucoup à nombre de ses amis. »

On entonna un hymne nasillard quand les rideaux se fermèrent, et, sans la voix forte du vicaire, les paroles auraient été noyées par le martèlement de la vieille organiste.

Dehors, sous une petite bruine, son Barbour pesant sur sa veste de tweed, Gough resta en retrait, tandis que les endeuillés s'arrêtaient devant les couronnes mortuaires. Il se dit que les parents allaient devenir millionnaires, d'après les dernières volontés et le testament de leur fils. Quant aux escort-boys, ils n'avaient plus qu'à espérer que la mort inattendue du Craqueur n'avait pas empêché des legs généreux. Mais Dougie Gough était venu pour voir d'autres gens, et il était déçu. Ni Packer ni son épouse n'étaient là, aucun acolyte ni homme de main. Gentiment, mais fermement, un officiant les pressa de s'éloigner. Derrière un muret surmonté d'une treille couverte de rosiers grimpants, des gens se rassemblaient pour d'autres funérailles. Le vicaire, abrité sous un parapluie, serrait des mains en évoquant quelque affaire pressante qui l'appelait ailleurs. Le petit groupe se dispersa. Dans le parking, les parents disparurent dans une grande limousine noire, et les jeunes gens partirent en scooter. Gough resta immobile, jusqu'à ce qu'une voiture garée à l'autre bout du parking s'en aille. Il avait vu la lentille du téléobjectif. Simple routine pour la Criminelle que d'envoyer un photographe de la police, mais il n'avait aucune envie d'être pris en photo ni identifié par ces gens-là.

Il trouvait très intéressant que Packer ne se soit pas montré. Cela en disait long sur la froideur de cet homme, et sur le soin qu'il mettait à n'apparaître nulle part. De ces obsèques, Dougie Gough avait quand même appris quelque chose.

« Il a dit ça ?

— C'est ce que cette petite merde a dit, Mister.

— Répète-moi ce qu'il a dit.

— Il a dit, je le cite parce que je l'ai entendu moi-même : Mister est fini, liquidé, c'est de l'histoire ancienne. Et puis il a ajouté : Mister n'est plus dans la course. Vous n'avez plus à vous inquiéter de lui. Ceux qui le payent gaspillent leur fric avec un *has been*. Ignorez-le, point. Sur les Évangiles, Mister, je jure que j'ai entendu Georgie Riley dire ça. »

Au chapitre *Surveillance intrusive – Code de bonne pratique*, section 2 paragraphe 3, il est établi que :

> Toute personne donnant une autorisation (pour une surveillance intrusive) doit être convaincue que le degré d'intrusion dans la vie privée de ceux mis sous surveillance est proportionné à l'importance du délit… Aucune intrusion hors de proportion avec le crime commis ou prémédité ne doit être autorisée. Ceci doit être observé tout particulièrement lorsque les sujets en cause sont en droit d'attendre un haut degré d'intimité, ou dans des cas sensibles où l'intrusion pourrait affecter la communication entre un représentant de n'importe quel culte ou religion et un individu, relative au bien-être spirituel de cet individu.

Il existait plus sûr encore que le bureau de l'Aigle : la sacristie d'une église de briques de Hackney, bâtie au tournant du vingtième siècle.

En dehors du vicaire, de deux bedeaux et d'un homme de ménage, Mister était la seule personne à posséder des clés de la porte arrière de l'église et de la sacristie. Il n'était jamais venu prier ici, mais ses contributions à l'entretien des terrains entourant le bâtiment, ainsi que le don généreux qu'il avait fait pour la réfection de la toiture, lui assuraient l'accès à cet endroit où il était impossible d'installer un micro ou une caméra.

« J'apprécie que tu sois venu me prévenir. »

Dans un pub de l'est de Londres, un trafiquant de moyenne envergure, qui revendait des amphétamines venues de Hollande sur des ferries, avait bu un coup de trop et avait ouvert sa grande gueule. Cet homme, Riley, se situait dans un cercle bien éloigné de celui où régnait Mister. Pour le moment, Riley ne représentait aucune menace pour les affaires de Mister. Mister savait comment cela fonctionnait, parce qu'il avait lui-même grimpé cette échelle, et en avait éjecté un certain nombre de types qui se croyaient les plus malins. Cela commencerait par des bavardages, puis on empiéterait sur le territoire de Mister, et ensuite c'est lui que l'on balancerait du haut de l'échelle. Pour garder sa place au sommet, il devait réagir dès la première incartade – le Craqueur aurait compris ça, mais peut-être pas l'Aigle. Mister connaissait Riley. Il savait qu'il était malin et prudent, sauf quand il avait bu un coup de trop.

L'informateur se faufila dehors, croyant peut-être s'être attiré les bonnes grâces de Mister, et qu'on lui était redevable. Il ferait une grave erreur s'il agissait selon cette conviction.

Seul dans la sacristie, Mister passa quelques appels lapidaires avec son portable, utilisant un code qui changeait sans cesse pour masquer les noms et les lieux. Il venait juste d'éteindre l'appareil quand le vicaire, ruisselant de pluie, arriva derrière lui.

« Bonjour, révérend, comment ça s'est passé ?

— Eh bien, nous aurions pu avoir un peu plus de monde. Mais je crois que ceux qui étaient là ont mesuré la valeur de ces instants.

— Je regrette de ne pas avoir été avec vous.

— Nous vivons des temps difficiles, monsieur Packer. Il y avait un de ces maudits photographes caché dans une voiture – il vous cherchait, je suppose, aucun sens de la bienséance – et un homme que je ne connaissais pas, qui ne faisait pas partie de la famille ni des jeunes gens conviés à la cérémonie. »

Le vicaire lui décrivit l'étranger, expliquant qu'il n'était pas habillé comme un policier, mais plutôt comme un provincial : il avait l'allure d'un vétérinaire de campagne. Puis il baissa la voix en grimaçant : « Un vétérinaire minable, le genre à piquer le chien de la famille sans un mot de consolation. Mais il chantait bien, il connaissait les paroles de tous les cantiques que j'avais choisis, il n'a pas regardé une fois le livre. » Si la stratégie de l'Aigle au tribunal avait échoué à faire tourner court le procès de Mister, le vicaire était prêt à prendre place dans le box des témoins et à jurer de dire la vérité, toute la vérité et rien que la vérité, pour affirmer que, la nuit où Mister était supposé se trouver dans la voiture incriminée, il se trouvait en réalité dans sa sacristie, occupé à discuter de nouvelles levées de fonds pour la réfection de cette toiture décatie…

« Je vais m'absenter pendant un moment, dit Mister d'un ton neutre.

— Vous partez dans un endroit agréable ? »

Le vicaire ôtait ses vêtements sacerdotaux, dont le bas était assombri par la pluie.

« J'en doute. Je ne sais même pas s'il fait chaud ou froid, là-bas. J'ai une affaire à régler à Sarajevo.

— Là où ce pauvre M. Dubbs est mort.

— Il était là-bas pour s'occuper d'une affaire – une affaire trop importante pour qu'on puisse renoncer. C'est ça le problème dans les affaires, de nos jours, il faut aller très vite, juste pour assurer votre position.

— Je n'y connais rien… Mais j'ai lu que Sarajevo est un endroit désolé, qui a été entièrement dévasté par cette horrible guerre. Je vais me faire du souci pour vous, monsieur Packer. »

Mister se leva et ferma son manteau. « Ne vous inquiétez pas. Je sais veiller sur moi-même. »

Deux ans déjà que David Jennings avait rapporté la pendule chez lui. Il aurait préféré comme cadeau de départ, de la part des Douanes et de l'équipe Sierra Quebec Golf, une carafe à décanter, mais ils lui avaient offert une pendule. Elle ne marchait déjà plus, et l'horloger à qui il l'avait apportée lui avait dit que la réparation coûterait plus cher que ce qu'elle valait.

La retraite forcée avait été dure à avaler : un jour officier supérieur chevronné chargé des réseaux d'importation d'héroïne et cherchant à faire tomber Albert Packer, et le lendemain occupé à feuilleter des catalogues de fabricants de vérandas en se demandant combien lui coûterait l'installation d'un nouveau patio. Au début, sa femme lui avait dit que c'était merveilleux de l'avoir enfin à la maison, et qu'il puisse l'aider à faire les courses, mais cela avait vite perdu de son attrait. Leur relation devenait de plus en plus ronchon, et ne tenait que grâce à des voyages au soleil durant les périodes creuses.

Toutes les filles de l'agence de voyages étaient occupées, aussi Jennings s'installa-t-il sur la banquette près de la fenêtre, se préparant à négocier un petit break printanier à Ténériffe. Il n'eut pas besoin de voir le visage du Fixeur pour le reconnaître. Le plus souvent, il l'avait vu de dos, dans des bus, des rames de métro, ou sur des trottoirs. Il le connaissait bien. Il s'était trouvé tout près de lui dans des pubs, assez près pour pouvoir compter les cheveux sur sa nuque, tentant de surprendre des bavardages. La dernière année avant sa retraite, quand l'équipe avait été renforcée et avait multiplié les micros-espions braqués sur le Fixeur, dans l'espoir de l'entendre se lâcher, pour changer des banalités habituelles, il avait lui-même passé des heures, des nuits, des semaines auprès du Fixeur, la cible numéro six. Bon Dieu, comme ça lui manquait ! Son ancienne vie circulait toujours comme un virus dans ses veines.

Lorsque le Fixeur s'en alla avec ses billets, trois billets, Jennings se glissa dans le fauteuil vide face à l'employée. Les vieilles habitudes ont la peau dure. Il était très bon pour tirer les vers du nez des gens, il avait toujours été bon à ça. Il demanda d'un ton désinvolte où allait son copain de pub, il n'emmenait pas ses équipiers aux fléchettes avec lui, au moins ? Avec les quarts de finale qui approchaient !

« Une réservation bizarroïde, admit-elle en souriant. On voit de tout, mais là… Le ferry jusqu'à Calais, voiture de location, puis Amsterdam-Zagreb sur la KLM, puis un vol jusqu'à Sarajevo. C'est la première fois que je réserve pour cette destination.

— Il n'emmène pas Brennie et Pete ? – on ne peut rien faire sans Brennie, par pitié, dites-moi que ce n'est pas Brennie et Pete !

— Un monsieur Packer, un monsieur Arbuthnot, et un monsieur James – voilà les noms des voyageurs.

— Pas Georges James, quand même ? Il n'est pas aussi bon que Brennie, mais il est très utile, dans notre seconde paire.

— Un certain Bruce James.

— Et quand est-ce qu'ils partent, alors ?

— Jeudi, et ils arrivent vendredi. Bon, maintenant, je peux faire quelque chose pour vous, ou vous voulez qu'on continue à discuter de votre tournoi de fléchettes ? »

Il rit. Elle pouffa. Il commença à lui raconter en détail leur dernier voyage à Ténériffe, et pourquoi ils voulaient une chambre sur l'arrière de l'hôtel, parce que celles en façade étaient trop bruyantes, et le plus haut possible à cause du vacarme de la discothèque. Quand il en eut fini avec ses explications, la fille avait totalement oublié qu'elle venait d'enfreindre les règles de confidentialité au sujet de son client précédent. David Jennings, lui, avait en mémoire la date du départ de ce bon vieux numéro un, avec son Aigle et son Atkins, et de leur arrivée à destination. Comme il aimait à le répéter à ses proches, les rares qui supportaient encore ses anecdotes sur sa vie antérieure, on n'avait pas tiré la chasse sur cette histoire. Gardant au chaud ces informations, nanti de sa réservation pour Ténériffe, il rentra chez lui et passa un coup de fil à un vieux pote des Douanes.

« Ce n'est probablement rien, mais je pense que ça t'intéressera de savoir que… »

Un message fut envoyé depuis un *spieler*, un café turc de Green Lanes, pris en sandwich entre une boucherie halal et un primeurs qui proposait des produits orientaux. De cette longue rue de Londres qui constituait le cœur de l'émigration turque, il voyagea par satellite jusqu'au quartier de Bascarsija, à Sarajevo. Les communautés turques de Green Lanes et de Sarajevo connaissaient la valeur des alliances stratégiques.

Dans cette rue glauque, où rénovations et réhabilitations n'étaient pas d'actualité, des fourgons et des voitures étaient stationnés à toute heure du jour ou de la nuit, avec à l'intérieur des professionnels de la surveillance de l'Église, de la police criminelle, des services secrets, plus quelques espions.

Tous ces hommes et toutes ces femmes poireautaient des journées durant, attendant l'heure du prochain hamburger-frites bien gras, observant, enregistrant et photographiant, et tous connaissaient les statistiques qui régissaient leur boulot.

Sur dix colis d'héroïne qui entraient au Royaume-Uni, neuf passaient par des mains turques, et la plupart de ces mains se trouvaient à Green Lanes.

La piste partait des champs de pavots de l'Afghanistan intégriste. Une caravane de chameaux apportait une tonne d'opium brut jusqu'à la frontière poreuse de l'Iran. De là, la cargaison était chargée dans des camions, son passage facilité par des pots-de-vin jusqu'à la frontière turque. Une fois en Turquie, l'opium était raffiné en une héroïne de toute première qualité, trop pure pour que le corps humain puisse la supporter, et la tonne était divisée en colis de cent kilos, dont chacun acquerrait finalement dans les rues de Londres une valeur marchande de huit millions de livres sterling. Dissimulés dans des poids lourds sillonnant l'Europe, ces chargements traversaient les Balkans, l'Allemagne et la France, pour arriver enfin dans les ports de la Manche, où le danger d'être repérés était le plus grand pour les importateurs turcs. Une fois la marchandise entrée en Angleterre, les Turcs la vendaient aux principaux dealers.

Mister l'achetait à Green Lanes.

Malgré tous leurs efforts et la qualité des équipements de surveillance, ces communautés organisées en clans étaient quasi impénétrables, dans cette rue de boutiques misérables et de maisons aux peintures écaillées. La culture du silence ne pouvait être brisée. Aucun informateur. Les *spielers* étaient sans arrêt fouillés avec des appareils haut de gamme permettant de détecter micros et caméras, et l'intrusion d'un officier de l'Église ou d'un inspecteur de la brigade criminelle dans un café était immédiatement signalée. Ils restaient donc assis dans leurs véhicules, à patienter en invoquant la déesse de la Chance, mais elle répondait rarement.

Par le même circuit, du café jusqu'à un appartement du vieux quartier de Sarajevo, on avait annoncé la visite prochaine de sir Duncan Dubbs, le Craqueur, et on s'était porté garant de lui.

En début de soirée, un message transmis à un téléphone mobile dans un appartement élégant de la capitale bosniaque annonça l'arrivée imminente d'Albert William Packer, avec deux collaborateurs. On insistait pour qu'ils soient traités avec les égards dus à des personnages importants.

L'entrée dans la maison en terrasse fut rapide et brutale.

L'homme, Riley, fut arraché à la table de la cuisine où il dînait avec sa femme et leurs enfants par des hommes cagoulés et traîné dehors par la porte défoncée.

On le poussa à l'arrière d'un fourgon, ficelé comme un rôti. Il se pissa dessus. Une bande adhésive l'aveugla.

On le sortit du fourgon, ses pieds ballants raclant le sol, et on le fit entrer dans un endroit qui résonnait assez pour qu'il imagine être dans un entrepôt désaffecté.

Il semblait y avoir plusieurs hommes dans la pièce.

Il entendit un raclement de chaise, comme si une personne assise dessus se penchait vers l'avant.

Et tout espoir mourut en lui quand une voix chuchota : « Georgie, des gens me disent que tu as parlé de moi… »

« Il faudra que ce soit le jeune, dit Gough.

— Il n'y a pas moyen de faire autrement ? » Une goutte de sueur glissait sur la joue du CIO. « J'ai là un bureau plein de gens qui ne se connaissent pas entre eux, et qui connaissent encore moins la cible.

— Est-ce qu'il est apte à ce genre de mission ?

— Attendre et voir venir, comme dirait l'autre.

— Vous êtes merveilleusement encourageant, monsieur Gough. Je peux faire en sorte qu'un spécialiste l'accompagne.

— Ce serait utile, à condition que ce soit quelqu'un de bien. »

Le CIO griffonna sur son bloc-notes et lui transmit un nom et un numéro de téléphone. « S'il prend un vol demain, il faut qu'il voie cette personne ce soir. On ne risque pas de le mettre en danger, n'est-ce pas ?

— Je n'en sais rien – je ne sais rien de cet endroit.

— Parce qu'il sera tout près de Packer, l'animal, dit le CIO en respirant lourdement.

— Pas si près que ça – ce sera de la surveillance, de l'observation à distance. Cela ne devrait pas être dangereux s'il a un minimum de bon sens. »

« Ce que vous devez bien avoir en tête, monsieur Cann, c'est que c'est une région de l'Europe tout à fait remarquable – on pourrait dire unique dans sa diversité et sa richesse culturelle. »

Cann n'avait pas été à la fac. Il avait quitté le lycée de sa petite ville du Somerset, avait postulé pour entrer dans la police, et avait été recalé à cause de sa condition physique et de ses problèmes de vue. Si son école avait eu plus d'ambitions pour ses élèves, il aurait peut-être pu y parvenir, mais ce n'était pas le cas. Il était resté à traîner dans la propriété dont son père était le gardien, ne sachant pas ce qu'il voulait faire, agaçant ses parents comme un caillou dans la chaussure, quand une équipe des Douanes était arrivée pour examiner les livres de comptes de la propriété. Il avait vu comment le nouveau propriétaire, un fanfaron agressif, s'était écrasé devant leur autorité ; après leur départ, sa mère, qui contribuait à tenir ces livres de comptes, avait évoqué l'étendue de leur juridiction. De constitution chétive, handicapé par ses épaisses lunettes, objet de déception pour son père et d'inquiétude pour sa mère, l'administration des Douanes lui était apparue comme une sorte de réponse. Il avait postulé et avait été embauché.

L'homme qui lui parlait était maître de conférences à l'université de Londres, au département des études de l'Europe centrale et des pays slaves.

« Le pays a été créé par les grands empires, la Grèce, puis Rome, et ensuite Charlemagne, et après cela les Ottomans et les Austro-Hongrois, et finalement le communisme. Avec chaque empire venait une religion – le christianisme occidental, l'Église orthodoxe, le judaïsme et l'islam, puis l'athéisme politique. Mettez ensemble toutes ces origines et vous faites le lit d'un rayonnement artistique exceptionnel, et aussi de la haine ethnique.

» Bien évidemment, chaque nouveau régime s'est métissé avec ce qu'il y avait déjà sur place, mais la partie bosniaque se retrouve aujourd'hui avec une puissance étrangère assise sur son territoire, et ils la haïssent. Ils ont cru voir s'ouvrir une petite fenêtre d'indépendance quand ils étaient en guerre et qu'on taillait en pièces leur territoire, mais maintenant – comme vous le verrez – une nouvelle puissance étrangère s'est installée chez eux. Ne vous attendez pas à être accueilli comme un libérateur. »

Il était vingt-deux heures passées. À Tooting Bec, Jen devait l'attendre dans son meublé, et il fallait qu'il prépare sa valise. C'était un ordre du CIO, lui avait dit Gough. Il devait appeler ce numéro et mendier un rendez-vous, à n'importe quelle heure. Il avait quitté la réunion inaugurale de la nouvelle équipe Sierra Quebec Golf, et fait ce qu'on lui disait. Cette première réunion avait été bizarre et désagréable. Il avait l'impression d'être regardé comme un intrus, lui, le seul survivant de l'ancienne unité disgraciée et dissoute. Les gens rassemblés cet après-midi-là, venus par le train ou en voiture avec de petits sacs de voyage, avaient été recrutés dans le nord-ouest de l'Angleterre, dans les Midlands, en Écosse, et il y en avait même un qui venait de Belfast. Gough leur avait dit que l'incompétence, l'intimidation et la corruption mêlées avaient valu sa liberté à Albert William Packer. Neuf hommes et une femme, tous plus âgés que lui, et Gough avait expliqué que chacun d'eux avait été sélectionné pour sa compétence, son sang-froid et son intégrité ; puis tous les yeux s'étaient fixés sur lui, comme s'il était le plus fragile des maillons de la chaîne, à considérer avec circonspection, mais toléré parce qu'il était l'archiviste. Après ce préambule, Gough lui avait demandé de se lever pour refaire la roue de charrette, tout en leur livrant une biographie détaillée de Mister. À la fin, les yeux rivés sur Joey semblaient se demander s'il était vraiment le maillon faible. Après cet exposé délicat, Gough l'avait entraîné dans le couloir pour lui expliquer en quelques phrases laconiques où il devait aller ce soir-là, et où il allait se rendre le lendemain matin… Joey l'avait écouté en se demandant si tout cela avait du sens.

« Observez une carte. Le territoire est constitué de chaînes de montagnes, et de vallées traversées par des rivières infranchissables. On l'appelle familièrement le pays des bandits. Et ça ne date pas d'hier. Jusqu'au règne du roi Stephen Tvrtko, ils avaient réussi à maintenir un semblant de discipline. Mais, après sa mort en 1391, les choses se sont dégradées. Un pèlerin français écrivait à l'époque : "Ils vivent uniquement de la chasse des bêtes sauvages, des poissons de leurs rivières, de figues et de miel, dont ils ont des réserves suffisantes, et sortent en bandes de leurs forêts pour attaquer les voyageurs qui traversent le pays."

» Depuis ces jours anciens, l'honneur et la parole donnée ont perdu toute valeur. Un janissaire turc servant dans l'armée d'invasion du sultan Mehmet, nous sommes en 1463, raconte la fuite du roi Stephen Tomasevic vers la forteresse de Kljuc, en

Bosnie centrale. Là, il conclut un accord, acceptant de se rendre si on lui laissait la vie sauve. Quand les serviteurs du roi retranchés dans la forteresse virent que leur seigneur s'était rendu, ils firent de même. Le sultan s'empara de la forteresse et ordonna que le roi et tous ses compagnons soient décapités. Et il prit ainsi possession de tout le pays. Méfiez-vous des malfrats, Cann, et méfiez-vous doublement des promesses.

» Oh, et méfiez-vous plus encore des femmes. Il y a deux mille ans, les Romains exploitaient des mines d'argent à Srebrenica. Les baraquements de la garnison romaine ont disparu depuis longtemps, mais on peut encore y voir les ruines d'un château médiéval, sur une colline escarpée au sud de la ville. Il avait été bâti par les esclaves de Jerina, la veuve d'un seigneur de guerre. Quand elle y fut installée, elle prit l'habitude de faire amener un esclave dans sa chambre chaque nuit, et chaque matin l'esclave épuisé était précipité du haut des remparts… En résumé : une histoire pleine de violence, d'oppression, de souffrances et de brigandage, de cruauté impitoyable et de malhonnêteté absolue. »

Ils étaient assis dans une petite pièce surchauffée, au premier étage d'un immeuble de Gower Street. Une unique lampe éclairait le bureau derrière lequel le professeur avait pris place. Un bébé pleurait dans une pièce voisine et une voix de femme essayait de le calmer. Le café qu'on lui avait servi était trop amer à son goût, et il était froid depuis longtemps. La lumière éclairait la carte. Et le professeur enchaînait une cigarette après l'autre.

« Donc, une figure majeure du crime organisé britannique se rend en Bosnie, et vous ne savez pas pourquoi ? Commençons par une citation savoureuse. Les forces d'occupation du moment, qui opèrent sous diverses étiquettes proches des Nations unies, étaient dirigées il y a quelques années par Elisabeth Rehn, Rapporteur spécial du Secrétaire général. Elle avait déclaré : "Si nous ne faisons rien, ce pays deviendra un Eldorado pour les criminels." En principe, cela n'aurait aucune importance. Mais regardez bien la carte. Regardez où se trouve la Bosnie. On l'appelait jadis *la route des Balkans*. C'est un carrefour, un point de jonction. C'est le lieu de convergence naturel des routes reliant le Proche-Orient, la Méditerranée, l'Europe centrale et les pays du nord du continent. Les gens qui utilisaient ce carrefour ont été dérangés par quarante-cinq mois de combats, mais c'est désormais terminé, et les camions circulent de nouveau. Quoi que vous souhaitiez transporter, une fois que vous l'avez fait entrer en Bosnie, toutes les destinations vous sont ouvertes. Rien n'a été fait, et maintenant, c'est l'Eldorado... Que vous dire de plus ? »

Joey supposait que le CIO – c'était comme Dieu pour lui, un personnage inaccessible qu'il n'avait jamais rencontré, et avait aperçu une seule fois lors d'un discours officiel – avait fait jouer un contact qu'il avait gardé des services secrets. Il se secoua.

« Vous n'avez pas besoin d'en dire plus. Si vous voulez bien m'excuser, il faut que je fasse mes valises, je pars de très bonne heure.

— Vous n'avez pas le goût de l'Histoire, monsieur Cann ?

— Je ne suis qu'un simple exécutant, cinq ans de service dans la masse des enquêteurs de base, je pars deux ou trois jours, pour surveiller un type, taper des rapports, puis je rentre chez moi. Ils m'envoient moi par simple commodité… Je vous suis reconnaissant du temps que vous m'avez accordé.

— Excusez-moi de vous avoir retenu, monsieur Cann, mais faire vos bagages est vraiment un détail. J'ai tenté de vous montrer deux ou trois instantanés, des cartes postales de la Bosnie. Violence et trahison, haine des étrangers et tradition de la contrebande sont ancrées dans cette société comme de la limaille de fer incrustée dans le granit. Ne l'oubliez pas. La Bosnie, ce n'est pas Bognor, ni Birmingham, ni Brighton. Surveillez vos arrières, monsieur Cann. »

Il sentit un frisson parcourir tout son corps et il enfonça ses ongles dans ses paumes pour le faire cesser. Il se leva et dit faiblement : « Ce n'est rien de très important. Si c'était une affaire vraiment sérieuse, ce n'est pas moi qu'ils auraient envoyé. »

Chapitre cinq

« Tu m'appelles tous les jours – je veux avoir de tes nouvelles tous les soirs. »

Gough était complètement réveillé, parfaitement alerte. Apparemment, c'était le type d'homme qui n'a pas besoin de sommeil.

« Je veux un rapport quotidien sur les endroits où il va et les gens qu'il rencontre. Ils baissent la garde, quand ils ne sont plus sur leur territoire. Ils sont moins vigilants. J'ai ici toute une équipe qui attend de quoi se mettre sous la dent. Je veux tout dans les moindres détails. »

Lui, il était à demi-mort et la dernière chose dont il avait besoin, c'était d'un sermon de Gough à Heathrow, pipe éteinte à la bouche, avec son haleine empestant le tabac.

« On est en suspens, Joey. Si tu nous trouves matière à creuser, je pourrai maintenir l'équipe, sinon… terminé. L'Église est comme n'importe quelle entreprise, en cette triste époque. Elle exige des résultats rapides et spectaculaires pour justifier son bilan annuel. Si ça prend trop de temps, si ça devient trop coûteux, s'il n'y a pas d'arrestation et de condamnation en vue, on est fichus. »

Joey était venu en taxi, et la première chose qu'il avait apprise, c'est que Gough avait pris deux bus pour gagner l'aéroport. Au rang où il était, Gough pouvait bénéficier d'une voiture avec chauffeur. Joey se rendait compte que c'était là une façon délibérée pour Gough de lui redire, sans ménagement, qu'il n'était pas en vacances. Joey ne connaissait aucun SIO qui aurait fait le déplacement jusqu'à Heathrow, à sept heures moins dix du matin, pour veiller à ce qu'un bleu prenne bien son vol. Son sac avait été enregistré. Il se dit que dans peu de temps, si ce n'était déjà le cas, les membres du SQG nouvelle génération commenceraient leur journée dans les méandres de l'immeuble des Douanes. Il trouvait la bande assez minable, par rapport à l'ancienne équipe. Du peu qu'il en avait vu, ils ne semblaient pas très vifs, et leur sérieux frisait le puritanisme. Recrutés à travers tout le pays pour éviter toute possibilité de connivence, ils étaient sévères et sans humour, et leurs yeux trahissaient leur méfiance à son endroit. Ils allaient se retrouver dans cette salle dont les serrures avaient été changées, où de nouveaux casiers à tiroirs devaient être installés le matin même, avec des clés neuves, mais dont on avait gardé l'œilleton dans la porte et le haut-parleur pour que les visiteurs s'annoncent. D'ici à quelques jours, la salle commencerait à puer, car aucune équipe de nettoyage ne serait autorisée à y entrer.

« Mais, et j'insiste sur ce *mais* : tu ne prends aucun risque. Tu ne sors pas du cadre professionnel, jamais, tu n'es là-bas que pour récolter des informations. Si tu procèdes de façon illégale, elles seront inutilisables, et ne t'attends pas à des louanges de ma part. Je ne veux pas d'un tas de matériel qu'un avocat réduira en miettes. Tu restes dans la légalité, et tu ne t'autorises aucune dérogation. »

Il avait dit à Jen qu'il ne serait parti que deux ou trois jours. Elle l'avait attendu en préparant ses vêtements sur le lit. Elle avait lavé toutes ses chemises, les avait passées au séchoir et les avait repassées. Timidement, toute mignonne, elle lui avait proposé d'emporter quatre photos d'elle, prises au Photomaton d'un supermarché ; elle souriait sur la première, fronçait les sourcils sur la deuxième, affichait un air très solennel sur la troisième, et tirait la langue sur la dernière. Elle était restée pour la nuit. Ils étaient tous deux mi-endormis, mi-éveillés quand le réveil avait sonné ; il aurait oublié les photos si elle ne les lui avait pas indiquées, et elles se trouvaient maintenant dans son portefeuille, dans la poche de son pantalon. Elle n'avait pas pleuré quand il était parti, mais peut-être l'avait-elle fait quand il avait refermé la porte et couru vers le taxi qui l'attendait dans la rue.

« La voici – en retard, le privilège des dames... » La voix de Gough se fit plus basse. « Je veux la tête de Mister. Sur un plateau, avec le sang qui dégouline... Mais dans le respect des règles. Ne t'avise pas de l'oublier. »

Suivant le regard de Gough, Joey la vit. Il s'attendait à une femme dans le genre de celles avec il avait travaillé aux Douanes. Talons plats, hanches carrées, poitrine maigre, épaules rejetées en arrière, pas de maquillage, coupe à la Jeanne d'Arc. Il avait souvent dit à Jen – lui, cela lui importait peu – qu'aux Douanes la féminité était une espèce en voie de disparition. Les femmes juraient avec les gars, picolaient avec les gars, rataient leurs mariages avec les gars, et pissaient dans le seau avec les gars quand elles étaient en planque dans les fourgons. Il la dévisagea, ce n'était pas ce à quoi il s'était attendu, ni ce à quoi il était habitué. Elle avait l'air d'une de ces femmes de Kensington ou Knightsbridge. Elle regardait autour d'elle tout en se dirigeant vers l'enregistrement des Croatian Airlines. Comme elle prenait place dans la queue, Gough enleva sa pipe de sa bouche et s'avança vers elle. Joey lui emboîta le pas.

Il entendit Gough dire : « Vous êtes mademoiselle Bolton ? Ravi de vous rencontrer. Gough… Heureux que vous ayez pu arriver à temps… »

Joey comprit que le retard, aux yeux de Gough, était un manquement passible de la peine capitale. La réprimande était à peine voilée, mais elle l'ignora.

Son accent plutôt classe détonnait. « Pas besoin de traîner des heures dans ce foutu hangar. Oui, je suis Maggie Bolton. Et lui, c'est qui ? »

Elle pointait le pouce vers Joey. Il n'attendit pas que Gough le présente. « Joey Cann, dit-il. Nous voyageons ensemble.

— J'ai été mutée à la maternelle, à ce que je vois. Pas de problème, on se débrouillera. »

La queue avança. Joey, se sentant un peu obligé de jouer les utilités, tendit la main vers la grosse valise métallique qu'elle transportait, avec une autre plus petite.

« Pas touche, dit-elle sèchement. Je suis une grande fille. Touche à ça et je te flanque mon pied quelque part, tu le sentiras passer. »

Elle avança jusqu'au comptoir en soulevant la lourde valise, tout en poussant l'autre du pied avec délicatesse. D'un ton sans appel, elle dit à l'hôtesse que la grosse valise restait avec elle en cabine, et elle fit claquer son billet sur le comptoir, avec son passeport. Elle avait l'air blasé de ceux qui voyagent souvent, comme si vivre était une corvée. Il se demanda quelle profession était indiquée sur son passeport. Un coup de tampon, l'hôtesse déchira le billet et lui tendit sa carte d'embarquement.

« Allez, dit-elle. On y va. »

Quand elle s'était approchée d'eux, il l'avait trouvée jolie, menue, élégante, avec des traits fins, comme une figurine peinte avec soin. De plus près, quand ils quittèrent le comptoir d'enregistrement, Joey vit l'épaisseur de son maquillage. Son réveil avait dû sonner des heures avant le sien, car son visage était un travail d'artiste. Elle avait peut-être dix ans de plus que lui, mais c'était impossible à dire, parce que le fard gommait les pattes-d'oie et les rides aux coins de sa bouche. Ses cheveux, rassemblés en une courte queue-de-cheval, étaient d'un or doux, mais il n'aurait pu dire si c'était leur couleur réelle, ou s'ils étaient teints. Elle était vêtue d'un chemisier bleu-vert éclatant et d'un tailleur sombre dévoilant ses genoux, au-dessus de chevilles fines et de chaussures montantes légères. Elle portait un collier ancien, avec un pendentif en or, et à ses doigts scintillaient quelques brillants, mais pas d'alliance. On lui avait annoncé une technicienne, un expert, il ne s'était pas attendu à une femme d'affaires. Elle traîna sa valise vers la porte d'embarquement, sans hâte, alors que le troisième et dernier appel pour leur vol se faisait entendre. Elle s'arrêta, se retourna.

« Bon, monsieur Gough, ne vous faites pas de souci. Je veillerai sur lui, je m'assurerai qu'il change de chaussettes et je vous le ramènerai en un seul morceau. Bye… Oh, comment va Piggy ?

— Je ne crois pas connaître qui que ce soit de ce nom, répondit Gough avec raideur.

— Je pensais que vous travailliez avec lui. Ce n'est pas votre patron ? Piggy Cork – Dennis Cork. Il n'arrivait à rien avec nous, alors il a été muté pour diriger votre groupe. Comment va-t-il ? »

Gough grogna : « Il va bien. Il est satisfait de son travail parce que, désormais, il fait quelque chose qui a du sens. Ce boulot a du sens parce qu'il est important pour la vie des gens.

— Bye, monsieur Gough », et elle repartit.

Ils passèrent la porte. Il entrevit son passeport quand elle l'ouvrit et le tendit pour un dernier contrôle de routine. *Assistante personnelle*, lut-il.

Ils marchèrent vers l'avion. Elle bataillait avec sa lourde valise métallique, mais Joey aurait préféré être pendu plutôt que de lui offrir son aide ; au-dessus d'un de ses sourcils, un ruisselet de sueur commençait à creuser un petit canyon dans sa couche de maquillage. Sur le tarmac, devant la porte de l'avion, elle reposa la valise et détendit ses doigts.

Joey dit : « Pourquoi avez-vous été si grossière, mademoiselle Bolton, avec moi, et avec monsieur Gough ?

— Appelle-moi Maggie – ce n'est pas le genre de boulot que j'ai coutume de faire, tu n'es pas le genre de type avec qui je travaille habituellement, et ce n'est pas précisément une mission qui m'excite. »

Mister avait veillé lui-même à ce que ses vêtements, et ceux des Cartes qui avaient maintenu l'homme à terre, soient incinérés dans un four à coke industriel. Puis il était rentré chez lui.

Il avait pris une douche.

Debout sous le jet brûlant, il décapait chaque centimètre de sa peau, chaque repli de son corps, à l'aide d'un savon puissant.

Il fredonnait à voix basse dans la salle de bains. Il se sentait euphorique. La Princesse dormait quand il était rentré, et dormirait toujours lorsqu'il ressortirait. L'exaltation courait dans ses veines, accrue par la chaleur de l'eau, et les jours à venir se dressaient comme un défi. Exactement ce qu'il avait voulu, ce dont il avait rêvé.

La femme ne parlerait pas. Personne ne parlerait. Ni la famille, ni les voisins, ni Georgie Riley.

Et le nom du responsable des blessures infligées à Georgie Riley n'apparaîtrait jamais nulle part. Dans le pub où, trente-six heures auparavant, il avait dégoisé sur *Mister* Albert William Packer, personne ne parlerait plus jamais de lui, ni de ce qui lui était arrivé. Les voisins de son duplex n'avaient rien vu, rien entendu, et ne savaient rien. Sa femme, penchée sur son lit d'hôpital, avait ri au nez de l'inspecteur, puis grogné qu'il n'avait qu'à « aller se faire foutre, et se barrer d'ici ». Georgie Riley, la victime, même s'il l'avait voulu, n'aurait pu dire qui était son agresseur, parce que sa langue avait été coupée au cutter. Il n'aurait pas pu l'écrire non plus, car quatre doigts de chacune de ses mains avaient été tranchés avec une scie circulaire.

Un médecin au teint blafard expliqua à l'inspecteur qui venait de se faire virer de la chambre que Riley tiendrait peut-être vingt-quatre heures, éventuellement jusqu'à quarante-huit, mais qu'il ne survivrait pas. Les dégâts causés par le traumatisme et la perte de sang étaient irrémédiables. Georgie Riley était resté inconscient dans un fossé, au bord d'une petite route en bordure de la forêt d'Epping, pendant près de sept heures avant que, depuis une cabine publique, une voix masquée par un mouchoir ou un bout de tissu quelconque n'appelle pour réclamer une ambulance en indiquant où il se trouvait.

« Comment allez-vous retrouver le monstre qui a fait ça ? demanda le médecin.

— Je ne sais pas pourquoi ça a été fait, et je ne pourrais pas jurer sous serment qui est le responsable, répondit l'inspecteur. On veut semer la terreur. Riley est un malfrat de bas étage, qui a passé plus de temps en taule que dehors depuis qu'il a atteint l'âge adulte, mais là, il a fait quelque chose qui a offensé quelqu'un. Il n'a pas été tout simplement buté, parce que le but de la démonstration est de provoquer la panique, et qu'on se passe le mot. Quand des types comme Riley se prennent pour des caïds, ils prennent des risques. Une mort par balle, c'est décent, enterrement de première classe avec fleurs et couronnes, parfait, ils se disent qu'ils entreront dans l'histoire… Ce qui s'est passé là, c'est qu'on l'a mis plus bas que terre, on l'a fait hurler jusqu'à se chier dessus en suppliant qu'on l'épargne. Il ne lui reste pas la moindre dignité au moment où il s'en va, comme un morceau de bidoche dépecé.

— Est-ce que vous pourrez obtenir des renseignements ?

— Oui, probablement – quand l'homme qui a ordonné de faire ça, qui l'a peut-être fait lui-même, d'ailleurs, sera hors circuit. C'est ce qui nous tient, attendre le moment où le pouvoir s'étiole. Voyez-vous, docteur, pour ce genre d'hommes, la retraite n'existe pas. Le jour où l'on va à la poste pour toucher sa pension, où l'on part se mettre au vert dans une jolie villa près de Marbella, avec ses économies. Ils ne peuvent pas quitter l'affaire, et profiter de ce qu'ils ont amassé pour jouir de leur vieillesse. Quand ils perdent la main, ils sont finis, et les informations déferlent. L'homme qui a fait ça est dans la course, il tient les commandes et il veut que tout son sale petit monde le sache.

— Et en attendant personne ne dira rien, personne ne se dressera contre lui ?

— Prenons un exemple, docteur, vous…

— Moi ? Qu'est-ce que j'aurais à voir avec tout ça ?

— De toute sa vie, jamais Riley n'aurait parlé à un policier, mais, à vous, il pourrait vous faire confiance, vous ne croyez pas ? Imaginons ceci. Je vous fournis une caméra vidéo avec un micro. Vous allez dans sa chambre au beau milieu de la nuit, pendant que sa femme dort dans la pièce à côté. Vous avez réduit la dose de sédatifs, pour qu'il puisse vous voir et vous entendre. Vous lui mettez une photo sous le nez, une photo de l'homme qui lui a plus que probablement infligé ces sévices. Vous lui demandez si c'est bien lui qui a fait ça, vous lui dites de hocher la tête pour oui, ou de la secouer pour non… Imaginons, par miracle, qu'il hoche la tête et que vous filmiez ça. Est-ce que vous me suivez, docteur ? »

Le médecin blêmit. « Je ne sais pas… Il faudrait que je réfléchisse… C'est un problème d'éthique…

— Très raisonnable de votre part, docteur, dit gravement le sergent inspecteur. Imaginons que nous ayons fait tout ça. Bien sûr, nous vous offririons une protection rapprochée, à vous et votre famille – madame ira au supermarché accompagnée par un fusil-mitrailleur Heckler & Koch, les enfants à l'école, suivis d'un pistolet Glock. Jusqu'à quand ? Allez, disons le lendemain de la fin du procès ? Après, vous vous retrouvez livré à vous-même, mort de trouille chaque fois que madame ou les enfants sortent de votre champ de vision. Et vous inspectez le bas de caisse de votre voiture tous les matins, avec un miroir accroché au bout d'un balai. Il est nettement préférable de ne pas mettre le nez là-dedans, docteur, et de traverser la rue rapidement, sans rien dire, comme tout le monde.

— Vous voulez me faire honte.

— Loin de moi cette intention, docteur. Prenez mon exemple. Disons qu'un fouineur de bas étage dans mon genre fouille la merde autour de cet homme et dégote la preuve qui peut l'envoyer au trou. Il pourrait me payer d'un claquement de doigts l'équivalent de vingt ans de salaire, ou bien réduire ma famille à néant.

— Vous savez qui c'est ?

— Avec certitude. On ne joue pas dans la même cour, docteur. Si je dois l'affronter, je m'installe dans une salle d'interrogatoire, avec une caméra et un magnétophone, et il y a un avocat qui s'assure que mes questions ne constituent pas du harcèlement, parce que la loi l'exige ; j'ai un livre entier de réglementations qui me lient les mains. Lui, quand il entre dans une pièce pour cuisiner Georgie Riley, la seule chose dont il se préoccupe, c'est de savoir si son couteau de chasse est assez affûté, et si le moteur de la scie à béton fonctionne.

— Eh bien, vous comprendrez que j'ai un hôpital plein de patients à voir…

— Vous avez utilisé le mot de monstre, docteur. C'est le sous-estimer. Si c'est bien celui auquel je pense, c'est un homme très intelligent et très habile – et, en tout état de cause, c'est lui qui est aux commandes. »

Le médecin se dirigea vers la porte de l'antichambre, hésita. « Comment pourrez-vous le coincer ?

— Avec de la chance, docteur.

— Et qui aura cette chance ?

— Pas moi, docteur. Ce sera quelqu'un qui sera capable de le regarder droit dans les yeux, et de lui montrer qu'il ne peut ni l'acheter, ni le terroriser. Je ne sais pas si cet oiseau rare existe… »

Ils avaient plus d'une heure et demie de retard à l'arrivée à Zagreb, et ils ratèrent la correspondance pour Sarajevo. Puis on leur annonça que le vol de l'après-midi, le suivant, avait été annulé.

Ils devaient être à Sarajevo le soir même, avait insisté Joey. Alors, il n'avait plus qu'à louer une voiture, avait-elle répliqué aigrement. Ce qu'il avait fait. Il était revenu la chercher devant le terminal avec une petite Ford. Elle avait acheté une carte routière de la Croatie, et, à voir son expression, il aurait pu aussi bien l'obliger à monter dans un manège à Euro Disney. Ils avaient quitté Zagreb, pris la route de Sisak et traversé la ville fantôme de Petrinja. Elle avait pris le volant et il faisait le copilote, penché sur la carte. Mais, après qu'il eut raté un embranchement, il comprit qu'il était inutile qu'il s'excuse, parce qu'elle avait tourné dans la bonne direction. Elle connaissait la route. Il se renfrogna et balança la carte par-dessus son épaule, sur la valise métallique qui occupait le siège arrière. Trois kilomètres après le premier panneau indiquant Dvor, elle quitta brusquement la route pour s'engager dans un chemin à travers bois, et continua à rouler jusqu'à ce que leur voiture soit complètement invisible pour les autres véhicules. Il la regarda faire. Elle ne lui avait pas demandé son aide et il ne la proposa pas non plus. Elle ôta les revêtements à l'arrière pour faire apparaître la structure métallique du siège et des portières, puis elle ouvrit sa lourde valise. Y étaient rangés des sondes, des micros, toute une collection de douilles de lampes, de batteries électriques et d'appareils qu'il ne put identifier.

Il pensait avoir tout vu en matière d'équipements de surveillance dans le bureau de Sierra Quebec Golf, mais les objets qu'il avait sous les yeux à présent étaient beaucoup plus petits et plus compacts, et, quant au reste, ils lui étaient totalement inconnus. Tout cet attirail alla se nicher dans l'épaisseur des portes et le siège arrière, puis elle remit en place l'intérieur de la voiture. Pour finir, elle prit la moitié des vêtements qui se trouvaient dans sa seconde valise, et les balança avec désinvolture dans la grosse valise métallique. Il eut le temps d'apercevoir, avant qu'elle ne la referme à clé, deux robes de soirée, quelques sous-vêtements, et une paire de grosses chaussures de marche. Ils repartirent. Il n'avait emporté que son appareil photo, avec son objectif de 300 mm, un objet dont la présence était facile à justifier. Il n'avait pris aucun dossier.

La frontière était une ligne au milieu de la rivière qui sépare Dvor et Bosanski Novi. Le pont qui la franchissait avait été construit par l'armée, une structure de fer et de planches branlantes. L'ancien pont s'était effondré après une frappe ciblée de l'US Air Force, cinq ans plus tôt, et n'avait jamais été rebâti. Ils traversèrent, et on leur fit signe de s'arrêter. Tout en freinant, elle lui demanda son passeport.

Elle sortit de la voiture avec vivacité et prit les choses en main, brandissant les passeports, avec un paquet de cigarettes miraculeusement sorti de son sac à main, puis un autre, comme une manne céleste. Les douaniers, qui traînassaient et fumaient, pleins d'ennui, se groupèrent autour d'elle. Un pot de miel. Elle leur faisait de grands sourires, et les cigarettes disparaissaient dans les mains avides. Elle leur parlait dans leur langue, et ils riaient avec elle. Elle précéda un homme qui portait une insigne de sergent jusqu'à leur voiture, ouvrit la valise métallique et son sac, puis le bagage de Joey, et les rires redoublèrent quand elle roula des yeux en voyant ses sous-vêtements exposés aux regards. Elle disparut ensuite dans une misérable cabane en planches. Joey se demandait combien de langues elle parlait et combien de pays elle avait parcourus, et il prit conscience qu'il n'avait même pas envisagé qu'ils puissent avoir à passer un contrôle de douane. Elle revint avec leurs passeports, et tendit la main au sergent. Il la prit, lui fit un baisemain très formel, et ils repartirent.

« Bien joué, dit Joey d'un ton bourru.

— Cet éloge si chaleureux me va droit au cœur.

— Vous êtes déjà venue ici ? » La question semblait parfaitement inutile.

« Quels sont les endroits que tu connais bien ? demanda-t-elle.

— Aucun, je n'ai jamais été nulle part... » Il se dit que cette réponse confirmait qu'il était vraiment un sous-fifre. « Pour le boulot ? Des coins de Londres. Dans mon équipe, c'était surtout Green Lanes, mais ces trois dernières années je ne suis pas beaucoup sorti des bureaux des Douanes. Oui, je connais bien Green Lanes, au nord de Stoke Newington et au sud de...

— D'accord, d'accord... Moi, je connais des tas d'endroits par cœur. Ici par exemple, et, pour les autres, tu n'as pas besoin de le savoir. »

Elle conduisait vite. À deux reprises il ferma les yeux, tandis qu'elle évitait la trajectoire d'un camion à la dernière seconde. Elle devait l'avoir vu tressaillir, c'était humiliant. Elle ne semblait absolument pas se soucier des nids-de-poule.

C'était un pays lugubre, semé de fermes isolées, et Joey voyait des femmes qui travaillaient aux champs pour leur subsistance. Son cerveau bouillonnait. Territoire serbe, dont il se dégageait un sentiment de pauvreté sans limites et sans appel. Ils passèrent devant des bistros de bord de route moches et voyants, peints pour irriter l'œil, aurait-on dit, et des petites stations-service perdues. Il était entré sur la terre des abandonnés, se dit-il, là où les gens purgeaient leur peine pour leurs crimes. En arrivant vers Prijedor, ils contournèrent des villages où les mauvaises herbes prospéraient entre les murs de maisons sans toiture, et des chiens efflanqués couraient après les pneus de leur voiture. Aucun être humain ne semblait vivre dans ces lieux, étouffés sous la végétation. Il avait vu des endroits de ce genre à la télévision, à l'époque, mais il ne les avait pas revus depuis qu'ils avaient été dévastés. Ronces et buissons survivaient là où les hommes avaient disparu.

Elle dit tranquillement : « Le nord-ouest et le sud-est ont été les plus durs à nettoyer. C'est le terme qu'ils utilisaient, et aussi dans leurs manuels militaires. *Ciscenje*, nettoyer – nettoyer les champs de mines, les barricades, les positions ennemies. Finalement, ils l'ont utilisé aussi pour les gens. Ils encerclaient les villages, l'un après l'autre, et ils disaient aux Musulmans qu'ils devaient partir. D'abord, ils leur faisaient signer l'abandon de leurs droits sur leurs propriétés, et ils s'emparaient de tout ce qui pouvait prouver qu'elles leur appartenaient, puis ils les séparaient. Les femmes et les enfants partaient pour des camps de l'ONU derrière la frontière croate. Les hommes étaient emmenés dans des camps près d'ici. Ils en ont tué autant qu'ils ont pu, en les décapitant, en les rouant de coups, en les éventrant – au choix – et ils ont démoli les cimetières au bulldozer, empoisonné les puits et fait sauter les mosquées. Ils ont impliqué le maximum de gens dans le nettoyage et les massacres, de manière que la faute soit collective. Créer une culpabilité collective, ça a été un des grands talents de leurs leaders. Le second point très habile, ça a été de détruire l'héritage de ceux qu'ils avaient forcés à partir. Mais n'oublie jamais une chose : il n'y a pas eu de saint parmi les seigneurs de guerre, d'un côté comme de l'autre, aucun, seulement des pécheurs. Je suppose que tu n'as pas faim. On perd vite l'appétit, ici.

— Je n'ai pas faim », dit Joey.

Elle lui expliqua que c'était à côté de Prijedor que se trouvait le pire de tous les camps, celui d'où venaient les images de squelettes humains qu'avait diffusées la télévision, celui où avaient eu lieu les pires massacres.

« Est-ce que nous aurions pu faire ça ? bredouilla Joey. Est-ce que nous aurions fait ces choses dans les camps, vous et moi ?

— Bien sûr que nous l'aurions fait, répliqua-t-elle d'une voix lasse. C'est une question d'environnement, d'instinct de survie, de propagande. C'est ce vieux truc de vouloir avilir son ennemi. Gratte sous la peau de n'importe qui et tu trouveras un abcès de bestialité. Quand la haine tourne à l'obsession, quand on veut écraser l'autre, prouver sa suprématie, n'importe lequel d'entre nous peut se retrouver à agir de cette façon. Va en Allemagne, mets-toi dans une file d'attente avec les retraités, ces chers petits vieux, et demande-leur. »

Joey sentait grandir en lui un sentiment d'impuissance aigu depuis qu'ils avaient traversé les villages ravagés. Sur la route conduisant à Banja Luka, surplombant la ville, il vit apparaître un grand complexe industriel fait de métal. Un ancien haut-fourneau, dit-elle. Il aperçut des tanks, des véhicules blindés et des hélicoptères de transport de troupes, et elle lui expliqua que c'était le quartier général du contingent britannique rattaché à la SFOR en Bosnie, la force de stabilisation. Elle conduisait nerveusement. Au-delà de Banja Luka, la route se détériora. Des épingles à cheveux, creusées dans une muraille de roche près d'une rivière aux allures de torrent. Il y avait des pierres sur la route, qu'elle évitait à grands coups de volant. Des véhicules accidentés avaient basculé sur les pentes du ravin, jusqu'au torrent. Joey avait imaginé que l'on devait mettre un point d'honneur à reconstruire un pays après une guerre, mais là, il ne voyait rien de cela. Un lac s'étendait sous le barrage qui coupait la rivière, et des hommes pêchaient là, parmi des monceaux de bouteilles et de sacs en plastique. Il avait dû secouer la tête, exprimant son incrédulité.

« Après une guerre, Joey, on ne peut pas faire ses valises comme s'il ne s'était rien passé. Personne n'en réchappe, tout le monde garde des cicatrices. Même si tu n'en entends plus parler depuis longtemps, cela ne veut pas dire que les cicatrices ont disparu. Tout ce que ça veut dire, c'est que le reste du monde, après s'en être soucié à une époque, a commencé à en avoir marre… Je ne peux pas vraiment dire que je les blâme. Aide-toi, le ciel t'aidera, tu vois ce que je veux dire. Eux, ils ne savent pas comment s'aider eux-mêmes. »

La lumière déclinait tandis qu'ils contournaient Jajce. Ils dépassèrent la ville, dominée par une forteresse médiévale perchée sur un éperon rocheux, et elle expliqua – avec la désinvolture d'un guide touristique distillant quelques morceaux de choix – que cet endroit avait été un quartier général des partisans de Tito pendant la Seconde Guerre mondiale, où les forces allemandes n'étaient pas parvenues à l'atteindre. L'Histoire, à nouveau, comme si elle était convaincue elle aussi que tout dépendait de cela, comme le professeur qu'il avait vu la veille. Ils avaient mis le chauffage, mais le froid s'insinuait tout de même dans l'habitacle. Joey était pris de frissons, à cause de la fatigue, de la faim et de l'éclat violent de la peur. Les phares des autres véhicules les transperçaient. Au sortir du territoire serbe, la route grimpait pour entrer dans la zone contrôlée par les Croates et les Musulmans. Le revêtement était meilleur, mais il était verglacé. Des oasis de lumière apparaissaient, qu'ils traversaient à toute allure – Donji Vakuf, Travnik et Vitez –, et des silhouettes fantomatiques, qui erraient au hasard sur des trottoirs mornes, les vieilles barres d'immeubles de l'époque soviétique, et des usines abandonnées.

Elle s'arrêta devant un café en bord de route, les toilettes derrière le bâtiment étaient infectes. Ils étaient les seuls clients, mais avaient l'impression d'être des intrus. Trois hommes et une femme affalés sur le comptoir les dévisagèrent. Ils ne dirent pas un mot et ne bougèrent que pour leur apporter du café, et du Coca-Cola pour le faire descendre. Un ventilateur cassé auquel manquait une pale était suspendu au plafond, et autour d'eux s'étalaient des photos fanées de bolides de formule 1. Il remarqua qu'elle ne s'adressait pas à eux dans leur langue, mais en anglais. Leurs yeux ne la quittaient jamais. Elle alluma une longue cigarette au papier brun, et il murmura qu'elle aurait pu fumer dans la voiture si elle avait voulu, à quoi elle répondit que c'était pour ralentir sa consommation qu'elle n'avait pas fumé dans la voiture, et en aucun cas par considération pour lui. Est-ce qu'elle voulait qu'il conduise ? Elle posa sa petite main précise sur la sienne et lui dit qu'il valait mieux qu'elle garde le volant… Après le café, la route grimpait vers un col. La glace brillait sur l'asphalte, et la neige s'amoncelait sur les bas-côtés. Quatre fois, il vit des endroits où les barrières de sécurité avaient été défoncées par des véhicules qui avaient dérapé. À chaque fois que les pneus patinaient sur la glace, il sentait ses nerfs lâcher un peu plus. Ils prirent une courbe très serrée, en première, péniblement, et soudain, loin en contrebas, il aperçut une sorte de long doigt illuminé. Elle se rangea sur le bas-côté, ouvrit sa portière et sortit. Une bouffée d'air glacé le saisit et il la suivit, ses semelles craquant sur la neige durcie.

« On y est, dit-elle. C'est Sarajevo. »

Le froid s'empara de son nez et de ses lèvres, le vent le gifla. Il se sentait loin de tout, ignorant et incertain. Elle devait avoir lu ses pensées. Elle passa sa main sous son bras. « J'espère qu'il vaut le coup, ton type. »

Joey se sentait fatigué, tendu, et cette main accrochée à son bras l'irrita. « Je peux juste vous dire une chose ? S'il vous plaît, je vous le demande gentiment, cessez de me traiter avec condescendance… Je n'ai jamais travaillé avec vos équipes, je ne sais pas si vous êtes bonne, ou mauvaise, ou indifférente à ce que vous faites. Je suis obligé de vous faire confiance. Pourquoi est-ce qu'ils m'ont envoyé moi ? Parce qu'ils se disent que je suis capable de me glisser dans la peau de la cible. J'espère que cette explication peut suffire. »

Elle lui pressa le bras. « Je me le tiendrai pour dit. Bon, quelle est la priorité, dans l'immédiat ?

— Nous opérons dans un cadre légal. Je ne sais pas ce que vous faites habituellement, vous, mais pour nous, la loi, c'est la Bible. En tant qu'officier des Douanes, je ne peux pas foncer dans le tas tête la première, sans l'accord d'une autorité locale, pour opérer ce que nous appelons une “surveillance intrusive”. J'ai besoin d'une autorisation légale. Si je n'obtiens pas cette autorisation légale, rien de ce que je découvrirai – pardon, de ce que *nous* découvrirons – sur notre cible numéro un ne pourra être produit au tribunal, comme toutes les autres informations qui pourraient en découler. Sans cette autorisation, je me ferai dégager à peine rentré, je ne toucherai pas le sol avant d'avoir été planté à Douvres, en uniforme, pour fouiller dans les valises des touristes. En plus, si je – je veux dire, si nous nous faisons remarquer et épingler par la police locale, et que nous n'avons pas une signature sur un bout de papier, nous sommes morts.

— Et qui est cette autorité locale ? Qui peut signer ?

— Un juge, un magistrat… »

Elle éclata d'un rire moqueur. « Tu ne connais vraiment rien à ce pays ?

— Je sais, tous des enfoirés…, dit Joey.

— C'est tordu, ici, tout est corrompu. Ne me dis pas que tu imagines que des magistrats ont pu rester intègres ? Ils sont tous vendus. »

Il contempla la myriade de lumières dansantes enchâssées dans les formes sombres des hautes montagnes couvertes de neige.

« Eh bien, il va falloir que j'en trouve un qui ne l'est pas, dit-il. Il m'en faut un – un seul… Tu m'as demandé si tout ça en valait la peine ? » Il revoyait la première photo de Mister qu'il avait classée dans le dossier. Il portait des chaussures marron, un pantalon beige et un polo bleu. Il entendait la voix de Mister sur la première bande qu'il avait retranscrite. Mister était sur le pas de sa porte et détaillait, article par article, la liste des courses que la Princesse lui avait donnée pour aller au supermarché. Et le moment le plus douloureux, quand aucun des autres de l'équipe du SQG n'avait pensé à l'avertir que l'affaire était classée et que Mister allait être libéré. « Oui, ça en vaut la peine – pour toi, je ne sais pas, mais pour moi, la cible vaut vraiment la peine. »

Le Craqueur était réduit en cendres, disparu. Les rares bouquets devaient avoir été jetés, ou distribués dans des chambres d'hôpital. Un trou s'était ouvert, et il fallait le combler. Est-ce que le fils d'Abie Wilkes pouvait s'y glisser ? C'était une grave décision à prendre, mais on disait beaucoup de bien du jeune Solomon. Même le Craqueur avait parlé de lui de façon élogieuse, et il avait travaillé avec lui.

Tout autre homme que Mister aurait été déstabilisé par ce coup porté à son organisation. Les hommes de la périphérie avaient été écartés. Mais le noyau dur avait tenu bon. Il s'agissait de sa famille, et de ceux qu'il côtoyait dans la cité où il avait grandi, ainsi que de relations solides qu'il avait nouées lors de son séjour à Pentonville. Tous étaient dans l'équipe depuis des lustres.

Avant d'aller rencontrer le jeune Sol Wilkes, Mister s'était rendu seul dans le centre de Londres pour ouvrir les coffres secrets, dont les contenus n'étaient connus que de lui et du Craqueur. Il y en avait quatre. Dès qu'il avait appris la mort du Craqueur, Mister avait mis en place une surveillance renforcée des quatre bâtiments où se trouvaient les coffres. Il avait acquis l'assurance qu'aucun d'eux n'était surveillé, et il avait fait également passer au crible les rues alentour, à la recherche de matériel qu'auraient pu poser ceux qui le traquaient. Il s'était également assuré que le Craqueur n'avait rien laissé chez lui qui puisse intéresser les enquêteurs. Son jeu de clés, pas celui de Mister, avait été mis sous la garde d'un notaire, et non dans le coffre de l'Aigle.

La procédure était simple. Il se rendit dans chacun des immeubles, ouvrit les coffres, vida leur contenu dans son attaché-case, rendit les clés et annula les contrats.

Il se rendit à pied dans un hôtel du West End et prit une chambre, sans avoir réservé. Il étala tous les documents faisant état de son immense richesse sur le couvre-lit. Il y avait des relevés de comptes, des actions, les titres de propriété de cinq hôtels et trois avions, d'autres de propriétés en France, en Grèce, aux Bahamas, dans les îles Caïmans et à Gibraltar, ainsi qu'une pile de CD. Il ne pouvait pas lire les CD dans cette chambre, mais il parcourut rapidement les documents, comme s'il avait besoin de se remettre en mémoire toutes ses possessions. Le fait de ne pas dépenser sa fortune, ni pour lui-même ni pour la Princesse, de l'accumuler et de ne l'utiliser qu'avec parcimonie, pour se lancer dans de nouvelles entreprises, ne diminuait en rien le plaisir qu'il éprouvait à consulter les chiffres et le détail de ses possessions, avec les revenus qu'elles généraient. La richesse était le pouvoir – il ne l'aurait jamais admis, mais le pouvoir était la drogue qui le faisait avancer.

Il ne resta dans la chambre qu'une quinzaine de minutes, puis rendit les clés, paya deux cent soixante-cinq livres en liquide à la réception et se glissa, anonyme, dans la rue.

Il traversa le centre de Londres à pied. La ville lui appartenait. Sa richesse lui donnait le pouvoir auquel il aspirait. Des centaines de gens, dont la grande majorité n'avait jamais entendu parler de lui, y travaillaient à décupler sa richesse. Le soir, la nuit, des milliers de gens, dans cette masse grouillante et excitée, payaient pour cette marchandise qu'il avait achetée aux trafiquants, et allaient se tapir dans des coins sombres et privés pour la fumer ou se l'envoyer dans les veines. Il était porté par les vagues d'employés qui rentraient chez eux, de vendeuses et de touristes, et il se sentait plein de mépris à leur égard, car jamais aucun d'entre eux ne pourrait entrevoir un jour la puissance et la richesse qui étaient les siennes.

Il aperçut le jeune homme, assis au fond du café sur la nouvelle piazza de Covent Garden.

Sol Wilkes se leva en le voyant approcher. Mister se fraya un passage entre les tables de la terrasse. Il avait vérifié en arrivant qu'il n'était pas suivi, mais n'avait vu personne. Il entra et circula en zigzag jusqu'à la table tout au fond du café, afin d'observer chaque client, et de jeter un coup d'œil à leurs oreilles. Un agent de l'Église aurait forcément porté une discrète oreillette de plastique. C'était une vieille habitude qu'il avait, mais très utile.

Il apprécia l'allure du jeune homme. Son costume était de bonne facture, neuf et classique, sa chemise d'un crème discret, sa cravate était sobre et sa coupe de cheveux impeccable. Le *Financial Times* était plié sur la table à côté d'un verre de jus d'orange à demi vide ; la première impression était bonne.

« Bonsoir, Mister Packer.

— Bonsoir, Sol – cela ne te gêne pas que je t'appelle Sol ?

— Absolument pas. Qu'est-ce que vous prendrez ?

— Un cappuccino, s'il te plaît. »

Sol passa commande. Il y avait un attrait indéniable à rechercher du sang neuf. Mister se dit que se tourner vers la jeunesse devait avoir quelque chose à voir avec sa propre virilité. Il ne l'aurait jamais envisagé, bien entendu, si le Craqueur n'avait pas fini dans cette rivière. Mais c'était arrivé… Et peut-être, maintenant que l'opération dans les Balkans était lancée et prenait vie, peut-être était-ce le bon moment pour envisager l'inenvisageable. L'Aigle était vieux. Le Fixeur aurait bientôt derrière lui ses meilleures années. Des gens nouveaux et des idées nouvelles… C'était quelque chose qu'il devait méditer, un sujet à considérer, mais avec prudence. Tout devait être fait avec prudence.

« Je connais ta famille depuis longtemps, Sol.

— C'est ce que mon père m'a dit.

— J'ai toujours eu confiance en ta famille, Sol, depuis des années.

— Comme mon père a confiance en vous.

— J'ai toujours eu du respect pour ton père.

— Et lui pour vous.

— Et maintenant, il me manque quelqu'un en qui je puisse avoir confiance, que je respecte, et qui fera de même envers moi, quelqu'un qui pourra gérer certaines de mes affaires.

— Veiller sur vos investissements, Mister Packer, pour les voir fructifier.

— Ce genre de choses, oui, Sol.
— Prendre la place qu'occupait le Craqueur.
— Avec discrétion.
— Pour vous, mon père traverserait le feu, Mister Packer. Je travaillerais pour quelqu'un, avec quelqu'un, si je savais pouvoir compter sur une loyauté égale à celle que mon père vous a montrée.
— Bien sûr.
— Mais mon père a été surpris de ne pas vous voir à l'enterrement du Craqueur. »

Il n'y avait eu aucun changement dans le ton de Sol Wilkes, calme et factuel, mais cette dernière phrase sembla durcir l'air qui les séparait. Mister avait voulu s'y rendre, avec tout le clan, mais l'Aigle le lui avait déconseillé. Il avait dit que ce serait un jamboree pour les photographes de la brigade criminelle et de l'Église, et Mister s'était rangé à son conseil. Ce garçon avait des couilles – oser lui demander si la loyauté autorisait à tourner le dos à un très ancien et fidèle compagnon le jour de ses obsèques. Mister était ébranlé… Ce jeune homme ne le craignait pas comme l'Aigle le craignait. Mister ne pouvait pas dire à Sol Wilkes qu'il était resté à l'écart parce que l'Aigle le lui avait conseillé, qu'il n'était pas son propre maître quand il était question de l'enterrement d'un ami. Peut-être n'aurait-il pas dû écouter l'Aigle, mais c'était fait… Il n'avait observé aucune crainte sur le jeune visage alors qu'il avait vu de la terreur sur un visage plus âgé, la nuit précédente. Sa réputation provoquait la peur, pourtant Sol Wilkes soutenait son regard, sans vaciller, et il attendait une réponse.

« Si tu travailles pour moi, Sol, tu auras une vision plus large de tout ça. Tu en sauras plus long et tu pourras juger. » Il sourit. « C'est la seule réponse que tu auras, qu'elle te plaise ou pas.

— Que m'offrez-vous, Mister Packer ?

— De devenir salarié.

— Avec un pourcentage sur les bénéfices, comme le Craqueur ?

— Est-ce que tu ne vas pas un peu vite ? » Il y avait une menace dans sa voix. Il n'était pas maître de la discussion. Son poing se serra sur la table, comme un avertissement.

« Si je marche avec vous, Mister Packer, je ne pourrai pas faire marche arrière. Je l'ai bien compris. Ce n'est pas un engagement à court terme, mais, aussi loin que je puisse imaginer, pour toujours… Cinq pour cent vous assureront ma loyauté et mon respect. »

Leurs mains se rejoignirent. Mister prit les doigts menus de Sol Wilkes et l'accord fut scellé. Il serra jusqu'à ce que le sang ne circule plus et que ses articulations craquent, mais le jeune homme ne cilla pas.

Mister prit les papiers et les CD dans son attaché-case et les tendit au jeune homme. Sol les parcourut rapidement, et il n'y avait ni surprise, ni admiration sur son visage, tout comme il n'y avait pas eu de crainte. À vingt-huit ans, courtier accompli, le fils d'un ami de quarante ans était admis dans le premier cercle. Quand il eut tout lu, papiers et CD regagnèrent l'attaché-case. On établit les règles du contrat, puis Mister se mit à parler de l'avenir, et du réseau bosniaque. Il ne jugea pas nécessaire de préciser que, s'il venait à être doublé ou spolié, toute la famille Wilkes en subirait les conséquences. Et qu'ils voudraient ne jamais être nés, le père, la mère, les sœurs et les frères ; et surtout le jeune Solomon. Cela n'était pas nécessaire, car Abie Wilkes devait l'avoir déjà expliqué clairement, en quelques mots brefs, à son fils chéri. Ils convinrent des arrangements pour l'ouverture de nouveaux coffres. Ils se reverraient quand Mister rentrerait du vieux continent.

Il sortit et se fondit dans la foule du soir. Il se sentait bien, comme si la jeunesse de Sol l'exaltait, et il sentait se diluer l'influence des inquiétudes maniaques de l'Aigle : il était le grand Mister, le maître.

Venir ici n'avait pas été son idée. Joey était pris entre les convives qui se pressaient, dans la fumée et les rires trop forts. Une voix rugit à son oreille : « Vous êtes Joey ? Joey, c'est bien ça ?

— Joey Cann, oui.

— Vous êtes avec Maggie ? Vous êtes son porteur de valises ?

— Quelque chose du genre… et vous êtes ?

— Francis. Nous n'avons pas été présentés. Je suis votre hôte, c'est ma casbah ici, je suis l'homme de Sa Majesté à Sarajevo. C'est une fille épatante. Pourquoi l'avez-vous laissée conduire tout le trajet ? Elle nous a dit qu'elle a conduit depuis Zagreb. Vous n'auriez pas pu prendre un peu le volant ?

— Apparemment, ce n'est pas ce qu'elle souhaitait.

— Une fille incroyable, toujours prête à rigoler. C'est la première fois que vous venez ici, Joey ?

— Oui.

— Laissez-moi vous expliquer le jeu, que vous sachiez où vous mettez les pieds.

— Je vous en serais très reconnaissant. »

Il aurait préféré son lit. Manger un morceau, prendre un bon bain, et au lit. Le message qui attendait à l'hôtel était pour elle, après tout. Une soirée avait lieu à la Résidence pour fêter le Commonwealth Day. Il avait craint son mépris s'il invoquait l'épuisement et son besoin d'un repas, d'un bain et d'un lit. Elle avait conduit huit heures d'affilée, et elle était prête à se rendre à une fête. Il l'apercevait, à l'autre bout du salon. Elle avait dû filer sous la douche avant de se glisser dans cette petite robe noire et de se remaquiller. Elle avait tout un groupe d'hommes plus âgés autour d'elle. À nouveau le pot de miel, comme au poste frontière de Bosanski Novi. Une très petite robe noire. Les hommes la dévoraient des yeux, et Joey voyait que chacun d'eux s'imaginait être le centre de son attention, et pensait avoir sa chance. Elle avait sans doute dit à l'ambassadeur – ce Francis enjoué et bruyant – que Joey Cann était son boulet du moment, qu'il aurait été incapable de traverser la Bosnie en voiture. Il se prépara pour la leçon, et vola au passage un verre d'eau sur le plateau d'un serveur.

« Je ne vais pas vous demander ce que vous venez faire ici, car je ne veux pas le savoir. Ce que je fais, en principe, quand des gens arrivent avec Maggie, c'est que je décroche mon téléphone et je pars à la campagne. Ne m'attirez pas d'histoires, vous avez l'air d'un gentil garçon. Ce que je veux dire, c'est :

faites attention où vous mettez les pieds. La dernière chose que je veux, c'est qu'on remue l'eau trouble… Nous sommes autorisés, je veux dire la communauté étrangère, à gérer cet horrible petit coin du monde et à l'approvisionner, mais ils sont extrêmement sensibles à toute ingérence manifeste… L'obstruction est le premier talent local. Nous leur disons ce qu'ils doivent faire, nous leur envoyons les meilleurs et les plus brillants d'entre nous, nous les arrosons de fric, mais ça ne marche pas, rien ne bouge. En ce moment même, ils commencent à comprendre les signes qu'on leur envoie : *attention, fatigue**. Nous nous épuisons. Ils ont compris que tout ce qu'ils ont à faire, c'est rester tranquillement assis et attendre de ne plus nous avoir sur le dos. À Londres, personne n'écoute quand je dis que tout ça n'a été qu'un gigantesque échec. La vérité, c'est que vous ne pouvez pas contraindre à vivre ensemble des gens qui se haïssent de manière irrémédiable, et qui nous haïssent presque autant… Vous voulez un autre verre ? »

Joey secoua la tête.

« Même moi, Joey, et je suis un vieux de la vieille – j'étais ici pendant la guerre, c'est là que j'ai rencontré Maggie –, je suis complètement sidéré par le degré de vice auquel on est arrivés dans ce pays. Nous n'avons pas commencé, même pas tenté de commencer à sortir de cette barbarie. Est-ce que vous savez que dans la région de Brcko, des Serbes ont gardé des civils musulmans prisonniers dans une usine de meubles ? Ils avaient des déchiqueteuses là-dedans, pour faire des copeaux avec les troncs – de l'aggloméré, vous savez. Ils ont mis les Musulmans dans les déchiqueteuses, ils ont récupéré les copeaux et ils les ont répandus dans les champs alentour… Juste pour vous donner une idée des gens que nous avons en face… Bon, il faut que je continue ma tournée. Je suis ravi d'avoir fait votre connaissance. Passez un bon séjour, et, je vous en prie, ne me causez pas d'ennuis, vous comprenez ? Reprenez donc un verre. »

Joey resta seul, adossé au mur.

Il la regardait de loin. Elle avait à la main un petit sac de cuir, très délicat.

À un moment elle était dans le groupe, et l'instant d'après elle avait disparu, et tous ces vieux messieurs se mirent à la chercher des yeux, regardant par-dessus leur épaule. Il les observa pour voir lequel semblait le plus déconfit. Et soudain, elle apparut juste à côté de lui.

« Allez, c'est l'heure de rentrer.

— Madame a fini de s'amuser ? dit Joey d'un ton aigre.

— Je bossais.

— Oui, tu bossais dur, apparemment.

— Ne sois pas si pontifiant. »

Ils partirent. Elle ne se donna pas la peine d'attendre son tour pour remercier leur hôte. Quelques minutes plus tard, ils étaient dehors dans l'air froid, descendant une ruelle pavée tortueuse, le bruit de la fête s'éloignant derrière eux. Elle avait remis sa main sous son bras et il sentait son parfum. Ils passaient devant des petites boutiques fermées par des grilles de bois et d'acier. La ruelle était déserte.

« Et alors, ce boulot ?

— Tu voulais un nom.

— Excuse-moi, je n'y suis pas, là – je voulais un nom ?

— Le nom d'un juge. Tu sais, la perle rare…

— Euh, mais encore ?

— Un juge qui ne soit pas vendu – bon sang, tu ne crois tout de même pas que je faisais la conversation à ces pique-assiettes pour le plaisir ? Réveille-toi, Cann. Ici, les juges coopèrent avec les politiques et la mafia, conduisent de grosses bagnoles, ont de grands appartements, et leurs enfants vont à l'université. Ou bien ils refusent de coopérer, écoutent les conneries que les étrangers leur rabâchent sur la sacro-sainte loi, et ils se font tirer dessus, ou piéger leur voiture, et ils meurent. Ou, de façon tout à fait improbable, ils sont marginalisés, ne sont impliqués dans rien, et passent inaperçus – en fait, ce n'est pas *ils* au pluriel, il n'y en a qu'un… Il est intègre, mais le problème, c'est que – si tu veux rester dans le "légalisme" – il est inutile. Il survit, il vivote comme un pauvre hère. Mais si tu veux un type clean, Zenjil Delic est l'homme qu'il te faut.

— Merci. » Ils marchaient vite. « On est où, ici ?

— Dans le vieux marché, au cœur de la vieille ville… Les Serbes l'ont bombardé au mortier, la goutte d'eau qui a décidé les Américains à passer à l'action. Trente-huit morts, et quatre-vingt-cinq blessés graves. »

Il parcourut du regard les montants déglingués des étals, vidés pour la nuit. Le minaret illuminé d'une mosquée se dressait vers les nuages bas, le crachin des flocons cabriolant dans le rayon de lumière. « Tu étais ici ? Tu as assisté à ça ?

— Ne demande jamais de récits de la guerre à Sarajevo, Joey. Tu en entendras bien assez comme ça.

— À quelle distance était la ligne de front ?

— Quelques centaines de mètres. Quatre cents, peut-être.

— Comment se fait-il qu'elle tenait toujours ?

— Elle tenait parce qu'il n'y avait plus d'autre endroit où aller.

— Mais ce ne sont pas des héros, les commandants qui tenaient cette ligne, ceux qui ont sauvé la ville ?

— Mauvaise pioche, Joey. Ici, rien n'est ce qu'il paraît être. Un jour, ils tenaient le front, et le lendemain, ils passaient des accords pour faire entrer au marché noir de la nourriture, du fuel et des munitions. Ce n'étaient pas des héros, c'étaient des gangsters. »

Dans le folklore de la ville, il était l'homme qui avait préservé son nom, son identité, les battements de son cœur.

Il avait acquis le titre de *legenda*. Il pouvait arpenter les ruelles du vieux quartier, marcher librement sur la Mula Mustafe Baseskija, la Branilaca Sarajeva, ou l'Obala Kulina bana, jeunes et vieux le reconnaissaient et lui faisaient place. Les plus vieux voulaient lui toucher la main comme à leur sauveur, et les jeunes rêvaient de travailler pour lui.

Un message de Londres lui était parvenu, transmis par des membres de la communauté turque de là-bas à la communauté turque de Sarajevo, annonçant qu'Albert William Packer arrivait dans la ville le lendemain, et qu'on devait les accueillir respectueusement, lui et ses hommes. Dans son appartement, richement meublé et luxueusement décoré, il discutait de cela avec le commandant de l'agence d'investigation et d'information, et avec le neveu de l'édile du parti au pouvoir qui contrôlait le ministère de la Justice. Ce message avait transité par le même canal que celui, deux semaines auparavant, qui avait annoncé le précédent visiteur – désormais mort, repêché dans la rivière et réexpédié là d'où il venait.

La *legenda* se faisait appeler Serif. Son nom était Ismet Mujic. De vieux dossiers de la police indiquaient qu'il était né en 1963, avait été relégué dans un orphelinat après la disparition de son père et l'internement de sa mère dans un institut psychiatrique à la suite d'une dépression nerveuse, mais ces dossiers avaient été retirés des étagères et détruits depuis longtemps. Il s'était enfui de l'orphelinat quelques jours avant son quatorzième anniversaire, et avait rejoint les gamins des rues qui traînaient en ville, pour commencer une carrière de voleur. Ses débuts avaient eu deux facettes : il gagnait de grosses récompenses en donnant des informations à la police sur d'autres gamins qui pratiquaient les mêmes activités. Et puis, et cela lui avait semblé tout naturel, il était devenu policier… Il se souvenait précisément de l'homme qui était arrivé ici, il pouvait encore faire rouler sa langue pour prononcer ce nom aux sonorités étranges : Duncan Dubbs. En 1984, année olympique et année de choix pour le pillage, il avait été le garde du corps de l'homme qui se trouvait désormais à la tête du ministère de l'Intérieur, et il avait ajouté à ses fonctions le rôle très lucratif de « protecteur » des commerçants, propriétaires de boîtes de nuit et restaurateurs qui se faisaient leur beurre avec les Jeux d'hiver. Quand la guerre avait commencé et que le chaos s'était emparé de la ville abandonnée, la légende de Serif avait pris son envol. La ville était au bord de l'effondrement sous les assauts des forces serbes, et la communauté musulmane n'avait ni les hommes ni les munitions pour empêcher sa chute. Devant l'ampleur de la catastrophe qui s'annonçait, un chef de guerre avait surgi, comme vomi dans l'arène. Il était allé à la vieille prison pour en faire sortir les condamnés les plus coriaces, les avait amenés dans deux camions jusqu'à la banque centrale, et avait raflé tout le liquide qui restait. Ensuite, il s'était rendu jusqu'à la caserne Maréchal-Tito et il avait jeté l'argent sous le nez de l'officier qui commandait l'arsenal de l'armée régulière. Il avait emporté toutes les armes qui pouvaient être chargées dans deux camions, et ils étaient partis au front. Dans les premiers jours, la plus grande menace pour la ville était la poussée de l'infanterie serbe de Grbavica vers l'ancien complexe olympique de Skenderija. Le combat avait été d'une férocité barbare, et le front avait tenu. C'était fusil contre fusil, grenade contre grenade, couteau contre couteau, poing contre poing. Serif était le pompier. D'abord il se déploya dans Grbavica, puis il se lança à l'assaut de la colline entre les tombes du cimetière juif, puis dans Dobrinja pour protéger le tunnel qui reliait la ville assiégée au monde extérieur – et sa fortune grandissait. À la fin de la guerre, son pouvoir sur la ville était absolu.

Une fois de plus, Serif parlait avec l'officier des renseignements et le neveu du politicien de la proposition que leur avait faite Duncan Dubbs deux semaines plus tôt, comme ils en avaient discuté avant sa mort, et aussi après, en sirotant un bon whisky d'importation. C'était une situation normale, dans cette ville, qu'un « homme d'affaires », un officiel censé défendre la sécurité de l'État et le jeune parent d'un politicien haut placé se rencontrent pour discuter les mérites du contrat proposé par un nouvel arrivant.

« Qu'est-ce qu'il sait ?

— Rien, répondit l'officier des renseignements.

— Une liste de témoins a été remise à cet idiot de juge, Delic, qui chanteront tous la même chanson, et le rapport d'autopsie est bouclé – il n'y a rien qu'il puisse savoir, appuya le neveu du politicien.

— Et comme il ne sait rien, il débarque en promettant des cadeaux », s'amusa Serif.

L'officier des renseignements murmura : « Il faut toujours accepter les cadeaux. Une fois qu'on les a reçus, on peut prendre des décisions. »

Ils quittèrent l'appartement au moment où le garçon, Enver, son mignon, rentrait de promener ses rottweilers. Ils sortirent dans la rue où attendaient les gardes, des pistolets-mitrailleurs dissimulés sous leurs manteaux. Ils avançaient entourés d'un cordon de protection. Serif avait une forte présence : trapu, large d'épaules, le crâne rasé, et toujours vêtu de noir. Dans les rues étroites du Bascarsija, il possédait le Disco Nite et le Platinum City, où les rares privilégiés venaient occuper les tables, et dans l'un et l'autre une salle privée lui était réservée. Le Platinum City était situé près de la rivière, et c'est là qu'ils se rendaient. C'est là aussi qu'il avait reçu Duncan Dubbs, la nuit où il était mort. Arrivé à la porte, il s'arrêta. « L'homme qui est venu, Dubbs, il n'a rien compris à qui nous sommes. L'homme qui va venir avec ses cadeaux, qui pense nous acheter et qu'on nous demande de traiter avec respect, je doute qu'il comprenne davantage… »

Son portable sonna, bruit aigu dans l'air de la nuit. Il décrocha. « Oui… ? Oui, oui, c'est ce numéro… Qui est là… ? Qui êtes-vous… ? Vous vous êtes trompée de numéro ? Qui es-tu ? Va te faire foutre chez ton père ! » Il coupa la communication et rempocha son téléphone. Il haussa les épaules. « Une bonne femme, elle me demande si elle a le bon numéro, elle me dit les chiffres, puis plus rien – sale pute cinglée. »

Ils descendirent les marches et entrèrent dans une pulsation de *dance music*.

Nouvel An 1993

La radio disait que la guerre tournait mal. Mais ils n'avaient pas besoin qu'on le leur dise. Les chars étaient arrivés à l'autre bout de la vallée le jour précédant la fête de Noël que célébrait l'ennemi. Ils n'avaient pas tiré le jour de Noël, mais les obus avaient touché Vraca tous les jours qui avaient suivi. À Vraca, les troupes n'avaient ni chars, ni artillerie, et pas de mortiers lourds pour répliquer. Menés par Husein Bekir, les habitants qui n'avaient pas quitté le village passaient leurs nuits dans les caves, et leurs journées dissimulés sous les appentis à l'arrière des maisons ; certains étaient partis vivre dans des tentes, sous le couvert des futaies qui montaient au-dessus du village. Durant la journée, on supposait que les tankistes dormaient ou buvaient jusqu'à s'abrutir, mais il était risqué de s'aventurer entre les maisons, parce que deux snipers étaient postés près de la rivière, et les balles de leurs fusils à longue portée pouvaient aller jusqu'à Vraca.

Il pleuvait sans cesse depuis les fêtes de l'ennemi.

Le jour où les chars étaient arrivés de l'autre côté de la vallée, les nuages bas avaient semé un fin tapis de neige sur les deux villages et sur la vallée qui s'étendait entre eux. Depuis Vraca, Husein pouvait voir les traces de chenilles qu'ils avaient laissées en allant se terrer dans les ruines de Ljut, qu'ils avaient choisies comme repaire. Il avait vu les camions arriver, et le cuivre étincelant des caisses d'obus qu'on déchargeait. Et la pluie avait commencé à tomber. On ne voyait que rarement de la neige dans la vallée, mais la pluie battait avec une intensité particulièrement cruelle, martelant les toitures des bâtiments endommagés et les fenêtres et portes qui avaient été soufflées par les explosions. Et avec la pluie vint le froid.

La fumée des brasiers que les villageois allumaient pour se réchauffer était comme un signal pour les artilleurs des chars. Même s'il n'avait pas été dangereux d'allumer des feux, les fagots et les bûches refendues étaient trop mouillés. Il ne restait plus une goutte de mazout dans le village; on l'avait fini un mois avant la neige et l'arrivée des tanks. Ils vivaient comme des animaux, jour et nuit dans l'obscurité, roulés dans des couvertures humides; les réserves de nourriture, ainsi que les rations des soldats, étaient presque épuisées. À l'aube, le premier jour de l'année de l'ennemi, l'officier débarqua dans la maison d'Husein Bekir. Il haletait d'avoir couru en terrain découvert depuis le village jusqu'à la maison, puis dans la cave.

Il n'y avait pas de café que Lila aurait pu réchauffer pour l'offrir au commandant. « J'ai de mauvaises nouvelles – et même peut-être pire que ça », grimaça l'officier.

Au fil des semaines depuis l'arrivée des troupes à Vraca, ils étaient presque devenus amis. Husein jugeait que l'officier était un type bien, et ne le rendait pas responsable de ce qui s'était passé de l'autre côté de la vallée, à Ljut, à l'automne, pendant l'assaut de cette nuit-là. Ils ne pourraient jamais être des amis proches, mais il respectait l'honneur de cet homme et, en retour, il était toujours traité avec courtoisie. Il était le premier civil du village à être informé des plans de l'armée. L'officier venait de l'est, la ville où vivait sa famille, sa femme et deux enfants, avait été purgée des Musulmans, et il ne savait pas si les siens avaient pu s'enfuir ou avaient été massacrés. L'officier parlait avec eux, Husein et Lila, comme s'ils étaient ses propres parents.

« La brigade pense que Vraca n'a pas une importance stratégique suffisante.

— Qu'est-ce que ça signifie ?

— Que nous allons partir, nous replier jusqu'à une position plus défendable.

— Et ?

— Nous avons des informations venant de derrière les lignes adverses : les chars sont venus pour affaiblir notre défense avant d'attaquer le village. Quand l'assaut sera donné, ce ne sera pas par des soldats, mais par ces ordures d'Aigles blancs ; les mêmes que les criminels d'Arkan ou de Seselj. Quand ils arriveront, ami estimé, ils tueront tous les mâles, vieux ou jeunes. Ils violeront toutes les femmes, vieilles ou jeunes, ils détruiront le village et raseront le cimetière où sont enterrés les vôtres, et aussi mes hommes. Ils obligeront les hommes à regarder leurs femmes se faire violer, leurs filles, leurs sœurs et leurs mères, et ensuite ils les tueront. En tant que doyen du village, tu seras choisi pour être torturé devant tous les autres, hommes, femmes et enfants. C'est ce qu'ils ont fait partout dans le pays. Les militaires bombardent, puis la racaille vient ravager et tuer.

— À cause de ce que vos hommes ont fait à Ljut.

— Je ne peux pas justifier cette folie – mais ce n'est pas nous qui avons commencé cette barbarie.

— Et vous allez nous abandonner ?

— Nous allons vous escorter hors de cet endroit indéfendable – je prends des risques pour ne rien gagner en échange. Notre position n'a aucun sens, militairement parlant.

— Vous ne pouvez pas mettre des mines, comme ils l'ont fait ?

— Nous n'avons pas de mines, nous n'avons pas d'usines, contrairement à eux – nous devons partir, Husein, et nous vous emmenons avec nous. »

Le vieux fermier se releva, se dressant de toute sa taille, le haut de son crâne dégarni frottant contre les poutres et le plâtre détrempé du plafond de la cave. L'émotion lui brisait la voix. « C'est ma maison. Ce sont mes champs.

— Nous avons tous des maisons, dit l'officier sombrement. Nous avons tous des familles, et nous avons tous des cimetières où notre peuple est enterré. Mes ordres sont de vous évacuer.

— Où irons-nous ?

— Je ne sais pas… Dans un camp, ou à l'étranger.

— Que pouvons-nous prendre avec nous ?

— Ce que vous pouvez porter – rien de plus.

— Quand partons-nous ?

— Ce soir. »

L'officier remonta pour sortir de la cave. La femme d'Husein s'accrocha à lui, des larmes coulaient sur ses joues. Il sentait l'humidité de ses vêtements. Ils se serrèrent l'un contre l'autre sans parler pendant de longues minutes, presque un quart d'heure. Le village était toute leur vie, et avait été celle de leurs parents et de leurs grands-parents. Elle sortit un mouchoir crasseux de la poche du tablier qu'elle portait sous son lourd manteau, et s'essuya les yeux d'un air de défi ; elle n'avait pas pleuré. Il gravit les marches rendues traîtresses par l'humidité. Elle allait faire leur bagage. Elle saurait mieux ce qu'ils pouvaient porter, vieux comme ils étaient.

Il sortit sur l'arrière, puis s'efforça de courir vers les dépendances. Il n'arrivait pas à aller vite et, en y mettant toutes ses forces, il ne parvint qu'à une laborieuse marche en crabe, se courbant douloureusement pour offrir une moins grande cible. Il n'y eut qu'un seul coup de feu, trop haut. Il atteignit les étables où le bétail protestait à grand renfort de braillements. Les bêtes avaient faim ; cela faisait trois jours qu'elles n'avaient pas eu de fourrage frais.

Il se dirigea vers la double porte aux vantaux de planches clouées, et l'ouvrit toute grande. La pluie lui cracha au visage.

Husein Bekir contempla la vallée, plissant les yeux pour regarder à travers le rideau de pluie. Au-delà de son tracteur rouillé et de ses champs morts du manque de soins, derrière ses vignes envahies de mauvaises herbes et dont les piquets croulaient, des flots d'eaux grises dévalaient la colline du village de Ljut et les pentes escarpées qui le flanquaient. Le sentier descendant du lointain village s'était mué en ruisseau, et mille filets d'eau se rassemblaient en torrents qui se pressaient entre les arbres dénudés pour rejoindre la rivière qui débordait de son lit. S'il était loin d'être stupide, avec sa profonde expérience du travail de la terre, et non dénué d'astuce quand il s'agissait d'argent et de commerce, Husein Bekir n'avait pas les connaissances suffisantes pour savoir qu'un champ de mines est un organisme vivant qui a le pouvoir de se déplacer. Ses yeux vagabondaient sur ces endroits où il avait vu placer les mines, mais il ignorait que certaines des PMA2 antipersonnel étaient désormais enterrées sous une épaisse couche de sable qui les protégeait, tandis que d'autres seraient soulevées par la force des eaux et emportées à des mètres de là où elles avaient été enfouies. Il ne savait pas non plus que les piquets de bois qui retenaient les PMA3 et les PROM pouvaient être arrachés du sol par les ruisseaux, comme l'avaient été ceux sur lesquels étaient fixés les fils de détente. Il ne savait pas que certains endroits qu'il pensait empoisonnés par des mines en étaient désormais débarrassés, et que certains emplacements qu'il croyait sûrs étaient désormais mortellement dangereux.

Au moment où il regardait la vallée, rien n'était visible de ces déplacements secrets.

Tout l'après-midi, il resta dans les dépendances, parlant tranquillement à ses bêtes, ses veaux et ses moutons. Il leur expliquait ce qu'il allait faire et, avec ses mots simples, il leur souhaitait bonne chance en leur disant qu'il reviendrait. Il reviendrait, disait-il, et les bêtes le poussaient du museau. Aux dernières lueurs du jour, laissant les portes des dépendances ouvertes, il regagna sa maison où Lila avait préparé deux petits sacs.

Il cria sur son chien en mettant assez de colère dans sa voix pour qu'il file se cacher. Il ne pouvait pas l'emmener, ni se résoudre à l'abattre.

Les bêtes étaient déjà dehors à chercher de quoi manger quand Husein Bekir, Lila, les villageois et la troupe quittèrent le village, avançant lentement dans l'obscurité croissante. Il ne trouva que peu de réconfort à la pensée que, lorsqu'il reviendrait, il saurait se rappeler où avaient été enfouies les mines.

Courbé sur son bureau, son père n'avait rien remarqué.

Longtemps après la fin de la conversation téléphonique, Jasmina Delic resta immobile, l'appareil toujours dans la main. Elle avait aidé son père à débarrasser un peu son bureau. Elle devait le harceler sans cesse pour qu'il garde un minimum de contrôle sur les montagnes de papiers qui l'envahissaient. Il n'y avait pas d'argent pour payer une équipe comme celle dont s'entourait habituellement un juge. Elle avait pris un dossier au sommet d'une pile entassée dans un coin et l'avait ouvert, machinalement. Sur le dessus se trouvait la note rédigée par Williams, le policier de l'ITF, concernant l'Anglais noyé, et le numéro de téléphone récupéré sur le bloc-notes de sa table de nuit. Sans réfléchir, elle avait composé le numéro. Elle avait entendu la voix, avait demandé si le numéro était bien le bon, et cela lui avait été confirmé. Elle avait reconnu la voix, elle était restée à l'écouter jusqu'à ce que l'appel soit coupé.

Elle reposa le téléphone, referma le dossier, roula son fauteuil jusqu'à l'angle de la pièce et reposa le dossier au sol. Son père n'avait rien remarqué. Elle lui en parlerait demain matin.

Mister était toujours affairé, et n'avait pas de temps à perdre. Il se rendit à trois rendez-vous entre le moment où il quitta le café de Covent Garden et son retour chez lui. Au cours du premier rendez-vous, il donna son aval pour un paiement à la livraison au port de Felixstowe de la marchandise d'un container actuellement à quai à Rotterdam, qui contenait pour près d'un million de livres sterling d'héroïne, au cours actuel de la rue, dissimulée dans des cache-pots de jardin *made in China*. Le deuxième lui permit de passer un accord selon lequel il percevrait un peu plus de mille livres par an d'un type qui tenait un étal de nouveautés sur Trafalgar Square, ce qui augmentait son loyer de sept pour cent. Lors de son dernier rendez-vous, il discuta avec un architecte d'un projet immobilier sur quatre hectares de terrain en bord de mer, à l'ouest de Cap d'Antibes. Que le bénéfice se compte en centaines ou en millions était sans importance à ses yeux. Il détestait ne rien faire, et portait la même vigilance à toutes ses affaires. Le rendez-vous qui lui donna le plus de satisfaction ce jour-là fut celui avec Lennie Perks, pour la protection de son étal sur Trafalgar Square, parce qu'il recevait de l'argent de Lennie Perks depuis vingt-neuf ans et que cela ne lui rapportait presque plus rien. Mais il ne laissait jamais tomber un client, et ne jugerait jamais être trop haut placé, trop important pour daigner s'occuper de ceux qui étaient au bas de l'échelle. Tout en marchant dans les rues assombries, il appela Abie Wilkes, pour lui confirmer ce qu'ils savaient déjà tous les deux, parce qu'ils en avaient longuement discuté avant même qu'il ne pose les yeux sur le jeune Solomon. Il parla aussi avec un inspecteur de la brigade criminelle, qui lui dit que les enquêteurs n'avaient pas la moindre piste dans l'affaire

Georgie Riley, qui ne devait pas passer la semaine, à ce qu'on disait. Puis il prit un taxi pour rentrer chez lui.

Il y avait des domaines de sa vie où il n'aurait jamais osé faire un pas sans l'approbation de la Princesse. Les questions vestimentaires en étaient un. Il n'avait jamais été en Bosnie-Herzégovine, et elle non plus. Elle devait avoir regardé les spots de la météo pour avoir une idée du temps qu'il faisait là-bas, et saurait quels vêtements il devait emporter. À son retour, ils firent sa valise ensemble.

Puis ils burent du champagne, juste une coupe chacun, et elle lui porta un toast et lui souhaita bonne chance pour son aventure. Il savait qu'elle l'observait par-dessus son verre, et il crut voir dans l'éclat de ses yeux de la fierté pour lui, parce qu'il était sur la voie qu'il avait voulu suivre, mais aussi de l'appréhension. Lui savait qu'il n'y avait pas de raison d'avoir peur, ni pour elle, ni pour lui. Il ne redoutait rien, rien ne lui avait jamais fait peur. Il déposa un baiser sur ses yeux. Ses lèvres touchèrent ses cils, et, quand il la regarda à nouveau, il eut l'impression d'avoir chassé son anxiété. Il se sentait bien, lui dit-il, il ne s'était jamais senti aussi bien. De beaux jours en perspective.

De retour à l'hôtel, Joey téléphona à Jen. Il lui raconta le retard de l'avion et le voyage en voiture. Elle lui dit qu'elle l'aimait et il raccrocha. Il était trop fatigué pour chercher à démêler s'il l'aimait ou non.

Dans le parking de l'hôtel, sous sa fenêtre, une neige fine collait au manteau de Maggie Bolton tandis qu'elle démontait la voiture pour en sortir son équipement, avant de remettre sièges et portières en place – et Joey ne savait pas qu'elle était loin d'avoir fini ce qu'elle avait à faire.

Il dormait. De petits morceaux de mosaïque se mettaient en place, et il ne s'en rendait pas compte, ignorant leur importance.

CHAPITRE SIX

« Je ne viens pas, avait-elle dit.

— Comme tu voudras. »

Il devait avoir l'air découragé.

« Je ne vais pas te suivre à la trace. J'ai du boulot, moi aussi.

— C'est-à-dire ?

— Rendre la voiture de location, louer un fourgon – et finir mon petit déjeuner. »

Joey lui avait dit quand il la retrouverait, à quelle heure l'avion était attendu, puis il avait hésité… « Je suppose que je n'emmène personne de l'ambassade avec moi ?

— Je ne crois pas, non. En revanche, n'oublie pas tes bottes de sept lieues. »

Elle s'était replongée dans son petit déjeuner. Joey l'avait laissée là, entourée de petits pains, de confiture, de fromage et de café. Elle ne lui avait même pas souhaité bonne chance.

Il n'avait jamais travaillé seul jusqu'alors.

Du peu que le petit Joey Cann en savait sur les juges, vous ne preniez pas de rendez-vous – vous vous pointiez tôt le matin. Le bureau était au tout dernier étage du ministère de la Justice. L'ascenseur était occupé et gémissait lentement au-dessus de lui. Il ne l'avait pas attendu, grimpant des volées de marches de plus en plus étroites jusqu'à l'étage sous les combles. Le bâtiment était en piètre état. L'humidité tachait les murs, et le plafond au-dessus de lui avait été grossièrement replâtré. Des piles de dossiers s'élevaient de chaque côté de la porte du juge, maintenues par des ficelles et des élastiques. Il se ressaisit. S'il se faisait jeter par la peau du cou ou qu'on lui claquait la porte au nez, il serait dans une belle panade. Il lui fallait cette autorisation légale. Il frappa à la porte et respira profondément. Maggie lui avait dit d'un ton dédaigneux qu'elle n'était pas interprète, et que tous les juges parlaient anglais. Il entendit un léger grincement, métal sur métal non huilé, et la porte s'ouvrit.

À l'intérieur, c'était le chaos ; une zone sinistrée d'organisation défaillante, le repaire des dossiers perdus. Une ampoule terne, sans abat-jour, pendait du plafond, qui n'était plus qu'un treillis de lézardes. Les pans de mur qu'on apercevait encore, au-dessus des dossiers empilés, présentaient plus de fissures encore, mais plus larges. Un bureau était placé tout au fond et, à demi caché par d'autres dossiers qui formaient une barricade dissimulant sa poitrine, un petit homme le regardait par-dessus ses demi-lunes. Au-dessus de sa tête se trouvait une photographie fanée et encadrée, avec des toiles d'araignées sous le verre, sur laquelle on le voyait dans ses jeunes années, entre une jolie femme et une petite fille tenant des fleurs, avec de beaux cheveux et une robe du dimanche. Près de cette photo, un calendrier de l'année précédente, pendu à un clou, apparemment recyclé, car il était couvert de notes à l'encre dans les cases des jours. Sur le côté de la pièce, sous une étroite fenêtre – barbouillée à l'intérieur là où de vaines tentatives avaient été faites pour la nettoyer, et opaque côté extérieur –, était coincé un bureau plus petit surmonté d'un vieil écran d'ordinateur sorti d'un musée ou de la boutique d'un antiquaire. Il enregistra le décor, du plafond au parquet, des fissures à la lumière ténue, du misérable simulacre de carpette râpé aux panneaux décolorés, en passant par le radiateur électrique, dont une seule résistance luisait par intermittence. L'homme avait gardé son manteau, et l'odeur de crasse et d'humidité pénétra dans les narines de Joey.

«*Zdravo… Da?*»

Maggie lui avait expliqué quoi dire. «*Zovem se* Joey Cann. *Govorite li engleski, molim?*»

— Oui, je parle anglais, un petit peu. Ma fille parle mieux.»

Joey entendit à nouveau le bruit grinçant. Il tourna vivement la tête. La porte ouverte lui avait caché la jeune femme. C'était son fauteuil roulant qui avait besoin d'huile. Il ne l'aurait pas reconnue, mais il savait, d'instinct, que c'était elle sur la photo. Elle avait le teint extrêmement pâle et comme une fatigue désespérée dans les yeux. Il se sentit honteux de la dévisager ainsi. Ses fins cheveux blonds étaient rassemblés souplement sur sa nuque, et il vit la puissance de ses épaules, qui avaient dû se développer pour compenser son handicap. Son sourire irradiait.

« Je suis Jasmina. Vous êtes venu voir mon père, le juge Delic. Nous n'avons pas beaucoup de temps avant de partir pour le tribunal. Que pouvons-nous faire pour vous, monsieur Cann ?

— Je vais m'efforcer de ne pas vous faire perdre de temps. » Il se rappelait ce qu'on lui avait dit. « Je suis agent des Douanes britanniques. Je travaille pour le département des investigations nationales. Nous travaillons sur les grosses affaires de crime organisé, comme l'importation des drogues de catégorie A sur le territoire du Royaume-Uni. Quand nous avons à nous déplacer à l'étranger, afin que les preuves éventuelles que nous pourrions réunir aient une valeur légale devant nos tribunaux, nous devons obtenir les autorisations appropriées d'une personne représentant la justice locale. Ce peut être un juge, par exemple. »

Il reprit son souffle, essayant de se détendre.

« On m'a donné votre nom. J'ai besoin de votre aide. En Angleterre, un homme est notre cible numéro un, Albert William Packer. Il est à la tête du trafic de narcotiques de catégorie A. Il se considère comme intouchable. Récemment, nous avons échoué à le faire condamner, et nous nous raccrochons à n'importe quoi. Il arrive à Sarajevo cet après-midi. Nous ne savons pas pourquoi il vient ici, s'il va mettre en place quelque chose, ni qui il va rencontrer. Mais l'expérience nous a prouvé que, lorsque les grands criminels sont en dehors de leur pays, ils se sentent en confiance. Et c'est alors qu'ils commettent des erreurs. Je dois vous préciser que Packer commet rarement des erreurs. Il se peut qu'il nous donne une ouverture, ou pas. Nous avons besoin d'une autorisation pour ce que nous appelons une "surveillance intrusive". Je suis venu vous demander cette autorisation. »

Les juges qui coopéraient avec les mafias locales roulaient en grosse voiture et vivaient dans de grands appartements, avait dit Maggie Bolton – et les juges qui ne coopéraient pas finissaient criblés de balles ou explosaient avec leur voiture.

« Cet homme est nuisible, monsieur. Il doit être mis en prison, sans espoir d'en sortir. La richesse qu'il a accumulée grâce à la drogue est estimée à environ cent cinquante millions de dollars américains. Nous le considérons comme l'ennemi public numéro un de notre société. Si j'avais fait les choses dans les règles, en suivant les textes à la lettre, notre ambassade aurait contacté le ministère de la Justice de Bosnie-Herzégovine. Il est plus que probable, pour être franc, monsieur, qu'on m'aurait dirigé vers le bureau d'un responsable gouvernemental, où l'on m'aurait offert un café, puis mis sur la touche, tandis que la bureaucratie se serait mise en branle lentement. Il y aurait eu d'autres requêtes pour obtenir d'autres renseignements, et j'aurais fait le pied de grue pendant que notre cible numéro un aurait fait ses affaires et serait rentré tranquillement chez lui. Je suis conscient, monsieur, que nous avons pris une certaine liberté en venant vous trouver. Mon sort est entre vos mains. »

Maggie avait dit aussi que ce juge était inutile, insignifiant, qu'il vivait sans se commettre dans quoi que ce soit, presque dans l'indigence, mais qu'on pouvait se fier à lui.

« La semaine dernière, le jour où le procès contre notre cible numéro un a explosé en vol, le corps de l'homme qui gérait ses finances a été repêché dans la rivière, ici, à Sarajevo. Il était forcément là pour préparer le terrain pour son patron. Quand il est venu ici, Packer était devant le tribunal, mais le réseau d'intimidation et de corruption qu'il possède en Angleterre lui assurait d'être libéré. Nous tenons peut-être ici une occasion que nous ne devons pas laisser passer.

— Comment s'appelait-il, cet associé ? grogna le juge.

— Duncan Dubbs. Je comprendrais très bien que vous refusiez. Je ne connais pas Sarajevo, mais je suis suffisamment informé pour être conscient des problèmes que je peux vous créer. En Angleterre, je ne suis menacé par rien. Je n'ai jamais eu l'occasion de me sentir personnellement en danger. Je ne porterai aucun jugement si vous me dites que vous ne pouvez pas m'aider, et que vous ne souhaitez pas être impliqué dans une enquête de ce type. Il est évident que notre cible est venue ici pour faire affaire avec un magnat du crime organisé de cette ville. Avec les conséquences que ça implique. Moi, je rentrerai chez moi. S'il y a des conséquences, je ne serai plus ici pour les subir.

— Une autorisation de surveillance signée par moi ?

— C'est exactement ce que je vous demande, monsieur. »

Joey ne savait pas s'il avait gagné ou perdu. Il sentit le silence dans la pièce se resserrer autour de lui. Si un juge s'était rendu à Londres, venant de Sarajevo ou de Zagreb, Budapest, Bucarest, Sofia ou Prague, on l'aurait trimballé entre les Affaires étrangères et le ministère de l'Intérieur, puis remisé dans d'obscurs recoins de New Scotland Yard et des bureaux des Douanes, en y mettant les formes dues à un type très malencontreusement débarqué. Le juge Delic, le front barré de rides soucieuses, farfouilla dans les papiers sur son bureau. Suivit le cliquetis erratique et persistant de la pointe de son crayon sur la surface du bureau. Il regarda sa fille. Joey entendit le grincement des roues derrière lui. Elle se propulsa jusqu'à son père et lui tendit un dossier. Joey s'interdit tout espoir. Quand il ouvrit le dossier, le juge n'eut pas la moindre expression, mais Joey vit son visage à elle, et la manière dont sa mâchoire s'avançait, comme pour relever un défi. Le bout de papier dans la main du juge était petit comme la page d'un bloc-notes, et il était protégé par un sachet en Cellophane. Le juge le considéra pendant un long moment.

Elle demanda : «*Da*… ? *Ne?*»

Joey avait ajouté qu'il rentrerait chez lui et ne serait plus là pour assister aux conséquences. Il en avait trop demandé.

Le juge Delic hocha la tête. *« Da. »*

Elle dit : «Mon père accepte. Je vais vous taper ce document, monsieur Cann, l'autorisation. Et mon père le signera.

— Merci.»

Elle roula jusqu'au petit bureau près de la fenêtre et alluma l'ordinateur. Il fallut un siècle pour le mettre en marche, puis la machine cliqueta sous ses doigts. Joey ne disait rien. Le juge ne relevait jamais les yeux, mais il frissonnait sous son manteau. Joey regardait le plancher, suivant la trame du tapis usé qui s'effilochait en tous sens, et il pensait à l'homme qui allait arriver à Sarajevo, l'homme qui se croyait intouchable.

Elle mit en marche l'imprimante, puis lui apporta les pages. Il se pencha sur le bureau pour écrire son nom et celui de Maggie dans les espaces prévus, puis elle tendit les papiers à son père qui signa chaque feuillet avec brusquerie, avant de les repousser comme s'ils représentaient un cauchemar tenace qui pouvait lui faire du mal. Elle apposa un tampon sur le document.

« Merci, monsieur.

— À utiliser avec discrétion.

— Bien sûr, monsieur. »

La promesse de Joey Cann n'avait aucune valeur. Si on trouvait une preuve, si Packer était arrêté, l'autorisation serait rendue publique lors du procès. Des lignes téléphoniques, des fax, des e-mails reliaient Londres à Sarajevo. Avec sa signature griffonnée, le juge Delic s'était compromis, et il ne pouvait l'ignorer. La promesse était vide de sens. Le juge avait tourné la tête et regardait fixement la photo de famille. Jasmina parla à Joey du numéro de téléphone inscrit sur la feuille du bloc trouvé sur la table de chevet dans la chambre de Duncan Dubbs. Elle lui dit qu'elle avait composé ce numéro, et qu'Ismet Mujic lui avait répondu, puis elle lui donna la liste de trois témoins oculaires et des copies de leurs déclarations à la police locale. Il avait l'impression d'être un ouragan faisant irruption dans leurs vies.

En reculant vers la porte, il dit : « Je vous suis reconnaissant, monsieur – et à vous aussi, mademoiselle –, très reconnaissant de vous exposer de cette façon. »

Le juge répliqua d'une voix monotone : « Je viens de briser une des règles de ma vie. Cette règle dit que, pour survivre, vous devez rester invisible. Elle m'a été donnée par ma mère, à cause de la mort de mon père. J'avais un an et demi quand mon père est mort. Mon père, pendant les heures difficiles de la guerre et de l'occupation allemande, avait pensé qu'il était juste de s'engager dans la lutte contre les *partizans* de Tito. Il avait été recruté dans l'Handschar, la 13e Division SS, tous des Musulmans – *handzar* est un mot turc qui désigne les dagues courbes de notre peuple. Il était fier de son engagement et de l'uniforme qu'ils lui avaient donné. Il a été envoyé s'entraîner en Allemagne et en France. Quelque temps après, Tito a formé la 16e Brigade musulmane. Mon père s'était allié du mauvais côté. Il aurait mieux valu pour lui qu'il reste invisible. Il a été fusillé après la guerre.

— Et pourquoi, monsieur, brisez-vous cette règle ?

— L'appel du sang, à cause du sang qui a été versé – ou par stupidité. Ce n'est pas une histoire à raconter à un étranger. Contentez-vous de ce que vous avez. »

Jasmina lui ouvrit la porte. Joey dévala les escaliers, traversa la caverne du hall et sortit dans la rue.

S'il ne s'était pas retenu, il aurait brandi un poing victorieux dans l'air enfumé.

L'avion était ballotté par des turbulences. Mister se demandait si l'Aigle allait vomir. Assis à côté de lui, serrant les accoudoirs à deux mains, toussant et s'étouffant, l'avocat était d'un blanc verdâtre. Sur le siège de l'autre côté, Atkins regardait à l'extérieur la masse dense de nuages gris. Ils étaient pris dans de puissants vents contraires et l'avion était bousculé d'un côté et de l'autre, descendait, remontait, avant de plonger plus violemment encore. Voir la déconfiture de l'Aigle faisait du bien à Mister et balayait toute anxiété chez lui.

« Tu avais souvent ce genre de temps, quand tu venais ici ? » Une chose qu'il appréciait chez Atkins était que l'ancien militaire ne parlait que si on le lui demandait.

« Tous les temps, Mister, et plus il faisait mauvais, mieux c'était. Là, c'est pas méchant. Le pire, c'était le beau temps. Pas de nuages. On est en approche maintenant. Les transports de la RAF, dans les C-130, on appelait ça les vols de "Air On Verra". Après, il y avait les montagnes, et puis la "Descente Khe Sanh" – Khe Sanh était une base américaine au Viêt-nam ; pour atterrir là-bas, il fallait passer le triple A : Artillerie Anti-Aérienne. La technique des pilotes, c'était de se laisser tomber en vrille depuis vingt mille pieds – un peu surprenant pour l'estomac. Par beau temps, les mecs en bas tiraient, surtout s'ils étaient en rogne. Par mauvais temps, ils ne pouvaient pas vous voir.

— Vous ne répondiez pas ?

— L'époque des bérets bleus, Mister – on serre les dents. Un jour, je vous raconterai la vie dans les troupes de l'ONU. »

Ils traversèrent un trou d'air impressionnant. L'Aigle s'étrangla. Mister se sentait parfaitement bien. « Tu sais pourquoi nous sommes là, Atkins ?

— Non, mais vous me direz ça le moment venu. »

Sa voix était étouffée par le tonnerre des moteurs. « Eh bien, le moment est venu. Je n'aime pas m'ennuyer, Atkins, je ne supporte pas ça. Je ne vais plus nulle part, je fais ce que je faisais déjà il y a trois ans. J'ai besoin de nouveaux challenges – nouveaux décors, nouveaux outils, nouveau business. C'est le Craqueur qui a eu l'idée. Les Afghans produisent la came. Le Craqueur disait qu'ils se font payer une somme X, non négociable. Les Turcs vont la chercher et lui font traverser l'Europe puis l'expédient au Royaume-Uni. Ça coûte Y. Moi je la vends et c'est Z. Ces trois données fixent le prix de la rue. X n'est pas à ma portée, Z, c'est déjà mon argent, donc c'est Y qui m'intéresse. Les Turcs passent par ici. L'idée – celle du Craqueur –, c'est que je paye la livraison jusqu'en Bosnie – Y moins quarante ou moins cinquante pour cent –, puis que j'assure le transport moi-même. Je contrôle tout le transit depuis la Bosnie. Je passe en ligue internationale… Et ça, Atkins, ça veut dire des gros sous. On s'y serait mis plus tôt si je n'avais pas été… empêché. Tu vois quelque chose qui pourrait ne pas coller ? »

L'avion eut un nouveau sursaut, puis émergea du plafond de nuages. La lumière se répandit dans la cabine. Mister se retint à la tablette tandis qu'ils se redressaient brutalement. Il vit avec une netteté parfaite les montagnes et les flaques de neige entre les plantations de sapins.

« Ce n'est pas moi qui verrais quoi que ce soit à redire à vos plans... Le triple A, c'était sur ces montagnes, là-haut. C'est à ce moment qu'ils nous dégommaient, les bâtards, quand on était à découvert, obligés de ralentir pour gérer notre approche... Si vous pouvez convaincre les Turcs, vous avez déjà fait un bon bout de chemin, et si vous réussissez à embarquer la pègre bosniaque dans l'histoire, vous gagnez le pompon. Mais vous savez tout ça.

— Je te paye pour me dire ce qu'il faut que je sache.

— Avec qui vous êtes en contact, dans le milieu ?

— Un certain Serif... »

Le train d'atterrissage sortit. L'avion fit une embardée. Atkins pointa le doigt vers le hublot. Des rangées d'immeubles défilaient. Il fallut un moment à Mister pour comprendre ce qu'il voulait lui montrer. Les immeubles n'étaient plus que des carcasses vides, ils avaient été dévastés par l'artillerie, de grands trous ouverts dans leurs murs. Ils avaient été ravagés par le feu, maculés de traînées noires autour des fenêtres éclatées. Ils avaient été criblés de balles et d'éclats de shrapnels, dévastés par des tirs forcenés.

Atkins lui dit : « Il y avait un tunnel sous les pistes, pour relier Butmir, de l'autre côté, à Dobrinja, qu'on voit là. C'était le cordon ombilical des Musulmans avec l'extérieur, et les Serbes ne parvenaient pas à le couper. Serif a joué un rôle essentiel dans la défense de ce tunnel. L'armée passait par là pour son approvisionnement, et Serif y faisait transiter tout le marché noir. Il s'est fait un fric considérable avec ça, et il a passé des accords avec le gouvernement. Ayez toujours en tête, Mister, que Serif est protégé par les gens en place, du plus grand au plus petit. C'est un vrai caïd – si le Craqueur était encore parmi nous, il vous le dirait. Un type dangereux, à ne pas prendre à la légère. »

L'avion heurta durement la piste.

Mister posa une main sur le poing de l'Aigle crispé sur l'accoudoir et, de l'autre, donna une légère bourrade à Atkins. « On va se le faire. Tu vas voir », répondit-il, dans le vacarme de l'inversion des turbines.

Un vieux van japonais bleu était garé sur l'arrière du parking de l'aéroport. De là où ils se trouvaient, conducteur et passager avaient une vue parfaite, à travers le pare-brise que balayaient les essuie-glaces, sur les deux grosses limousines Mercedes noires qui s'étaient arrêtées juste devant la porte des arrivées. Joey était au volant. Maggie parlait en un code laconique dans le petit micro fixé à son chemisier.

« Ils sont dans la place, dit Cork.

— Vous avez de la chance d'avoir cette fille, dit Endicott avec un sourire supérieur. C'est un vrai pur-sang. »

Dennis Cork, le CIO, avait calé la réunion pour pouvoir prendre l'appel sur son mobile dans le salon privé du ministre de l'Intérieur. Giles Endicott avait été son chef quand il appartenait aux services secrets, avant son transfert aux Douanes. Ce transfert avait valu à Cork une augmentation de salaire substantielle et une montée en grade, si bien qu'il était désormais l'égal de son ancien maître, mais les vieilles habitudes ont la vie dure : aux yeux d'Endicott, il serait toujours un junior.

Cork répondit avec irritation : « Je ne faisais que vous informer que mon homme est en place.

— Et j'observais simplement qu'il a une opératrice de première classe à ses côtés. »

Le ministre les coupa : « J'ai prononcé un discours, la semaine dernière – vous l'avez peut-être entendu, ou pas – dans lequel je parlais des ravages causés par le trafic de drogue. Je disais ceci : "Dans chaque ville, dans chaque village, des enfants sont exposés au danger d'être pris au piège de la drogue et du crime." Vous savez tous deux qu'une élection approche. Un point essentiel de la campagne du gouvernement est notre détermination à briser le lien entre les drogues et le crime. Je continuais en disant : "Les toxicomanes ne ruinent pas seulement leur vie, ils volent, cambriolent, agressent des gens pour payer leur prochain fixe. Chaque jour, les héroïnomanes s'emparent de manière criminelle de plus d'un million de livres pour satisfaire leur vice – l'équivalent de soixante livres ponctionnées dans chaque foyer du pays, chaque jour." Nous voulons des faits, messieurs, nous avons besoin d'actions visibles. Les chamailleries pour des petites questions de territoire ne font pas partie de ces actions. Le gouvernement et moi, nous exigeons des résultats – nous exigeons des arrestations et des condamnations, pour que nos rues soient nettoyées de ces saletés de narcotiques. Où en est-on dans l'affaire Packer ?

— Nous avons envoyé un homme…

— Avec une opératrice de première classe… »

Le ministre joignit les mains comme pour une prière, dans un geste qui trahissait sa frustration. « Mais bon sang, est-ce que vous avez entendu ce que je viens de dire ? Un criminel sort de l'Old Bailey sur une simple pirouette ! Et la réponse de notre bonne communauté respectueuse des lois est d'envoyer à sa poursuite un homme dont vous me dites qu'il a vingt-sept ans, donc forcément inexpérimenté, payé au bas de notre échelle de salaires. Une réponse minimale, en somme, et pour quelle raison ? Pour des questions de restrictions budgétaires et d'incertitudes quant aux chances de succès ! Et avec ce monsieur, une femme équipée de la mallette du parfait petit agent secret ! Je veux des résultats éclatants, je veux que les gens – tous ces gens qui tremblent à l'idée que leurs enfants et petits-enfants soient pris au piège de ce trafic monstrueux, et qui votent pour nous – constatent dans le journal du matin que nous agissons. »

Endicott demanda d'un ton glacial : « Que nous agissons de façon efficace, monsieur le ministre, ou juste que nous agissons ? »

Cork ajouta, un peu tristement : « Si à son retour, lorsqu'il aura conclu l'affaire qui l'envoie là-bas, Packer pouvait passer sous les roues du bus 73, les conséquences sur l'approvisionnement en héroïne dans les rues de Londres seraient loin d'être négligeables. De fait.

— Cela ne suffit pas.

— Monsieur le ministre, intervint Endicott, nous ne sommes pas les soldats d'une guerre sainte.

— Nous sommes dans le monde réel, un monde très désagréable, ajouta Cork.

— Vous devez réussir, il le faut.

— Ce n'est pas comme ça que les choses se passent, reprit Endicott. Vous m'en voyez navré. Le processus est lent, ennuyeux et sans éclat. Notre homme s'appelle Joey Cann. Il parviendra peut-être, avec une veine considérable, à mettre en place une des briques de l'immeuble, une seule – mais il serait ridicule d'imaginer qu'il puisse vous apporter les gros titres, ou faire tomber Packer. »

La réunion était terminée.

Ils quittèrent ensemble le salon du ministre et se retrouvèrent sur le trottoir, sous un soleil printanier. Ils s'arrêtèrent tous deux.

« Pour un politicien, ce type n'est pas un très bon vendeur, dit Endicott.

— Si je pensais une seule seconde que Cann et Bolton sont partis pour faire la peau de Packer, qu'ils peuvent courir le moindre danger dans ce nid de vipères, je leur donnerais l'ordre de prendre le premier avion pour rentrer. »

Les yeux de Joey Cann étaient braqués sur la porte des arrivées. Littéralement rivetés dessus.

Il aperçut Mister, encadré de l'Aigle et d'Atkins. Il passa la première vitesse.

« C'est eux ? demanda-t-elle.

— Oui, voilà notre cible numéro un. Le gros, c'est cible deux. Le plus jeune est cible trois.

— C'est le paradis », dit-elle, et l'obturateur de son appareil photo lui cliqueta dans l'oreille.

Les photos qu'il avait vues, par dizaines, étaient bonnes : Joey avait immédiatement reconnu Mister, et il l'observait avec fascination. Pour la première fois, l'homme était devant lui, en chair et en os là où il n'y avait eu jusqu'à présent que des images monochromes. Le comité d'accueil se prélassait devant les deux Mercedes. Il vit Mister incliner la tête vers l'Aigle, et ses lèvres remuer. C'était pour lui un moment d'euphorie intime. Il aurait été incapable d'expliquer ça à Jen. Il aurait pu vivre un moment semblable l'été précédent, quand Finch avait rassemblé l'équipe pour l'arrestation. Il aurait pu se signaler et demander à en faire partie. Il avait hésité – l'équipe risquait de lui rire au nez, il allait sans doute devoir justifier en bégayant pourquoi ça avait une telle importance pour lui, l'archiviste de dernier plan, d'être présent quand les menottes se fermeraient sur les poignets de Mister –, et le moment était passé. Cette nuit-là, seul dans sa chambre, à l'idée de ce qui allait avoir lieu à six heures moins le quart du matin, il avait défoulé sa rage sur son oreiller à grands coups de poing. Et maintenant, ceux qui l'auraient probablement écarté en lui riant au nez, tous ceux-là avaient dégagé. Lui était resté. Et ce moment était à lui seul.

« Ce Serif va devoir apprendre qui est le patron. Poliment et fermement, mais c'est très clair depuis le départ. Nous jouons dans la cour des grands, lui, c'est du menu fretin, c'est ça qu'il va devoir apprendre. »

Il allait poursuivre, mais Atkins posa la main sur son bras. « Ce sont des gens très fiers, Mister. Ils pensent qu'ils ont gagné leur guerre – ce qui n'est pas vrai, nous l'avons gagnée pour eux, mais c'est ce qu'ils aiment croire.

— Bien reçu. »

Le Craqueur était censé revenir à Londres pour le briefer, et il aurait dû être avec lui pour sa visite ici, à la place de l'Aigle. Sur le trottoir face à eux, il y avait quatre hommes, affalés sur les portières et les capots des voitures, arborant le même uniforme : coupe-vent noirs, crânes rasés, chemises noires, tatouages dans le cou, jeans noirs, chaînes en or sur la poitrine, rangers noirs, cigarettes au bec. Mister était vêtu d'un costume et une chemise blanche. L'Aigle avait à la main un attaché-case d'homme d'affaires et portait blazer, pantalon, col blanc et cravate, sous un manteau marron rouille. Atkins était le parfait homme de main, chaussures basses, pantalon de velours chocolat, veste sport, portant les trois bagages. Une cigarette vola à terre, puis trois autres. On leur ouvrit la portière arrière de la première voiture.

« Lequel est Serif ? murmura Mister.

— Il n'est pas là, dit Atkins, si je ne me trompe pas.

— Merde, chuchota l'Aigle. Ça commence foutrement bien. »

Un policier s'approcha des voitures, un gros pistolet dans un holster pendu à sa ceinture, la chemise ornée de galons dorés. Il serra des mains, tapota des épaules, accepta une cigarette tirée d'un paquet américain, comme s'il venait saluer des amis, puis il disparut. Mister se demanda si cette démonstration avait été organisée pour lui faire passer un message. On ouvrit le coffre de la première voiture, et on prit les bagages des mains d'Atkins pour les mettre dedans. Une grosse main boudinée de bagues en or désigna les sièges arrière de la Mercedes.

« Où est-il ? » demanda Mister à Atkins.

Atkins posa la question. Mister les vit tous hausser les épaules à l'unisson.

« Ils disent qu'ils ne savent pas. »

L'Aigle émit un soupir. C'était la seule chose qu'il s'autorisait pour exprimer que refuser d'écouter ses conseils avait toujours des conséquences. Un « je vous l'avais bien dit » aurait été beaucoup trop téméraire. Ils s'entassèrent à l'arrière de la Mercedes, tandis que montaient à l'avant le chauffeur et un garde du corps ; le second chauffeur et l'autre garde étaient dans l'autre voiture, derrière eux. La voiture bondit en avant, les plaquant contre le dossier de cuir. Un panneau sur le côté clamait que le nouveau terminal de l'aéroport avait été construit avec de l'argent hollandais. Ils passèrent devant le poste de garde d'un camp militaire français. Le chauffeur klaxonna en approchant de la barrière de la zone aéroportuaire, sans ralentir. La barrière se leva, la voiture accéléra et un policier leur fit un signe de la main. Des hélicoptères Apache, américains, passèrent en formation au-dessus de leurs têtes, et Mister tordit le cou pour les regarder avant qu'ils ne disparaissent dans les nuages.

Des bâtiments en ruines apparurent devant eux quand ils tournèrent pour s'engager sur la route principale – vue zoomée sur le carnage dont il avait eu un aperçu avant l'atterrissage. Pendant un moment, Mister fut troublé, sa confiance légèrement entamée par l'absence de l'homme qu'il venait rencontrer, la familiarité du policier envers l'escorte, le déploiement de présence militaire, l'étendue des destructions dues à la guerre. Atkins le questionna du regard. Mister désirait-il des commentaires sur ce qu'ils avaient sous les yeux ? Mister secoua la tête. Il réfléchissait.

Il n'avait jamais rien vu de pareil. Des rues entières étaient brûlées, réduites en cendres, toits envolés. Des enfants jouaient au football entre des monceaux de gravats recouverts de neige, repoussée à coups de bulldozer. Et des gens vivaient là… Dans ces maisons ravagées, des gens subsistaient, comme dans des cavernes. Des plantes flasques étaient remisées sur des balcons bancals, auxquels étaient accrochées des cordes à linge, ployant sous le poids des draps, chemises et autres robes. Cela faisait cinq ans que la guerre était terminée – pourquoi n'avaient-ils pas reconstruit la ville ? Il l'ignorait, mais n'avait pas envie qu'Atkins le lui explique. Le flottement n'avait été que passager. Il était ici parce qu'il l'avait voulu.

À un carrefour se dressaient les ruines d'un énorme immeuble effondré. Apparemment, il avait été dynamité à la base. Depuis cinq ans, bon sang. Qu'est-ce que ces gens fichaient ? Pourquoi n'avaient-ils pas déblayé les décombres ? Il ne posa pas la question.

Ils avançaient dans les rues denses du centre-ville. Sa première impression, et Mister se fiait toujours à ses premières impressions, était que cet endroit était un dépotoir inconcevable, sans précédent. Ils parvinrent à une longue avenue rectiligne. Plus tôt, Atkins lui avait dit qu'ils entreraient dans la ville par le Bulevar Mese Selimovica, huit voies dans les deux sens, qui donnait dans Zmaja od Bosne, plus connue sous le nom de Snipers Alley. Roulant à vive allure, ils passèrent devant un building dont le toit était festonné de paraboles et d'antennes satellite, et il se dit que ce devait être le central des communications. Derrière, il eut la brève vision d'un amas de cabanes préfabriquées, et de panneaux destinés aux membres du GIP, le Groupe international de police, mais il ne savait pas quelle était leur mission ici. Puis sur sa gauche un parking pour poids lourds, puis un autre, et un autre encore. Des alignements de camions, de remorques et de containers, d'autres alignements encore, et des entrepôts, certains intacts et d'autres dévastés. Dans son dernier message, le Craqueur donnait le numéro d'un entrepôt situé dans un parc pour poids lourds à Halilovici, là où le camion humanitaire devait arriver. Mister se demanda s'il était là. Le camion était supposé arriver le matin même, ou la veille au soir, et être parqué dans l'entrepôt à l'abri des regards. Les roues de la voiture martelaient à présent un pont qui enjambait la rivière. Il vit l'eau boueuse et sombre qui écumait sur le barrage, se déversant avec force. Il avait toujours apprécié le Craqueur. Il n'aurait jamais pour Sol Wilkes les sentiments qu'il avait eus pour le Craqueur.

« Je veux savoir où ça s'est produit. Je veux aller à l'endroit où le Craqueur est tombé dans la rivière. Je veux voir. »

Atkins parla au chauffeur. L'homme parut surpris, mais Mister ne parvint pas à déterminer si c'était à cause de ce qu'on lui demandait, ou parce qu'on lui donnait un ordre. L'Aigle se tenait très raide et serrait son attaché-case comme s'il craignait qu'on le lui arrache des mains… Des rues mornes, des gens ternes, des boutiques sans couleur. Des enfants leur faisaient signe au passage de leur voiture et, dès que la circulation ralentissait, les conducteurs prenaient la file inverse et accéléraient pour doubler. À un moment, une voiture dut monter sur le trottoir pour les laisser passer. À un croisement, un policier en uniforme arrêta le flot de véhicules qui avaient la priorité, et ils doublèrent des Jeep chargées de soldats italiens en armes, dont les chauffeurs ne semblèrent pas les remarquer. La voiture pila soudain au niveau d'un restaurant dont les portes et les fenêtres étaient encadrées d'aluminium argenté. L'enseigne indiquait le Platinum City. Juste en face, une passerelle de pierre étroite, antique, enjambait la rivière. Les voitures s'arrêtèrent, les portières s'ouvrirent. Mister poussa l'Aigle dehors et sortit à sa suite.

Un muret séparait le trottoir et la berge de la rivière, et le pont était bordé d'un parapet à hauteur de la taille. Une vieille femme en noir était assise derrière des seaux de fleurs fatiguées. Il observa que les passants aux vêtements usés descendaient du trottoir, préférant risquer le passage des véhicules pour s'écarter des gardes du corps de Serif. Mister tendit le doigt vers les fleurs. Atkins parla à l'homme qui se trouvait à l'avant de leur voiture. Celui-ci se dirigea vers la vieille corneille, déposa des billets sur son tablier et elle leva vers lui son visage ridé, pleine de gratitude. Le garde prit un bouquet dans un seau et elle lui en proposa d'autres pour ce qu'il lui avait donné, mais il secoua la tête avec brusquerie. Il tendit les fleurs à Atkins, une demi-douzaine de chrysanthèmes à moitié fanés et noircis par les gaz des pots d'échappement. Atkins les donna à Mister, qui s'avança jusqu'au milieu de la passerelle.

Mister se laissait rarement aller à ses sentiments. Il regarda l'eau tournoyant en contrebas. Il se fichait pas mal de l'Histoire, récente ou ancienne, et ignorait qu'il se trouvait tout près de l'endroit où Gavrilo Princip s'était tenu, un pistolet caché sous sa veste, attendant qu'un archiduc et une archiduchesse surviennent dans leur voiture décapotée, et quelles avaient été les conséquences des coups de feu tirés ce jour-là. De même qu'il ignorait que le pont sur lequel il se tenait représentait la fine fleur du talent des architectes ottomans, morts depuis des siècles. Il ne savait pas non plus que, s'il s'était tenu sur ce pont, à contempler l'eau en contrebas, sept ans plus tôt, ou huit ou neuf, la lunette de visée d'un sniper l'aurait cadré en gros plan, juste les quelques secondes qui auraient précédé sa mort. Mister tenait les fleurs. Il percevait le froid et la puissance des courants de la rivière. Ni Atkins ni l'Aigle ne l'avaient suivi. Il n'avait pas conscience que le vide et le calme qui s'étaient faits autour de lui n'étaient pas accidentels, car il n'avait pas vu le garde de la seconde voiture traverser pour gagner l'autre rive, et détourner les piétons. Son humeur s'allégea. Les gens mouraient, d'accord ? Craqueur était mort, d'accord. Ç'aurait pu être un accident de la circulation, une mauvaise glissade dans la douche, le cran d'arrêt d'un micheton, ou une grosse cuite suivie d'un plongeon dans la rivière. La vie continue, mon vieux pote, n'est-ce pas ? La vie continue, avec de nouveaux défis. C'était là le maximum de ce que Mister pouvait ressentir comme sentiments à la mort d'un ami. Il jeta le bouquet dans la rivière et regarda les eaux boueuses l'avaler. Il y eut un éclair de couleur, puis les fleurs disparurent. S'il avait regardé autour de lui à cet instant, s'il s'était retourné brusquement au lieu de fixer les eaux de la Miljacka, il aurait vu les visages des chauffeurs et des gardes. Il aurait vu leur air narquois, et le pli de mépris sur leurs lèvres.

Il retourna à la voiture d'un pas vif.

On repartit en sens inverse le long de Snipers Alley pour les amener à un gros bloc carré d'un jaune tapageur surmonté du logo de l'Holiday Inn.

« Quand le verrai-je ? »

Par l'intermédiaire d'Atkins, on lui apprit que Serif était occupé pour l'instant, mais que, dès qu'il serait libre, il verrait ses honorables hôtes.

Les voitures s'éloignèrent. Ils ramassèrent leurs bagages et pénétrèrent dans le lobby.

« Là, Mister, ça ne va pas, déclara l'Aigle. C'est une insulte manifeste.

— C'est son territoire, Mister, dit Atkins, il s'imagine que vous abaisser connement va le faire paraître plus important. »

Mister sourit avec une joie visible. « Il l'a fait une fois, il ne le fera pas une deuxième. C'est une promesse que je lui fais, et je tiens toujours mes promesses… Cet hôtel a l'air plutôt agréable, comparé au reste de la ville… »

De l'autre côté d'un terrain vague où le bitume avait été criblé de cratères de trente centimètres de profondeur par des explosions d'artillerie, s'alignaient des petites boutiques à moitié vides et des bars où quelques hommes jeunes et moins jeunes faisaient durer leurs cafés, l'air désœuvré. Au-dessus des bars et des boutiques, des appartements avaient été rafistolés avec un patchwork de briques et de ciment. Devant ce long alignement, un fourgon bleu à la peinture écaillée, tout ce qu'il y avait de plus quelconque, était garé de manière à offrir au conducteur et au passager une vue parfaite sur la porte d'entrée du Holiday Inn.

« C'est peut-être vieillot comme procédure, dit Maggie, mais en tout cas tu l'as, ton cadre légal.

— Eh oui, répondit Joey. De l'encre sur du papier.

— J'espérais que tu avais une chance mais…

— Ce juge est un type en or.

— Je crois bien que c'est la première fois que j'agis dans la légalité – est-ce que je dois m'en féliciter ou pleurer ? Je me demande… Et je vais te dire ce que je demande aussi… Pourquoi. Pour quelle raison il a signé ? Tu ne lui as pas brisé les jambes, n'est-ce pas ? Tu ne lui as pas jeté deux mille dollars à la figure, non plus ?

— Je ne lui ai pas posé la question. Il a signé et je me suis sauvé en courant. »

Elle se renfonça sur son siège, l'appareil photo sur les genoux. Derrière elle, à l'intérieur du van, tout son matériel était parfaitement ordonné, rangé dans des nids de mousse et de plastique bulle.

« C'est sûrement un truc lié à son passé – ne t'en attribue pas trop le mérite.

— Tu en connais un rayon sur le sujet, répliqua-t-il avec froideur, parce que tu as travaillé dans ces sales coins qui appartiennent désormais à l'Histoire. Ne le prends pas mal, mais la guerre froide, c'était des foutaises, entretenues par des espions qui voulaient garantir leur paye. Il faut toujours tenir compte de ce genre de choses.

— J'ai bossé avec des hommes, des vrais, on était au top, s'énerva-t-elle. Ces histoires de légalité, c'est pathétique. C'étaient vraiment des hommes, les meilleurs et les plus doués.

— Les cendres du passé », dit-il.

Il la détestait tellement qu'il ne savait pas sur quoi focaliser son aversion. Il y avait ce soin maniaque de son maquillage et de sa tenue, cette façon de détacher chaque mot, le fait qu'elle était déjà venue ici et savait tout alors que lui ne savait rien, et la précision universitaire de tout son attirail à l'arrière du fourgon. Il y avait cette conscience de sa classe et de ses privilèges, cette supériorité dans chacun de ses gestes et chacune de ses paroles. Pour Joey, se trouver à Sarajevo tout près de la cible numéro un représentait l'apogée de sa courte carrière. Pour elle, comme elle l'affichait, c'était la malédiction d'un boulot médiocre qu'il lui fallait endurer.

« Que Dieu nous vienne en aide, si tu es vraiment ce qu'ils ont de mieux aux Douanes. »

Le silence les enveloppa. Elle fumait. Le soir tombait autour d'eux. Quand elle aspirait, dans la lueur du bout de sa cigarette, il apercevait son visage. L'image de la satisfaction et de la sérénité. Elle aurait dû être offensée par sa grossièreté, elle l'était forcément. Il se dit qu'elle venait de lui faire passer un test, une provocation pour l'obliger à se dévoiler, comme si, de cette façon, elle allait pouvoir juger de sa valeur, de sa compétence. Il sortit de la cabine. Avant de refermer la portière derrière lui, il demanda d'un ton contraint : « Ça va aller ?

— Bien sûr, dit-elle. Pourquoi ça n'irait pas ? On est en Bosnie. »

Printemps 1993

Deux vieillards rêvaient de leur vallée, si loin d'eux. Ils ne se souvenaient que des meilleurs moments, quand les premiers jours de chaleur réchauffaient la terre et que les fleurs sortaient, et qu'ils entendaient la rivière rouler par-dessus le gué. Ils se souvenaient aussi d'une amitié de plus d'un demi-siècle.

Le nouveau foyer d'Husein Bekir, de sa femme et de ses petits-enfants était une tente en forme de cloche dans un camp à la sortie de la ville de Tuzla, à quelque trois cents kilomètres au nord-est de leur vallée. Lila avait emmené les petits faire la queue pour le pain, fabriqué avec la farine apportée par les convois de l'ONU. Ils partageaient la tente avec deux autres familles, et cette existence était un enfer pour lui. Elle ferait la queue pendant trois heures, ensuite elle ramènerait le pain, puis elle retournerait faire la queue avec les enfants pour remplir les seaux de plastique avec l'eau du camion-citerne, également apportée par l'ONU. Le soleil en plein visage, Husein était assis devant la tente, trop léthargique pour bouger, et il s'efforçait de se remémorer les détails des couleurs et des contours des champs de sa vallée. Ce camp était une vraie porcherie et des signes d'épidémie commençaient à apparaître. Les médecins étrangers lançaient des avertissements de plus en plus fréquents quant au risque de typhus. Ce n'était qu'en luttant pour se souvenir de sa vallée, plus floue aujourd'hui que le mois précédent, plus brumeuse que l'hiver dernier, qu'Husein parvenait à rester en vie. Ils étaient nombreux, ceux qui, comme lui, venus de vallées semblables, avaient été déplacés et avaient abandonné la lutte pour le souvenir. Ceux-là étaient aujourd'hui enterrés, ou gisaient sur des matelas humides contre les parois des tentes, appelant la mort de leurs prières. Husein s'était juré qu'il reviendrait dans sa vallée, avec Lila et ses petits-enfants. Les radios qui beuglaient dans les allées entre les rangées de tentes n'annonçaient rien qui pouvait lui faire penser que son vœu puisse être exaucé, mais sa détermination, fière et maladroite, le maintenait en vie…

… Le vent soufflait depuis la Baltique et venait frapper les hautes fenêtres de l'immeuble.

Avec deux autres familles, Dragan Kovac avait été débarqué dans cet appartement au douzième étage dans la banlieue de Greifswald. Jour après jour, il s'asseyait à la fenêtre pour regarder au-dehors. Ce matin-là, on ne voyait pas grand-chose, car le vent charriait des flocons de neige tombés de nuages sombres et bas. L'arthrite de ses genoux, qui empirait avec le manque d'exercice, lui aurait rendu toute sortie très hasardeuse, mais il mourait d'envie, même avec ses douleurs, de descendre et sortir à l'air libre, pour pouvoir mieux se rappeler sa maison et le village de Ljut. Le douzième étage était sa prison. Il était piégé dans cet immeuble, qu'il lui était interdit de quitter, comme aux autres réfugiés. Du haut de sa fenêtre, il pouvait voir la voiture de police garée de l'autre côté de la rue, face à la porte d'entrée. De la fumée sortait de son pot d'échappement. Il y avait en permanence une voiture de police, désormais. La nourriture leur était apportée par des travailleurs sociaux à l'air grave. La réclusion de Dragan et des autres réfugiés dans cette cité sur la côte balte avait commencé cinq semaines auparavant. Une foule s'était rassemblée à la faveur de la nuit. Des pierres avaient été jetées pour briser les fenêtres du bas, puis des cocktails Molotov avaient plu sur les murs, et il y avait eu la haine des jeunes hommes au crâne rasé, hurlant des vieux slogans. Cette nuit-là, tandis que les clameurs des skinheads nazis lui battaient aux oreilles, il avait pensé qu'il aurait mieux valu mourir dans son village quand les fondamentalistes avaient attaqué, qu'il aurait mieux valu ne jamais quitter sa maison – et il l'avait pensé chaque jour depuis. Mais il n'était pas resté : il avait été l'un des rares à en réchapper. Il avait couru aussi vite que ses vieilles jambes pouvaient le porter, dérivant avec les soldats en fuite, loin de sa vallée, sans avoir le temps d'emporter le moindre de ses biens. Il avait été embarqué, avec beaucoup d'autres, dans un camion qui était passé en Croatie, puis dans un train qui s'était lancé, portes closes et rideaux tirés, à travers l'Autriche et jusqu'en Allemagne avant de remonter toute la hauteur de cet immense pays. Désormais, il survivait – et il avait peine à se représenter de pareilles distances – à quelque trois mille kilomètres au nord-ouest de la maison, avec son porche et sa chaise, et sa vue sur la ferme de son ami. Les deux familles qui partageaient l'appartement avec lui ne lui témoignaient aucun respect, disant qu'il était paresseux et stupide, et que lui, l'ancien sergent de la police, était responsable de ce qui était arrivé à leur pays. Des larmes coulaient sur ses joues, comme la neige qui fondait et coulait sur la vitre de la fenêtre. C'était si douloureux pour lui de penser à la vallée, mais il se disait, en essayant d'invoquer son image, qu'elle demeurerait à jamais un endroit de beauté pure.

Ni l'un ni l'autre de ces deux hommes, abandonnés au point de n'être plus guère que des statistiques, maintenus en vie par une charité réticente, mis à l'abri des gangs fascistes, ne connaissaient la réalité amère de la vallée dont ils avaient fait leur talisman.

Ni l'un ni l'autre ne savaient plus où les mines avaient été enterrées ; aucun n'aurait pu imaginer que les petits assemblages mortels de plastique, de métal et d'explosifs avaient pu se déplacer. Ils ne se souvenaient que des bons moments, avant que les mines ne soient là, quand la vallée se gorgeait de soleil et devenait un tapis de fleurs, quand la Bunica était assez basse pour la traverser à pied, et qu'ils se retrouvaient pour discuter. Les moments heureux, avant que la folie ne survienne.

Ils mangèrent à l'hôtel. Atkins avait demandé à Mister s'il voulait sortir, disant que la réception pourrait leur recommander un bon restaurant, mais il avait écarté cette suggestion d'un haussement d'épaules. Ce fut un repas morose, mal cuisiné et mal servi, mais peu lui importait. Il avait demandé de l'eau minérale avec ses plats, et l'Aigle avait fait comme lui, mais Atkins avait pris une demi-bouteille d'un vin slovène. Il n'eut pas à leur dire qu'il était fatigué et n'avait aucune envie de parler. Le restaurant était dans la mezzanine, trois étages sous sa chambre, et pratiquement vide. Mister profitait du dîner pour réfléchir à la manière dont il allait répondre à l'insulte que lui avait faite cet homme trop occupé pour le rencontrer. Il n'était pas dans la nature de Mister de tendre l'autre joue. Personne ne respecte les faibles.

Atkins racontait à l'Aigle le rôle qu'avait joué cet hôtel pendant la guerre : c'était le quartier général des journalistes et des humanitaires, constamment sous le feu de l'artillerie ; seules les chambres sur l'arrière offraient une certaine sécurité. Pendant des semaines, il n'y avait plus eu d'électricité pour le chauffage, mais l'établissement était resté ouvert, personnel et clients menant une existence d'hommes des cavernes. Désignant les grandes baies vitrées et la large avenue en bas, qui avait été baptisée Snipers Alley, puis les tours obscures qui se dressaient de l'autre côté de la rivière, Atkins racontait à l'Aigle comment ces tireurs d'élite se nichaient tout là-haut, l'indifférence impitoyable avec laquelle ils tiraient sur les civils qui se rendaient à leur travail, faisaient la queue devant les boulangeries et les robinets d'eau potable, s'entêtaient à aller à l'école ou au collège. Sur le visage de l'Aigle, on lisait qu'il aurait voulu être n'importe où ailleurs que dans ce restaurant, dans cette ville.

Mister ne mangeait que ce qu'il estimait nécessaire à sa subsistance. Les assiettes qu'on lui apportait repartaient à demi pleines. Toutes ses pensées étaient tournées vers l'affront, et ce qu'il devait faire à ce sujet. La force venait de la façon dont on ripostait face à une insulte. Celle-ci lui donnait l'opportunité de faire une démonstration de sa force. Alors qu'il était âgé de douze ans, un professeur l'avait traité de voleur et de « sale petit fumier », devant toute la classe. À la sortie, il avait suivi le professeur jusque chez lui, avait mis une cagoule, plaqué le type à terre à coups de poing avant de le rouer de coups de pied, encore et encore. Aucune charge n'avait pu être retenue, le professeur ne pouvant l'identifier. Il était devenu un roi redouté de tous les garçons de son âge. À mesure qu'il grandissait, il laissait le même sillage de peur derrière lui, en taule et dans les rues. À l'époque où il gravissait les échelons, le type qui régnait alors sur Hackney et tout l'est avait dit de lui qu'il n'était qu'une « petite merde sans avenir » ; il marchait désormais avec des béquilles, parce que des balles de pistolet avaient désintégré ses rotules. Un homme, à Eindhoven, un dealer qui n'était pas assez rigoureux avec l'argent des clients, avait dû fuir – tout nu, en pleine nuit avec sa femme et ses deux enfants – une maison qui lui avait coûté un million et demi de florins hollandais, tandis que le feu l'anéantissait en rugissant. Ce type qui l'avait agacé, dans un pub – il n'avait plus de langue ni de doigts depuis, et était probablement mort aujourd'hui.

Mister avait de l'expérience en matière d'affronts. Il avait bien pesé le problème, et décidé de la riposte.

Il n'attendit pas le café.

Dans sa chambre, il se sentit en sécurité, reprit le contrôle. Rien ne pouvait le perturber. Une journée bien remplie l'attendait le lendemain. Il s'endormit rapidement. Sous ses fenêtres montait le grondement de la circulation nocturne, mais cela ne le dérangea pas.

« Est-ce qu'il y a du nouveau, à propos du camion ? »

Il était tard, et Monika Holberg venait juste de regagner son bureau, dans la tour A du building de l'UNIS. Elle était fatiguée, ce qui était rare chez elle, et irritée, ce qui était encore plus rare. Elle avait été sur le terrain toute la journée, dans la campagne à l'ouest de la ville. Elle balança ses boots crottés de boue, puis accrocha son lourd anorak à la poignée de la porte. Qu'elle soit en rendez-vous dans des bureaux en ville ou en visite dans des villages, elle portait le même anorak et les mêmes boots. Elle n'avait pas d'autre vie à Sarajevo que son travail pour l'UNHCR, le Haut Commissariat aux réfugiés de l'ONU. Elle était fatiguée parce que son chauffeur était malade, qu'il n'y en avait pas d'autre de disponible et qu'elle avait dû conduire elle-même, et qu'au retour – sur la route de montagne depuis Kiseljak – le pneu arrière droit de son 4 × 4 Nissan avait crevé, qu'elle avait dû changer la roue toute seule, et que les boulons avaient été un enfer à dévisser. Elle était irritée parce que le village qu'elle était allée visiter au-delà de Kiseljak était à des années-lumière d'être prêt pour recevoir, et impressionner favorablement, les visiteurs qu'elle devait y emmener la semaine suivante. Monika était une femme investie. Il n'était pas dans son caractère de se satisfaire d'expédients, qu'il s'agisse de l'état des véhicules ou de la préparation des visites. Sa secrétaire, de l'autre côté de la fine cloison qui séparait leurs deux box, faisait du café et préparait un sandwich.

« De quel camion est-il question, Monika ?

— Le camion de ces Anglais. Comment ils s'appellent, déjà ? *Bosnia with Love*, c'est ça ? Il me faut ce camion. »

— Peut-être qu'Ankie aura pris l'appel pendant que j'étais en réunion, ou sortie déjeuner. »

Monika roula des yeux. Sa secrétaire était loin d'être investie. Ses principales préoccupations étaient son salaire et ses défraiements de l'UNHCR, les sacrifices qu'elle faisait, et combien elle haïssait Sarajevo. Elle s'engraissait sur le dos de la ville, et son brushing était toujours impeccable. Le bureau était constellé de petits carrés de Post-it jaunes, collés partout où il y avait une place, sur une mer de papiers étalés au hasard. Monika était penchée dessus, écartant les messages de sa secrétaire et recherchant ceux d'Ankie, la Hollandaise, qui prenait les appels quand toutes deux s'absentaient.

« Il n'y a pas de message d'Ankie à propos de ce camion.

— Peut-être qu'il n'y a pas eu d'appel – on ne peut pas voir ça demain matin ? »

Sa secrétaire lui apporta les sandwiches et le café. Monika n'avait rien mangé depuis un petit déjeuner express à l'aube, et c'était sa première tasse d'un café passable. Puis la secrétaire partit. Mais Monika avait besoin de ce camion et de son chargement. Le village était sombre et inerte. Une délégation d'ambassadeurs, de fonctionnaires et d'officiels de la communauté internationale venait en visite la semaine prochaine. Si l'atmosphère ne s'améliorait pas, les VIP risquaient de se faire siffler et brocarder, ou, pire, d'affronter des dos tournés. Deux semaines auparavant, un petit homme, bien mis et sautillant dans des chaussures de prix, était venu rue Fra Andela Zvizdovica virevolter dans son bureau, pour lui proposer un camion plein de vêtements, de jouets, de biens de première nécessité, et lui parler de « bric-à-brac, vide-greniers et ventes de charité », comme il disait. Monika Holberg parlait couramment l'anglais, tout comme l'espagnol, l'allemand et l'italien, mais c'étaient des expressions qu'elle avait du mal à traduire, ayant grandi dans une île face aux côtes de la Norvège, au nord du cercle arctique. Elle avait besoin de ce camion et de son chargement avant cette visite, pour effacer la morosité déprimante des visages des villageois. Les donateurs – elle l'avait appris – avaient besoin de voir de l'espoir, un optimisme stoïque, avant de fouiller à nouveau dans leurs poches, plus profond encore que la fois précédente. Elle avait eu la promesse de ce camion, mais plus aucune nouvelle de son arrivée.

Elle dévora ses sandwiches et engloutit son café.

Elle avait cru à cette promesse, le contenu du camion serait à elle, pour qu'elle le distribue à son idée. Trente-trois ans, blonde, bronzée, tannée par le grand air, peu soucieuse de son apparence, Monika Holberg était un autre fragment de la mosaïque qui se mettait discrètement en place, et elle non plus n'en savait rien.

Elle jeta l'assiette en carton et le gobelet de café en direction de la poubelle, rata son coup, et commença à arracher les Post-it collés sur son bureau.

Dans l'escalier, Joey avait dit : « Nous l'appelons le Craqueur, l'expert financier de notre cible numéro un. Il a été assassiné. Ce que vous supposiez a été prouvé. Quand je découvrirai comment il a été tué et pourquoi, la porte commencera à s'entrebâiller. Je commencerai à avoir une idée de ce qui amène ici notre numéro un.

— Je ferai de mon mieux, avait dit le policier, et il avait tapé du poing sur la porte. Je ne vois pas ce que je peux faire de plus. »

Il y avait comme un vernis de respectabilité, fin comme du papier à cigarette, sur cette pièce et son occupante. Elle cheminait vers la vieillesse, et son visage était profondément ridé, mais sur la coiffeuse s'alignaient des pots et des poudriers qui devaient l'aider à se débarrasser de quelques années. Elle portait une vieille robe de chambre, qui avait dû être flamboyante, à présent fanée, et Joey voyait les coutures minutieuses là où elle avait été raccommodée. Ses cheveux étaient couverts de bigoudis. Ses mains trahissaient un vieillissement récent : elles étaient couvertes de cicatrices, rougies et gonflées. Elle avait connu des jours meilleurs. Elle fumait en parlant, serrant un court fume-cigarette entre des dents jaunies. L'appartement ne comptait qu'une seule pièce.

Son nom venait en tête sur la feuille que le juge Delic avait donnée à Joey. Il n'avait pas eu d'autre solution que d'appeler le seul lien officiel avec le meurtre, le policier, Frank Williams. Il était impliqué parce que c'était lui qui avait sorti le corps de la rivière et rédigé le rapport. Il n'était pas dans la nature de Joey de négliger la hiérarchie de l'Église pour se fier à un policier, même si cet homme était très loin du monde de la police criminelle et des services secrets, et occupait le plus clair de son temps à mettre des emplâtres sur des jambes de bois. On lui avait dit que ce policier devrait passer par-dessus ses supérieurs, puis, s'il y parvenait, disparaître quand il en serait encore temps. Joey n'aurait pu se retrouver là sans lui. Il n'aurait pas eu la moindre chance de trouver cette chambre sous les toits, et, même s'il avait réussi à se faire ouvrir, il n'aurait pas pu comprendre le témoignage de cette femme. Elle était assise sur le lit d'où ils l'avaient tirée. Frank était assis en face d'elle, devant la table sous le plafonnier. Près de sa main, il y avait un billet de cent marks, promis, mais pas encore gagné.

Elle parlait.

Les yeux de Joey faisaient le tour de la pièce tandis qu'il écoutait Frank faire l'interprète.

Il était exercé à remarquer, entendre et enregistrer les choses autour de lui selon leur pertinence.

« … C'est ce que j'ai déjà dit aux policiers, quand ils sont venus me voir. Je ne peux que répéter la même chose, puisque c'est la vérité. Je suis honnête, j'ai toujours dit la vérité. Vous voulez que je le redise, alors je vais le redire. C'est dur de trouver du travail à Sarajevo par les temps qui courent. Je n'ai aucune famille à l'étranger, personne pour m'envoyer de l'argent. Si je veux manger, je dois travailler. Le soir, je fais le ménage dans des boutiques et des bureaux, et, plus tard dans la nuit, je vais dans des restaurants, et je fais la vaisselle quand le service est fini. Mon mari est mort, mes enfants sont morts, ma vie est morte. Je travaille pour manger. L'endroit où je travaille en dernier, le soir, tard parce qu'ils ferment tard, c'est le restaurant du Platinum City. Je lave les plats et les assiettes aux cuisines, et après je lave les sols. La police m'a montré une photo d'un homme qui s'est noyé dans la rivière, et je me suis souvenue de lui… »

Les meubles de la pièce, le carré de tapis et les rideaux pelucheux puaient la pauvreté. Mais à côté de l'évier et de la petite cuisinière étaient posées six bouteilles de vin français, non entamées. La femme avait aux pieds des chaussons tout neufs, en fausse fourrure rose. Deux paires de culottes et soutiens-gorge de grande taille, fraîchement lavées, séchaient au-dessus de l'évier. Peu portées, se dit Joey, elles étaient immaculées et leur forme intacte.

Elle avait poussé le chauffage à fond, les quatre barres du voyant luisaient. Sous les oreillers, Joey vit l'angle d'une boîte métallique. Il se tenait près du mur du fond, dans l'ombre, comme on lui avait appris à le faire pendant les interrogatoires, évaluant le degré de vérité dans ce qu'on lui disait, observant les mains, les yeux et la bouche, les éventuelles gouttes de sueur, la langue qui venait humecter les lèvres.

« ... Je me souviens de lui parce qu'il m'a bousculée. Ce n'est pas tout à fait ça, il s'est accroché à moi. Je tournais le coin, dans Obala Kulina bana, et il m'est rentré dedans. Il venait de l'autre côté de la route, pas de la porte arrière qui va aux cuisines du Platinum City. Je ne sais pas d'où il arrivait, mais ce n'était pas du trottoir où se trouve le Platinum City. Quand il m'est rentré dedans, j'ai bien vu qu'il était complètement saoul, ivre mort, une vraie éponge. S'il ne s'était pas raccroché à mes épaules, il serait tombé. Il était incapable de quoi que ce soit. Il sentait l'alcool, c'était écœurant. J'ai cru qu'il allait me vomir dessus. Évidemment, je l'ai repoussé. Il s'est dirigé vers la rivière, en s'éloignant du Platinum City. C'est la dernière fois que je l'ai vu, quand il allait vers la rivière. Je ne peux rien vous dire de plus. »

Ses yeux étaient fixés sur le billet de cent marks.

Frank lui demanda tranquillement : « Vous avez d'autres questions, Joey ? »

Il n'en avait qu'une, et la réponse ne ferait que conforter l'évidence. « Qui est le propriétaire du Platinum City ?

— Je n'ai pas besoin de lui demander ça. Je peux vous le dire – c'est Ismet Mujic. Serif. Vous devez avoir entendu parler de lui. »

Joey sortit de la pénombre et s'avança sur le plancher grinçant jusqu'à la table. Il ramassa le billet et le glissa dans son portefeuille. Il passa la porte et sortit. Frank le rattrapa sur le palier du deuxième étage et lui prit le bras.

« Était-ce bien nécessaire ? Elle sait que dalle. »

Joey haussa les épaules pour que Frank lâche son bras. « Elle ment, tout ça n'est qu'un tissu de mensonges. Elle a été achetée. Il y a des gens qu'on achète, et d'autres qu'on terrorise, quand on veut faire courir des mensonges. Elle a été payée. Vous avez vu ce qu'il y a chez elle – du vin, des chaussons neufs, des sous-vêtements neufs, des clopes étrangères, de l'argent pour l'électricité, et du cash dans la boîte en fer sous son oreiller. Il y a eu deux autopsies. L'une a été faite ici, l'autre à Londres. Celle d'ici disait qu'il y avait de l'alcool dans l'estomac, avec de la nourriture. Celle de Londres n'a trouvé aucune trace d'alcool. Tout ça, c'est des mensonges, et grassement payés. Nous avons pu établir un lien, et c'est un premier pas – un bon début. Je vous en suis reconnaissant. »

Ils sortirent dans une rue noire et vide, la tristesse leur collant aux talons. Joey lui expliqua ce qui allait se passer le lendemain. Il sortit sa carte de la ville et constata qu'il n'avait que quelques minutes à marcher pour regagner son hôtel. Il allait partir quand on le saisit soudain par l'épaule pour le faire se retourner.

Toute douceur chantante avait disparu de la voix de Frank. « Vous avez bien compris qu'il s'agit d'un homme très puissant, l'un des plus puissants de cette ville.

— Qu'est-ce que vous proposez ? Que je rentre chez moi ? »

Chapitre sept

« Le voyage s'est bien passé ?

— Aucun problème, Mister », dit l'Anguille. Jason Tyrie était chauffeur pour Mister depuis seize ans, et son oncle l'avait été avant lui. « J'ai passé la frontière à Bihac. Deux cent cinquante marks côté croate, et sept cent cinquante de l'autre côté. Le type du hangar est à cent cinquante la semaine. On peut acheter qui on veut, ici. »

L'Anguille était venu avec une colonne de poids lourds qui apportaient des surplus de nourriture de supermarchés via la frontière croate. Les sommes qu'il avait payées aux douanes, des deux côtés de la ligne, étaient le cours du moment pour échapper aux contrôles et faire tamponner les documents. Tous les chauffeurs étaient munis de liasses de billets allemands. Le camion, sur les flancs duquel s'étalait l'inscription *Bosnia with Love*, était garé dans la pénombre au fond du hangar. L'Anguille avait ouvert le capot et répandu divers outils sur le sol de béton. Un curieux, ou un fouineur, se dirait qu'il était là pour des réparations. Le gardien du hangar, qui ne se mêlait pas des affaires des autres, était dehors, dans l'air froid du matin, occupé à passer des véhicules au jet et à repousser les mares d'eau sale dans les évacuations.

« Bien, dit Mister. Mettons-nous au travail. »

Il avait avec lui l'Aigle, l'Anguille et Atkins. Atkins s'était levé de très bonne heure et s'était rendu chez un revendeur de voitures. Le Toyota, 4 × 4, vitres fumées, avait été payé cash. Les papiers du véhicule, simulacre d'achat légal, restaient discrets quant à sa provenance : aucune mention de son précédent propriétaire, l'Organisation pour la sécurité et la coopération en Europe. Le Toyota avait été volé à Vitez, devant un hôtel qu'occupait l'OSCE, repeint et muni de nouvelles plaques. Un examen approfondi aurait révélé le logo de l'OSCE sur les portières, mais Atkins disait que c'était sans importance. Personne ne regardait ce genre de choses.

Ils creusèrent un tunnel dans le chargement du camion. Mister et l'Anguille passaient des cartons à l'Aigle et Atkins en avançant vers la cabine, ne déplaçant que la quantité nécessaire de vêtements et de jouets collectés par les œuvres de charité pour permettre un accès. Les cartons les plus lourds se trouvaient dans le fond du camion. Mister appréciait de mettre la main à la pâte. L'Aigle transpirait. Il avait ôté son manteau, desserré sa cravate, et laissait Atkins faire le boulot chaque fois qu'il pensait que Mister ne le regardait pas. Atkins empilait les cartons. Ceux qu'ils cherchaient étaient plus gros, plus difficiles à pousser et soulever, même si l'emballage avait été réduit au minimum.

Le premier des gros cartons fut sorti et passé à l'Aigle, qui chancela sous son poids. Atkins prit son canif pour couper l'adhésif qui le fermait, et déballa le premier lanceur.

Mister le regardait faire. Il se sentit pris d'un accès de fierté. Pour diminuer le poids et l'encombrement, les lanceurs avaient été transférés de leurs caisses en bois d'origine dans de grands cartons renforcés : on avait enjoint l'Anguille de ne pas rouler vite, et de contourner les endroits défoncés sur les routes. Atkins déposa le lanceur sur le sol de béton, s'agenouilla à côté et tourna un petit bouton. Il y eut un léger bourdonnement, et une lumière rouge s'alluma sur l'arrière du lanceur.

Ce bon vieux Craqueur.

Pendant que Mister était à Brixton, le Craqueur – avec l'aide d'Atkins – avait donné six mois de sa vie pour mettre la main sur quatre lanceurs Trigat à moyenne portée. Des essais avaient eu lieu dans le nord de la Finlande. Tandis que Mister languissait dans sa cellule, le Craqueur et Atkins avaient fait affaire avec un commandant dans des montagnes de Laponie. Pour cinquante mille dollars américains en grosses coupures, le commandant chargé du transport des quatre lanceurs, depuis ces montagnes où ils avaient été testés par moins dix-huit degrés, sans compter le vent glacial, était resté en arrière du convoi qui sillonnait les routes gelées. Il avait trouvé une excuse convaincante pour que son chauffeur voyage dans l'un des camions qui le précédaient. À un endroit déterminé avec soin, là où, entre les montagnes et la caserne, on contournait un à-pic donnant sur un lac profond et couvert de neige, la Jeep avait dérapé et, quittant la route – comme le précisait le rapport officiel –, elle avait plongé et rompu la glace – elle devait reposer désormais à quelque deux cents mètres sous la surface gelée. Le Craqueur et Atkins avaient récupéré les quatre lanceurs et les vingt missiles, sortis de la Jeep *avant* l'« accident », et les avaient emportés. Au moment de repartir, Atkins avait frappé le commandant, lui infligeant des blessures susceptibles d'avoir été provoquées par l'éjection de la Jeep juste avant qu'elle n'entame son plongeon. Le commandant avait été abandonné dans un état de choc simulé, et contraint de marcher huit kilomètres pour rejoindre sa caserne. L'honneur des militaires finnois leur avait inspiré un rapport effrayant sur l'incident à l'intention des fabricants – Euromissile Dynamics Group, de Fontenay-aux-Roses, France. Cette perte fut donc oubliée, et lanceurs et missiles furent effacés des registres. Ceux-ci, chargés sur un camion transportant du bois de coupe et conduit par une des Anguilles, de son vrai nom Billy Smith, étaient parvenus dans un port anglais une semaine après que le commandant, traumatisé et tremblant, eut montré aux enquêteurs les traces de pneus sur la neige gelée, et les cicatrices dans la glace en contrebas.

Bien joué, Craqueur.

Sept semaines avant le début du procès, l'Aigle avait informé Mister que lanceurs et missiles étaient en lieu sûr, et Mister avait hoché la tête, comme s'il n'avait jamais envisagé qu'il puisse en être autrement. Atkins et l'Anguille remisèrent trois des cartons dans une pièce fermée, tout au fond du hangar, après avoir extrait de chacun d'eux une arme de poing. Avant de charger le quatrième dans le Toyota, ils déplièrent une carte dessus.

C'était une carte très détaillée, sur laquelle apparaissaient toutes les rues du vieux quartier de la ville. Tandis qu'Atkins expliquait comment les choses allaient se passer, Mister observa la manière dont l'Aigle se penchait par-dessus son épaule pour écouter et suivre ses doigts rapides ; il vit combien l'Aigle haïssait tout ça, sans pouvoir le dissimuler. On replia la carte. Un petit Walther PPK chargé fut glissé à l'arrière de la ceinture de Mister, et deux chargeurs pleins dans la poche de sa veste. Atkins partit en voiture avec le carton, et un Luger dans la boîte à gants. Mister dit à l'Aigle qu'ils allaient marcher pour chercher un taxi, sans se soucier de lui fournir une arme.

Il laissa l'Anguille avec un Makarov dans la poche de son anorak pour surveiller le camion, et il sortit dans les rues de Sarajevo pour régler la question de l'affront qu'on lui avait fait.

« Je ne vois toujours pas pourquoi c'est moi qui dois le faire.

— Tu le fais parce que je te dis de le faire, et tu le fais exactement comme je te l'ai expliqué, dit Maggie Bolton d'un ton sans appel.

— Ça n'a aucun sens.

— Tu fais tout exactement comme je te l'ai dit. »

Joey haussa les épaules, soupira pour bien montrer son agacement, et prit la mallette. Ils testèrent une dernière fois son mini-micro à elle et son oreillette à lui, puis le micro fixé sous sa chemise à lui et son oreillette à elle. Dans sa poche de poitrine se trouvait l'autorisation de surveillance signée par le juge Delic, tapée par sa fille – si jamais il était contraint de s'en servir, s'il était obligé de la produire, ceux des Douanes le jetteraient aux rats des berges de la Tamise. Elle en avait fait une copie avec la photocopieuse de l'hôtel. Il avait discuté pendant tout le petit déjeuner, et pendant tout le trajet à pied de leur hôtel jusqu'à l'Holiday Inn, et elle avait fait comme si elle n'entendait pas, poursuivant point par point son exposé sur la façon dont le micro devait être placé, et où. Elle était calme, très professionnelle. Leurs micros comportaient un petit bouton qu'il fallait presser pour parler. Si parler était impossible, alors le code d'alerte était un clic répété sur le bouton.

L'atrium de l'hôtel était vide. Les cendriers avaient été remplis par les délégués venus pour une conférence sur les mécénats étrangers – ils avaient commencé leur meeting, mais les employés léthargiques ne s'étaient pas encore décidés à nettoyer derrière eux. Les plantes vertes se mouraient lentement. Dehors, de l'autre côté des grandes baies vitrées, stationnaient les deux limousines Mercedes, mais les gorilles ne flemmardaient pas comme à l'aéroport. Ils étaient agités, tiraient nerveusement sur leurs cigarettes et vociféraient dans leurs téléphones portables.

« Ce n'est pas mon boulot. Ça ne relève pas de mes compétences. » Il savait que cet argument était perdu d'avance.

« Est-ce qu'on peut se mettre au travail, ou est-ce qu'on continue à discutailler ? Sois un gentil garçon, arrête de faire des histoires. »

Il n'avait cessé de palabrer parce qu'il avait peur. Il n'y pouvait rien, et ne pouvait pas non plus le cacher.

Il s'avança vers l'ascenseur avec le sac, et se retourna pour la regarder. Elle lui fit un clin d'œil et un petit signe de la main, puis se dirigea vers les portes à tambour. De là où le fourgon était garé, plus près que la nuit d'avant, elle aurait vue tout droit sur la porte et sur quiconque la franchirait, s'ils se servaient de cette entrée et non de celle du bar. L'ascenseur emmena Joey au troisième étage. Quand ils étaient arrivés à l'Holiday Inn, il était resté en retrait, et c'est Maggie qui était allée à la réception. Elle s'était présentée comme un agent de voyages de Londres, s'occupant de voyages d'affaires. Elle réservait des vols et des hôtels pour des commerciaux. Elle vérifiait les prestations des hôtels de Zagreb, Podgorica au Monténégro, Pristina au Kosovo, et de Sarajevo. Était-il possible de visiter une chambre ? Les chambres étaient-elles toutes identiques ? Les hommes d'affaires, le saviez-vous, préfèrent le troisième étage, pas trop haut s'ils ont des problèmes de vertige, et pas trop bas pour ne pas être dérangés par le bruit du bar de l'hôtel ou de la circulation. On l'avait conduite à une chambre du troisième étage, Joey le porteur de sacs suivant derrière sans avoir été présenté, et on lui avait assuré que toutes les chambres étaient les mêmes, car c'était le standard de l'hôtel. Pendant quelques instants, Joey et la femme de la réception s'étaient retrouvés ensemble dans la salle de bains, et il avait fait mine de s'intéresser aux petites bouteilles de shampooing et de gel douche. Il avait perçu les flashs du Polaroid derrière la porte quasi fermée. Quand ils étaient ressortis, Maggie avait remercié la femme à profusion, assurant que ces chambres étaient parfaites, puis elle était passée aux tarifs et aux moyens de paiement par cartes de crédit. Devant un café, dans les salons de l'hôtel, ils avaient étudié les photos et elle lui avait dit ce qu'il devrait faire et où le minuscule micro devrait être positionné.

Quand ils étaient à leur propre hôtel, elle lui avait montré comment ouvrir la porte d'une chambre à l'aide d'une carte bancaire.

Chambre 318. Il referma la porte derrière lui. La femme de chambre était passée, la pièce était propre, le lit fait. Un pyjama était plié sur l'oreiller. Les portes des placards étaient fermées, une valise posée sur un râtelier, une paire de chaussures en dessous. Il avait l'impression que cette pièce était un piège. Il ne savait pas de combien de temps il disposait, il savait juste qu'une telle opportunité pouvait ne jamais se représenter. Il devait se hâter, mais pas trop, pour éviter toute erreur. Les photos le guidaient. Le téléphone était trop évident, avait-elle dit, c'était la première chose qui serait vérifiée si l'on fouillait la chambre à la recherche de micros-espions – les lampes et les prises électriques venant en second. Il prit une serviette dans la salle de bains, la posa sur l'assise de la chaise du bureau, porta la chaise devant la penderie et ôta ses baskets. Il monta sur la chaise, en chaussettes, pour ne pas salir la serviette, destinée à éviter que ses pieds ne marquent le dessus de la chaise. Maggie avait désigné le vaste espace au-dessus de la penderie, sous le plafond, comme l'emplacement approprié. À l'aide d'un tournevis, il démonta le panneau de façade au-dessus de la penderie. Dans l'espace ainsi ouvert, il installa le bloc de contrôle, une boîte noire de la taille d'un livre de poche. Il prit la fine pointe qu'elle lui avait donnée et l'appuya sur le panneau jusqu'à ce qu'il sente la pression de l'autre côté avec son doigt. Il fit un trou minuscule dans la façade du panneau, fileta le micro – une tête d'épingle – dans le trou et l'enfonça jusqu'à ce que la tête d'épingle vienne combler le trou. Il alluma un bouton sur le bloc de contrôle, vit la lumière verte s'allumer et prit le panneau à pleines mains.

Joey chuchota : « Test – deux, trois, quatre – test… »

Dans son oreille : « Tu as bientôt fini ?

— Pas loin.

— Tu as tout remis en place ?

— Pas encore.

— Peut-être qu'il faut ajuster le volume. Avant de remettre le panneau, essaye depuis la fenêtre, et ensuite près du téléphone.

— Je fais ça. »

Il remit le panneau en place sans le revisser et descendit de sa chaise. Il alla à la fenêtre et regarda le trottoir en bas, quinze mètres plus bas. Il n'y avait pas de balcon. Il vit un taxi quitter la rue et disparaître sous le toit plat protégeant l'entrée principale.

Joey dit : « Je suis près de la fenêtre. Niveau de voix normal – deux, trois, quatre, test depuis la fenêtre… Donne-moi le OK, et j'essaierai près du téléphone. »

Silence dans son oreille.

« Maggie, je suis à la fenêtre. Est-ce que tu me reçois de la fenêtre ? À toi, Maggie. »

Une voix plaintive lui vrilla l'oreille. « Oh, mon Dieu. Il est revenu. Putain, je l'ai raté. Il a passé la porte. Sors de là ! Dehors ! Dehors ! Cible un a passé la porte. Je l'ai manqué ! »

Il se figea. Ses baskets étaient sur le sol près du bureau. La chaise était devant la penderie, avec la serviette dessus. Le panneau de façade pendait toujours, retenu par les câbles visibles au-dessus de lui. Il rassembla toute sa volonté, il lui fallut presque lancer une jambe devant l'autre pour se mettre en mouvement. Il tituba à travers la pièce jusqu'à la porte. Priorité : le panneau. Panneau, chaise, serviette… Debout sur la chaise, il tapait du plat de sa main pour recaler le panneau en place. Maggie lui criait dans l'oreille. Il voyait la tête d'épingle dans le panneau, et, de la paume, il fit le dernier ajustement, vérifia et sauta. Serviette dans la salle de bains. Il la passa sur le porte-serviette, mais elle glissa. Quelques précieuses secondes furent gaspillées à la pendre aussi soigneusement qu'une femme de ménage l'aurait fait. Sortir de la salle de bains. Il replaça la chaise devant le bureau. Il se retourna pour partir vers la porte, mais son orteil, son orteil droit, cogna le pied de la chaise… Pas de chaussures, putain de chaussures ! Il remit ses baskets.

La voix dans son oreille, calme à présent, dit : « Tu as perdu trop de temps, Joey. Il est sur le palier devant la chambre. »

Il entendit des voix dans le couloir. Il connaissait l'une d'elles, de toutes ces heures passées à écouter les bandes. Pas d'autre issue que la porte. Le lit était trop bas pour se glisser dessous. Il entendit la carte magnétique entrer dans la serrure. Il se dirigea vers la fenêtre, un saut le tuerait, puis se coula derrière le rideau. Il n'y avait plus que le silence dans son oreille, comme si Maggie n'avait plus rien à lui dire, ne pouvait plus lui être d'aucune aide. La porte d'entrée s'ouvrit, puis celle de la salle de bains. Il entendit Mister uriner, et la chasse d'eau. Le grincement de la penderie qui s'ouvrait. Mister sifflotait. Joey se prit à essayer d'identifier l'air, sans y parvenir. Mister rota. Regardant ses pieds, Joey vit que l'un des lacets défaits dépassait du bas du rideau, il devait être visible… Par les dossiers, il connaissait toutes les morts attribuées à Mister, les détails de chaque meurtre. Pour tous, la douleur précédait la mort, qui n'était jamais rapide. Il était sur le point de mouiller son pantalon.

Il entendit la porte se refermer, les pas s'éloigner.

Joey compta jusqu'à cinquante, noua ses lacets, et sortit.

Enfiler le couloir, prendre l'ascenseur, descendre, aller jusqu'au bar. Il pensait qu'elle serait là à l'attendre, mais non.

Les deux Mercedes noires quittaient la zone de stationnement devant l'hôtel, se glissant dans la circulation de Zmaja od Bosne. Il y eut un coup de Klaxon perçant. Il courut vers le van bleu, qui venait de s'arrêter devant l'entrée. Il s'écroula sur le siège passager.

« Tu l'as entendu siffloter ? demanda-t-il.

— Comme un rossignol, dit Maggie, fonçant vers la rue.

— C'était quoi, cet air ? C'est quoi le titre ? Impossible de me rappeler ce foutu titre, dit faiblement Joey.

— C'est Elvis, allons – t'es trop jeune ? *Wooden Heart*, enregistré pendant qu'il faisait son service –, t'étais pas né à l'époque… ? On l'entendait clair comme une cloche. Ça va ?

— En fait, j'ai failli pisser dans mon froc. Je suppose que tu es trop importante pour mettre toi-même tes micros en place. On laisse le boulot à son boy.

— Et qui aurait contrôlé l'équipement et vérifié si ça fonctionnait ? Toi ? »

C'était dit d'un ton glacial ; il n'avait pas pensé à ça. Il se tut. Elle les suivait, presque juste derrière la seconde Mercedes. Maussade, il repensait à la peur qu'il avait éprouvée, alors qu'il n'avait même pas vu l'homme. Il avait eu peur de son sifflotement si proche, et il ne savait pas quoi faire de cette peur.

Il laissa éclater sa colère. « Putain, tu m'as prévenu en retard ! J'aurais pu me faire tuer à cause de ton retard. J'ai à peine eu le temps de remettre tout en place à cause de toi, merde. Il *tue* des gens, tu le sais, ça ? Il mutile les gens avant de les tuer. Ce n'est pas un de tes foutus gibiers avec immunité diplomatique. Tu l'as dit toi-même, *je l'ai raté, putain* ! Tu n'aurais pas pu m'aider moins que ça, même en le faisant exprès. Madame la Supérieure de merde, tu te prends pour qui, à la fin ? »

Maggie Bolton avait une âme, mais rares étaient les êtres capables de la déceler. Son père n'avait pas réussi. Il était ingénieur contrôleur en qualité pour le ministère de la Défense à l'usine aérospatiale de Preston, dans le Lancashire, et il admettait devant ses collègues et ses relations qu'il n'avait jamais réussi à approcher sa fille, Margaret Emily, d'assez près pour percevoir ses émotions. Il y avait huit ans qu'il était parti pour le crématorium, deux mois après avoir été licencié, sans la connaître mieux. Il était fier d'elle, certainement, mais ne la comprenait pas. Elle tenait sa mère à distance de la même façon, bien qu'elle ait été présente durant toute l'enfance de Maggie, dans les débuts de sa vie de jeune femme, et là encore aujourd'hui où elle n'était plus si jeune. Elle avait droit à un coup de fil par semaine, quand c'était possible, à des cartes postales quand elle était à l'étranger et si cela n'enfreignait pas les consignes de sécurité, mais sa fille ne s'était jamais confiée à elle. Il n'y avait pas non plus d'amies d'école qu'elle ait gardées dans sa vie d'adulte. Un oncle célibataire enseignait dans l'ouest, dans un lycée privé de piètre renom, et comme cet établissement comptait peu de filles, il lui avait obtenu une bourse. Elle n'avait jamais montré le moindre intérêt pour les sports, contrairement aux autres filles, et passait tout son temps dans les labos de physique et d'électronique. Elle avait obtenu une place à l'université du Sussex pour étudier l'ingénierie électronique, seule femme lors de cette première année de cours. À la fin des trois ans, ses résultats aux examens avaient déçu ses professeurs : elle n'avait obtenu qu'une maigre deuxième mention. Elle avait passé trop de temps lors de sa dernière année de fac à travailler sur un programme de recherche et de développement cédé à son département par des techniciens de l'Intelligence Service – c'était l'usage que ce genre d'organisation fasse appel aux universités pour mettre au point des équipements de pointe. À la suite de quoi, en dépit de ses faibles résultats, l'administration du MI6 l'avait contactée. L'aspect secret du renseignement lui convenait à merveille : c'était un mur derrière lequel elle pouvait se retrancher, lui permettant même de légitimer son manque de contacts avec ses parents : ils ne figuraient pas sur la liste de gens *à prévenir en priorité*.

En tant que nouvelle recrue, Maggie travaillait dans les ateliers en sous-sol du building qu'ils appelaient les tours Ceausescu, sous le niveau de la Tamise. Le soir, une fois les maîtres de conférences et les étudiants partis, elle passait des heures avec les techniciens supérieurs des labos de l'Imperial College. Personne n'était admis à s'approcher d'elle. Dans les soirées, à Londres ou à l'étranger, sa beauté, son rire, sa silhouette menue et sa main sans alliance faisaient d'elle un centre d'attraction. Mais, même si elle flirtait effrontément en public, elle restait seule dans son lit. Ses ongles, toujours coupés à la va-vite, étaient le seul indice de ses activités. Ses doigts petits, solides et osseux, étaient parfaits pour la précision qu'exigeait le travail sur les micros, les transmetteurs minuscules, les appareils de pistage, et les caméras fish-eye grandes comme des têtes d'épingle. Dans les ateliers en sous-sol et dans les labos de l'université, on l'admirait. Un chef d'équipe avait dit d'elle un jour : « Elle pourrait coller une sonde dans le cul d'un crocodile et il ne s'apercevrait même pas qu'on est en train de lui chatouiller les sphincters. » Ses recherches se focalisaient sur deux champs spécifiques, tous deux essentiels pour les opérations du MI6 : la miniaturisation de l'équipement et la clarté de la réception.

Cela ne figurait pas dans son dossier, mais, à quarante-sept ans, elle n'avait aimé que deux hommes.

L'été 1988, elle s'était rendue à Varsovie, munie d'un passeport diplomatique et de tout son matériel dans une valise diplomatique. Le contact que lui avait présenté l'officier en poste dans la ville était un jeune fonctionnaire du ministère polonais de la Défense, qui avait accès au bureau du secrétaire permanent. Elle avait fourni le micro miniature ; il l'avait mis en place. Elle avait trente-quatre ans, et elle était vierge ; il avait onze ans de moins, et était paniqué à l'idée de ce qu'il avait accepté de faire. Cela avait été une certaine sorte d'amour, plus dans la tête que dans la chair, des baisers furtifs et des frôlements de mains lors de rendez-vous nocturnes clandestins. Ce micro était le meilleur qu'elle ait jamais conçu ; la transmission de signaux à très basse fréquence assurait de mettre en échec l'inspection mensuelle du bureau du secrétaire, et les renseignements s'envolaient à flots vers l'antenne installée sur le toit de l'ambassade britannique. Six mois plus tard, longtemps après son retour en Angleterre, on lui avait appris que le jeune fonctionnaire avait été arrêté, jugé à huis clos pour trahison, et pendu dans la cour de la prison centrale. Quand on lui avait raconté ça, on lui avait offert un gin angustura, et elle avait accepté le cocktail rose. Elle n'avait pas frémi.

En 1994, elle avait fabriqué le minuscule micro qui devait être installé dans le téléphone mobile d'un officiel irakien du Mukhabarat, qui se rendait à Tripoli pour rencontrer d'autres officiers des renseignements du même bord. Le plus beau de cet appareil, c'était qu'il pouvait être activé pour surveiller à la fois les transmissions téléphoniques et les conversations ayant lieu près du téléphone éteint. Elle avait passé cinq jours à Malte avec le garde du corps de la police libyenne, qui avait été retourné et avait reçu pour tâche d'insérer le micro dans le téléphone de la cible. Tout avait marché, lui avait-on dit, comme dans un rêve. Et on lui avait appris, deux mois plus tard, que le garde du corps – doux, charmant, courtois, sensible et aimant, tout au long de ces soirées sur le balcon de l'hôtel surplombant la mer – avait été arrêté, torturé, puis fusillé. Une fois encore, on lui avait offert ce cocktail rose, et une fois de plus elle était restée impassible. Si elle avait pleuré, c'était seulement dans le silence de son minuscule appartement.

Elle faisait partie du vieux monde, une guerrière de la guerre froide.

Elle avait protesté violemment quand son supérieur hiérarchique l'avait envoyée à Sarajevo, précisant que son entretien d'évaluation annuel était remis à plus tard, lui signifiant que son taux de notes de frais ne devait pas augmenter, à moins qu'elle ne soit prête à payer les dépassements de sa poche. C'est vrai, elle avait été envoyée à Sarajevo pendant la guerre, mais avec ses propres équipiers et bien avant que des gestionnaires ne prennent le contrôle des tours Ceausescu, avant que les contrôles budgétaires ne soient *de rigueur** y compris pour les spécialistes experts, une époque où l'on ne chicanait pas sur les dépenses. Ils avaient placé des micros dans le bureau du Président, et au quartier général des opérations des Nations unies, et ils en auraient mis – s'ils avaient eu une semaine de plus pour y travailler – au quartier général de Ratko Mladic. Pour ce qu'elle en savait, cette nouvelle mission n'était qu'un vulgaire boulot de tâcheron, et une pure perte de temps.

Qu'elle soit damnée si elle laissait à Joey Cann une chance d'entrevoir une parcelle de son âme.

-

« Oublie tout ça, dit Maggie, c'est du passé.

— C'est tout ce que tu as à dire ?

— Gagné, t'auras pas un mot de plus. »

Il était retombé dans le silence, la laissant conduire. Elle avait suivi les entraînements de la base de Fort Monckton, à Gosport. Depuis la vieille place forte, bâtie pour ôter à Napoléon ses envies d'invasion, sur la côte du Hampshire surplombant la Manche, elle avait appris à conduire des véhicules de surveillance dans les rues voisines de Portsmouth, sur des routes de campagne et sur l'autoroute de Londres. Elle connaissait son affaire, mais, dans cette circulation engorgée, il était difficile de ne pas perdre de vue les Mercedes, et elle n'avait pas besoin de sa vindicte de trouillard vertueux.

« T'en sais pas autant que tu croyais, pas vrai ? dit-elle.

— Quoi ?

— Tu dis que tu sais tout sur la cible, mais c'est faux – tu ne savais pas qu'il aimait Elvis, pour commencer. Ce n'est qu'un détail, mais ce sont les détails qui font la différence. D'après mon expérience, à ce jeu, les meilleurs sont les plus humbles. »

Il broyait du noir. Elle n'était pas fâchée de lui avoir rabattu sa superbe.

Elle freina. Ils étaient dans les vieux quartiers. Les voitures s'étaient arrêtées, montant à demi sur le trottoir, à une centaine de mètres devant eux. Elle aperçut Packer, la cible numéro un, et le gang de malfrats, puis les cibles deux et trois, et enfin elle vit Serif.

Mister dit : « Nous vous avons fait attendre, toutes mes excuses. J'avais des affaires à régler – c'est tellement agaçant quand les affaires nous mettent en retard, n'est-ce pas ? »

De mobile à mobile, de Sarajevo à Londres, le Craqueur avait indiqué à l'Aigle que Serif parlait très bien anglais.

Serif dit : « Et je dois m'excuser aussi, monsieur Packer, car mes affaires m'ont empêché de venir vous accueillir hier à l'aéroport.

— Tout va bien, pas d'offense – et voilà réglée la question des excuses. Parfait. » Hormis à sa mère, qui était morte, et à son père à Cripps House, Mister ne présentait jamais d'excuses. D'excuses sincères.

« Je suis très heureux de vous accueillir, dit Serif, comme j'avais accueilli votre associé, M. Dubbs.

— Très triste, ce qui est arrivé à M. Dubbs… C'était un ami qui avait toute ma confiance.

— Une grande perte pour vous, et un terrible regret pour moi qu'un accident si tragique ait pu se produire dans ma ville.

— Nous en reparlerons… Mais d'abord, Serif – je peux vous appeler Serif ? –, j'ai une faveur à vous demander. Je serais très heureux si vous acceptiez de me suivre. J'ai une petite surprise pour vous. » Mister ne demandait jamais de faveurs, et exprimait très rarement sa gratitude.

Comme il s'y était attendu, Serif hésita. Mister eut un large sourire. Ils se tenaient sur le trottoir devant l'escalier gardé qui conduisait à l'appartement de Serif, dans un quartier de petites rues et de ruelles, pleines de boutiques d'orfèvres locaux, de petits restaurants, librairies et cafés, le tout dominé par le minaret élancé d'une mosquée. Le sourire calculé de Mister et la douceur avec laquelle il prit Serif par la manche de sa veste rendaient tout refus difficile. C'était exactement ce qu'il avait prévu.

Ils prirent les deux Mercedes. Il s'installa sur la banquette arrière avec Serif, et l'Aigle fut pris en sandwich entre eux, l'épaule sous l'aisselle de Serif, sentant le holster qui contenait son arme s'écraser contre lui. Mister perçut la nervosité qui palpitait sur le visage de l'Aigle. Le Walther PPK de Mister s'enfonçait dans ses fesses.

Il y avait quatorze ans, il avait tiré, rageusement, dans la cuisse de Chrissie Dimmock, de l'autre côté de la rue ; il y avait onze ans, il avait tiré, par vengeance et à bout portant, dans la nuque d'Ivanhoe Pilton. Chrissie Dimmock et Ivanhoe Pilton avaient tenté de lui disputer son territoire. Si les rôles avaient été inversés, si le Bosniaque avait mis les pieds sur son territoire, il l'aurait abattu, et le Mixeur aurait disposé de son cadavre. Puis il aurait pris une bonne douche et serait allé se payer un bon déjeuner, ou un bon dîner… La route montait, passant devant des pylônes de remontées mécaniques effondrés, le long de ce qui avait été des pistes de ski. Ils s'arrêtèrent sur un terrain vague. Tout au bout, il aperçut la grande silhouette d'Atkins, au garde-à-vous. Quelques gamins qui surveillaient des chèvres maigres regardaient les Mercedes.

Mister descendit de voiture, l'Aigle collé à lui comme s'ils étaient siamois. Il fit signe à Serif de le suivre et alla vers Atkins. Derrière lui, une voix chassa les enfants qui partirent en courant. À pas vifs, il traversa le terrain vague jusqu'à l'endroit où le Trigat était installé, son trépied calé dans la terre, une feuille de plastique étalée aux pieds d'Atkins. Le lanceur était pointé vers la vieille ville en contrebas, masse indistincte de toits et de fenêtres. Atkins le salua d'un bref mouvement de tête. Mister se dit qu'Atkins ajoutait une certaine classe à tout ça.

« Un petit présent, Serif, dit Mister, pour exprimer mes vœux de succès. Vous avez un téléphone portable ?

— J'ai un portable.

— Il y a quelqu'un chez vous ?

— Un ami, oui.

— Vous devriez appeler votre ami et lui dire d'ouvrir la fenêtre de devant, la grande, et de se tenir dans l'encadrement. Pourriez-vous faire ça pour moi, s'il vous plaît ? »

Serif prit son téléphone.

Mister dit : «Puisque cet engin va être à vous, Serif, j'imagine que vous avez envie d'en savoir plus à son sujet. M. Atkins est l'homme qu'il vous faut.»

Atkins commença, comme un instructeur devant une classe : «Ceci est le Trigat, un système multi-mission à moyenne portée, destiné à l'infanterie. Il a été conçu pour être utilisé contre des chars, des hélicoptères et des bunkers renforcés. Sa portée est de deux cents à deux mille cinq cents mètres, et à deux mille mètres le temps de vol du missile est inférieur à douze secondes, car il atteint alors les cent cinquante kilomètres par heure. Le point visé est le point touché, et il ne peut être affecté par des contre-mesures. Il envoie une double charge pour une pénétration maximale. Il commencera à être produit de manière industrielle l'année prochaine. Il fonctionne aussi bien par moins trente-cinq degrés que par plus quarante. C'est ce qu'on fait de mieux... Voudriez-vous une démonstration?

— Quoi, ici? En pleine ville? gloussa Serif.

— Peut-être aimeriez-vous voir la cible que M. Atkins a choisie, dit Mister. Regardez dans le viseur.»

Il avait cru que Serif aurait compris, mais l'homme s'agenouilla, puis s'allongea sur la feuille de plastique, l'œil collé à l'ouverture. La visée dans la lunette, grossie dix fois, l'emporta par-dessus les toits, la rivière et les ponts, et d'autres toits encore, jusqu'à une fenêtre ouverte dont les rideaux étaient agités par le vent, où se tenait un homme en chemise noire et pantalon noir avec derrière lui les biens les plus précieux de Serif, malfrat de seconde zone. Si le missile était tiré, sa flamme brillante filant au-dessus de la ville, il irait exploser juste dans cette pièce.

Mister remua un sourcil, un mouvement imperceptible, mais que perçut Atkins – un type bien, attentif. Atkins s'accroupit près de Serif et abaissa le bouton du système principal. Il y eut un bruit comme celui d'un bourdon électronique.

Atkins déclara d'un air candide : « Il est allumé, Serif. Appuyez juste sur le bouton, là, et vous verrez comme ça marche bien. Il ne détruit que la cible, tout ce qui est autour de la cible est OK. Vous voulez essayer ? »

Serif recula en se tortillant sur la feuille de plastique comme s'il redoutait que le moindre glissement, le plus petit geste maladroit près du lanceur, ne déclenche le tir.

Mister sourit. L'inspecteur chef infiltré à la police criminelle lui avait un jour rapporté la remarque du commissaire principal qui dirigeait à l'époque la traque contre lui : « Regardez toujours ses yeux. Le reste de son visage peut être éclatant ou rieur. Jamais ses yeux, ce sont des yeux de démon. » Cette nuit-là, Mister s'était levé, s'était planté devant un miroir pour regarder son reflet. Il n'avait pas dit à la Princesse de quelle façon le commissaire avait décrit ses yeux. Il tendit la main pour aider Serif à se relever, et Atkins éteignit le Trigat.

Mister retint la main de Serif, et de l'autre il lui tapota le dos. « Vous trouverez un vrai ami en moi, Serif. Je ne suis pas ce genre de petit homme qui se considère offensé quand il se retrouve planté à l'aéroport par un type qui a des choses plus importantes à faire que de venir à sa rencontre. Cet engin est à vous, parce que vous êtes mon ami, et il y a quatre missiles pour aller avec. Et il y en a d'autres pour vous, là où je me fournis, pour le jour où nous aurons achevé nos transactions. Et il y aura d'autres présents. Quand vous serez avec moi, vous aurez l'impression que c'est tous les jours votre anniversaire. Retrouvons-nous demain, vous me montrerez votre bel appartement. Cela me fera plaisir. »

« Qu'est-ce que c'est ?

— C'est un lanceur de missiles antichar », répondit Maggie, en lui reprenant les jumelles. Elle passa la bride autour de son cou, par-dessus sa chaîne en or ornée d'une médaille de saint Christophe. Dans son appareil photo, la moitié de la pellicule avait déjà été utilisée.

« Bordel de merde », murmura Joey.

Même sans les jumelles, il était presque sûr que c'était le lanceur que l'on chargeait à présent dans le coffre de la seconde Mercedes. Elle avait fait faire demi-tour au van, de sorte qu'il soit face à la descente de la colline, et non au terrain vague.

Elle dit doucement : « Je me demande si notre ami Serif connaît cette expression : “Méfiez-vous des étrangers qui vous font des cadeaux.” Il va y avoir des pleurs, si sa mère ne lui a pas appris ça. »

Ils devaient partir. Ils démarrèrent au moment où l'on refermait le coffre de la seconde Mercedes. Ils étaient trop exposés là où ils stationnaient.

« À quoi va servir ce truc ? » demanda Joey.

Elle était pensive. « Ce n'est pas tant à quoi il peut servir. Le posséder donne du pouvoir à un homme, mais pas autant de pouvoir qu'à celui qui le lui a fourni. C'est une partie sérieuse qui se joue, du très gros business…

— Est-ce qu'il ne faudrait pas que je fasse un rapport ? Je suis obligé d'informer les autorités, le Groupe international de police ? Non ?

— Ne sois pas ridicule, dit Maggie, tu vas me faire regretter que tu ne sois pas resté dans ton berceau… »

Ils retournèrent à l'Holiday Inn, se garèrent pour avoir vue sur la porte principale. Maggie se faufila à l'arrière du van, mit ses écouteurs et prépara les bandes du magnétophone, pendant que Joey allait chercher des sandwiches.

Été 1994

On l'appelait Rado. Les hommes récemment arrivés dans le village de Ljut l'appelaient ainsi parce que c'était comme ça que l'appelait l'unité précédente, et celle qui l'avait précédée. Chaque matin, ils le regardaient errer sans but depuis les ruines du village d'en face, descendre le sentier jusqu'au gué traversant la rivière, dont les eaux avaient baissé à présent, y patauger, puis presser le pas pour ressortir de l'eau et se mettre à manger les hautes herbes qui avaient envahi les prés. À la tombée du jour, il faisait le même trajet dans l'autre sens et allait dormir, solitaire, dans l'étable près du puits de Vraca.

Au fil des longues journées, Rado restait pour les troupes le seul mouvement perceptible dans les champs en face, leur seule source de distraction. Ils pariaient sur sa survie, comme l'avait fait l'unité qui les avait précédés, et l'autre unité encore avant. Ces soldats n'étaient guère plus que des enfants, venus de villages où leurs parents avaient des fermes, et, loin de chez eux, la vue de Rado les réconfortait car il représentait quelque chose de familier. Son histoire passait de bouche à oreille à chaque fois qu'une unité était relevée.

Le jour de l'An, dix-neuf mois plus tôt, les fondamentalistes avaient abandonné le village de l'autre côté de la rivière, et le bétail avait été livré à lui-même. Rado, qui n'avait pas de nom à l'époque, était un jeune taureau de race limousine récemment castré. Les vaches laitières avaient agonisé en meuglant de douleur parce que personne ne venait les traire. Les moutons avaient été massacrés par une meute de loups. Certains avaient été dévorés, les autres avaient pu fuir vers les hautes forêts derrière le village. Les poulets et les oies avaient été décimés par les renards. Les génisses, dominées par l'unique taurillon, étaient venues jusqu'au gué au printemps, quinze mois auparavant, quand le flot de la rivière s'était affaibli et qu'elle était devenue moins profonde. Elles devaient avoir senti la bonne herbe nouvelle de l'autre côté et elles avaient traversé ; chacune à son tour, au hasard, elles avaient écrasé, bousculé ou déclenché une mine. L'été précédent, elles n'étaient plus que trois. Chaque soir, les survivantes rentraient à l'étable au-dessus de la rivière, où un chien les attendait. L'automne était venu, la rivière avait monté, et les trois génisses et le taurillon n'avaient pu continuer à traverser. Puis revint le printemps, et ils revinrent aussi. La première semaine d'avril, ils avaient repris leur pâture dans les prés. Quand vint la troisième semaine d'avril, après deux explosions étouffées dans des nuages de fumée, il ne restait plus qu'une seule génisse pour marcher au côté du taureau ; des amoureux rêvassant, tristes, perdus. Le dernier jour d'avril, le sol était entré en éruption dans un vacarme énorme et des jets de mottes, et le jeune taureau s'était retrouvé seul.

L'histoire qui circulait d'une unité à l'autre dans les bunkers flanquant le village voulait que le taureau soit resté avec la génisse mutilée tout au long de cette journée, lui léchant sans arrêt la tête, des heures durant, calmant ses cris d'agonie, jusqu'à ce qu'elle meure et soit délivrée. Quand le soir était tombé, il avait retraversé le gué pour aller dormir, seul.

Durant tous les mois de mai, juin, juillet et août, les troupes avaient surveillé le retour quotidien de Rado, et c'est là qu'on lui avait donné son nom.

C'était l'abréviation familière de Radovan, le surnom de leur leader, Karadzic, un témoignage de respect et d'admiration.

Le secteur était pacifié, il n'y avait plus de combats dans la vallée. Sous les ordres de leur sergent, les soldats venaient occuper les bunkers une heure avant l'aube et une heure après, et chaque soir une heure avant le crépuscule et une heure après. Ils n'avaient pas d'autre mission que de nettoyer les bunkers, les quartiers où ils dormaient, et leurs armes. Rado était l'attraction.

Les paris commencèrent quand on lui donna un nom.

Dans les champs, parmi les pousses des terres arables en friche, entre les piquets renversés et les vrilles pendouillant des vignes, reposaient les cadavres squelettiques des génisses. Rado semblait ne pas remarquer les cages thoraciques tournées vers le ciel, blanchies par les intempéries. De loin en loin, pas plus d'une fois par jour, il levait son cou épais, lançait son énorme tête vers le ciel et meuglait comme pour appeler de la compagnie. Il était condamné, tous les soldats le savaient, et ils pariaient sur l'heure, le jour, la semaine où ses sabots massifs tordraient le fil de détente d'une mine PROM, frôleraient le piquet soutenant une PMR3, où son poids irait peser sur les antennes pointues d'une PMA2. Il semblait immunisé, invulnérable. Alors ils le regardaient, fascinés, depuis le haut de leurs lignes, et ils pariaient.

Le sergent faisait la banque. Il distribuait les bordereaux des paris. En supérieur avisé, il avait compris que des dettes qui ne seraient pas honorées risqueraient d'accroître la tension entre ses soldats. Il avait ordonné qu'aucun enjeu ne dépasse un mark allemand, la seule devise qui valait quelque chose ici, et qu'aucun soldat ne parie plus de deux fois par jour. Il établissait les cotes, récoltait l'argent, en gardait suffisamment dans un sac en plastique pour payer l'éventuel gagnant, et utilisait la marge de bénéfice pour s'offrir quelques petits à-côtés au marché, en ville – cigarettes, légumes, ustensiles de cuisine, couvertures. Les jours se suivaient, interminables, étouffants, dans des nuées de mouches. Les soldats dormaient, mangeaient, fumaient, lisaient des magazines ou écrivaient chez eux. Un homme restait toujours en sentinelle, mais sa tâche véritable, c'était de surveiller Rado.

Un frêne aux allures de baldaquin se dressait entre les pâtures et les champs arables. Il était deux heures moins dix. La sentinelle dans le bunker vit Rado se lever à l'ombre de l'arbre, d'abord en étendant ses pattes arrière, puis en s'agenouillant sur ses pattes de devant, avant de se redresser. Sa queue battait son arrière-train pour chasser les mouches.

Il regarda autour de lui et renifla. Peut-être avait-il besoin de boire ou de manger. Rado s'avança lentement. Les hautes herbes s'écartaient sous son ventre musclé, et s'aplatissaient sous ses sabots. Chaque pas qu'il faisait, déplaçant une telle masse d'un point à un autre, semblait délibéré et mûrement pesé. La sentinelle l'observait, et le bruit des mouches bourdonnait à ses oreilles. Dans la brume de chaleur, la progression de Rado, fier, grand et fort, était le seul mouvement de toute la vallée.

Il y eut comme un éclair de flammes… Une bouffée de fumée chimique, le rugissement d'une explosion… Les flammes disparurent, l'herbe et la terre retombèrent, la fumée commença à se disperser… Puis le silence et le calme.

La bête puissante flancha sur le côté. Pendant un instant, ses quatre pattes se dressèrent en l'air, sortant des hautes herbes, puis elles commencèrent à s'agiter. Le cri du taureau résonnait dans toute la vallée. La sentinelle était appuyée contre le métal brûlant de sa mitrailleuse, ses mains couvrant ses yeux pour ne pas voir, mais il ne pouvait pas faire taire l'appel de Rado. Des larmes ruisselaient sur son visage.

Les autres avaient entendu l'explosion, et abandonné leur repas ou leur sieste. Le bunker s'emplit de soldats. On le poussa. Assis à même le sol du bunker, il vit le sergent coincer la crosse de la mitrailleuse contre son épaule. Dans l'esprit de la sentinelle, il n'y avait plus que les coups de patte désespérés de Rado. Une première décharge courte pour ajuster le tir, puis le crépitement en rafale, et le bunker s'emplit de la puanteur de la cordite et du cliquetis des douilles éjectées. On sécurisa la mitrailleuse. La sentinelle parvint à se relever pour regarder par la meurtrière.

Il n'y avait plus rien à voir, plus un mouvement dans l'herbe près de la rivière.

La sentinelle l'ignorait, et aucun d'eux ne pouvait le savoir, mais les balles qui avaient mis fin aux souffrances de l'animal seraient les dernières tirées dans cette vallée pour cette guerre.

« Hello, je ne m'attendais pas à vous voir ici… J'étais sorti faire un tour. Il fait trop chaud dans ma chambre… Vous prenez un verre ? »

Atkins venait de dehors. Il était allé au bar de l'atrium, avait commandé une bière et l'avait aperçu. Il n'était pas loin de onze heures et Mister était dans sa chambre. Le bar de l'hôtel de huit étages était désert, mis à part eux et un serveur plein d'ennui.

L'Aigle était assis, inconsolable comme un alcoolique repenti, un jus d'orange à moitié vide devant lui. Il était seul, triste, et ne cessait de penser à son foyer, s'enroulant dans des visions de sa maison de Chiddingfold et des écuries, de Mo et des filles.

« J'ai ce qu'il faut, merci.

— Je peux me joindre à vous ?

— Je vous en prie… »

L'Aigle savait très peu de choses sur Atkins, hormis que Mister l'estimait beaucoup. Pour Mister, la vie et les affaires devaient être séparées, rangées dans des boîtes différentes. Un jour, lors d'un déjeuner, un policier lui avait expliqué que les terroristes irlandais utilisaient un système de cellules compartimentées, pour empêcher toute fuite si l'une des cellules était arrêtée. Le principe était le même. L'Aigle en savait aussi peu sur Atkins que sur le Mixeur, l'Anguille ou les Cartes. Le seul qu'il connaissait, parce qu'il rédigeait les contrats pour chaque affaire, c'était le Craqueur – qui était mort. Atkins retira son anorak et sa polaire, et les posa sur le fauteuil d'à côté. De très gros baffles diffusaient de la musique, en sourdine.

Atkins le regarda droit dans les yeux. « Ne m'en veuillez pas de vous dire ça, je ne voudrais pas avoir l'air grossier, mais vous n'avez pas l'air dans votre assiette.

— Ça se voit tant que ça ? dit-il, trop fatigué pour le contredire.

— C'est drôle, quand je suis venu ici dans le temps, les deux fois, on vivait comme des eskimos à cette période de l'année. On se couvrait de tous les manteaux qu'on trouvait, à Tuzla et à Sarajevo. Il n'y avait plus de mazout nulle part. Au réveil, votre nez était à moitié gelé, vous pouviez choper des engelures même au fond de votre lit, ou presque. Ça ne me paraît pas normal d'être ici et de cuire. J'ai baissé le thermostat et ouvert ma fenêtre – oui, ça me paraît évident que vous n'êtes pas dans votre assiette.

— Je fais ce qu'on me dit de faire, quand je devrai intervenir, j'interviendrai, dit-il avec lassitude.

— Qu'est-ce qui cloche, dans cette histoire ? » insista Atkins.

L'Aigle était circonspect. « C'est une question qui contient sa réponse – et je pourrais la considérer comme inadmissible.

— Je ne suis pas un frimeur, comme le sont sans doute la plupart de vos clients, dit Atkins. Je garde la tête froide, les yeux secs, et les secrets. Vous êtes un homme instruit, intelligent, un professionnel…

— Ne le sous-estimez jamais parce qu'il n'a pas fait d'études, coupa l'Aigle d'un ton cassant. C'est un homme très habile. »

Après une vie passée dans cet environnement, l'Aigle savait reconnaître toutes les méthodes de recherche d'informations et d'interrogatoire. Il était capable de voir quand on cherchait à lui soutirer son opinion, et quand les questions reflétaient une confusion personnelle.

« Mais vous n'êtes pas dans le coup, dit Atkins. Tout le monde peut voir que vous n'approuvez pas. Est-ce que personne ne lui tient jamais tête ?

— Ce n'est pas si simple. Je lui donne mon avis quand il me le demande. S'il ne me demande rien, je la ferme. »

Atkins répéta sa question. « Mais personne ne lui tient jamais tête ?

— Quelques-uns l'ont fait. Ils sont soit morts, soit mutilés ou emprisonnés à vie. Il vous en faut plus ?

— Nous avons joué gros, aujourd'hui. C'était *drôle*, mais nous avons pris un foutu risque. Je n'aurais pas fait ça, pour ma part, mais – et je n'ai pas honte de l'avouer – je n'ai pas eu les couilles de le lui dire. Il ne connaît pas ce pays, il n'a aucune idée de qui sont ces gens.

— Je le lui ai déjà dit, et il ne m'a plus redemandé mon avis. La seule personne que je connaissais qui était capable de lui tenir tête est dans la tombe – sa mère. » L'Aigle n'aurait jamais dit ça dans son bureau, ni chez lui, n'aurait jamais dit ça dans aucun endroit familier. Dans la vaste caverne du bar de l'atrium, il se sentait sacrément seul, c'est vrai. Il parlait tout doucement et Atkins dut se pencher vers lui pour l'entendre. « Nous sommes dans la même galère, vous et moi. Si jamais nous arrivons à sortir de cet endroit pourri – mais le Craqueur n'a pas réussi – et à rentrer chez nous, et si j'imaginais que vous puissiez répéter cette conversation, je veillerais à ce que vous ne puissiez plus marcher sans béquilles…

— Sa mère ?

— Elle seule lui tenait tête. »

L'incrédulité avait envahi le visage d'Atkins.

« Il idolâtre la mémoire de cette femme. » Il aurait dû en rester là, et parler de la météo. Mais quelque chose le poussait, il ne pouvait plus s'arrêter. « C'était une femme de la classe ouvrière, une femme honnête, bonne, le sel de la terre. Ne voyez là aucune condescendance. Il a tout déballé quand elle est morte. Le seul moment où je l'ai vu sentimental. Il m'a fallu endurer une heure d'auto-apitoiement de merde. L'histoire sordide habituelle. C'était en 1981. Il commençait juste à acheter de l'héroïne aux Turcs de Green Lanes, et il empiétait sur le territoire d'un gros dealer pour la revente. Il y a rarement des miracles en ce bas monde, et ce dealer n'était pas un type chanceux. Il a voulu chercher notre seigneur et maître. Mister lui a tiré dans l'estomac. La seule chose que le type a dite aux inspecteurs, sur son lit d'hôpital, c'était "pas de commentaire", inlassablement. J'étais à Caledonian Road avec Mister. Il est très bon durant les interrogatoires, un avocat ne pourrait pas trouver meilleur client. À neuf questions sur dix, il regarde le plafond sans rien répondre, mais à la dixième, il parle : "Selon les conseils de mon avocat, à ce stade, je ne peux pas répondre à votre question." Au tribunal, ils ne peuvent pas arguer qu'il a refusé de coopérer, c'est moi qui suis blâmé pour ça. Il ne répond pas aux questions parce qu'il faudrait mentir, et les mensonges vous font prendre. Les inspecteurs entendent un mensonge, et ils continuent, comme si de rien n'était, puis ils y reviennent sans crier gare vingt minutes après, en enchaînant les questions différemment. Les mensonges ne marchent jamais. La police savait qu'il était responsable de la fusillade, mais ils n'avaient pas de preuves matérielles, pas d'accusation de la victime, et pas de mensonge. C'était deux ans avant qu'il ne se marie et qu'il ne quitte Cripps House. La police a fouillé l'appartement. *Une perquisition vindicative et destructrice*, selon mes propres termes à l'époque. Ils ont ravagé les lieux. Tout ce qui pouvait être cassé a été cassé. C'était un acte de vandalisme, engendré par leur frustration. Mister est sorti du poste de police, libre et plein d'arrogance. Son père était au boulot, mais pas sa mère.

» Elle s'est dressée contre lui, elle s'en est prise à lui, voilà ce qu'il m'a raconté. Et il l'a frappée avec son poing, au visage. Il lui a fait un œil au beurre noir, et il lui a ouvert l'arcade. Elle n'a pas voulu aller se faire poser des points de suture, elle a dit à son père qu'elle s'était cognée dans une porte. Elle a eu cette cicatrice à l'arcade sourcilière le restant de ses jours ; le sourcil n'a jamais repoussé. Son père n'est pas idiot – il devait bien savoir qu'une porte ne fait pas ce genre de blessure. Il n'en a plus jamais été fait mention. Mister a essayé de racheter sa faute, mais ils ne voulaient pas d'une maison pour passer leur retraite à *Mon paradis*, ou *Beau Rivage*. Ils sont restés dans leur HLM de Cripps House, peut-être pour qu'il n'oublie jamais. Ils auraient pu avoir une vie de millionnaires, mais ils n'en ont pas voulu. Il prétend que sa mère et son père l'ont toujours soutenu, n'ont jamais émis une critique, qu'ils tenaient leur ligne : "Le petit gars a eu de la chance", et "c'est les mauvaises fréquentations qui l'ont entraîné", "au fond, c'est un bon garçon", et toutes ces foutaises qu'on connaît. Mais c'est un mensonge. Son esprit s'est compartimenté, le fait qu'il avait frappé sa mère a été refoulé, puis excisé de sa mémoire. Il a fallu le choc de sa mort pour ramener tout ça à la surface, pendant une heure, sur mon épaule à moi, bordel. Il inonde de fric la clinique où elle est morte et l'église où ont eu lieu les obsèques, mais ça ne va pas plus loin. Personne d'autre ne lui a jamais tenu tête.

— Pourquoi vous êtes là ?

— Voyons voir… L'appât du gain ? Ça vous va, comme motif ?

— On est deux, j'imagine », dit doucement Atkins. Il ramassa son anorak et sa polaire et se dirigea vers les ascenseurs.

L'Aigle avait une maison de campagne et des chevaux, payés jusqu'au dernier centime. Atkins avait un trois pièces dans Fulham qui pouvait valoir un demi-million de livres. L'Aigle avait devant chez lui un coupé BMW série 7 et un Range Rover dernier modèle, avec toutes les options, pour que Mo puisse tirer la remorque pour les chevaux. Atkins avait une Lotus sport décapotable. Sans Mister, l'Aigle aurait été un simple avocat luttant pour survivre, dépendant des revenus des commissions d'office. Atkins aurait été un de ces ex-soldats ratés, jouant des coudes sur le marché du consulting, à raconter des conneries pour gagner sa croûte. Bien sûr que l'appât du gain les poussait, tous les deux… Si le train de la richesse heurtait un butoir, ce serait ici, parce que Mister était hors de son territoire. Atkins s'en rendait-il compte, ou était-il stupide ? Trop fatigué pour chercher une réponse, l'Aigle regagna sa chambre. Il était coupable d'avoir parlé, mais Atkins aussi était coupable, d'avoir écouté. Il aurait donné cher pour boire un coup, mais il n'osa pas.

« Je veux juste récupérer sa déposition et partir d'ici, pas réentendre toute l'histoire », dit Joey.

L'histoire, traduite du début à la fin par Frank, sans coupes, était celle de la vie de tous les jours à Sarajevo pendant le siège. « C'est mieux que vous l'entendiez. Vous ne comprendrez pas la vérité si vous ne connaissez pas toute l'histoire, murmura Frank, du coin de la bouche. Je crois que vous devriez me laisser faire à ma façon. »

Ils n'étaient pas loin de ce que Frank appelait le cimetière juif. Il disait que c'était là qu'avaient eu lieu les plus violents combats, et que l'infanterie musulmane avait subi ses plus grosses pertes. Frank lui avait expliqué que le cimetière était encore truffé de mines, de matériel, de grenades intactes et de corps, et qu'il n'avait pas été nettoyé, mais qu'il n'y avait pas urgence parce que tous les juifs avaient péri dans les camps de la mort soixante ans plus tôt. À voir la disposition des fenêtres, l'immeuble devait compter jadis huit appartements. Seules deux fenêtres étaient éclairées. Le reste du bâtiment, se dit Joey, était trop endommagé pour être habitable. La pièce était nue. Le meuble le plus gros, avant le lit, la cuisinière, le lavabo et la table de jardin en plastique, était une bibliothèque métallique. Elle aurait pu contenir au moins cinq cents gros livres, mais elle était vide. Un petit homme maigre, avec des joues creusées et des dents gâtées, était assis sur le lit. Ses cheveux étaient fins et clairsemés, et il serrait ses mains comme pour les empêcher de trembler. Il avait de beaux doigts minces.

« Nous étions des morts-vivants. Nous n'avions pas d'électricité ; pas d'eau, seulement la rivière, plus d'égouts, pas de nourriture, pas de transports, pas de travail. La seule issue que nous avions, c'était la mort. Nous avons survécu à côté de la mort, mois après mois. Il y a des gens dans ce quartier qui ne sont pas sortis de chez eux pendant trois ans, qui n'ont pas une fois franchi le seuil de leur porte. Il y en avait qui mettaient une cravate tous les matins sur leur chemise sale, et qui partaient en ville, sans jamais courir, comme si tout était normal. Il y en avait d'autres qui couraient dans tous les sens… Ceux qui restaient chez eux, ils risquaient tout autant de se faire tuer par les obus des chars. Les chiens s'en sortaient bien. Si on vous tuait, et qu'on ne venait pas vous ramasser, parce que c'était trop dangereux, les chiens se jetaient sur vous et se régalaient. Ils mangeaient mieux que nous. L'hiver, quand il pleuvait ou qu'il neigeait, nous avions de l'eau. On la faisait bouillir, on jetait de l'herbe dedans, ou des orties, des feuilles, on appelait ça une soupe Sarajevo. Pour chauffer l'eau, on brûlait des livres. Pour avoir du feu, un jour, j'ai brûlé mon violon. »

L'homme desserra ses mains et attrapa un verre d'eau, qu'il renversa à demi en le portant de la table à ses lèvres.

« J'ai eu de la chance. Un restaurant a ouvert dans une cave, dans un immeuble protégé, et j'ai été embauché pour jouer pendant le dîner. Il restait des restaurants ouverts, pour les étrangers, la nourriture arrivait par le tunnel sous la piste de l'aéroport. J'ai eu de la chance d'être pris comme musicien là-bas, parce que, à la cuisine, j'avais le droit de manger les restes dans les assiettes, mais ça c'était pendant la dernière année de la guerre. »

Joey écoutait, impassible. Il ne se rappelait rien de cette guerre. Quand on en parlait à la télé, chez lui, son père interrompait ce qu'il était en train de dire, et marmonnait son mépris pour des gens d'une telle sauvagerie. Si sa mère avait la télécommande, elle changeait de chaîne. Cette guerre ne s'était pas imprimée en lui. Elle était lointaine. Le problème des autres.

« Ça ne les intéressait pas que je joue du violon, même si j'avais pu en trouver un autre. Je jouais de la guitare électrique. Je ne me plaignais pas. J'aurais préféré jouer Mozart, le concerto pour violon n° 3, *allegro*, mais je préférais surtout manger, donc je faisais la basse pour la chanteuse qui braillait de l'Elton John ou du Eric Clapton. Question de survie… En temps de guerre, il faut faire des sacrifices. »

Joey demanda à Frank : « Où jouait-il ? »

La question fut posée et le violoniste répondit. « Il dit qu'il jouait au Disco Nite, dit Frank, et qu'il y joue toujours.

— Demandez-lui ce qu'il a vu. »

Frank récita. « On m'a montré une photo du visage de l'homme mort. Il était saoul. Il était seul et il titubait. Je l'ai vu traverser l'Obala Kulina bana, et s'approcher du parapet au-dessus de la rivière. Il s'appuyait dessus et il vacillait. J'ai eu l'impression qu'il vomissait par-dessus. La dernière fois que je l'ai vu, il se dirigeait vers la passerelle. C'est tout ce que je peux vous dire. »

Malgré les barrières de la langue, Joey savait reconnaître un discours appris par cœur ; il n'essayait même pas de faire semblant.

Frank dit, d'un air piteux : « C'est la même chose, mot pour mot, que sa déposition.

— Qui possède le Disco Nite ?

— Le même homme que le Platinum City. »

Joey eut un haussement d'épaules. Bien sûr, il le savait déjà, mais il avait eu besoin de l'entendre. Il n'y aurait pas de billet pour le violoniste qui ne faisait même pas l'effort de dissimuler son mensonge. Ils sortirent et fermèrent la porte derrière eux.

« Et si je le menaçais de lui briser les mains, dit Joey, de lui écraser les doigts pour qu'il ne puisse plus jamais jouer du violon, ni de la guitare électrique… »

Frank le regarda et secoua la tête. « Oubliez la question du droit, OK ? Ils ont traversé une guerre. Ils sont endurcis contre toutes les souffrances que vous ou moi pourrions leur infliger. Et vous ne seriez pas capable de le faire, et moi non plus. »

Joey était un gamin de la campagne. Son père était métayer chez un gros propriétaire terrien. Il avait vu des lapins mourir dans des collets, et s'emmêler dans des filets en tentant d'échapper aux furets. Il avait vu des chasseurs enfumer des renardes et leurs petits pour les sortir de leurs tanières et les livrer aux chiens. Il avait vu écraser des blaireaux à coups de pavés. Il avait vu, lors des battues pour la chasse du propriétaire, les derniers battements d'ailes des faisans avant que les chiens ne les attrapent pour les secouer jusqu'à la mort. Il avait détesté voir tout ça. « Je sais.

— Hier soir, vous avez dit : quand je découvrirai comment il a été assassiné et pourquoi, les portes commenceront à s'ouvrir pour moi. Vous avez dit ça. » La voix de Frank s'érailla, comme s'il réalisait qu'il avançait en terre inconnue. « Si c'est aussi important que ça, vraiment – et vos mains et les miennes resteraient, disons, propres –, peut-être que les leurs, ils pourraient le faire. »

Chapitre huit

Frank fit entrer Joey. Le bâtiment se trouvait au cœur d'un petit empire de préfabriqués blancs. On accédait à la salle en suivant un long couloir silencieux, couvert d'un tapis vert synthétique qui absorbait le bruit des pas. Des policiers, femmes et hommes, dans un défilé d'uniformes bien repassés, le drapeau de leur pays cousu sur le haut de leurs manches, apportaient des papiers de bureau en bureau, les posaient près de collègues qui peinaient devant des écrans d'ordinateurs. Le couloir sentait le café fraîchement moulu et les croissants chauds. Personne n'élevait la voix. Ici, toutes les discussions étaient aussi feutrées que le murmure des ordinateurs.

Une voix tranquille répondit au petit coup que Frank frappa à la porte. Il poussa Joey à l'intérieur.

C'était un minuscule espace de travail engoncé entre des murs transformés en tableaux, où étaient punaisés les ordres de congé, des cartes géographiques, des calendriers de service et des photos d'enfants, ainsi que les insignes de forces de police venues du monde entier, de la République tchèque à l'Australie, en passant par le Mexique. Le tout évoquait une fraternité dans laquelle il n'avait aucune part.

« Vous êtes monsieur Cann, des Douanes du Royaume-Uni ? Frank m'a parlé de vous. Que puis-je faire pour vous ? »

Joey n'avait aucun insigne à montrer. Ce service coordonnait la formation de la police bosniaque pour répondre à la menace du crime organisé. C'était le matin de leur quatrième jour à Sarajevo, le troisième pour Mister, l'Aigle et Atkins, et une certaine routine s'était établie. La routine était importante à la fois pour Joey et pour Maggie. Ils avaient tous deux l'habitude d'un travail très structuré, et une division claire des tâches leur convenait parfaitement. Maggie Bolton s'était levée de très bonne heure et était partie avec le van bleu jusqu'au parking qui jouxtait l'Holiday Inn, pour faire les réglages de l'équipement audio installé dans la chambre 318. Joey devait la rejoindre plus tard, après sa visite au quartier général du GIP. Quand leur cible quitterait l'hôtel, ils le suivraient tous les deux, autant que faire se peut, et se partageraient la surveillance de jour et dans la soirée. Quand il regagnerait l'hôtel, Maggie reprendrait ses écoutes et Joey serait libre de vagabonder.

« Je n'ai pas beaucoup de temps…, commença Joey.

— Voilà qui n'est pas très courant à Sarajevo. Mon Dieu, un homme pressé ! Ça vaut presque un ordre du jour. Je vous écoute. »

Frank n'intervint pas, laissant Joey expliquer ce qu'il souhaitait et insister sur la nécessité de travailler dans le plus grand secret, pour leur sécurité.

L'homme, qui mâchonnait sans relâche un chewing-gum, portait l'insigne de la Police montée canadienne sur le haut de sa manche. Il écouta sans faire de commentaires. Il fixait ses petits yeux perçants sur les lunettes de Joey. Le chic de cet uniforme canadien et les bottes impeccablement cirées mettaient Joey un peu mal à l'aise, avec son jeans délavé, son sweat-shirt, son pull et son coupe-vent. Il attendit que Joey eut terminé.

« Laissez-moi vous raconter mes journées, monsieur Cann. Je viens d'une ville de l'État du Manitoba, son nom ne vous dirait rien, avec une population d'environ quinze mille âmes, aborigènes pour la plupart. À l'heure qu'il est, là-bas, on est en fin de soirée et il fait environ moins trente-cinq degrés. C'est chez moi. On m'a envoyé ici il y a six mois, je repartirai dans trois mois, et je n'attends que ça... Ma journée commence chaque matin à cinq heures, quand je quitte ma petite chambre à Ilidza – que je paye cinq cents marks par mois – pour aller m'entraîner un peu dans un gymnase aménagé par l'armée de la SFOR. Je me douche et, à sept heures, je téléphone à ma femme. Ensuite, je vais prendre mon petit déjeuner dans le camp américain de Butmir, où il y a de la nourriture que je connais et bon marché. Je suis à mon bureau à huit heures, et, jusqu'à cinq heures de l'après-midi, je transfère des paperasses de ma bannette *arrivée* à ma bannette *départ*, et, quand celle-ci est pleine, je les remets dans la bannette *arrivée*. La routine est rompue par une ou deux réunions, dont la majeure partie est prise par le temps nécessaire à la traduction, puis par un sandwich à l'heure du déjeuner. À dix-sept heures, je regagne ma chambre, et je me prépare à dîner dans la cuisine que je partage avec deux maîtres-chiens suédois, et je bavarde parfois un peu avec eux. Après manger, je regarde une vidéo, ou je lis un livre, et je suis au lit à vingt et une heures. De cette manière, les nuits passent plus vite. Mon seul regret, c'est de ne rien pouvoir faire pour que les *jours* passent plus vite. Je perds mon temps, ici. Je le sais, et mon gouvernement le sait. Aucun officier du RCMP qui rentre chez lui n'est remplacé. Ce n'est pas un problème de coût, c'est juste l'absence de résultats. Pour parler crûment, monsieur Cann, ici, nous donnons des coups de pied dans de la merde molle.

» Cet endroit est un carrefour, une plaque tournante. Toutes les formes de trafic criminel passent par ici. Des femmes arrivent d'Ukraine, de Roumanie et de Russie, soit pour travailler dans des bordels locaux, soit en transit vers l'Europe de l'Ouest. Des demandeurs d'asile de Chine, d'Afghanistan, d'Iran, d'où vous voudrez, sont parqués ici avant d'être déplacés à nouveau. Le tabac est importé d'Italie et revendu en vrac. Une voiture de luxe est volée dans la rue un matin à Hambourg ou Stuttgart, le lendemain matin elle est ici, dans un atelier où on efface les plaques, et, le surlendemain, elle est en route pour Moscou via la Slovaquie. Après la guerre, la route des Balkans a rouvert pour le trafic de drogue ; on ne parle pas de kilos, mais de tonnes. Je veux rentrer chez moi, retourner me geler les burnes dans le Manitoba, parce que je ne peux absolument rien foutre ici.

» Ce pays est pris dans un tissu de corruption. Je ne peux pas la combattre. Des gens comme moi sont sur le coup, et aussi des gens beaucoup plus importants que moi, mais tout ce que nous faisons, c'est pisser contre le vent. Tout le monde touche des pots-de-vin. Pour l'instant, nous maintenons la corruption sous cloche et à peu près invisible, mais les Canadiens s'en vont, et tous les autres partiront, et alors tout un pays, au cœur même de l'Europe, tombera entre les mains de gangsters qui ne plaisantent pas du tout – les Turcs, les Russes, les Albanais, les Italiens et les gens du cru. Vous avez entendu parler de Serif ? Oui, bien sûr. Il n'y a pas ici un seul homme politique, un seul officiel doté d'un quelconque pouvoir qui se dresse contre la culture de la corruption.

» Nous étions censés faire un peu de bien en venant là, vous vous souvenez? Nous devions apprendre à cette société qui avait connu le viol de la guerre comment surmonter cette terrible expérience. Nous sommes arrivés avec des sentiments nobles et généreux. La dixième fois que vous prenez un coup de pied dans le tibia, vous commencez à comprendre le message. Les petites gens sont trop terrorisés pour venir nous trouver. Les gros profiteurs nous voient comme des obstacles qui les empêchent de fourrer leur groin encore plus loin dans l'auge pleine. Aujourd'hui, je dois m'occuper de trois millions de dollars américains de tracteurs, remorques, moissonneuses, plus une centaine de tonnes d'engrais, plus quatre-vingts tonnes de semences – dons des Nations unies, ce qui veut dire de vos contribuables et des miens. On les a retrouvés dans un hangar appartenant à un politicien. Il aurait revendu une partie du butin, et distribué le reste comme *largesse*. Cette trouvaille a été faite par un pur hasard par une patrouille de Finlandais obtus, qui ne sont pas ici depuis assez longtemps pour lâcher prise. Nous, on ne veut même plus gratter la surface.

» Il y a un problème plus grave, monsieur Cann, et cela m'inquiète beaucoup plus. Qui suis-je pour m'ériger en juge ? Là d'où je viens dans le Manitoba, nous commençons à voir arriver la culture du crime. Les gamins aborigènes se défoncent, LSD et drogues douces. Les plus pauvres boivent de la lotion après-rasage, et les adultes se mettent raides avec des dopes de classe A. Une ville comme Winnipeg, le point de départ des voyages organisés de vos retraités à travers les Rockies, subit ce que nous considérons comme un "sérieux problème d'héroïne". En Colombie-Britannique, ils font désormais pousser une marijuana meilleure que celle des Mexicains. À la frontière avec les USA, nous arrêtons à peu près un chargement de drogues dures sur vingt – cinq pour cent. Ce n'est pas que nous sommes en train de perdre la guerre, c'est qu'elle est déjà perdue. Chez moi, nous sommes déjà dans le caniveau. Alors, qui suis-je pour dire à ces gens que ce n'est pas bien pour eux de vivre dans un égout ? Mais peut-être que réfléchir n'est pas un atout pour un officier des forces de l'ordre.

» Vous disiez que vous êtiez pressé, monsieur Cann. C'est bien, et j'espère que vous pourrez garder votre enthousiasme intact. Je veux bien autoriser Frank Williams à jouer son rôle d'agent de liaison avec vous. Je veux bien également autoriser quatre agents, désignés par Frank, à se joindre à vous, dans le cadre d'un exercice d'entraînement. Comprenez-moi bien, monsieur Cann : *un exercice d'entraînement* – et je ne veux rien savoir de plus. Bonne chance.

— Merci, monsieur. »

Joey nota mentalement de lui envoyer une cravate ou un truc du genre quand il rentrerait, quand il en aurait fini avec tout ça. Il sortit presque en courant de la chaleur étouffante de cette ville de cabanes préfabriquées, espérant qu'il n'était pas trop en retard pour rejoindre Maggie.

Mister dit : « Il me faut un hangar, à plein temps, en permanence.

— Ce qu'il vous faut, Packer, c'est une protection. »

Ils étaient assis autour d'une table ronde en verre. Mister, l'Aigle et lui d'un côté, face à Ismet Mujic et deux hommes. Atkins se dit que le plus vieux, costaud, gros poings, tête carrée et cheveux ras, devait être un officier des renseignements, ou un haut gradé de la police, mais il n'avait pas été présenté, et il n'avait pas encore parlé. L'autre homme, plus jeune, qui n'avait pas non plus de nom ni de voix, avec ses cheveux d'un brun terne couverts de gel, devait être une relation privilégiée. Atkins présumait qu'ils enregistraient la conversation, tout comme l'Aigle avec son enregistreur dissimulé dans le fond de son attaché-case. Sur une table au fond de la pièce, au vu de tous, il y avait une Kalachnikov avec deux chargeurs fixés ensemble par du ruban adhésif, et, à côté sur la table, exhibé comme le nouveau jouet favori, le lanceur, qui soutenait toujours son missile. Les rottweilers s'étaient étalés à côté de la porte, de temps en temps ils se filaient des coups de patte, puis ils bâillaient pour montrer leurs crocs. De loin en loin, on entendait tousser un garde, derrière la porte. La mise en scène – armes, chiens, gardes – avait pour but de les intimider. Mister avait laissé son Walther PPK dans le Toyota, et avait dit à Atkins que son Luger devait y rester aussi. C'était la première fois qu'Atkins assistait Mister dans une négociation majeure, et il avait vite compris le style. Mister, l'Aigle et lui-même avaient répliqué à cette démonstration en accrochant leurs vestes sur le dossier de leurs chaises, montrant qu'ils n'étaient pas armés.

« Ce n'est pas *Packer*, c'est *Mister*. Je n'ai pas besoin de protection, ce que je veux, c'est de la coopération.

— Comment pouvez-vous être si sûr, Mister Packer, après avoir passé si peu de temps ici, que vous n'aurez pas besoin de protection ?

— De toute ma vie, je n'ai jamais eu besoin de protection, mais j'ai toujours recherché des gens prêts à coopérer. »

Avant de sortir du Toyota, Mister avait dit que tout était une question de langage corporel. Le corps ne doit en aucun cas montrer la peur. Sur la route qui entrait et sortait de Tuzla, quand Atkins portait le béret bleu et servait d'escorte aux convois de nourriture, il avait appris que le bruit et la détermination, et l'absence de peur, étaient la monnaie qui permettait de passer les barrages tenus par des Serbes ivres, ou des malfrats croates ou musulmans. À côté des barrages, il y avait des *papaks*, de jeunes lourdauds qui jouaient les terreurs. Il avait appris que c'était un crime de montrer la moindre peur devant ces gamins. Il jugea que le langage corporel de Mister était une master class à lui seul. Tout reposait sur le bluff, et sa présence.

« M. Dubbs a utilisé ce mot plusieurs fois. Il a parlé de collaboration.

— Nous parlerons de lui quand nous serons tombés d'accord sur cette collaboration.

— Vous amenez un avocat avec vous – quelle est la valeur d'un avocat ?

— Mon collègue est ici pour rédiger un contrat quant à notre collaboration. Je collabore avec vous et vous collaborez avec moi. C'est écrit sur un papier et nous le signons, nous le signons tous les deux. Ce document est notre lien. Vous en avez une copie, et j'en ai une copie. »

Assis à gauche de Mister, l'Aigle avait hoché la tête, résolument, quand on avait mentionné son rôle dans l'affaire. Atkins se remémora l'épanchement solitaire de la veille, dans le bar de l'atrium. Il se dit que la dépendance de l'Aigle envers Mister dépassait de loin sa peur des armes, des chiens et des gardes. Il se dit aussi que les réponses tranquilles de Mister décontenançaient Ismet Mujic. Il y avait des moments où celui-ci hésitait et jetait un regard de chaque côté avant de lancer la question suivante.

« Et si, Mister Packer, vous rompez ce… lien ?

— Mister, tout court – alors vous n'auriez rien perdu.

— Et si c'est moi qui romps ce lien, Mister ?

— Je ne vous menace pas, Serif. Le lanceur pointé sur votre charmant appartement n'était qu'une petite plaisanterie. Si vous deviez rompre le contrat, revenir sur votre parole, vous perdriez plus d'argent que vous ne pourriez en rêver. Je paye très bien ceux qui coopèrent. »

La voix de Mister descendait dans les basses. Pour l'entendre, ils devaient tous se pencher sur la table, ce qui lui donnait plus de poids. L'Aigle avait dit que Mister était un homme très habile. Il décidait du déroulement des choses, et Ismet Mujic suivait.

« M. Dubbs n'a pas parlé de ce que vous payeriez.

— C'est à moi de le décider, quand nous aurons discuté de notre collaboration.

— Le problème, Mister…

— Il n'y a pas de problème. Quand deux hommes d'affaires veulent conclure un deal, il n'y a pas besoin de problèmes.

— Si vous n'avez pas de protection, alors il est *possible* que vous ayez des difficultés avec la police. »

Chaque pion avancé par Ismet Mujic était immédiatement contré par Mister, parfois avec un petit geste de la main, et réduit à rien.

« Une partie de ce que j'attends de votre coopération, c'est de ne pas avoir ce genre de difficultés.

— Sans protection ici, en tant qu'étranger, vous pourriez avoir de grosses difficultés avec les autorités.

— Vous veillerez à tout ça, Serif. Que je ne rencontre aucun problème avec la police, ni avec les politiciens. C'est comme cela que vous coopérerez.

— Je serais votre partenaire ? »

Cela fut dit furtivement. Atkins pensa qu'Ismet Mujic s'attendait à un refus, qui lui donnerait un prétexte pour se rebiffer et reprendre l'avantage. Mister affichait un sourire souverain, comme s'il faisait affaire avec un vieil ami.

« Je crois que c'est dans cette direction que nous allons, dit-il.

— J'ai d'autres partenaires à prendre en considération.

— Un homme d'affaires comme vous, Serif, a forcément de nombreux partenaires.

— Il y a un gentleman russe. Et un gentleman italien de Sicile – on m'a dit que c'était une île magnifique. J'ai un accord avec les Turcs – eux sont très durs en affaires. Satisfaire tous mes partenaires coûterait très cher.

— Faisons affaire ensemble d'abord, Serif, et avec les autres après. »

Atkins vit les yeux de l'Aigle voleter vers le plafond. C'était le coup de grâce. Un motif supplémentaire de tension. Quand il avait appris, dans l'avion, ce que Mister projetait de faire, cela lui avait semblé simple, raisonnable. L'ampleur que prenait à présent l'opération lui apparaissait soudain, comme elle venait de frapper l'Aigle. Pourtant la réponse de Mister avait été aimable, comme si rien ne pouvait le piéger, ni même le surprendre.

« Coopération ou protection, peu importe comment vous appelez ça, combien est-ce que vous payez ?

— Je paye pour ce que j'obtiens, répondit Mister sur un ton calme et mesuré.

— Pas de problème avec la police, pas d'enquête du gouvernement, le transport et le passage de la frontière sans être retardés par les douanes, la location d'un hangar, des mécaniciens fiables, et des gardes pour faire le trajet avec les chauffeurs parce que ce pays est plein de bandits… Combien payez-vous pour tout ça ?

— Je peux payer un forfait cash pour le tout, ou payer pour chaque mouvement de camion, ou alors je pourrais offrir un pourcentage sur les bénéfices.

— Un pourcentage sur les bénéfices ? » Le ton devint sarcastique.

Mais Mister n'hésitait jamais. « Vous auriez ma parole pour ça, Serif. En anglais, nous disons : je n'ai qu'une parole. Vous n'êtes jamais allé en Angleterre, à Londres. Si vous étiez allé là-bas, et si vous aviez rencontré les gens avec qui je fais affaire, vous sauriez que ma parole suffit à tout le monde. En affaires, je suis un excellent ami, mais, si on m'arnaque, je fais un très mauvais ennemi.

— C'est quoi, le forfait cash ?

— Un million de dollars américains la première année, payable en quatre fois, le premier paiement à la signature du document, je suggère une banque chypriote, ce serait le plus pratique. Je ne négocie pas à ce stade. À la fin de la première année, nous renégocions. Mais mon engagement, c'est que les paiements de la première année seront moindres que ceux de l'année suivante. Voilà mon offre. »

Ils quittèrent la pièce. Mister, l'Aigle et Atkins restèrent seuls, sous la garde des rottweilers. Atkins se leva de sa chaise et s'approcha, mine de rien, de la table basse où était posée la Kalachnikov. C'était pour faire ce genre de choses qu'on le payait. L'Aigle essuya la sueur de son front. Il ne dit rien, parce que Mister avait fermé les yeux, s'était enfoncé sur sa chaise et faisait un petit somme, comme s'il n'y avait aucun problème ni aucun souci. Seulement des gens qui coopéraient.

Depuis le café, ils pouvaient surveiller la porte de la maison donnant sur la rue. Ça faisait déjà une heure qu'ils étaient là, et Joey commençait à ne plus tenir en place. Ils en étaient à leur seconde tasse de café. Toutes les dix minutes, l'un des hommes en noir avec les tatouages, le crâne rasé et le ventre proéminent arpentait la rue, d'un bout à l'autre, et à chaque fois il regardait à l'intérieur des magasins, des bars, et par la vitrine du café. Ils devaient rester près des vitres pour avoir une bonne vue sur la porte de la maison. Ils étaient les seuls étrangers dans le café.

Cela faisait plus de trois ans que Joey n'avait plus effectué de mission de surveillance. Par beau temps, à Londres, toute l'équipe de Sierra Quebec Golf aurait été mobilisée pour ce genre d'occasion – douze agents et trois voitures ; par temps de pluie, ils auraient été huit, mais toujours avec les trois voitures. Aujourd'hui, ils n'étaient que tous les deux, et leur van était garé en haut de la rue. Les deux dernières fois que l'homme en noir les avait examinés à travers la vitrine, Maggie avait pris sa main en le fixant avec des yeux de labrador, comme s'ils étaient deux amoureux. Chez eux, on appelait ça jouer à Jack et Jill. Un agent mâle et un agent femelle attiraient moins l'attention que deux hommes, et ça pouvait aller de se tenir la main à s'embrasser, et parfois de s'embrasser à se tripoter, et parfois ça finissait au lit au moment du changement d'équipe. Elle avait repris sa main. L'ombre de l'homme passa derrière les vitres. Il n'arrivait pas souvent à Joey de regarder Jen dans les yeux en scrutant son visage. Les yeux et le visage qui lui faisaient face étaient marqués, plus vieux. Il y avait quelque chose de froid en eux. Il se dit que, pour elle, tout cela n'avait aucune importance – ils ne bavardaient pas, ne se faisaient pas de confidences. Dans les vans et les voitures de Sierra Quebec Golf, ou sur les trottoirs, ou quand ils jouaient à Jack et Jill, et dans les pubs et au bureau ensuite, tous apprenaient une foule de choses en s'infiltrant dans la vie des autres. L'ombre s'éloigna, et la main de Maggie glissa hors de la sienne. Le contact de ses doigts sur sa main ne signifiait rien pour elle, tous deux surveillaient la porte, de l'autre côté de la rue. Il fixa l'extérieur d'un air dur, et perçut son amusement.

Soudain, Joey saisit à nouveau sa main et la serra. Il pensait qu'elle allait crier, mais elle ne dit rien. « Toute sa vie, Mister a toujours gagné, dit-il. Moi, Joey Cann, je n'ai jamais gagné, jamais le moindre truc. Mister est un winner et Joey Cann est un loser. Chez nous, il n'y aurait même pas de combat. Mais nous ne sommes pas chez nous… Ne me juge pas trop vite. S'il n'est plus sur son territoire, j'ai dans l'idée que je pourrais être le winner. »

« J'ai besoin de réfléchir à ce que vous offrez.
— Raisonnable.
— Me pencher sur les détails, puis discuter de la suite.
— Accepté. »

Ils n'auraient jamais dû venir, l'Aigle en était à présent convaincu. Il aurait dû être en train de s'affairer pour ce dîner prévu de longue date, à choisir les vins dans sa cave, à jouer les marmitons en tablier derrière Mo en cuisine, et à servir des cocktails au président de l'ordre des avocats du comté, à un ancien fonctionnaire du ministère de l'Intérieur à la retraite, un chirurgien expert auprès des tribunaux, un riche propriétaire terrien, et à leurs épouses. Mais il restait une place vide en bout de table. Lui n'était pas là, parce que, sans Mister, il n'y aurait pas eu de jardinier, pas de maison de campagne, pas d'invitation de gros bâtards prétentieux. Mister le sifflait, et l'Aigle rappliquait immédiatement…

Pendant dix minutes, des voix étaient restées à chuchoter dans le couloir, puis Serif avait fait rentrer ses gens, et Mister s'était réveillé instantanément.

« Je suggère que nous nous retrouvions pour dîner, pour parler des détails.
— Serif, je crains de ne pas pouvoir.
— Je vous invite à dîner dans mon restaurant, où on sert la meilleure cuisine et les meilleurs vins de Sarajevo.

— Je ne mélange jamais les repas et les affaires. »

Les chiens gémissaient à la porte. Ils avaient dormi jusqu'à ce que la réunion soit interrompue, mais s'étaient levés à l'instant où Serif avait quitté la pièce. L'Aigle écoutait mais ne quittait pas des yeux les chiens et leurs mâchoires. Les rottweilers montraient leurs crocs en gémissant, et l'air et les tapis puaient le chien. Serif se tourna vers la porte, tapa dans ses mains et appela. Le jeune homme qui entra ne portait pas l'uniforme des gardes. L'Aigle avait cru entendre que son nom était Enver. Il était pâle, la peau lisse et sans tatouages. Il avait une chemise de soie bordeaux, de longs cheveux blonds retombant sur son col, et il portait un pantalon blanc moulant. Peu de choses échappaient à l'Aigle. Le jeune homme, Enver, s'avança d'un pas nonchalant, qui contrastait avec les mouvements heurtés des gardes. Il tenait deux courtes laisses de cuir tressé. Il se pencha tranquillement vers les chiens, attacha les laisses aux colliers cloutés, et encaissa le choc quand ils bondirent vers la porte. Chez lui, dans un dîner entre amis, l'Aigle aurait utilisé le mot tapette, mais jamais devant Mister. Les yeux lourds d'Ismet Mujic étaient posés sur lui, et son soulagement quand les deux brutes étaient sorties de la pièce n'avait pu lui échapper.

« Vous n'aimez pas les chiens ? demanda Serif. Ils vous rendent nerveux ? Je vous assure qu'ils sont très gentils. Ils sont forts, mais ils sont doux. Je les ai appelés Michael et Rupert. C'étaient les prénoms de deux généraux de l'armée britannique qui dirigeaient les forces de l'ONU, ici. Comme vos généraux, mes chiens font mine d'attaquer, mais ils ne mordent pas. Ils nous ont laissés combattre seuls, pendant qu'ils se cachaient derrière leurs sacs de sable. C'est Celo, Caco et moi qui avons tenu la ville. Sans nous, elle serait tombée. »

Les yeux méprisants se tournèrent pour faire face à Mister. « Vous ne voulez pas dîner avec moi ?

— C'est toujours mieux de parler affaires la tête claire et le ventre vide.

— Demain à la même heure, est-ce que ça vous irait ?

— Même heure demain, et quand nous en aurons terminé avec les affaires, je serai ravi de dîner avec vous... » Mister marqua une pause. Puis il dit, comme si la pensée lui était venue après coup : « Qu'est-il arrivé à mon ami ? »

Un air de préoccupation étudié apparut sur le visage de Serif. « C'est très triste... Je suis encore triste aujourd'hui... Je me sens un peu responsable.

— Pourquoi vous sentez-vous responsable ? »

L'Aigle était avec Mister depuis 1972. En vingt-neuf ans, il avait appris à déchiffrer chaque inflexion de sa voix. La question avait été posée doucement, sans sous-entendu. Mais il connaissait Mister, il ne posait jamais une question pour le simple plaisir de s'écouter parler. Ses questions avaient pour but d'obtenir une information, ou bien de mettre en place un piège.

« C'était mon hôte. Je le recevais. Nous avons dîné dans mon restaurant. Il était très gai. Il avait beaucoup bu. Il a voulu partir. Je lui ai offert un chauffeur pour le ramener à son hôtel, il a refusé. Il a dit qu'il préférait marcher. J'imagine qu'il avait besoin de prendre l'air. »

Le Craqueur ne marchait jamais s'il pouvait se déplacer en voiture. Il aurait pris un taxi pour aller au bout de sa rue. Le Craqueur avait une culture de vendeur de rues, et l'un de ses grands plaisirs était d'être conduit par un chauffeur. À l'arrière d'une limousine, il redevenait le gosse d'Attlee House qui avait réussi… L'Aigle imaginait que, pour ce dîner avec Ismet Mujic et les autres merdeux de bas étage, le Craqueur avait dû passer une bonne demi-heure à s'habiller. Des vêtements choisis pour faire la meilleure impression. En mission pour Mister, qui en avait fait son disciple, il était inconcevable que le Craqueur se soit laissé aller à picoler.

« J'ai des amis dans la police. Il y a eu une enquête approfondie, et une autopsie. Vous avez des amis dans la police ? Pour un homme d'affaires, c'est indispensable, vous savez ça. J'ai des copies du rapport d'autopsie, et des dépositions des témoins qui l'ont vu se diriger vers la rivière. Si vous voulez les voir…

— J'aimerais beaucoup, dit Mister. C'est très aimable à vous. »

On déplaça un fauteuil. Un petit meuble en bois de rose fut ouvert, révélant un coffre-fort. Les hanches d'Ismet Mujic masquaient les codes qu'il composa pour l'ouvrir, et de même quand il le verrouilla. On tendit les papiers à Mister, qui les passa à l'Aigle, et celui-ci mit les quatre feuilles dans son attaché-case.

« Mais ils ne sont pas traduits.

— Ne vous inquiétez pas, Serif. Je les transmettrai à sa famille et j'y ajouterai vos condoléances. Je suis certain qu'ils trouveront quelqu'un pour les traduire. Demain, donc, à la même heure – je m'en réjouis par avance. »

L'heure était venue des sourires, des mains serrées et des tapes dans le dos. Ils se retrouvèrent dans l'escalier, puis dans la rue.

Ils avancèrent, tous trois de front sur l'étroit trottoir, vers le Toyota aux vitres fumées. Mister leur dit qu'il voulait marcher, marcher et réfléchir, et il demanda à l'Aigle de commencer à travailler sur le texte d'un accord de coopération. Il dit à Atkins qu'il voulait une traduction correcte du rapport officiel pour le soir même. Devant eux, un carré d'herbe où les rottweilers s'ébattaient et reniflaient en tout sens, et, sur le côté, des hommes vêtus de manteaux trop fins regardaient une partie d'échecs qui se jouait sur des pavés noirs et blancs avec des pièces hautes comme le genou, comme si c'était le meilleur spectacle du moment. Le jeune homme, Enver, suivait la partie, laissant les chiens errer librement.

Mister dit : « S'il s'est bien passé ce que je crois, la rivière attend cet enculé de mignon. » Mains dans les poches, il s'éloigna. À cet instant l'Aigle acquit la certitude, à deux cents pour cent, qu'ils n'auraient jamais dû venir.

« Qu'est-ce que je fais ?

— C'est à toi de jouer, Joey, fais ce qui te paraît approprié. »

Le Toyota avait dépassé Mister et disparu en haut de Mula Mustafe Baseskije. Mister marchait, et semblait parfaitement serein.

« On se sépare ?

— Ça me paraît assez évident.

— Mais on ne peut pas filer une personne tout seul ?

— Comme on dit à la Boîte 850[1], si ça monte, tu n'as qu'à appuyer un peu plus sur les pédales. C'est le conseil que je te donne. »

Elle grimpa dans le van, démarra et partit.

Joey passa devant le jeu d'échecs et les chiens. Il les avait vus sortir de la maison et savait que c'étaient les rottweilers d'Ismet Mujic. Il détourna la tête pour que le jeune type qui était avec eux ne puisse pas voir son visage. Il réduisit l'écart. Mister s'était arrêté, donc Joey s'arrêta. Mister regardait la vitrine d'une boutique. Lors des exercices de filature, ce qu'ils disaient, et il fallait toujours garder ça en tête, c'était que quatre-vingt-quinze pour cent des journées d'une cible se passaient de manière parfaitement innocente et légale. Mister faisait du lèche-vitrines. Il était devant une bijouterie. Peut-être pensait-il à la Princesse… Il revenait sur ses pas. Il s'approchait… Joey était paralysé. Il ne savait plus quoi faire. Lors d'un exercice, ou pour une véritable filature à Green Lanes, la cible aurait été prise dans un filet et encadrée par huit, dix ou douze personnes. Joey n'aurait eu qu'à quitter le filet. Là, il ne pouvait pas reculer ; pas

1. Le SIS, l'Intelligence Service, appelé encore MI6. *(N.d.T.)*

à un contre un. L'espace de trottoir qui les séparait s'amenuisait. On lui avait appris, on le lui avait martelé, que le pire des crimes était de se montrer… Mister était à trois pas de lui. Joey pouvait voir son visage rasé de près, sa cravate desserrée, et ses cheveux agités par le vent sur son crâne… Mister s'était arrêté devant une autre boutique offrant un étalage d'écharpes de soie, italiennes et françaises. La grande question du jour – une foutue montre Cartier, une foutue écharpe Givenchy, un bracelet en or dix-huit carats ou une étole Yves Saint Laurent ? Mais Mister fit demi-tour et reprit sa route, comme n'importe quel putain de touriste qui vient de décider qu'il s'occupera des cadeaux le dernier jour de son voyage. Joey fut frappé par ce qu'il venait de comprendre. Mister ne faisait pas de huit, ne cherchait pas d'issues au fond des magasins et ne faisait pas mine de revenir sur ses pas. Il était l'Intouchable, loin de chez lui, et n'utilisait aucune des techniques de contre-surveillance pour semer un éventuel suiveur, qui étaient d'ordinaire une seconde nature. Si grande était la confiance en lui de cet enfoiré. Et voilà pourquoi le combat pouvait avoir lieu.

Joey suivit sa cible, s'accrochant à la vision de ses épaules roulant impudemment.

Décembre 1995

Ce furent des troupes espagnoles qui leur firent accomplir la dernière partie du voyage de retour à Vraca. Les jeunes hommes de cette unité, recrutés en

Andalousie, soulevèrent sans peine la silhouette frêle d'Husein Bekir pour le faire descendre du camion de trois tonnes. Il accepta leur aide, mais ne les laissa pas lui prendre sa petite valise. Ses mains veinées s'y accrochaient comme des serres. Ils firent ensuite descendre Lila et leurs petits-enfants.

Il regarda la vallée, enregistra la vue de tout ce qui lui était familier et se souvint. Cela faisait trois ans moins deux semaines qu'il était parti. Il contempla la rivière et les champs, le village en ruines au-dessus d'eux et les montagnes au-delà, et tout ce temps, il serra sa valise parce qu'elle contenait tout ce qu'il possédait. Lila était à son côté et lui avait pris le bras ; leurs petits-enfants se tenaient autour d'eux.

Le voyage avait été long.

Trente jours plus tôt, dans le campement de Tuzla, les téléviseurs avaient diffusé la signature d'un accord dans un camp militaire de la lointaine Amérique, un endroit appelé Dayton, dans l'Ohio. Elle avait eu lieu sous l'aile d'un énorme bombardier, dans le hangar d'un musée. Il ne savait pas combien il avait été difficile pour les négociateurs américains d'obtenir cet accord, et il ne pouvait pas comprendre les détails des cartes, et des simulations par ordinateur destinées à fixer les nouvelles frontières qui décideraient qui pourrait vivre à quel endroit, mais, à la télévision, la carte montrait une ligne rouge courant à travers sa vallée, et il avait compris qu'il allait rentrer chez lui. Rentrer était la seule chose qui lui importait.

Le lendemain de l'annonce de Dayton, Husein avait emmené sa minuscule tribu hors du camp de tentes. Au plus froid de l'hiver, ils avaient marché, fait du stop, été transportés dans des charrettes tirées par des chevaux somnolents, ou dans des camions militaires, avaient mendié des trajets en bus car ils n'avaient pas d'argent pour acheter des tickets, et ils avaient traversé le pays ravagé. Ils avaient dormi dans des forêts couvertes de neige, serrés tous ensemble pour se tenir chaud, dans des maisons en ruines et dans des étables délabrées, avec le bétail et les cochons, et dans des cages d'escaliers d'immeubles dans les villes. Ils avaient mangé de l'herbe et des choux gâtés qu'ils arrachaient à la terre couverte de glace, et ils avaient mendié de la nourriture. Une semaine auparavant, ils avaient vendu la bague de Lila, l'alliance de leur mariage, la dernière chose de valeur qu'ils possédaient, pour acheter un plein seau de soupe de pommes de terre au lard fumé.

Huit kilomètres avant Vraca, dans le bistro où ils s'arrêtaient jadis boire un café et de la gnôle, sur la route du marché aux bestiaux, ils avaient découvert un bâtiment sans toit et une patrouille de soldats espagnols. Lila lui avait dit, la nuit précédente, que c'était grâce aux enfants que les étrangers leur avaient offert abri et couvertures, et la promesse de les emmener chez eux le lendemain.

Chaque muscle de son corps était raidi par le voyage. Il se leva, sentit la douleur couler à travers lui, et Lila s'accrocha à son bras. C'était un beau matin d'hiver, brillant de soleil, et les ombres des charpentes dénudées des maisons du village s'allongèrent sur son visage, et sur celui de sa femme et de ses petits-enfants, accentuant la finesse de la peau tendue sur leurs os et leurs orbites creusées. Si Lila ne lui avait pas tenu le bras, il serait tombé en avant, d'épuisement et de faim. Tout était comme il se le rappelait.

L'officier s'approcha derrière lui avec un interprète.

Les maisons du boulanger, du forgeron et de l'ingénieur étaient telles qu'il les avait vues en partant, incendiées par les tirs d'artillerie, ouvertes vers le ciel, exposant au grand jour les papiers peints et les tapis dans les pièces du haut, là où les murs extérieurs avaient été défoncés. Le minaret gisait à terre, abattu par le tir d'un char, exactement dans le même état que quand ils étaient partis. Des mauvaises herbes poussaient dans la rue pavée. Il fit quelques pas, passa le coin du bâtiment qui avait été la salle de réunion du village et l'école pour les petits, jusqu'à ce qu'ils soient assez grands pour prendre le car, et il vit soudain sa propre maison. Un arbre, sans feuilles pour orner ses branches, avait poussé à travers les tuiles manquantes du toit… Il y eut un petit cri plaintif. Son ouïe était de plus en plus mauvaise et il l'entendit à peine, comme le miaulement craintif qui suivit. Le chat arriva. Il sentit Lila s'étrangler d'émotion, puis les cris excités de ses petits-enfants ; pendant ces trois ans, il ne les avait jamais entendus crier de joie. Le chat sortit de l'ombre, blanc, noir et roux, et avança furtivement entre les herbes. Les petits-enfants coururent vers lui et il s'arrêta, le dos arqué, puis il renifla leurs jambes avant qu'ils ne le soulèvent dans leurs bras, le serrant et se le passant de l'un à l'autre. Les larmes coulaient sur le visage d'Husein, et dans le chaume de sa barbe. Il aperçut alors le chien. Il n'avait pas pu l'emmener avec lui. Chaque matin et chaque soir, dans la chaleur infernale de la tente ou dans le froid engourdissant, il avait pensé à son chien, et murmuré des mots d'excuse silencieux. Il se souvenait des pierres qu'il lui avait lancées pour l'empêcher de les suivre hors du village. Le chien était extrêmement maigre, et il rampa jusqu'à lui, l'air apeuré. Husein avait jeté des pierres à ce chien en lui criant de filer, et il l'avait entendu glapir quand une pierre l'avait touché au ventre, mais finalement l'animal lui avait obéi et était rentré dans la maison abandonnée. Le vieil homme fut secoué de sanglots et se pencha maladroitement, passa ses mains sur le poitrail du chien et vit les puces sauter sur ses doigts.

Par l'entremise de l'interprète, l'officier dit : « Voilà ce que nous devons faire, escorter les gens jusqu'à leurs maisons. Ce sera difficile pour vous de vivre ici. Mon avis est que vous ne devez pas rester.

— Je ne partirai pas. Est-ce que vous allez me tirer dessus ?

— Nous ferons tout ce que nous pourrons pour vous aider. Nous vous laisserons du pain, du lait et un peu de viande. Nous reviendrons pour vous en apporter d'autres.

— Je dirai à votre Dieu de veiller sur vous.

— Mon grand-oncle a combattu lors d'une guerre civile dans mon pays. Je comprends que les gens aient besoin de rentrer chez eux, de recommencer, d'oublier.

— Il sera dur d'oublier.

— Si vous n'oubliez pas, c'est ce que mon grand-oncle m'a dit – et que vous ne pardonnez pas – alors aucune sorte de vie ne sera possible. »

Husein regarda par-delà sa maison, et le puits, en bas vers le sentier menant à gué, et de l'autre côté de la rivière. Il vit ses champs jaunis, rasés, couverts de chardons noirs morts, de persil brun mort et de séneçons gris morts, et il vit les piquets renversés dans les vignes. Il chercha les spires des rouleaux de barbelés neufs.

« C'est ma terre, ils ont mis des mines dans ma terre. Savez-vous où ils les ont mises ? Elles sont indiquées ?

— Les Serbes sont partis il y a quinze jours. Ils m'ont dit que le sentier était sécurisé. Leur commandant a dit qu'ils n'avaient aucune trace des endroits où les mines ont été placées, donc elles ne sont pas grillagées. Et même si elles l'étaient, ce serait difficile d'être sûrs de leur position. Les mines *nagent* dans le sol. C'est un mot bizarre, mais c'est vraiment ce qu'elles font. Elles peuvent se déplacer de plusieurs mètres. Le commandant ne m'a pas donné plus d'informations.

— Est-ce que je dois oublier ça ? Est-ce que je dois le pardonner ?

— Si vous ne le faites pas, vous n'aurez plus de vie – je peux vous donner un peu de mazout et des couvertures.

— J'aurais besoin d'allumettes aussi. Pour faire du feu, j'aurais besoin de beaucoup de boîtes d'allumettes.

— Vous aurez des allumettes. Je peux vous donner des bougies aussi.

— Quand est-ce qu'il a plu pour la dernière fois ?

— On n'a pas eu de pluie depuis un mois, c'est pour ça que la rivière est basse. Prenez de l'eau à la rivière, mais faites-la bouillir. Je ne sais pas si des gens sont venus contaminer votre puits. Le cimetière a été profané. Il serait sage de considérer qu'on ne peut pas utiliser le puits.

— Que votre Dieu veille sur vous. »

Husein resta debout en haut du sentier, avec la pile de couvertures et les cartons de lait et de nourriture, les sacs en plastique contenant boîtes d'allumettes et bougies, et le jerrican de fuel. Le vent qui balayait son visage venait de l'ouest. Le sol sous ses pieds était sec comme du caillou. Le chien lui lécha la main quand il se pencha, les jointures grinçantes. Il toucha l'herbe et ne sentit pas la moindre humidité.

Il redescendit vers sa terre, en bas du sentier, et s'avança pour traverser le gué. L'eau lui venait au-dessus des genoux et les galets sous ses chaussures étaient aussi glissants que du verre, mais sa volonté lui permit d'effectuer la traversée. Il portait le jerrican de fuel et le sac d'allumettes et de bougies, qu'il avait tenus au sec au-dessus de sa tête, même quand il trébuchait. De l'autre côté du gué, il regarda vers la maison de son ami et se demanda comment il s'en était sorti et où il était, s'il était mort et enterré n'importe où dans une fosse commune, ou s'il était dans un lointain camp de réfugiés, rêvant toujours à leur vallée. Sur le chemin, près de la maison de Dragan Kovac, l'eau dégoulinant de ses chaussures, il s'accroupit pour arracher des poignées d'herbes sèches, en fit des petits tas, puis répandit du fuel dessus. Le vent soufflait plus fort dans son dos et il s'en réjouit. Il voyait devant lui les cages thoraciques de ses génisses, et un faucon qui faisait des cercles au-dessus de lui. Après avoir fait une douzaine de petites montagnes d'herbes sèches, planté la moitié des bougies dedans et arrosé le tout de fuel, il alluma les mèches des bougies.

Le feu rugit, puis faiblit, puis finit par prendre. Dans le camp de Tuzla, il avait entendu dire que le feu détruisait les mines.

Un mur de flammes crépitantes avançait lentement à travers ses champs en friche, se dirigeant vers les endroits que, des années auparavant, il avait labourés pour planter des légumes et du maïs. Un grand voile de fumée s'étendit sur la vallée, emporté par le vent au-delà de la ligne de front. Il avait foi en ce qu'il avait entendu dans le camp de tentes. Les explosions lui donnèrent raison. Sept fois, la terre s'ouvrit et fut projetée dans le ciel par les détonations ; et le shrapnel siffla au-dessus de sa tête. Le vent soulevait des mottes enflammées et les faisait rouler sur toute la longueur de la ligne, répandant l'incendie. Sur la droite, loin derrière la ligne de feu, il y avait un îlot d'herbe encerclé par un sol noir et calciné. Les flammes avancèrent, laissant cet îlot intact.

Husein Bekir avait entendu dire que le feu faisait exploser les mines. Mais aucun expert ne lui avait dit que seules les mines les plus proches de la surface seraient concernées. Les autres chaufferaient, mais n'exploseraient pas. Pour certaines, les supports brûleraient et tomberaient, mais elles n'exploseraient pas.

Pour d'autres, le fil de détente en nylon fondrait, mais elles resteraient en place avec leurs antennes implacables. Et certaines étaient munies de fils métalliques que le feu ne pouvait pas faire fondre. Chaque fois qu'une mine explosait, il ressentait un sentiment d'excitation sauvage, comme si sa jeunesse lui revenait.

Un jeune sanglier surgit soudain de l'îlot de verdure, en pleine panique. Il se réfugia sur le terrain que le feu avait déjà brûlé, et courut droit au sentier sur lequel se tenait Husein. Il avait parcouru vingt-cinq mètres quand il fut soulevé par un éclair de lumière et un panache de fumée. Husein vit le sang gicler pendant qu'il s'élevait dans les airs, et une patte continuer à voler, toute seule, tandis qu'il retombait.

Husein Bekir fit demi-tour. Il se dit qu'il avait gaspillé la moitié du fuel, la moitié des bougies et deux boîtes d'allumettes. Il retraversa le gué.

Joey s'était perdu dans l'obscurité de cette fin de soirée, puis il s'était rendu à son rendez-vous.

Quand elle était dans les rues, ou conduisait le van, Maggie s'habillait plutôt chic. Pour rester à l'arrière du véhicule stationné, avec pour toute compagnie ses écouteurs et ses manuels, elle mettait des tenues très décontractées. Les jupes bien coupées, chemisiers, cardigans et chaussures problématiques restaient dans sa penderie à l'hôtel. Elle enfilait un jeans noir et un ample pull noir à col roulé, et retenait ses cheveux dans un foulard noir. Elle n'était plus qu'une toute petite ombre quand elle était allée s'accroupir près du 4 × 4 Toyota, et se glisser dessous, allongée sur le dos. Avec un canif, elle avait gratté la boue, le sel incrusté et la peinture sous le châssis du véhicule. Elle avait dégagé un carré de métal propre assez grand pour l'aimant de l'appareil. Dans son jargon personnel, elle appelait cet instrument un éphémère. Il envoyait un signal à deux kilomètres en zone urbaine, et trois kilomètres en rase campagne. C'était une balise *jetable,* prévue pour un usage unique. Quand la mission serait terminée, elle devrait récupérer le micro caché dans la chambre 318 du bâtiment qui se dressait au-dessus d'elle, mais la balise serait abandonnée.

Grâce à ses écouteurs, elle avait déjà appris que la cible ne se servait pas du téléphone de l'hôtel, et qu'il n'organisait aucune réunion dans sa chambre.

Elle l'entendait se doucher, s'habiller, siffloter pour lui-même ; et elle l'entendait ronfler quand il faisait la sieste. La seule fois où elle avait entendu sa voix, c'est quand il avait remercié la femme de chambre en lui donnant un pourboire au retour de son linge. Maggie perdait son temps. Elle aurait voulu être en Angleterre, avec des collègues qu'elle trouvait intéressants, et avec du travail qui ait un minimum d'importance. Elle pensait que Joey Cann – mince, exalté, avec ses épaisses lunettes qui masquaient la moitié de son visage – n'aurait jamais passé le stade du premier entretien de recrutement dans son monde à elle.

Elle entendit la cible qui toussait pour s'éclaircir la gorge, puis la porte de la chambre qui se refermait, puis le silence.

Mister lut d'abord le document préparé par l'Aigle et imprimé depuis son ordinateur portable. « Ça ira », dit-il.

Il le lui rendit et un serveur vint prendre leur commande. Il avait à nouveau refusé la proposition d'Atkins de sortir pour trouver un restaurant ailleurs qu'à l'hôtel. Il passa sa commande, laissa les autres dire au serveur ce qu'ils prendraient, puis fit claquer impatiemment ses doigts à l'intention d'Atkins, attendant qu'il lui passe les papiers. Il parcourut les dépositions des témoins, notant qu'ils concordaient de manière très opportune.

« Tu as ton plan des rues ? »

Atkins déplia une grande carte détaillée de la ville et l'étala sur leurs couverts. Mister lui montra la déposition du troisième témoin, avec l'adresse de l'ex-soldat mutilé. Atkins se pencha sur la carte pour parcourir du doigt l'index des rues et dit que Madije Kaprazica était dans le quartier de Dobrinja. « C'est près du quartier que je vous ai montré de l'avion en arrivant. L'ancienne ligne de front.

— Peux-tu le trouver pour moi ? demanda Mister.

— Oui… Quand ? Demain matin ?

— Ce soir. D'après sa déposition, il est le dernier à avoir vu Craqueur en vie. »

L'Aigle s'étrangla avec son bout de pain.

« Tu as un problème ?

— Aucun problème, Mister, si c'est ce que vous voulez.

— Je voudrais le voir, et qu'il nous dise comment allait le Craqueur juste avant de tomber dans la rivière. C'était un bon ami. »

Le serveur s'approcha de leur table avec son plateau.

« J'ai perdu ma jambe pendant la guerre. Elle est coupée au genou. L'amputation n'a pas été bien faite, à cause des circonstances de l'opération. Je ne peux pas en avoir une artificielle. Ce n'est pas possible à cause du moignon. On se battait ici pour garder le tunnel qui reliait à l'aéroport. Vous avez de l'argent pour moi ? »

La pièce était un puits d'ordures. Ni électricité, ni bougies. Dans le faisceau brutal de la lampe torche de Frank, il aurait pu avoir trente comme cinquante ans. Son visage était pâle et creusé, ses cheveux clairsemés, et ses mains tremblaient sans arrêt. Il était assis sur un lit de sacs, de journaux et d'oreillers sans taie qui perdaient leurs plumes. Il régnait une puanteur de vieux étrons et d'urine. Quand le rayon de la torche avait fouillé la pièce pour le trouver, il était passé sur trois seringues. Joey le regardait et Frank traduisait : « Il me faut de l'argent. Vous voulez savoir ce que j'ai vu ? Sans argent, je n'ai rien vu. »

Il serrait une béquille en travers de sa poitrine, comme pour se protéger. Ses yeux étaient ternes dans leurs orbites. Ses manches étaient remontées sur ses deux bras. À voir ses bras devenus des pelotes d'épingles, Joey se dit qu'il devait avoir du mal à trouver un endroit pour se piquer les veines. Joey sortit de l'argent de sa poche et le tendit à Frank. La mince liasse de billets fut lancée dans le rayon de lumière et atterrit sur les cuisses de l'homme, au-dessus de son moignon. Ils le virent compter l'argent, puis il y eut comme un éclair dans ses yeux ternes, où Joey vit soudain apparaître de la ruse. Les billets disparurent sous le matelas de sacs et de journaux.

« Parfois je vais en ville pour acheter. Si j'achète ici, comme je ne peux pas me défendre parce que j'ai un moignon, on m'attaque pour me voler mon argent. Alors, je vais dans le vieux quartier. C'est plus cher là-bas, mais je ne me fais pas attaquer. Et aussi, dans le vieux quartier, je peux demander de l'argent aux étrangers. Il y a beaucoup d'étrangers, et des fois ils sont généreux… Vous voulez savoir ce que j'ai vu ? Vous me donnerez encore de l'argent quand je vous aurai parlé… ? Vous êtes des gentlemen, je crois que vous serez généreux. J'ai dit à la police ce que j'ai vu. Il était sur le pont. Il se penchait sur la rambarde, et il était malade. J'ai pensé que c'était à cause de l'alcool. Il tenait à peine debout et, quand ses mains ont glissé sur la rambarde, il a manqué passer par-dessus. La rivière était très haute cette nuit-là. J'ai regardé ailleurs. Des gens sont arrivés, alors je suis allé vers eux pour leur demander de l'argent, mais ils ont dit non. J'ai regardé à nouveau de son côté, et je ne l'ai plus vu. Il avait dû tomber dans la rivière. D'autres gens sont arrivés et ils m'ont donné de l'argent. Je suis parti acheter. Deux jours plus tard, la police m'a arrêté quand je suis revenu sur le pont, et ils m'ont demandé si j'avais vu quelque chose, et ils m'ont montré la photo de l'homme. »

Ses mains serraient la béquille encore plus fort.

D'un ton glacial, Joey dit : « Peux-tu lui demander, s'il te plaît, dans quelle unité il servait quand il a perdu sa jambe ? »

La réponse vint, traduite par Frank : « J'étais avec les combattants commandés par Ismet Mujic. Il fallait qu'on tienne Dobrinja, on… »

Joey tourna les talons. Au collège, il avait eu un prof qui tentait de réintroduire le latin dans le cursus. Joey avait fait partie du petit groupe. Il lui en restait très peu de choses. Jules César avait traversé le Rubicon et il avait dit : *« Alea jacta est. »* Et ils avaient traduit Suétone, qui citait César : « Allons, dit alors César, allons où nous appellent les signes des dieux et l'injustice de nos ennemis : le sort en est jeté[1]. » Le pas avait été fait, et il n'y avait plus de retour en arrière face aux conséquences. Et dans les classes d'anglais, ils avaient lu *Richard III* de Shakespeare : « J'ai joué ma vie sur un coup de dés, j'en veux courir les risques[2]. » Il descendit l'escalier.

Une petite neige tombait, pas assez épaisse pour tenir.

Frank le dépassa et gagna l'arrière du petit fourgon. Les fenêtres latérales étaient occultées avec de la peinture. Il posa la main sur la poignée de la porte arrière.

« C'est vraiment ce que tu veux ?

— Oui, c'est ce que je veux.

— Ça démolit tous les principes de ma vie…

— Les miens aussi, dit Joey. Finissons-en, c'est tout. »

---

1. Suétone, *Vie de Jules César*, 31-32, Nisard, Paris, 1855, trad. adaptée par J. Poucet, Louvain, 2001. *(N.d.T.)*

2. William Shakespeare, *Œuvres complètes de Shakespeare*, *Richard III*, acte V, scène 4, trad. de F. Guizot, Didier, 1863, tome 8. *(N.d.T.)*

Frank ouvrit la porte arrière. Quatre hommes en sortirent. Ils portaient des combinaisons bleu foncé et leurs visages étaient masqués par des cagoules. Frank leur parla rapidement. Personne ne semblait regarder Joey, comme s'il n'avait aucune importance. Ils marchèrent vers l'entrée de l'immeuble d'un pas décidé. Quand Frank était venu le chercher, il ne les lui avait pas présentés. Des formes sombres, silencieuses, fumant à l'arrière du fourgon. Et ils s'étaient mis en route pour Dobrinja.

Frank avait dit qu'ils étaient sur une frontière qui n'existait pas. De l'autre côté de la rue, les immeubles avaient été reconstruits, les trous avaient été bouchés ; il y avait de nouvelles fenêtres en PVC et des réverbères. Leur éclat ne traversait pas la largeur de l'avenue, mais mourait sur l'îlot herbeux central. Eux restèrent debout dans l'obscurité humide. Frank lui expliqua que, à Dayton, lorsqu'ils avaient tracé les cartes qui avaient mis fin à la guerre en définissant les nouvelles frontières ethniques, ils avaient utilisé un crayon dont la mine était émoussée. La largeur du trait de crayon sur la carte correspondait à cinquante mètres : le côté est d'Amdije Kaprozice avait été laissé dans un no man's land, que ne réclamaient ni les autorités musulmanes ni les Serbes. Des petites bandes de types y passaient, comme s'ils flottaient dans le noir. En Angleterre, quand il effectuait une surveillance tard dans la nuit, il n'avait jamais eu ne serait-ce qu'une matraque, seulement une longue lampe torche. Ce no man's land devait être le territoire des dealers et des *pushers*. La seule chose que Joey avait cru, de tout ce qu'avait dit le soldat infirme, c'était qu'ici, dans l'ombre, il se ferait attaquer et dépouiller de l'argent dont il avait besoin pour sa dope. Il se demanda combien de temps il faudrait aux quatre hommes pour faire ce que lui-même n'était pas capable de faire. Il dit : « Bon Dieu, quel endroit ! Ils ne vont pas trop traîner là-haut, tes truands ?

— Ce ne sont pas des truands, Joey. Je les appelle les Quatre Sreb. Quand tu ne connais pas l'histoire d'un homme, ne le traite pas de truand. Quand tu ne connais pas tous les faits, mieux vaut réserver ton jugement. Je les ai rencontrés à Sanski Most, c'est à l'extrémité ouest du pays. Quand des gens comme moi débarquent ici pour la première fois, on les envoie pour un mois d'acclimatation avant de prendre leur poste permanent. Ils étaient à peu près aussi loin que possible de chez eux, car chez eux, c'est à l'est. Puis je les ai retrouvés à Sarajevo. Ils sont cousins, et ils viennent tous du village de Bibici, qui se trouve au sud de cette ville. C'était une très grande famille. Ils occupaient toutes les maisons du village. Ils étaient policiers, tous les quatre. Quand la guerre a commencé, Srebrenica a été assiégée et eux, en tant que policiers, se sont retrouvés au front, dans les tranchées. La population, qui comptait neuf mille personnes avant la guerre, était montée à cinquante mille pendant le siège. Et puis la ville est tombée… Pourquoi elle est tombée, c'est une longue histoire. Je te raconte tout ça parce que tu ne reverras jamais ces gens, et qu'il serait bon que tu penses à eux quand tu seras bien au chaud chez toi, dans ton lit, et que ton plus gros souci sera d'essayer de te rappeler si tu as bien coché de nouveaux numéros pour le foutu loto du week-end… Ils pensaient que les femmes et les enfants seraient rapatriés sous la supervision de l'ONU, parce que Srebrenica était considérée comme un havre sûr. Personne à l'époque – et surtout pas les généraux de l'ONU, ni les politiciens qui les dirigeaient – n'avait suffisamment le sens de l'honneur pour garantir leur sécurité, mais on ignorait encore leur duplicité. Les femmes et les enfants seraient protégés. Les hommes se fraieraient un passage en combattant dans les montagnes, à travers les forêts. On pensait que les avions de l'OTAN allaient déverser un tapis de bombes sur les Serbes pour que les hommes aient une chance de passer. Les hommes les plus vigoureux, les meilleurs combattants et les mieux armés allaient en tête de la colonne – les Quatre Sreb étaient en tête de la tête, parce qu'ils étaient les meilleurs. Ce qu'ils ne savaient pas, c'est que, derrière eux, leurs pères, oncles, neveux, grands-pères avaient été pris au piège dans Srebrenica et massacrés, ou étaient tombés dans des embuscades, avaient été capturés, et tués. Ils ont compris qu'ils avaient été trahis, et je ne pourrais pas les contredire, non seulement par l'ONU et l'OTAN, mais par leur propre peuple. Pour eux, on a permis la chute de la ville car cela faisait partie du deal de retour vers la paix ; on ne leur a pas donné de canons et de renforts pour tenir. Tous les hommes de la famille ont été tués, sauf les Quatre Sreb. Certaines de leurs femmes se sont pendues, pour ne pas être violées, et d'autres ont étranglé leurs filles pour qu'elles n'aient pas à subir ça. Eux s'en sont sortis et ils sont inséparables. Ils haïssent les Serbes pour ce qu'ils ont fait, et ils haïssent les leaders musulmans pour les avoir trahis. Ils sont descendus en enfer, ils l'ont traversé, et ils sont ressortis de l'autre côté. Tu te demandes ce que j'ai bien pu faire pour qu'ils soient en dette envers moi – pas grand-chose en vérité. Le GIP est présent à Srebrenica, et je me suis arrangé pour aller passer une journée là-bas. J'ai apporté des fleurs et je les ai déposées dans un hangar où des femmes se sont suicidées, dans l'usine de Potocari où les vieux ont été abattus, et dans les bois où les jeunes ont été capturés et égorgés. J'ai pris des photos des endroits où j'ai déposé les fleurs. C'est tout ce que j'ai fait. Ce qu'ils sont en train de faire là-haut ne les perturbera pas le moins du monde, après tout ce qu'ils ont vu, absolument pas… Alors, inutile de jouer les gentils avec moi.»

Ils reparurent. Joey se dit que, s'il avait pu voir leurs visages, ils auraient été dénués d'expression. Leurs corps ne trahissaient aucune agitation, leurs voix aucun amusement. Ils entourèrent Frank, et lui rapportèrent tranquillement ce qu'ils avaient appris. Puis l'un d'eux essuya ses mains sur le fond de sa combinaison, fouilla dans une poche et passa les billets propres à Frank. Qui les rendit à Joey.

Joey venait de franchir le Rubicon.

«Retourne-le», dit Mister.

Un trait de lumière fusant de la lampe stylo suivit la botte d'Atkins qui retourna l'homme pour le mettre sur le dos.

Derrière Mister, l'Aigle manqua de s'étrangler. Mister distinguait les yeux sous les paupières gonflées, et la bouche entre les lèvres éclatées, mais le reste du visage était perdu dans une mer de sang. Mister en savait très long sur les différentes manières de cogner – avec les poings, une matraque, des bottes –, il l'avait fait souvent dans le passé, et il se sentait floué parce qu'il aurait pu le refaire encore une fois, ici, ce soir.

« Il est parti ? »

Atkins s'agenouilla près de l'homme et palpa les veines de son cou. Il secoua la tête en se redressant.

« S'il n'est pas encore parti, ça ne saurait tarder, dit Mister.

— On devrait s'en aller d'ici, Mister, siffla l'Aigle.

— Ce n'est pas un endroit très sain », dit Atkins, qui avait gardé son pistolet à la main depuis qu'ils avaient quitté le Toyota, et également pendant tout le trajet vers Dobrinja.

« En temps voulu, répliqua Mister. On ne sait jamais si on est surveillé, c'est pourquoi il ne faut jamais courir. Ne jamais donner à qui que ce soit l'occasion de vous voir courir. Voilà qui nous donne à réfléchir – hein, l'Aigle –, qui a pu faire un joli boulot comme ça ? Une bagarre entre junkies, ou mon ami avec ses toutous et son joli garçon ? Allons, rentrons nous coucher. »

Il était plus de minuit quand le CIO prit un appel de Gough, reçut des excuses cassantes pour l'heure tardive et fut informé qu'un fax lui avait été envoyé. Le CIO s'excusa auprès de sa femme, enfila sa robe de chambre et descendit à son bureau.

Il lut :

De : SQG12/Sarajevo, B-H
À : SQG1/Londres
Heure : 00.18 15.03.01

Début du message :
Parag un – Rencontre Cible un et Ismet Mujic, alias Serif. Petit cadeau : lance-missiles antichar (fabrication et origine inconnues).
Boîte 850 a placé micro dans hôtel Cible un, pas de résultat pour le moment – également balise mise en place sur véhicule Cible un. Cible un toujours accompagnée par Cible deux (Aigle) et Cible trois (Atkins). Croyons (non confirmé) lance-missiles apporté en B-H dans camion affrété par Bosnia with Love.
Parag deux – D'après renseignements obtenus, j'ai appris que Dubbs, alias le Craqueur, a été assassiné par Ismet Mujic et associés, ce qui fait du monde. Le Craqueur a été emmené au Platinum City, club/restaurant de IM. À la soirée, il y avait Enver – le mignon de IM. J'ai appris que, pendant le dîner, les préférences sexuelles du Craqueur ont été mises au grand jour : il a serré les testicules d'Enver sous la table – pour signifier, je présume, qu'il était libre. Son hôte, assurément habitué à faire ce type de démonstration lui-même, en a pris offense. Le témoin oculaire mendiait devant le Platinum City, lieu habituel. A entendu les accusations lancées tandis qu'on entraînait le Craqueur dans la rue, a vu IM donner un coup du tranchant de la main sur la nuque du Craqueur, a vu ses gorilles jeter le Craqueur dans la rivière Miljacka depuis le pont.
Regrette que témoin oculaire ait refusé de signer une déposition de ce qui précède.

Parag trois – Permission de surveillance intrusive sans restriction délivrée par le juge Zenjil Delic, signée et tamponnée. Dieu seul sait pourquoi, ne suis pas allé le Lui demander.

Parag quatre – Selon mes observations, Cible un ne soupçonne pas la surveillance en cours. Opinion partagée par Boîte 850.

Fin du message.

Il prit note mentalement qu'il devrait appeler Gough le lendemain matin. Son expérience lui avait appris que c'était quand les fantassins avaient la certitude de ne pas avoir été repérés que le danger pointait son nez.

Chapitre neuf

C'était un de ces jours de printemps, à Sarajevo, où il ne se passe pas grand-chose. À l'aube s'était levé un blizzard chargé de neige, dévalant les pentes de l'Igman, qui avait laissé place à un matin clair et froid, puis un après-midi chaud et lumineux, et enfin un crépuscule lourd et de la pluie en soirée.

La file d'attente la plus longue de la ville s'organisait devant les hautes portes gardées de l'ambassade d'Allemagne sur Mejtas Buka, dès l'aube jusqu'à la tombée de la nuit. Elle s'installait très tôt, tous les jours d'ouverture, et s'étirait sur toute la longueur de la rue, tournait au coin, en attente de visas ou de moyens de s'échapper. On ne laissait entrer que quelques personnes à la fois dans les bâtiments cachés derrière le mur. Nombreux étaient ceux qui ne parvenaient pas au début de la file avant que les bureaux ne ferment. Rares étaient ceux, une fois admis à l'intérieur, qui obtiendraient un ticket pour la Terre promise. Plus bas, le long de la Miljacka, une file plus petite se bousculait à la porte de l'ambassade de Slovénie, cherchant égalément une porte de sortie à ce pays maudit.

Personne ne faisait la queue pour attendre l'ouverture des boutiques sur Mula Mustafe Baseskije, Saraci ni Bravadziluk Halaci. Les vitrines qui exposaient des vêtements de créateurs venus d'ailleurs étaient admirées de l'extérieur, mais les clochettes des portes ne tintaient pas et les cabines d'essayage restaient vides. Ces boutiques donnaient une impression de richesse palpable, mais factice. Personne n'avait les moyens de se payer ces robes, ces chemisiers, ces jupes, ni cette lingerie ; la plupart des articles auraient coûté un an de salaire à un fonctionnaire.

Les marchés de rue étaient pleins, du matin tôt quand on installait les étals jusqu'en fin d'après-midi quand on les démontait, et que de petits pick-up les remportaient avec ce qui n'avait pas été vendu. La marchandise – choux, pommes de terre, carottes, haricots, oignons, pois – venait de l'autre côté de la frontière sud, parce qu'ici le pays était encore pris dans les glaces de l'hiver. Sur d'autres éventaires, on trouvait des vêtements qui avaient été passés en contrebande, sans frais de douane ; les tissus étaient minces et de piètre qualité, inaptes à protéger du froid matinal ou des pluies du soir. Sur ces marchés, tout venait d'ailleurs, parce que les petites usines n'avaient toujours pas été reconstruites, cinq ans après la fin de la guerre.

Devant l'entrée des édifices réquisitionnés pour la communauté internationale, des femmes et des hommes, des étrangers uniquement, se rassemblaient pour fumer leurs cigarettes, achetées au marché noir pour la plupart. On fumait des Marlboro, des

Winston et des Camel, acheminées par des vedettes rapides venues d'Italie ou par des camions de Serbie, sur les marches des bâtiments de la Commission pour les droits de propriété des personnes déplacées, de la Banque européenne pour la reconstruction, du Comité international de la Croix-Rouge, du Bureau international du travail et du Fonds monétaire international… Et du bureau du Haut Représentant de l'ONU, du bureau du Commissaire aux droits de l'homme, et de l'Organisation pour la sécurité et la coopération en Europe… Et du Fonds international de l'ONU pour les enfants, du Tribunal pénal international pour l'ex-Yougoslavie et du Programme alimentaire mondial… Et de l'Agence des États-Unis pour le développement international, et de l'International Crisis Group. Des hommes et des femmes volaient de courtes pauses, puis écrasaient leurs cigarettes et retournaient administrer chaque battement de cœur de ce pays. Routes, horaires de bus, timbres-poste, système des égouts, design des billets de banque, horaires et programmes de télévision – la vie de la cité était entre les mains de ces étrangers, aujourd'hui comme tous les autres jours.

Des mendiants roumains hantaient les rues, accroupis dans les recoins près des vétérans mutilés de guerre qui exhibaient leurs membres amputés, mais les casquettes posées au sol et les gobelets de carton demeuraient vides. La ville n'avait pas de temps pour la charité.

Dans des voitures blindées, des ministres du gouvernement fonçaient entre leur domicile et leurs bureaux. Les Mercedes noires des gangsters filaient dans les rues étroites. Des soldats italiens, somnolant d'ennui, patrouillaient avec ostentation, mais n'avaient pas le pouvoir de procéder à des arrestations et avaient ordre d'éviter toute provocation.

Dans les cafés, des jeunes faisaient durer leur expresso ou leur canette de Coca pendant des heures, en échangeant des ouï-dire sur les meilleurs moyens d'être admis dans une université autrichienne, allemande ou scandinave.

Il ne se passait pas grand-chose.

L'Anguille conduisit Mister le long du Zmaja od Bosne, au-delà de l'Holiday Inn, jusqu'à la tour A du complexe de l'UNIS, sur Fra Andela Zvizdovica.

Il avait recompartimenté ses pensées. Rangés tout au fond, en attente, il y avait la question de Serif et la transaction, la mort de son ami, et le visage défiguré par le sang de ce vieux camé. Tandis qu'ils descendaient Snipers Alley, comme l'appelait Atkins, le long des ruines et des rangées d'immeubles troués par les obus, Mister faisait des calculs, estimant ce que les camions de *Bosnia with Love* pourraient faire entrer dans la ville, et ce qu'ils pourraient en faire sortir. Il se sentait reposé. Il avait bien dormi, mais il dormait tout aussi bien dans sa cellule de Brixton. Il dormait bien parce que l'ombre de l'échec n'apparaissait jamais dans son esprit.

Grâce aux appels du Craqueur à Londres, il détenait un nom.

Il sortit de la cabine du camion. C'était une idée du Craqueur de peindre le slogan *Bosnia with Love* sur les flancs de la remorque. Quand l'affaire serait lancée, ce camion et les autres devraient être facilement identifiés. Il vit les trois tours. Deux montraient encore les séquelles des incendies et étaient ouvertes aux quatre vents. Dans la tour A, des lumières brillaient aux étages inférieurs, et, sur la moitié supérieure, il aperçut des hommes travaillant en équilibre instable. Il pénétra dans un hall immense, donna le nom au comptoir, et on lui expliqua à quel étage il devait se rendre, et aussi qu'il devrait emprunter les escaliers, car l'ascenseur ne fonctionnait pas. Avant que le Craqueur ne lui ait fait son rapport, Mister n'avait jamais entendu parler du Haut Commissariat des Nations unies pour les réfugiés. Après cinq étages de marches de béton, il arriva sur un palier. Il redressa sa cravate discrète et lissa ses cheveux. Il se sentait bien. Il la demanda au comptoir de sécurité, en disant ce qu'il apportait.

Elle sortit par une porte derrière le comptoir, et son sourire de bienvenue et de soulagement le toucha – une lumière brillant dans l'obscurité. « Je suis Monika Holberg, officier de terrain en poste dans le canton de Sarajevo, et vous êtes mon chevalier blanc ! Comment vous appelez-vous ?

— Packer. Mister Packer.

— Je suis si heureuse de vous voir : vous avez le camion, vous avez ce dont j'ai besoin !

— J'ai un camion, mademoiselle Holberg, et il est plein à craquer de vêtements et de jouets, tout ce que des gens en Angleterre ont pensé que d'autres pourraient vouloir en Bosnie, d'autres qui ont moins de chance qu'eux. »

Ce n'était qu'un tout petit mensonge. Le camion n'était pas plein à craquer. Derrière la cabine, tout au fond de la remorque, il y avait l'espace vide dans lequel s'étaient trouvés les lanceurs et les missiles, les armes de poing et le matériel de transmission. Elle prit sa main. Il avait très rarement affaire à des femmes. Seulement la Princesse, en qui il avait une confiance absolue. Il allait rendre visite à ses sœurs, avec l'Aigle, quand ils avaient besoin de leurs signatures pour des actes fonciers ou des achats d'actions. Quand il était chez un associé, il faisait toujours très clairement comprendre que les femmes devaient sortir de la pièce. Il n'était jamais sûr des femmes, à l'exception de la Princesse – il n'était pas certain qu'elles ressentaient les mêmes liens de loyauté que les hommes, et que dans une salle d'interrogatoire, le soir, harcelées par les questions des inspecteurs qui se relayeraient, elles regarderaient le plafond et resteraient muettes.

Elle lâcha sa main et son enthousiasme déborda. « Je vous suis tellement reconnaissante, je suis tellement contente – c'est ce que votre ami, M. Dubbs, avait dit que vous apporteriez ?

— Exactement ce qu'il avait dit. Voulez-vous descendre jeter un coup d'œil ? »

Elle se rua dans les escaliers. Ses cheveux blonds rebondissaient sur le col de son anorak. Il lui fallut accélérer pour la suivre. Elle n'était pas maquillée. Ses sœurs, qui avaient toutes passé leur cinquantième anniversaire, et les sales morveuses qu'elles avaient enfantées, se promenaient toujours avec des sacs à main bourrés de fards, de vaporisateurs et de tubes de mascara, en se dandinant sur leurs talons hauts. Elle dévalait les marches deux par deux, chaussée de vieilles chaussures de marche boueuses. Il batailla pour la rattraper. Elle l'attendait en bas des dernières marches, haussant les sourcils avec un sourire, et il se mit à rire. Il ne riait pas souvent, mais son drôle de sourire et ses sourcils relevés l'avaient pris par surprise. Ils traversèrent le hall. Une fois dehors, il siffla pour appeler l'Anguille dans la cabine du camion, en désignant les portes arrière de la remorque. Quand l'Anguille les ouvrit, elle grimpa à l'intérieur d'un mouvement athlétique et commença à arracher l'adhésif qui fermait le premier carton. Des pulls, des vestes, des chaussettes de laine tricotées à la main, des manteaux, des pantalons… Elle souleva tout, puis remit tout dedans. Elle regarda vers le fond de la remorque, et ses yeux flottaient sur la masse de cartons.

« Ils sont tous comme celui-ci ?

— Pour autant que je sache, oui – mais il y a de tout. Pas seulement des vêtements, des jouets aussi.

— Fantastique ! C'est merveilleux ! »

Ses yeux brillaient. Mister vivait dans un monde où l'enthousiasme était interdit, et où la gratitude rendait débiteur.

Il haussa les épaules. « Je suis heureux que tout ça puisse vous aider.

— C'est exactement ce qu'il me fallait. »

Elle descendit de la remorque. Il ne lui offrit pas sa main pour l'aider – elle n'en aurait pas eu besoin.

« Je suis content que cela réponde à vos besoins, dit Mister. Honnêtement, je pensais que vous crouliez sous ce genre de choses… »

Elle l'interrompit, sans se soucier de lui couper la parole. « Dans le temps, oui, mais plus maintenant. C'est la fameuse *lassitude des donateurs*. Les gens, à l'étranger, se sont fatigués de donner pour la Bosnie. Ils n'en voient plus l'intérêt, et ils n'ont pas de bons échos. Ils donnent au Timor oriental et au Kosovo, et un peu en Tchétchénie. Il y avait une fenêtre ouverte sur la Bosnie et les gens ont regardé à travers, avec sympathie, et ils ont donné, mais maintenant la fenêtre est fermée. Les réfugiés souffrent toujours autant aujourd'hui que quand la fenêtre était ouverte. Les besoins sont toujours aussi grands, mais les bonnes volontés ont disparu.

— Je suis heureux d'être…

— J'avais des hangars pleins grâce à la générosité des populations en Europe, et même en Amérique, mais ils sont vides désormais. Il y a un village, près de Kiseljak. Nous avons ramené des DP – des personnes déplacées – dans leurs anciennes maisons. Ils se plaignent, ils disent qu'ils n'ont plus rien. Ils disent que c'est pire que les camps de réfugiés.

— Je suis content de…

— Dans trois jours, nous amenons des ambassadeurs, des administrateurs et des généraux dans ce village pour qu'ils constatent la réussite de ce programme de réintégration. Nous avons besoin d'argent pour ces gens, pour toutes les personnes déplacées. Plus de deux millions de gens ont fui leur foyer durant la guerre. Il faut que nous trouvions de l'argent pour les ramener chez eux. Nous avons besoin d'un soutien international, et c'est plus difficile chaque mois. Si les gens que voient les

VIP n'ont pas l'air heureux, s'ils se plaignent, les visiteurs n'écriront pas les rapports pour presser leurs gouvernements de donner davantage. C'est un très petit village, mais il est très important… » Le torrent de mots se tarit d'un coup. Il y avait de l'innocence et un large sourire penaud sur son visage. « Je suis désolée, je vous ai interrompu – deux fois. »

Très peu d'hommes, et moins de femmes encore, interrompaient Mister. « Ce n'est rien. Je suis heureux de pouvoir aider – heureux d'avoir fait quelque chose qui soit utile.

— J'aurais besoin du camion, cet après-midi, pour faire la livraison.

— Il vaudrait mieux que vous ayez votre propre chauffeur, quelqu'un qui connaisse bien les routes.

— Bien sûr. Où résidez-vous à Sarajevo, Mister Packer ? »

Il éluda la question lestement. « Je veux que vous sachiez que je n'ai pas l'intention que ceci soit un *one-shot*. Il y a encore beaucoup de choses, là d'où vient ce camion. Je prévois de vous adresser des livraisons régulières. Il doit y avoir plein d'autres gens qui ont besoin d'aide, tout autant que ceux de votre village. Jason, donne les clés du camion à la dame. Je ne sais pas à quelle fréquence il me sera possible de venir ici moi-même, mais je vous promets que ce n'est pas le dernier camion de *Bosnia with Love* que vous voyez. J'ai été ravi de vous rencontrer, mademoiselle Holberg. Quand vous serez rentrée, laissez les clés au comptoir dans le hall, Jason viendra les récupérer ce soir. Maintenant, je vous prie de m'excuser, j'ai pas mal de choses à faire – je vous souhaite bonne chance. »

Il s'éloigna. Chaque semaine, un camion arriverait à Sarajevo, sous couvert de l'éclatant logo de *Bosnia with Love*, rempli de toutes les sortes de camelote et de fripes que le Mixeur pourrait récupérer. Et, chaque semaine, un camion apparemment vide repartirait de Sarajevo avec une cargaison secrète de classe A, qui ne se chiffrerait ni en grammes ni en kilos, mais en quintaux, voire en tonnes. Dans les ports des ferries et aux postes de douane, *Bosnia with Love*, œuvrant à faire le bien, deviendrait une image familière. Aucun bâtard en uniforme n'oserait arrêter un véhicule humanitaire, qu'il entre ou qu'il sorte… Le plan du Craqueur était enclenché.

Il ne lui avait pas dit dans quel hôtel il était descendu.

Elle était au cinquième étage et composait le numéro de l'équipe des chauffeurs, Ankie lui apportait un café et elle regardait machinalement par la fenêtre, quand elle le vit.

Selon l'expérience de Monika Holberg, il existait très peu de gens généreux qui œuvraient pour le bien des autres et s'éclipsaient loin des projecteurs, qui ne voulaient pas de médailles, de félicitations publiques ou d'invitations aux réceptions officielles, qui se tenaient loin des lumières des flashs. Mister Packer était l'un d'entre eux, se dit-elle.

De son poste d'observation, elle le regarda entrer par la porte arrière de l'Holiday Inn.

«Il ne peut pas être au rendez-vous ce matin, annonça le jeune homme, Enver. Il est désolé si cela vous met dans l'embarras.»

La réponse de l'Aigle fut sèche. «Mister Packer n'est pas seulement un homme important, c'est un homme très occupé.

— Le rendez-vous aura lieu dans l'après-midi, à quatre heures. Je crois qu'il a des nouvelles intéressantes pour Mister Packer.

— Je vous réponds en son nom – il sera là.»

Ils prenaient une dernière tasse de café dans le coffee shop. Le jeune homme les avait rejoints, faisant entrer ses chiens avec lui. L'Aigle se dit que, dans n'importe quel café, dans n'importe quelle autre ville, le garçon et ses chiens auraient été jetés dehors. Les babines baveuses, l'un des chiens avait fait un mouvement brusque vers la table roulante couverte de gâteaux. C'était dégoûtant et antihygiénique. L'Aigle avait laissé Mister et Atkins à leur table en vitrine, et il était allé intercepter Enver. Il avait eu un mauvais pressentiment la nuit précédente quant à ce rendez-vous, et ce changement de programme l'accrut. Il n'était jamais témoin de la face dure du business de Mister, il était tenu complètement à l'écart de ces choses, et la vision de ce type mutilé, avec son visage explosé, l'avait mis très mal à l'aise. Presque cinq ans auparavant, Mister avait fait une petite démonstration de maintien de l'ordre. Un protagoniste de deuxième ordre avait une dette envers un autre protagoniste de deuxième ordre, qui n'avait pas les muscles nécessaires pour se faire payer. Mister avait racheté la dette, moins vingt pour cent, et envoyé les Cartes jouer avec l'autre. La dette avait été payée – avant ou après avoir sorti les poings, les matraques ou le fusil à canon scié – et la marge nette de Mister avait été d'une livre pour cinq, dix mille pour cinquante mille. Le Craqueur avait plaisamment appelé ça de la diversification, mais Mister n'avait pas poursuivi dans cette voie ; dix mille livres, c'était de la roupie de sansonnet. Le visage ensanglanté du toxico avait hanté le sommeil de l'Aigle, et il n'était pas loin du court-circuit.

« Ils vous décommandent une nouvelle fois, Mister, ils vous font lanterner. Est-ce qu'on va rester encore longtemps dans ce trou ? Voilà ce que je me demande, moi. À mon avis… »

Mister demanda doucement : « Est-ce qu'ils proposent une autre heure ?

— Quatre heures, cet après-midi.

— Il n'y a pas de problème, donc. On fait comme ça. Très bien.

— Donc, nous avons une journée entière à poireauter », souffla l'Aigle en s'asseyant, troublé. Il s'était attendu… il était certain que Mister allait se mettre en rogne face à cette insulte, bon sang. Mais tout allait *très bien*. L'Aigle ne comprenait pas. Un peu plus tôt, il lui avait parlé de trésorerie, et des formulaires requis pour les virements importants, puis de la nécessité de prendre une décision pour la conversion de dollars en euros sur un compte aux Caïmans et le transfert de ces fonds vers une banque en Israël… Il avait abandonné, parce que Mister ne l'écoutait pas.

Mister dit à Atkins : « Tu connais cette ville. Nous avons la moitié de la matinée et de l'après-midi. Emmène-moi faire un tour. Montre-nous ce qu'il y a à voir. »

L'Aigle n'était plus troublé. Il était abasourdi.

« Tu veux que je conduise ?

— Je m'en sors parfaitement – ne m'en veux pas de te dire ça, mais tu as une mine catastrophique, aujourd'hui.

— Vraiment ? fit Joey.

— Souris ! T'es vraiment pas de bonne compagnie. Et alors, hier soir ?

— Oublie ça. C'est pas tes oignons. »

Elle fit craquer la boîte de vitesses. La radiobalise du Toyota émettait un bip fort et continu. Une lumière clignotait avec une constance réconfortante sur l'écran qu'elle avait boulonné sous le tableau de bord. La nuit dernière, après être rentré à l'hôtel et avoir envoyé son rapport, il lui avait tout balancé. Il était venu la trouver dans sa chambre et elle avait dû débarrasser un fauteuil de ses sous-vêtements pour qu'il puisse s'asseoir. Il lui avait tout craché dans un monologue d'un quart d'heure. Durant tout ce temps, il ne l'avait jamais regardée, ni elle ni ses sous-vêtements, et elle était restée assise sur le lit avec son peignoir sur les épaules. Il gardait les yeux fixés sur les rideaux tirés. Elle l'avait renvoyé dans sa chambre après lui avoir dit que tout semblait toujours moins sombre le matin. Elle avait connu un homme dans les tours Ceausescu, la vieille garde, qui s'accrochait bec et ongles à son boulot parce qu'il n'avait rien d'autre dans sa vie. Il avait été un jeune bleu dans l'équipe qui travaillait avec Oleg Penkovsky, le meilleur informateur qu'ils aient jamais eu à Moscou. Elle était en poste à Beyrouth avec lui, et elle lui demandait comment c'était dans le vieux bâtiment de Century House, avant les Tours, quand ils avaient appris que le Russe avait été arrêté, puis qu'il avait été exécuté. Il lui avait dit, devant des gambas et une bouteille de vin de la Beka'a : « C'est comme quand tu as un bon chien. Tant qu'il est capable de rapporter le gibier, c'est génial. Mais quand il ne peut plus rien attraper, tu dis au gardien de s'en occuper. Tu entends le coup de fusil derrière les étables et tu ne sourcilles même pas. Des choses dures sont nécessaires, et tout homme qui a un brin de jugeote le sait. » Elle avait entendu dire que le vieux guerrier était mort six mois après avoir été finalement viré du building… Depuis, elle avait adopté ce qu'il lui avait dit, comme un mantra.

Joey était blême, il était ainsi depuis qu'ils s'étaient retrouvés. Pendant tout le temps où ils avaient surveillé et suivi le camion jusqu'à la tour A, il avait gardé les doigts noués ensemble, crispés.

« Je vois ma chambre, d'ici », déclara Mister. Il était accroupi tout près de la position de tir et Atkins entendit le frisson dans sa voix.

« Ils utilisaient le fort pour diriger les tirs d'artillerie, dit Atkins. Un sniper n'aurait pas pu toucher votre fenêtre avec un fusil, pas à cette distance, mais ils auraient pu y envoyer un obus tiré par un char. »

Il avait conduit Mister et l'Aigle jusqu'à la place forte, en haut et au sud de la ville, passant devant un monument moderne en marbre couleur ardoise dressé sur des dalles maculées de neige, et ils avaient pénétré dans l'ancienne forteresse. Il ne pensait pas que cela intéressait le moins du monde l'Aigle, mais la fascination de Mister était évidente. Devant une caserne à deux étages, faite de pierres de taille d'un blanc crayeux, il y avait une petite cour de parade, enclose par un muret troué de meurtrières. Chaque meurtrière avait deux volets qui se fermaient sur des glissières, de métal peint en noir impressionnant, à l'épreuve des balles et des obus. Durant tout le temps de son service à Sarajevo, quand il travaillait pour l'état-major et portait le béret bleu, Atkins avait maudit cette forteresse et la vue qu'elle offrait sur Snipers Alley, sur l'Holiday Inn, et tous ces fichus bâtiments officiels. La ville s'étendait comme un tableau paisible et adouci par la neige. Il se souvint sombrement de ce qu'il se disait alors : ceux qui étaient derrière les viseurs avaient le pouvoir de vie ou de mort, ils pouvaient voir les regroupements affolés aux robinets d'eau, les gens autour des étals du marché et les écoliers, et pouvaient décider sur qui ils allaient diriger les obus de l'artillerie lourde.

« On ne pouvait pas leur échapper, pas vrai? demanda Mister.

— Sauf si vous aviez passé un accord, Mister. »

Atkins se souvenait combien les bérets bleus haïssaient les seigneurs de la guerre – Caco, Celo et Serif. « Certains le pouvaient, parce qu'ils avaient des deals. Serif, oui, il combattait un jour par semaine, et, les six autres jours, il faisait son petit commerce à travers la ligne de front, surtout avant que le tunnel ne soit creusé. Drogues, armement, bijoux s'ils en trouvaient, nourriture, alcool, tout ça allait et venait de part et d'autre de la ligne de front. C'était l'autre face de la guerre.

— J'ai bien entendu, Atkins ? De l'armement ?

— Les seigneurs de guerre serbes vendaient à leurs homologues musulmans – des gens comme Serif – du matériel pour tirer sur leurs propres hommes. Ils avaient réussi à prendre le pouvoir en tenant le front chacun de son côté, et ils se sont engraissés avec ce trafic. »

Mister s'était redressé, et il fixait Atkins durement. « Tu es en train de me dire de ne pas lui faire confiance ?

— Si, tant que vous pouvez lui foutre votre pied dans les couilles, Mister. Ici, on ne fait confiance à personne.

— Et l'encre sur le papier ?

— Aucune valeur… Pour personne. »

Pour la première fois depuis qu'il le connaissait, Atkins vit une ombre mauvaise voiler le regard de Mister. Il avait choisi cette promenade à dessein. Ils auraient pu aller voir les monuments de la ville témoignant de la grandeur de l'empire ottoman, visiter des mosquées et des cloîtres vieux de plus de cinq cents ans. Ils auraient pu aller au Café Impérial, dont la décoration intérieure n'avait pas changé depuis le règne de l'Autriche-Hongrie. À la place, il les avait emmenés voir la ligne de front et il avait préparé le message qu'il voulait faire passer. Mister réfléchissait.

Ils s'éloignèrent de l'esplanade devant la caserne, des meurtrières et de la vue plongeante sur la chambre de Mister, tout en bas. L'Aigle errait devant eux, puis il quitta la surface dallée pour aller examiner le marbre du mémorial, ses chaussures s'enfonçant dans la neige. Quand ils étaient arrivés, Atkins leur avait dit qu'il avait été érigé à la mémoire des combattants de Tito tués pendant la Seconde Guerre mondiale.

Atkins poussa un cri, pressant, brutal : « Stop ! Ne bougez plus. Maintenant, revenez ici. Remettez les pieds dans vos traces. Exactement… »

Pendant un instant, l'Aigle se figea comme une statue. Puis il se retourna, la panique sur le visage.

« Mettez vos pieds exactement là où vous avez déjà marché, et avancez. »

L'Aigle revint très lentement vers eux. Sous le soleil étincelant, malgré le vent piquant, la sueur coulait sur son front. Pas à pas, à travers la neige, jusqu'aux dalles.

« C'était une position militaire, dit Atkins, elle a dû être minée. Vous avez marché sur la neige. On ne peut pas savoir ce qu'il y a en dessous – des dalles, du béton, ou de la terre. Si c'est de la terre, il peut y avoir des mines. Il ne faut jamais marcher en dehors des routes, ici, ni ailleurs que sur un terrain en dur – si vous tenez à garder vos jambes. Bien sûr, le terrain a été *nettoyé,* mais il n'existe aucune garantie réelle que le nettoyage est total, et il n'y en aura pas pendant cent ans au minimum. Ne vous baladez pas n'importe où. »

Ils regagnèrent le Toyota en silence.

Il les conduisit sur une route tortueuse, qui s'éloignait du mémorial et coupait à travers une vallée. Les panneaux indicateurs étaient maintenant en cyrillique. Il leur expliqua qu'ils étaient en territoire serbe. Ils passèrent devant de vieilles femmes assises sur des tabourets branlants, avec de gros sacs en plastique contre leurs genoux. C'était ici qu'on passait les cigarettes venues d'Italie, expliqua-t-il, à quatre-vingts pence britanniques le paquet. Ils tournèrent à gauche et montèrent jusqu'à la crête de la colline, que longeait la route. En dessous d'eux, une autre vue de la ville. Il roula encore pendant cent cinquante mètres environ puis s'arrêta sur ce qui avait été jadis le parking d'un restaurant, un grand pavillon en ruines troué d'impacts de balles, dont la charpente était calcinée.

Il se glissa hors de son siège et s'éloigna du Toyota. Mister et l'Aigle le suivirent. Il se souvenait avoir assisté, à travers une paire de jumelles de vision nocturne que lui avait tendue un soldat français, à une attaque de nuit à travers le cimetière juif vers les tranchées qui se trouvaient juste sous leurs pieds. Il se tenait sur une étroite bande de béton craquelé. Cette nuit-là, il avait encouragé les troupes musulmanes, des civils équipés d'uniformes disparates et d'armes désuètes, qui rampaient à l'assaut de la colline et avançaient vers les tirs de mitrailleuses venus des tranchées. Il leur avait hurlé son soutien dans le noir, mais ils ne pouvaient pas entendre ce qu'il criait, même comme un murmure, dans le volume et l'intensité des tirs. Il pensa à ce qu'il était devenu maintenant, et à ce qu'il faisait désormais, et il cracha la bile qu'il avait dans la gorge. Il n'avait pas prévu que ce souvenir remonterait, ni ces pensées.

« Je vois l'hôtel, mais je ne vois plus ma chambre », dit Mister.

Les tranchées mesuraient un mètre de large et un mètre et demi de profondeur. Là où les mitrailleuses avaient été installées, celles qui avaient mis en déroute les attaquants ce soir-là, avec les grenades et les baïonnettes, il restait encore de gros troncs de pins couchés pour protéger les soldats serbes. Au fond des tranchées de l'eau avait gelé, et des dizaines de chargeurs et de douilles rouillées étaient pris dans la glace. Plus loin en allant vers l'est, devant ce qui avait été la salle principale du restaurant, la tranchée était renforcée par une section de béton en demi-lune d'une bonne vingtaine de mètres de long. Il aurait pu leur dire, parce que c'était ce qu'il avait appris des années après, que cette section de béton provenait de la piste de bobsleigh des jeux Olympiques d'hiver, mais il s'abstint.

Atkins dit : « Les tirs ont dû déranger leurs petits jardins. Les deux camps faisaient pousser des plants de cannabis devant leurs positions avancées. Les seigneurs de guerre, les Serbes et ceux comme Serif, encourageaient ces plantations. Ils pensaient que des types défoncés ne réfléchiraient pas trop sur la guerre, et aussi qu'ils combattraient plus vaillamment pour ne pas devoir abandonner leurs cultures. Est-ce que vous vous imaginez comment c'était ici, l'hiver, si vous n'étiez pas bourré ou complètement défoncé ? Les petits gars combattaient, défoncés, beurrés et à moitié morts de froid, et les grands hommes – comme Serif – s'engraissaient sur leurs dos et sur leurs cadavres. C'est un tas d'ordures.

— Je fais affaire partout où c'est possible, si le prix me convient.

— Je pensais que ça pourrait vous être utile, Mister, de savoir d'où vient votre nouveau partenaire. Je pensais que ça pourrait vous être utile de savoir quel genre d'homme c'est, et comment il a assis son pouvoir. Il a dansé sur des tombes… » Atkins laissa s'éteindre ses mots.

Il se retourna. Aucun des deux ne l'avait écouté. Ils étaient déjà en train de retourner vers le Toyota.

Ne le savait-il pas ? Il n'était qu'une mouche dans la toile de l'araignée. Il trottina derrière eux pour regagner leur véhicule.

« Ça va, Atkins ?

— Je ne me suis jamais senti aussi bien, Mister. »

« Tu sais quoi ? Je pense qu'il leur fait la visite touristique. Ils font le tour des champs de bataille… Bon, c'est pas les plages du débarquement, ni Passchendaele ou la ferme de Waterloo, mais Mister a droit au drame de Sarajevo. Qu'est-ce que tu en penses ?

— Comment est-ce que je pourrais bien le savoir ?

— J'essaye juste de faire la conversation, mon cœur… Tu me ferais vraiment une grande faveur si tu voulais bien cracher le morceau », dit Maggie.

Ils étaient à quatre cents mètres environ de l'endroit où le Toyota était garé. Joey l'observait avec les jumelles.

Il débita, comme une récitation atone : « J'ai franchi la ligne. J'ai brisé toutes les règles que j'étais censé respecter. Je sais que ce que j'ai fait était illégal. J'ai fait faire à des hommes sans scrupule ce que j'étais incapable de faire moi-même. De mon propre chef. »

Elle haussa les épaules. « Alors tout va bien – cesse de geindre.

— Ce que j'ai fait, et que je peux justifier, signifie que j'ai tourné le dos à mon camp.

— Es-tu un de ces *fanatiques* ? Chez nous, on les éradique. Même quand ils ont réussi à berner le bureau de recrutement, on les repère et on les écrabouille. Parce qu'ils ne sont pas sur notre planète. S'il te plaît, dis-moi que tu n'es pas un fanatique.

— Tu es douée pour les sarcasmes… Non, je ne crois pas être un fanatique.

— Mais tu peux justifier le sale boulot ? Bien, bien – tu as une sœur qui est morte d'une overdose ?

— Non.

— C'est quoi déjà, l'autre baratin habituel ? Ah oui. “Mon meilleur ami est devenu dealer. C'est pour ça que je pars en croisade contre la drogue.” C'est ça ?

— Je n'avais pas d'ami dans l'équipe du SQG, affirma simplement Joey. Mon meilleur ami enseigne les maths dans un lycée de Birmingham.

— Alors, c'est quoi la justification, pour la nuit dernière ?

— Est-ce que tu peux m'écouter quand je parle ? » Joey respira avec force. Son esprit était un enchevêtrement de petits bouts de fils, mais sans nœuds. « La question, c'est lui, ce qu'il est – et moi aussi, ce que je suis, moi.

— Un winner et un loser, c'est ce que tu m'as dit.

— Il est la plus haute montagne. Pourquoi escalader une montagne ? Parce qu'elle est là. Elle est là, devant toi. Elle te fait face, indestructible, et rit de toi parce que tu es si petit – un pygmée, minuscule. Toute l'équipe de Sierra Quebec Golf y a passé trois ans et elle a dégringolé de cette putain de montagne, tu connais la suite. Je veux escalader la montagne, vaincre ce bâtard et poser mon cul sur son nez, parce qu'elle est là… Parce qu'*il* est là. Ils disent qu'il n'a peur de rien. Je veux le voir crever de trouille. Ils disent qu'il contrôle tout. Je veux l'entendre crier, supplier et mendier. Je veux, moi, le petit minuscule, faire dégringoler la montagne. Et c'est la seule chose que je voudrai de ma vie. Ça te va, comme réponse ? »

Maggie lui toucha la main. « Je trouve qu'elle est meilleure que celle que pourraient donner la plupart des gens. »

Elle se dit que l'employé à Varsovie, quand il l'embrassait dans l'obscurité, aurait pu dire quelque chose de ce genre, parler de montagnes, si elle le lui avait demandé, et le jeune Libyen aussi, sur la terrasse au clair de lune, à La Valette. Elle les avait pleurés tous les deux. Bon Dieu, est-ce que c'était ça qui l'attendait ? Vieillir et devenir de plus en plus triste à force de voir des jeunes hommes tomber des escarpements de ces satanées montagnes ?

Ils remontaient dans le Toyota, immenses dans les jumelles, et elle démarra tout doucement.

Il y en avait, dans son organisation et dans chacune des communautés étrangères, qui avaient pris leurs quartiers en ville, qui s'en foutaient complètement. Leur compagnie lui répugnait.

Avec le chauffeur du camion, Monika se dirigeait vers le village au-delà de Kiseljak.

Elle, elle ne s'en foutait pas. Si elle avait été comme ça, elle aurait pu tout aussi bien rester à Nusfjord, comme elle se le disait souvent, à l'abri de ses montagnes, à contempler la baie classée par l'UNESCO comme environnement à préserver. La baie était sur l'île de Flakstadoya, dans l'archipel des Lofoten. C'était là le foyer qu'elle avait quitté. Parce qu'elle ressentait le besoin de s'impliquer, elle avait quitté Nusfjord, tourné le dos à la petite maison peinte en rose corail où elle avait grandi. En Bosnie, elle avait vu toutes les formes que pouvait prendre la barbarie. Elle s'était endurcie contre la souffrance. Elle ne l'aurait pas dit ainsi elle-même – elle détestait l'introspection égocentrique –, mais un trait remarquable de son caractère était son absence totale de cynisme, et son ignorance du désespoir. Elle trouvait sa récompense dans la gratitude des gens simples – des femmes qui n'avaient rien riaient avec elle, touchaient son bras ou ses vêtements ; des enfants sans avenir gazouillaient en chantant son nom. Toutes les heures passées dans des bureaux officiels à écouter des prétextes à leur procrastination étaient oubliées quand elle voyait cette gratitude et entendait ces chansons.

Ballottée dans le camion qui se faufilait entre les plaques de glace sur la route, elle était joyeuse, heureuse.

C'est l'homme qui lui avait apporté ce chargement qui était à l'origine de sa bonne humeur. La plupart des donateurs, s'ils avaient fait traverser l'Europe à un camion, auraient voulu un point presse et des photographes pour faire connaître leur générosité. Elle se disait qu'il était le meilleur des hommes, parce qu'il n'avait rien demandé. Elle fredonnait joyeusement dans la cabine du camion, sans jamais lever les yeux vers les pics couverts de neige, car ils lui auraient rappelé sa maison à Nusfjord. Penser à sa maison aurait terni sa bonne humeur. Ce mois-ci, ce jour-là, si la mer n'était pas trop forte, son père avait dû sortir en bateau avec son frère aîné ; et sa mère et sa sœur étaient sans doute occupées à éviscérer et décapiter les morues prises le jour précédent. Et tous ensemble, au retour du bateau, ils devaient être allés sur la tombe de son plus jeune frère, dans l'obscurité de l'après-midi. Les heures noires de l'hiver, la violence des flots, l'isolement de l'île et la blessure du suicide de son frère l'avaient poussée loin de Nusfjord. Quand elle regardait des montagnes, les souvenirs lui revenaient. Elle chantonna avec plus d'enthousiasme encore.

Ils quittèrent la route goudronnée et empruntèrent un chemin de terre vers le village avec le chargement que lui avait apporté un étranger plein de modestie, et qui ne s'en foutait pas, lui.

Ils étaient revenus de la salle d'audience. À la pause de midi, pour économiser de l'argent, ils évitaient la cantine des sous-sols du tribunal et remontaient dans son bureau manger les sandwiches qu'elle préparait à la maison.

Tandis que son père mangeait et réfléchissait au dossier en cours, les yeux de Jasmina s'arrêtèrent par hasard sur la liste des rapports de police de la nuit précédente. En principe, elle veillait à ne pas le déconcentrer quand il travaillait sur des cas difficiles de ce genre, qui mettaient à l'épreuve et son humanisme et ses obligations légales. Il s'agissait d'une affaire de meurtre. L'accusée était une femme de vingt-deux ans, déjà mère de quatre enfants. La victime était un Tzigane, comme elle, le père de deux des enfants. L'arme était une hache. La défense affirmait que la victime avait battu l'accusée, et que celle-ci avait agi pour sauver sa vie. L'accusation affirmait que l'accusée avait frappé la victime à neuf reprises parce qu'elle avait découvert que l'homme avait une maîtresse plus jeune qu'elle. Légitime défense, ou meurtre prémédité ? Liberté ou emprisonnement ? Il fut un temps, avant la guerre, dans la chambre 118 du ministère de la Justice, où son père aurait été assisté par un jury de professionnels, mais c'était un luxe qui avait disparu depuis longtemps. Il siégeait seul. Il devait décider de la culpabilité ou de l'innocence. C'était typique des affaires qu'on lui abandonnait, sans connotations politiques mais lourdes de dilemmes insurmontables.

Le cinquième point du rapport sur les incidents de la nuit passée lui sauta littéralement aux yeux.

Elle roula son fauteuil jusqu'au coin de la pièce, saisit un dossier et fit glisser l'élastique qui le fermait. Elle feuilleta les premières pages, en prit une, puis se dirigea vers le bureau de son père. Il leva les yeux avec agacement quand elle posa le rapport devant lui en montrant du doigt le cinquième article. Elle attendit qu'il l'ait lu, et, quand il la regarda d'un air irrité, elle posa dessus la page tirée du dossier.

Un nuage sembla lui obscurcir le visage. Il lut les deux pages une seconde fois.

Un vétéran mutilé de guerre, accro à l'héroïne, avait été sauvagement agressé dans le district de Dobrinja. Les voisins n'avaient rien vu, rien entendu, ne savaient rien, hormis son nom… Un homme portant le même nom et habitant à la même adresse à Dobrinja avait fait une déposition à la police au sujet de la mort de l'étranger, Duncan Dubbs, dans la rivière Miljacka… Et sa déposition avait été remise au jeune enquêteur britannique, avec une autorisation de surveillance intrusive… Et le GIP, le Groupe international de police, avait établi le lien avec Ismet Mujic, le premier baron du crime à Sarajevo… Et Ismet Mujic était au cœur de son histoire et de celle de sa fille.

« Il aurait mieux valu que je ne sois jamais impliqué, dit-il. Mais je le suis et je ne peux plus revenir en arrière… Il y a une expression en anglais – comment ils disent déjà, en anglais ?

— Je crois que c'est quelque chose comme : on récolte ce qu'on a semé. »

Avec toute l'équipe, Frank assistait au briefing organisé pour le nouvel attaché à la station de Kula. On le leur avait présenté comme un commissaire principal venu de Dakar, au Sénégal. Le briefing était orchestré par le commandant de la station, un officier des renseignements du département de la Sécurité publique de Jordanie, qui se servait d'une baguette et d'un tableau noir pour souligner son message. « Nous ne sommes pas des colonialistes, nous ne donnons ni ordres ni instructions, nous sommes ici pour conseiller et aider les forces de police locales. Avant toute chose, nous devons montrer que nous avons une foi totale dans l'importance de la loi… »

Frank écoutait le briefing avec une attention fluctuante, distrait par une honte mordante. Il avait passé la nuit à se tourner et se retourner, sans parvenir à dormir, avec le sentiment que la réputation de dévouement au maintien de l'ordre qu'il s'était imposée était en train de lui glisser entre les doigts. Il n'avait pas d'amis en Bosnie. Il allait au boulot, se débrouillait seul avec ce qu'il avait à faire, sans camarade pour le soutenir. Les seuls hommes qui l'accueillaient avec chaleur étaient les quatre cousins, les Quatre Sreb – Salko, Ante, Fharo et Muhsin. Il s'était réjoui de cette opportunité de travailler avec eux, il avait espéré qu'il finirait par apprécier Joey Cann, débarqué de Londres. Mais Cann était le responsable de son avilissement.

Le Jordanien poursuivait son discours. Frank s'était retrouvé en Bosnie pour de nombreuses raisons, dont l'essentiel avait trait à sa séparation d'avec Megan, mais, parmi les autres, il y avait eu un désir sincère de venir en aide à une communauté brisée par la guerre. Il haïssait le crime organisé qui ravageait la ville, mais, comme ses collègues de partout, il ne voyait aucun moyen de le combattre… Ses beaux idéaux avaient déchu, à cause de Joey Cann… Il ne voulait plus le voir, ni entendre parler de lui, jamais.

Il se mit à rêvasser – ce week-end, le bar irlandais en haut de Patriotske lige, un brunch copieux, la chemise rouge avec le dragon, une pinte de Guinness, la diffusion par satellite du match international, et la honte qui s'effacerait… Mais seulement si Joey Cann ne l'appelait pas.

Novembre 1996

Des phares traversèrent le plastique qui recouvrait les fenêtres, interrompant les réjouissances. Alija, le gendre d'Husein et de Lila Bekir, était venu à Vraca passer sa semaine de permission.

Désormais, leur fille vivait avec le vieux couple. Cela faisait dix mois qu'elle était avec eux et qu'elle les avait soulagés de la responsabilité de s'occuper de leurs petits-enfants, mais c'était bien que le père des petits soit enfin là. Il était arrivé la nuit précédente, déposé par un camion de l'armée, et il allait rester toute une semaine.

La famille était réunie autour de la table à la lueur des bougies dans la seule pièce de la maison qui soit sèche et calfeutrée contre le froid, et ils mangeaient, riaient, chantaient, sans plus penser aux désastres des années passées. Dans leur lit, la nuit précédente, tandis qu'ils se serraient l'un contre l'autre pour lutter contre le froid, Husein et Lila avaient entendu grincer les ressorts rouillés du sommier dans la chambre à côté, à travers le mur ébranlé par un vieux tir de mortier. Ils avaient pouffé et prédit l'arrivée d'un autre petit, et ils avaient, chacun à sa manière, prié pour être encore là pour assister à sa naissance. Il leur restait peu de choses à attendre et beaucoup trop à oublier.

La moitié de la population de Vraca était revenue, maintenant. Chaque jour on entendait le bruit des marteaux, des scies, et les coups des burins retaillant les vieilles pierres brûlées. Cette année, leur objectif était que les familles qui revenaient aient au moins une pièce à l'épreuve des intempéries. Pas d'électricité, pas d'eau hormis celle de la rivière, mais une protection contre les éléments. En tant que patriarche de la communauté, il appartenait à Husein de décider qui était le suivant dans la file de ceux qui avaient besoin d'aide pour les travaux indispensables, et de répartir les tâches. Le travail avançait lentement. C'étaient les plus âgés qui étaient rentrés, les jeunes ne revenaient pas. Si les jeunes ne revenaient pas, Husein doutait que leur communauté puisse jamais vraiment reprendre vie – mais c'étaient des pensées pour un autre jour, pas pour cette soirée de fête qui réunissait toute la famille.

Au titre de ce que les étrangers appelaient une allocation d'aide d'urgence, on avait donné à Husein une vache qui devait vêler en février prochain, et, grâce à l'allocation pour la création de revenus, on leur avait fourni des outils, des clous et des sacs de ciment. Les étrangers apportaient de la nourriture, du mazout, des feuilles de plastique pour bâcher les toits qui n'étaient pas encore réparés, et des sacs de semences de légumes. Sans ces dons, ils seraient morts de faim. La chèvre donnait bien un peu de lait aigre tous les jours, mais en vérité ils n'avaient rien. Ils dépendaient de la charité des étrangers. Ils avaient labouré des bandes de terre près du village pour planter les graines, mais la récolte avait été infime.

La bonne terre était de l'autre côté de la rivière. Il ne restait plus trace du feu qu'Husein avait allumé pour faire brûler l'herbe, les mauvaises herbes et les mines. Il ne pouvait pas regarder de l'autre côté de la vallée depuis sa maison : il n'avait pas de carreaux pour réparer les fenêtres qui étaient masquées par d'épaisses feuilles de plastique clouées. Chaque fois qu'il sortait de chez lui – saison après saison, depuis une année –, il avait l'impression que ses champs, sur l'autre rive, se moquaient de lui. La terre, de ce côté de la rivière, fournissait une maigre pâture pour la vache et les quelques chèvres et moutons que son chien avait pu retrouver dans les bois et ramener, et il n'avait pas d'engrais pour les parcelles où il avait semé.

Ce matin-là, Husein et son gendre étaient partis à la première lueur de l'aube.

Sous une pluie battante, Husein – couvert du vieux manteau dans lequel il vivait en permanence, ceinturé par de la ficelle – et Alija, son gendre, avaient descendu le sentier vers la rivière. Husein avait voulu expliquer où il pensait que des mines avaient été enterrées, fouillant dans ses souvenirs, mais Alija lui avait fait signe de se taire et de le laisser se concentrer. S'il ne la lui avait pas montrée, Husein n'aurait pas vu la petite forme ronde de plastique gris-vert posée dans une coulée de vase, dans le champ, à une douzaine de pas de l'autre berge. Juste en face de l'endroit où la PMA2 avait refait surface, Alija avait ôté ses bottes et ses habits, ne gardant que son maillot de corps et son slip. Puis, sans paraître sentir le froid, il avait défait les fils qui entouraient la taille d'Husein, les avait déroulés, puis attachés les uns aux autres pour faire un long fil de plus de trente mètres. Il disait qu'il s'y connaissait en mines, grâce à son entraînement militaire. Il n'avait emporté que cette longue ficelle quand il était descendu de la berge pour traverser à la nage l'étendue sombre et glaciale. Husein était resté immobile à le regarder. Alija avait escaladé l'autre rive en rampant et s'était glissé vers la mine, entre les herbes fanées et les orties mortes. Husein pensait que c'était pure bravade, de la folie. Si la mine explosait, il serait maudit par Lila et par sa fille, par les larmes de ses petits-enfants, juste parce qu'il s'était plaint à Alija de n'avoir aucune nourriture digne d'un repas de fête. Avec d'infinies précautions, Alija avait gratté la vase dans laquelle reposait la mine, puis l'avait sortie de terre. Husein avait cessé de respirer. Elle était si petite. Alija avait noué l'extrémité de la ficelle autour du col étroit de la mine, entre le corps et la petite antenne qui dépassait en dessous. Puis il avait intimé doucement à Husein de s'aplatir sur le sol et de mettre ses mains sur ses oreilles. Il s'était couché au sol, enfonçant son corps dans l'herbe humide, et Alija avait balancé nonchalamment la mine dans le bassin formé par la rivière. Il y avait eu un rugissement de tonnerre qui avait pénétré tout au fond de ses oreilles, puis de l'eau lui était tombée dessus comme une averse.

Ils étaient rentrés à la maison avec deux brochets, le plus gros pesant bien cinq kilos, et trois truites, toutes de plus de deux livres. Pochés dans le vieux plat, avec leur chair épaisse qu'on pouvait dépiauter avec les doigts, les brochets et truites faisaient un vrai repas de fête.

Les phares qui illuminaient le plastique s'éteignirent, et le gros moteur de la Jeep se tut. On tapa doucement du poing sur le bois de la porte

Ils accueillaient toujours bien le jeune officier espagnol. Ils se levèrent autour de la table et restèrent debout assez longtemps pour le mettre mal à l'aise. Ils le présentèrent à Alija comme leur bienfaiteur, et la fille d'Husein lui offrit une chaise à table, mais l'officier refusa et s'assit sur une boîte en bois retournée. Il s'excusa de l'heure tardive, mais ils étaient en train de décharger les vivres et les fournitures dans le bâtiment qui était autrefois une école. Ils n'avaient pas d'alcool à lui offrir, mais Lila lava son assiette dans un seau d'eau de la rivière, s'essuya les mains sur son tablier, attrapa des restes de truite et de brochet et les mit dans l'assiette qu'elle tendit à l'officier.

« Je vous félicite, dit l'officier, vous êtes d'habiles pêcheurs. »

Ils n'avaient pas de lignes dans le village, pas d'hameçons, et pas d'argent pour en acheter. Quelqu'un lui avait dit ce qu'ils avaient fait.

Il fronça les sourcils. « C'est très dangereux. Je ne peux pas encourager ça. Jusqu'à ce que tout soit nettoyé, je vous conseille vivement de ne plus jamais retraverser. »

Husein se tortilla sur sa chaise. C'était lui le responsable. Il passa outre. « Nous sommes piégés ici. La vallée était toute notre vie. Si nous ne pouvons pas traverser la rivière, comment pouvons-nous vivre ? Quelle vie nous reste-t-il ? »

L'officier répliqua sans sembler croire à ce qui venait d'être dit : « Un comité a été mis en place à Sarajevo, un centre d'action antimines, et ils sont en train de répertorier les endroits où l'on sait que des mines ont été placées. Ils établissent une liste des priorités de nettoyage.

« Et où est-ce que je me trouve, dans ces priorités ? insista Husein d'un ton buté.

— Je mentirais si je vous disais que vous êtes en tête de liste. Les villes passent en premier. Sarajevo est numéro un, puis Gorazde et Tuzla. Il y a Travnik et Zenica, et toute la province de Bihac. On pense qu'il y a eu un million de mines enfouies en Bosnie… Mais vous êtes sur la liste, je vous le promets.

— Tout en bas de la liste ?

— Pas très haut.

— Dans combien de temps serons-nous en haut ?

— Ce n'est qu'une estimation, mais il y a environ trente mille endroits où ont été posées des mines. Je pense qu'il faudra beaucoup de temps avant que vous n'arriviez en haut de la liste. »

Husein savait qu'il avait détruit le plaisir de cette soirée, mais il ne pouvait pas s'arrêter. « Combien croyez-vous qu'il y a de mines dans mes champs ?

— Je ne sais pas. Vous me posez des questions auxquelles je ne peux pas répondre… Ce pourrait être dix, ou cent, ce pourrait être la dernière qui est partie dans la rivière pour tuer les poissons… Je ne sais pas. »

Husein s'accrocha à ce fétu de paille. « Ça pourrait avoir été la dernière ?

— Je ne peux pas dire ça – c'est une *possibilité*, rien de plus.

— Vous avez le privilège d'avoir reçu une éducation, vous êtes un homme intelligent. Si vous étiez à ma place, que feriez-vous ? Comment feriez-vous pour vivre ?

— Il est de mon devoir de vous exhorter à la patience… J'ai quelques nouvelles intéressantes pour vous. Le premier qui va revenir de l'autre côté de la vallée arrive la semaine prochaine. On nous a demandé de l'escorter.

— Qui est-ce ?

— Un vieil homme, un policier à la retraite. Il a la maison au-dessus de la rivière, celle qui est la plus proche de la vôtre. Il était en Allemagne, mais les Allemands poussent les réfugiés à partir. Il sera le premier à rentrer. »

Husein pensa qu'il disait cela pour les réconforter. L'officier n'avait pas touché au poisson posé devant lui. La boîte en bois racla le sol quand il la repoussa en se levant. Il s'excusa de son intrusion. Husein pensa un moment au retour de son ami, à la possibilité qu'ils puissent à nouveau bavarder, se chamailler et se disputer, jouer aux échecs à l'ombre du mûrier de son ami – s'il traversait le gué quand la rivière aurait ralenti l'été prochain, et si le sentier menant chez Dragan Kovac était nettoyé, propre, sécurisé. L'officier était à la porte.

« Il est vraiment possible que ça ait été la dernière mine ? » demanda-t-il si doucement que l'officier n'entendit pas sa question et disparut dans la nuit.

« Comment ça va ? Vous prenez vos marques, monsieur Gough ?

— Ça ne va pas mal…

— C'est une bonne nouvelle. Je suppose que vous n'aimez pas beaucoup Londres.

— Je survivrai. »

En fin d'après-midi, Dougie Gough et le CIO, Dennis Cork, se faufilèrent hors de l'immeuble des Douanes et prirent le chemin des berges le long de la Tamise. Selon toute apparence, ils avaient quitté l'immeuble pour que Gough puisse allumer sa pipe. Mais, sans l'exprimer, les deux hommes partageaient le même désir de s'éloigner des yeux et des oreilles qui pouvaient les observer ou les entendre. Gough, le visage auréolé de la fumée de sa pipe, portait son vieil imperméable et une épaisse écharpe de tricot par-dessus son costume de tweed. Cork était enveloppé dans un manteau de poil de chameau sombre, avec quelques pellicules sur le col. Les nouvelles de routine étaient réservées aux couloirs et à la grappe de fumeurs sur les marches du perron. Oui, Gough prenait ses marques, il survivait ; c'était ce qu'il avait dit à sa femme quand il l'avait appelée à Glasgow. Elle n'avait fait aucun commentaire, elle le questionnait rarement sur son travail. Il avait dit la même chose à son fils, Rory, et à sa belle-fille, Emma, dont il occupait la chambre d'amis dans leur appartement du sud-ouest de Londres. Il détestait Londres et ne rêvait que de voler vers Ardnamurchan, mais tout cela était derrière lui. Ils marchaient à grands pas.

« Je ne voudrais pas que vous interprétiez mal ce que je vais dire, monsieur Gough, mais je ne vois aucun progrès notable. Je ne vous reproche pas vos appels au beau milieu de la nuit – le dernier rapport de Cann –, mais je n'ai pas l'impression qu'il se passe grand-chose. Est-ce qu'on ne pourrait pas accélérer un peu ?

— Je n'ai jamais été de ceux qui pressent les choses.

— Les faire frissonner un peu ? Les déstabiliser ? N'est-ce pas là la voie qui mène à l'erreur ?

— C'est un jeu à double tranchant. Courez quand vous devriez marcher, et ils ne seront pas les seuls à commettre des erreurs. Il nous arrive d'en faire, à nous aussi.

— Je veux que Packer et son groupe se sentent encerclés. J'ai un ministre qui campe sur mes genoux. Nous avons pris la direction de cette enquête. J'ai taclé la police criminelle et les renseignements. J'ai refusé qu'on travaille ensemble. Si nous n'avons pas de résultat rapidement, je risque d'y laisser ma peau.

— Ça fait partie du jeu.

— Le jeune homme que nous avons là-bas, Cann – c'est intéressant ce qu'il a dégoté, mais ça ne nous mène nulle part. Franchement, j'aurais cru qu'il ferait mieux que ça, depuis le temps. Nous avons le gras, mais pas la viande. Je ne devrais pas, mais, la nuit, je n'arrive pas à dormir et je pense à ce type,

Packer, et j'ai l'impression qu'il me regarde, dans la rue ou n'importe où, et qu'il ricane.

— Je dors très bien la nuit.

— Là où je travaillais avant, nous avions pour credo qu'il faut prendre les devants. Initier et mener le jeu, pas seulement réagir. » Cork se souvint alors qu'il avait prévu de l'alerter sur le danger que faisait courir une trop grande assurance en matière de surveillance, mais il balaya cette idée.

« C'est vraiment dommage que vous ne travailliez plus là-bas, monsieur.

— Bon sang, Gough – monsieur Gough –, si Packer n'est pas bientôt cloué à un banc du tribunal, je vais être mis au rancart. Dites-moi ce que Cann a déterré, ce qu'il y avait de si important dans son rapport.

— Apprenez à être patient. Il faut rester assis pendant des heures, des jours, pour voir une belle loutre de mer sur les rochers de Kilchoan, ou sur les plages de Ben Hiant. On n'a rien sans patience… *Cible un ne soupçonne pas la surveillance en cours*. C'est ça, le point important. »

Cork avait oublié son idée.

« Je ferais mieux de rentrer », dit-il.

Gough s'appuya sur la rambarde au-dessus du fleuve et fuma sa pipe en réfléchissant. Le manteau en poil de chameau disparut au milieu des piétons. Dougie Gough avait des plans, évidemment, pour ébranler et inquiéter Mister et son clan, mais ils ne seraient ni discutés ni négociés avec un homme qui avait des pellicules sur les épaules et qui ne se souciait que de l'évolution de sa carrière. Tout était question de patience, et Joey Cann était la clé qui permettrait de récolter les fruits de cette patience, une ombre, invisible, traquant Mister dans les rues de Sarajevo.

« Hello, ma chère. Vous venez d'arriver, n'est-ce pas ?

— Je pensais faire un peu de ménage, et m'assurer que tout va bien. »

La petite amie, Jennifer, était plutôt jolie, une fille correcte, attentionnée et consciencieuse. Violet Robinson l'aimait bien. En tant que propriétaire de tout le bâtiment de Tooting Bec, et gérante des locations, elle mettait un point d'honneur à être au courant de toutes les allées et venues dans son domaine. Elle avait deux jeunes femmes au sous-sol, deux employées de la City, et elle espérait – pour leur propre bien – qu'elles allaient se marier rapidement et se trouver un appartement chacune. Joey – elle avait toujours eu un petit faible pour lui – occupait la chambre du dernier étage, sous les combles. Quand les filles du sous-sol déménageraient, elle avait dans l'idée que Joey et sa petite amie pourraient le reprendre. Elle se sentirait bien avec eux deux dans la maison. Elle se dit que la jeune Jennifer semblait épuisée, tendue… Violet avait vérifié la chambre après le départ précipité de Joey pour attraper son avion, et l'avait trouvée rangée avec une rigueur ascétique. Peut-être qu'elle voulait faire du repassage, un prétexte dans ce genre, mais il était plus que probable que la pauvre petite âme se sentait seule et qu'elle avait fait tout le trajet depuis Wimbledon juste pour être dans la chambre de Joey.

« C'est vraiment gentil, ma chère. Vous avez eu des nouvelles ?

— Il a appelé pour dire qu'il était bien arrivé. Il ne m'a pas dit grand-chose. Il n'a pas rappelé depuis.

— Vous savez que vous pouvez toujours utiliser le téléphone d'ici.

— Il ne m'a pas donné son numéro. »

Violet Robinson était veuve depuis huit ans. Feu son mari avait fait partie du corps diplomatique et lui avait été arraché par une fièvre subite au nom imprononçable, et au-delà des compétences des médecins de l'hôpital américain d'Asuncion. Perry, chargé d'ambassade au Paraguay, avait décliné dans la nuit, et s'était retrouvé dans un état trop critique pour pouvoir être transporté dans un meilleur service à Buenos Aires. Avec l'indépendance qu'on attend de l'épouse d'un vieux routier des Affaires étrangères, elle avait pris sur elle et divisé leur maison de Tooting Bec. Le rez-de-chaussée et le premier étage, elle les avait gardés pour elle, mais le sous-sol et le grenier avaient été convertis en meublés à louer. Joey logeait chez elle depuis cinq ans. Jusqu'à l'arrivée de la jeune Jennifer, Violet s'était dit qu'il serait encore là quand une ambulance viendrait la chercher, ou un croque-mort, et commençait à désespérer de jamais le voir rencontrer le bon genre de fille – et puis Jennifer était arrivée.

« Eh bien, appelez son bureau, demandez-leur le numéro, dit-elle.

— Ils ne voudront pas me le donner, c'est contraire au règlement.

— Bien sûr que si, en cas d'urgence. Mais il n'y a pas à s'inquiéter, je suis certaine qu'il va très bien, là-bas.

— Oui… J'imagine qu'il m'appellera de l'aéroport. Ça ne fait que quelques jours. »

À ce que croyait Violet, non sans une pointe de vanité, Joey lui faisait plus de confidences qu'à sa petite amie. Une fois par semaine au moins, quand il rentrait tard, elle l'invitait dans son salon du rez-de-chaussée, et le faisait asseoir dans l'un des vieux fauteuils de Perry. Elle lui préparait du café très fort, un Welsh rarebit ou une omelette, lui servait un bon whisky, et elle le laissait parler. Elle était habituée à être discrète. Elle savait tout des journées de ce qu'il appelait l'équipe Sierra Quebec Golf, et de la vie d'Albert William Packer. Pour occuper les longues journées et les longues soirées, elle regardait des séries, mais il n'y avait rien à la télévision qui puisse rivaliser avec la mission du SQG et la vie de Mister. Joey lui avait dit qu'il ne racontait à Jennifer que les très grandes lignes. Violet trouvait une certaine fierté à être informée des détails de l'histoire, et comme une raison d'être.

« Et il nous manque, n'est-ce pas ?

— J'en ai bien peur… Bon, j'y vais, dit Jennifer.

— C'est un jeune homme raisonnable et vous devez garder en tête qu'ils ne l'auraient pas envoyé là-bas s'il devait courir le moindre danger.

— Bien sûr, vous avez raison – merci de me dire cela. »

La jeune Jennifer lui tournait le dos, grimpant les marches, et n'avait pas pu voir Violet frissonner. Perry lui avait suffisamment répété que, lorsque des diplomates, des soldats ou des agents des renseignements étaient envoyés à l'étranger et se retrouvaient loin de chez eux, leur instinct de conservation diminuait. C'était un de ses sujets de prédilection. Les personnes en mission à l'étranger avaient une moins grande capacité à reconnaître le moment où il fallait faire marche arrière. C'était une question d'isolement, disait Perry. Ils se sentaient invulnérables, oubliaient leur carapace de prudence, et se mettaient à marcher au bord des précipices – il en parlait très souvent.

Elle lança, vers le haut des marches : « Ne vous inquiétez pas. »

La réponse descendit jusqu'à elle, surprenante : « Pourquoi dites-vous ça, madame Robinson ? Je ne suis pas inquiète.

— Non, bien entendu, et vous n'avez aucune raison de l'être.

— Je ne resterai pas longtemps – je vais juste remettre un peu d'ordre. Il faut que je rentre m'occuper du chat… »

Après le départ de Joey, quand elle avait passé en revue la chambre, Violet avait noté que la photographie avait disparu du mur. En vidant ses ordures dans la grosse poubelle pour les éboueurs, elle l'avait vue, déchirée en petits morceaux. C'était une photo sale d'un homme sale, comme une mauvaise odeur dans sa maison. Elle regagna son appartement. Elle espérait que Joey, isolé, frêle, avec ses grosses lunettes, n'était pas attiré par le précipice. Tout en haut, elle entendait le gémissement de l'aspirateur qui descendait par la cage d'escalier.

« Ah, vraiment ? »

À tout autre homme, un homme de moindre envergure, ce que Mister venait d'entendre de la bouche de Serif aurait fait l'effet d'un pic à glace dans l'estomac. Près de lui, l'Aigle avait frémi, et il avait entendu un petit sifflement de surprise filer entre les dents d'Atkins. Après deux heures de discussion et d'amendements, la signature de Serif avait été apposée au bas du document établi par l'Aigle. Il y avait eu des échanges de politesses contraintes durant le marchandage, et par deux fois Serif était sorti discuter dans le couloir avec ses partenaires. Mister était satisfait. La somme sur laquelle ils étaient tombés d'accord était d'un million et demi de livres sterling, converties en dollars américains, transférés à Nicosie. Sous la direction d'Atkins, les hommes de Serif avaient transporté des boîtes contenant deux autres lanceurs Trigat à moyenne portée, avec les missiles, du Toyota jusqu'à l'appartement. Les appareils de transmission avaient été livrés également, et Serif s'était penché attentivement sur l'épaule d'Atkins quand il avait expliqué leur fonctionnement. Cela aurait pu être le moment de déboucher le champagne, mais Mister – toujours souriant – avait demandé, coupant comme un rayon laser, si Serif était responsable du passage à tabac perpétré sur le témoin oculaire de Dobrinja, la dernière personne à avoir vu le Craqueur en vie. Serif avait nié. Puis Serif avait fait rouler une grenade à main à travers la table, et elle était tombée sur les genoux de Mister. L'Aigle s'était étranglé, Atkins avait sifflé, mais Mister n'avait même pas cillé.

« Vous avez ma parole, Mister Packer, que c'est la pure vérité. Vous êtes suivi.

— Je vous écoute.

— Un jeune homme, étranger – de votre pays, je suppose. Il est petit, avec de très grosses lunettes, et habillé sans aucun style. Son manteau est vert. Il vous a suivi hier, Enver l'a vu. Vous vous êtes arrêté pour regarder une vitrine, et il s'est arrêté. Vous êtes revenu vers lui, vous êtes passé très près de lui, et il a détourné les yeux. Vous êtes reparti dans l'autre sens et il vous a suivi. Vous êtes surveillé. Ce n'est pas le genre de situation que j'apprécie… Je ne suis pas au courant du tabassage de ce camé à Dobrinja. Cherchez ailleurs les responsables, cherchez du côté de l'homme qui vous surveille. »

Aucune panique dans les yeux de Mister. Il suintait la sérénité. « Je vous suis reconnaissant.

— Je n'admets pas les fouineurs autour de mon business. Vous apportez de bonnes affaires, mais aussi des ennuis. »

Les doigts de Mister pianotaient sur la table. « Je vais m'en occuper.

— Mais vous aurez besoin d'aide. Ce serait mieux que nous nous en chargions.

— Non merci. Pas d'aide.

— C'est ma ville. »

Mister coupa court, réaffirmant son autorité : « Je m'aide moi-même. Je n'ai pas besoin d'assistance. Si j'ai un problème, *je* m'en débarrasse. Merci, mais je ne veux aucune aide. »

Il n'était pas question de donner à Serif l'occasion d'esquisser un sourire satisfait. On se serra la main, puis, à la fin, il laissa Serif le prendre entre ses grands bras pour balayer ses joues d'un semblant de baiser. Il avait toujours réglé lui-même tous les problèmes qui se dressaient devant lui, et il continuerait jusqu'à la chute. Ils se retrouvèrent dans la rue et regagnèrent le Toyota. L'Aigle était un avocat, excellent pour les contrats. Atkins était un soldat, il comprenait les armes de guerre. Atkins ne savait rien des procédés de contre-surveillance, et l'Aigle encore moins. Il leur dit de rentrer à l'hôtel et de l'attendre là. Il se sépara d'eux près du véhicule et commença à marcher lentement, les yeux fixés sur les devantures des magasins, le long de Mula Mustafe Baseskije.

Il avançait à son rythme, sans regarder derrière lui, sans revenir sur ses pas. Il tourna au grand carrefour de la route allant vers Kosevo, et commença à gravir la colline.

C'était un de ces jours où rien n'arrive, et où tout changea.

Chapitre dix

Joey Cann grimpait la rue escarpée. Il avait beau chercher, il ne comprenait pas pourquoi Mister avait quitté la ville basse et pris cette rue qui montait à flanc de colline. C'était une chose qu'il avait apprise très longtemps auparavant, de la bouche de spécialistes ; là où allait la cible, le fantassin allait. Sa mission consistait juste à ne pas le perdre de vue, en restant invisible, mais en gardant le contact.

Au début, en remontant la rue, devant des petites pensions de famille et des boutiques plus petites encore, il se sentait dans la peau d'un prédateur, et Mister était la proie. Enfant, dans la propriété que gardait son père, le garde-chasse lui avait appris l'art du pistage. C'était un homme jeune, qui sortait d'une école agricole dans la campagne d'Exmoor, et il était – aux dires de son père – le meilleur que le propriétaire ait jamais employé. Joey, adolescent, et le gardien, qui avait à peine plus de vingt ans, pistaient des daims solitaires les matins d'été, et il avait vu le garde-chasse les abattre avec son fusil. À d'autres époques de l'année, quand il n'était pas nécessaire de les tuer, leur jeu consistait à se glisser tout près d'eux, et Joey avait connu alors cette excitation qui lui chauffait le visage, d'être là, si près et invisible. Il était le prédateur et le daim était sa proie.

L'homme qui marchait devant lui avait pris la place du daim, il ne semblait pas avoir conscience de sa présence, ne se méfiait pas et continuait d'avancer.

Le garde-chasse avait disparu quand le nouveau propriétaire avait racheté le domaine, trop cher pour lui. Un syndicat de Bristol avait racheté les droits de chasse et employait un type à mi-temps, qui n'avait jamais ni le loisir ni l'envie d'emmener un ado avec lui. Le talent de pisteur de Joey était resté en sommeil jusqu'à aujourd'hui.

Il avait dit qu'il était le loser et que Mister était le vainqueur. Mais le loser traquait le vainqueur. L'euphorie le gagnait. Il sentait en lui la puissance du prédateur.

Son esprit était fixé sur les épaules qui roulaient devant lui, et le mouvement des cheveux frisottants. Il ne pensait pas à Jen, ni à Dougie Gough qui lui avait donné sa chance, ni à la raison qui poussait Mister vers les abords de la ville. Il avançait, d'un pas presque bondissant.

En face de lui, le soleil de l'après-midi entamait sa descente vers la pénombre, et la lumière rasante peignait les plots de béton blanc qui sortaient de la terre poussiéreuse. Pourquoi Mister se rendait-il en ce lieu funéraire? Sur la colline au-dessus de Patriotske lige, et la pente en dessous, s'agglutinaient des pierres tombales, blanches, sans aucun alignement ni rigueur géométrique, pressées les unes sur les autres, sans souci des convenances.

Là où Mister le menait, il le suivrait. Des hommes, des femmes et des enfants avançaient entre les grilles pour rendre leur triste hommage, tenant de petits bouquets qu'ils venaient offrir aux tombes. Joey n'avait pas mesuré l'étendue du massacre de Sarajevo. Il lui revint la mémoire fugace des histoires que rapportaient la radio ou les journaux, les enterrements de nuit pour que les endeuillés échappent aux obus et aux tirs de mortier des ennemis. Au bas des deux cimetières jumeaux s'étendait un terrain de foot fait de terre et d'argile, dénué du moindre brin d'herbe, et il se souvint alors avoir entendu ou lu qu'un terrain de sport avait été utilisé comme fosse commune, car les cimetières débordaient. Visibles à travers les grilles dans le haut du cimetière, entassées comme si les corps avaient été serrés au maximum pour tenir sur ce petit espace, cinq pierres blanches portaient le même nom de famille et la même date de décès.

Devant lui, la rue était vide.

Joey se maudit d'avoir laissé le cimetière et les morts de cette guerre le distraire de son objectif.

Ses yeux parcoururent l'étendue désolée.

Il vit Mister et respira un grand coup. La tension quitta ses muscles. Mister marchait entre les stèles. Elles arrivaient à hauteur de ses hanches. Sur certaines étaient posées des fleurs fraîchement coupées, sur d'autres des globes de verre protégeant des fleurs artificielles, sur d'autres encore des bouquets fanés depuis longtemps – beaucoup étaient laissées à l'abandon. Il aurait dû se demander pourquoi, mais il n'y pensait pas. Mister avançait lentement vers un grand monument de pierre grise qui se dressait au-dessus des tombes, sombre dans le contre-jour, dominant tout. Il semblait avoir tout son temps et aucune préoccupation. Il ne regardait pas sa montre, comme l'aurait fait un homme qui aurait eu rendez-vous ici.

Mister passa derrière le monument, et disparut à la vue de Joey.

« Je m'en occuperai moi-même », avait-il dit.

Mister portait son meilleur costume et des chaussures souples. De la boue et de la neige maculaient son pantalon et ses chaussures. Il s'était mis à genoux, derrière des rangées irrégulières de stèles blanches, loin sur la droite du monument. C'était la première fois qu'il le voyait.

Il allait s'en occuper lui-même, parce que c'était sa manière de procéder. C'était une question de respect. Être en dette de quoi que ce soit envers Ismet Mujic était impensable pour Mister.

Le jeune homme était près du monument. Il s'était arrêté et il hésitait, jetant autour de lui un regard circulaire, censé être nonchalant... Le chasseur avait perdu sa cible. Le monument représentait un lion à terre, ou endormi, et l'inscription, difficile à déchiffrer, était en allemand. Le chasseur examina le monument, comme pour faire la démonstration de son innocence, il tournait à peine la tête, mais ses yeux transperçaient les poteaux et les stèles. Mister le regardait.

Il avait l'air d'un étudiant. Mister ne s'était jamais rendu à l'étranger pour ses affaires, mais il avait voyagé en Espagne assez souvent avec la Princesse pour des escapades au soleil, et il se faisait un point d'honneur de repérer les stéréotypes chez les étrangers. Il jugea que son pisteur était anglais. Les lunettes étaient révélatrices. Il ne s'agissait pas d'un accessoire de mode stylé, mais d'un objet fonctionnel : il voyait l'éclat des verres épais dans les dernières lueurs du soleil, tandis que la tête pivotait doucement… Un policier n'aurait pas été admis à l'examen, avec des yeux nécessitant de telles prothèses. Agenouillé dans la terre sale mêlée de flaques de neige fondue, Mister avait une vue précise sur la mince travée entre les stèles.

Tout au long de son ascension vers la colline, un chemin pris au hasard, il n'avait à aucun moment regardé derrière lui. Il n'avait pas fait demi-tour, n'avait pas utilisé le reflet des vitrines. Devant lui, il avait vu le cimetière, le stade fermé et l'hôpital encore un peu plus loin. La partie haute du cimetière lui avait semblé offrir la meilleure situation. Il attendit et observa… Il cherchait les autres. Sur la pente, derrière le monument, il y avait les grilles, le trottoir et la rue. Il cherchait des hommes en imper ou blouson de cuir, des femmes qui n'auraient aucune raison d'être là. Mais tout ce qu'il voyait, c'étaient des femmes âgées, des vieillards et quelques enfants déambulant lentement vers des tombes, ou méditant, assis sur des pliants, ou se hâtant de repartir car la nuit tombait sur la ville. Il ne voyait pas d'équipe.

Il comprit soudain. Ils n'avaient envoyé qu'un seul homme. C'était là un manque de respect. Il connaissait tous les hommes et toutes les femmes des équipes de la police criminelle, des services des renseignements et des Douanes, des experts dont la mission avait été de le suivre, le filer, le traquer. Il connaissait leurs grades, leurs adresses et leurs noms. Il connaissait leurs enfants, leurs voitures et leurs lieux de vacances. Il était passé devant eux à l'Old Bailey, avec l'Aigle, quand il marchait vers la sortie. Il était passé devant leur rage et leur amertume. Mais il ne connaissait pas le jeune homme qui se tenait là, planté près du monument, en pleine confusion.

Une pluie forte s'était mise à tomber.

Il ne voyait que la blancheur des tombes, les petites grappes de fleurs et les formes grises et sombres du monument. Le lion, criblé de shrapnel, dormait. L'endroit faisait frissonner Joey, et il sentait la pluie, que les rafales de vent soufflaient sur son dos et contre son pantalon. Sur certaines des tombes qui basculaient à présent dans l'ombre étaient nichées des photos des morts – des hommes jeunes, d'après les dates gravées dans la pierre. Il ne savait pas s'ils avaient été des soldats ou des civils, s'ils étaient morts au combat, ou fauchés par des éclats d'obus ou des snipers. Certains auraient eu son âge aujourd'hui, ou moins. Il rêvassait… mais ce n'était pas le bon endroit pour rêver.

Joey Cann était le loser. Pendant qu'il restait debout près du monument, le cimetière s'était vidé autour de lui. Joey le fantassin avait perdu la cible.

Il se détourna. La pluie coulait sur ses lunettes, il les ôta et les essuya rageusement ; sans elles, les stèles blanches n'étaient que des masses floues. Il ne savait pas s'il avait commis une erreur ou si l'autre l'avait berné. Il ne pouvait dire s'il avait été repéré ou si la masse du monument – le lion endormi mutilé par l'artillerie – avait suffi à masquer Mister le temps qu'il sorte du cimetière du côté opposé, pour disparaître dans le réseau de ruelles au-dessus. Une histoire circulait à l'Église, celle du jour où vingt agents et officiers, et même des officiers supérieurs, avaient été déployés pour suivre un Colombien après un rendez-vous dans une banque de la City. Cinq avaient perdu la cible dans la première station de métro. D'autres avaient été semés quand la cible avait changé de train. Ils n'étaient plus que trois qui parvinrent à l'aéroport d'Heathrow avec lui. Aucun supérieur ne pourrait le blâmer de s'être fait semer par sa cible, mais il se blâmait lui-même. Il quitta le cimetière. La pluie luisait dans les phares des voitures, rebondissait sur la chaussée brillante, trempant son pantalon.

Il descendit la colline, d'abord sur Patriotske lige, puis sur Kosevo, marchant vite. D'un coup, il se retrouva dans un petit parc qui séparait Kosevo d'Alipasino. Il passa devant la forteresse de l'ambassade américaine, dont on n'apercevait que les toits derrière les hauts murs. Le drapeau qui la surmontait pendouillait et les projecteurs brillaient. Des gardes le regardèrent passer, une caméra tourna pour le suivre. Joey était entraîné à la filature, non à la contre-surveillance. Il avait passé les tests – avec les félicitations des instructeurs – pour être le traqueur. Pas pour être traqué. Le sentiment d'échec le submergea. L'échec, comme un prurit dans son esprit, bloquait toute autre pensée qui aurait pu le calmer. Des larmes lui piquant les yeux, il ne fit signe à aucun taxi, ne sauta dans aucun bus. Son rapport nocturne ferait la liste des déplacements de Mister, la visite des anciennes tranchées surplombant Sarajevo, le déjeuner dans un restaurant de poissons au-dessus de Pale ; puis le trajet jusqu'au rendez-vous avec Ismet Mujic et le déchargement de nouvelles caisses à son appartement. Il ne parlerait pas de l'échec. Il se souvenait de ce qui avait eu lieu dans le bureau avec les nouveaux agents recrutés pour Sierra Quebec Golf : la voix dure et sèche de Gough, la présentation haletante, la suspicion hostile dans les yeux qui le dévisageaient, lui, l'intrus.

Dégoulinant d'eau, il entra dans le hall de son hôtel en tapant des pieds, ne répondit pas au salut aimable du réceptionniste qui lui demandait s'il avait passé une bonne journée, et se précipita dans les escaliers, vers sa chambre et des vêtements secs. À aucun moment il ne regarda derrière lui, et il ne vit pas la réaction du réceptionniste qu'il avait rabroué.

Une main avança sur le comptoir un billet de cent marks. Cela représentait un quart de la paye mensuelle d'un réceptionniste, et cela méritait une réponse. « Joey Cann, de Londres, chambre 239. »

Un autre billet, cent marks supplémentaires, glissa dans la poche de la veste du réceptionniste, et le nom fut entré dans l'ordinateur. Une facture fut imprimée et posée sur le comptoir. Elle fut scannée d'un regard. Un nom, un numéro de passeport, pas d'autre adresse que London SW17, pas de profession, la liste des repas et des cafés, un seul appel passé depuis la chambre.

Une dernière question, et un autre billet : M. Cann était-il seul ? Il voyageait avec une femme, deux chambres séparées – une femme très élégante, une dame. Un serrement de mains, un échange de sourires.

Mister sortit dans la pluie et l'obscurité grandissante.

Le numéro du portable n'était connu que de son propriétaire et du patron qui le payait. Trois appels furent passés ce soir-là.

Ce qui avait déclenché ces appels était une simple demande de renseignements. Dès que le bip et la vibration l'avaient interrompu, au beau milieu d'une conversation dans un restaurant italien bondé près de Victoria Station, son propriétaire avait quitté la table et s'était rendu aux toilettes. Il ne se séparait jamais de ce téléphone, un portable basique à carte prépayée. Il avait écouté le bref message derrière lequel montait la rumeur de la circulation.

Il passa un premier appel à l'officier de service de nuit au service des investigations des Douanes. Il s'identifia comme le père de Joey Cann et demanda à lui parler. On le transféra sur un autre poste et il répéta sa demande. On lui dit d'un ton bref que Cann était à l'étranger et il s'excusa avec humilité. Enfoui à l'intérieur du portable, il y avait un minuscule appareil qui brouillait son numéro, installé par une minuscule société d'électronique de l'est de Londres, empêchant qu'il puisse être localisé.

Le deuxième appel arriva au domicile d'un ingénieur des British Telecom. Il travaillait dans un immeuble du centre de Bristol considéré comme suffisamment sensible pour être inconnu du public. Les écoutes téléphoniques et les demandes des services secrets étaient gérées dans ce building. Parmi les précieuses possibilités qu'offrait cet endroit, il y avait celle d'entrer un numéro dans un système informatique, et d'obtenir le nom et l'adresse de l'abonné.

Il attendit dans les toilettes, abandonnant sa femme et trois collègues avec leurs épouses à leur table.

Il était inspecteur principal de la police criminelle. Il avait récemment lu dans un journal un article, « Typologie de la corruption dans la police », qui offrait une description parfaite de lui-même. Mais on ne l'avait pas identifié et on lui faisait confiance, car il n'était pas dans la nature de la Criminelle de fouiner pour débusquer des coupables. Il connaissait Mister depuis 1973, quand il était jeune agent stagiaire sur Caledonian Road et qu'il avait accepté sa première petite « rétribution ». Aujourd'hui, il était à trois ans de la retraite, et il avait un dossier plein de recommandations pour ses excellents états de service et un très fort taux d'élucidation. Il était considéré par ses collègues et avait œuvré avec succès au service des stupéfiants, à la Criminelle et à la lutte contre le vol qualifié ; il semblait avoir le nez pour débusquer les criminels. Tous ceux qui le côtoyaient de près le trouvaient arrogant et vulgaire, à juste titre. La femme qui attendait son retour à table était sa troisième tentative de mariage. Tous les mois, ses revenus étaient divisés entre ce qu'il gardait et ce qu'il donnait aux femmes de ses deux précédents échecs matrimoniaux. Il était très secret quant à ses méthodes de travail, qu'il ne partageait pas, et appréciait son surnom d'«inoxydable». On chuchotait qu'il tordait un peu le cou aux règlements, mais cela n'avait jamais été prouvé. Il aurait dû passer commissaire, mais cette promotion lui avait été refusée pour quelque obscure raison. Il semblait qu'il avait été refoulé parce qu'il ne cachait guère son mépris outrecuidant pour ses supérieurs, et leur dogme du politiquement, sexuellement, ethniquement et légalement correct. Lui était un «casseur de truands», et ce que les chefs voulaient, c'était un «pédagogue socialiste, noir et nanti d'un diplôme supérieur de sociologie criminelle» – c'était son refrain habituel quand il payait des tournées aux bleus. Sans l'argent que Mister lui donnait, il aurait été plus misérable qu'un chien errant. Il ne craignait pas d'être démasqué. Avec son expérience de vieux routier, il savait comment fonctionnaient les enquêtes internes, et il couvrait ses traces avec soin. Tout récemment, il avait trouvé pour Mister l'emplacement d'une unité de protection où était gardé un témoin, ainsi que son numéro d'écrou, et il avait donné aussi le nom d'un technicien du laboratoire médico-légal du ministère de l'Intérieur à qui des empreintes compromettantes avaient été envoyées. Pendant un quart de siècle, son arrangement avec Mister leur avait été mutuellement bénéfique. Il recevait des tuyaux sur des rivaux de

Mister et il les chopait, toujours avec des preuves. Ses succès auraient dû lui valoir une promotion, et se voir refoulé avait accru sa haine du système qu'il servait; il n'avait aucun scrupule pour ce qu'il faisait – et l'argent continuait à rentrer.

Son téléphone émit un bip, chatouillant la paume de sa main. Il écouta et nota par écrit ce qu'on lui disait, pour être sûr d'être précis.

Il passa son troisième appel. Il entendait un bruit de circulation lointain.

« Joey Cann travaille pour le NIS, l'Église – il est à l'étranger pour l'instant. L'abonné à ce numéro est Jennifer Martin, adresse : rez-de-chaussée, 219A Lavenham Road, Londres SW18. Vous avez noté ? »

Puis il n'y eut plus qu'une tonalité dans son oreille.

Le morceau de papier, déchiré en petits morceaux, disparut quand il tira la chasse d'eau. Il retourna à table, et à la vraie vie.

Joey regarda autour de lui, ne vit personne qui aurait pu l'observer, et donna un petit coup à la porte arrière du van. « C'est moi », dit-il.

La porte s'ouvrit. Il se faufila dans son territoire à elle. Il n'y avait qu'une faible lumière à l'intérieur, comme dans la chambre noire d'un photographe. Maggie était vissée sur son tabouret devant sa console. Il contourna le seau, vit qu'il était au quart plein. À côté du seau, il y avait des emballages de sandwiches, deux trognons de pomme et une canette de Pepsi vide. Il regarda l'écran. La caméra, braquée sur la porte principale de l'hôtel, était boulonnée sur le tableau de bord et recouverte des journaux de la veille.

Elle grimaça. « La vache, tu sens bon – tu reviens de quel mystérieux endroit ?

— J'étais trempé, j'ai pris une douche, je me suis changé.

— Putain, le rêve – présentement, je donnerais un bras pour une douche et des sous-vêtements propres. »

La feuille de contrôle, rédigée de sa petite écriture manuscrite impeccable, signalait que cible deux et cible trois étaient revenus cent quatre-vingt-cinq minutes plus tôt, que soixante-dix minutes plus tôt cible trois était sorti et parti avec le Toyota, que soixante-six minutes plus tôt le signal de la balise avait été perdu, que quatorze minutes plus tôt cible trois était revenu à l'hôtel en taxi.

« Il est rentré ?

— Je pensais que tu serais au courant.

— Ce que je te demande, c'est s'il est rentré.

— Du calme… Oui, il est rentré. Je ne l'ai pas noté ? Sa porte a été déverrouillée il y a quatre-vingt-quatre minutes.

— Pourquoi il faut toujours que je demande tout deux fois ? Compliquer ce qui devrait être simple, merde ! “Il est rentré ? Oui, il est rentré.” Merci. Maintenant que nous savons qu'il est rentré, dis-moi, s'il te plaît, ce qu'il est en train de faire.

— Quelqu'un t'a mordu ?

— Deuxième fois… Qu'est ce qu'il fait ?

— J'en sais rien. Inutile de demander deux fois. Je ne sais pas ce qu'il fait.

— Bon sang… Qu'est-ce que tu *supposes* qu'il fait ?

— Je reste toujours optimiste – mais, si tu insistes, je dirais, mais je n'en jurerais pas, qu'il déplace les meubles. Avant ça, il tapait dans les murs et dans le plafond.

— Merde, murmura Joey.

— Écoute toi-même… »

Elle lui passa les écouteurs. Ça aurait pu être une chaise qu'on traînait sur le tapis, ou des tiroirs qu'on retirait de la commode et qu'on laissait tomber, ou du bois qu'on tordait pour arracher la colle qui le fixait.

Maggie lui arracha les écouteurs. « Tu l'as perdu, n'est-ce pas ? »

Il dit, essayant de garder un air crâne : « Le contact a été rompu, oui.

— Tu t'es fait repérer, quoi, c'est ça ? »

Après plus d'une heure et demie de fouille, Mister trouva le micro. Il avait tapoté sur tous les murs de la pièce, et il était monté sur une chaise pour sonder le plafond. C'était une recherche minutieuse et méthodique. Il avait ôté tous les tableaux des murs et démonté les grilles de ventilation et les prises électriques. Il avait vérifié qu'il n'y avait rien dans les murs, les plafonds, les grilles et les installations électriques, alors il avait démonté l'arrière du téléviseur, ouvert le radio-réveil près du lit, retiré la base du téléphone et débranché la prise murale pour couper la liaison d'un transmetteur utilisant le micro du combiné.

Il avait enlevé les draps, les couvertures, les oreillers et le couvre-lit, puis soulevé le matelas et minutieusement examiné les pieds, le sommier et la tête de lit. Il avait sorti les tiroirs de la commode, ainsi que ses vêtements rangés dedans. Il avait examiné la salle de bains avec la même minutie, regardé sous le lavabo, vérifié les prises pour le rasoir électrique et le sèche-cheveux, puis il avait enlevé le panneau masquant le dessous de la baignoire, étendu la main, et tâtonné dans l'espace vide à la lueur de sa lampe stylo. Il était ensuite passé à la penderie. Ses costumes et ses meilleures chemises étaient maintenant sur la moquette, avec ses chaussures. Il avait travaillé de bas en haut.

Dans l'est de Londres, à Romford, il y avait une petite entreprise de trois personnes dont Mister était l'associé. Gardant un œil avisé vers le futur, il leur avait prodigué les fonds pour monter leur affaire, mais la connexion de Mister avec eux était invisible et n'apparaissait pas dans les documents de la société. Son petit investissement de départ avait beaucoup rapporté, mais il n'avait jamais fait valoir sa créance. L'entreprise, dirigée depuis une zone industrielle miteuse et peu engageante, fournissait des micros-espions haut de gamme, des caméras, des balises de surveillance, des scanners et du matériel d'enregistrement à une boutique remarquablement bien située sur Bond Street, dans le West End. Elle vendait l'essentiel de ses équipements à une clientèle du Moyen-Orient et du Golfe. Le véritable filon, c'étaient les appareils de signalisation légers comme une plume que les princes, cheikhs et émirs attachaient aux pattes de leurs faucons de chasse. La boutique récoltait l'argent, et les trois hommes dans la zone industrielle travaillaient soixante-douze heures par semaine pour satisfaire la demande. Mister n'avait jamais exigé qu'on lui rembourse son investissement ; ce qu'il demandait, c'était d'être tenu informé des technologies les plus récentes et les plus sophistiquées qui pourraient être utilisées contre lui. Grâce à cette veille permanente, il connaissait presque tout le matériel employé par les services de renseignements, le MI5, les services secrets, la police criminelle, les Douanes… Tout ce qui était disponible, et où l'on pouvait le dissimuler.

En se juchant sur la chaise, près des boiseries au-dessus de la penderie, et en promenant le rayon de sa lampe stylo sur les raccords aux angles du panneau de bois, il aperçut la trace infime, là où le joint avait été gratté. Le bois craqua, et de petites échardes s'arrachèrent quand Mister tira sur le panneau.

C'était plus petit que tout ce que les hommes de Romford lui avaient montré. Il sourit intérieurement. Ce micro, se dit-il, était le plus récent et le plus miniaturisé qu'il ait jamais vu, et il avait été utilisé contre lui. Il sourit parce qu'il considérait cela comme une marque de *respect*. Sa colère se dissipa. Il regarda le boîtier, les fils et le micro fiché dans le bois, et il réfléchit… Plusieurs options s'offraient à lui. Il pouvait le laisser là où il était et faire passer de fausses infos grâce à ça, faire venir l'Aigle et parler par énigmes, discuter de manœuvres bidons… mais cela ne ferait passer aucun message. Il pouvait se rendre dans la chambre d'Atkins plus loin dans le couloir, lui emprunter sa radio, mettre le volume à fond, placer la radio contre le micro, et l'allumer pour exploser les oreilles qui écoutaient dans leur casque, mais cela ne ferait pas passer le message qu'il voulait. Il pouvait jurer dans le micro, gueuler des obscénités et des blasphèmes, et rire grassement, mais cela appauvrirait le message.

Il le laissa où il était.

Il remit sa chambre en état, effaça le chaos occasionné par ses fouilles.

Il ôta le costume aux genoux maculés de boue, gratta l'argile séchée sur ses chaussures, puis prit une longue douche et s'habilla pour le dîner.

Debout sur la chaise, il descendit le boîtier, les fils et le minuscule micro, puis remit le panneau en place d'un coup de paume. Il emporta l'ensemble hors de sa chambre et parcourut rapidement le couloir, puis les trois volées de marches, traversa le hall d'entrée, passa les portes à tambour et sortit sous le crachin nocturne. Il se hâtait, car il ne voulait pas que son costume propre et ses chaussures soient trempés par la pluie.

Ils regardaient l'écran. Les lumières violentes au-dessus du porche de l'hôtel dilataient l'image et déformaient le visage de cible un, mais, quand il s'avança, l'image se rétablit. Il sifflotait, un son amplifié et rendu métallique par le haut-parleur du fourgon.

Maggie fit tourner la manette de contrôle et la caméra le suivit.

Joey respirait fort. Il était dans son dos, penché sur son épaule, et il sentait sa chaleur.

La cible numéro un se dirigea vers le centre du parking. Un taxi lui fit un appel de phares, mais il sourit et fit signe qu'il n'en avait pas besoin. Mister regarda autour de lui et trouva ce qu'il cherchait. La caméra le suivit jusqu'à une poubelle au fond du parking. À aucun moment il ne regarda autour de lui et ne sembla les chercher, comme s'ils ne comptaient pas, comme s'il savait exactement où ils étaient. Il s'arrêta à côté de la poubelle, son bras bougea et le boîtier, les fils et le merveilleux micro tombèrent à ses pieds. Le haut-parleur répercuta la chute. Le boîtier avait rebondi sur le gravier, mais il s'était immobilisé et les fils tordus le recouvraient. Une chaussure bien cirée se leva. Par deux fois, Mister écrasa le boîtier. Le haut-parleur transmit le bruit du premier coup, puis ce fut le silence. Mister se pencha, ramassa les morceaux du boîtier et les fils qui s'en étaient détachés. Il cassa le micro en deux, et le jeta dans la poubelle. Il s'essuya les mains, lissa ses cheveux humides, retourna à la porte de l'hôtel et disparut à l'intérieur.

« Eh bien, vas-y », dit-elle.

Joey la regarda d'un œil vide.

« Ta mère ne t'a jamais dit qu'un sou est un sou ? Je peux le reconstruire, alors va le chercher. »

Il se dit qu'elle exultait à ce moment.

« C'est toi qui t'es fait repérer, tu te rappelles ? – alors, tu vas le chercher.

— Je ne sais pas où, ni quand, dit faiblement Joey. Je n'arrive pas à comprendre à quel moment je me suis découvert.

— "Les winners et les losers", ouais, j'ai déjà entendu ça. C'est très simple. Tu n'as pas été assez bon. Tu as surestimé tes capacités. S'il te plaît, va le chercher, point. »

Joey se glissa par la porte arrière du van et se dirigea vers la poubelle du parking. Il ne s'était jamais senti aussi misérable, aussi incompétent – ni quand le courrier était arrivé dans la boîte aux lettres du petit pavillon de ses parents, indiquant que les résultats de ses examens ne lui permettaient pas d'entrer à la fac, ni même quand l'équipe de Sierra Quebec Golf était revenue du tribunal. Jusqu'ici, il avait toujours pu blâmer les autres. Cette fois, il était le seul à porter la faute… Il sortit les morceaux de la poubelle et les rapporta. Dans le van, elle les examina.

Il n'avait pas tout récupéré : il manquait la partie supérieure du mini-micro brisé. Il encaissa le reproche. Il retourna à la poubelle, fouilla dedans, mais ne parvint pas à trouver le morceau manquant. Il sortit le sac de la poubelle, le secoua pour le vider et resta accroupi à fourrager dans les déchets jusqu'à ce qu'il l'ait trouvé. Il lui rapporta la pièce, en laissant toutes les ordures étalées au sol.

Elle lui sourit, lui fit un clin d'œil et mit le morceau dans un sac avec le boîtier et les fils. Elle éteignit la caméra, coupa la console audio, et s'installa sur le siège du conducteur. Elle ne lui donna aucune explication, tandis qu'ils roulaient le long de Zmaja od Bosne, puis sur le Bulevar Mese Selimovica.

Ils étaient assis en silence, et il pansait ses plaies. La pluie faisait monter une brume fine de la route, noyant hangars et ateliers obscurs. Au début, le signal était faible. La lumière sur l'écran et le bip les guidaient. Ils arrivèrent au croisement de la route menant à l'aéroport. Le bâtiment à l'angle avait jadis une tour massive, désormais réduite à d'énormes blocs effondrés. Le signal devint plus fort. Les phares du van révélèrent un campement de caravanes, de poids lourds et de tentes. Ils quittèrent la route pour s'engager sur un chemin boueux. Les roues glissaient, mais elle gardait le contrôle et s'éloigna du campement. Le bip et la lumière sur l'écran s'intensifièrent. Il vit apparaître le camion de pompiers, des hommes avec des tuyaux et une foule de gamins qui dansaient et sautaient. La fumée qui montait du squelette du Toyota s'envolait dans le vent. Elle contempla la scène.

« Pas mal, non ? Il marche encore. »

Il tenta un ultime sarcasme : « Je suppose que tu veux que j'aille le récupérer ?

— C'est un éphémère, je te l'ai dit, non ? Une utilisation – et terminé. N'empêche, quel champion ! Toujours en vie après un pareil coup de chaud.

— On est venus faire des tests de résistance ?

— Plutôt pour confirmer que tu as bien été repéré et que les cibles sont au courant qu'on les surveille – allez, fais pas la gueule, essaye de voir le bon côté de l'affaire.

— Il y en a un ?

— Pas franchement. Le fait que tu aies été repéré nous complique sacrément les choses. Mais, au moins, ça pourrait devenir intéressant.

Février 1997

Il avait gardé son épais caleçon long sous son pyjama, une veste et de grosses chaussettes de laine. Il sortit de son lit à quatre pattes, il en avait coupé les pieds depuis longtemps pour faire du bois de chauffage. Il alla jusqu'à la solide table rustique qu'il ne débiterait jamais pour le feu, s'y agrippa pour se relever, marcha jusqu'à la porte et enfila son lourd manteau. Dragan Kovac ne se séparerait jamais non plus de ce manteau, qui avait plus de vingt-cinq ans et était un symbole de son passé. La plupart des boutons de devant étaient encore en place ; ils étaient ternes et usés, mais, quand il collait ses yeux dessus, il distinguait encore le relief de tête d'aigle. Ce manteau lui rappelait l'époque où il était un homme important, le sergent de police, tout comme la table lui rappelait les jours bénis avant que son épouse ne lui soit enlevée par la maladie.

Pendant la nuit, il y avait eu une explosion.

Sans l'aide des soldats espagnols, il ne lui aurait pas été possible de réemménager dans sa maison. Ils avaient tendu une grande bâche de toile sur les tuiles du toit, qui arrêtait la pluie mais pas l'humidité. Ils avaient scellé les fenêtres avec des planches, remplacé par un tube de métal argenté le conduit de cheminée brisé, mais elle fumait quand les bourrasques d'hiver venaient de l'est ou du sud. Ils lui apportaient des aliments de base et de l'huile de paraffine pour sa lampe, tout en lui serinant que ce n'était pas un endroit pour vivre tout seul à son âge. Mais il était de retour, et il ne s'en irait pas avant que son Créateur ne le rappelle. Il serait alors enterré dans le cimetière au-dessus de Ljut, à côté de sa femme, sous une croix de pierre grossièrement taillée. La famille avec qui il avait été contraint de cohabiter à Greifswald avait empaqueté ses affaires pour lui plus de quarante-huit heures avant que le minibus ne vienne le ramasser.

Un soleil éclatant éclairait la vallée.

Sur le seuil, en regardant en contrebas, il vit Husein Bekir avec son gendre fondamentaliste. Dragan Kovac cracha une masse de glaires sur le chemin de béton devant sa porte. Ceux qui portaient cet uniforme, motif camouflage et calot militaire, c'étaient des fondamentalistes et des criminels de guerre. Il n'avait pas le moindre doute à ce sujet. Ça le surprenait qu'un homme honnête comme Husein Bekir – avare de ses terres et de son argent, mais honnête – autorise l'homme que sa fille avait épousé à arborer cet uniforme de tueur. Il en parlerait à Husein quand ce criminel aurait regagné son unité… Ces uniformes, lui avait-on expliqué dans le camp de transit avant qu'il ne revienne à Ljut, provenaient des surplus de l'armée américaine, et les armes qu'on leur avait fournies étaient américaines ; leurs instructeurs étaient américains, et ils avaient des conseillers américains quand ils avaient finalement attaqué les civils serbes sans défense pour les chasser de leur foyer. C'était ce qu'on lui avait dit, et il le croyait. Il croyait aussi que ce soldat assassin avait pu tuer des bébés serbes et des femmes serbes, sans merci ; on le lui avait dit.

Husein et son gendre étaient sur la rive opposée, loin du gué.

Depuis qu'il était revenu, Dragan Kovac avait parlé deux fois à son voisin. Les soldats espagnols lui avaient dit – et répété, le martelant comme s'il était idiot – qu'il ne devait pas s'écarter du sentier qui descendait du village jusqu'au gué. Ils lui avaient demandé où les mines avaient été posées, mais sa mémoire flanchait et il ne se rappelait plus quels types de mines avaient été enfouies, ni leur quantité, ni leurs emplacements. Dragan était descendu deux fois jusqu'au gué, par le raidillon, et ils avaient crié pour couvrir le bruit de la rivière. Comment allait Husein ? Il allait bien. Comment allait Lila ? Elle allait bien. Dans quel état était la maison ? Ça allait… Ça, c'était la première fois. La seconde, ils avaient crié pour parler du temps, du volume des pluies, c'était la pire année depuis 1989, et de petites choses, et de l'espoir de son voisin de se voir attribuer un nouveau tracteur… Pas de politique, et rien au sujet des mines. Quand le niveau de l'eau baisserait, quand Husein Bekir pourrait traverser le gué, il viendrait et ils joueraient aux échecs, et Dragan avait promis de cuisiner pour Husein et de le rassasier d'eau-de-vie pendant qu'ils joueraient.

La veille, le gendre avait balancé une corde munie d'un triple crochet au-dessus de la rivière et avait tiré sur la corde jusqu'à ce que les crochets se prennent dans une vieille souche, puis il avait attaché l'autre extrémité aux racines d'un aulne.

La mémoire d'Husein était peut-être meilleure que la sienne, ou alors le gendre était chanceux, avec cette arrogance que donne la jeunesse. Se suspendant à la corde, le jeune homme avait traversé la rivière à la force des bras. Même de cette distance, Dragan avait perçu l'anxiété chez Husein pendant que le gendre cherchait les mines. Il s'agissait de celles qui étaient déclenchées par des fils tendus. L'herbe était encore mince, après le brûlis qu'Husein avait allumé avant le retour de Dragan. Le gendre avait trouvé quatre mines, de celles que les soldats espagnols appelaient les PMR3 à fragmentation, dont ils disaient qu'elles étaient les plus dangereuses. Le feu devait avoir brûlé les fils de nylon, mais les mines avaient survécu au feu. Dragan s'était dit que c'était d'une stupidité crasse, mais le gendre s'était éloigné en longeant la rivière avec ses quatre mines, et il l'avait perdu de vue là où le bois descendait jusqu'à l'eau. Une heure plus tard, il était revenu sans les mines… Dragan avait regardé le jeune homme traverser la rivière accroché à la corde, puis marcher le long de la rive jusqu'à la lisière des arbres.

En pleine nuit, il y avait eu une détonation, puis le silence.

Il enfila ses rangers, les laça en hâte et descendit à grands pas. Il cria à Husein de venir le rejoindre et continua à slalomer jusqu'au gué. Il restait au milieu du sentier. Lui se sentait bien maintenant, mais il lui semblait qu'Husein marchait d'un pas moins ferme que dans ses souvenirs, pourtant Husein avait un an et sept mois de moins que lui. Il attendit qu'Husein atteigne le gué, et trouva une certaine satisfaction à voir qu'il marchait moins vite que lui. Et Husein avait aussi l'ouïe moins bonne, et Dragan dut crier pour se faire entendre par-dessus le tumulte de la rivière.

« Qu'est-ce qu'*il*... » Dragan cracha des glaires dans la rivière et vit une bulle se former avant qu'elles ne soient emportées... « Qu'est-ce qu'il fait ?

— Hier, il a ramassé quatre mines et il les a déplacées.

— Il est complètement fou.

— Il dit que nous devons manger de la viande – que nous mangeons trop de ce soja et de ces pâtes que les militaires apportent.

— J'ai entendu une mine exploser cette nuit, répliqua aigrement Dragan. Pour moi, le soja et les pâtes sont bien assez bons.

— Mais pas pour mon gendre. Il a pris quatre mines dans le champ, et les a emportées dans les bois en cherchant des traces de daims. Il a déplacé les mines pour tuer un daim.

— Est-ce qu'il a tué un daim ?

— Il est parti voir ce qu'il a tué. Si c'est un jeune daim, c'est bon ; c'est un don de Dieu. Si c'est un renard, alors le risque qu'il a pris était inutile – il dit que nous devons manger de la viande. »

Dragan, avec toute la morgue que lui donnait son manteau de la police, cria : « Mieux vaut être en vie et avoir ses deux jambes que de manger de la viande !

— Il dit qu'il s'y connaît en mines.

— Alors, c'est un fou – vous devriez manger des pâtes et du soja.

— On a eu du poisson une seule fois depuis notre retour. Nous avons besoin d'autre chose que juste de pâtes et de soja, les enfants doivent manger de la viande pour grandir... C'est à cause de ton peuple s'il y a des mines dans mes champs.

— Ces mines ont été mises en terre pour nous protéger des criminels barbares – comme ton gendre. Notre officier les appelait des *mines défensives.* »

Husein Bekir avait étendu les bras, les agitant comme pour prendre Dieu à témoin, et il enrageait. « Vous nous avez bombardés, vous avez tiré sur nos maisons.

— Vous êtes venus nous égorger pendant la nuit. Tu m'aurais tué. » Les veines gonflèrent dans la gorge de Dragan Kovac quand il hurla sa riposte.

« Vous avez tiré des obus sur nous, sur nos femmes et nos enfants.

— Assez, Husein Bekir, ça suffit – tu ne peux pas admettre une bonne fois pour toutes que c'est terminé, que la guerre est finie ?

— Comment la guerre peut-elle être finie quand il y a encore vos mines dans mes champs ? »

Dragan rigola. « Je saurai que la guerre est finie quand tu seras chez moi et qu'on jouera aux échecs, avec l'eau-de-vie sur la table – et je te battrai et je serai encore assis quand tu rouleras sous la table, ivre mort.

— Tu n'as aucun talent pour les échecs, et tu ne tiens pas la gnôle. Tu n'en as jamais eu et tu n'en auras jamais. » Son rire résonna au-dessus de la rivière. Et, derrière ce rire, il y eut le fracas d'une explosion.

Son ami, Husein, qui était un peu sourd, n'entendit pas la déflagration. Il riait toujours. Dragan Kovac, l'homme puissant qui avait été le chef de son village, se recroquevilla. La seule fois de sa vie où il avait fui les responsabilités de son statut, à

Ljut, c'était quand avait eu lieu l'attaque, et il avait dû endurer – son Dieu savait combien il avait souffert – d'être emprisonné dans cette tour d'immeuble à Greifswald, en châtiment pour avoir fui. Il s'était juré alors, plusieurs fois, qu'il ne fuirait plus jamais ses obligations. Il montra les bois. Il tendit son doigt vers la forêt avec insistance. Les yeux d'Husein Bekir suivirent le mouvement de sa main. Son rire se tut.

Une mince colonne de fumée noire et toxique s'élevait du cœur des bois et, au-dessus de la fumée, des corbeaux tournaient en croassant.

Dragan vit Husein s'effondrer. Il dit, d'une voix rauque : « Tu ne dois pas y aller, mon ami. Il faut que tu veilles sur les enfants, et Lila. Il ne faut pas que tu y ailles. »

Il dut tendre l'oreille pour entendre la voix. « Et s'il n'est pas mort ? Tu disais toi-même que…

— Dis-toi qu'il est mort. » C'était, d'une voix bourrue, ce que Dragan pouvait trouver de plus proche de la gentillesse. « Dis-toi que ça a été rapide. »

Il regarda Husein se retourner et reprendre le chemin de sa maison. Au loin, il apercevait la femme d'Husein, sa fille et ses petits-enfants sur le seuil de leur maison en ruines, et d'autres gens venus du village qui couraient vers eux.

Le champ de mines vivait, grandissait, et son fief s'était étendu parce que quatre mines avaient été déplacées par le gendre de son ami ; deux avaient explosé, et deux autres étaient désormais placées en terrain vierge, là où il n'y en avait aucune auparavant.

Il se dit que leur vallée, coupée par la rivière entre les villages de Vraca et de Ljut, était damnée.

Le vent frappa les arbres de Lavenham Road.

Jen entendit la trappe de la chatière claquer contre la porte de la cuisine.

Elle n'arrivait pas à dormir. Il lui manquait, voilà la vérité. Elle n'avait pas eu besoin que Violet le lui dise pour en avoir conscience. Si elle n'avait pas été obligée de regagner son deux pièces pour donner à manger au chat, elle aurait dormi dans le lit de Joey. Ç'aurait été mieux d'être seule dans son lit à lui que dans le sien. Son chat, Walter, était un gros matou noir castré au poil long. Il était très exigeant et ne la dédommageait que par de rares et précieuses marques d'affection des dépenses qu'elle faisait pour le nourrir. Le chat ne dormait jamais sur son lit. Il aurait été le bienvenu, mais, avec l'indépendance propre à son espèce, il ne répondait jamais à ses invites.

L'appartement de Jen occupait la totalité du rez-de-chaussée d'une étroite maison avec terrasse ; elle partageait la porte d'entrée avec un couple, et leur bébé, qui louait l'étage au-dessus, mais ils n'étaient pas là, et il n'y avait pas les cris du nouveau-né pour la déranger. Jen aurait apprécié la présence rassurante du chat sur son lit et les cris à l'étage. C'était le calme de la maison qui la dérangeait. Le vent balayait les arbres, chantait dans les aigus en agitant le câble du téléphone relié à la maison, en poussant le long de Lavenham Road un carton qui rebondit avec bruit, un long moment.

Nettoyer la chambre de Joey avait été une perte de temps, mais être là-bas l'avait réconfortée. Bien sûr que tout irait bien. Elle entendit grincer la barrière à l'arrière de la maison, assez fort pour traverser les murs du bâtiment, puis il y eut un petit cri aigu, mais très bref, comme si Walter se battait avec un rival. Elle n'avait pas imaginé que le vent puisse être assez fort pour secouer la barrière. Elle s'enfonça plus profondément dans son lit. Elle utilisait le jardin, elle était responsable de la clôture. Un nouveau piquet, ou une section de barrière, coûterait une fortune. Elle se plongea dans le grand débat qui la menait généralement au sommeil. Allait-il la demander en mariage ? S'il le faisait, accepterait-elle ? S'il ne l'avait pas fait d'ici à Noël prochain, ou dans un an, lui demanderait-elle de l'épouser ? Sa mère la harcelait à ce sujet, parlant de la joie que donnaient à ses voisins leurs petits-enfants, disant qu'elle serait bientôt trop vieille, et que ce n'était pas bien que des bébés naissent en dehors du mariage.

Le vent s'était mis à souffler encore plus fort. Elle entendait le chant du fil du téléphone, les craquements. On sonna à la porte de devant, avec insistance, longuement. Les aiguilles de sa montre lui disaient qu'il était minuit et demi. Le doigt restait appuyé sur la sonnette. Elle se tira du lit en trébuchant. Cela pouvait-il être Joey ? Pouvait-il être déjà de retour, cet écervelé, et avoir oublié son portable ? Se pouvait-il qu'il soit rentré à Tooting Bec, puis qu'il soit venu jusqu'ici, pour elle ? Elle était sortie du lit et enfila sa robe de chambre. La sonnette résonnait comme une alarme. Ça ne pouvait pas être Joey, il l'aurait appelée depuis Tooting Bec, avec le téléphone en bas dans le hall. Elle gagna l'entrée, alluma le plafonnier. À travers le vitrage dépoli dans le haut de la porte, elle distingua une silhouette. La sonnette l'appelait. Puis le silence se fit, et la silhouette disparut sur un côté de la porte.

La chaîne était mise. Elle entrouvrit la porte. Elle entendit, sans la voir, une voiture qui s'éloignait. Il y avait une boîte en carton sur le paillasson.

Jen ôta la chaîne, ouvrit la porte et souleva le rabat du carton. Puis elle hurla et son cri se perdit dans le vent.

Dougie Gough se demandait s'il n'en avait pas trop attendu de ce jeune homme qui n'avait pas l'assise indispensable de l'expérience. Encore un ou deux jours et il rappellerait peut-être – et même probablement – Cann à Londres. Il lut le rapport une seconde fois.

De : SQG12/Sarajevo, B-H
À : SQG1/Londres
Heure : 00.10 16.03.01
Début du message :
Parag un – Suivi en véhicule, avec Boîte 850, cibles un/deux/trois, en visite sur les anciens champs de bataille de la ville, probablement pour occuper le temps.
Parag deux – Observé, avec Boîte 850, cibles un/deux/trois se rendant à l'appartement de IM. Des cartons ont été transportés dans l'appartement, mais ne connaissons pas leur contenu.
Parag trois – Cible un a visité le cimetière du Lion, puis est revenu à l'hôtel.
Fin du message.

Il le trouvait diablement mince. Il tombait de fatigue. Il était resté seul dans la salle de Sierra Quebec Golf pendant deux longues heures après le départ du dernier membre de l'équipe, pour rien.

Il se mit en route pour son lit, dans le sud-est de Londres. Il ignorait, car on ne le lui avait pas dit, qu'un appel était arrivé ce soir-là pour Cann et que le père de Cann avait été informé que son fils était sur le continent. Il marchait d'un bon pas vers l'arrêt du bus de nuit. Il ignorait aussi, n'ayant aucune raison de le savoir, que Jennifer Martin vivait à dix rues – dont deux grandes avenues – de l'endroit où il dormait.

Dougie Gough attendait à l'arrêt de bus. Il alluma sa pipe – et se demanda ce qu'on lui avait caché de cette journée à Sarajevo.

Les invités – tenue de soirée, uniquement des hommes – qui avaient pris part au dîner à l'hôtel de ville de la City finirent leur dernier brandy ou leur dernier porto, et se hâtèrent vers leur chauffeur ou leur taxi.

Cork avait perdu le compte du nombre de fois où le ministre avait essayé d'attirer son regard depuis la table principale. Il s'était cru tiré d'affaire à la fin du dîner, car le ministre était entouré de sympathisants. Il se retrouva piégé sur les marches, alors qu'il cherchait un taxi.

« Je peux vous déposer quelque part ?

— Ce n'est pas sur votre chemin, j'en ai bien peur – un taxi est en route. »

La voiture du ministre attendait, la portière ouverte.

« Je ne voudrais pas vous brusquer, mais le secrétaire d'État a posé des questions. Billy voulait savoir où nous en étions avec Packer…

— Nous ne donnons jamais de *noms* dans la rue, monsieur le ministre.

— Et donc je lui ai dit que vous m'aviez assuré que cet individu faisait l'objet d'un effort maximum avec des effectifs maximums. Il y a deux jours, la circonscription de Billy est passée en deuxième position sur la liste des zones les plus touchées par la consommation d'héroïne et, bien évidemment, il s'inquiète, les plaintes de ses électeurs inondent son cabinet.

— On est sur le coup. Je pensais également vous avoir dit qu'il ne fallait pas espérer une conclusion immédiate. Si je ne vous l'ai pas dit, j'aurais dû.

— Ça va si je dis "cet individu", n'est-ce pas ? Billy considère qu'il est un affront à tout notre dispositif de maintien de l'ordre et des lois. Est-ce qu'il est toujours à Sarajevo ?

— Pas de *lieux* sur le trottoir, s'il vous plaît.

— Billy m'a dit qu'il était intolérable qu'un homme comme – euh… que cet individu puisse se jouer du système judiciaire. Je vais être interpellé la semaine prochaine pour rendre des comptes, et donner des garanties. Comprenez-moi, je suis sûr que vous mesurez le caractère prioritaire de tout ceci.

— Bien sûr… Désolé, je dois y aller. »

Il avait vu la lumière du taxi, au moins cent mètres plus haut dans la rue. Il partit en courant, et bouscula d'autres invités qui étaient plus près du véhicule et qui le hélaient. Il y était. À travers la vitre, tandis que le taxi redémarrait, il entendit les jurons de ceux qu'il avait doublés. Il allait dès demain chauffer les oreilles de Gough – privilège du rang. Avait-il eu raison de forcer ainsi les choses, d'envoyer ce jeunot, Cann, à Sarajevo? L'horloge tournait. Peut-être avait-il bu un petit peu trop, peut-être prenait-il trop de libertés avec les pilules prescrites pour sa tension artérielle, mais il transpirait fortement tandis que le taxi fonçait vers chez lui. Gough avait parlé de patience… La patience était un putain de luxe.

«Il vous a dit ce qu'il a fait? "M'en occuper moi-même", ça voulait dire quoi?

— Eh bien, nous avons tous changé de chambre. Nous avons perdu notre véhicule, ou plutôt vous l'avez détruit, et il a jeté à la poubelle un mouchard électronique sophistiqué. C'est tout ce que je sais.»

Atkins avait besoin de parler. Il se sentait isolé. Le dîner avait été tendu. En écoutant parler Mister, un monologue décousu, il s'était senti inquiet, lui aussi. L'Aigle avait vidé son assiette, siroté son Perrier, hochant la tête avec la régularité d'un métronome, acquiesçant à tout ce qui était dit. En entrant dans la salle de restaurant, Mister avait demandé, l'air de rien, si les nouvelles chambres leur convenaient, et n'avait plus fait la moindre allusion à la surveillance dont il faisait l'objet.

Atkins avait retrouvé l'Aigle assis dans un coin du bar, caché derrière des plantes vertes, seul dans le désert de la fin de soirée.

«Et rien d'autre?

— Pas que je sache.

— Si c'est tout, ça paraît un peu léger, comme conclusion…

— Il n'y a jamais rien de léger avec Mister, vous n'avez pas encore compris ça ? »

À l'Académie royale militaire, Atkins adorait les cours d'histoire militaire. Il s'en souvenait. Dans une des classes, il y avait sur un mur la reproduction d'un tableau de la retraite de Russie. En écoutant le monologue, il voyait la bravacherie morose de Napoléon. C'était la campagne de trop, il n'aurait jamais dû s'aventurer si loin. Le ver l'avait rongé… Sarajevo était le Moscou de Mister. Le professeur leur avait cité les mots de Goethe au sujet de Napoléon : « Sa vie fut celle d'un demi-dieu, qui marchait de bataille en bataille, et de victoire en victoire[1]. » Lors du dîner, Mister avait parlé avec entrain de l'état du programme caritatif en Bosnie, et du volume de cartons nécessaires pour les œuvres, du nombre de camions requis pour les transporter, des opportunités que cela leur ouvrait. Un discours splendide. Il leur donnait la vision d'un futur où les poids lourds de *Bosnia with Love* sillonneraient l'Angleterre, apportant des rebuts, remportant « notre produit ». Goldwin Scott avait écrit à propos de Napoléon : « Si l'égoïsme le plus absolu, si le sacrifice impudent de toute humanité à son propre intérêt et à ses passions sont vils, alors l'Histoire n'a jamais engendré de nom plus vil. » Il semblait ne se soucier de personne.

---

1. *Conversations de Goethe pendant les dernières années de sa vie, 1822-1832,* trad. É. Delerot, Éd. Charpentier, 1863. *(N.d.T.)*

« Il est sous surveillance, murmura Atkins. Il a été pisté avec du matériel audio. C'est du lourd... Je ne m'attendais pas à ça – pas ici, en tout cas. Vous êtes proche de lui, beaucoup plus que moi – vous devez certainement savoir ce qu'il va faire.

— Je ne demanderai rien, et je n'écouterais pas si on me le disait. En termes de lois, on dit "complicité avant le fait", ou bien "complicité après le fait" – c'est selon –, et je n'ai pas du tout besoin de ça. En tant que juriste, je vous conseille de vous en tenir à une indifférence similaire.

— Ça va mal, c'est ça ?

— Mais où avez-vous la tête ? Bonne nuit, Atkins. »

Mister était passé du gros trafic à des visées encore plus larges. Il s'élevait au-dessus du petit monde étriqué de Londres. Il passait au niveau international. Grâce à l'électronique, les mouvements de fonds étaient trop rapides pour qu'on puisse les repérer. On avait besoin de marchandises à une échelle globale, et elles circuleraient sans les minables restrictions de la TVA et des droits de douane. C'était la vision d'un centre qui contrôlait tout un réseau financier. Et ce centre, c'était l'Intouchable. Napoléon avait dit : « Le boulet qui me tuera n'est pas encore fondu. » Atkins s'était souvenu de cette citation, et il avait pris peur. Mister parlait de pouvoir avec arrogance, et ni l'Aigle ni lui n'osaient le contredire. Les choses allaient mal, mais Mister ne voulait pas le voir. Il jouait au messie, mais il n'avait que l'Aigle et Atkins dans le rôle des disciples.

Atkins commanda une autre bière, l'avala et en commanda une autre.

Joey dit : « Elle était hystérique, elle n'arrivait pas à finir une phrase, elle était hagarde. »

Maggie se frottait les yeux pour chasser le sommeil. « Reprends depuis le début – répète-moi tout ça.

— Quand elle a ouvert le carton, il y avait un sac en plastique dedans. Sur le couvercle du carton, il y avait une feuille de papier. Mon nom était écrit dessus, avec mon numéro de chambre et le numéro de téléphone de l'hôtel, et même l'indicatif pour Sarajevo. »

Maggie se redressa dans son lit et cala ses genoux contre sa poitrine. Il avait tambouriné à sa porte comme un forcené.

« Et dans le sac en plastique ?

— Son chat.

— Oh, bon Dieu. Continue…

— Le chat s'appelait Walter.

— Je m'en fous, de son nom – qu'est-ce qu'ils lui avaient fait ?

— Ils ont dû l'attraper dans le jardin. Il venait juste de sortir, c'est un chasseur. Le soir, il sort et…

— Épargne-moi le blabla.

— Elle adore son chat, ce chat est…

— Tout le monde aime les chats, sauf les chiens. Qu'est-ce qu'ils ont fait au chat ? »

Il s'assit au bout du lit. Elle s'était enveloppée dans une couverture. Elle le vit retrouver soudain son calme. Plus d'étranglement dans la gorge. Plus aucune émotion dans la voix.

« Elle a sorti le sac en plastique de la boîte et elle l'a ouvert. Je ne sais pas ce qu'ils ont fait en premier. Ils avaient coupé la tête du chat et l'avaient éventré pour faire sortir ses intestins. Elle a ouvert le sac, et ses entrailles et du sang sont tombés par terre dans son entrée. Le sang était encore chaud, et le corps du chat aussi. Ils savent qui elle est ! Elle est prof, c'est juste ma petite amie, putain de merde ! S'ils avaient tué Jen, je crois que je serais devenu dingue de fureur. Ils auraient vu – il aurait vu – que j'étais prêt à le suivre jusqu'au bout de la terre pour le choper. Il adore infliger la souffrance. Il veut faire mal, pas se débarrasser des gens. Elle n'oubliera jamais que son chat a été massacré à cause de moi, de ce que je fais – il nous a brisés. Elle me hurlait de rentrer immédiatement par le premier avion. Elle disait que Packer n'en valait pas le prix. C'est comme ça qu'il détruit les gens... Jen n'a jamais été aux Douanes, elle ne m'a jamais accompagné à un pot ou quoi que ce soit, personne n'a jamais entendu parler d'elle – comment a-t-il pu savoir, pour Jen ?

— Est-ce que tu l'as appelée d'ici ?

— Le premier soir, quand on est arrivés, j'ai...

— Avec le téléphone de ta chambre ? »

Joey hocha la tête. Ça lui faisait trop de mal d'admettre sa responsabilité avec des mots. Sa tête retomba. Elle ne ricana pas, ne lança aucun sarcasme.

« Où est-elle, maintenant ?

— Je lui ai dit d'aller chez une amie, d'appeler l'école demain matin, et de dire qu'elle était malade.

— Est-ce qu'elle a parlé à la police ? Est-ce qu'elle peut obtenir une protection ?

— Je lui ai dit de ne pas en parler à la police et de ne pas appeler l'Église.

— Et quelle explication tu lui as donnée ?

— Je lui ai raconté des craques sur les informateurs, les balances, les fuites, des conneries du genre on ne peut plus faire confiance à personne. Elle n'avait pas l'esprit assez clair pour discuter. »

Elle lui prit la main. « Pourquoi tu as fait ça, Joey ? Pourquoi tu lui as dit de ne pas appeler la police ou tes chefs aux Douanes ?

— Ils me feraient rentrer immédiatement », dit simplement Joey. Il laissa sa main dans la sienne. « S'ils savent que je me suis découvert et que j'ai été identifié personnellement, ils me rappelleront en Angleterre.

— Tu ferais mieux de rester dormir dans ma chambre, mais tu dors par terre. »

Elle lui jeta une couverture et le regarda s'installer sur le tapis. Elle éteignit la lumière.

Chapitre onze

Ils sortaient de la voiture, à l'écart de la route principale, devant des portes d'acier fermées, quand le Klaxon retentit derrière eux. Le camion avait ralenti, mais poursuivait sa course.

Mister se retourna et vit *Bosnia with Love* sur le flanc et l'Anguille dans la cabine, qui lui faisait signe de la main, avant que le poids lourd ne reprenne de la vitesse pour descendre Bulevar Mese Selimovica, s'éloignant de la ville. Il lui rendit son salut. C'était la dernière fois que le camion rentrait à vide. La prochaine fois qu'il franchirait la frontière, il transporterait leur « produit ». Cette fois-ci il emportait, dans une pochette attachée sous le siège du chauffeur, une lettre courte et affectueuse pour la Princesse, et des instructions à l'intention du jeune Sol pour un transfert d'argent d'un compte dans les Caïmans à une banque chypriote à Nicosie.

Pendant un moment, tout au fond de lui, imperceptible à l'Aigle et à Serif, il ressentit une petite pointe de solitude. À cet instant, il aurait presque souhaité être lui-même dans la cabine à côté de l'Anguille, pour rentrer chez lui, et retourner à ce qui lui était familier.

Ils s'approchèrent de la porte, et l'un des hommes de Serif sortit des clés pour ouvrir un cadenas rouillé. La lourde chaîne libérée, les portes s'écartèrent en raclant le sol. Ce serait sa base à Sarajevo, le site où commençait sa nouvelle carrière. Ce serait le cœur du grand projet de Mister. On lui avait dit que c'était jadis le quartier général des transports de la compagnie nationale d'électricité. Il franchit le portail derrière Serif, suivi de l'Aigle, et regarda autour de lui. L'enceinte était protégée par de hauts murs de béton, abîmés par endroits par des tirs d'obus. Les trous avaient été comblés avec des jointures de ciment grossières ou d'épaisses feuilles de métal rouillé. Les murs étaient surmontés de rouleaux de barbelés qui avaient souffert des intempéries. Ils étaient très hauts et les bâtiments alentour assez bas, ce qui interdisait qu'on puisse observer les lieux d'au-dessus. Il y avait au fond trois entrepôts aux murs grossiers, et un baraquement en briques. Les entrepôts avaient été incendiés et noircis par la fumée, mais le petit hangar n'avait subi aucun dommage. On avait procédé à des réparations sommaires, le minimum nécessaire pour isoler les toitures et boucher les trous dans les parois. Au fond à droite de la vaste enceinte se dressait un monticule d'épaves de véhicules, comme s'ils avaient été entassés au bulldozer après avoir été détruits par l'artillerie et le feu. Des gravats, des débris et des éclats de verre jonchaient la totalité du terrain et crissaient sous les pieds de Mister tandis qu'il avançait vers l'abri. Cet endroit serait à lui. Il y eut un crissement plus fort, comme un frottement, derrière lui et il se retourna pour voir Atkins entrer dans les lieux. Il était au volant du 4×4 qui remplaçait le précédent, un Mitsubishi blanc. Cela avait coûté quelques milliers de marks de plus, un investissement mineur face à ce qu'il recueillerait quand les camions rentreraient au bercail avec la marchandise. Des éclats de verre et de petits morceaux de béton jaillissaient sous les pneus. Atkins se hâta de les rejoindre.

On le conduisit au premier entrepôt. Quand la porte coulissante fut ouverte, il regarda à l'intérieur et cligna des yeux. Aussi loin qu'il puisse voir, il y avait des cartons entassés : des téléviseurs, des chaînes hi-fi et des magnétoscopes de toutes les marques japonaises. Le deuxième entrepôt était rempli sur une moitié de sacs de farine, d'avoine et d'orge, et de l'autre côté de portants chargés de vêtements pour femme sous plastique. Le troisième était vide. Il remarqua la rampe pour réparer les véhicules. C'était sans doute là l'atelier de maintenance de la compagnie d'électricité. L'un des hommes s'approcha de Serif et lui chuchota quelque chose à l'oreille, désigna la porte et fut écarté.

L'emplacement était parfait, les installations étaient parfaites, mais il n'était pas dans les habitudes de Mister de montrer son enthousiasme.

Serif le surveillait du coin de l'œil, comme s'il guettait le moment de lui dire une chose importante, mais qu'il se retenait en attendant l'instant propice. Va te faire foutre, pensa Mister. Ils se dirigèrent vers le baraquement. Du café était prêt. Une radio diffusait de la musique locale. Un radiateur électrique irradiait une chaleur qui sentait le renfermé. Il ôta sa veste, et Atkins fit de même. Aucun d'eux ne portait d'arme de poing, mais il nota que Serif gardait sa veste. Il parla des dispositions qu'il avait prises pour le transfert des sommes, à présent que l'affaire était conclue et le contrat signé. Mais quand Serif intervint finalement, ce fut pour poser une question à laquelle il ne s'attendait pas.

« Vous avez été suivis à Sarajevo, il y avait quelqu'un après vous… Qui ?

— J'ai dit que je m'en occuperais – je m'en suis occupé.

— Qui vous suivait ? Quels services ?

— Un homme des Douanes anglaises. Ce n'est plus un problème, je m'en suis occupé.

— Ça veut dire quoi, "je m'en suis occupé" ?

— Ils vont partir, ils plient bagage. Vous pouvez l'oublier.

— La question qui me préoccupe, c'est : est-ce que les Douanes anglaises peuvent envoyer un homme à Sarajevo et vous faire suivre sans en avertir les autorités ici ? Est-ce qu'ils n'ont pas besoin d'une autorisation ? »

Mister se tourna vers l'Aigle. « Quelle est leur situation quand ils opèrent à l'étranger ?

— C'est très clairement encadré, dit l'Aigle. Ils ne peuvent pas venir ici comme de simples touristes et opérer clandestinement. Ils ne peuvent pas jouer les cow-boys. Il leur faut une autorisation écrite ici, à Sarajevo, émanant d'un ministre du gouvernement, d'un haut fonctionnaire ou d'un juge. »

C'était la réponse que Serif attendait, pensa Mister. Il y eut un silence. Des mots se formaient silencieusement sur les lèvres de Serif, comme si des noms papillonnaient sur sa langue, comme s'il passait en revue une liste. Il leva la tête et regarda au plafond tout en réfléchissant. Il devait croire, songea Mister, que tous les ministres de la ville, tous les officiels influents et tous les juges en vue étaient à sa botte – à l'exception d'un seul. Serif fit brusquement craquer ses phalanges, comme s'il avait décidé par élimination de qui il s'agissait… Puis il lança sa bombe.

« Vous avez dit que vous vous en chargiez, vous dites que vous l'avez fait – mais vous êtes toujours surveillé. »

Mister eut un léger mouvement des yeux et leva un sourcil interrogateur. Serif reposa sa tasse de café, alla à la porte du hangar et lui fit un signe de la main. Mister le suivit. L'Aigle et Atkins repoussèrent bruyamment leurs chaises, se levant pour les accompagner, mais, d'un geste, il leur enjoignit de ne pas bouger. Ils traversèrent la vaste cour. Un brouillard rouge s'immisçait dans son esprit, mais il souriait, comme si tout cela ne portait pas à conséquence. Il se sentait pris d'une rage inhabituelle, violente. Ils parvinrent au portail fermé. Dans la plaque d'acier, à hauteur d'œil, était percé un trou de la taille d'un gros écrou. Serif dut se hisser sur la pointe des pieds pour regarder au travers, puis il recula et céda la place. Mister pencha légèrement la tête, regarda par le trou vers la rue défoncée qui menait de l'entrepôt jusqu'à la route principale. Il vit le trafic – bus, camions, fourgons, voitures, Jeep – sur les huit voies du Bulevar Mese Selimovica. Il vit les piétons sur les deux trottoirs, avançant avec peine contre le vent. Il vit les tours d'immeubles, au-delà de l'avenue.

Il le vit… Il vit Joey Cann.

Il était assis sur un abri à poubelles en béton, à l'endroit où la rue rejoignait le boulevard, et il semblait trembler dans le vent qui s'engouffrait dans l'avenue, agitant son anorak et ses cheveux. Mister le regarda enlever ses lunettes, les essuyer longuement avec un mouchoir, puis les remettre… Il aurait dû y avoir des appels téléphoniques depuis les bureaux brillamment éclairés du bâtiment des Douanes, aux petites heures de la nuit, des appels des chefs de l'Église à son hôtel. Il aurait dû y avoir d'autres appels, passés depuis le standard de l'hôtel par l'employé qui avait glissé l'argent dans sa poche de veste. Les chefs auraient dû ordonner à Joey Cann de rentrer, d'abandonner, de filer. Il aurait dû y avoir des valises bouclées, des chambres vidées, des cavalcades vers l'aéroport.

Mais Cann était assis sur son bloc de béton, et ne faisait même pas mine de se cacher. Mister abandonna l'œilleton. Il souriait à nouveau, mais ses ongles s'enfonçaient dans ses paumes et ses phalanges crispées étaient exsangues, livides. Il regagna le hangar. Il était impensable pour Mister d'agir sous l'effet de la colère devant ceux qui le connaissaient et les rares qui pouvaient l'approcher assez pour l'observer. Et il brisait rarement les règles qu'il s'était fixées. Devant la porte, Serif le retint par le bras. « Qu'allez-vous faire ?

— Je vais m'en occuper moi-même.

— Vous avez déjà dit ça.

— Je le fais moi. Je ne veux pas d'aide, je n'ai pas besoin d'aide. Nous nous en chargeons nous-mêmes. »

Mister ouvrit la porte. Il fit un signe bref, impérieux, en direction de l'Aigle et d'Atkins. Il les précéda dans la cour. Tout en leur expliquant ce qu'ils devaient faire, il fendait l'air de son index avec insistance. Des postillons de rage arrivaient au visage d'Atkins et de l'Aigle. C'était un affront. Une insulte à sa personne. Il ne tendrait pas l'autre joue à une insulte, jamais.

« Il me semble qu'il n'y a rien de ce genre dans ton précieux manuel », avait dit Maggie.

Elle était garée au bord de la route. Elle pouvait le voir, sauf quand de gros poids lourds passaient devant. Il était trop bas. Il était assis sur son abri à poubelles et ses jambes étaient trop courtes pour que ses pieds touchent le bitume. Il semblait blême dans le vent qui faisait voler des feuilles de journaux et des sacs en plastique le long du trottoir et sur la chaussée. Il avait franchi une ligne invisible, et elle le lui avait dit. Il n'avait pas écouté, s'était glissé hors du van dès qu'elle s'était garée, avait traversé le carrefour à l'angle de la rue qui menait à une zone d'entrepôts, et s'était juché sur ce bloc de béton. Maggie tenait la caméra braquée sur lui, minuscule silhouette floue à cette distance, et laissait tourner en boucle… Elle vit Joey descendre de son perchoir. Il s'en éloigna sans prendre aucune précaution, lui tournant le dos. Il regardait derrière lui tous les dix pas, et le vent soulevait alors ses cheveux, les dressant sur sa tête, ce qui le faisait paraître plus jeune, et plus vulnérable. Elle avait vu le Mitsubishi conduit par l'ancien soldat arriver dans la rue, comme Joey avait dû le voir. Jusqu'alors, il avait paru traîner là, mais, presque immédiatement après, il s'était posté sur son perchoir de béton. Il bougea quand les portes de l'enceinte s'ouvrirent et commença à revenir vers elle. Mais ce n'était pas le Mitsubishi qui sortait pour aller rejoindre la circulation. C'était cible un. De là où elle était, Mister avait l'air d'un petit bonhomme insignifiant, voûté dans son manteau. Il quitta la rue pour prendre le trottoir de l'avenue, tourna et se mit à marcher vers le centre de Sarajevo. Pourquoi à pied ? Pourquoi seul ? Pourquoi pas dans sa voiture ? Joey le suivit, une centaine de mètres derrière, réglant son allure sur son pas rapide. Elle ne savait pas ce qui se passait exactement, mais elle comprit qu'un piège venait d'être enclenché.

Atkins avait l'impression d'être coincé sur un trottoir roulant dont il ne pouvait plus descendre.

« Je ne discute pas, avait dit Mister en lui plantant son index sur la poitrine. Je ne suis pas en train de te demander un conseil, je te dis les choses. Ce n'est pas pour discuter, c'est pour qu'elles soient faites, exactement comme je le dis. »

En se mettant au volant du Mitsubishi, il s'était engagé sur le tapis roulant. Il avait acheté le Toyota, mais avait loué le Mitsubishi, en payant cash. Le véhicule avait été volé quatre jours plus tôt dans le parking de l'immeuble où logeait le Comité international de la Croix-Rouge. Le logo du CICR sur les portières avait été recouvert d'un coup de bombe de peinture blanche, de nouvelles plaques avaient été posées et un jeu supplémentaire, avec d'autres numéros, était par terre à l'arrière. La direction du 4 × 4 répondait parfaitement. Atkins se glissa dans la circulation de l'avenue. Mister était à plus de trois cents mètres devant lui, et la sangsue – c'est comme ça qu'il l'avait appelé – marchait à cent mètres derrière Mister. Atkins s'arrêta, mit le moteur au point mort et observa la route. L'Aigle n'avait rien dit, n'avait pas protesté, ne s'était pas joint à lui quand Atkins avait voulu discuter les instructions et s'était fait remettre en place.

Il avait sous les yeux le résultat des efforts entrepris pour agrémenter la route qui entrait en ville. De jeunes arbres avaient été plantés sur le terre-plein entre la route et le trottoir, encadrés par des trépieds de bois pour les soutenir, alternant avec de grands réverbères tout neufs. Il fit avancer le 4 × 4, doucement. L'Aigle avait fermé les yeux et respirait fort. Atkins restait dans la file la plus lente. Il aurait dû être informé à l'avance, il aurait dû préparer ça, le répéter, mais c'était parti, et il n'avait pas osé discuter davantage avec Mister. Depuis la file de droite, il allait accélérer vers la sangsue et Mister, choisir le moment, virer d'un coup entre les arbres et les réverbères, grimper sur le trottoir, frapper la cible avec le pare-buffle fixé au radiateur, reculer entre les obstacles, et filer directement par la voie rapide. Tel que Mister l'avait décrit, ça semblait un jeu d'enfant. Mais ça allait plus loin que tout ce qu'Atkins avait pu faire dans sa vie – et la sueur coulait dans son dos et sur son sternum. Chaque espace entre les jeunes arbres et les réverbères était aussi propice que le précédent, aussi propice que le suivant.

« Fais ça à ton rythme, avait dit Mister. Tu y vas dès que tu te sens prêt. »

Il voyait que Mister gardait un pas régulier pour permettre d'estimer l'allure et la position de la sangsue, et pour que le timing du décrochage vers le trottoir soit le plus précis possible. Ça ne pouvait pas rater, s'il en avait la volonté… C'était un meurtre. Dans l'armée, il n'avait jamais tué, jamais tiré sous l'effet de la colère. En Bosnie, avec les bérets bleus, d'où il avait rapporté les histoires de guerre qu'il racontait avec tant de nonchalance, il avait passé des heures dans des tranchées, aplati derrière les sacs de sable, tremblant et prêt à se pisser dessus, comme tous les autres types. Mister l'aurait fait, il n'aurait pas hésité, mais Mister n'était pas là pour l'aiguillonner, puisqu'il faisait l'appât, et à côté de lui l'Aigle tremblait convulsivement. Atkins était seul. Il passa une autre vitesse, accéléra, et visa un espace entre les arbres et les réverbères, ses yeux faisant le point, comme à travers un tunnel, sur la tête et les épaules, le dos et les jambes de la sangsue.

« Il n'y a rien à craindre. Pense que je te tiens la main », avait dit Mister.

Maggie eut l'impression que les choses se dépliaient au ralenti sous ses yeux.

Elle se mit à crier dans le micro accroché à son chemisier, de manière complètement incohérente.

Elle lui avait dit que, s'il s'obstinait à poursuivre cette surveillance aussi absurde que, non professionnelle, elle ne l'aiderait qu'à la condition qu'il garde tout le temps sa foutue oreillette, et qu'il l'écoute pour de vrai. Elle hurla, et le Mitsubishi blanc continuait d'accélérer, droit sur Joey, mais lui n'accélérait pas. Une jeune femme, qui poussait un landau auquel étaient accrochés des sacs de courses, croisa Mister et poursuivit son chemin vers Joey. Maggie voyait dans quel intervalle le Mitsubishi allait se jeter. Il allait devoir ralentir pour toucher sa cible. La distance entre elle et Joey était trop grande pour que l'oreillette transmette les avertissements qu'elle lui hurlait. Il devait reculer, se mettre à l'abri, plonger. Il devait… Elle écrasa son poing sur le Klaxon du van, encore et encore, jusqu'à en avoir la marque sur les doigts. La femme avec le landau et les sacs arrivait tout près de Joey. Le Mitsubishi dérapa quand ses roues avant rebondirent en escaladant le trottoir, patinèrent sur l'herbe, accrochèrent à nouveau et visèrent l'espace entre l'un des jeunes arbres et un réverbère. Le vacarme du Klaxon résonnait dans la cabine du van, et Joey s'arrêta, se retourna. Juste à côté de lui, la femme au landau s'était figée sur place, pétrifiée. Maggie vit Joey se jeter sur elle, et la femme roula loin de lui, son landau renversé, et ses courses répandues partout.

Le pare-buffle du Mitsubishi arriva sur lui.

Pas de douleur, mais il se sentit projeté vers le haut, et il eut l'impression qu'il flottait. Aucun son, tandis que le flanc du véhicule passait en le rasant.

Il tomba. Tout l'air était sorti de son corps, et tout devint flou autour de lui.

Joey gisait sur l'herbe mouillée, l'humidité pénétrant ses vêtements, et tentait de respirer.

La femme se releva, remit son landau d'aplomb et ramassa ses achats, étalés tout autour. Elle n'eut pas un regard vers lui. Quand il plissa les yeux, essayant d'accommoder sa vue, il vit sur son visage à quel point elle était choquée. Elle ne dit pas un mot, et partit presque en courant, en poussant son landau. Il se dit qu'il lui avait sauvé la vie, et la vie de son bébé, et ses courses, mais qu'elle n'avait rien à lui dire – puis la douleur irradia en lui.

Un homme passa, allant vers la ville, et ne lui jeta même pas un regard. Deux jeunes, la cigarette au bec, passèrent ensuite, en sens inverse, et l'on aurait dit que nul ne le voyait. Était-il devenu *invisible* aux yeux de tous, tandis qu'ils se hâtaient dans les deux sens ? Allez vous faire foutre, murmura-t-il. Il tâtonna dans l'herbe à la recherche de ses lunettes, les trouva – branches tordues, mais verres intacts. Il les chaussa, les coinçant sur son nez selon un angle clownesque. La douleur palpitait dans sa jambe et sa hanche. Loin sur l'avenue, le Mitsubishi ralentit puis s'arrêta, et Mister monta dedans. Puis il disparut, se perdant dans le flot rapide de la circulation. Seules les traces de pneus sur l'herbe témoignaient de ce qui venait de se passer. Joey rampa jusqu'au trépied qui entourait un arbre, s'y accrocha pour s'aider à se relever, mais n'y parvint pas.

Le van bleu escalada la bordure du trottoir et s'arrêta sur l'herbe.

Derrière les vitres de deux Mercedes noires, des visages étaient tournés vers lui, formes vagues qu'il distinguait à travers le verre fumé et qui disparurent quand il croisa leurs regards.

Maggie dégringola hors du fourgon, courut à lui et s'agenouilla. Absurdement, il se dit qu'elle n'aurait pas dû se mouiller et se salir les genoux et les jambes dans l'herbe et la boue.

« Tu vas bien ?

— Je crois, oui… Ma jambe me fait mal.

— Tu as essayé de te relever, je t'ai vu, accroché à l'arbre.

— Je n'y suis pas arrivé.

— Si tu étais vraiment blessé, tu n'aurais même pas réussi à atteindre l'arbre, si tu avais quelque chose de cassé, en tout cas.

— Tu sais vraiment trouver les mots qui réconfortent… Il a essayé de me tuer.

— Mais il n'a pas réussi, c'est tout ce qui compte. »

Elle se pencha sur lui et passa la main dans la déchirure de son jeans, qui allait du genou jusqu'à la hanche. Ses doigts saisirent son fémur et la chair qui le couvrait. Il songea qu'elle était aussi délicate que ces vieux vétérinaires que son père faisait venir à la propriété pour s'occuper des génisses éclopées ou des agnelles boiteuses, et qui en avaient vu d'autres.

Elle se redressa. « Je crois qu'il n'y a rien de cassé – tu as eu de la chance. Attends-toi à avoir un beau bleu.

— Putain, explosa Joey, tu étais censée protéger mes arrières ! J'aurais pas eu besoin d'*avoir de la chance*, si tu t'étais pas endormie. Elle est où, ta putain de radio ?»

Il vit qu'elle avait une trace de sang sur la main tandis qu'elle l'essuyait avec un mouchoir.

« Tu ne m'as pas entendue ? »

Il secoua la tête. Elle regarda autour d'eux. Une ride plissa son front délicat. Son regard s'arrêta sur le building des PTT plus haut dans l'avenue et la forêt d'antennes sur le toit, les paraboles comme des champignons à l'envers.

« Ah, ça, c'est le pompon, dit Joey. Trop d'interférences, trop d'antennes et de paraboles. C'est bon à savoir pour quand tu reviendras. Tu seras capable de revoir ça, dans ton labo ? C'est très satisfaisant de se dire que j'aurai contribué à repousser les limites de la science. Bon, comment tu t'es coupé la main ? »

Un 4 × 4 Discovery monta sur le terre-plein herbeux derrière elle. Un homme la dévisagea d'un air interrogateur, comme s'il attendait une confirmation.

Elle dit, tranquillement : « J'ai dû me faire ça avec le volant quand je tapais sur le Klaxon. »

L'homme avait un visage anguleux, le teint cireux, et son costume semblait pendouiller sur son corps. « Mais est-ce que ce ne serait pas l'exquise Maggie Bolton, la fierté des enquêteurs, la terreur des techniciens ès mouchards ? Un problème, chérie ? »

« Pardonnez-moi l'expression, monsieur Cann, mais les gens comme vous n'apportent que des emmerdes, et ils nous empêchent de bosser. » Il s'était présenté – Benjamin Curwin. Elle l'appelait Benjie.

Joey le reconnut, c'était une des abeilles qui bourdonnaient autour de Maggie lors de la réception chez l'ambassadeur pour le Commonwealth Day, quand elle avait cette fameuse petite robe noire. Benjie les avait emmenés chez lui, il avait insisté. Il travaillait à la Mission des Nations unies pour la Bosnie-Herzégovine, deux cents mètres plus haut dans la rue où avait eu lieu l'incident. Du café noir et un whisky généreusement servi dans un verre en cristal pour Joey, ainsi qu'un canapé où il put examiner la déchirure de son pantalon, et se laisser aller à un engourdissement douloureux. Et l'opportunité pour les deux autres de se livrer à un badinage galant, avant de glisser dans la nostalgie. Les souvenirs du bon vieux temps. Oublié, sombrant dans une amertume grandissante, Joey se disait que c'était là le saint des saints de ces hommes à qui on donnait pour mission de diriger un pays, et qu'ils avaient tous de foutus airs supérieurs. Ils avaient traversé un bureau plein de secrétaires pâmées de respect devant ce héros vantard. Benjie – Benjamin – essuyait la gadoue des genoux de Maggie, et ils évoquaient l'époque bénie où les services secrets étaient dirigés par des officiers, et non par ces abrutis de comptables, ces temps radieux où l'ennemi était campé derrière un rideau de champs de mines et de défenses, de gardes armés et de chiens. Voilà, disait-il, et elle acquiesçait, l'idée que les dirigeants actuels se faisaient de la réussite ; quand ils parvenaient à rogner quinze pour cent du budget réceptions du bureau de Lisbonne – un vrai scandale. Joey avait fini son café, avalé son whisky, et il se mit à tousser avec insistance, pour signaler qu'il avait des choses à faire. Maggie avait raconté à Benjie – Benjamin – ce qui s'était passé sur la route et pourquoi.

« Je suis convaincu que cet avis me sera très utile, dit Joey.

— Je vous le donne gratuitement, en plus. On n'a pas besoin de vous ici pour faire des vagues. On aime quand tout est bien calme et bien tranquille, le couvercle de la marmite bien fermé. Nous voulons que ça reste comme ça pour pouvoir garder le contrôle. Nous sommes venus ici – on nous a envoyés ici –, tous ces gens de toutes ces nationalités qui travaillent dans ce couloir, pour accomplir un miracle, la reconstruction de la Bosnie-Herzégovine en nation démocratique multiethnique. C'était à une époque où la communauté internationale faisait preuve d'une sympathie un peu trop exubérante. Depuis, nous nous sommes résignés à l'échec. La criminalité et la corruption ont eu raison de nous. Notre mot d'ordre à présent, c'est d'échouer sans que ça se voie. Nous ne voulons pas de meurtres bruyants dans les rues, ni de projecteurs braqués sur nous. Nous voulons nous sortir de là sans qu'on nous remarque.

— Désolé si cela vous dérange, mais il se trouve que Sarajevo est au centre d'une enquête prioritaire.

— Mon cul. Il ne se passe jamais rien d'important ici. Je vais vous dire le fond de ma pensée. C'est une petite ville de province minable et ennuyeuse. Ils voudraient être quelqu'un, mais ils ne sont personne. Ils voudraient être vus comme l'Anne Frank des Balkans, pour que tout le monde sanglote sur leur sort. Économisez vos larmes. Il n'y a pas une once de romanesque ici, vous ne rempliriez pas un coquetier avec le drame de Sarajevo. Le reste du monde a perdu patience avec ces gens, et fait tout son possible pour les oublier. Cet endroit vit sur un mythe, et plus vite ils s'en rendront compte, mieux ça vaudra. Quant à vous, rentrez chez vous. »

Joey répéta, comme un gamin têtu : « Je suis missionné dans une enquête prioritaire, tout comme mademoiselle Bolton.

— Vous avez besoin d'action, jeune homme ? Allez donc au Monténégro, là-bas vous en trouverez, des pleines bassines. Serif ? Il est comme tout le reste ici, il joue en troisième division. Nous n'aimons peut-être pas la manière dont Sarajevo fonctionne, mais, au moins, on connaît la musique. Et puis voilà que déboule un petit joker – vous, monsieur Cann – et peut-être qu'il va donner un coup de pied dans la fourmilière, et me compliquer la vie. Fichez le camp. Allez faire votre enquête ailleurs.

— J'ai une autorisation dans les règles pour une surveillance intrusive menée dans cette ville par mademoiselle Bolton et moi-même, une autorisation signée du juge Zenjil Delic. J'agis en toute légalité et… »

En entendant ce nom, Benjie – Benjamin – bondit du divan où il était assis tout près de Maggie. Comme, si jusque-là, il n'avait fait que plaisanter. Il fusilla Maggie du regard. « C'est pour ça que tu voulais ce nom ? C'était ça, le truc, hein, espèce de sale petite maligne ? "Je parie qu'il n'y a pas un seul juge intègre dans toute la ville, minauda-t-il, je parie qu'il n'y en a plus un seul, qu'ils ont tous plié jusqu'au dernier…" Et je te l'ai donné. » Il fixa Joey. « Et vous avez réussi à le convaincre de signer la feuille sur les pointillés. Doux Jésus. Cet homme, c'était de la poussière d'or. On se le gardait pour le jour où il se produirait quelque chose de vraiment grave, pas pour une connerie de petite enquête sur un trafic de drogue de merde. Vous l'avez compromis ? Je vous arracherai la tête des épaules, si vous avez fait ça. Vous n'avez pas fait ça, hein ? Vous ne l'avez pas compromis ? »

Joey se dirigea vers la porte à pas lourds.

La voix rauque le poursuivit. « Tirez-vous de cette ville. Vous ne comprenez rien. »

« L'Aigle dit que tu t'es dégonflé », dit calmement Mister.

Atkins avait eu une heure pour préparer sa réponse. Il avait ramené l'Aigle et Mister à l'Holiday Inn, les avait déposés, puis avait suivi les nouvelles consignes. Il avait rapporté le Mitsubishi, avec une petite déformation sur le pare-chocs avant, jusqu'à l'entrepôt d'où il venait, l'avait conduit à l'intérieur et laissé là. Il était reparti à pied et avait pris un taxi pour rentrer à l'hôtel. Pour lui, son boulot consistait à escorter les lance-missiles et les équipements de transmission jusqu'à cette ville, à montrer leurs capacités, et à intervenir comme un interprète de confiance. Le meurtre ne faisait pas partie de la mission. Arrivé à l'hôtel, il avait rejoint Mister et l'Aigle au bar. Le regard de l'Aigle s'était perdu par-dessus l'épaule d'Atkins, loin derrière lui.

« Je ne vois pas comment il pourrait donner son avis, lâcha Atkins. Il tremblait comme une feuille et avait les yeux fermés !

— Il m'a simplement dit ce qu'il pensait. Je le paye pour me dire ce qu'il pense.

— Je ne me suis pas dégonflé.

— Je suis heureux de l'entendre, Atkins. »

Atkins n'arrivait pas à cerner cet homme. Il n'y avait pas de menace dans sa voix, aucune inflexion visant à impressionner. Mister parlait sur le ton d'une conversation cordiale. Il s'imagina être dans une salle d'interrogatoire, seul avec deux officiers de police, et un magnétophone qui tournait. Le premier dirait : « C'était une tentative de meurtre, une tentative d'assassinat contre un enquêteur de l'administration des Douanes de Sa Majesté. Si vous n'aimiez pas cette idée, si vous ne vouliez pas participer, pourquoi n'avez-vous pas refusé ? » Et l'autre, derrière, taperait de son poing droit dans sa paume gauche en disant : « Et ne nous balance pas les conneries habituelles sur la coercition. » Peut-être que ces flics, peut-être que tous ces gens, n'avaient jamais entendu Mister parler avec ce calme… Les yeux de Mister l'hypnotisaient. Il ne pouvait pas leur échapper. Il dit faiblement : « J'ai fait du mieux que je pouvais.

— Ce n'était pas un très bon *mieux*, n'est-ce pas ? »

Il fulmina : « Je l'avais bien aligné ! J'allais droit dessus. Mais, à côté de lui, il y avait cette femme avec son landau. Il a plongé vers elle. Cette espèce de merde de lâche s'est servie d'elle pour se protéger. Je ne tue pas des femmes et des enfants. Si j'avais voulu l'avoir, il aurait fallu que je passe sur la femme et sur son landau avec le bébé.

— Est-ce qu'elle avait surgi d'une bouche d'égout – elle avait soulevé le couvercle et fait apparaître le landau ? Il y avait une bouche d'égout dans le trottoir ? Elle est apparue d'un seul coup ?

— Je ne l'ai pas vue venir. Je le regardais, lui. Je n'ai eu aucune aide de l'Aigle. S'il avait ouvert les yeux et s'il n'avait pas été occupé à se pisser dessus, il aurait pu me prévenir qu'il y avait la femme et le landau. Je ne veux pas avoir la mort de femmes et d'enfants sur la conscience.

— Je m'occupe de ta conscience, Atkins. Je veille sur la conscience de beaucoup de gens.

— C'est ça qui s'est passé ! » La voix d'Atkins partait en vrille dans les aigus.

« Est-ce que je t'ai accusé ? Calme-toi. Prends un biscuit. »

Il ne voulait pas de biscuit, mais il en prit un, le garda dans sa main tremblante. Il se brisa entre ses doigts. Il ne voulait pas regarder Mister dans les yeux, mais il ne parvenait pas à détourner son regard. Il n'y avait aucune lumière dans ces yeux ; ils étaient comme les yeux d'un mort. Il savait qu'un jour il allait se retrouver à s'expliquer avec deux policiers dans une salle d'interrogatoire et qu'ils ne le croiraient pas, et qu'ils lui demanderaient, encore et encore, pourquoi il n'avait pas fichu le camp, tout simplement. Il était le jouet de Mister, et les jouets finissaient à la poubelle… Il n'était pas irremplaçable. Napoléon avait dit à Metternich, en 1810 :

« Vous ne pouvez pas m'arrêter. Je dépense trente mille hommes par mois. »

« Je suis désolé », murmura Atkins, et il se méprisait.

« Tu as envoyé ça ?

— Deux choses, Joey, et tu ferais bien de t'en souvenir : je ne travaille pas pour ta boîte, et il n'est pas dans mes intentions de rentrer au pays dans un cercueil.

— Tu disais que ce serait *intéressant*. C'est bien le mot que tu as employé ? »

Maggie se rebiffa. « Eh bien je me trompais. Je ne suis pas assez arrogante pour ne pas admettre quand je me trompe. »

Elle éteignit le petit écran. Joey se sentait trahi. Elle rembobina la bande. L'image sur l'écran était de bonne qualité – elle l'avait obligé à sortir de sa chambre, l'avait poussé jusqu'au van et installé à l'arrière, à côté du seau d'aisance, pour qu'il la regarde. Et maintenant, la bande avait déjà été transmise à Londres – il la croyait. Elle allait être décortiquée seconde par seconde. Le Mitsubishi blanc sur l'image monochrome, quittant brusquement la file de droite, bondissant sur l'herbe, fonçant en ligne droite sur Joey, une femme et un landau, et lui se jetant sur elle et…

« Tu ne devrais pas trop t'inquiéter, dit-elle. Ils vont tous dire que tu es un vrai petit héros. »

Elle lui demanda le numéro de Frank Williams et il le lui donna, sans lui demander pourquoi elle le voulait.

« Je vais me trouver un bar.

— Là, ça devient vraiment pathétique», rétorqua Maggie.

Il claqua la porte du van.

Un coursier à moto transporta la bande de l'autre côté de la Tamise, le long des quais, des tours Ceausescu au bâtiment des Douanes. Le paquet fut remis en mains propres à l'assistant du CIO. On donna des instructions pour qu'il ne soit pas dérangé, et on inséra la cassette dans le magnétoscope de Cork.

Il s'installa dans un fauteuil confortable et regarda l'écran…

On avait fait venir Gough du bureau de Sierra Quebec Golf, interrompant la réunion en cours. Ils étaient arrivés à l'étape minutieuse où chaque membre de l'équipe recevait les autorisations pour procéder aux descentes qui avaient été planifiées. Des mandats de perquisition étaient prêts à être soumis à l'approbation d'un magistrat. Étalées sur les murs, des cartes d'état-major à grande échelle reproduisaient les rues du district de Fulham, dans l'ouest de Londres, une partie de la campagne du Surrey, et une section de routes au sud de la rocade nord de la capitale. Mais l'appel venait de haut, et la réunion avait été suspendue.

Il s'était installé derrière le confortable fauteuil, debout. Cork lui avait dit qu'il avait déjà regardé à deux reprises la partic intéressante de la bande, mais sans lui dire ce qu'on voyait. Gough avait gardé sa pipe à la bouche, éteinte.

Regarder ces images lui donnait la curieuse impression de ne pas être concerné. C'était une sensation que Dougie Gough ressentait toujours quand il visionnait des bandes de surveillance. Il n'avait jamais été un fantassin. C'était un organisateur, un administrateur, un stratège, il prenait les décisions. Ses compétences étaient jugées bien trop précieuses par ses supérieurs pour qu'il aille arpenter des trottoirs ou attendre dans des voitures. Il envoyait des hommes et des femmes sur le terrain et il les écoutait et il lisait leurs rapports quand ils revenaient, et il éprouvait – il ne l'aurait jamais avoué – une certaine envie… Il scruta l'écran intensément. La bande était muette. Loin de la caméra, Joey Cann était assis sur un rebord de béton et ses talons tapaient sur le muret. Il se souvenait du jeune homme, hésitant mais rebelle, et investi. L'œil de la caméra projetait Gough en plein cœur de l'Europe, sur une large avenue qui passait entre des tours et des bâtiments, des entrepôts enclos de hauts murs. Il n'avait aucune idée de ce à quoi ressemblait Sarajevo, mais il se trouvait transporté là-bas par l'objectif, et il lui semblait être à portée de voix de Cann. Des hommes, des femmes et des enfants passaient devant la caméra, dans un sens et dans l'autre, et Dougie Gough aurait pu tendre la main et leur taper sur l'épaule. Il était là-bas.

Aucun effort pour se cacher, Cann était assis, bien visible, puis il se laissa glisser de son bloc de béton et s'avança vers la caméra. Dougie Gough vit ses lèvres serrées, les muscles crispés de ses mâchoires, le menton relevé, et il perçut la tension qui l'habitait.

Deux fois, Cann regarda derrière lui, mais il continuait à avancer. La troisième fois, Cann se retourna et repartit dans l'autre sens. La caméra élargit le champ. Dougie Gough avait regardé des bandes de surveillance d'Albert William Packer, et vu suffisamment de photos de la cible un. Les deux hommes s'éloignèrent, séparés par une centaine de mètres. Il ne voyait pas le visage de cible un. Dougie Gough sentit un petit vertige d'excitation : d'après ce qu'il avait lu ou entendu, cible un connaissait tous les trucs pour déjouer les filatures… La caméra bougea, l'image trembla par vagues, tandis que le véhicule d'où elle filmait se mettait en route. Aucune des précautions élémentaires n'avait été respectée, des deux côtés, et Gough ne comprenait pas pourquoi.

Cann maintenait la même allure que l'homme qui marchait devant lui. Un véhicule passa dans le champ de la caméra, un 4 × 4 blanc, il le vit et n'y pensa plus. Il avait perdu les deux hommes, Packer et Cann, derrière trois énormes camions collés les uns derrière les autres. Il commença à regarder les blocs d'immeubles, les tours, et à les comparer avec ceux de la banlieue de Glasgow à côté de l'autoroute M8. Les camions laissèrent à nouveau voir cible un et SQG12, et il réalisa que le véhicule transportant la caméra avait accéléré, frénétiquement. Il sentit ses dents se serrer sur le tuyau de sa pipe. Il avait envie de crier, de hurler un avertissement. Le 4 × 4 blanc quitta la file de droite – Cann se retourna – Dougie Gough vit la femme et le landau – Cann était la cible. Cela se passa très vite. La caméra avait perdu la mise au point, le véhicule masquait

Cann, la femme et le landau, avant que celui-ci ne bascule. Il vit la femme à terre, Cann près d'elle et le landau renversé. Il se récita une petite prière, une supplique. Il faillit hurler de soulagement quand il vit Cann rouler sur lui-même, et la femme se relever et remettre son landau d'aplomb. L'image redevint nette quand Maggie Bolton entra dans le champ en courant et s'agenouilla à côté de Cann… Dougie Gough n'avait jamais perdu un agent de terrain, aucun mort, aucun blessé, en trois décennies passées à l'Église. Il n'aurait jamais pensé être un jour aussi près de perdre un homme. Tout avait été si rapide.

Cork coupa le magnétoscope et l'écran devint neigeux.

Gough sortit ses allumettes et alluma sa pipe. La fumée masqua l'écran.

Cork lui passa une feuille de papier.

Il lut.

À : Endicott, pièce 709, VBX

De : Bolton (support technique), Sarajevo

Sujet : Crime organisé/AWP

Heure : 14 h 19 (locale) 17.03.01

NIveau de sécurité : Confidentiel

Début du message :

Voir bande ci-jointe – mon partenaire des Douanes a échappé à une tentative de meurtre organisée par cible un. Véhicule utilisé conduit par cible trois.

Hier, non rapporté aux Douanes, mon partenaire s'est découvert lors d'une surveillance de cible un. Un appel téléphonique subséquent de sa petite amie, Jennifer Martin (adresse inconnue), lui a appris que son chat avait été tué, éventré et déposé sur le seuil de sa porte. L'inquiétude de mon équipier est qu'on lui demande de rentrer !

À la suite de ce *coming out*, mon mouchard dans la chambre d'hôtel de cible un a été retiré et le véhicule où était posée la balise a été détruit. Je suis exposée. Je ne suis plus en sécurité et je requiers mon rapatriement immédiat.

Love, Maggie

Fin du message.

Gough lui rendit la feuille de papier.

« Je ne peux pas dire que je sois satisfait de la façon dont les choses évoluent, entonna Cork. Ils vont la rappeler. Il n'est pas question de discuter, la décision leur revient et ils l'ont prise. Vous n'avez rien à dire ? »

D'une voix acide, Dougie Gough répondit : « Hormis vous rappeler que c'est sur votre ordre qu'il est parti, pas grand-chose, non.

— Il devrait rentrer aussi, n'est-ce pas, avant qu'il ne soit – comment dit-on, déjà – trop tard ?

— Si c'est ce que vous voulez...

— Je veux votre avis ! s'énerva Cork. Quelle est l'alternative ? Envoyer une équipe d'une demi-douzaine d'hommes, déployer une section des Forces spéciales autour d'eux pour leur assurer une protection rapprochée ? Taper dans un budget que je n'ai pas ? Bon Dieu – j'ai un ministre sur le dos. Que suis-je censé faire, monsieur Gough ?

— Ne pas agir de manière impulsive. »

Cork ignora cette impertinence – qu'il n'aurait acceptée de personne d'autre dans ce building. « C'est moi qui porte la responsabilité.

— Laissez poursuivre l'opération en cours sous mon contrôle.

— Si quoi que ce soit lui arrive, je vais me faire crucifier.

— Si Notre Seigneur veut bien excuser ce vil blasphème, monsieur Cork, j'imagine que je serai sur la croix juste à côté de vous. J'aimerais réfléchir à tout ça. »

Mais c'était tout réfléchi. Gough quitta la pièce et ses pas résonnèrent dans le couloir, dans l'escalier qui descendait, et jusque dans le couloir en dessous. Il ralluma sa pipe, tira une grande bouffée, et des nuages de fumée s'élevèrent en tourbillons derrière lui. Il y avait quelque chose sur le visage de Dougie Gough qui retenait quiconque, de quelque grade qu'il soit, de lui rappeler que l'immeuble des Douanes était une zone strictement non-fumeurs. Il regagna le bureau de l'équipe Sierra Quebec Golf. S'il y avait eu des miroirs dans les couloirs, et qu'il y avait jeté un œil, il aurait vu le même visage que celui sur la vidéo, en plus vieux bien sûr : le visage de Cann – lèvres, mâchoires, menton, tension et résolution. Il composa le code d'entrée et pénétra dans la pièce. Tous le regardèrent, dix personnes, attendant l'explication de cet appel d'urgence.

« Très bien, mesdames et messieurs – où en étions-nous ? »

Décembre 1997

Il pleuvait à verse, comme tous les autres jours de cette semaine. Il ne le savait pas, mais les mines s'étaient remises à bouger, entraînées par les ruisselets qui dévalaient les pentes au-dessus de ses champs. Certaines étaient enterrées plus profondément, dans le limon qui descendait, mais d'autres étaient sorties de terre et se trouvaient à découvert. Husein Bekir n'aurait jamais pu imaginer qu'il avait une responsabilité dans ces mouvements des mines. En mettant le feu aux champs deux ans plus tôt, il avait détruit les racines des mauvaises herbes qui retenaient la terre. Il avait débarrassé le terrain des racines tordues et facilité les déplacements.

Ses petits-enfants sans père marchaient avec lui sur le sentier qui menait au gué submergé, accompagnant l'Anglais venu de Mostar.

Ses petits-enfants, eux ils étaient forts, se disait-il entre deux appels lancés vers la maison, de l'autre côté de la Bunica. Cela faisait neuf mois que leur père était mort, mais ils ne l'avaient pleuré qu'une journée, semblait-il, pas pendant des semaines comme Lila et lui, ni pendant des mois comme sa fille. Il appelait son ami, Dragan Kovac, et les enfants répétaient ses cris en écho, comme si c'était un jeu, courant et bondissant devant l'Anglais et lui. L'étranger disait s'appeler Barnaby, et il parlait la langue d'Husein, mais les nouvelles qu'il apportait n'étaient pas bienvenues. Les enfants étaient forts, et ne se comportaient pas en victimes. Husein Bekir espérait qu'un jour ses petits-enfants auraient tout oublié de la guerre et cultiveraient ses champs dans la vallée.

L'Anglais était arrivé à Vraca avec son chauffeur, sans avoir été annoncé.

Ses petits-enfants étaient comme tous ceux de leur âge au village. Des petits gringalets maigrichons, sans muscles, sans rien dans les bras. La force n'était pas dans leur corps, mais dans leur esprit. Ils pouvaient écarter le souvenir de leur père, mais ils ne pouvaient pas soulever une botte de foin. Quand Husein avait l'âge de ses petits-enfants, il pouvait travailler dehors toute une journée, tous les jours de vacances, et avant l'école et après la fin de la classe dans l'après-midi. Les voir ainsi renforçait la détermination d'Husein Bekir – il lui fallait se battre, durant le temps qui lui restait, pour que la vallée soit nettoyée, afin de produire de la bonne viande et des bons légumes, pour que le corps de ses petits-enfants se développe. Si leur corps ne se développait pas correctement, ils ne pourraient jamais s'occuper des terres. Et s'ils ne s'occupaient pas des terres, elles seraient vendues. Ce que des générations de sa famille avaient accompli, construit avec leur sueur, serait vendu en une heure à un étranger, peut-être même à un Serbe.

Il y avait eu une réunion cette semaine-là, à Sarajevo.

Cela faisait plus de vingt ans qu'Husein Bekir n'avait pas mis les pieds à Sarajevo. À l'époque, cela représentait un très long trajet en autocar, de se rendre dans cette ville lointaine pour le mariage du fils d'un cousin germain de Lila. Il n'avait pas aimé, et il avait remercié son Dieu quand le car pour rentrer avait quitté la ville. La veille, et toute la soirée, à la fête du mariage, il avait été traité comme un paysan par les cousins de Lila. Aucun d'eux ne possédait de terre. Ils travaillaient dans des usines d'État. Lui possédait trente hectares qu'il avait achetés de son côté de la rivière Bunica et dix-neuf hectares des meilleurs champs de l'autre côté, et deux hectares de vignes, tous dûment payés. Il n'avait pas de dettes. Ils l'avaient regardé comme une personne sans importance. Quand ils avaient quitté Sarajevo, le car était passé devant la caserne Maréchal-Tito, et il l'avait revue. Barnaby lui avait dit que la réunion s'était tenue au centre de déminage, dans cette caserne.

Il venait faire appel à Dragan Kovac en dernier recours, dans l'espoir que l'intervention de son ami pourrait modifier le message venu de Sarajevo.

La pluie lui dégoulinait dessus et collait les cheveux de ses petits-enfants sur leur crâne. Il aperçut Dragan Kovac, à l'abri sous l'avancée devant sa porte, et il entendit sa réponse étouffée. Il lui fit signe de descendre vers le gué. Ils avaient joué aux échecs cinq fois durant l'été. Dragan Kovac n'avait jamais voulu descendre le sentier, traverser le gué, et marcher jusqu'à la maison d'Husein Bekir. C'était toujours Husein qui devait se rendre chez lui, titubant au passage du gué, et pareil au retour, dans le noir, avec l'eau-de-vie qui s'agitait dans son ventre. Et cinq fois cet idiot – ou ce tricheur – avait battu Husein Bekir. Il vit Dragan Kovac sortir sur le seuil, il portait son vieux manteau, le manteau des Cetniks, et sa vieille casquette avec l'aigle sur la visière. Le vieux fou se mit à descendre à pas lourds vers eux. Le pays avait été ruiné par la guerre, la vallée était pleine de mines, et il portait son uniforme, comme si cela lui donnait encore de l'importance. Ils attendirent. Dragan Kovac descendait lentement. Il s'arrêta deux fois et s'appuya sur son bâton avant de repartir. Husein Bekir n'avait pas besoin de canne pour marcher.

« Voici Barnaby, cria-t-il. C'est un Anglais de Sarajevo. Il vient du centre de déminage. Il veut des renseignements sur les mines que vous avez mises dans mes champs.

— Nous les avons mises parce que nous étions attaqués – ta mémoire s'effiloche, vieil homme ?

— Nous n'avons jamais mis aucune mine. Et parce que vous en avez mis, je ne peux pas cultiver mes champs.

— C'était pour empêcher les assassins de venir.

— Je lui avais bien dit que Dragan Kovac était sénile et qu'il ne se souviendrait de rien ! »

Ils crachèrent sur le sol, chacun devant ses bottes, c'était leur rituel. Les petits-enfants jetaient des cailloux dans la rivière. Et l'Anglais riait. C'était un homme massif, à côté de lui Husein avait l'air d'un nain. Il avait des traits bien dessinés, une belle stature et l'allure d'un militaire. De lourdes jumelles pendaient à son cou. Husein vit le vieil idiot se raidir, attentif, et il l'entendit aboyer un salut.

« Je m'appelle Dragan Kovac, monsieur, je suis le sergent de police Dragan Kovac, à la retraite. Puis-je faire quelque chose pour vous ?

— Peut-être, ou peut-être pas, monsieur Kovac. J'expliquais à monsieur Bekir que nous avons eu une réunion hier, à la direction des opérations de déminage. Plusieurs demandes de nettoyage de terrains minés ont été examinées. Avant toute chose, je ne voudrais pas susciter de faux espoirs. Nous avons une liste de treize mille six cents champs de mines dans le pays, dont un dixième environ se situe ici, dans le canton de Neretva. Mais nous essayons d'étudier de plus près les emplacements où des problèmes directs sont causés par la pollution du terrain, quand un fermier ne peut plus travailler, ou quand il y a eu des victimes. Comme vous avez eu un mort ici, vous êtes sur cette liste. J'étais à Mostar aujourd'hui, ça ne faisait pas très long pour venir jeter un coup d'œil au terrain. J'espérais que vous pourriez vous souvenir des endroits où les mines ont été posées.

— Et ne fais pas le malin, intervint Husein, donne juste des faits à ce monsieur.

— Je n'ai pas posé de mines, dit Dragan Kovac en redressant le menton.

— La guerre est finie. Nous ne parlons pas de faute, dit Barnaby. Je travaille avec des Musulmans, des Serbes et des Croates en tant que consultant pour les deux gouvernements. Je ne m'occupe pas des drapeaux – mais les mines non plus ne font pas de différence entre des soldats et des enfants. Il faut que je sache combien de mines ont été posées et sur quelle étendue. Si j'ai cette information, je peux estimer, très grossièrement, combien il faut de démineurs, combien de temps ça prendra, et combien ça coûtera. Vous vous en souvenez ? »

Dragan Kovac secoua la tête, leva les yeux vers les nuages de pluie, se gratta l'oreille. « C'est très difficile. Je n'étais pas là tout le temps, après qu'ils nous ont attaqués et ont essayé de nous tuer.

— Vous voyez ? dit Husein Bekir. Je vous avais bien dit que ce vieil imbécile ne se rappelait rien. »

L'Anglais prit ses jumelles et examina les champs. « Je vois des carcasses de bétail là-bas. C'est incroyable comme les os restent longtemps intacts avant de pourrir. Ils sont au milieu des champs. Ce n'est pas surprenant, mais c'est mauvais signe. Les mines n'auraient jamais été enterrées au milieu des champs. Cela veut dire qu'elles ont bougé. Une pluie comme celle d'aujourd'hui les fait bouger. Les gens les font bouger. Des renards, ça paraît difficile à croire, vont attraper une petite mine antipersonnel qui est ressortie, l'emporter et la déposer à cent mètres de là. Puis il va se remettre à pleuvoir, et elles vont être complètement recouvertes. Même là où il existe des cartes correctement tracées, on ne peut pas s'y fier. Un champ de mines est un organisme, il respire, il a presque le pouls qui bat. Il peut y avoir dix mines comme il peut y en avoir cent. C'est une vaste zone, il faudrait de nombreux hommes et beaucoup d'argent, et les problèmes d'un seul fermier ne sont pas une priorité.

— Je ne sais pas, je voudrais bien aider, mais... » Dragan Kovac haussa les épaules.

« Quand reviendrez-vous ? dit Husein Bekir en tirant l'Anglais par la manche.

— Pas de sitôt, je suis désolé de vous avoir obligés à sortir par ce temps. Sûrement pas avant l'année prochaine. »

Husein Bekir se redressa de toute sa hauteur et fixa l'Anglais dans les yeux. « Si moi, ma femme, ma fille et mes petits-enfants, tous mes voisins, mes bêtes et mon chien, nous nous mettons sur une ligne et que nous traversons mes champs, si nous sautons tous sur des mines et que nous sommes tous tués, est-ce que vous viendrez plus vite? Est-ce que ça vous fera venir?

— Nous viendrons. Je vous le promets à tous les deux, dès que nous pourrons. C'est tout ce que nous pouvons faire. »

Joey se redressa derrière le mur de bouteilles de bière qui s'alignaient sur la table. Ses jambes étaient en caoutchouc, et elles l'abandonnèrent quand il se leva. Il se retint à l'épaule d'un jeune en blouson de cuir, se fit insulter et repousser. Il fixa son regard vers la porte menant à la rue, et tituba en s'avançant vers cet objectif lointain. La dernière fois qu'il avait été ivre à ne plus tenir debout, et il avait du mal à s'en souvenir avec un esprit si embué, c'était pour son quinzième anniversaire, qui avait coïncidé avec le dernier jour des moissons. Les types qui conduisaient les tracteurs et les moissonneuses-lieuses avaient vu là une bonne occasion de rigoler, et ils lui avaient fait couler du cidre tout juste pressé dans la gorge, chose à laquelle ils pouvaient résister, mais pas lui. Ils l'avaient ramené à sa mère et étaient repartis en l'abandonnant à sa colère noire, et elle ne l'avait pas laissé entrer dans la maison avant qu'il n'ait vomi dans la fosse à purin. Son ivresse avait gâché le dîner de famille prévu. Il s'était retrouvé à tournoyer tout seul sur son lit, tandis que son père et sa mère dînaient avec sa chaise vide pour toute compagnie. Il se redressa dans l'encadrement de la porte, s'appuya au chambranle, et vit un homme recroquevillé, tout courbé, passer derrière la vitre, et disparaître. L'homme poussait un fauteuil roulant. Une jeune femme était assise dans le fauteuil.

Ce ne fut pas le froid de la nuit qui le fit dessaouler.

« Vous ne l'avez pas compromis ? », avait demandé quelqu'un.

Joey courut derrière le juge Delic et Jasmina. Il courut jusqu'à ce qu'il les rattrape.

Chapitre douze

Il entendit le coup frappé à la porte par-dessus le bruit de la douche. C'était l'heure à laquelle on lui rapportait son linge propre, habituellement. Du fond de la salle de bains, il cria qu'il arrivait dans un instant. Il se sécha. Il aurait pu demander à la femme de chambre de laisser son linge dehors devant la porte, mais il lui avait également confié ses chaussures à nettoyer, et il voulait la remercier et lui donner un pourboire. Mister noua une serviette autour de sa taille, en passa une autre sur ses épaules, ramassa un peu de monnaie sur le bureau et marcha jusqu'à la porte. Il l'ouvrit et tendit la poignée de pièces.

« Je vous ai surpris… » Elle roula des yeux. « Je vous prie de m'excuser.

— Mademoiselle Holberg – je croyais que c'était la femme de chambre. » Il rougit.

« Pardonnez-moi. »

Il vit la malice sur son visage, sa fraîcheur, et son air amusé. « Je ne suis pas en état de recevoir une visiteuse si distinguée.

— C'est de ma faute, j'aurais dû vous appeler depuis la réception. Je ne l'ai pas fait parce que je suis parfois un peu sournoise, et je me suis dit que cela vous offrirait une trop belle opportunité de refuser de me recevoir. »

Elle lui expliqua que les VIP se rendraient au village de Visnjica le lendemain matin. C'était à une heure de route de la ville. Elle serait très honorée s'il acceptait de l'accompagner. Elle avait bien compris qu'il répugnait à se faire de la publicité, et elle respectait et admirait cela. Son nom ne serait pas donné aux visiteurs ni aux villageois, mais cela lui donnerait l'occasion de voir par lui-même l'importance de son geste, d'avoir fait venir ce camion de *Bosnia with Love* jusqu'à Sarajevo. C'était un jour important pour elle, et il serait encore plus réussi s'il l'accompagnait – à condition, bien sûr, qu'il n'ait pas d'affaires plus pressantes à régler en ville. Elle espérait beaucoup qu'il daignerait accepter.

« Cela me fera plaisir, dit Mister. Je suis très flatté. Je suis ravi d'accepter. »

Elle lui dit qu'elle passerait le prendre dans la matinée, lui expliqua comment il devait s'habiller – pas avec des serviettes de toilette, et son rire le taquina gentiment – et lui souhaita une bonne soirée.

Quelques instants après son départ, la femme de chambre rapporta son linge et ses chaussures, séchées et cirées. Il sifflota en s'habillant. Tout était affaire de compartiments. Il oublia la Princesse, sa femme, et, dans un compartiment plus enfoui encore, il laissa l'homme qui aurait dû être tué sur le terre-plein, près de la route.

« Vous avez cessé de penser comme un officier des Douanes.

— Je me demande si je l'ai jamais fait.

— Vous êtes devenu son adversaire, dit le juge sèchement.

— Je suis Joey Cann, l'adversaire qui perd toujours. »

Ils l'avaient ramené chez eux. Il avait aidé à pousser le fauteuil pour traverser le pont et gravir la colline entre des rangées d'immeubles d'habitation démolis par l'artillerie, les incendies, et couverts d'impacts de balles. Cette rue étroite devait avoir été sur la ligne de front. Il n'y avait pas de lampadaires ni de lumières aux fenêtres. Ils avançaient à la lueur d'une lampe de poche, pointée en avant des roues du fauteuil pour ne pas heurter des obstacles qui auraient pu la faire basculer, et il se demanda comment le juge parvenait à pousser sa fille jusqu'en haut de cette colline tous les soirs. Ils avaient tourné dans une rue plus étroite encore et il avait aperçu une lourde masse de béton, ce qui avait été la façade du troisième étage d'un immeuble, suspendue au-dessus d'eux, menaçante, mais elle n'avait même pas levé les yeux vers elle, et le juge non plus. Le rayon lumineux était à présent braqué sur un petit bâtiment. C'était à moitié une maison, avec un étage, et à moitié une ruine. Une porte et une fenêtre étaient intactes. Tout le côté gauche de la maison s'était écroulé. Joey vit les chevrons arrachés, et le papier peint exposé à la vue, avec son motif de fleurs roses. Le rayon de la lampe descendit vers trois palettes recouvertes d'une feuille de métal, formant une rampe pour le fauteuil. Quand la porte fut ouverte, il resta dehors pour purger sa vessie de toute cette bière. Puis il entra. Il fallait qu'il parle et qu'il se purge lui-même.

La pièce était éclairée par une lampe à pétrole. Les murs étaient sombres, tachés d'humidité, et des fissures couraient dans le plâtre. Il y avait une cuisinière, raccordée à une bonbonne de gaz par un tuyau, et un évier avec des assiettes propres sur un égouttoir. Ils n'avaient pas de réfrigérateur, et pas de radiateur électrique. Il y avait des tapis usés sur des planches nues. Un endroit où tout manquait. Ils lui servirent du vin, d'une bouteille entamée, et il le but parcimonieusement, parce qu'il était exécrable, parce qu'il n'avait pas besoin de boire davantage, et parce qu'il se dit que c'était la seule chose qu'ils avaient à offrir. Elle n'interrompit jamais son père, mais roula de la table au placard et retour pour lui confectionner un sandwich. On l'avait fait asseoir sur un divan défoncé caché sous une couverture et calé à l'aide de vieux livres. Il se dit que le besoin de parler du juge était plus vif que le sien.

Le juge était assis sur un lit très bas. « Nous sommes, monsieur Cann, dans une ville olympique. *Citius*, *Altius*, *Fortius*. Mais il existe un autre credo en ce qui concerne les Jeux. Nous l'avons découvert quand nous nous préparions à accueillir le monde entier. En 1908, Londres était l'hôte des Jeux. Une messe avait été donnée dans votre grande cathédrale, Saint-Paul, et l'évêque de Pennsylvanie avait été invité à prêcher devant les fidèles. Assis là, écoutant l'évêque, il y avait le fondateur des olympiades modernes, Pierre de Coubertin. On raconte que Pierre de Coubertin a été profondément ému par ce qu'il a entendu : "L'essentiel dans les jeux Olympiques n'est pas tant d'avoir été victorieux, mais d'avoir participé." Tout le monde ne peut pas gagner.

— J'ai été trop souvent un loser », dit Joey. Il sentait le froid autour de lui, mais il aurait été grossier de sa part à lui, l'invité, de frissonner ou de s'apitoyer sur son sort. Jusqu'à l'été, songea-t-il, ils allaient vivre dans cette maison sans quitter leurs manteaux. « Lui, comme je vous l'ai dit, je l'appelle cible un. Il a été trop souvent le winner.

— Suis-je un loser ? »

Joey dit simplement, avec sincérité : « Vous êtes un homme digne, vous n'êtes pas un loser.

— Et Jasmina, avec son dos brisé ? Elle n'a plus de mère. Elle n'a que moi pour veiller sur elle. Son futur deviendra très incertain quand je serai mort. Est-elle un loser ?

— Elle a du respect pour elle-même, elle n'est pas un loser.

— Puis-je vous raconter une histoire à propos de ce qui vous obsède, monsieur Cann, l'histoire d'un winner et d'un loser ?

— Je suis chez vous. Vous pouvez me raconter tout ce que vous voulez. »

Jasmina lui donna le sandwich. Il se demanda si elle avait envie d'entendre cette histoire. Ses joues pâles, ses yeux creusés et sa bouche sans fard étaient dénués d'expression.

« Cette histoire compte de nombreux personnages, mais, à la fin, il n'y a eu qu'un winner et un loser…

— Est-ce une de ces histoires qui ne doivent pas être racontées à un étranger – une histoire de sang ?

— Oui, monsieur Cann. J'ai violé ma règle au sujet de mon engagement, et vous venez de m'apprendre qu'à cause de vous on risque de savoir que je me suis engagé, et que je vais devoir prendre des précautions. Très franchement, il n'y a guère de précautions que je puisse prendre… Il serait juste que vous sachiez pourquoi je me suis compromis, pourquoi je vous ai aidé.

— S'il vous plaît. » Il se redressa pour écouter et pour ne pas succomber aux vagues de nausée.

« Ma femme, Maria, la mère de Jasmina, était morte. Elle avait un poste à l'administration du Bosnia Hotel, mais, quand elle a été tuée, elle n'était qu'une mère et une épouse comme les autres, qui fouillait dans les ordures dans les rues et les parcs. Il avait plu ce matin-là, et elle s'était rendue au cimetière juif, pas loin d'ici, pour trouver d'autres escargots à ajouter à ceux qu'elle avait déjà ramassés. Si vous avez assez d'escargots et que vous les sortez de leurs coquilles, et si vous pouvez faire bouillir de l'eau, vous pouvez faire une soupe. Elle a été tuée par la balle d'un sniper. Nous étions mariés depuis vingt et un ans. Jasmina avait dix-neuf ans. Ma femme, Maria, a été enterrée dans la fosse commune du stade. J'aurais pu quitter la ville, mais tourner le dos à la tombe de votre femme, c'est très difficile, je vous assure. J'ai continué à travailler comme professeur de droit à l'Université. Jasmina, le seul trésor qui me restait, faisait partie de mes étudiants. On se débrouillait. Elle avait un petit ami, Mirko, un autre de mes étudiants. Un Serbe, ce que nous, Musulmans, appelons un *Cetnik*. Pendant la guerre, au début, les Serbes pouvaient rester à Sarajevo, mais plus tard c'est devenu très dur, et bientôt impossible. C'était l'hystérie complète, on pensait qu'ils étaient des espions à la solde de l'ennemi. Jasmina et Mirko étaient amoureux, comme sa mère et moi l'avions été, jadis. Ils s'étaient juré de passer leur vie ensemble, comme nous l'avions fait. Je les avais bénis. Je leur disais qu'il fallait qu'ils s'en aillent, qu'ils échappent à cette folie.

» Il y avait un ingénieur en télécommunications, avant la guerre, que j'avais défendu dans une affaire. Il était accusé d'avoir tué un homme au volant de sa voiture. Ma défense avait fonctionné. Il s'en était sorti libre. C'était une fripouille, il aurait dû aller en prison. Il m'avait dit que, s'il pouvait me remercier un jour, il le ferait. La ligne téléphonique du principal bâtiment des PTT avait été coupée quand les combats avaient commencé ; mais l'ingénieur gardait une ligne ouverte vers Grbavica. Il était possible d'utiliser la ligne, si vous aviez de la patience, et si vous payiez. D'abord vous appeliez pour demander à l'opérateur serbe de passer un message, pour que la personne à qui vous vouliez parler puisse se rendre au central de Grbavica, à une certaine heure, un certain jour. Le jour arrivait, l'heure aussi, et vous obteniez votre correspondant. Cet ingénieur est aujourd'hui un homme riche, il n'a plus besoin de travailler. Mirko, avec mon argent, avait passé des appels, pour demander à des parents de l'autre côté de l'aider à quitter le pays, s'il parvenait à passer. On le lui assura. Mais comment traverser les lignes ?

» Il y avait le tunnel à l'aéroport. Mais c'était impossible de passer par là. Les militaires le tenaient, le gouvernement, et ils louaient le passage aux gangsters – Caco, Celo et Serif. Ils payaient deux mille marks de l'heure pour l'utiliser. Ils faisaient entrer du sucre, du café, des cigarettes, de l'alcool, tout pour le marché noir, mais les militaires et les gangsters se tenaient à la gorge pour l'utilisation du tunnel. J'avais entendu dire qu'il existait un autre chemin.

» Je suis allé voir Serif. C'était un supplice pour moi d'aller trouver un tel homme. Je dois dire que c'était parce que j'aimais ma fille, et qu'elle aimait son ami. Il a annoncé son prix. Bien évidemment, nous n'avions pas une telle somme. Cinq mille dollars américains pour lui, et trois mille dollars pour les gangsters de l'autre côté. J'ai vendu tout ce que j'avais de valeur, matérielle ou sentimentale, les bijoux de ma femme, l'alliance que je lui avais donnée et l'anneau qu'elle m'avait offert, même la montre à mon poignet, qui avait appartenu à mon père, plus un prêt que m'ont fait des parents, et j'ai hypothéqué l'argent de ma retraite. Tout cela est parti pour payer les bandits qui allaient assurer la liberté de Jasmina et Mirko.

» Je me souviens de ce soir-là. Je ne l'oublierai jamais. Elle avait pris un petit sac de sport et Mirko un sac à dos. Tout ce qu'ils possédaient. Ils avaient une telle confiance dans un monde nouveau, dans une nouvelle vie, loin de ce massacre… Quand nous sommes arrivés près du pont, on m'a dit de rester en arrière. Je les ai embrassés tous les deux. J'ai vu Serif. Jasmina avait l'argent, tout ce que nous avions pu rassembler. Elle le lui a donné, et il a eu l'air de ricaner parce que c'était si peu pour lui, et tellement pour nous. Je l'ai entendu lui dire que tout était arrangé. Ils se sont enfoncés dans l'obscurité. Ils devaient traverser la Miljacka au pont de Vrbanja, c'était un no man's land entre les deux lignes. Ils étaient désespérés, moi aussi j'étais désespéré, alors on voulait croire à ce qu'on nous avait promis. J'imaginais chaque pas qu'ils faisaient en avançant sur ce pont.

» J'ai entendu les tirs. Il y a eu deux longues rafales d'armes automatiques, comme s'il y en avait une pour chacun d'eux. D'abord ce sont les hommes de Serif qui m'ont retenu, puis la police est arrivée, et ils m'ont empêché d'entrer sur le pont. Des soldats français sont arrivés à chaque extrémité du pont, mais ils ne se sont pas avancés, je l'ai appris une semaine après, parce qu'ils jugeaient que c'était trop dangereux. Ils étaient sur le pont, Jasmina et Mirko, et ça a duré toute la nuit. À l'aube, un caporal de l'armée ukrainienne est arrivé en voiture et il les a vus. Il s'est avancé à pied sur le pont. Les Français lui ont dit de faire demi-tour, mais il a refusé. Les Serbes de l'autre côté lui ont dit de reculer, mais il ne l'a pas fait. Il les a ramenés, en les portant, un sous chaque bras. Je n'ai jamais su son nom, et je n'ai jamais pu le remercier. Leurs vies ont été sauvées à l'hôpital Kosevo. Mirko avait des blessures au ventre, une épaule endommagée, et il ne pourra plus jamais courir. Ma Jasmina, mon joyau, était paralysée… Un an plus tard, il y a eu une autre fusillade sur le même pont, la presse étrangère a appelé ça l'affaire Roméo et Juliette, deux amants du même genre ont payé pour traverser, et ils ont été trahis et abattus tous les deux, mais leurs corps sont restés sur le pont des jours durant, exposés aux intempéries et aux télés étrangères. Tout le monde connaît leur histoire, mais Jasmina et Mirko n'ont été qu'un de plus dans les statistiques. Vous voulez savoir ce qu'il est advenu de leur amour… Mirko est parti à Vienne et il a fait des études pour devenir architecte. Nous n'avons plus de bijoux, et ma retraite appartient à la banque.

» J'ai participé, comme l'évêque à Londres disait qu'il fallait le faire. J'ai perdu, et Jasmina a perdu. Oui, monsieur Cann. Pendant qu'elle était à l'hôpital, quand je ne savais pas encore si elle allait vivre ou mourir, je suis retourné voir Ismet Mujic – Serif. Il a refusé de me rendre l'argent, et refusé d'admettre sa responsabilité pour cette trahison. Il m'a dit que, si je m'approchais encore une fois de lui, ou si je lui causais le moindre problème, il lâcherait ses chiens sur moi, et qu'il veillerait à ce que je ne travaille plus jamais. Il a ce pouvoir. Voilà ce qui se passe pour les perdants. Cela peut vous paraître difficile à croire, de la part de quelqu'un comme moi, mais pendant neuf ans j'ai cultivé un désir de vengeance. Il y a cette foi en nous qui nous dit qu'un jour – même dans un futur très lointain – l'opportunité d'une vengeance se présentera. Vous avez franchi ma porte, avec votre innocence. Je vous ai dit que l'homme trouvé dans la rivière…

— Il a été assassiné, dit Joey, en mâchant la dernière bouchée de son sandwich. Il a été frappé, puis balancé du haut du pont.

— … était en relation avec Ismet Mujic – Serif. C'est à ce moment-là que j'ai pensé, pour la première fois de ces si longues années, que je pourrais être le vainqueur… *Citius*, *Altius*, *Fortius*… que je pourrais courir plus vite que lui, sauter plus haut, être plus fort –, que je pourrais l'écraser. J'ai cessé de penser comme un juge.

— Vous avez jeté l'uniforme, dit Joey en avalant la dernière goutte de vin de son verre.

— Je suis devenu son adversaire. Avec le désir d'être le vainqueur.

— C'est très humain, c'est ainsi que l'homme est fait.

— Pour gagner le respect de moi-même.

— Au prix de l'humanité – le temps n'est pas à la pitié.

— C'est ce qui me tient.

— Nous apprenons ça à l'école, dit Joey. C'est Shylock, l'usurier juif dans *Le Marchand de Venise* : « Je mettrai en pratique les scélératesses que vous m'apprenez ; et il y aura malheur si je ne surpasse pas mes maîtres[1]. » Tout ce que je peux vous promettre, c'est de faire de mon mieux – et qu'à la fin, ce soit nous qui restions debout. »

1. William Shakespeare, *Le Marchand de Venise,* acte III, scène 1, trad. M. Guizot, Éd. Didier, 1863. *(N.d.T.)*

Joey Cann les quitta, redescendit la rue en titubant. Il pensait à ce père qui était en train d'aider sa fille infirme à se mettre au lit. Il tomba deux fois, mais se releva et continua d'avancer dans la nuit. Il se sentait tout petit. Il traversa le pont, là où elle s'était fait tirer dessus et où son rêve s'était perdu, et prit la direction de son hôtel. Il réentendait ses propres mots, et il se demanda s'il s'agissait d'une simple fanfaronnade due à la bière. Il ne portait pas d'uniforme, la carte d'identité dans son portefeuille n'avait aucune valeur. Même s'il était un loser, il n'allait pas rester sans rien faire, pour leur salut.

Ils mangeaient dans de la porcelaine fine. Mister était un invité de marque. Sa réputation avait voyagé avec lui depuis Green Lanes jusqu'à Sarajevo.

La villa était sur le flanc d'une colline et faisait face à l'ouest de la ville. Les présentations avaient été faites devant un énorme feu de bois crépitant. Il y avait là Serif et les hommes qui avaient assisté aux négociations : un homme plus âgé, avec son supérieur, présenté comme un brigadier des services de renseignements, et un plus jeune, plein de déférence envers son oncle, le politicien. La villa appartenait à ce dernier. Si elle avait subi des dommages pendant la guerre, tout avait été remis en ordre : il n'y avait aucune trace de la guerre, uniquement des signes d'abondance et d'influence. L'étalage de richesse n'intéressait pas Mister, mais, tandis que les conversations bourdonnaient autour de lui, il regardait les photos sur l'un des murs, où l'on voyait le politicien, toujours vêtu d'un costume sombre, sur des marches devant des immeubles à côté de visiteurs étrangers, emmitouflés dans des gilets pare-balles et avec un casque militaire sur la tête. Serif ne parlait pas, mais il était affalé dans une chaise à accoudoirs au bout d'une longue table de chêne sur laquelle rebondissaient les reflets des flammes des chandeliers. Le politicien et le brigadier parlaient peu, et la conversation était essentiellement tenue par le neveu et le jeune officier. Il n'y avait pas de bavardages inutiles. Mister écoutait, c'était un de ses talents, et il observait et apprenait, deux choses à quoi il était habile. Tout en écoutant, il regardait, essayant de comprendre la relation entre Serif et le politicien : si Serif avait été le subordonné, il aurait parlé, se disait Mister. Il était sûr que tout ce qu'il voyait autour de lui, les meubles luxueux, les tentures, les tableaux, la verrerie sur la table, et même la nourriture qu'on servait, appartenait au politicien grâce à Serif. On lui parla d'un rendez-vous qui devait avoir lieu dans quatre ou cinq jours, où il pourrait rencontrer des associés, à qui des invitations avaient été adressées. Il répondit avec un haussement d'épaules que, si une affaire était importante, il avait toujours du temps à lui accorder. On lui exposa un problème, pour lequel on demandait son aide, et il répondit qu'il était toujours désireux d'aider un ami en difficulté. Il ne buvait pas… Tous devaient être au courant de la mort du Craqueur, et il se demanda lequel d'entre eux l'avait décidée, et lequel d'entre eux allait souffrir. Tandis qu'ils parlaient du rendez-vous, il leur souriait, et il sourit également lorsqu'ils lui parlèrent de leur problème. Il songea qu'il était à la table des décideurs, qu'il jouait en première division, comme il l'avait voulu. Il était vigilant, il restait sur ses gardes, mais il baignait dans une satisfaction qu'il ne devait qu'à lui-même. Il était arrivé là où il voulait.

L'Aigle l'accompagnerait à ce rendez-vous, et Atkins pourrait résoudre leur problème.

Il était traité avec le respect qui lui était dû, et c'était une chose précieuse à ses yeux.

Atkins entra dans le restaurant, désert, mis à part la table où l'Aigle était assis. « Je croyais que j'étais en retard, mais je l'ai pris de vitesse, cette fois.

— Il ne dîne pas avec nous.

— Où est-il ?

— Enlevé d'un coup d'épuisette pour dîner à la table des grands, grimaça l'Aigle. Dieu merci, je n'étais pas inclus dans l'invitation.

— Moi qui craignais d'être en retard… Ça vous dirait, quelque chose d'un peu meilleur ? Il y a quelques restaurants corrects à Sarajevo.

— J'ai déjà commandé. Mais sortez, si vous voulez. »

Mais Atkins s'installa à table et un serveur se précipita pour lui donner un menu – le même que la veille, et que l'avant-veille, et… Il choisit la soupe et les schnitzels, comme il l'avait fait le soir précédent, et le soir encore avant… Il était resté allongé sur son lit, lumière éteinte, les rideaux ouverts dans la pénombre, et il avait réfléchi, considérant les deux ou trois centimètres grâce auxquels il ne s'était pas rendu responsable du meurtre d'un officier des Douanes.

« Un choix judicieux, c'est ce que j'ai pris aussi, dit l'Aigle.

— Eh bien…

— Eh bien quoi ?

— Qui va le lui dire ?

— Je ne vous suis pas.

— Qui va lui dire qu'il est temps que nous rentrions ? »

Un petit sourire papillonna sur le visage de l'Aigle. « Un bien grand discours. »

Atkins ressentait un calme inquiétant. « Vous allez le lui dire ?

— Cela ne fait pas partie de mes intentions.

— Quoi ? Vous allez me laisser le faire, moi, le petit nouveau dans la bande ? Nous sommes déjà coupables de tentative de meurtre. »

L'Aigle leva les deux mains, en signe de pureté et d'innocence. « Pas moi, *vous*. Je n'ai pas souvenir d'avoir conduit ce véhicule.

— Qu'est-ce qu'on va nous demander, ensuite ? Combien de temps va-t-on rester coincés ici ? Je ne pensais pas rester là à tourner en rond. On vient, on repart, voilà ce que je croyais. Dieu seul sait ce qu'il a encore pour nous sur sa liste.

— Alors vous devriez lui dire que vous en avez assez.

— Vous me soutenez ? siffla doucement Atkins par-dessus la table.

— C'est une question très difficile.

— Vous êtes avec moi ou contre moi ? »

L'Aigle fit la moue et chuchota sa réponse. « En théorie, avec vous.

— Bon Dieu de merde… Y a pas de "en théorie". Avec ou contre moi ?

— Je dirais pour commencer qu'il me semble que nous avons surmonté l'accueil extrêmement frais que nous avons reçu. Est-ce que j'aurais mieux à faire à Londres ? Oui. Est-ce que je préférerais être chez moi et dîner tranquillement ? Oui. Est-ce que je vais choisir de me battre avec Mister, de remettre en question ses plans, au moment où il pense être sur le point de connaître le triomphe ? C'est une question délicate. Extrêmement délicate.

— Est-ce que vous êtes toujours aussi dégonflé, putain ? »

L'Aigle arbora le même sourire triste et épuisé. « Je doute que vous l'ayez déjà vu contrarié. Ce n'est pas une vision agréable. On m'a dit que des hommes, des durs, confrontés à cette vision, ont tendance à perdre le contrôle de leur vessie. C'est un peu limité de parler de dégonflé. Je le laisse tomber, ou vous le faites, ou on le fait tous les deux, et on va où ? Chez nous ? Retrouver ceux qu'on aime ? On retourne à nos vies sans lui, et sans son argent ? Il a le bras long… On se met à vivre entourés d'un bataillon de paras ? Non… Vous finiriez dans le caniveau, et moi sur un trottoir, couvert de sang, dans des souffrances horribles. Il frappe toujours le premier, c'est un message qu'il aime à faire passer. »

Atkins répondit simplement, sans plus de faux-semblants : « J'ai peur.

— Est-ce que nous n'avons pas tous peur ?

— J'ai l'impression de me faire avaler, et vous aussi. Vous me soutiendrez, vous m'aiderez ? Donnez-moi une réponse claire.

— Il n'existe que de très rares moments où Mister puisse accepter d'être contredit. Si ce moment se présente, oui. Mais le moment n'est pas venu. Est-ce que vous voulez bien que nous profitions un peu de notre dîner ? »

Le serveur apporta la soupe. Les légumes qui flottaient dedans, carottes et céleri, poireaux et panais, avaient été découpés en minuscules morceaux. Atkins les regarda et pensa à la lame du couteau qui avait fait ça.

Les ordinateurs avaient le pouvoir de creuser dans les registres des naissances, les titres de propriété, les listes électorales, les impôts sur le revenu, les formulaires de taxes d'habitation et les numéros de téléphone. Les fouilles avaient été effectuées par SQG8 et leur résultat remis à Dougie Gough.

« Vous pouvez rentrer chez vous, dit Gough. J'apprécie que vous soyez restée. »

Pour SQG8, « chez soi » était une chambre dans une petite pension derrière le terminus de King's Cross, loin de son époux et de ses enfants dans la banlieue de Manchester. Gough la renvoyait chez elle parce qu'il ne voulait pas qu'on entende la conversation qu'il allait avoir. Il n'avait confiance en personne, pas même en ceux qu'il avait choisis lui-même. Il ne le disait jamais à quiconque, mais Dougie Gough, le chef du service des investigations, vivait selon la maxime d'un juge irlandais qui avait déclaré, en 1790 : «Dieu a donné la liberté à l'homme sous condition de sa vigilance éternelle.» John Philpot Curran avait parlé pour lui.

Il pouvait raisonnablement présumer qu'une jeune femme terrorisée n'irait pas se réfugier chez une collègue de travail ou une amie de fac, mais auprès de sa mère.

Les recherches effectuées par SQG8 lui avaient donné le numéro de téléphone des parents de Jennifer Martin. Il attendit que la pièce se soit vidée, puis il composa le numéro. Le message qu'il tournait et retournait dans sa tête ne devait pas être entendu.

«Pourrais-je parler à Jennifer Martin, s'il vous plaît? Je suis désolé de vous déranger à une heure si tardive. Si elle hésite à prendre mon appel, pourriez-vous lui dire que c'est Douglas Gough et que je dirige l'équipe – Sierra Quebec Golf – dans laquelle Joey Cann travaille? Merci infiniment.» Il attendit. Il doutait fort que Cann n'ait rien dit à cette fille de son travail sur l'enquête Packer. Tous les agents des équipes de classe A, seniors comme petits nouveaux, se servaient de leurs femmes, maris ou partenaires comme de béquilles pour les soutenir. Une petite voix se fit entendre dans l'appareil. Il ronronna pour lui répondre, se voulant rassurant. «C'est très gentil à vous de me répondre – puis-je vous appeler Jennifer? Je peux? Merci. J'ai appris l'histoire pour votre chat et je veux que vous sachiez que je suis profondément choqué, et que vous avez toute ma sympathie. Joey et moi travaillons dans les coins sombres de notre société. Dans leur grande majorité, les gens ne connaissent pas l'obscurité, n'ont pas conscience qu'il leur appartient de l'illuminer, ou de se sentir concernés. Allez dans n'importe quel multiplex de cinémas, dans n'importe quelle ville, vous pouvez être sûre qu'on y passe au moins un film qui met en vedette un gangster haut en couleur. On nous présente une image séduisante mais factice de ces hommes que nous cherchons à coincer. Ces films font du mal à notre société. Les hommes qu'ils décrivent ne sont pas des bandits au grand cœur, ce sont des *vampires*. Ce sont des salopards infâmes, des êtres immondes – pardonnez mon émotion, mais Joey vous aurait dit la même chose. Je l'ai envoyé à l'étranger, pour une mission que je considère d'une importance capitale. Ce qui nous indique qu'il progresse, et la mission n'est pas encore achevée, c'est que Packer a répliqué en frappant ce qu'il pense être le point faible de Joey. Vous. Je prends une très grande liberté en vous demandant cela – vous n'êtes pas un officier des forces de l'ordre, même si vous êtes une citoyenne –, mais je voudrais que vous restiez là où vous êtes. C'est le Shropshire, n'est-ce pas ? Je veux que vous restiez là-bas, que vous ne changiez pas de cachette, que vous n'utilisiez pas le téléphone, que vous ne contactiez pas Joey. Je vous demande d'être courageuse. Je crois que vous en êtes capable… Je vais vous donner un numéro de téléphone à appeler si vous avez le moindre soupçon qu'on vous surveille, vous pouvez appeler même en pleine nuit. Vous êtes très importante pour moi, Jennifer, et j'ai besoin de votre coopération. Puis-je compter sur vous ? »

Elle s'exprimait comme ce que sa femme aurait appelé « une fille bien ». Il lui donna son propre numéro de portable. Il lui dit bonsoir.

Il éteignit les lampes de la salle et verrouilla la porte derrière lui. Ceux qui travaillaient avec lui savaient qu'il ne fallait pas attendre la moindre étincelle de sentiment chez Dougie Gough. Il ne voulait pas qu'une petite amie terrifiée appelle Sarajevo et détourne Joey Cann du travail en cours. Il n'avait pas parlé de la tentative de meurtre, ni du retrait par les services secrets de la coéquipière de Cann.

Il longea les couloirs vides et se souvint de Cann, sur la vidéo, tapant des talons contre le bloc de béton avec un air de défi buté. C'était Cann qui avait dit que le maillon faible était Mister – Albert William Packer – et ça lui avait plu… Il savait reconnaître un comportement obsessionnel, et il jugeait qu'il pouvait être utile si on le canalisait, mais dangereux autrement. Il estimait, avec Cann dans son jeu, être tout près de la réussite. Son obsession était-elle assez profonde pour résister ? Il devait s'en assurer. Il n'avait eu aucun scrupule à couvrir cette jeune femme de flagorneries, et il s'apprêtait à mentir une seconde fois avant la fin de la nuit.

Il était allongé sur le dos, sur son lit, et il pensait au visage de Jasmina.

Il était passé devant la chambre de Maggie, et la ligne sombre sous la porte indiquait qu'elle avait éteint. Il s'était arrêté et l'avait écoutée se retourner dans son lit, puis il s'était rendu dans sa propre chambre.

La note était sur l'oreiller.

> Joey
> Mon équipe me rapatrie. Ils disent comme moi que le jeu n'en vaut pas la chandelle – désolée. Tu devrais rentrer avec moi. Je prends le premier vol pour Zagreb, à 7 h 15. Il y a des places réservées. Tu étais où, ce soir ? J'ai attendu longtemps, il aurait fallu en parler. L'orgueil n'a jamais mené à la victoire. Je pars à 6 heures pile. Sois là !
> Biz Maggie

Il pensa à sa force, et à ce qu'elle avait enduré, chaque jour, pour garder cette force. Elle le faisait se sentir tout petit. Ce qu'il allait faire, ce serait pour elle. Il voulait la pousser dans son fauteuil, dans un parc au milieu des fleurs, avec des oiseaux qui chantaient, et partager sa force.

Pour Jasmina, il allait continuer à avancer, où que la route le mène.

Mai 1998

Le soleil brillait sur la vallée. La scène qui s'étendait devant Dragan Kovac était une vision de la beauté. Il était impossible, en la regardant depuis le porche de sa maison, de penser à la guerre. Le village de Ljut était derrière, il ne voyait pas les maisons ravagées. De l'autre côté des champs et de la rivière, des petites colonnes de fumée montaient de Vraca, mais sa vue était trop faible pour qu'il puisse distinguer les bâtiments réparés de ceux qui étaient abandonnés, en ruines. Il voyait le tapis de fleurs, signe de l'été qui arrivait, points et flaques de bleu, de rose, de jaune. Le soleil tombait droit sur lui et réchauffait ses vieux os.

C'était un homme méticuleux. En tant que sergent de police, l'essentiel de sa vie s'appuyait sur un planning rigoureux et des préparatifs minutieux. Il s'était levé tôt. Il avait fait son lit, et balayé la chambre qui lui servait à la fois pour vivre et pour dormir, avait lavé le sol, puis il avait pris la petite table pour la sortir sur les dalles de pierre, sous l'avancée du toit. Il allait faire chaud, plus tard. Il plaça la table là où elle serait protégée par l'ombre du toit, puis apporta deux solides chaises de bois et les cala sur les dalles inégales pour qu'elles soient bien stables. Il rentra pour aller chercher le jeu d'échecs et le plateau. Il déplia le plateau et sortit les pièces. Il ressentait toujours un petit frisson de plaisir quand il les manipulait. Elles avaient été sculptées par son père, dans du chêne. Il les lui avait léguées sur son lit de mort, sept mois après son retour du maquis avec une jambe suppurante à cause d'une balle de mitrailleuse allemande. Dragan avait alors douze ans, et il avait promis à son père qu'il veillerait dessus comme sur la prunelle de ses yeux. Rois, reines, fous, pions étaient tous reteints de frais chaque année avec de l'huile de lin, sans exception depuis cinquante-cinq ans. Les plus grosses pièces, les plus importantes, mesuraient vingt centimètres de haut, celles de moindre valeur dix seulement. C'était un très beau jeu, et cela le préoccupait que son propriétaire futur ne soit pas encore déterminé. Le petit-fils de son ami avait un bon visage d'enfant, intelligent, sérieux. Dragan Kovac n'avait pas de fils à lui, pas de neveu, pas d'enfant dont il puisse être certain qu'il respecterait ce jeu d'échecs. Il mit les pièces en place puis apporta un gros cendrier de verre qu'il posa sur la table. Ce cendrier avait trôné sur son bureau au poste de police pendant plus de vingt ans, et l'avait quitté le soir de son départ à la retraite. Il posa les deux derniers verres à liqueur qui n'étaient pas fêlés sur la table. Tout était prêt, soigné et précis. Il regarda la rivière et, déjà, elle miroitait sous l'effet de la chaleur. Chaque jour de la semaine précédente, l'eau avait baissé, et il pouvait enfin voir les reflets argentés du gué. Le vieux fou traverserait facilement et ils pourraient disputer leur première partie de l'été… Il avait eu mal dans la poitrine, ce matin – un peu, pas une vraie douleur –, mais ça l'avait inquiété. Il se dit qu'il profiterait de l'occasion, aujourd'hui, pour parler avec son ami, ce vieil imbécile, de son petit-fils et du jeu d'échecs.

Il n'avait pas de lunettes. Il lui aurait été difficile de lire, mais il n'avait pas de livres. Sa vue était suffisante pour ce qu'il avait à faire. Il ne l'aurait pas avoué, mais, paradoxalement, sa vue déclinante lui rendait service. Ce matin, il ne voyait que la beauté de la vallée, comme si la guerre était passée complètement à côté. Le sentier menant au gué, et au-delà, était vide. Est-ce que cet idiot allait être en retard ? Ses préparatifs étaient dictés par un minutage précis. Il renifla, sentit l'odeur du civet de lapin.

Il se précipita dans la maison et remit du bois dans la cuisinière. Cette cuisinière était comme lui, une rescapée de la guerre. Les soldats espagnols qui l'avaient ramené chez lui avaient enlevé avant de repartir de pleins seaux de gravats tombés sur la cuisinière, et l'avaient nettoyée, ainsi que le conduit. Il se rendait deux fois par semaine dans le village de Ljut quasi désert avec sa scie à bois, il coupait avec lenteur des morceaux de charpentes effondrées, et il les rapportait dans une brouette. La semaine passée, un soldat avait apporté une hache et fendu suffisamment de bûches pour alimenter sa cuisinière pendant un mois. Des chats sauvages cavalaient dans le village. Ils se déplaçaient en bande dans les ruines dépeuplées. Il avait étudié leurs habitudes de chasse, comme pour une opération paramilitaire, et découvert la cache où les chats emportaient les lapins qu'ils tuaient. C'étaient des créatures très routinières. L'endroit où ils mangeaient, un charnier d'os rongés, se trouvait dans la cabane à outils derrière l'église. La veille, un chat avait attrapé un gros mâle et l'avait rapporté triomphalement jusqu'à l'abri, couinant entre ses mâchoires. Dragan avait attendu dans l'ombre de la cabane, il avait entendu le cri d'agonie du lapin et le feulement plein de fierté du chat. Il avait balancé une pierre sur le chat, l'avait manqué, mais le chat avait lâché le lapin. Il l'avait rapporté chez lui, l'avait dépecé, éviscéré et suspendu à une poutre au-dessus de son lit. À présent, le lapin était dans la cocotte et le feu ronflait dans la cuisinière. Il n'avait que des pommes de terre que les soldats espagnols lui apportaient et des haricots secs à mettre avec. Ce ne serait pas un repas de roi, mais un repas pour un véritable ami, ce vieil entêté.

Il regarda sa montre. Husein Bekir avait vingt-sept minutes de retard.

Il entendit un mouvement dehors, et les aboiements du chien. Il se leva, reprit l'attitude d'un sergent de police à la retraite et se dirigea vers la porte, prêt à sermonner son invité.

C'était la fille, la veuve du criminel, la mère du petit-fils. Elle était venue le prévenir que son père avait pris froid. Elle pensait qu'il était resté dehors trop longtemps, trop tard, deux nuits plus tôt, à cause d'une chèvre et d'un bébé chevreau malade. Ce n'était pas grave, mais son père avait dû rester au lit. Il vit qu'elle sentait, pleine d'envie, le fumet du ragoût de lapin. Elle était très pâle, l'air préoccupé.

Dragan Kovac se targuait de comprendre les pensées des hommes, et plus précisément celles d'Husein Bekir. Il se dit que le problème venait des terres et des mines qui gisaient là. Il avait peut-être pris froid, mais il ressentait sans doute de la réticence à marcher jusqu'au gué et à s'y aventurer, pour remonter le sentier qui traversait les pâtures où il n'y avait plus de bétail, les terres arables qui n'avaient été ni labourées ni semées, et le vignoble étouffé par les mauvaises herbes.

Il donna à la fille la cocotte fumante. Il dit, espérant que son message serait transmis, qu'Husein Bekir devrait venir dès qu'il serait rétabli, et qu'il devrait amener son fils à elle pour que son ami et lui apprennent à l'enfant les mystères de leur jeu. Elle hocha la tête.

Dragan Kovac rangea les pièces du jeu d'échecs, replia le plateau, et rentra la table à l'intérieur. Le soleil grimpait dans le ciel, faisant miroiter la vallée et toutes les fleurs.

« Je vous ai réveillé, Joey ? Désolé. C'est Gough. Où je suis ? Eh bien, en train de traverser le pont de Kensington, et puis j'arriverai à Hampton Wick, puis Teddington et mon lit. J'ai parlé avec Jennifer, elle va bien, elle a été d'une grande aide. J'ai organisé pour elle une surveillance permanente, mais discrète ; elle ne verra personne. Ne vous inquiétez pas pour elle... Je suis sûr que vous étiez inquiet, mais vous n'avez pas à vous en faire. J'ai besoin de vous là-bas, Joey. Je veux que vous lui colliez aux basques. Je veux qu'il se sente coincé. Ce que j'attends, Joey, c'est des erreurs, des grosses erreurs, qui le feront tomber. »

La Mercedes noire déposa Mister devant la porte de l'Holiday Inn. Ils étaient assis dans les canapés du bar, l'un à côté de l'autre. Il comprit qu'ils avaient attendu son retour.

Il n'avait rien bu de toute la soirée ; il était parfaitement sobre. Il y avait des bouteilles de bière sur la table basse devant Atkins et des bouteilles de boissons sans alcool devant l'Aigle. Il se dirigea vers eux. Ils se levèrent. Il décela les signes d'une crise. Il ne se pressa pas, parce que cela aurait révélé le doute ou la faiblesse. Il sourit en arrivant près d'eux. L'Aigle évitait son regard, mais Atkins piqua un fard, et ses doigts tripotèrent machinalement la bordure de sa poche de pantalon. Mister savait que le problème, quel qu'il soit, venait d'Atkins. Diviser l'opposition, puis la maîtriser. Il avait appris ça depuis l'enfance.

Il sourit à l'Aigle : « Tout va bien ? Ce n'était pas la peine de m'attendre. »

Sourire souffreteux : « Tout va bien, Mister. Vous avez passé une bonne soirée ?

— Une soirée correcte, on a construit des ponts sur lesquels nous allons pouvoir avancer... Que se passe-t-il, Atkins ?

— Nous étions en train de discuter... »

L'Aigle haussa les épaules. Le message était clair. Atkins avait parlé et l'Aigle l'avait écouté. Ils étaient déjà divisés, il le savait.

« Et de quoi parliez-vous, Atkins ? »

Cela sortit comme un torrent : « De notre visite ici... Combien de temps ça va durer ? De ce que nous faisons ici, voilà de quoi on parlait. Pour combien de temps et pourquoi... Et aussi de la tentative de meurtre...

— Je t'écoute, Atkins, mais ça n'a pas tellement de sens pour moi. Où est-ce que tout ça nous mène ?

— À arrêter. Il est temps de partir.

— Tu es d'accord avec ça, l'Aigle, il est temps d'arrêter ? Non ? Tu as perdu ta voix ? Allons, tu sais que je t'écoute toujours. Pour tout ce qui touche aux questions légales, je suis tout ouïe. Est-ce que je ne t'ai pas toujours écouté, l'Aigle ? Tu n'as rien à dire ? »

Il lançait ses questions en rafales, sèchement, pour le déstabiliser. Ça marchait à tous les coups, ça le faisait rentrer sous terre, à chaque fois. Il pouvait malmener l'Aigle comme s'il donnait un coup de pied à un chien en sachant qu'il reviendrait toujours gémir à ses pieds. Il fixait son regard sur l'Aigle, inébranlable.

Il s'adressa à Atkins avec douceur. « Il y a des choses qui te tracassent, mon ami. Je n'aime pas ça. J'aime que les choses soient transparentes. Prends ton temps. »

Mister n'avait jamais entendu auparavant ce croassement dans la voix d'Atkins. Ils avaient parlé pendant le dîner, apparemment. Il se tourna sur le canapé, reportant toute son attention sur Atkins et ignorant l'Aigle ostensiblement, comme s'il n'avait aucune importance.

« Je suis venu faire un certain travail, mais vous n'aviez jamais parlé de meurtre – et ces gens ont tué Dubbs. On ne peut pas faire confiance à ce genre de types, pas d'un iota.

— Cette question a déjà été réglée, Atkins. Je sais tout ça, il me semble – et je ne donne jamais de détails sur le travail. Tu le sais. Nous voyons une opportunité et nous avançons. Nous voyons un obstacle, et nous nous en débarrassons.

— Je ne suis pas venu ici pour ça. Je veux arrêter.

— Ce n'est que justice. Je t'entends.

— Je ne suis pas prêt à faire ce genre de chose. »

Mister se pencha en avant. Son visage exprimait une grande attention. Une expression de sympathie, profonde. Il fit un petit geste, pas le genre de gestes que font des hommes adultes ; il tendit la main, prit celle d'Atkins dans la sienne et la serra gentiment.

« Tu as raison. Ça sort de l'organisation habituelle. Tu me permets de te dire une chose ?

— Ma décision est prise – j'arrête.

— Oui, oui… Vois-tu, Atkins, tu ne trouveras pas un homme à Londres qui puisse se targuer d'être plus puissant que moi. Je suis au sommet. Je suis celui avec qui il faut compter. Pourquoi est-ce ainsi ? Parce que j'ai de l'ambition. Pas de marigots pour moi. Je suis au sommet, dans la voie express. Comment en suis-je arrivé là ? En choisissant des hommes de qualité. Il y a des tas de gens qui veulent travailler pour moi. Ça peut paraître bizarre comme idée, mais si je mettais une annonce pour proposer de travailler avec moi, la queue serait très longue. Des tas de gens rêvent de tenir la quincaillerie pour moi. Mais seuls les meilleurs m'intéressent, tu comprends ? Les *meilleurs*. Pour moi, il n'y a que la qualité qui importe. Quand j'ai cherché le meilleur, la qualité, je t'ai demandé d'accepter mon offre… Est-ce que tout se passe toujours comme c'était prévu ? Bien sûr que non. Parfois ça merde, ça se casse la gueule. La raison pour laquelle ça marche, dans la plupart des cas, c'est parce que j'ai les meilleurs hommes autour de moi, des hommes de valeur – pas des gorilles, des hommes intelligents. Je n'ai pas peur de reconnaître quand j'ai tort. Je crois que je te dois des excuses, Atkins. Pourquoi ? Je t'avais considéré comme acquis. Je ne t'ai pas assez pris en compte. C'était une négligence de ma part. Tu veux arrêter parce que tu penses que tu n'es pas pris en considération… Mais tu l'es, crois-moi, tu l'es. Quelle est la dernière personne qui t'ait dit que tu es un homme de valeur, que tu es le meilleur ? Ton père ? »

Son pouce massait doucement les articulations de sa main. Il parlait d'une voix basse et grave, et Atkins devait se pencher vers lui pour l'entendre. Mister savait tout sur les gens qui travaillaient pour lui, et sur leurs familles. Il y avait un général de brigade à la retraite, dans le Wiltshire, qui avait reçu de la Reine durant sa carrière la médaille de l'ordre du Service distingué et la Croix militaire. D'après ce qu'avait appris Mister, ce général n'avait aucune estime pour ce fils tombé en disgrâce, qui s'était fait mettre à la porte de l'armée. Il savait qu'Atkins n'était pas rentré chez lui pour Noël. S'il avait esquivé les fêtes de famille, c'était pour se soustraire à ce mépris mortifiant. Il tenait sa main et le voyait secouer la tête avec désespoir.

« Ce que je te dis, c'est que tu as de la valeur et que tu es le meilleur. J'ai besoin de toi à mes côtés. J'ai de l'estime pour toi, Atkins. Tout va bien se passer, je te le promets. C'est juste quelques secousses, mais tout ira bien. Est-ce que tu veux dire quelque chose ?

— Non, Mister.

— Plus question de t'en aller ?

— Plus du tout.

— Voilà qui est parler. Comme un homme sur lequel je peux m'appuyer, un homme dont je dépends. Tu devrais y aller et dormir un peu. Cette main… » Mister la lâcha. « Je mettrais ma vie dans cette main. »

Il regarda Atkins traîner les pieds jusqu'à l'ascenseur.

Il se pencha par-dessus la table. Sans prévenir, d'un direct du poing, il frappa l'Aigle en haut du bras, juste dans le gras, là où il savait que ça ferait mal. Il rit, comme s'il trouvait ça très amusant. « Petit rat pleurnichard… Tu vas me dire que ce n'était pas ton idée, Aigle, que ce n'est pas toi qui l'as poussé. Non ? Non…

— Vous avez fait ce qu'il fallait, Mister, dit l'Aigle. Mais, en même temps, vous faites toujours ce qu'il faut. »

Mister raconta son dîner à l'Aigle, ce qu'il avait appris et ce qu'il avait accepté. Il lui dit où il irait le lendemain à la première heure et où il passerait la journée, et ce qu'il attendait de l'Aigle et d'Atkins en son absence.

« Parfait pour moi, Mister. »

Ils se dirigèrent vers l'ascenseur, et son bras se drapa sur les épaules de l'Aigle. « Je crois bien que tout roule. »

Chapitre treize

Pour Mister, la journée commença bien.

Au-dessus de lui, le ciel était dégagé, le croissant de lune pâlissait. Le soleil n'était pas encore visible au-dessus des toits de la ville, mais la lueur de ses premiers rayons se glissait dans la rue où il se trouvait. Il s'était rencogné dans l'embrasure d'une boutique fermée par un rideau de fer, et sa position lui offrait une vue sur toute la place, avec ses arbustes enrubannés de déchets soufflés par le vent, sur les marches de l'hôtel, le hall et la réception. Il avait les horaires des avions. Il s'était levé tôt et espérait en être récompensé. Il les vit arriver ensemble dans le hall et s'approcher du comptoir. Il savait comment ils fonctionnaient, comment ils travaillaient à l'Église. Ils battaient en retraite. C'était la différence entre eux et lui. Une réunion avait sans doute eu lieu, et lors de cette réunion diverses options avaient été envisagées – rester et renforcer, ou battre en retraite. Mister se sentit souverain.

Elle sortit avec une valise légère et descendit les marches de l'hôtel. Le jeune homme, Cann, la suivait, chargé d'une lourde valise métallique et d'un sac de sport plus petit. Elle ne ressemblait pas aux agents de l'Église qu'il avait vus jusqu'alors – trop menue, trop élégante –, ni à ceux de la police. Ça devait être l'experte en mouchards… mais il l'avait démasquée, vaincue. Elle tourna sur le trottoir et s'avança vers l'extrémité du bâtiment, Cann dans son sillage. Mister entrevit leurs visages quand ils passèrent sous un réverbère. Elle était tendue. Lui baissait la tête, l'air déprimé. Ils disparurent à sa vue, tournant au coin du pâté de maisons. Mister attendit. Il en avait vu suffisamment, mais son sens inné de la prudence le retenait.

Un vieux van bleu sortit vivement de derrière l'hôtel et accéléra devant les marches, puis freina avec bruit au feu rouge. Elle conduisait. Un homme de plus petite envergure les aurait sifflés en faisant au revoir de la main, ou en dressant son majeur. Ils s'éloignèrent. Il regarda sa montre pour faire un rapide calcul. Ils étaient dans les temps pour prendre le premier vol.

Il quitta la ruelle d'un bon pas. Ç'allait être une bonne journée.

Elle demeura silencieuse tout au long de Snipers Alley, après avoir passé le siège dévasté d'un journal, les ruines de ce qui avait été la ligne de front qui protégeait le couloir de l'aéroport, le camp des soldats français. Elle ne disait rien et Joey n'avait pas tenté de discuter.

Elle se gara, éteignit le moteur, et lui jeta les clés.

« Bonne chance, dit-elle.

— Je vais t'accompagner.

— Pas la peine – je suis tout à fait capable de prendre un avion toute seule.

— Je vais porter ta valise.

— Gentleman jusqu'au bout», dit-elle en faisant la moue.

Joey n'en avait pas vu tellement, mais il lui sembla qu'il ressemblait à n'importe quel aéroport à l'aube, n'importe où. Elle prit place dans la queue pour l'enregistrement. Derrière eux, il y avait des membres de la communauté internationale. Cela faisait un bourdonnement entrecoupé de rires, dans un ahurissant mélange de langues. Ils sortaient de là, ils quittaient cet endroit pour toujours, ou avaient droit à une échappée d'une semaine. Policiers, soldats, personnel de la Croix-Rouge, officiels des Nations unies, ils faisaient tous savoir aux employés de l'enregistrement le sentiment que ça leur procurait d'avoir une place sur l'oiseau d'argent de la liberté. Maggie Bolton n'était pas de la fête. Elle était sévère, froide, comme si elle avait besoin de cette armure. Les rires résonnaient autour d'elle, glissaient sur elle. Quand il n'y eut plus qu'une personne devant elle, elle se tourna vers Joey. Elle ne dit pas un mot, mais montra son billet, ses yeux l'interrogeant : est-ce qu'il venait ? Il secoua la tête. Il ne lui avait rien dit de l'exigence, dans le téléphone de sa chambre. *Ce que j'attends, Joey, c'est des erreurs, des grosses erreurs, qui le feront tomber*. Il lui avait fallu du temps avant de retrouver le sommeil, il avait entendu à plusieurs reprises les cloches troubler le silence de la nuit. Maggie le fixait, comme s'il était très loin, puis elle lui flanqua un coup de coude dans le thorax.

« Okay, d'accord, je suis seule à bord. »

Ses deux bagages venaient avec elle en cabine. Elle quitta le comptoir d'enregistrement et commença à marcher vers les portes d'embarquement, le laissant porter la lourde valise de matériel.

« Qu'est-ce qui va se passer, quand tu arriveras ? demanda Joey.

— C'est censé être de l'humour ?

— Simple question, j'essayais juste d'être poli. »

Elle s'arrêta à la porte, et resta immobile comme un roc contre le flot. « Je serai à Heathrow vers onze heures trente, si la correspondance à Zagreb n'a pas de retard. Une voiture m'attendra pour me ramener à Londres – pas parce que je suis quelqu'un, juste à cause de la valise. Un débriefing – s'ils me demandent pourquoi tu n'as pas pris l'avion avec moi, je dirai que tu attendais le retour de tes vêtements du pressing. Ne t'inquiète pas, je ne te balancerai pas. »

Joey dit doucement : « Mes instructions sont de rester, de continuer sans toi, du mieux que je peux. »

Elle explosa. « Quoi ? Putain, mais c'est pire que tout !

— Et après ton débriefing ?

— Rapporter le mouchard à l'atelier, voir s'il est réparable. Rentrer chez moi. Regarder mon courrier, appeler ma mère. La routine. Puis traînasser un peu. Après… On connaît tous des échecs, tu sais. On ne doit pas ruminer. Essaye d'accepter l'échec.

— Bon vol… »

Elle tourna les talons, rejoignit le flot et passa la porte d'embarquement.

« C'est un dépotoir, dit Atkins.

— C'est la bonne rue, le bon numéro.

— Ça ne peut pas être là…

— C'est ce que Mister a dit, marmonna l'Aigle. Tu vas continuer à geindre ou tu vas faire ce qu'il t'a demandé ?

— Sale bâtard.

— Tu lui mangeais dans la main. Deux gentils petits compliments… bon Dieu, tu te vends à bas prix. »

Atkins rougit.

Ils marchaient vers la maison qui ne tenait plus qu'à moitié debout. Là où vivaient ses parents, au fin fond du Wiltshire, on n'y aurait pas laissé une vache tarie ni un hongre boiteux. Mais quelqu'un vivait là. Sous ce qui restait du toit, une corde à linge était accrochée aux chicots brûlés des poutres basses, et s'étirait jusqu'à la plus basse branche d'un arbre dénudé. Sur la corde, séchant au soleil, il y avait de pauvres sous-vêtements féminins mêlés à un assortiment de pantalons usés, de tricots épais, de grosses chemises à carreaux et de chaussettes reprisées appartenant visiblement à un vieil homme. Jadis, il y avait eu un jardin. Sur les gravats à l'angle de la maison s'étendait un entrelacs de tiges de rosiers, cherchant à grimper sur les murs recouverts de papier peint. Ce qui avait été une porte intérieure était condamné par des planches clouées. Cet endroit misérable ne pouvait être la maison d'un juge, se dit Atkins, pas cinq ans après la fin de la guerre. Il aperçut le toit d'une voiture qui disparaissait presque sous terre. S'il n'avait pas détaillé l'endroit de son œil entraîné, il ne l'aurait pas remarquée. Elle devait être garée derrière la maison quand l'obus avait frappé. Une partie du toit et tout le mur du fond s'étaient effondrés dessus, le tout recouvert par un reste de neige sale de l'hiver. Il vit des traces de roues étroites, comme des rails de tramway, allant vers une rampe menant à la porte principale, et en revenant. C'était la bonne adresse, les traces de roues le confirmaient. La porte, avec sa peinture écaillée par les intempéries, était bien fermée. Il n'y avait pas de lumière derrière les deux fenêtres rescapées, bouchées par une double couche de Cellophane. Il ne pouvait pas voir à l'intérieur… Il était le meilleur, un homme de valeur. Mister l'avait dit. Il se tourna, dos à la maison du juge Delic.

Au petit déjeuner, avant de partir pour une destination très vaguement décrite, Mister leur avait raconté le départ de Cann et d'une femme, bataillant avec leurs bagages à la porte d'un hôtel du centre-ville – sans triomphalisme –, et Atkins avait été avisé d'un « petit problème » que Mister voulait voir résolu. Il regarda au-dessus de la maison. Il fouillait la colline des yeux, cherchant un endroit élevé où le trépied pouvait être installé, et accessible par une route carrossable.

Près du cimetière juif.

Atkins se mit en route vers ce but, et l'Aigle suivit en soufflant.

« Mademoiselle Bolton ? Ruthin, Eddie Ruthin. J'arrive de Vienne. »

Elle le considéra : un homme plutôt jeune, avec une touffe de cheveux tombant sur son front sous un chapeau mou, maigre dans son imper Burberry trop grand.

« Pour quoi faire ? »

Elle venait d'entrer dans le hall de l'aéroport de Zagreb. Elle se sentait terriblement mal. Non à cause des turbulences qui avaient secoué l'avion, mais des pensées lugubres qui tournaient dans sa tête. Elle était sortie et Cann était encore dedans. Elle s'était trouvé des justifications, et elle avait filé, en l'abandonnant. Elle ne l'avait même pas embrassé sur la joue. Au lieu de ça, elle lui avait fait un sermon sur l'échec.

« Après tout ce que vous avez traversé, ils ont pensé à Londres qu'un visage ami pourrait être bienvenu, dit Eddie Ruthin.

— Ah bon ?

— Eh bien, votre vie était en danger, non ? Alors, est-ce que je peux faire quelque chose pour vous ?

— Combien de temps va-t-on rester là ?

— J'ai bien peur qu'on ait trois heures à tuer avant le vol pour Londres. Je suppose, aussi, qu'ils ne voulaient pas vous laisser trimballer tout votre équipement toute seule. Puis-je prendre la valise ?

— J'en suis parfaitement capable.

— Bon, trouvons-nous un endroit où vous pourrez vous poser. Que diriez-vous d'un café ? »

Maggie s'installa dans un siège face aux baies vitrées. Elle cala la lourde valise sous ses cuisses, derrière ses mollets, regarda au-delà des pistes et aperçut une ligne de collines, au loin vers l'ouest.

Au-delà de ces collines, c'était la frontière, et, derrière cette frontière, il y avait Joey Cann. Elle sentait contre ses mollets le froid de la valise contenant le matériel qui aurait pu l'aider.

« Ce que j'aimerais, si vous pouviez arriver à leur faire faire ça, ce serait un Pink Gin. »

Gough écoutait. « Donc, vous êtes venu voir ce bon vieux Finch, pour voir comment il survit, et pour faire marcher sa vieille cervelle. On survit pas trop mal, en fait, en s'aidant d'un peu de vieux malt. Vous connaissez le secret le mieux gardé, aux Douanes ? C'est qu'il y a une vie, au-dehors. Vous devriez y réfléchir. Ma vie, désormais, c'est le jardin et les journaux, et c'est moi qui m'occupe de la maison, parce qu'Emily travaille toujours, alors j'ai un peu de temps pour penser. Vous vous demandez si je suis amer. Pas difficile de vous répondre – oui. Ce qui me rend le plus amer, ce qui me contrarie le plus, c'est de savoir que Cann fait toujours partie de Sierra Quebec Golf. Avant, j'avais de l'indulgence pour lui, presque de la pitié, maintenant je le déteste, tout simplement. On m'a collé contre le mur à l'aube, yeux bandés, et toute mon équipe a été envoyée en Sibérie version Église, mais Cann s'en est tiré. Vous voulez savoir ce que je pense ? C'est un de ces types vides, un fouteur de merde. Pas de vie, et donc pas de vision équilibrée, le genre de type qui recherche une raison de vivre. Ç'aurait pu aussi bien être Dieu, ou ce foutu football club de Chelsea, ç'aurait pu être de faire pousser des fuchsias, mais ç'a été Packer. Ce genre de mec vide a besoin d'une cause à la con, quelque chose pour remplir le trou. Cet empaffé n'a pas une once d'éthique pour ce qui est de l'application des lois, comme moi et le reste de mon équipe – et regardez où ça nous a menés. Lui, c'est plutôt l'espèce de dévotion pitoyable de ces mecs malades qui poursuivent les célébrités, les prennent en photo, se plantent devant chez elles et fouillent dans leurs poubelles ; et il emballait tout ça dans des justifications pourries, comme quoi il était le seul pour qui le boulot comptait vraiment. J'avais une super équipe. On travaillait les uns pour les autres. Pas lui. Pour les autres, les gars, les filles, c'était un emmerdeur. Il voulait faire cavalier seul, rester en dehors du groupe. Il avait sa mission. Sa mission, qui faisait de lui un grand garçon, qui lui donnait sa raison de vivre. Les gens qui ont une mission, ils se cassent les dents dessus, parce qu'ils ne savent pas s'arrêter à temps. Vous n'auriez pas dû l'envoyer là-bas, surtout pas en Bosnie. C'est typiquement le genre d'endroit où il faut savoir quand s'arrêter et faire marche arrière, non ? »

Gough laissa Brian Finch dans sa serre, son premier verre de la journée à la main. Il avait entendu ce qu'il voulait entendre.

« C'est un coin du monde que je ne connais pas. » Cet aveu d'ignorance de Mister sonnait comme une excuse.

« Je vous assure, il n'existe pas d'endroit plus beau et plus authentique, monsieur Packer, ni plus triste. Peut-être que vous irez là-bas un jour, pourquoi pas ?

— Peut-être. À voir comme vous en parlez, il faudrait – mais pas pour voir l'aspect triste. »

Monika Holberg était différente de toutes les femmes qu'il avait rencontrées. Mais les îles Lofoten, au nord du cercle polaire, étaient elles aussi tout à fait inconnues. Pendant qu'elle lui parlait de chez elle, de cette vie de petite agriculture et de pêche à la morue en haute mer, il avait froidement pensé qu'ils ne faisaient pas pousser de pavots dans leurs champs, là-bas, ni de plants de coca ; ils n'avaient pas de laboratoires pour fabriquer de l'ecstasy ou des amphétamines, rien qu'il puisse acheter, et rien qu'il puisse leur vendre. Pas un territoire très propice pour le business.

Elle était différente de toutes les autres femmes qu'il connaissait, parce qu'elle parlait. Depuis le moment où elle était passée le prendre avec son chauffeur, assise à l'arrière de la Jeep du Haut Commissariat aux réfugiés, elle n'avait quasi pas repris sa respiration. Il connaissait son village natal, Nusfjord sur l'île de Flakstadoya. Il connaissait ses parents, Henrik et Helge. Il connaissait son frère et sa sœur, Johan et Hulde. Il connaissait le nom de leurs vaches, qui passaient huit mois de l'année dans une grange chauffée, et le poids annuel de morues rapportées dans les filets. Il était au courant pour le frère, Knut, qui s'était pendu à l'âge de seize ans, il y avait douze ans de cela, pour échapper à la « dépression diabolique » de l'obscurité hivernale. Elle lui racontait tout sans rien lui demander. Sa vie cascadait sur lui. Il était si rare qu'on lui fasse de telles confidences, si personnelles. Puis, quand elle en eut fini avec les îles Lofoten et la pendaison de son frère, elle passa naturellement à sa carrière, auprès de réfugiés en Somalie et au Timor oriental, au Mozambique et au Kosovo ; il savait où se trouvait le Kosovo, avait une vague idée de l'emplacement de la Somalie et du Mozambique sur le continent africain, mais n'avait jamais entendu parler du Timor oriental. Il répugnait à avouer son ignorance, imaginant que cela le diminuerait. Il ne voulait pas se déconsidérer à ses yeux.

Ils quittèrent la route principale et la Jeep commença à rebondir sur un chemin accidenté. « Tout va bien, monsieur Packer ?

— Tout va très bien, je passe un excellent moment.

— Je ne parle pas trop ?

— Pas du tout. Vous me fascinez. Je réalise avec vous que je mène une vie très protégée… Tout le monde m'appelle *Mister*. J'aimerais que vous fassiez de même, s'il vous plaît. »

Elle fit une grimace, puis pouffa. « C'est un nom très étrange – mais si c'est ce que vous voulez… Nous y sommes presque. Le village s'appelle Visnjica. Vous vous en souviendrez ? Visnjica, dans l'Opstina Kiseljak. »

Mister dit, sans réfléchir : « Pour moi, ces noms semblent tous pareils.

— Mais vous devez vous rappeler ce nom et ce district, Mister. Quand vous rentrerez, vous expliquerez sans doute aux organismes de charité où sont allés leurs dons si généreux. C'est important, j'imagine…

— Oui, dit Mister. C'est important. »

Sur l'herbe jaunie entre la route et une petite rivière en crue, il y avait de profondes marques de pneus, ceux des véhicules militaires garés plus haut. Il aperçut des transports de troupes blindés arborant le drapeau allemand, une ambulance et des Jeep. Au-delà, au-dessus de la rivière et des arbres couverts de givre, deux lourds hélicoptères se balancèrent, puis ils descendirent.

— Typique des Allemands, ça, de faire de telles fausses notes, dit-elle. Nous essayons de convaincre des gens terrorisés qu'ils peuvent regagner leurs maisons. Ces gens sont des victimes de guerre, peut-être la guerre la plus barbare que l'Europe ait connue, et nous leur disons que tout danger a disparu. Mais cette zone est sous la responsabilité de l'armée allemande, ils ont des VIP qui viennent en hélicoptère, et ils ont besoin de faire leur show. Ils sont si obtus, si bovins… En Norvège, nous n'avons pas eu de très bons rapports avec les Allemands, dans le passé. »

Elle laissa son chauffeur dans la Jeep. Ils marchèrent jusqu'au village, deux longs rubans de maisons dévastées qui grimpaient la colline de chaque côté de la route. Derrière eux, les hélicoptères déversaient des généraux, des hommes en costume et des femmes en tailleur chic. Certaines maisons ne présentaient aucune séquelle de la guerre, du bétail beuglait dans les étables sur l'arrière, et de la fumée montait des cheminées. Mais la plupart étaient détruites, leurs toitures écroulées entre les quatre murs, et la végétation avait poussé dedans et tout autour. Quelques maisons avaient des toits de tuiles tout neufs, des murs de briques ou de parpaings neufs, des fenêtres et des portes neuves, et du linge séchait devant. Des hommes, des femmes et des enfants sortirent et avancèrent vers eux sur la route, formant une fine ligne de bienvenue.

« Avant la guerre, ce village était habité par des Croates et des Musulmans. Il est facile, Mister, de penser que les Serbes sont les seuls responsables de la guerre. Les Croates étaient aussi sauvages que les Serbes. Ils ont attendu que les Musulmans soient sans défense, et ils les ont attaqués. Avant la guerre, il y avait ici trois cents familles musulmanes et soixante familles croates. Et puis, il y a eu le nettoyage ethnique. Les Musulmans ont été expulsés, leurs maisons détruites – pas dans des combats, mais à coups d'explosifs, après leur départ. La plupart sont allés en Allemagne, mais ils ont été expulsés à nouveau, alors ils ont tenté de rentrer chez eux pour vivre à côté de leurs anciens voisins, qui étaient devenus leurs ennemis. Sur trois cents, nous avons pour le moment vingt familles qui sont revenues. Elles ont découvert que leurs maisons avaient été pillées, tout ce qui avait de la valeur a été pris, et se trouve maintenant dans les maisons intactes – télés, cuisinières, baignoires, ampoules, même les fils électriques, ainsi que les vaches, moutons et chèvres. Ce n'est pas facile, mais mon travail consiste à aider à reconstruire les relations entre voisins. »

Des femmes avec des enfants et des bébés, et des vieillards au visage las formaient un noyau devant un bâtiment carré qui n'avait plus de toit, ni de vitres dans l'encadrement des fenêtres ; il y avait un grand trou là où aurait dû se trouver la porte. Ils tournaient le dos à cette ruine comme si elle n'existait pas. Les femmes portaient de vieux manteaux pour se protéger du froid, et le vent dérangeait leurs fichus serrés ; les hommes portaient des bérets et des gros pulls, avaient le visage buriné et dénué d'expression, et les enfants regardaient fixement Mister en tenant mollement des jouets. Dans le champ derrière le bâtiment étaient plantés de courts piquets fraîchement peints de blanc.

« Ça aurait pu être pire, Mister. Sans votre générosité, je ne crois pas qu'ils seraient sortis de leurs maisons pour voir les VIP. Les manteaux, les écharpes, les pulls et les jouets viennent de *Bosnia with Love*. Au moins, ils ont chaud, et les petits ont quelque chose avec quoi jouer. Je suis désolée, sourire serait trop leur demander, mais au moins ils sont venus… Ce bâtiment, c'était leur mosquée. Ce n'était pas une cible militaire. Elle a été détruite par leurs voisins par pur désir de vandalisme, comme le cimetière, où toutes les stèles ont été fracassées à coups de masse et de pioche. Dans de telles circonstances, il faut énormément de courage et de détermination pour rentrer chez soi. Si je demande aux Croates qui vivent ici – et qui se cachent en ce moment – qui a détruit la mosquée, ils me diront que ce sont des gens de l'extérieur qui sont venus, des ordures criminelles, sous le contrôle de seigneurs de la guerre. Peut-être qu'à Sarajevo, vous avez entendu parler des bandits musulmans – Caco, Celo, Serif. Les Croates avaient Tuta et Stela. Les Serbes avaient de nombreux criminels – Arkan et Selsjek. Je ne suis pas censée éprouver de haine, ça ne cadre pas avec les principes du HCR, mais je maudis ces salauds – ils ont sucé le sang de braves gens simples et honnêtes. »

Il y eut des applaudissements épars derrière eux. Elle prit son bras, dans un geste naturel et spontané, et le fit se retourner. Les uniformes, les costumes et les tailleurs chics traversaient le village, faisant montre d'une certaine empathie. On hochait la tête en direction des femmes, on tapait dans le dos des hommes, on chatouillait les joues des bébés en signe de solidarité. Il aperçut les caméras. C'était un événement. Des discussions sérieuses s'engagèrent, suffisamment longues pour être enregistrées et filmées en témoignage. Une petite mêlée s'était formée devant les VIP, et un sergent de l'armée allemande, écarlate, tentait de repousser caméras et micros, y parvenant tout d'abord puis se faisant déborder sur son flanc droit. Il repoussa ceux de droite et fut débordé sur sa gauche. À deux reprises, voyant qu'un objectif était près de se braquer sur lui, et qu'il risquait d'apparaître à l'arrière-plan d'un film, Mister obéit à son réflexe habituel et leur tourna le dos.

« Nous avons besoin d'eux ici, reprit-elle, pour qu'ils fassent de la publicité. Le besoin d'argent pour ces gens doit être montré dans des interviews et sur des images qui feront le tour du monde – mais c'est dégradant. Cela ôte toute dignité aux gens. Comment peuvent-ils parler avec honnêteté de leur situation, quand ils ont une caméra dans une narine et un micro dans l'autre ? Les médias n'ont aucune décence. C'est comme des grenouilles, des grenouilles visqueuses. On les fourre dans un seau, mais, dès que vous en mettez une dedans, une autre en sort d'un bond. »

Ils se mirent à rire tous les deux. C'était un moment intime, qui n'appartenait qu'à eux. Elle prit sa main. Elle la garda tandis qu'ils riaient, et leurs visages étaient tout proches, et il voyait la blancheur éclatante de ses dents et le hâle de sa peau. Elle l'entraîna plus haut sur la colline. Mister laissa sa main dans la sienne.

L'obturateur passa en automatique. Dans le viseur, avec son objectif 300 mm, Joey les regardait rire et se tenir la main. Huit photos, ou neuf, puis il les perdit de vue à cause du vieux moulin au-dessus du torrent. Il était allongé sur le ventre, écrasant les dernières feuilles d'automne, recroquevillé derrière son appareil photo.

« Quelles autres œuvres soutenez-vous, Mister ?

— Euh, diverses choses.

— Vous pouvez me le dire – j'admire votre modestie. Trop de gens se gargarisent. Dites-moi…

— Je fais des choses pour un hospice. Vous savez ce que c'est ? Oui ? Je les aide… J'ai aussi fait refaire la toiture d'une église…

— C'est ça votre vie, Mister ? Apporter de l'aide en Bosnie, aux hospices, aux églises ?

— Ma foi, pas seulement. »

Elle serra sa main. Il sentait la chaleur de son sourire.

« Venez. »

Il entendit dans le lointain le rotor de l'hélicoptère qui se remettait en marche. Ils étaient restés à peine une demi-heure. Les VIP, en colonne hésitante, refirent le trajet inverse à travers le village tandis que les journalistes montaient dans des autocars. Les villageois quittèrent la route et se dispersèrent en petits groupes pour regagner les maisons reconstruites. Il était surpris que la visite ait été aussi courte, et elle dut lire ses pensées. Elle lui dit qu'il était important que les visiteurs ne se soient pas ennuyés et regagnent leurs bureaux pleins d'enthousiasme, pour rédiger des rapports qui permettraient d'obtenir de nouveaux subsides de leurs gouvernements.

Des enfants vinrent les entourer tandis qu'ils marchaient sur un sentier boueux. D'une main, elle tenait la main de Mister et, de l'autre, celle d'un enfant. Il voyait la manière dont ils la touchaient, pinçaient la manche de son manteau, agrippaient le bas de son anorak, et sur son visage il voyait l'amour qu'elle avait pour eux. Ils se dirigèrent vers un étroit pont de planches qui franchissait le torrent. Il sentit un chatouillis dans sa main libre et baissa la tête brusquement. Un petit garçon avait attrapé sa main. Mister allait le repousser, lui arracher sa main. Il n'avait jamais laissé ses propres neveux l'approcher. Ses sœurs réprimandaient toujours leurs enfants s'ils se collaient trop près de lui, en leur disant de ne pas *embêter* leur oncle. Il ne savait rien de la confiance des enfants. Il laissa le petit garçon tenir sa main tandis qu'ils passaient le pont de planches branlantes. Une petite fille arriva derrière le garçon et prit sa main libre pour traverser, et Mister aperçut l'étiquette qui dépassait de son anorak – Marks & Spencer, un vêtement dont on s'était débarrassé. Comme il quittait le pont, tenant toujours la main du petit garçon, Monika le regarda et cligna des yeux. Elle approuvait. Il ne se souvenait pas de la dernière fois où il avait ressenti ainsi du plaisir et de la fierté pour une chose si insignifiante. Elle l'entraîna vers une maison.

« Ils n'ont pas d'électricité, seulement un chauffage au fuel et une bouteille de gaz pour la cuisine. On leur donne un peu de paraffine chaque mois pour l'éclairage. Si nous rapatrions davantage de gens, si nous refaisons plus de maisons pour les installer, nous pourrons contraindre les autorités à mettre de l'argent pour restaurer les lignes électriques. Il y a trois familles dans celle-ci, dix-neuf personnes. Des travaux ont été faits au rez-de-chaussée, mais pas encore en haut, parce qu'ils attendent du matériel de construction. Ils ne peuvent pas acheter les matériaux eux-mêmes parce qu'ils n'ont pas de travail, ni d'argent, mais au moins ils sont à nouveau chez eux… Combien de chambres avez-vous chez vous, Mister ?

— Cinq.

— Pour combien de personnes ?

— Ma femme et moi. »

Ils entrèrent. Il hésita à la suivre, elle était accueillie comme une véritable amie. Dans la pénombre, il distingua deux cartons sur lesquels étaient griffonnés *Bosnia with Love*, pas encore ouverts. Il y avait des traces de pas boueux sur le sol de béton nu, menant à une unique table. Un vieil homme était assis dans un fauteuil près de la table ; il fumait. Son pull-over portait la marque Woollen Mill d'Édimbourg, avec des clubs de golf entrecroisés sous les lettres brodées, et il fumait comme si c'était le dernier luxe qui lui restait. Il y avait une rangée de lits de collectivités, avec des cadres métalliques, des couvertures ternes. La petite fille courut et sauta sur l'un d'eux, mais le petit garçon resta accroché à la main de Mister. Il y avait dans la pièce des femmes de tous âges, mais des hommes âgés seulement. Ce que voulait ce garçon, se dit Mister, c'était tenir la main de son père… Dans sa maison près de la rocade nord, il y avait quatre chambres qui étaient toujours vides. Son père lui rendait visite, parfois, mais il ne voulait jamais rester dormir. Sa mère n'avait jamais couché chez lui. La Princesse et lui n'avaient pas d'amis qu'ils auraient pu inviter, même pas son père à elle, ni sa mère. Ils ne recevaient jamais, dans leur salle à manger avec sa grande table d'acajou et ses huit chaises assorties. S'il devait inviter quelqu'un, pour les affaires, Mister allait au restaurant ; le Mixeur retenait un salon privé sur l'arrière, une Carte s'installait dans les cuisines et une autre montait la garde devant la porte. Il possédait tellement de chambres. Il avait des chambres d'hôtel, des chambres de résidences privées, des chambres dans des appartements en multipropriété. Il avait encore d'autres chambres à Chypre, dans le sud de la France, sur la côte espagnole, dans les Caraïbes et… Il avait assez d'argent pour reconstruire ce village et y ramener chaque homme, chaque femme et chaque enfant, les habiller chez Armani et Yves Saint Laurent, faire venir l'électricité, le tout-à-l'égout, faire poser des planchers et des tapis sous leurs pieds et des rideaux à leurs fenêtres, faire construire une usine et leur fournir du bétail avec pedigree. S'il l'avait fait, il n'aurait même pas noté un trou dans ses comptes.

On lui servit du café. Mister le trouva amer, et le marc au fond de la minuscule tasse se coinça entre ses dents. C'était le même que celui qu'il buvait avec les Turcs dans les *spieler* cafés de Green Lanes, et il avait l'habitude de ne rien laisser voir de son dégoût quand il le buvait. On sortit et coupa un jeu de cartes aux bords écornés. Les enjeux étaient figurés par des allumettes usées, tirées d'un cendrier plein, sur lesquelles il fallait souffler pour en ôter les résidus de tabac. Il n'était pas dans ses habitudes de jouer, et deux fois il grimaça en direction de Monika. Le petit garçon tenait toujours sa main, il refusait de la lâcher. Il jouait et le temps s'envolait. Il fit en sorte de ne jamais gagner. Jamais, chez lui, à Londres, il ne serait le perdant, et pas plus dans la vieille ville de Sarajevo, où il jouait très gros jeu avec Serif – celui que Monika appelait une ordure et un assassin. Il perdit les allumettes qu'on lui avait données. Elle était à l'autre bout de la pièce, avec les femmes, et elle lui lança un regard en tapotant le cadran de sa montre.

Ils sortirent au crépuscule. Ce n'est qu'en partant que Mister se rendit compte qu'une foule s'était rassemblée dans la pièce et derrière la porte, pour être auprès d'elle, et pour le voir perdre aux cartes, *lui*. Elle embrassa de nombreuses joues, il serra les nombreuses mains qui se pressaient vers lui.

Sur le sentier glissant, il lui prit la main pour lui éviter de tomber. C'était un prétexte. Elle portait de bonnes chaussures de marche et lui des chaussures souples à semelle de cuir. Ils passèrent le pont, se tenant à une rampe de grosse corde, et reprirent la route qui traversait le village. Les carcasses des maisons brûlées étaient tapies dans l'ombre. Des lumières plus vives sortaient des maisons intactes où des groupes électrogènes ronronnaient bruyamment et dont les fenêtres laissaient passer la lueur tremblotante d'écrans de télé… Il entendit le trottinement de pas derrière lui.

« Pourquoi est-ce qu'ils ne viennent pas récupérer leurs télés ?

— Parce qu'ils ont été battus, Mister, ils n'ont plus la moindre envie de se battre.

— Alors ils n'ont pas d'avenir.

— Un avenir possible serait de rallumer la guerre, Mister. Bien sûr, vous êtes en colère – je suis en colère –, mais la violence, la violence criminelle, ne résout rien. Ce serait agir en barbares. La place des criminels n'est pas à la tête d'armées d'assassins et de pillards, elle est en prison, dans des pièces avec des barreaux et pas de clés. »

Ils arrivèrent à la Jeep. Le moteur tournait et le chauffeur dormait dans une chaleur confinée. Il entendit derrière lui un petit toussotement rauque, étouffé. Il se retourna. Tout d'abord, le garçonnet recula, petite ombre battant en retraite sur la route. Mister écarta les bras et l'enfant revint vers lui. Il souleva le garçon et serra son corps frêle contre sa poitrine. Monika s'approcha. Ils serrèrent l'enfant ensemble. Il embrassa la joue du garçon et Monika embrassa la sienne. Il reposa le garçon, et ils le regardèrent disparaître dans l'obscurité.

« Si les VIP avaient fait ce que vous avez fait, ils en auraient appris dix fois, cent fois plus. Je vous remercie.

— Il n'y a pas de quoi. »

Ils grimpèrent dans la Jeep et quittèrent le village. Sur le siège entre eux, la main de Monika resta posée sur la sienne.

Juin 1998

Durant les cinq heures passées, Husein Bekir avait concédé trois défaites. Et, trois fois, le visage de Dragan Kovac avait affiché la satisfaction condescendante du vainqueur.

À chaque fois qu'il perdait, tandis que le sergent à la retraite versait une nouvelle tournée d'eau-de-vie, rotait à cause de son déjeuner, et le traitait de vieil idiot et d'âne bâté, Husein replaçait immédiatement les pièces sculptées sur l'échiquier, et ils recommençaient à jouer. Il avait joué la partie précédente, et ce serait pareil pour la suivante, avec une intensité désespérée qui creusait des rides sur son front, faisait trembler sa main chaque fois qu'il prenait une pièce pour la faire claquer en la plaçant sur sa nouvelle position. Il se concentrait sur ses propres mouvements, et les mouvements qu'il anticipait chez Dragan Kovac, mais, surtout, il guettait un signe de tricherie de son adversaire. Et de ne pas parvenir à en trouver le moindre le troublait immensément.

S'il ne trichait pas, la signification était claire pour Husein : il était, lui, inférieur… Bien sûr que Dragan Kovac trichait. Il entendit une voix au loin qui criait son nom, mais il l'ignora. Il avait ignoré également son petit-fils et le chien, et ils s'étaient glissés dehors pour aller trouver un jeu quelconque.

Quand le goulot se pencha à nouveau vers son verre, Husein posa maladroitement sa main dessus, ne réussissant qu'à le renverser. Sa tête était penchée sur l'échiquier et il ne voyait rien des champs qui s'étendaient autour ; il ne leva pas le nez pour savoir qui l'appelait, et il ne regarda pas vers le mûrier par-delà les barbelés qui pendouillaient ; il ne voyait pas le chien qui courait après la balle que son petit-fils lui lançait. Malgré sa concentration faiblissante, il essayait d'assurer la défense de son fou, et il trouvait que Dragan essuyait l'eau-de-vie renversée avec une ostentation inutile.

Avant qu'elle n'arrive près d'eux, il n'avait pas vu sa femme s'avancer sur le sentier.

Alors qu'il scrutait l'échiquier à la recherche de solutions, il aperçut, juste au bord de son champ de vision, ses bottes en caoutchouc lavées par la rivière, qui couvraient ses mollets musclés. Quand allait-il rentrer à la maison ? Il rentrerait quand la partie serait finie. Qui allait traire les chèvres ? insista-t-elle. Il le ferait quand il aurait fini de jouer. Qu'est-ce qui était le plus important ? Traire les chèvres, ou boire et jouer ? Où était son petit-fils ? Il ne savait pas. Elle renifla avec dédain, et il entendit Dragan Kovac glousser. À cause de son caquetage, il avait perdu le fil de sa défense. Il releva la tête. Son cœur palpitait de colère. Il regarda autour de lui. L'enfant était en haut du mûrier, au-delà de la barrière. Le chien était assis au pied de l'arbre avec la balle dans la gueule, et de la bave coulait de ses babines. Trouvait-il responsable de laisser un enfant grimper dans un arbre – d'où il pouvait tomber – et de ne même pas savoir où il était ? Trouvait-il responsable de se saouler alors qu'il était censé veiller sur l'enfant, son petit-fils ? Il prit sa tête dans ses mains et jura entre ses dents.

S'il voulait attraper la mort, disait-elle, c'était son problème, mais elle ne lui permettait pas de laisser son petit-fils grimper dans un arbre dangereux. S'il retombait malade, par sa seule bêtise, alors qu'il aurait dû être en train de traire les chèvres, qu'il ne compte pas sur elle pour le soigner. Il se tortilla, irrité, et Dragan Kovac se pencha pour reprendre la bouteille, un sourire aux lèvres.

Husein Bekir vit Lila s'éloigner de lui à grands pas dans ses bottes en caoutchouc luisantes. Elle était corpulente, robuste pour son âge, solidement charpentée. Elle semblait labourer sa voie dans les hautes herbes tandis qu'elle avançait vers la barrière qui penchait devant le grand mûrier. Elle l'escalada, accrocha sa robe dans les barbelés, s'en extirpa, laissant un morceau de tissu déchiré sur les pointes quand elle passa sa seconde jambe, puis s'avança dans l'ombre du feuillage de l'arbre. Il vit les plis sur le front de son ami se creuser, et ses yeux se réduire à deux minces fentes. Sa bouche s'ouvrit, comme s'il essayait de rassembler des bribes d'un lointain souvenir, sans y parvenir. Elle appelait l'enfant pour qu'il descende. Husein ne savait pas quel souvenir filtrait dans l'esprit de Dragan Kovac, ni ce que son ami essayait de dire.

L'enfant était pâle, maigre, et, comme le chien décharné qui grattait le tronc de l'arbre en glissant, il était loin de peser le poids qu'il aurait dû avoir.

Sa femme, Lila, était costaude et lourde.

Elle se déplaça sous l'arbre pour pouvoir rattraper l'enfant quand il sauterait vers elle, et sa voix crachait des ordres secs comme si elle avait perdu toute patience.

Dragan Kovac siffla : « C'est là qu'ils l'ont fait – qu'ils les ont mis – je me souviens, c'est là où…

— Mis quoi ? »

La mine explosa sous le pied de Lila.

Pour Joey, le trajet de retour avait été infernal.

Le cauchemar avait commencé quand il avait vu Mister et la femme quitter le village dans la Jeep du Haut Commissariat aux réfugiés de l'ONU. Il avait eu du mal à les suivre, sur la fin, dans la lumière déclinante. Il était resté très à distance d'eux, mais il avait quand même vu Mister soulever un enfant et le serrer dans ses bras, puis le petit garçon était reparti en courant sur la route, en lui passant devant. Joey avait fait un bon kilomètre entre les rangées de maisons, jusqu'à l'endroit où le van bleu était caché, dans un bosquet près de la rivière. Alors qu'il s'avançait vers le véhicule, trébuchant sur des branches mortes, lui parvint le fracas d'une fuite. Ils devaient être partis en courant en l'entendant arriver. Les portières du fourgon étaient ouvertes. Il avait juré entre ses dents. Il avait avancé les mains à l'intérieur, tâté le tableau de bord et senti les fils pendant de la radio arrachée. Son pied, devant la portière, avait accroché des briques sur le sol. Il avait juré à voix haute. Il avait fait le tour pour aller au siège passager et avait trouvé la boîte à gants ouverte ; sa torche électrique n'était plus là. D'autres briques du côté passager – des briques pour mettre le van sur cales, car il n'y avait plus de roues, putain, plus de pneus ! Il avait juré à nouveau, enragé. Bien sûr qu'il avait vu la pauvreté du village, une misère abjecte, mais il n'avait pas songé qu'un tant soit peu de cette misère pouvait être effacé par le vol de ses pneus, de ses fichues roues. Il avait commencé à marcher.

Il se hissa sur les marches de l'hôtel. Près du comptoir de la réception, un homme était assis, fumant une cigarette, une tasse de café vide devant lui. Et le portier de nuit maussade lui avait donné ses clés, sans jamais quitter l'homme des yeux. Joey se dirigea vers le palier de sa chambre.

En haut des marches, un autre homme, vautré sur une chaise, parut déshabiller Joey du regard. Il portait le même uniforme que le type en bas – jeans, cigarette, cheveux coupés ras, blouson de cuir noir. Un pistolet-mitrailleur à canon court était posé sur ses cuisses, avec deux chargeurs scotchés dessus ensemble. Joey connaissait ce visage, mais il n'arrivait pas à le resituer. Cela le troubla, mais, fourbu comme il était, il ne s'arrêta pas.

Il passa devant la porte de la chambre qu'occupait Maggie ; il y avait de la lumière sous la porte et des gens qui parlaient à voix basse, une odeur de cigarette.

Joey pénétra dans sa chambre, jeta son sac sur le lit et sortit l'appareil photo.

Il ouvrit son ordinateur portable et tapa son rapport, ses doigts martelant les touches.

Il avait marché jusqu'à la route principale, qu'il avait prise vers l'ouest. Il avait fait signe à chaque voiture et chaque camion qui le dépassaient, mais aucun ne s'était arrêté et certains avaient même failli le heurter. Il avait atteint un village et aperçu les lumières d'un café. Il était entré. Y avait-il un taxi dans le village? Haussements d'épaules : il n'y avait pas de taxi. Y avait-il un téléphone pour appeler un taxi de Kiseljak? Le téléphone était cassé. Il était ressorti, avait repris sa marche.

Le rapport était tapé. Il était fatigué, totalement vidé. Il avait froid, il était trempé, il avait faim. Il sortit les câbles de son sac. Ses doigts tremblaient. Ça allait si lentement, et son humeur s'assombrissait – ça aurait dû lui prendre trente secondes, mais ça lui prit des minutes entières : il réussit à brancher les câbles entre son ordinateur et son téléphone satellitaire, et il tapa les codes de transmission. La première fois, ses doigts étaient tellement gourds qu'il n'y parvint pas, mais la seconde fois, ça fonctionna.

Il avait marché une heure et demie pour atteindre Kiseljak. Pas de taxis, pas de bus. Au poste de police, il s'était à demi écroulé en agitant ses papiers d'identité devant eux. Une voiture de police l'avait emmené jusqu'à Rakovica, à mi-chemin de Sarajevo, et le conducteur lui avait fait signe qu'il ne pouvait pas aller plus loin, qu'il n'avait pas le droit de quitter sa zone. Encore une fois, il avait marché. Un camion avec un chauffeur ivre l'avait pris jusqu'à Blasuj, où il l'avait largué. Il avait marché dans le noir une heure de plus, pleurant presque de frustration, vers les lumières de la ville lointaine, son objectif.

Joey brancha l'appareil photo numérique sur son téléphone portable, composa un numéro, et les photos prises dans l'après-midi furent transférées à Londres. Sur l'écran, un message indiqua qu'elles avaient bien été reçues.

Il était entré dans Ilidja. Pas de taxis à Kiseljak, Rakovica ou Blasj, mais cinquante putains de taxis dans cette banlieue nommée Ilidja. On l'avait emmené jusqu'à l'hôtel. Il était entré en titubant, sous la lumière vive, de la boue plein ses chaussures, son pantalon et son manteau.

Un souvenir se coula dans son esprit, il se rappela soudain où il avait vu ces hommes… Ils étaient à l'arrière du camion. Quand le camion était passé le prendre et qu'on lui avait ouvert la porte, le plafonnier s'était allumé. Ils étaient à l'arrière – Ante et Muhsin. Il avait vu leurs visages – Salko et Fharo – avant de grimper sur le siège dans la cabine et de claquer la portière. Et la lumière s'était éteinte. Quand ils étaient sortis du camion pour monter dans le taudis du camé, ils avaient mis des cagoules et il n'avait pas pu voir leurs visages. Il les avait vus quand ils étaient ressortis du pâté de maisons, mission accomplie, avant qu'ils ne rabaissent leurs capuches.

« Un excellent dîner », dit Mister en écartant son siège.

Le même repas, se dit l'Aigle, que celui qu'ils mangeaient tous les soirs, mais c'était la première fois que Mister faisait une appréciation. Il avait parlé à bâtons rompus de sa journée, de la guerre et de la pauvreté, de la haine, et l'Aigle et Atkins lui servaient d'auditoire. S'il avait fait chaud, vraiment chaud, l'Aigle aurait diagnostiqué une insolation, mais il n'y avait pas eu le moindre rayon de soleil… Il ne l'avait pas mentionnée, elle. L'Aigle commença à penser à l'impensable.

Comme si cela lui revenait soudain, Mister se tourna vers Atkins. « Tout s'est bien passé, aujourd'hui ?

— Très bien, Mister.

— Tu as trouvé l'endroit ?

— On a fait une reconnaissance de la maison, et trouvé une position avec un champ de vision impeccable, un champ de tir totalement dégagé.

— Goudronné ?

— Macadam et terre gelée. Le sol idéal.

— C'est parfait, bien joué. »

L'Aigle se dit qu'Atkins avait l'air d'un pauvre chiot, haletant pour qu'on le récompense.

« Nous ferons ça demain – ça devrait être un peu spécial. Je veux dire, le voir vraiment tirer, ce sera assez excitant… Bonne nuit, les gars. »

Mister quitta la table, les laissa seuls, et son sifflotement résonna dans le restaurant. C'était bien évidemment impensable et il connaissait Mister depuis vingt-huit ans, et la Princesse depuis ces dix-huit dernières années – *impensable*.

Gough fit passer les photos autour de la table, pour les soumettre à l'examen minutieux de l'équipe.

« Joli petit lot, je ne dirais pas non, dit SQG3.

— Je n'aurais pas cru ça de lui, aller tremper sa nouille ! Ce n'est pas ce qui ressort de ce que notre premier de la classe nous en a dit, du portrait qu'il nous en a fait, dit SQG8.

— Ce vieux machin, le démon de midi l'a rattrapé, et sa Princesse ne va pas aimer, elle ne sera pas contente du tout si elle voit ces photos, dit SQG5.

— Elle les verra, en temps et en heure, grogna Gough. Ce que j'aimerais, c'est que nous attaquions sur les deux fronts, dès demain, pour faire monter la pression. Sous pression, on commet des erreurs – la minute de plaisanterie est terminée, pourrions-nous tous nous concentrer, s'il vous plaît. »

Il ramassa les photos de cible un avec cette jeune femme non identifiée, les enferma à clé dans son tiroir, et ils recommencèrent à mettre au point la première descente qui serait effectuée au petit matin pour créer la pression, les amener à l'erreur. Inutile de continuer à parler de Cann, et de ce qu'il faisait. Les membres du SQG avaient suffisamment à s'occuper avec leurs propres missions pour penser à lui.

Joey referma la porte derrière lui et marcha dans le couloir. Il agita ses papiers devant l'homme sur le palier, pensa qu'il s'agissait de Salko, et vit que ses deux mains étaient posées sur son pistolet-mitrailleur. Joey avait laissé son manteau dans sa chambre, et il pivota pour montrer qu'il ne portait pas d'arme dans sa ceinture. Devant sa chambre à elle, celui qu'il pensait être Muhsin lui lança un regard glacial et Joey se dit qu'on ne l'autorisait qu'à contrecœur à aller jusqu'à la porte.

Il frappa et entendit qu'on bougeait à l'intérieur. Il dit son nom. La porte s'entrebâilla sur la chaînette de sécurité, se referma, puis s'ouvrit complètement.

« Entre donc, dit-elle. Bienvenue à la fête. »

Elle était sur le lit, habillée, un verre plein à la main, une cigarette coincée entre les doigts. Frank Williams, le policier, en uniforme, était dans le fauteuil près de la fenêtre. Les deux derniers de ceux qu'il avait appelés les Quatre Sreb étaient assis sur le tapis – jeans, blousons de cuir et cigarettes, pistolets-mitrailleurs posés à portée de main –, l'un adossé au pied du lit et l'autre au placard. Joey se dit que c'était Fharo et Ante. Il aperçut la malle métallique sur le plancher sous la fenêtre, près du fauteuil.

« L'avantage de la salle de transit, c'est l'accès au duty-free. J'ai du Chivas Regal et du Courvoisier.

— Tu es bourrée.

— Faut être bourrée, ou cinglée, pour revenir ici.

— Pourquoi es-tu revenue ?

— Un gentil jeune homme est venu à ma rencontre à Zagreb. Il pensait que j'étais en danger de mort. Il m'a payé trois Pink Gin… Et donc, je me suis dit qu'il te fallait une nounou…

— Pourquoi tu ne vas pas juste te faire foutre ?

— … pour s'occuper de toi. J'ai pensé que c'était assez dégueulasse de te laisser tomber comme ça. J'étais à trois heures de chez moi. Pendant le débriefing, ils auraient tous dit du mal de toi, et ils se seraient excusés de m'avoir envoyée en mission avec un gamin, un amateur. Tu aurais eu droit à des coups de couteau dans le dos, Joey, et des ricanements dans les téléphones, à ton boulot. Et je serais rentrée chez moi, toute seule.

— Je ne t'ai pas demandé de rester. »

Elle cracha : « Bon Dieu, tu ne me rends pas la tâche facile !

— Je ne veux pas de toi, je n'ai pas besoin de toi.

— Nous allons avoir une vraie discussion, et, s'il te plaît, tu vas me laisser parler.

— Tu as quelque chose à manger ?

— Fais chier... » Elle se tortilla, et le bord de sa jupe remonta sur ses cuisses. Elle sortit de sous ses fesses deux paquets de cacahuètes et les lui balança. « J'allais dire que...

— Je veux bien un whisky.

— Tu n'es qu'un imbécile arrogant et borné. J'essaye de t'aider. » Elle s'empara de la bouteille et la lui lança. Il la rattrapa au vol, ainsi que le gobelet en plastique qui suivit. Frank avait une main devant sa bouche, comme s'il essayait de cacher son hilarité. Les hommes avec les fusils restaient impassibles. « Nous essayons tous de t'aider. J'ai réussi à joindre Frank depuis l'aéroport, il m'a conduite jusqu'ici et il a appelé la cavalerie. On essaye tous de t'aider, putain !

— Je ne veux pas de toi, ni de personne. Je me débrouille parfaitement.

— J'ai franchi la ligne, comme toi...

— Je ne crois pas – il n'y a rien d'autre que des cacahuètes ?

— La ferme ! Écoute-moi – pour l'amour du ciel, aie au moins cette courtoisie. » Un grésillement monta dans sa voix, et la guêpe piqua. « Tu m'as montré la ligne, et je t'ai suivi. J'ai dit au bouffon qui m'attendait à Zagreb que je venais de me rendre compte que j'avais oublié mes plus beaux escarpins noirs à Sarajevo et que je retournais les chercher – hé, ne prends pas un air si emmerdé, c'est censé être drôle. Ta cible un, c'est ton ennemi. Chez moi, on n'a pas d'ennemis. Nous ne haïssons pas nos adversaires, nous ne les méprisons pas, on joue juste un jeu à la con avec eux. Où est le KGB aujourd'hui, où sont les Hongrois et les Polonais ? Ils participent à nos séminaires, ou ils nous donnent des conférences, et puis on se retrouve tous au bar pour se raconter des vieilles histoires, on cause du matériel qu'on utilisait, et on rigole en pensant aux pauvres enfoirés chétifs qui croyaient en nous, et qu'ils ont torturés et fusillés. Nous sommes en train de mourir, et toi tu es vivant. Tu as de la chance d'avoir un ennemi, une sacrée chance. Alors, je suis revenue. »

Il but son whisky cul sec. Il vida ce qui restait du premier sachet de cacahuètes dans sa bouche et empocha le second.

« On se voit demain matin. »

Chapitre quatorze

La voisine savait que Bruce James était absent. Il était parti depuis presque une semaine. Elle l'avait vu partir avec ses bagages. Elle entendit les pas gravir l'escalier, arriver au palier où elle habitait, puis continuer jusqu'au dernier étage. Très peu de gens lui rendaient visite, quelle que soit l'heure, mais elle ne se souvenait pas avoir jamais vu quiconque venir à six heures moins le quart du matin. Elle se dit qu'ils devaient être quatre ou cinq, des hommes, à en juger par la lourdeur de leurs pas. Elle se glissa jusqu'à sa porte d'entrée pour écouter tandis qu'ils montaient les dernières marches ; elle sentit l'odeur d'un tabac à pipe.

Elle aimait bien Bruce James. Elle le trouvait courtois et bien élevé. Son petit-fils était dans la marine, ingénieur à bord d'une frégate, en service dans le Golfe. Parfois M. James lui portait son courrier, ils discutaient, et il lui parlait de son propre séjour dans l'armée. Elle gardait un œil sur son petit appartement du dernier étage, sous les combles.

Elle entendit cliqueter des clés, puis un raclement métallique, et des obscénités proférées à voix basse. Au moment où elle réalisait que quatre ou cinq hommes essayaient d'ouvrir la porte de l'appartement de M. James, elle entendit un grand coup, puis le bruit du bois qui se fend.

Elle se précipita sur son téléphone. Les numéros qu'elle considérait comme les plus importants étaient programmés dans l'appareil, et parmi eux celui du commissariat de police d'Hammersmith. Elle utilisa la phrase qu'elle avait entendue à la télévision : « Tentative d'effraction en bande organisée... »

Elle entendit qu'on traînait des meubles, au plafond au-dessus d'elle, et des bruits de pas. C'était un plafond très mince. M. James était exceptionnellement respectueux et ne mettait jamais sa musique trop fort. Elle attendit. Elle entendit la sirène d'une voiture de police qui approchait.

Elle les accueillit sur son palier, un jeune agent et une policière plus âgée. Elle désigna la dernière volée de marches, la porte qui pendait sur ses gonds. Du bruit filtrait la porte, et des voix aussi. Les agents lui dirent de s'enfermer à clé, et elle les vit ôter leurs matraques de leurs ceintures, ainsi que leurs petits vaporisateurs de gaz lacrymogène ; elle savait ce que c'était grâce aux séries télé. Elle trouva que ces agents étaient très braves.

Elle referma sa porte, la verrouilla et mit la chaîne.

Joey dormit tard. Quand il s'éveilla, son corps lui faisait mal, mais sa tête, c'était pire encore. Il y eut quelques secondes durant lesquelles il ne parvint pas à retrouver où il était, et il demeura dans la pénombre de sa chambre, car les douleurs dans sa tête, son corps et ses pieds lui ôtaient toute vigueur.

Les rideaux étaient tirés, mais mal. Un rayon de lumière dorée passait entre eux et semblait couper la pièce en deux. Il vit l'heure à sa montre, jura et roula hors de son lit. Il se colla sous la douche, et laissa l'eau tiédasse couler sur lui. Il était encore à moitié mouillé quand il s'habilla. Il remit le même pantalon que la veille, avec la même boue aux genoux, et la même chemise. Il ne parvint pas à trouver des chaussettes propres dans son sac de voyage, toutes étaient sales, et il dut se mettre à quatre pattes pour récupérer celles qu'il portait la veille, et qu'il avait balancées au hasard en se couchant, imbibé de whisky. Il ne se rasa pas, ne se regarda pas dans le miroir. Il sortit de sa chambre et s'arrêta devant la sienne. Il frappa. Pas de réponse de Maggie Bolton, juste l'odeur tenace des cigarettes et personne sur le palier. Il descendit les marches deux par deux.

Ils étaient dans la salle du petit déjeuner, tout au fond. Il était neuf heures quinze.

« C'est gentil de venir nous voir, dit Maggie.

— Pourquoi tu ne m'as pas réveillé ?

— Une armée n'y serait pas arrivée. » Elle sourit. « Vous, les jeunes, vous ne tenez pas la route. »

Il s'affala sur une chaise. Les Quatre Sreb fumaient. Les cigarettes faisaient autant partie de leur uniforme que leurs jeans, leurs bottes et leurs blousons de mauvais cuir. Pour accéder à la chaise, il lui fallut enjamber deux gros sacs de sport. Il ne voyait pas les pistolets-mitrailleurs, et il supposa qu'ils étaient dans les sacs. Frank Williams était assis à côté d'elle et il semblait sourire à Joey, sans compassion. Il se servit lui-même du café, dans sa tasse à elle, et la tourna pour ne pas boire à l'endroit où il y avait la marque de son rouge à lèvres bordeaux. Le café dispersa la douleur dans son crâne. Il attrapa un petit pain dans une corbeille et le rompit, mettant des miettes partout sur la nappe en le dévorant. Elle lui passa une feuille de papier pelure.

> De : Endicott, pièce 709, VBX
> À : Bolton (support technique), Sarajevo
> Sujet : Crime organisé/AWP
> Heure : 02.27 GMT 19.03.01
> Niveau de sécurité : Confidentiel
> Début du message :
> Si vous êtes déterminée à jouer les appâts/c.-à-d. la poire, BONNE CHANCE. Nous insistons pour que vous ayez une protection sérieuse – débrouillez-vous. Vous ne devez pas, je répète, *vous ne devez pas*, mettre votre sécurité personnelle en jeu. Nous exigeons que vous pliiez bagage dans quarante-huit heures, et que vous rentriez immédiatement en UK. Veuillez garder en tête que nous sommes la direction des services secrets ; vous n'avez aucune instruction à prendre du junior des Douanes.
> Ne suivez pas l'exemple des autochtones.
> Endicott.
> Fin du message.

« Je suis censé te remercier ?

— Ce n'est pas une obligation. Je ne voudrais pas être désobligeante, mais tu pues vraiment. J'espère que tu as rempli un sac pour la laverie. »

Joey avait fini le pain et le café. Il essaya de paraître ferme et résolu, mais comprit que c'était en vain. « Pourrions-nous, s'il te plaît, établir les priorités de la journée, et ensuite je m'occuperai de mon linge ? »

Elle lui demanda d'un ton innocent ce qu'il entendait par *priorités*.

Il était trop fatigué et trop agité pour voir le piège. Il dit : « Eh bien, il nous faut un véhicule. Nous devons établir les objectifs et faire des repérages, déterminer si nous pouvons reprendre une surveillance intrusive, puis comment nous allons nous partager les responsabilités. »

La petite main de Maggie monta à sa bouche comme pour étouffer un bâillement. Williams, l'enfoiré, l'air impassible, chuchota une traduction à l'oreille du Sreb qui était à sa droite, et le message passa de l'un à l'autre. Ils restaient de marbre et ne firent aucun commentaire.

« Et alors ? Ce n'est pas l'attitude professionnelle à avoir ? s'énerva Joey. Tu as une meilleure idée ? Quelqu'un m'a traité récemment d'imbécile arrogant et borné, mais je déclare forfait, tu me bats à plate couture ! »

Elle se tourna sur sa chaise et se pencha vers le store vénitien qui masquait la fenêtre. Elle abaissa une des lames et écarta celle du dessus. La fenêtre donnait sur le parking à l'arrière de l'hôtel. Il se pencha en avant, par-dessus les tasses et les soucoupes. Il aperçut le van bleu. Le soleil se reflétait sur les nouveaux enjoliveurs et faisait briller les pneus neufs. Il se renfonça sur sa chaise et croisa les bras sur sa poitrine.

« “L’économie protège du besoin”, dit-elle, c’était ce que ma mère me disait toujours, et encore aujourd’hui. J’aime bien cette formule. Et ce van, c’était un peu comme ma maison. Je regrette que tu aies perdu mon seau. Frank et deux des garçons, Muhsin et Salko, sont allés le chercher ce matin, et ils ont emprunté des nouvelles roues. Pendant ce temps, je suis allée avec les deux autres à la recherche du Mitsubishi avec lequel ils ont tenté de t’écraser. Il trimballe une minuscule balise, maintenant. Ça a été plus facile que je croyais. Il y avait deux types qui roupillaient, bourrés comme toi, dans une cabane à côté. Les garçons ont été très gentils avec le chien, ils s’en sont fait un vrai copain – tout est affaire de communication non verbale, pas vrai ? Comme je m’y connais en serrures, on a visité l’entrepôt, puis on est repartis comme on était venus, en sautant le mur. Un des grands moments de ma vie – de belles mains costaudes me tenant par là où elles n’auraient pas dû, me soulevant puis me reposant à terre… Bref. Ensuite on s’est rendus dans la vieille ville. Ils m’ont emmenée sur les toits, vers un endroit qu’ils connaissaient. Sacrément glissantes, ces tuiles, et sacrément solides, ces doigts fermes qui me tenaient par la taille pour pas que je tombe – une compensation valable. De là, j’avais une vue parfaite sur l’appartement d’Ismet Mujic, et j’ai sorti une de mes petites boîtes à malice préférées. Un transmetteur à portée illimitée. De l’autre côté de la rue, il y a sa fenêtre, et derrière sa fenêtre il y a son téléphone. Ma petite boîte saute une étape. Elle utilise le micro du téléphone pour transmettre les conversations qui ont lieu dans la pièce. Il y a un autre émetteur dans ma boîte qui transmet à une chambre que les garçons ont louée, et, là, il y a un magnétophone qui tourne dès qu'il est activé par des voix. Rusé, non ? Nous ne t'avons pas réveillé, parce qu'on s'est dit que tu étais crevé. Excuse-nous. »

Il tenta la politesse. « Qu'est-ce que tu suggères que je fasse de ma journée ?

— Ne le prends pas mal, mais, à voir ta mine, je pense que tu ne peux être d'aucune utilité. Profite de ta journée pour te reposer – après avoir fait un peu de lessive, et t'être rasé.

— Merci du fond du cœur…

— Tu m'excuseras, j'ai du boulot. Détends-toi, Joey. Venez, les garçons… »

Elle sourit gentiment à Joey tandis qu'il se recroquevillait. Ils la suivirent hors de la salle de restaurant, avec leurs sacs, formant une phalange autour d'elle. Frank Williams fut le dernier à se lever. Joey le prit par le bras et le tira à lui. « Je ne pensais pas que tu te mêlerais à ça.

— Me mêler à quoi ?

— Ce show qu'elle a fait, pour m'humilier en public, devant *ses garçons*.

— Prends ta journée. Dans l'état où tu es, tu ne sers à rien. » Il détacha la main de Joey de sa manche et se pencha plus près. « Tu sais ce qu'elle m'a dit ? Elle m'a dit que tu avais perdu le sens de la peur. Et si tu n'as pas peur, tu vas te faire massacrer – c'est comme ça qu'elle voit les choses. Elle a pris des risques pour toi, et moi aussi, et les gars aussi. Tu l'as mérité, prends ta journée. »

Frank Williams se hâta pour la rattraper.

Gough avait pris le métro pour Tooting Bec. Il prit une gorgée de thé, se carra dans le vieux fauteuil et écouta.

« Je me demandais si quelqu'un allait venir me voir, tout en espérant que cela n'arriverait pas. Je savais que, si quelqu'un venait me poser cette question, ce serait pour évaluer la façon dont il réagira, bien ou mal, en situation de stress extrême – parce qu'il est en danger. Je le connais mieux que personne, voyez-vous, mieux que la petite Jennifer. Il venait souvent ici, le soir, tard, et il s'asseyait là où vous êtes, dans le fauteuil de Perry, pour me raconter sa journée. N'allez pas croire que je suis présomptueuse, je vous prie, mais je pense que je suis mieux briefée que quiconque sur cet affreux bonhomme, Packer. Perry était dans le corps diplomatique, et, avant ça, j'étais femme d'officier. J'ai vu ce que le stress peut provoquer chez des jeunes gens… Ça a commencé par du dévouement. Il semblait avoir le sens – puis-je me permettre un mot qui n'est plus très en vogue ces derniers temps ? – le sens du devoir. Je pensais que c'était de la conscience professionnelle. Pour moi, conscience professionnelle, sens du devoir, dévouement, sont tous admirables. Vous cherchiez des preuves contre Packer, Joey travaillait jusqu'à pas d'heure et semblait épanoui. Il avait une petite amie, une belle âme, il entrait dans sa vraie vie d'adulte, il était fier de ce qu'il faisait. Et puis, ça a changé. Je ne m'en suis pas aperçue tout de suite, mais je m'en rends compte maintenant. Il était assis dans ce fauteuil, là où vous êtes, il n'était pas loin de minuit, et il m'a annoncé qu'une opération de surveillance avait permis d'identifier Packer dans une voiture avec ces horribles drogues, et que c'était suffisant pour obtenir un mandat d'arrêt. Ce n'était plus de la dévotion, ça tournait à l'obsession. Donnez un jouet à un enfant, son jouet favori, puis dites-lui qu'à la fin de la semaine on le lui enlèvera. Après l'arrestation de Packer, toute lumière semblait avoir quitté sa vie. Il ruminait sans cesse. Je l'entendais, dans sa chambre, lire à voix haute des rapports de surveillance et d'interrogatoires ; tard la nuit, il se repassait les bandes des conversations téléphoniques, et je l'entendais faire les cent pas et répéter les questions des gens qui interrogeaient Packer. Packer était devenu sa raison de vivre. Packer avait le pouvoir, même en prison, il décidait. Joey a commencé à se sentir inutile, et c'est à ce moment que le dévouement s'est changé en obsession. Je ne voudrais pas dire du mal de ce garçon, mais j'ai commencé à le voir comme une coquille vide, comme s'il n'avait pas d'existence sans Packer. C'est plutôt effrayant, non, les obsessions ? Cela transforme les gens. Ça l'a rendu sauvage. Ça a nourri une espèce de cruauté chez lui, que je n'avais jamais remarquée auparavant, une férocité tout à fait déplaisante – il est devenu brutal avec Jennifer, et elle ne méritait vraiment pas ça. C'est comme un nuage noir qui masque le soleil – on ne voit pas ça très souvent, mais, quand ça arrive, ça vous donne des frissons. Il est toujours en Bosnie ? Toujours sur la piste de Packer ? Il se battra jusqu'au bout pour en finir avec ce qu'il poursuit, quoi que cela puisse être, et ça ne sera pas très joli. J'ai eu une pensée très dérangeante, l'autre nuit, qui m'a beaucoup troublée. Quand il reviendra, s'il gagne, s'il détruit Packer, il ne sera plus le genre de jeune homme que j'aime à connaître… Donc, est-ce qu'il résistera au stress? La réponse est : oui, parfaitement – sa férocité le soutiendra. »

Gough reposa tasse et soucoupe et prit congé. C'était bien plus que ce qu'il avait espéré entendre.

L'inspecteur principal s'attarda devant l'entrée. Bien en vue des gens de la sécurité, derrière leur guichet, il alluma une cigarette. La moitié du building qui abritait les services de la police criminelle s'évadait, pour fumer une cigarette, respirer, cracher. En tournant à l'angle, sur les quelques mètres de trottoir que les caméras ne couvraient pas, il sortit de sa poche son téléphone à carte prépayée. Il entendit une réponse sèche et un bruit de circulation à l'arrière. Il rapporta ce qu'il savait. Il exposa ce qu'il proposait de faire, et ce fut approuvé.

Quand les caméras le retrouvèrent, le portable avait regagné sa poche et sa cigarette était presque finie. Il repassa le contrôle de sécurité et prit l'ascenseur pour monter au quatrième étage.

Il se retrouva face à un commandant en costume gris. Il vivait sur les marges, marchant sur un fil fragile, semé de lames de rasoir. Ses comptes, protégés par le secret bancaire dans les îles Anglo-Normandes, auraient pu le prouver. Il connaissait le commandant depuis vingt ans de service dans la police, ils avaient des rapports de confiance, amicaux, mais il respectait toujours les formes.

« J'ai pensé qu'il fallait vous informer d'une chose, monsieur.

— Oubliez ces histoires de "monsieur" – de quoi s'agit-il ?

— Hammersmith a reçu un appel d'une personne civile : "tentative d'effraction en bande organisée". Deux policiers se sont rendus à cette adresse et ont trouvé sur place un paquet de gens de l'Église qui retournaient un appartement, avec mandat et tout. L'appartement appartient à Bruce James, un ex-militaire, consultant en sécurité. Ce en quoi il est intéressant, c'est qu'il figure sur la liste des associés de Packer. Nous sommes, si j'ai bien compris, censés être mis au courant de toute opération des Douanes contre Packer. Cela a été discuté, et validé, n'est-ce pas ? Or, rien n'est arrivé sur mon bureau. Que nous partagions avec eux mais qu'ils ne partagent pas avec nous, ce n'est pas une chose qui me plaît beaucoup, monsieur. Pour parler franchement, ça nous rend la vie impossible – et c'est une insulte. Ils ne nous font pas confiance. Je ne pense pas que vous souhaitiez laisser faire, monsieur… C'était juste pour que vous soyez informé… »

Joey poussait le fauteuil roulant. Il avait mis des vêtements un peu plus propres, fait la liste du linge à laver et déposé le sac devant la porte de sa chambre. Puis il s'était rasé et s'était rendu au ministère de la Justice, où il avait cherché la salle d'audience que présidait son père. Il s'était glissé sur la pointe des pieds entre les bancs du public et les bureaux des avocats, passant derrière un sténographe et l'accusé. Il s'était approché de l'estrade où son père siégeait, lui était carrément passé sous le nez pour aller jusqu'à l'autre côté. Il avait débloqué les freins du fauteuil et l'avait poussée hors de la salle d'audience. Personne n'avait dit mot, le réquisitoire s'était poursuivi, sans que qui que ce soit intervienne. Il l'avait poussée dans le soleil.

Sur le trottoir, il avait déclaré : « On m'a dit que j'avais un jour de congé. Je suis étranger et j'ai besoin d'un guide. »

Jasmina avait répondu : « Les conditions d'embauche de ce guide interdisent toute discussion sur le passé, la guerre – ou le présent, les criminels.

— Pour voir ce qu'il y a à voir, avait-il dit, par où est-ce qu'on va ? »

Cela faisait une heure qu'ils étaient partis. Il ménageait du mieux possible les roues du fauteuil en évitant les trous dans les trottoirs, et lui faisait traverser des rues où le feu était au vert pour les piétons, mais où les véhicules s'arrêtaient à la dernière seconde dans des hurlements de pneus à quelques centimètres d'eux. Elle lui montra les portes closes de l'ancienne église orthodoxe et l'emmena à l'intérieur de la cathédrale aux deux clochers. Ils regardèrent la synagogue, de l'autre côté de la Miljacka, et elle lui expliqua que tous les juifs avaient quitté la ville. Elle lui fit signe de s'arrêter pour découvrir la vue sur l'Ali-Pasina Dzamija, et elle lui dit que cette mosquée était le fleuron de l'architecture sacrée islamique en Europe. Il y avait des librairies, des bâtiments historiques, des sites olympiques et le pont sur lequel un meurtrier avait tué un archiduc.

Ils ne parlaient pas de la guerre, ni du présent. Rien de ce qu'elle lui montrait, rien de ce qu'elle lui racontait n'était source d'amusement. Tout ce qui n'était pas dit était autour d'eux. Les bâtiments détruits et le grincement permanent de son fauteuil roulant étaient au diapason du désespoir de Joey.

Il lui acheta des fleurs.

Elle était assise dans son fauteuil et ses mains serraient les tiges du petit bouquet.

Ils étaient dans un parc. Elle désigna de vieilles pierres tombales datant du Moyen Âge, lui dit qu'on les appelait *stecaks* et se mit à réciter, comme une vraie guide touristique : « On nous apprend que les *stecaks* sont les vestiges d'une période de notre histoire hermétique à la lumière et à la tolérance. Pour nous, ce sont les gardiens des secrets. Si vous ne connaissez pas ces pierres, vous ne nous connaissez pas. Une épitaphe est gravée sur l'une d'elles : "Je me suis levé pour prier Dieu, ne pensant pas à mal, et pourtant j'ai été frappé par la foudre." Nous pouvons être un peuple triste, et nous vivons dans l'obscurité. Nous ne sommes pas marqués par la bonne fortune, Joey. Nous avons peu à offrir aux étrangers, seulement notre misère. Vous aimez rire, j'aime rire. Où pourrions-nous trouver matière à rire ? »

Le soleil tapait. Il regardait les vieilles pierres.

« Pourquoi êtes-vous venu me chercher aujourd'hui, Joey ?

— Pour être avec vous, dit-il simplement. Parce que je voulais être avec vous. Ce n'est pas par pitié.

Ce n'est pas que j'ai de la compassion pour vous, c'est juste que je voulais être ici, avec vous. »

Il vit ses doigts serrer les tiges des fleurs. « Avez-vous une petite amie, en Angleterre ?

— J'en avais une.

— Est-ce qu'elle a cessé de vous aimer, ou est-ce vous qui ne l'aimez plus ?

— Je suis venu ici. Ce que j'ai fait ici lui a fait du mal. Elle a souffert à cause de moi. Après ce que je lui ai infligé, je doute qu'elle m'aime encore.

— Ne me prenez pas en pitié, Joey, parce que ce serait pire pour moi que tout ce que vous avez infligé à votre amie. Voulez-vous me ramener auprès de mon père ? »

Elles étaient à l'opposé l'une de l'autre, Jen et Jasmina. Il poussa le fauteuil en les comparant dans sa tête. L'une était vive, en bonne santé, l'autre était pâle et infirme. Et, quelles que soient les différences physiques, l'une avait un futur, l'autre avait un passé. Il ressentit une honte affreuse, mordante, une culpabilité dévorante. Il avait acheté des fleurs à une fille, il avait fait passer le temps avec elle, il lui avait fait l'aumône de sa compagnie. Il allait reprendre son avion. Il gravirait des marches qu'un fauteuil roulant ne pouvait emprunter. Elle demeurerait un souvenir s'éloignant peu à peu, jusqu'à s'effacer de sa mémoire.

Ils arrivèrent au ministère de la Justice.

Joey dit : « Je ne sais pas jusqu'où nous sommes allés, mais, sans l'aide de votre père, et sans la vôtre, je n'aurais pas été capable de me mettre en route. »

Elle sourit enfin. C'était un sourire minuscule, pâle et fugace, et il le trouva adorable. Elle fit rouler son fauteuil, seule, s'éloignant de lui pour atteindre la rampe d'accès au bâtiment. Avant que l'ombre du ministère ne l'avale, il aperçut un dernier éclat des fleurs sur ses genoux.

« Bonjour, commandant, vous attendiez un moment pour me parler ?

Le ministre jouissait encore du souvenir des applaudissements. Il avait été le dernier à prendre la parole avant la pause déjeuner. L'auditoire était constitué de policiers, de journalistes, de responsables des services sociaux et de spécialistes de l'éducation. Il leur avait servi son discours sur les drogues – une main de velours compatissante tendue aux victimes abusées par ce commerce, une poigne de fer face aux architectes de cette misère. Il avait assuré son auditoire qu'il parlait au nom d'un gouvernement qui avait à cœur de venir en aide aux exploités et de réduire les exploiteurs en miettes... Et ceux-là, avait-il poursuivi, allaient devoir affronter les équipes des différents services de maintien de l'ordre, unies et dévouées. À ce moment de son discours, il avait serré ses deux mains pour exprimer l'union des équipes. Il avait glissé une de ses citations favorites quand il parlait de l'unité inter-services, *Ézéchiel* 37:22 : « Je ferai d'eux une seule nation », et il avait ajouté que telle avait été sa promesse au Premier ministre quand il avait eu l'honneur, le privilège, d'être nommé à cette fonction. Les représentants du mal allaient apprendre qu'ils pouvaient courir, mais ne pourraient se dérober, quand ils seraient pourchassés par des forces étroitement *unies*, dans leurs objectifs et dans leur détermination.

Il fut informé de la perquisition qui avait eu lieu ce matin-là à l'appartement de Bruce James, et son sang ne fit qu'un tour.

« Ils ne nous font pas confiance, monsieur le ministre, ils font des boulettes sans nous prévenir – ça nous divise, c'est parfaitement insultant et, par-dessus le marché, c'est en totale contradiction avec l'esprit de votre excellent discours, et de la politique du gouvernement. Si vous voulez des résultats, il faut les contrôler. Puis-je compter sur vous ?

— Oh que oui, vous pouvez ! »

Juillet 1999

« C'était une PMA2. La mine la plus couramment utilisée. C'est une mine antipersonnel conçue pour mutiler, non pour tuer. Elle contient cent grammes d'explosifs et se déclenche sous cinq kilos de pression.

— Vous n'avez pas saisi l'essentiel, Herr Barnaby. »

Dans l'Algeco qui lui servait de bureau, au centre d'action antimines, dans la caserne Maréchal-Tito à Sarajevo, l'Anglais se dit qu'il n'était apparemment pas dans la nature de cette Allemande de laisser quelqu'un finir une phrase. Barnaby – il ne précisait jamais à ses interlocuteurs si c'était son nom ou son prénom – avait une grande expérience pour déjouer les tactiques d'intimidation des responsables des ONG internationales. De la même manière qu'il ne se précipitait jamais quand il nettoyait un champ de mines, il n'élevait jamais la voix et ne se mettait jamais en colère. « Que n'ai-je pas saisi, Frau Bierhof ?

— Le point essentiel, c'est que la dernière victime a été cette femme, la femme de Husein Bekir – il y a treize mois de ça.

— Je ne saisis toujours pas ce point essentiel…

— Rien n'a été fait depuis treize mois.

— Frau Bierhof, avez-vous la moindre idée de l'ampleur du problème ? » Il posait la question sans tenter de marquer un point rhétorique. Frau Anneliese Bierhof, songeait Barnaby, était une femme qui n'avait pas l'habitude des refus argumentés. En tant que directrice opérationnelle de World in Crisis, à Hambourg, et avec des millions de marks à dépenser, c'était une personne qui avait du pouvoir. Il l'imaginait imposant sa volonté à coups de gourdin lors de réunions interminables, dictant ses décisions sans avoir cure des hésitations des infortunés qui craignaient les attaques de son stylo, ou son regard perçant. C'était une femme carrée, dont les épaules étaient encore élargies par le rembourrage de sa veste. « Permettez-moi, je vous prie, de vous décrire les faits tels qu'ils nous sont transmis dans ce bureau, et que nous devons prendre en considération.

— Je connais les faits, Herr Barnaby. Je vais vous dire le fait qui m'intéresse. En Allemagne aujourd'hui, nous avons vingt-trois familles du village musulman de Vraca, et dix-huit familles du village serbe de Ljut. La force de stabilisation de l'OTAN rapporte à Berlin que la vallée de la Bunica est en paix et ne souffre d'aucunes tensions inter-ethniques. Notre gouvernement souhaite que ces gens regagnent leurs domiciles. Ils refusent d'y retourner tant qu'il reste des mines dans leurs villages. Les mines doivent être retirées. Il faut bien commencer un jour. Cela fait treize mois que Frau Bekir a été mutilée, et rien n'a encore été entrepris. World in Crisis a l'argent prêt, qui attend d'être dépensé pour la réparation des maisons et des infrastructures de ces villages – l'électricité, par exemple –, mais nous devons être certains que les mines ont été enlevées. Quand allez-vous commencer ? Comment a-t-on pu laisser passer treize mois ? »

Il répondit calmement, faisant contraste avec sa voix qui montait crescendo : « Parce qu'il y a d'autres endroits encore plus prioritaires.

— Ce n'est pas une réponse satisfaisante. » Elle marqua une pause et but une gorgée de la bouteille d'eau qu'elle avait apportée.

Eh bien, satisfaisante ou pas, c'était la réponse qu'elle allait devoir accepter. Du fond de son Algeco, il coordonnait le travail de quinze cents démineurs, mais leur base de données référençait les emplacements de dizaines de milliers de champs de mines… Barnaby avait vécu une existence solitaire dans des champs de mines durant la majeure partie de ces vingt dernières années. Le seul boulot facile de cette période avait été le nettoyage du Koweït, une décennie plus tôt. De beaux alignements de mines antichars, TMM, TMA et TMRP, posées avec la régularité de plants de patates, sur un terrain plat ; vous trouvez le bout de la ligne et vous avancez jusqu'au crépuscule. Le Koweït était le seul endroit où cela avait été facile, et, au Koweït, il n'y avait aucune restriction budgétaire. Si Frau Bierhof s'était montrée moins conflictuelle, moins hostile, il aurait pu éprouver de l'empathie face à sa situation délicate. Il savait, les preuves s'empilaient sur son bureau jour après jour, que, s'ils mettaient la pression, c'était pour expulser les réfugiés des havres européens et les renvoyer d'où ils venaient.

Il y avait treize mois qu'une mine, de celles qu'il classait dans la catégorie des *mines de harcèlement*, une PMA2, avait explosé sous le pied droit de Lila Bekir, dans sa soixante-treizième année, et il y avait onze mois qu'il s'était rendu dans la vallée pour la voir. Elle avait quitté l'hôpital au bout d'une semaine pour rentrer chez elle. Elle avait eu de la chance… Toute femme de sa corpulence et de son poids venue d'Angleterre, ayant vécu une vie protégée, serait morte. Lila Bekir avait boité sur sa béquille pour l'accueillir, insisté pour lui préparer du café, et lui avait servi un gâteau fourré aux amandes. Elle lui avait raconté, méprisante, qu'elle leur avait crié, aux hommes présents à ce moment, de ne pas venir l'aider, qu'ils ne devaient pas mettre leur vie en danger. Après l'explosion, elle avait pris l'enfant sur son dos et elle avait rampé pour aller se mettre en sécurité derrière la barrière. Elle s'était dit que son corps protégerait l'enfant si elle faisait sauter une seconde mine. Elle était aussi solide qu'une vieille botte. D'après son expérience, c'était un miracle que la gangrène ne se soit pas installée. Le calcanéum, l'os du talon, avait été détruit au niveau du talus, là où le tibia et le péroné se rejoignent, et elle ne marcherait plus jamais sans béquilles. Les médecins qui la soignaient à l'hôpital avaient décidé de l'amputer à mi-cuisse. Ils avaient jugé qu'une femme de cet âge ne supporterait pas une prothèse à la jambe. Il y avait un fauteuil roulant dans un coin de sa cuisine, mais, à voir le métal étincelant et la propreté des pneus, il était clair qu'il n'avait pas été utilisé, et qu'il ne le serait probablement jamais. Il n'y avait aucune nécessité pour lui à se rendre là-bas pour voir cette famille, mais le souvenir de la beauté de cette vallée l'avait poussé à y retourner. Lila était l'une des onze cents personnes tuées ou mutilées par des mines depuis que les fusils s'étaient tus.

« Êtes-vous allée là-bas, Frau Bierhof ?

— Je connais la situation du village.

— Pardonnez-moi d'insister – avez-vous eu l'occasion de vous arrêter, sur la route sécurisée qui relie Ljut à Vraca, pour admirer cette vallée ?

— Je n'ai pas le temps de me rendre dans chaque village en ruines. Chaque minute de mes journées est comptée. »

Il ne dit pas à Frau Bierhof que le budget de déminage qu'il gérait pour le gouvernement de Bosnie-Herzégovine dépassait les vingt-cinq millions de dollars américains. Il ne lui parla pas non plus du nombre d'« accidents » subis par des hommes qui travaillaient sous sa direction, qui s'étaient montrés négligents et ne toucheraient jamais une pension décente ; et il n'évoqua pas non plus les hommes tués ou mutilés lors des « incidents » – le terme bienséant qu'on utilisait pour parler des tentatives de suicide liées au stress de ce travail. Il se tourna vers l'armoire à dossiers suspendus et en sortit une série de photos. Comme un croupier, il les distribua, agrandissements monochromes ou en couleurs, bien alignés sur son bureau.

Il lui parla de la vallée de la Bunica.

À chaque fois qu'elle voulait prendre la parole, il faisait un petit geste avec son doigt, tapotant ses lèvres, et il continuait à parler. Il parla jusqu'à ce qu'elle n'essaye plus de l'interrompre, fit entrer la vallée dans la touffeur du préfabriqué, et sa voix était calme, couvrant à peine le murmure du ventilateur sur l'appui de la fenêtre, derrière son bureau.

Il parla jusqu'à ce qu'elle fouille dans la poche de sa veste aux épaulettes rembourrées, en sortant un mouchoir pour tapoter ses yeux.

« Il y a des milliers de vallées comme celle-là, dit-il. Et moi, je joue à Dieu. Je préside des comités qui décident de l'ordre dans lequel ces vallées doivent être nettoyées. Certaines sont désespérément laides et couvertes d'usines en ruines, d'autres sont aussi belles que celle-ci. Ce qu'elles ont en commun, c'est que des vies humaines y sont détruites… Dès que je pourrai le justifier, cette vallée sera nettoyée. »

« On l'a pris par les testicules, monsieur Gough, et ça fait mal.

— Je n'en doute pas, monsieur Cork.

— Un tête-à-tête avec le ministre – quelle que soit notre opinion sur la légitimité de nos maîtres politiques – n'est pas une expérience plaisante. C'était comme être pris au cœur d'une attaque à la bombe incendiaire. Il était extrêmement énervé. L'*unité* est son credo du jour.

— Mais que veut le ministre, monsieur Cork ? Veut-il de l'*unité* ou veut-il voir Packer derrière des barreaux ?

— Il veut un rapport.

— Nous avons perquisitionné son domicile, sans rien trouver d'important, mais, au vrai, on ne s'attendait pas à trouver quoi que ce soit… Dans votre rapport, monsieur Cork, dites-lui que nous voulons forcer les renards à quitter leurs terriers, et les mettre devant les fusils.

— Le seul renard qu'il a dû voir de sa vie se baladait probablement dans le parc de Wandsworth[1] !

— Ce que vous n'allez pas lui dire, c'est ce que je vais vous demander de faire. Je veux un ratissage total pour identifier tous les appels passés ce matin depuis un mobile, du quartier de Pimlico à Londres vers Sarajevo. Ça ne devrait pas être bien sorcier, mais j'ai besoin de l'aide de vos anciens collègues, et aussi des grandes oreilles des renseignements[2] et des services de surveillance des communications.

— Après les renards, les pommes pourries ?

— On flanque un coup de pied dans la fourmilière, monsieur Cork, pour les pousser à la faute.

— Je vais le faire – mais l'horloge tourne. Qu'est-ce que je dois dire à mon estimé ministre ?

---

1. Grand parc des quartiers chics dans le sud de Londres. *(N.d.T.)*

2. Le GCHQ, le centre de surveillance et d'interception des communications du renseignement anglais. *(N.d.T.)*

— Donnez-lui votre parole qu'il y aura, à l'avenir, une coopération totale entre Sierra Quebec Golf et la police criminelle.

— Mais l'avenir quand ? Il faut que je lui donne une date.

— Avant Noël.

— Nom d'un chien, on est le 19 mars ! »

Le CIO entendit le gloussement exagéré de Dougie Gough depuis la porte, puis se retrouva seul dans son bureau. Pendant une longue minute, il fit les cent pas sur le tapis. Des images surgissaient dans sa tête.

Dennis Cork n'était jamais allé sur la péninsule d'Ardnamurchan, mais il connaissait Mull, Morvern et Moidart. Il voyait de sombres collines traversées d'escarpements de granit et de pentes abruptes. Les fusils attendaient. Des vieux fermiers, des facteurs, des cultivateurs, des pêcheurs de crabes et Dougie Gough, avec sa pipe allumée, formaient une ligne de battue. Ils parcouraient la lande pour tuer la vermine qui volait leurs agneaux. Les rabatteurs avaient lâché leurs chiens et descendaient la colline. Parmi ceux-ci, il y avait le jeune homme avec les épaisses lunettes, qui s'évertuait à rester à leur hauteur… Cann. L'énorme renard jaillit d'un fossé et tenta de filer dans l'autre sens en passant entre les rabatteurs, mais les épagneuls, les labradors et autres terriers l'en empêchèrent. L'erreur du renard fut de courir vers les fusils. C'était un bel animal, puissant et vif, un voleur de moutons. Maintenant, Cann allait en tête des rabatteurs qui le traquaient. Le renard était d'un roux brillant sur la pente sombre couverte de fougères écrasées. Dougie Gough mit son fusil à pompe à l'épaule, visa, tira, et Packer tomba. Les rabatteurs et les chasseurs ne se soucièrent pas de récupérer sa carcasse. Ils l'abandonnèrent aux corbeaux comme charogne.

Les images disparurent.

Dennis Cork composa le numéro de la pièce 709 à Vauxhall Bridge Cross. Il fit appel au réseau des vieux copains et demanda que le ratissage passe par le GCHQ, et de là par le poste d'écoute de la NSA américaine, à Menwith Hill, dans les landes du Yorkshire, là où les grandes paraboles avalaient les signaux des transmissions par mobile. Il demanda la priorité absolue pour l'utilisation des données si sensibles de leurs ordinateurs. Il marchait sur un fil très fragile.

Il se mettait en danger. Il passa un autre appel, au premier secrétaire privé du ministre. Il était face à des ennemis puissants. Il promit qu'une coopération pleine et entière avec la police criminelle se mettrait en place *bientôt*.

Il mettait sa carrière entre les mains de l'austère Gough et du jeune Cann, à la merci d'événements qui se déroulaient dans un endroit lointain sur lequel il n'avait aucun contrôle.

« Est-ce que ça va ? » L'Aigle avait besoin d'être rassuré.

« C'est parfait.

— Il s'en sort ?

— Il est grandiose.

— Vous le lui avez dit, Mister ?

— Je le lui ai dit. »

Ce n'est plus le cas de nos jours, bien sûr, mais il y a très longtemps, quand l'Aigle était à l'internat et qu'il montrait un certain intérêt pour le droit, les professeurs du classique prêchaient la valeur de l'étude du latin et du grec, parlaient de *formation de l'esprit*, et de *discipline intellectuelle*. L'Aigle, qui avait alors seize ans, s'était embarqué dans une initiation de deux années dont il lui restait fort peu de choses aujourd'hui. Les batailles étaient les seules parties intéressantes pour un ado, l'analyse de l'art de la guerre, les généraux qui les menaient. Un général et historien grec, quatre siècles avant la naissance du Christ, avait établi le plus sûr moyen de se gagner la loyauté. Xénophon avait écrit : « Les louanges sont de tous les sons les plus suaves. » Le vieux chef de guerre était très en avance dans la gestion des hommes, et Mister avait été formé à la même école.

«… Je lui ai dit qu'il était indispensable. Je lui ai fait toutes les flatteries dont il avait besoin.

— Vous devriez garder un œil sur lui, Mister.

— Il ne peut pas péter sans que je le sache ! Oui, je le surveille.

— Il n'est pas des nôtres.

— Arrête, Aigle. Je t'ai entendu. Toi, tu es *l'un des nôtres*, pas vrai ?

— Vous le savez bien. Vous… »

C'était la technique de Mister – l'Aigle la connaissait bien – pour obtenir de ses disciples, ses comparses, qu'ils se démènent en bredouillant des serments de loyauté. Ils étaient mortifiés, et ça lui donnait du pouvoir sur eux. Il regardait dans les yeux ternes de Mister en protestant, et sa voix mourut.

L'Aigle avait été déposé au coin de la rue, au-dessus de la maison, pendant que Mister et Atkins continuaient jusqu'en haut de la colline, jusqu'au terrain vague où ils avaient trouvé une base de tir la veille. Puis Mister était redescendu à pied, laissant Atkins, le Mitsubishi et le lanceur là-haut. Le crépuscule tombait sur la ville.

Mister dit avec nonchalance : « Son appartement a été perquisitionné ce matin – l'appartement d'Atkins a été retourné par l'Église.

— Il vous l'a dit ?

— Il ne le sait pas.

— Il va le savoir ?

— Pas forcément…

— Qui vous l'a dit ?

— La Criminelle – le torchon brûle entre eux et l'Église. L'Église fait cavalier seul.

— Je ne veux rien savoir de vos *amis* de la police criminelle, mais quand vous l'ont-ils appris ?

— Ça fait beaucoup de questions, Aigle… Je l'ai su ce matin.

— Pourquoi ne pas me l'avoir dit ? Je suis votre conseil juridique, Mister.

— Et qu'est-ce que tu aurais pu y faire ? Tu es ici et, eux, ils sont là-bas.

— Mister, je vous le dis, comme votre homme de confiance, nous sommes partis depuis trop longtemps. Faites attention.

— Tu es trop soucieux. Je te paye pour te faire du souci, mais pas à en faire une overdose. »

Les lumières qui brillaient en contrebas étaient coupées par la ligne noire de la rivière, qui à son tour était morcelée par les rais des réverbères qui s'entrecroisaient depuis les ponts. Avec la nuit descendait le froid, mais ce n'était pas le froid qui faisait frissonner l'Aigle. Cette ligne noire était l'abîme dans lequel le Craqueur avait sombré. Jamais l'Aigle n'aurait dit ou pensé qu'il appréciait le Craqueur. Il estimait en général qu'il n'était qu'un petit vendeur de bas étage, voire une simple merde. Le Craqueur avait toujours été en concurrence avec lui, il intervenait dans des affaires qui ne le concernaient pas. Un contrat était rédigé, mais le Craqueur voulait revérifier chaque paragraphe et chaque alinéa. Des journées de travail pénible, que Mister déchirait à cause du poison que distillait le Craqueur à son oreille. L'Aigle n'avait jamais eu l'oreille de Mister comme le Craqueur. Mais cela n'avait pas empêché le Craqueur de disparaître dans la ligne noire qui fendait les lumières de la ville en contrebas. Il entendit comme un lointain crissement de roues, une friction de métal non huilé. Il frissonna. Il se souvenait du Craqueur, la dernière fois qu'il l'avait vu, dans son cabinet au-dessus de la laverie, les pieds sur son bureau, comme il faisait toujours, les talons reposant négligemment sur ses dossiers, le corps basculé en arrière dans un fauteuil, cigarette à la main, avec son monogramme sur le filtre. Et son parfum, la suffisance avec laquelle il expliquait *son* plan pour Mister à Sarajevo, sa *vision de l'avenir* : « Vous êtes un homme d'affaires, Mister… Un homme d'affaires qui règne sur le Royaume-Uni doit étendre son champ d'action, passer la Manche, il ne s'endort pas sur ses lauriers, il part à la conquête de terres plus vastes. » Le Craqueur avait passé une partie de la nuit, puis une journée, et encore une nuit entière dans la rivière, comme un chien noyé, avant qu'on ne l'en sorte. Il avait crevé comme un chien.

« Quand allez-vous faire quelque chose, Mister – à propos du Craqueur ?

— Tu crois que j'ai oublié le Craqueur ?

— Je n'ai pas dit que vous aviez oublié…

— Tu crois que j'ai peur d'agir ?

— Je n'ai pas dit que vous aviez peur.

— Est-ce que tu m'as déjà vu oublier quand on m'a manqué de respect ? Est-ce que tu m'as déjà vu avoir peur ?

— Je demandais juste quand.

— Ça viendra, Aigle, quand je serai prêt. Je te l'ai dit, Aigle, tu t'inquiètes trop. Un homme avec ton cerveau, brillant comme tu l'es, tu ne devrais pas te faire tant de bile. »

Le grincement de roues approchait, derrière la flaque de lumière tombant de l'unique réverbère de la rue. *Les louanges sont de tous les sons les plus suaves.* Il n'était pas un homme de violence ; son arme était sa compréhension intime des lois… Et pourtant, il avait signé un pacte avec le diable. De sa vie, il n'avait jamais frappé un homme ; il avait réduit un homme, un homme d'expérience, un officier supérieur de la police – grâce aux armes qu'il avait apportées au tribunal – à n'être plus qu'une épave bredouillante, le détruisant plus sûrement que s'il l'avait frappé avec un pic à glace, le brisant littéralement. C'était lui, l'Aigle, avec son intelligence du système judiciaire, qui avait extirpé Mister de ce procès. Mais… mais…

mais, malgré tous ses scrupules, la violence latente de Mister avait sur lui un effet étrangement hypnotique. Il avait sa place là, auprès de la brute. La brute lui offrait un abri. Et ça le fascinait. Quand il pensait à la violence, il transpirait d'excitation. Il voulait voir tirer le lanceur de missile, car telle était la réponse de Mister à ce juge qui avait osé se mettre sur leur route… et il avait l'intelligence, Mister le lui avait dit, il était brillant. Ils arrivèrent en haut de la colline, dans la flaque de lumière, laissant la ville derrière eux. Mister les avait vus.

Le grincement de roues se rapprochait avec eux.

L'Aigle doutait que ce soit un acte d'amour, ce devait être plutôt de l'abnégation. Il ne pensait pas qu'il aurait été capable, lui, avec son poids, son estomac et son cœur, de pousser le fauteuil jusqu'en haut de cette pente. Ils s'arrêtèrent à la lisière de la flaque de lumière, et l'homme se pencha sur les poignées du fauteuil, tandis que la femme s'accrochait aux roues comme si elle craignait de repartir en arrière dans la pente. On entendait un sifflement qui montait de la poitrine de l'homme. S'il n'avait pas de voiture, c'est qu'il était idiot. L'Aigle ne connaissait pas un juge à l'Old Bailey, ou à Snaresbrook, à Belmarsh, ou même à la Cour royale d'Uxbridge, qui fasse passer ses principes avant une voiture noire avec chauffeur. Il vit une roue heurter une pierre et le fauteuil tangua, mais il continua à progresser dans leur direction, de plus en plus près. Et il ne connaissait pas un seul juge qui aurait vécu dans un tel taudis juste pour être fidèle à ses principes – certainement pas son propre père, cette crapule aux yeux de qui le statut, la robe et le protocole étaient tout ce qui comptait.

Quand ils parvinrent au niveau de leur maison, de ce qu'il en restait, à demi éclairés par l'unique réverbère, l'Aigle sentit un léger coup de poing dans ses reins, et Mister sortit des ténèbres. L'Aigle n'était pas censé le suivre. Il était le voyeur, un simple observateur.

« Juge Delic ? demanda Mister, affable. Je crois savoir que vous parlez anglais, c'est ce que mes amis m'ont dit. Et vous êtes mademoiselle Jasmina Delic ? J'aimerais vous dire un mot, s'il vous plaît. »

Le juge se raidit. Sa fille eut un mouvement de recul, puis se redressa, et releva le menton. L'Aigle ne pouvait voir le visage de Mister, mais il devait sourire. Il souriait toujours quand il s'insinuait dans la vie des gens, à coups de poignard.

« De quoi s'agit-il ? Qui êtes-vous ? » Les mots étaient étouffés par sa respiration pantelante. Il y avait là de la fierté, et une âme, mais nulle force.

« Une question à la fois, monsieur le juge. En ce qui concerne le passé et le présent… Je suis Albert Packer, Mister Packer. Je suis l'objet d'une surveillance intrusive, que vous avez autorisée, à la demande de Joey Cann, des Douanes anglaises, et cela m'a occasionné des problèmes. Voilà de quoi il s'agit, et qui je suis. »

La voix était très calme, et ils devaient tendre l'oreille pour l'entendre, comme le faisait l'Aigle, et, en dépit du sourire, ils devaient se sentir piégés par le regard du prédateur. Il n'y avait pas de voitures dans la rue, pas d'autres travailleurs se hâtant de rentrer chez eux, et ils devaient le savoir. Mister s'avança vers eux, sans se presser, d'un pas mesuré.

« Que nous voulez-vous ? »

L'Aigle se dit que le juge luttait pour rassembler son courage. Mister, dans son manteau, devait leur paraître immense, et ils avaient dû voir la taille de ses mains, et Cann avait dû leur raconter toute l'histoire. Ils savaient probablement tout de cet homme, de l'importance de la cible numéro un pour l'Église… Mister tendit les mains vers eux. L'Aigle le regarda les poser sur les accoudoirs du fauteuil et les empoigner. Le fauteuil remua, bercé doucement par Mister. Il lui aurait été si facile de le renverser, de la faire basculer sur la chaussée, sans cesser de sourire.

« J'aimerais que vous me suiviez, monsieur le juge, ainsi que mademoiselle Jasmina, que nous fassions quelques pas ensemble – pas trop loin, ça ne prendra que quelques minutes.

— Avons-nous le choix ? demanda-t-elle.

— Je ne voudrais pas que vous vous sentiez menacés, ce n'est pas mon intention, sincèrement… Allons, l'Aigle, viens m'aider. »

Avec Mister, il poussa le fauteuil vers le haut de la colline, dans une enveloppe de ténèbres. La rue longeait le mur du cimetière juif. Au-dessus d'eux, il y avait une ligne d'arbres surmontée par le ciel nocturne et un semis d'étoiles. Il n'y avait nulle lumière dans les bâtiments en ruines devant lesquels ils passaient, nulle oreille pour les entendre s'ils criaient à l'aide. Le juge ne pouvait pas protéger sa fille, pas plus qu'il ne pouvait l'abandonner. Ils progressaient lentement, ensemble. Mister et l'Aigle poussaient le fauteuil, mais le juge marchait juste à côté; il avait tendu sa main et elle la tenait. L'Aigle s'étonnait de leur dignité, de ce qu'aucun d'eux ne criait, ne luttait, même si crier ou lutter étaient sans espoir… Si Mo savait ce qu'il était en train de faire, elle le quitterait dans l'instant, avec ses filles. Il sentait l'odeur de sueur des vêtements du juge, trop longtemps portés, et celle de l'urine dans la poche en plastique de sa fille. Ils atteignirent le petit replat où un hangar s'était dressé jadis et où le Mitsubishi était garé. Les murs de planches du hangar avaient disparu, soufflés par un obus, mais la base bétonnée était toujours là. Les lanternes du véhicule étaient allumées et donnaient assez de lumière pour qu'ils voient Atkins, installé à côté du lanceur, penché en avant sur son trépied. Mister et l'Aigle la firent monter sur le béton, et roulèrent le fauteuil jusqu'au lanceur.

« Tout est prêt ? demanda Mister.

— Tout est en place, Mister », répliqua Atkins.

Le manteau d'Atkins était plié avec soin, derrière le lanceur. C'était là une des particularités de Mister, tout était pensé avec soin, planifié, jusqu'à l'échec et mat. Mister n'eut pas besoin d'en dire plus, il tapota sur l'épaule du juge et lui indiqua le manteau plié. Atkins le soutint quand il se laissa tomber dessus. La lunette de visée avait un intensificateur à infrarouges. Le juge allait voir une image monochrome du toit de sa maison, suffisamment grossie pour qu'il puisse voir chaque tuile, les briques de la cheminée, les gouttières qui pendaient. Le juge gémissait, chuchotant à sa fille des mots dans leur langue. C'était un instantané de tout ce qu'ils possédaient :

la moitié d'une maison, et eux-mêmes. Elle tenta de se lever de son fauteuil, mais n'y parvint pas. Mister saisit le manteau du juge et le releva, le fit avancer jusqu'au fauteuil et pivoter pour qu'il soit face à sa maison.

« Finissons-en, Atkins. »

Atkins s'accroupit derrière le lanceur, posa une main sur le trépied, abaissa des boutons de l'autre. Il y eut un sifflement faible, mais strident. L'Aigle plaqua ses mains sur ses oreilles.

Ils furent illuminés à l'instant du tir, puis le flash étincelant mourut. Dans un bruit de tonnerre, une ligne brillante jaillit du lanceur. Elle descendit la colline, éclairant deux bâtiments en ruines, puis ce fut l'impact.

Le toit se fragmenta sous leurs yeux.

Comme s'il était à l'exercice, avec des gestes exagérés, jouant à la guerre, Atkins démonta le lanceur, le tube usagé et le trépied, et les transporta dans le coffre de leur véhicule.

« Juge Delic, demanda tranquillement Mister, vous vous en sortirez, pour repartir d'ici avec mademoiselle Jasmina, n'est-ce pas ? Ça descend tout le temps. »

L'air autour d'eux puait la cordite de la charge explosive. Atkins se mit au volant, Mister à côté de lui, et l'Aigle s'installa à l'arrière en agrippant la poignée de plafond. Les pneus firent craquer les restes de tuiles brisées qui jonchaient la rue. Plus bas, là où elle rejoignait la route principale, deux Mercedes noires les dépassèrent, accélérant pour grimper la colline.

« Bravo, Atkins, dit Mister. Du vrai travail de professionnel. »

Elle relut le message.

> Cher « Mister » (!)
> Je dois me rendre à Gorazde demain matin. Je conduis moi-même (mon chauffeur est malade et les autres chauffeurs sont déjà retenus). Si vos affaires le permettent, aimeriez-vous m'accompagner ? Ce sera intéressant et peut-être très instructif. Pardonnez-moi de vous prévenir si tard. J'appellerai au Holiday Inn demain à 8 heures, et je viendrai vous chercher dans le lobby. Si cela ne vous est pas possible, ne vous embarrassez surtout pas pour moi.
> Bien à vous, Monika (Holberg)
> PS : J'ai beaucoup apprécié ma journée à Visnjica.

Elle se fraya un passage de sa table à l'atrium, à travers la foule de gens, jusqu'aux réceptionnistes submergés. Une femme se détourna de la file qui attendait pour s'enregistrer, prit son message, le jeta dans un casier, lui lança un sourire harassé et retourna à ses fiches.

Esquivant la machine à rayons X et le portique détecteur de métaux, Monika sortit par la porte à tambour. Elle avait entendu l'explosion, mais il y avait souvent des explosions, la nuit, à Sarajevo.

Il avait fallu plus de quarante minutes aux troupes de la SFOR, des Italiens, pour trouver la source de l'explosion. Certaines personnes qu'ils interrogèrent dirent que cela provenait de l'intérieur du cimetière juif, d'autres des bosquets au-dessus, certaines affirmèrent qu'elles n'avaient rien entendu et claquèrent la porte au nez des soldats. La police locale n'était au courant de rien, elle n'avait pas été alertée par la brigade de pompiers du quartier, et aucune ambulance n'avait été appelée. Finalement, la Jeep arriva devant une maison en ruines à mi-chemin d'une rue très pentue. Ils virent deux Mercedes garées, et à côté un vieil homme et une jeune femme, dans un fauteuil roulant, ainsi qu'un groupe d'hommes. L'un de ces hommes – crâne rasé, vêtu de noir, une grosse chaîne en or pesant autour de son cou – expliqua courtoisement au *mareschallo* que cette rue avait été sur la ligne de front pendant la guerre, que des munitions avaient été stockées sous les combles de certaines maisons, mais qu'on les avait – malheureusement – oubliées. Il était probable que des poutres de charpente avaient pris du jeu et déclenché un obus de mortier. Le vieil homme et la jeune femme handicapée n'ouvrirent pas la bouche. Le *mareschallo* fut remercié pour son intérêt et poliment, mais fermement, assuré que sa présence n'était pas nécessaire. La Jeep repartit.

Joey entendit aussi. Les fenêtres de sa chambre avaient un double vitrage, et l'explosion en haut de la colline de l'autre côté de la Miljacka n'était pas assez puissante pour les faire trembler. Ce fut un bruit étouffé, plus semblable à un claquement de mains qu'à une détonation. À moitié assoupi, ses pensées dérivaient. Maggie lui avait interdit de se rendre à l'Holiday Inn et d'aller dans le van pour reprendre la surveillance. Il avait l'impression d'avoir reculé d'un coup pour repasser derrière la ligne, d'avoir repris ses cartes, remis l'uniforme, oublié Mister, et même qui était la cible numéro un… Il pensait à Jasmina, c'était elle le rêve dans son esprit qui partait à la dérive, et les mots oubliés gravés sur les stèles *stecaks* cinq siècles auparavant : « Je me suis levé pour prier Dieu, ne pensant pas à mal, et pourtant j'ai été frappé par la foudre. » Il avait fait courir ses doigts sur les courbes effacées de ces inscriptions. Ces mots dans la pierre lui étaient apparus comme un talisman. Quoi que puissent faire un homme ou une femme, quelle que soit la vie qu'ils menaient, bonne ou mauvaise, l'éclair pouvait frapper et les réduire en cendres.

Quelqu'un gratta doucement à la porte et dit son nom.

« J'arrive, Maggie. » Il ouvrit la porte.

« T'as encore une sale tête, Joey, mais il y a du mieux.

— Je me sens mieux… Comment s'est passée ta journée ?

— J'ai écouté le Gallois me raconter sa vie de héros. Je crois qu'il aimerait bien me glisser la main sous la jupe. Il est plutôt gentil… Sa femme l'a largué. Ses enfants languissent après lui. Les quatre grands-parents sont du côté de son épouse. Oui, gentil et triste, mais je crois que ses mains le démangent… La majorité de ce que j'ai entendu concernait ce jeune homme qui parle aux chiens et se roule par terre pour jouer avec eux et leur faire des mamours. Il a dû y avoir un rendez-vous ce soir qui a amené Ismet Mujic à sortir avec ses gorilles, mais on n'en sait pas plus. Il y a une grande réunion après-demain. Je ne sais pas où. Genre réunion de partage du territoire. Un Italien doit venir. Toutes les conversations sont codées.

— Des obscénités ? »

Elle leva les sourcils – les *obscénités*, dans le jargon de l'Église, étaient des discussions qui concernaient le business criminel ; les *mondanités* incluaient tout le reste, qu'il s'agisse de faire les courses au supermarché ou de dire à sa femme que sa nouvelle coiffure lui allait bien. « Quand on utilise un langage codé, c'est pour parler affaires, non ?

— Je suppose – un Italien doit venir, et il y a les autres. Je crois que ça va être une réunion déterminante. »

Elle avait gardé le meilleur pour la fin, pour l'embêter un peu. Si cette réunion avait lieu après-demain, où que ce soit, elle aurait lieu dans la limite de temps impartie par ses chefs. Elle avait l'impression d'être debout sur un parapet au-dessus d'un précipice, exactement comme lui ; si elle tombait, ce serait de sa faute à lui, Joey Cann.

« Merci.

— Dors bien, Joey – oh…, lâcha-t-elle comme si elle venait juste d'y penser, tu sais quelque chose à propos de ces Italiens ? »

Il sourit d'un air piteux. « Non, que dalle. »

Elle pensait qu'elle était en sécurité, parce que y croire lui rendait la vie plus facile, mais cela faisait maintenant deux ans qu'elle avait refusé la *vita blindata*, et renvoyé ses gardes du corps de la police. Elle avait refusé l'écran de protection, en disant à son mari : « Quand la Mafia a décidé de se venger de quelqu'un, elle trouve toujours un moyen. » Elle faisait toujours la même plaisanterie avec son mari : qui pourrait bien avoir envie de payer pour baiser avec une femme de quarante-neuf ans, grosse, aux seins lourds et pendants, et aux chevilles épaisses ? Mais la nuit dernière, le mot *prostituta* avait été peint en rouge, sur la façade blanche de leur maison.

Elle s'appelait Giovanna. Elle en était à son second mandat de *sindaca* de San Giuseppe Jato, un village de montagne dans l'ouest de la Sicile. C'était le vote des femmes qui l'avait fait élire une seconde fois au poste de maire. Quand son adjoint, Luciano, avait découvert une bombe logée sous le moteur de sa voiture, il avait démissionné, et elle n'avait pu trouver un homme pour le remplacer. Son programme pour sa réélection était le suivant : refusons la voie de la violence et de la mort de la Cosa nostra. Elle ne se croyait pas suffisamment importante pour, si elle devait être assassinée, gagner le panthéon des *morts illustres*, mais elle croyait – elle devait le croire – qu'elle agaçait la Famille qui contrôlait le village. Elle l'agaçait suffisamment pour qu'un *pollo squartato* ait été déposé sur son perron quatre mois plus tôt. Elle avait trouvé le poulet démembré, l'avait ramassé et l'avait brandi en descendant la rue principale. Des femmes avaient crié de leurs fenêtres : « *Brava, Giovanna!* », et elle avait déposé le volatile sanguinolent sur les marches de la belle maison près de l'église, la résidence principale de la Famille. Ce geste, plus que tout ce qu'elle aurait pu faire, avait décidé les femmes à venir à elle, à lui parler des secrets de la Famille.

Ce soir-là, on lui dit, lors d'une conversation chuchotée au téléphone, que le neveu en qui la Famille mettait toute sa confiance, Marco, avait été chargé d'une mission par son oncle, qu'il était parti avec une grosse valise prendre l'avion à Messine. Il se rendait à une réunion très importante. Giovanna pensait que Marco était un beau jeune homme, essentiel pour l'avenir des siens, un garçon intelligent, mais piégé par le poison qui courait dans les veines de la Famille, un garçon dont la vie était gâchée – un garçon qui pourrait bien la tuer un jour.

Mister avait atteint le bout de la rangée de voitures noires, toutes équipées de vitres fumées, et passé le groupe de chauffeurs occupés à échanger des potins, quand il s'arrêta brusquement. Il se trouvait face à la porte à tambour de l'hôtel. Le brouhaha de centaines de voix nasales, fortes et agitées le frappa en plein visage. Des Américains. Ses yeux s'étrécirent. Il regarda à travers le vitrage de la porte, puis se retourna brutalement pour faire face à Atkins. Il mit la main à sa ceinture, en sortit son pistolet et le lui glissa discrètement.

« Va le mettre dans la voiture, dit-il, et le tien avec, et va garer le 4 × 4 dans l'entrepôt – maintenant. »

Il attendit qu'Atkins soit parti avec le Mitsubishi.

« Eh bien, l'Aigle, allons voir pour qui a lieu cette petite fête. »

Ils franchirent la porte, ôtèrent leurs manteaux et les déposèrent sur le tapis roulant du détecteur à rayons X. Ils passèrent sous le portique, et il y eut un bip, à cause des pièces de monnaie dans la poche de Mister, et des rebords métalliques de l'étui à lunettes de l'Aigle. Près de la machine et du portique se tenaient des hommes avec des cheveux ras, de longs manteaux informes, et des oreillettes et des fils couleur chair coincés entre le col de leur chemise et leurs oreilles. On les laissa passer. Tous les sièges du bar étaient occupés. Toutes les tables étaient couvertes de cendriers débordants, de verres de bière, de tasses de café et de canettes de Pepsi. Au fond du bar, une femme parlait devant une petite forêt de micros. Des cameramen grimpaient sur les coussins moelleux pour mieux voir. C'était la pagaille totale.

Ils allèrent chercher leurs clés à la réception, et l'on remit un message à Mister, pris dans son casier.

« Qui sont ces gens ? Que se passe-t-il ? » demanda l'Aigle à la réceptionniste.

Elle lui expliqua que le secrétaire d'État américain devait arriver à l'hôtel dans deux heures, après s'être rendu à Paris et à Vienne, sa dernière étape avant de regagner Washington. Ce n'était que les préliminaires de la réception. Mister entendait ce qu'elle disait, mais l'écoutait à peine. Il relut le message et ressentit une excitation légère, plus agréable encore que lorsque le lanceur avait tiré le missile. L'Aigle lui répéta ce que la réceptionniste venait de dire.

« Oui, oui – j'ai entendu… » Il rit doucement. « Ç'aurait été quelque chose, si j'étais entré sans réfléchir…

— Mais vous réfléchissez toujours, Mister, n'est-ce pas ?

— Demain, dit Mister en souriant, nous n'avons rien à faire avant le soir, ce qui compte, c'est après-demain. Bon, j'irai faire un petit tour. Toi et Atkins, vous trouverez bien à vous occuper, n'est-ce pas, en attendant la soirée ?

— Il y a des tonnes de choses à faire ici, dit l'Aigle. Des amusements à la pelle. »

Mister sentit une pointe de sarcasme dans la voix de l'Aigle. S'il n'y avait pas eu ce message, il lui aurait sans doute flanqué un coup de pied dans le tibia, mais il y avait le message. Ils allèrent jusqu'à l'ascenseur. Comme d'habitude, l'Aigle appuya sur le bouton d'appel et s'écarta pour le laisser entrer le premier, puis pressa le bouton de leur étage. Mister n'était plus si prompt à reconnaître un sarcasme : il aurait fallu remonter trop loin dans sa vie pour trouver la dernière personne qui avait osé se montrer sarcastique devant lui.

Chapitre quinze

Henry n'avait pas laissé d'adresse où le contacter. Il était resté très vague, toujours ces mystères exaspérants, quant à l'endroit où l'on pourrait le joindre sur le continent. « Il est probable que je changerai d'hôtel fréquemment – je bougerai sans arrêt. Ce ne serait pas une très bonne idée que tu m'appelles ou que je t'appelle – c'est juste pour quelques jours. » Il n'avait jamais été dans les habitudes de Mo Arbuthnot de questionner son époux sur son travail, et elle n'avait pas insisté. Il l'avait embrassée sur la joue et assurée qu'il appellerait d'Heathrow dès qu'il serait de retour en Angleterre.

Trois heures plus tôt, alors qu'elles dormaient, elle et ses filles, des voitures avaient fait crépiter l'allée de gravier gris. Dans la cuisine, les chiens s'étaient réveillés les premiers, ce qui avait dérangé Mo, et elle avait perçu, dans un demi-sommeil, la lueur des phares derrière les rideaux de sa chambre. Elle avait entendu les aboiements des chiens et le chœur des oiseaux dans les arbres du jardin, les claquements de portières, le crissement des pas sur le gravier et le carillon de la sonnette. Elle avait descendu les escaliers, se serrant dans sa robe de chambre, et regardé par l'œilleton de la porte. L'éclairage automatique s'était déclenché et elle les voyait parfaitement : un groupe d'hommes, et une femme, sur le perron. Un visage était caché par le tourbillon d'une fumée de pipe. Elle avait crié qu'ils devaient dire qui ils étaient, et de petites cartes avaient été brandies devant l'œilleton. Elle avait ouvert la porte. Quatre des hommes, et la femme, étaient entrés en l'obligeant à s'écarter, sans dire un mot, mais celui avec la pipe, le plus vieux, tout en soufflant sa fumée comme une satanée cheminée, s'était mis à réciter le texte du mandat l'autorisant à perquisitionner sa maison, puis lui avait tendu la feuille de papier comme si elle pouvait avoir envie de vérifier qu'une erreur n'avait pas été commise. Elle ne l'avait pas lue, mais elle avait affirmé, d'un ton insistant, qu'il y avait *forcément* une erreur. « J'en doute », avait grogné l'homme à la pipe. « Nous faisons très rarement des erreurs, madame. » Une voiture de police était garée derrière leurs véhicules, mais les deux hommes en uniforme restaient dedans, comme si tout ça ne les concernait pas. Elle avait exigé des intrus qu'ils lui donnent leurs noms, mais personne n'avait répondu. Quand le vieux s'était mis sur le côté pour rester près d'elle dans le hall, elle avait proclamé, avec toute la hauteur dont elle était capable, qu'elle ne permettait pas qu'on fume chez elle. Il avait souri, une imperceptible déformation de la bouche qui lui avait donné le frisson, et il était retourné dehors ; là, il avait tapé sa pipe contre le talon de sa chaussure bien cirée, et les braises étaient tombées sur le sol de briques du perron. Il les avait laissées brûler là et était revenu à côté d'elle… Sans contacts appropriés, Mo Arbuthnot n'avait personne à qui téléphoner, personne à qui demander de l'aide… Elle avait l'impression qu'on violait sa maison. Deux des hommes étaient déjà dans le bureau de son mari, son sanctuaire, tout au bout du salon. Un autre était dans la salle à manger, et il sortait les tiroirs et les livres du très ancien bureau en bois de rose où elle s'asseyait pour tenir les comptes du foyer. Un autre avait choisi le coffre de chêne, datant de Jacques Ier, dans le petit salon. C'était comme des coups qu'on lui portait. Mais le pire ne fut pas la violation de son intimité, ni le choc muet sur les visages de ses filles qui se serraient l'une contre l'autre en haut des escaliers, le pire fut la femme, avec les chiens de la famille. Elle entra dans la cuisine en laissant la porte ouverte. Les chiens auraient dû lui sauter dessus, ou se glisser derrière elle pour lui mordre les chevilles. Elle s'accroupit sur la carpette de jute de la cuisine, leur caressant le ventre en babillant ; elle les avait conquis. Ensuite, elle entreprit de fouiller chaque placard, chaque étagère, d'ouvrir tous les livres de recettes rangés au-dessus du vaisselier.

L'homme plus âgé remisa sa pipe chaude dans sa poche et gagna le haut de l'escalier. Elle remarqua la politesse avec laquelle il demandait aux filles de le laisser passer. Il entra dans sa chambre. Caché à sa vue, il fouilla probablement tous les tiroirs de sa coiffeuse, et ce fut une nouvelle blessure ; mais pas aussi cruelle que la trahison de ses chiens.

Mo Artbuthnot savait peu de choses du travail de son époux. Il était avocat pénaliste, travaillait toute la semaine à Londres et rapportait rarement du travail à la maison. Le week-end, il ne discutait pas de ses affaires ou de ses procès avec elle. « Ce n'est pas pour ça que je suis venu m'installer ici, disait-il. Si je suis ici, c'est pour m'éloigner de tout ça. » Parfois, le dimanche soir, il s'enfermait dans son bureau pendant une heure et elle restait avec les filles dans le petit salon à regarder la télévision, puis il finissait par sortir avec son gros attaché-case, qu'il posait près de la porte d'entrée pour son départ aux aurores du lundi. La porte de son bureau était toujours fermée à clé. Lors des soirées ou des dîners, chez eux ou chez leurs amis, quand on demandait à Henry de parler de son travail, il répondait par des généralités et détournait lestement la conversation : « Des questions de droit, tout ce qui se présente, assez pour me faire un *petit matelas*… et comment marche l'équipe de cricket cet été ? » Le petit matelas – Mo n'était pas stupide, elle savait additionner deux et deux – dépassait les deux cent mille livres de revenus par an, auxquels s'ajoutaient un portefeuille d'actions et un plan de retraite. Il prenait soin d'elle, des écoles des filles, et des chevaux. Rares étaient les femmes qu'elle connaissait dans le village, d'un milieu comparable, qui mettaient le nez dans les finances de leur mari… Elle en savait très peu sur sa vie et n'avait pas envie d'en savoir plus. De façon tout à fait occasionnelle, pas plus d'une fois par mois, le téléphone sonnait alors qu'Henry était au jardin ou dans les écuries, et elle répondait. Une voix très douce lui disait : « Madame Arbuthnot ? Désolé de vous déranger, j'espère que le moment n'est pas trop mal choisi – puis-je lui parler, s'il vous plaît ? C'est Mister… » Elle allait à la porte d'entrée, ou à la porte de la cuisine, ou aux portes-fenêtres de la salle à manger, et elle criait qu'on le demandait, et *qui* le demandait, et Henry arrivait toujours en courant. Henry disait que Mister était « juste un client comme un autre ».

Ils finirent par partir. Ils n'emportèrent rien, remontèrent dans leurs voitures les mains vides.

Elle éprouvait de la haine, pour leur chef plus que quiconque. « Vous voyez, lui dit-elle avec du venin dans la voix, vous avez commis une erreur. Votre impudence dépasse toutes les bornes. Vous vous immiscez chez moi, vous me dérangez, vous terrifiez mes filles, et, au final, tout ce déploiement n'avait pas la moindre justification. »

L'homme à la pipe répondit en la rallumant : « Ce que vous devez vous rappeler, m'dame, et dire à votre mari quand il reviendra, c'est – comme une créature bien plus détestable que moi l'a dit un jour : "Il nous suffira d'avoir de la chance une seule fois, vous, vous devrez en avoir tout le temps." Bonne journée, m'dame. »

Elle se dirigea vers le téléphone, et non vers ses filles. C'était la sixième fois qu'elle appelait le bureau d'Henry – elle était trop stressée pour réfléchir, pour s'interroger sur le fait que les cinq fois précédentes où elle avait composé ce numéro, aucun des hommes, ni la femme, n'avait émis d'objection. Ils n'avaient pas tenté de l'empêcher de répandre la nouvelle de cette perquisition – et finalement, elle fut récompensée.

« Josh ? Dieu merci, je vous ai enfin en ligne… C'est Mo Arbuthnot… Je suis en plein cauchemar… Non, non, c'est incroyable. Notre maison, notre foyer, nous, nous avons été envahis par des gens des Douanes. Ils avaient un mandat. Ils ont tout fouillé, du sol au plafond… Bien sûr que j'essaye de rester calme… Je ne sais pas où est Henry… Je ne sais pas de quoi il s'agit, ils ne m'ont rien dit. Ils sont restés ici trois heures, ils viennent juste de partir… Où est-il ? Je veux que vous le trouviez. Trouvez-le et dites-lui que sa maison et sa famille ont été victimes d'une intrusion cauchemardesque… Je me fiche de ce qu'il vous a dit ! Nous avons été traitées comme des criminelles, et j'ignore totalement pourquoi ! »

« Est-ce que ça a été, monsieur Gough ? demanda la femme, SQG8.

— À merveille.

— Nous n'avons rien trouvé. »

Ils avaient quitté l'autoroute, et rejoint la bretelle qui contournait Guildford.

« Je suis pleinement satisfait. Si loin de chez lui, un appel paniqué, des larmes, des cris, l'Aigle va y penser toute la journée… Je trouve que tout s'est passé pour le mieux, de même qu'hier… Savez-vous, ma chère, que vous ou moi devrions travailler pendant trente ans – sans déductions d'impôts, épargne retraite ni assurances maladie, et sans toucher à notre salaire, mais en plaçant tout – pour nous offrir une maison pareille ? Peut-être qu'elle sera bientôt en vente… Ça vous ennuie si je fais une petite sieste ? Je pense que nous n'allons pas avoir beaucoup l'occasion de dormir. »

Le message avait été apporté par coursier. Il avait été jeté dans la boîte aux lettres, et on avait sonné à la porte pour prévenir. La Princesse, née Primrose Hinds, retourna se mettre au lit avec l'enveloppe. Elle s'installa contre ses oreillers de plume et l'ouvrit.

> Ma très chère Princesse,
>
> Tu me manques.
>
> Tout va bien, mais c'est un peu long. J'espère rentrer le 22, le 23 au plus tard. J'espère que tout va bien pour toi.
>
> Avec tout mon amour. Mister. XXXX

Une lettre de Mister était un trésor rare. Elle comprenait pourquoi il ne se servait jamais du téléphone, et pourquoi elle ne devait pas l'appeler. Même quand il était en détention à Brixton, et qu'on lui avait interdit d'aller le voir, il n'avait jamais écrit. L'Aigle transmettait les messages de vive voix. Il devait y avoir cinq ans, voire six, qu'il lui avait écrit, d'Amsterdam. Elle aurait dû aller là-bas avec lui mais avait attrapé la grippe.

Elle déposa un baiser sur la lettre, puis s'allongea sur le dos en prenant un oreiller dans ses bras, et resta quelques instants à penser à lui. Puis elle alla dans sa salle de bains, déchira la feuille en petits morceaux et les fit disparaître dans les toilettes, comme il aurait souhaité qu'elle le fasse.

À travers les larges baies vitrées du rez-de-chaussée, Joey voyait la batterie de projecteurs sous lesquels cuisait le secrétaire d'État. Les radios et les programmes d'informations par satellite allaient diffuser ses déclarations : « Ce pays doit se débarrasser de la corruption qui le ronge. Citoyens de Bosnie-Herzégovine, vous devez résister aux extrémistes et aux criminels, vous devez tourner le dos au passé. » Un officier américain vint interrompre le grand homme, le coupant au beau milieu de sa tirade, pour annoncer dans le micro : « Mesdames et messieurs, j'ai bien peur qu'il nous faille regagner l'aéroport immédiatement, si nous voulons attraper notre avion. »

Joey observa la cohue fébrile, tous se pressant autour du grand homme pour passer avec lui la porte à tambour. Le secrétaire d'État était entouré de gardes du corps, d'officiers de liaison, de conseillers, de secrétaires et de ses propres attachés de presse, qui se ruaient vers la longue file de voitures, garées par ordre de préséance. Leur seule hâte était de quitter cet endroit, de foncer jusqu'à l'aéroport et de grimper enfin dans leur 747.

Des soldats leur firent au revoir de la main, tandis que des sirènes les escortaient sur Zmaja od Bosne, plus connue à une époque sous le nom de Snipers Alley. Un calme étrange sembla tomber sur le bâtiment jaune et brun chocolat, comme si tout à l'intérieur de l'hôtel reprenait son souffle, soupirait, s'affaissait… Joey vit le camion blanc du Haut Commissariat aux réfugiés s'arrêter à l'endroit où les limousines avaient été garées. Elle sortit du véhicule. Il la reconnut.

Elle était encore à mi-chemin de la porte à tambour quand Mister la passa pour sortir. On eut dit deux enfants qui se retrouvent au square. Pas de baisers, mais une poignée de main caressante, s'attardant trop pour un salut ordinaire. Il n'entendait pas leurs rires, mais voyait le plaisir muet sur leurs visages.

Quand le véhicule démarra, Joey partit à leur suite avec le van.

Elle était au volant, Mister à côté d'elle.

Ils passèrent le nouveau quartier général américain, tout au bout de l'aéroport, et prirent la route le long de laquelle s'alignaient des petites cabanes en bois, fermées par des cadenas.

Elle dit : « C'est un des endroits où se fait le marché noir. Ils vont ouvrir plus tard dans la journée. On y vend tous les CD et toutes les vidéos possibles et imaginables, tous piratés. Ils ne payent pas les taxes ni les droits d'auteur. Mis à part le commerce pour les étrangers, la seule industrie locale est le marché noir. C'est pire encore sur la route de Tuzla. Ce ne sont pas des CD et des DVD qu'on trouve dans les cabanes, mais des femmes, de très jeunes femmes, certaines originaires de Bosnie mais la plupart d'ailleurs – Roumanie, Bulgarie, Ukraine. Une fois qu'elles ont été "formées" ici, elles sont envoyées dans des bordels d'Europe de l'Ouest – un marché d'esclaves révulsant. Ici, ce sont toujours les criminels qui gagnent, Mister… Je suis désolée, c'est lugubre – mais c'est la réalité. »

Ils montèrent par des virages en épingle à cheveux et arrivèrent au village de Tvorno. Il y avait de la neige sale sur les bas-côtés de la route, mais le givre qui la recouvrait scintillait au soleil matinal. Aux abords du village, il ne restait que des rangées de maisons sans toit aux murs calcinés, prises en sandwich entre la route et une rivière sauvage comme un torrent. Au-delà de cette rivière se succédaient des collines couvertes de forêts, puis des montagnes couvertes de neige, imposantes, magnifiques. Il regardait les maisons détruites.

Elle dit : «On les appelle des *décapotables*. Vous comprenez? Des maisons qui n'ont pas de toit… Excusez-moi, peut-être que vous ne trouvez pas ça drôle. Croyez-moi, Mister, il faut parfois un peu d'humour noir quand on travaille ici. Si on restait trop sérieux, on n'arrêterait pas de pleurer. C'est beau, non?»

La route redescendait des terres hautes vers une vaste vallée agraire, laissant la neige et la glace derrière eux. Elle s'arrêta au bord de la route, sortit une vieille Thermos usagée et leur servit du café. Ils restèrent debout devant le véhicule, à contempler la vallée et la large rivière qui la traversait, et une ville au-delà, avec un agglutinement de maisons et les cheminées de quelques usines. Il cherchait les destructions. Tout ce qu'il voyait, c'était un pont écroulé, qui traversait jadis la rivière pour relier la ville à la route principale. L'eau déferlait désormais sur les vestiges.

«C'est Foca, dit-elle. Je n'y vais jamais. C'est un endroit maudit. Je devrais y aller. Je pourrais le faire, avec des troupes de la SFOR, mais je ne veux pas. Le malheur là-bas est le même que partout ailleurs, mais je ne suis pas parfaite. Trouvez-vous que c'est mal de moins se soucier de la souffrance de certains que de celle des autres ? Je ne pourrais rien opposer à cela, Mister. Vous voyez les hommes qui pêchent ? Ils n'ont pas de travail, alors ils pêchent pour manger. Les usines ne tournent plus, les produits chimiques s'écoulent dans la rivière – c'est la Drina. Jamais je ne mangerais un de ces poissons, mais, eux, ils n'ont plus d'espoir… Je ne vais pas à Foca, parce que c'est un endroit où vivent des criminels de guerre. Tout le monde connaît leur nom et sait qui sont ces monstres. Vous pouvez les croiser dans les rues de Foca, exactement comme vous pouvez rencontrer Ismet Mujic à Sarajevo. En six ans, la SFOR n'a osé qu'une seule fois tenter de capturer l'un d'entre eux – Janko Janjic, qui avait violé des centaines de femmes, un partisan de l'épuration ethnique. Il avait un aigle tatoué sur le ventre et une inscription sur la nuque : "Homme à abattre". Il portait, vingt-quatre heures sur vingt-quatre, une grenade accrochée autour du cou, et il l'a dégoupillée quand les soldats allemands sont venus l'arrêter. Ce violeur, cet assassin, était un héros à Foca. Des milliers de gens sont venus à son enterrement. Mais moi – et un homme tel que vous, Mister –, nous ne savons pas comment parler avec de telles créatures. »

À cet instant, il l'embrassa, d'abord ses joues, puis son front, puis ses yeux et enfin ses lèvres.

« Combien de temps restez-vous encore ici ? demanda-t-elle.

— Seulement deux jours…

— Mais vous reviendrez ?

— J'amènerai d'autres camions – mais ce ne sera pas aussi important que de vous revoir. » Mister la tenait serrée entre ses bras. Il ne tenait pas sa Princesse de cette façon. Il s'accrochait à Monika comme s'il avait été contaminé par la misère dont elle parlait. « Je reviendrai, plutôt que d'envoyer des gens qui pourraient le faire à ma place, je reviendrai parce que vous êtes ici… Je parle peu – mais, Monika, vous êtes la plus belle personne que j'aie jamais rencontrée. » Il vit l'honnêteté sur son visage, et la confiance. Au départ, il avait vu en elle un contact, un outil à utiliser, une porte d'entrée. Ils étaient seuls sur le bord de la route et il la serrait dans ses bras. Elle regardait vers le bas. De la manière dont il la tenait, elle pouvait voir sa main droite. Elle regardait sa main et le lourd anneau d'or, l'alliance que la Princesse lui avait passée au doigt.

« Allons, Mister Charité, direction Gorazde. »

Elle se dégagea de son étreinte, les joues roses. Cela faisait dix-huit ans qu'il avait épousé sa Princesse et, durant tout ce temps, jamais il n'avait touché une autre femme.

Ils roulèrent le long de la rivière Drina, passant les ruines de la ligne de front, et s'engagèrent dans un no man's land plat et désert.

Gorazde était une ville tout en longueur, coincée entre les collines.

À aucun moment Mister ne se pencha vers elle pour regarder dans le rétro, et il ne vit jamais qu'il était suivi. Il allait coucher avec elle. Après la réunion, il passerait la nuit avec elle, avant de se rendre à l'aéroport pour rentrer chez lui. Il serait magistral durant cette réunion, il en avait la certitude, parce qu'il saurait que, juste après, il allait coucher avec elle.

Méthodique, jouissant d'une longue expérience des opérations de contre-espionnage, Sandor Dizo était un survivant. Il avait passé dix-huit ans de sa vie au service du III/III, le Directoire de la protection de l'État, mais, en 1990, il avait changé d'allégeance sans hésitation – sans changer de bureau, ni de fauteuil, ni de rythme de travail – et il était devenu un haut cadre du Bureau de la sécurité nationale. Il avait la même vue sur les toits de Budapest, depuis la même pièce, exactement comme avant l'effondrement du communisme. À l'époque, il avait œuvré pour faire taire les dissidences internes, à présent il utilisait les mêmes méthodes pour combattre l'influence montante du crime organisé dans la nouvelle démocratie hongroise. Il avait désappris les pratiques enseignées par les instructeurs du KGB, pour acquérir celles de la DEA[1] aux États-Unis, et des services de renseignements du Royaume-Uni. C'était un homme de son temps.

Sa tâche du jour, et de beaucoup d'autres passés et à venir, consistait à surveiller les mouvements

---

1. Drug Enforcement Administration, le service américain de lutte contre la drogue. *(N.d.T.)*

de Russes actifs au sein du groupe mafieux connu sous le nom de *vory v'zakone*. Si Sandor Dizo avait pu utiliser les moyens de coercition dont il disposait avant 1990 – les avantages du bon vieux temps –, il n'y aurait pas eu de criminels russes sur le territoire hongrois, mais ces pouvoirs lui avaient été retirés. Il était désormais un homme du gouvernement, grâce à son ordinateur, fourni par les Américains, et à sa science du terrain, enseignée par les Anglais. Plus de nez cassés et de nuques brisées, il appliquait les nouvelles règles et fournissait les listes imprimées des allées et venues des Russes, remplissait des dossiers de leurs photographies. Pour Sandor Dizo, ce n'était pas une surprise que les Russes prospèrent à Budapest. Ils contrôlaient la prostitution, les clubs, importaient et revendaient les stupéfiants, blanchissaient l'argent grâce aux banques fraîchement ouvertes en Hongrie, et tenaient la mafia qui approvisionnait le pays en carburant. Ils étaient derrière chaque détournement et chaque fraude des secteurs publics ou privés, ils trafiquaient des armes, et ils tuaient. Étant un homme précis, Sandor Dizo pouvait citer chacun des cent soixante meurtres, tentatives de meurtre et attentats à la bombe ayant eu lieu dans les rues de sa capitale depuis qu'il avait pris ses fonctions au Bureau de la sécurité nationale. Il pouvait compter le nombre d'arrestations et de condamnations des responsables sur les doigts d'une seule de ses grosses mains. Sans interférer avec leurs opérations, il avait acquis une connaissance approfondie des groupes russes.

Nikki Gornikov avait quitté Budapest le matin même. Il avait été photographié sortant de son appartement rue Prater, puis sur la ligne 2 du métro. On l'avait observé ensuite se livrer à la manœuvre classique de contre-surveillance en se jetant dans un taxi, on l'avait repéré à l'aéroport et vu embarquer sur un vol pour Vienne. Le temps que ces informations fassent leur chemin jusqu'au bureau de Sandor Dizo, Nikki Gornikov pouvait avoir parcouru des centaines de kilomètres depuis Vienne par la route, ou embarqué sur une douzaine de vols différents. Ironiquement, il l'avait surnommé en son for intérieur Baby Nikki, parce que c'était une sorte d'ours de quarante-neuf ans, au visage rendu hideux par la vérole et les combats au couteau. Il y avait quinze pages de données et un dossier de quatre centimètres d'épaisseur sur Baby Nikki. Suivant les préceptes des services de renseignements démocratiques, tels que les lui avaient enseignés Britanniques et Américains, il nota le départ de Baby Nikki Gornikov, du groupe *vory v'zakone* de Budapest, glissa une nouvelle page dans son dossier, et pria pour que l'homme – où qu'il soit parti – glisse, trébuche, et tombe sous un tramway ou un bus providentiel. Pour lui, la place d'un homme tel que Nikki Gornikov, aussi sadique, cruel et vicieux, était devant un peloton d'exécution, à l'aube.

Ses tâches de la matinée achevées, Sandor Dizo appela sa secrétaire dans le bureau adjacent pour lui demander un café, et des biscuits, s'il y en avait.

« C'était le cimetière des Musulmans, mais, quand ils ont été chassés de chez eux, les gamins serbes s'en sont servis comme terrain de football. »

Après le décès de sa mère, à l'hospice St Matthew, et le service funèbre à l'église, son corps avait été incinéré. Ses cendres reposaient désormais dans une cassette en chêne, au columbarium du Jardin du souvenir. C'était un très joli jardin, bien ratissé et vénérable l'hiver, étincelant de fleurs en été. Si des mômes étaient venus dans ce jardin, de l'autre côté de la rocade nord, non loin de là où il vivait, pour jouer au foot sur sa cassette en chêne, Mister les aurait démolis au fusil à pompe, au pic à glace ou à la tronçonneuse. Ces petits merdeux n'auraient plus jamais pu shooter dans un ballon – aucun de ces bâtards n'aurait plus eu de genoux pour marcher, sans parler de courir. Mais Monika ne réagissait pas de cette façon.

« Je ne juge pas les enfants serbes, dit-elle. Ils ne connaissent rien d'autre. On ne leur a jamais expliqué les choses autrement.

— Il n'y a pas un terrain approprié dans le village pour que les mômes puissent jouer ?

— Il y en avait un, mais il a servi de parking pour les chars. Il a été totalement dévasté. Il est impraticable. »

Il se tenait à côté d'elle, et regardait ce cimetière qui était devenu un terrain de foot.

Elle s'était rendue au bureau local de l'UNHCR de Gorazde, le laissant seul moins de cinq minutes, qui lui avaient semblé une éternité. Puis ils avaient traversé la ville, et en étaient ressortis de l'autre côté.

Au-delà de l'ancien no man's land, ils étaient arrivés dans ce village où la majorité des maisons perchées à flanc de colline étaient intactes, jolies, avec des champs où les bêtes broutaient les premières herbes de printemps. Ce village s'appelait Kopaci, avait-elle dit.

Il contemplait les pierres tombales grossièrement taillées et usées qui avaient été transformées en buts. Les autres pierres situées près des points de penalty, de part et d'autre de la surface de réparation et de la ligne centrale, avaient été déterrées et écartées sur les côtés. Elles marquaient les lignes de touche du terrain. Elle avait changé quelque chose en lui, il le savait. Quelques enfants se tenaient avec leurs parents et leurs grands-parents devant deux maisons. Ces familles étaient rentrées d'exil dans leur ancien foyer, pour découvrir que leur cimetière était devenu un terrain de foot, aplani par un usage assidu. Il n'y avait pas d'herbe, la terre avait été écrasée par les bottes et les baskets jusqu'à devenir une vaste étendue de boue.

« Je vais les voir, vous venez avec moi ? »

Il secoua la tête. « Pour boire du café arrosé de gnôle et perdre aux cartes ? Non, merci.

— Un quart d'heure – ils ont besoin d'être rassurés. S'ils abandonnent, s'ils retournent à Gorazde, nous aurons perdu cinq ans. C'est important de passer du temps avec eux, même si ce n'est que quelques minutes…

— Je reste par ici, dit Mister. Je n'irai pas loin. »

Il commença à descendre le chemin. Il sentait la chaleur sur son visage et dans son dos. Il fredonnait son tube d'Elvis. Il atteignit le bout du chemin, là où celui-ci rejoignait la route. Il se baladait, sans penser à rien. Il avait du mal à se rappeler la dernière fois qu'il s'était promené sur une route de campagne, s'il l'avait jamais fait… À cause de la chaleur, il quitta son manteau et le mit sur son bras. Il se sentait en paix. Il regarda vers le haut de la route, se demandant jusqu'où il pouvait aller et ce qu'il pourrait bien voir… Et il aperçut soudain le van bleu.

Il était garé à une centaine de mètres, en haut de la route, faisant face au carrefour. Le soleil, reflété par le pare-brise, éblouit Mister un instant, mais il se pencha en avant et, en se tournant de côté, il parvint à regarder au travers.

Il aperçut le petit visage pâle, les cheveux en bataille et les épaisses lunettes de vue.

Mister pensait que la tête allait se détourner, se baisser, tenter de se dissimuler, mais non.

Il y eut un hurlement de Klaxon. Le camion passa à quelques centimètres de Mister, peut-être moins encore. Il sentit son corps se couvrir de sueur, tout en regardant le majeur dressé au bout du bras qui sortait par la vitre du chauffeur, outrageant. Il cria vainement, dans le vide, vers l'arrière du camion. Il les avait pourtant vus quitter l'hôtel – Cann suivant la femme, avec le sac et la malle métallique – et partir à l'heure pour attraper le premier vol du matin. Il regarda des deux côtés, en haut de la route et en bas, et ne vit aucun autre véhicule garé, uniquement ce van bleu.

Il lui tourna le dos et s'éloigna en redescendant la route.

Avait-il peur ? Il n'avait jamais peur. Qui l'avait déjà vu avoir peur ? Personne. Jamais. Il marchait d'un bon pas, sans savoir où il allait. Il marchait sur la route, conscient qu'il était suivi.

Il se fixa un but, il lui fallait un but. Il pressa le pas. Au-devant de lui, des moutons et des chèvres broutaient dans un champ en bordure de route, sous l'œil d'un berger et d'enfants. Au-dessus des animaux, en haut de la pente, il y avait le cimetière. Il s'arrêta près du berger, qui s'appuyait sur un long bâton, tel un épouvantail dans ses vêtements trop grands. Les enfants avaient cessé de jouer, s'étaient serrés en un petit groupe et le fixaient. Il se retourna, regarda la route derrière lui.

Mister se mit à courir vers le van, mais celui-ci partit en marche arrière. Quand il accéléra, le van recula plus vite. Quand il ralentit, le van fit de même. Il s'arrêta, le van s'arrêta. Il était à une centaine de mètres. Mister savait qu'il avait laissé voir sa fureur… Bon Dieu, c'était indigne de lui. Il se retourna et refit le trajet inverse, mais cette fois en marchant, et le fourgon le suivit lentement.

Mister fit un petit signe de tête en direction du berger, puis tenta de sourire aux enfants à travers sa rage. Il s'assit dans l'herbe. Le berger et les enfants le regardaient, et les animaux broutaient autour de lui. Il lutta pour ne pas se retourner, le plus longtemps qu'il put, mais le besoin fut plus fort… Cet enfoiré de Cann était assis sur un rocher près du van bleu, les jambes croisées, comme un lutin miniature. S'il se mettait à courir vers lui, il ne ferait pas dix pas avant que Cann ne soit réinstallé au volant, vingt avant que le fourgon ne soit reparti en marche arrière… Et il perdrait toute dignité. De ce qu'il savait de l'Église et de la police criminelle, la plus grande faute lors d'une surveillance était de se découvrir – mais Cann restait assis bien en vue. Mister ne comprenait pas. Pourquoi ce sale petit bâtard n'avait-il pas peur de lui ?

Monika lui fit signe du haut de la pente, à la lisière du cimetière. Autour d'elle, il y avait les enfants des deux familles.

Cann était assis sur son rocher, comme une statue.

Mister gravit la pente pour la rejoindre. Il glissa à deux reprises et de la boue macula son pantalon. Elle riait en lui disant qu'il était fou. Elle prit sa main. « Il faut partir, Mister, dit-elle, il faut que nous ayons passé Tvorno avant la nuit. Il ne faut pas rouler sur le verglas dans le noir.

— Il n'y a rien qui nous retienne ici. »

Mister passa son bras autour de ses hanches tandis qu'ils marchaient jusqu'à son véhicule. Elle agita la main en direction des enfants et des vieux dans le cimetière, du berger et des gamins dans le champ. Elle s'installa derrière le volant. Elle lui fit un baiser sur la joue. Ils reprirent la route de Gorazde.

La lumière commençait à décliner alors qu'ils quittaient le village et commençaient à grimper, et elle laissait sa main posée sur la sienne, sauf quand elle devait changer de vitesse. Il détournait le visage pour qu'elle ne puisse pas voir la fureur qui le taraudait… Aucun homme ne s'était jamais dressé contre Mister en s'en sortant indemne.

Août 2000

C'était le quatrième matin, et il pleuvait.

Pour Husein Bekir, c'était inconcevable. Il devait fouiller très loin dans sa mémoire pour se souvenir de la dernière fois où il avait plu au mois d'août. Les nuages s'étaient rassemblés la veille en fin de journée et, au crépuscule, l'orage avait éclaté. Le tonnerre grondait, son écho résonnant à l'ouest, les éclairs illuminaient les versants de la vallée comme en plein jour, et le vent s'était levé. Toute la nuit, les bourrasques avaient mugi. Au matin, ce quatrième matin, la tempête s'était éloignée, ne laissant dans son sillage qu'une bruine persistante.

Le premier matin, quand les démineurs étaient arrivés, Husein avait immédiatement quitté sa maison, abandonnant son petit déjeuner et marmonnant qu'il ne serait pas long à sa femme qui claudiquait derrière lui sur le sentier, et il avait passé le gué. Il était allé les chercher jusque sur leur campement, une vieille caravane, des toilettes portables puantes, et une zone de parking pour leurs trois pick-up et les deux ambulances, en haut du chemin de la maison de Dragan Kovac.

Depuis, chaque matin, il posait la même question au chef d'équipe.

Il la posa une fois de plus. « Quand est-ce que vous allez commencer à nettoyer mes champs ? »

Et il obtint la même réponse que les trois matins précédents : « D'abord, nous nous occupons des pylônes. Vos champs viendront après les pylônes et le rétablissement de l'électricité.

— Mes champs sont plus importants que l'électricité.

— Vos champs, c'est pour l'année prochaine, si on a le budget. »

Les trois premiers matins, Husein avait redescendu le sentier jusqu'à la maison de Dragan Kovac, tapé à la porte et exigé un café frais et un en-cas. Puis il s'était lancé dans une critique du chef d'équipe et des six démineurs, en dénonçant la priorité donnée aux pylônes électriques, mais il n'avait obtenu aucune marque de sympathie. Son ami, ce vieux paresseux, ne s'intéressait guère à l'état des champs.

Ce quatrième matin, Husein ne se rendit pas chez Dragan Kovac. Le matin précédent, quand il s'était lancé dans sa complainte comme quoi on n'accordait pas assez d'importance à ses champs, son ami – vieil imbécile – lui avait fait remarquer qu'il était désormais trop âgé et trop faible pour travailler aux champs. Dragan avait dit que c'était une vue de l'esprit, une pure chimère, qu'Husein, avec ses muscles flétris, puisse se croire capable de planter le nouveau verger, pour les pommes que son petit-fils récolterait un jour lointain. Dragan avait dit que ces champs appartenaient à son passé, que son présent était fait de parties d'échecs, d'un siège au soleil et d'un verre ou deux de gnôle maison. Ce matin-là, les larmes aux yeux et hurlant des malédictions, Husein avait quitté la maison de Dragan et retraversé le gué en titubant.

Le chef d'équipe se tenait dans l'encadrement de la porte de la caravane. Derrière lui, ses hommes lisaient des journaux, fumaient en buvant des cafés. Dans les ambulances, les infirmiers avaient posé les pieds sur les tableaux de bord et la musique braillait à tue-tête dans leurs radios. Toute sa vie, Husein Bekir avait travaillé aux champs sous l'orage, sous une pluie battante ou sous le soleil qui faisait cloquer sa peau. Aux yeux d'Husein Bekir, le chef d'équipe, ses hommes et les infirmiers semblaient paresseux et suffisants, totalement imperméables à la nécessité qu'il y avait pour lui à retrouver ses champs.

De l'autre côté du chemin menant à l'endroit où la caravane et les véhicules étaient parqué, se trouvait le bunker qui avait protégé le flanc droit de Ljut. Sur le mur de béton, à côté de l'entrée souterraine, il y avait un nouveau panneau. Sur fond rouge, un crâne blanc sur des os entrecroisés, et un seul mot : *Mina*. Tout au long du chemin qui redescendait, de part et d'autre, on avait planté des petits piquets reliés par un ruban de plastique jaune. Il n'y avait pas de ruban jaune dans ses champs, juste un étroit corridor menant au pylône le plus proche, d'où pendaient depuis des années des câbles électriques. Il ne parlerait plus à Dragan Kovac avant d'avoir reçu ses plates excuses pour l'avoir insulté en disant qu'il était trop vieux, trop faible – la frustration exacerbait sa colère.

« Vous ne travaillez pas quand il pleut ?

« Ça va s'éclaircir bientôt. On s'y mettra quand la pluie cessera.

— Vous n'avez donc aucune notion de l'urgence ?

— Ce que j'ai, c'est cinq orteils à chaque pied, quatre doigts et un pouce à chaque main, des yeux dans ma tête et deux couilles. Je les ai encore, vieil homme, parce que je ne me presse jamais.

— Si vous utilisiez ces appareils que j'ai vus à la télévision, vous pourriez nettoyer mes champs. Pourquoi vous n'apportez pas ces appareils ? »

Le chef d'équipe répondit patiemment, comme s'il parlait à un faible d'esprit : « Nous avons des fléaux métalliques fixés à l'avant d'un véhicule renforcé avec des plaques de blindage. Ils ne dégagent pas assez les sols selon les standards établis pour un nettoyage certifié. On ne s'en sert que pour faucher les broussailles.

— Et ces choses que l'on porte, ces choses qui détectent le métal ? Vous iriez plus vite, si vous en aviez.

— Nous avons des détecteurs de métaux, mais dans le cas présent ils sont inutiles, pour deux raisons. Premièrement, il y a très peu de métal dans les mines PMA et PROM, essentiellement du plastique. Deuxièmement, il y a des minerais dans le sol, dans la couche rocheuse, qui contaminent le signal, et il y a aussi les câbles électriques, qui perturbent les détecteurs. »

Husein Bekir s'ébroua comme un vieux cheval. Il était conscient d'avoir été repoussé dans un cul-de-sac n'offrant aucune issue. Sa voix monta dans les hauteurs. « Et alors, comment vous y prendrez-vous – un jour, quand vous aurez le temps – pour nettoyer mes champs ?

— Peut-être que nous ferons venir des chiens, mais la plus grosse partie du travail sera faite à la main et à quatre pattes, avec des sondes. On peut faire pénétrer la sonde jusqu'à dix centimètres dans le sol. C'est comme ça qu'on procède. »

Les réfutations tranquilles du chef d'équipe étaient aussi humiliantes que les sarcasmes de Dragan Kovac à propos de sa vieillesse.

« Je ne comprends pas comment vous pouvez nettoyer des terres si vous n'êtes même pas capables de planter des poteaux ou des piquets qui résistent à une nuit d'orage, dit Husein.

— Qu'est-ce que vous voulez dire ?

— Derrière la maison de Kovac, vos piquets ont déjà été renversés par le vent, parce que vous ne les avez pas plantés assez profond.

— Le sol est très dur.

— Oh, le sol est *dur* ! En été, il est trop dur, en hiver, il est trop humide. Je suis désolé que vous ne trouviez pas ici un sol impeccable, ni dur, ni détrempé. Moi, je travaille dans les champs qu'il neige ou qu'il vente…

— Je vais aller vérifier les piquets. Faites-moi plaisir, rentrez chez vous…

— Pas avant de vous avoir montré les piquets que vous ne pouvez pas enfoncer dans le sol parce qu'il est trop dur.

— Je vais avec vous. »

Pour se débarrasser d'Husein Bekir, comme s'il se sacrifiait au nom de la paix, le chef d'équipe jeta le reste de son café et se dirigea vers le pick-up le plus proche. Quand il reparut, il portait une massette. Ils descendirent le sentier en silence. Les nuages se dispersaient au-dessus des terres hautes à l'ouest, et, à la limite du champ de vision d'Husein, il y avait de petites taches de ciel bleu. Il se dit que, d'ici une heure, il y aurait un arc-en-ciel et qu'ensuite la journée s'éclaircirait. Ils n'auraient plus aucune excuse pour rester à l'abri dans leur caravane. Malgré la bruine, les oiseaux appelaient, pépiements aigus. Une grive s'envola, emportant comme trophée vers un buisson de sureau un ver de terre qui se tortillait, un moineau était pourchassé par des pinsons et de petits groupes de mauvis tournaient en formations. L'orage de la nuit avait reverdi ses champs. S'il avait eu du bétail, il aurait béni la pluie qui redonnait vie aux terrains brûlés par le soleil, mais il n'avait plus de bétail – et un ruban jaune séparait désormais les champs du sentier. S'il avait pu semer – du maïs, de l'orge ou des légumes –, la pluie d'orage les aurait fait pousser avant les récoltes de septembre, mais les champs n'étaient pas labourés, et il n'avait pas semé.

En claudiquant – sa hanche et son genou lui faisaient mal –, Husein accéléra vers le gué, les rangers du chef d'équipe martelant le sol derrière lui.

Deux piquets étaient tombés, à vingt-cinq centimètres à peine des pierres du sentier. Le ruban jaune serpentait dans l'herbe grasse. Évidemment, Husein Bekir aurait pu faire un pas dans l'herbe, ramasser les deux piquets, les remettre dans leurs trous et tendre à nouveau le ruban. Il aurait pu le faire une heure plus tôt, quand il était monté pour aller affronter ces hommes dans leur caravane. Mais il avait marqué un point. Comment pouvaient-ils parler de nettoyer ses terres, plus de deux cent cinquante mille mètres carrés, s'ils ne savaient même pas planter un piquet correctement ? Il se redressa, triomphant.

Le chef d'équipe aboya : « Vous m'avez fait descendre jusqu'ici juste pour ça ? »

Husein continua à avancer.

Il entendit le bruit de la massette qui frappait un piquet. Il s'arrêta, se retourna et sourit intérieurement. Un piquet était remis. Le chef d'équipe recula sur le sentier, fit quelques pas et s'arrêta près du second piquet.

« Je n'aime pas qu'on me fasse perdre mon temps », cria le chef d'équipe dans sa direction.

Husein allait se retourner. Dans le coin de son champ de vision, il voyait la chaussure gauche du chef d'équipe sur le chemin, mais, quand l'homme se pencha pour récupérer le second piquet, il posa son pied droit à cinquante centimètres dans l'herbe. Comme il se penchait, son poids se reporta sur son pied droit.

Le claquement vrilla les oreilles d'Husein Bekir, il crut être aveuglé par la brillance de l'éclair, sentit le souffle le balayer, et il entendit le chef d'équipe hurler.

Quand l'Aigle sortit de l'ascenseur de l'hôtel, Atkins vit son visage : il était pâle, d'une pâleur mortelle, visiblement choqué. Ses yeux étaient voilés et sa bouche crispée.

Ils avaient passé le temps en jouant à nouveau les touristes, mais l'Aigle n'avait fait preuve d'aucun intérêt. Ils avaient roulé vers Pale, une fois de plus, et étaient rentrés après le déjeuner. À la réception, il y avait six messages dans le casier de l'Aigle, et il les avait emportés dans sa chambre.

« Il y a un problème ? T'as vu un fantôme ?

— On est en retard. »

Ils étaient en retard pour le rendez-vous avec Ismet Mujic. Ils roulèrent vers la vieille ville. L'Aigle gardait la tête baissée.

« Tu veux en parler ? demanda Atkins.

— Parler de quoi ?

— Parler de ton problème, quel qu'il soit.

— Il y a un problème, en effet, dit calmement l'Aigle. Un problème que je rencontre pour la première fois de toute mon existence. Mon clerc a tenté de me joindre au téléphone. Même sous le supplice du garrot, il n'est pas censé me contacter, à moins que le monde ne soit près de s'effondrer.

— Il s'est effondré ?

— Ma maison a été perquisitionnée à l'aube ce matin. L'Église est venue en force, avec un mandat, tout parfaitement légal, et a tout retourné de fond en comble. Ils ont sorti ma femme du lit, réveillé les enfants, tout démonté pièce par pièce…

— Qu'est-ce qu'ils ont trouvé ?

— Ils n'ont rien trouvé, et ils n'ont rien emporté. »

Atkins tenta de sourire, pour le rassurer. « Alors, il n'y a pas de problème.

— Tu ignores beaucoup de choses, Atkins. Tu sautes aux conclusions au lieu de réfléchir. L'Église – par le ciel, accorde-leur un minimum d'intelligence – savait qu'il n'y a rien chez moi, ni dans mon petit cabinet minable. Je ne suis pas stupide à ce point, putain… Tout ce qui compte se trouve dans des coffres, et dans ma tête. Ils ne s'attendaient pas à trouver quoi que ce soit.

— Et alors, pourquoi tout ce cirque ?

— Ils m'envoient un message. Pour me dire où j'en suis. Un homme a dit à ma femme : "Il nous suffira d'avoir de la chance une seule fois, vous, vous devrez en avoir tout le temps." C'était ça le message, Atkins. Ma femme traumatisée, les filles sous le choc, les voisins qui se demandent ce que c'est que ce bordel, à l'aube, à la propriété de ce brave Henry. Ils tournent l'écrou, et vont serrer jusqu'à ce que ça fasse mal. Ils cherchent le point faible, l'endroit où la corde va casser… Voilà, c'est ça mon problème.

— Est-ce que tu vas t'en sortir ? »

Un petit sourire glacial se dessina au coin de la bouche de l'Aigle : « Probablement pas très bien, mais mieux que toi.

— Qu'est-ce que ça veut dire ? » Atkins se tourna, troublé, pour le dévisager. Il n'avait pas vu le piéton, qui hurla, agitant sa canne dans leur direction.

« Regarde la route, s'il te plaît – l'Église a perquisitionné chez toi hier.

— Et pourquoi on ne me l'a pas dit ? siffla Atkins. Bon Dieu ! Tu ne m'as rien dit !

— Décision de Mister, parce que tu dois encore faire tes preuves.

— C'est foutrement insultant. »

L'Aigle désigna un espace entre les voitures garées dans la rue étroite, surplombée d'étroits balcons. « Il y a une place, là, tu peux te garer. Tu étais sur le trottoir roulant, tu aurais pu descendre, tu ne l'as pas fait, alors ne viens pas pleurnicher. Je suis sur ce trottoir depuis vingt ans et des brouettes. Maintenant ça accélère. Saute, et tu te péteras ta putain de gueule. »

Ils sortirent du Mitsubishi, l'humeur sombre. Ils sonnèrent à la porte, on leur ouvrit et on les escorta dans les escaliers. Ils entendaient les chiens gratter derrière la porte. Puis ils virent leurs crocs et l'espèce de sourire sur leurs mâchoires. On les conduisit à la chambre. Le lit, se dit Atkins, était assez large pour une famille entière. Enver était couché sur le ventre, et le drap avait glissé, révélant son dos bronzé et le haut de ses fesses. Serif portait un tee-shirt, et le drap couvrait son bas-ventre. Serif dit qu'ils étaient en retard, et ils s'excusèrent tous deux. Il prit une feuille de papier, la posa sur un magazine, dessina une carte et leur expliqua où ils devraient aller le lendemain, et à quelle heure ; ils le remercièrent tous deux. Question de Serif : où était Mister ? Réponse de l'Aigle : occupé à des discussions ougandaises. Qu'est-ce que c'était que des discussions ougandaises ? « Oh, désolé, ça m'a échappé, je vous demande pardon. C'est une expression que nous avons à Londres pour dire qu'on élargit ses contacts. » Il les congédia.

Sur le trottoir, Atkins demanda : « Si je sautais du tapis roulant, qu'est-ce que ça donnerait ?

— Ça te donnerait de la boue plein la gueule. Si j'étais ton avocat, je t'exhorterais à plaider coupable. Sept à dix ans. Mais je ne pourrais pas être ton avocat, je serais à côté de toi et je prendrais douze à quinze ans. C'est pour ça qu'on ne saute pas. »

La conversation avec les visiteurs avait eu lieu dans la chambre, et non dans le living-room. Et, après leur départ, la frustration de Maggie s'accrut parce que la discussion continua dans la chambre.

Les rires, les soupirs, et le gémissement du sommier étaient assez forts pour activer le micro dans le téléphone du living-room, mais la conversation était trop étouffée, dominée par les bruits de l'amour et les grincements du lit, pour qu'elle puisse comprendre ce qui se disait. Elle avait donné les écouteurs à Frank, dont l'expression s'était muée en un sourire méprisant. Il avait passé les écouteurs à chacun des Quatre Sreb. Frank était tout à côté d'elle, dans cette pièce qu'ils avaient louée, et parfois sa main se posait sur la hanche de Maggie. Elle connaissait désormais les noms des quatre survivants du massacre de Srebrenica, Salko et Ante, Muhsin et Fharo. Ils avaient vu la main de Frank sur sa hanche, mais ils n'avaient eu aucune réaction. Être avec eux et sentir la pression de sa main apaisaient sa frustration… Puis le téléphone sonna. Des pieds nus sur le sol du living-room. Elle attrapa son crayon.

Elle griffonna à toute vitesse.

Da?
Serif?
Da.
(en russe) C'est Nikki, je viens demain, à l'heure prévue.
(en russe) OK, Nikki, je serai là. Je te prendrai.
(en russe) Tout est OK?
(en russe) Tout est OK.

La communication fut coupée. Elle entendit les pieds s'éloigner, puis le sommier grincer, puis un rire atténué. Maggie Bolton parlait russe couramment. Elle avait déjà un Italien pour cette réunion, maintenant un Russe, mais elle ne savait toujours pas où la réunion aurait lieu. D'un geste délibéré, elle ôta la main de Frank de sa hanche et la posa sur sa cuisse.

Les phares étaient restés dans le rétroviseur tandis qu'ils traversaient Ustikolina, et quand ils étaient repassés dans le néant obscur pour contourner le pont bombardé de Foca, et sur les routes avant et après Milievina, puis quand ils grimpèrent sur le verglas pour arriver à la gorge qui allait à Tvorno. Les phares restaient derrière eux, gardant toujours la même intensité, parce que la distance entre eux n'augmentait jamais, ni ne diminuait.

Chaque fois que Mister regardait le rétroviseur, il voyait les phares du van bleu.

Elle ne parlait pas; la route et le verglas accaparaient son attention. Elle ne tenait plus sa main. Elle tenait le volant et le levier de vitesse, et elle s'efforçait de repérer les plus grosses plaques de glace devant eux. De l'eau ruisselait des rochers sur le bord de la route et rebondissait sur le bitume.

Les phares ne quittaient pas le rétroviseur, et ne le quittaient pas, lui.

« Arrêtez-vous, s'il vous plaît.

— Quoi ?

— Désolé – Monika, pourriez-vous vous arrêter, s'il vous plaît ?

— Pourquoi ?

— Je vous demande juste de vous arrêter, s'il vous plaît.

— Ah, je comprends. Un arrêt pipi. Vous pouvez le dire.

— Arrêtez-vous, merci. »

Très doucement, sans utiliser le frein, uniquement en rétrogradant jusqu'au point mort, elle s'arrêta. Il descendit. Son pied glissa, et il se retint au véhicule.

La lumière des phares brillait vivement. Mister marcha dans sa direction. Si le secrétaire d'État n'était pas venu, s'il n'y avait pas eu un détecteur de métaux dans le hall de l'hôtel, si son pistolet n'était pas resté dans le Mitsubishi, il aurait eu son arme à la main. Les phares s'étaient immobilisés, et l'intérieur du van s'éclaira quand la portière s'ouvrit. Cann descendit et se planta devant le fourgon, silhouette sombre se découpant dans les phares. Le petit salopard l'affrontait. Mister cligna des yeux en approchant plus près. S'il avait eu son arme, il l'aurait utilisée. Il sentait la haine dans son cœur. Des hommes qu'il ne haïssait pas le moins du monde étaient ensevelis dans des fondations en béton, enterrés à Epping, noyés au fond de la mer avec des poids aux pieds, ou marchaient avec des béquilles. Cann restait là, le corps semblant plus petit dans la lumière des phares.

« Vous avez un problème, Mister ? »

Il ne pouvait pas voir sa bouche, mais la lumière accrochait les montures de ses grosses lunettes.

« Qu'est-ce qu'une chouette fille comme ça fabrique avec une ordure comme vous ? »

Il avança, ignorant la question. Mister était face à son persécuteur. Il dominait la forme obscure devant lui. Les lumières l'éblouissaient, et ses yeux larmoyaient.

« Vous n'allez quand même pas pleurer à cause de moi, Mister ? »

Mister explosa. Poing droit, en bas, un direct court. Ses phalanges s'enfoncèrent dans le ventre maigre. Le corps se plia en deux, il serait tombé si sa main n'avait pas saisi le col du manteau. Il traîna Cann pour contourner le van bleu, jusqu'à l'arrière. Il balança Cann contre les portes, puis le frappa à nouveau, d'abord au plexus, et, comme sa tête retombait, d'un uppercut dans la mâchoire. Cann s'effondra. Mister lui flanqua un coup de pied. Continua à lui shooter dedans, manquant glisser sur la glace. Il aurait dû porter de plus grosses chaussures, du type des rangers à bouts ferrés ou plombés que mettaient les Cartes quand ils partaient tabasser quelqu'un. Il se pencha, trouva le manteau, tira le corps pour le relever. Aucune résistance. Des bras essayaient de protéger le haut du corps, les mains sur le visage. Il cogna jusqu'à ce que ses jointures lui fassent mal, lâcha Cann, puis le roua de coups de pied jusqu'à ce que ses orteils soient douloureux dans ses chaussures cousues main. Il avait peine à distinguer la petite silhouette gisant sur la route derrière le van.

Il s'éloigna.

Une petite voix murmura derrière lui : « Vous avez fait une erreur, Mister, une *erreur.* »

Mister regagna le fourgon. Monika dit, en riant, que c'était un arrêt pipi plutôt long. Ses articulations saignaient et il cacha ses mains.

Joey parvint à sa chambre. Il savait qu'elle était de retour. Ante était dans le hall, et Muhsin traînait sur le palier devant sa chambre. Par deux fois il était sorti de la route, mais il avait eu de la chance : un tracteur l'avait extrait du fossé la première fois, et un pick-up l'avait remorqué la seconde. Les deux fois, il s'était retrouvé dans la neige parce que les branches de ses lunettes étaient cassées, et qu'il avait dérapé quand elles avaient glissé de son nez. Il n'y avait pas une partie de son corps qui ne lui fasse pas mal.

Il se rendit dans la salle de bains. Il devait tenir ses lunettes et sa main tremblait. Le miroir lui renvoya son visage – du sang, des écorchures, de la chair qui commençait à enfler. Il réussit à ôter son manteau, sa veste et son tee-shirt, mais la douleur intense dans tout son ventre l'empêcha de se pencher pour défaire ses lacets. Il baissa son pantalon et son caleçon, les laissant tomber sur ses chevilles. Il se mit sous la douche, en s'agrippant au support chromé. Sans ça, il se serait effondré. L'eau jaillit et trempa son pantalon, son caleçon, ses chaussettes et ses chaussures.

Il entendit la porte qui s'ouvrait.

« Tu es rentré ?

— Oui.

— Tu as passé une bonne journée ?

— Une journée utile, croassa Joey.

— J'ai besoin de culottes et de collants propres.

— Bien. »

Il devait y avoir eu un sanglot dans sa voix. Il avait les mains crispées sur le support de la douche. Maggie se tenait dans la porte de la salle de bains. Le rideau n'était pas tiré. Elle le regardait. L'eau coulait en rivières sur ses lunettes.

« Qu'est-ce qui t'est arrivé ? »

À travers les verres de ses lunettes, son visage était flou. Il ne savait pas si elle était inquiète ou pas. Il grimaça, mais ça lui fit mal à la bouche, à la mâchoire, aux joues et dans son crâne.

« Je me suis pris une porte.

— La porte avait des poings et des bottes, ou seulement des bottes ?

— Si la porte avait eu un flingue, je crois que ça aurait pu être plus grave. »

Elle entra dans la salle de bains et s'agenouilla près de la douche. L'eau rebondissait sur son corps et éclaboussait Maggie.

« Packer ? »

Il hocha la tête.

Elle défit ses lacets trempés et lui enleva ses chaussures, puis ses chaussettes, son pantalon et son caleçon, et jeta tout dans la baignoire. L'eau avait plaqué sa coiffure impeccable, et fait dégouliner son maquillage minutieux. Elle s'assit sur le rebord de la baignoire, tira une serviette du portant et essuya ses cheveux et son visage.

« T'es pas tellement beau à voir – est-ce qu'il y a du sang dans ton urine ?

— J'en sais rien.

— Est-ce que tu vas survivre ?

— J'espère.

— Il y a un Russe qui vient.

— Qui vient où ?

— Qui vient pour la réunion de demain.

— Et elle a lieu où ?

— Je n'ai pas l'endroit… Les collants, je m'en fous, mais pas les culottes. Faut que j'y aille. Tu veux que j'appelle un médecin ?

— Demain, je le suivrai, où qu'il aille, putain. Le pare-chocs collé à son pot d'échappement – non, non, pas de médecin.

— On ira en équipe, Joey. Je ne veux aucune discussion. » Elle avait dit ça comme l'aurait fait sa mère, sa tante ou son prof.

« C'est ma mission, répliqua-t-il.

— On y va en groupe – peu importe à qui est la mission.

— Bien, m'dame, comme vous voudrez, m'dame…

— En équipe, matériel lourd, protection – sécurité. Je n'ai aucune envie de me retrouver dans le même état que toi… Juste pour que tu saches – cette femme, elle s'appelle Monika Holberg. C'est une Norvégienne, le genre écolo. Elle accomplit des miracles pour les miséreux, au sein de l'UNHCR. Tu la trouveras à Novo Sarajevo, troisième étage, appartement H, Fojnika 27. Ce serait une honte, pas vrai Joey, qu'elle continue d'ignorer qui est Mister, ce qu'il fait ? Mais ce serait pas mal, non, si, une fois qu'elle le saura, elle garde les jambes serrées et que Mister reste la queue entre les jambes ? Ça te dirait ?

— Ça se pourrait.

— Tu veux que je te sèche ?

— Je vais me débrouiller. »

Elle referma la porte derrière elle.

Joey tituba vers la chambre, dégoulinant. Il s'écroula sur le lit. Il se serait probablement évanoui, s'il n'y avait pas eu la douleur et les images dans sa tête. Il se revoyait sur le sol, recroquevillé sur la glace et le bitume, cherchant à se faire le plus petit possible, tandis que les poings et les chaussures lui pleuvaient dessus. *Vous avez fait une erreur, Mister, une erreur*. Le martèlement, dans sa tête et dans son corps, provenait de la porte.

Il cria : « Oui ?

— Vous êtes Cann, du service des Douanes ? »

Il rampa hors du lit, prit appui contre le mur puis contre le placard pour tenir debout, attrapa une serviette pour couvrir son entrejambe, et ouvrit la porte. L'homme portait un costume gris, avait environ cinq ans de plus que Cann, une belle chemise et une jolie cravate. Il regarda Cann d'un air dédaigneux, une copie des fils du propriétaire pour qui son père travaillait, sa supériorité cachée sous un vernis de fausse politesse.

« Pardon de vous déranger, monsieur Cann – bon sang, vous êtes sacrément amoché. Ne dites rien, laissez-moi deviner, vous avez raté des marches, n'est-ce pas ? Je suis Hearn, de l'ambassade. On m'a demandé de vous transmettre un message qui nous est parvenu, via le ministère de la Justice. Je m'excuse de vous déranger à cette heure tardive, mais nous avons pensé que c'est le genre d'affaire qui ne peut pas être traitée par téléphone, afin qu'il n'y ait pas de malentendu. Vous aviez une autorisation écrite du juge Zenjil Delic pour une "surveillance intrusive" du citoyen britannique Albert William Packer durant le séjour de ce gentleman à Sarajevo. Vous allez rentrer à Londres, monsieur Cann, ce qui vous évitera peut-être un autre accident. Le juge Delic nous a informés, par l'intermédiaire du ministère de la Justice, qu'il retirait son autorisation. Il l'a annulée. Il n'y a pas d'erreur. J'ai ça par écrit, apporté par coursier à l'ambassade, avec sa signature.

— Mais c'est impossible, balbutia Joey.

— J'ai bien peur que non… » Il marqua une pause, puis reprit. « Nous avons une liste de médecins, si vous avez besoin de soins. Si vous étiez passé par nous depuis le début, les choses auraient pu être différentes, mais vous avez choisi de ne pas le faire… Votre autorisation d'opérer ici vous est retirée. Bonne nuit. »

La machine à rayons X avait disparu, ainsi que le portillon détecteur de métaux. Ils traversèrent l'atrium désert, marchant de part et d'autre de Mister.

« Je ne veux pas en parler, répéta Mister.

— Sa maison a été perquisitionnée, retournée en tous sens, et mon appartement aussi.

— Je n'en parlerai pas. Tu ne m'as pas entendu ? »

Il leva la main devant le visage d'Atkins, faisant le geste de lui trancher la gorge.

Ils passèrent les portes, et le vent glacial de la nuit les saisit. Ils longèrent l'hôtel, vers le centre et la vieille ville.

« C'était mon ami, dit Mister. Nous n'oublierons jamais que c'était mon ami. »

Le Craqueur n'était pas l'ami de l'Aigle, et Atkins ne l'avait jamais rencontré. Cela importait peu, se dit l'Aigle. Il suffisait que le Craqueur ait été l'ami de Mister. Atkins ne comprenait rien, il avait peur, il ne savait pas quand il fallait garder sa grande gueule bien fermée. Ils marchaient rapidement, occupant toute la largeur du trottoir dans la rue vide. Atkins avait vu les déchirures sur les phalanges de Mister quand il avait levé sa main vers sa gorge.

« Qu'est-ce que vous vous êtes fait à la main, Mister ?

— Rien.

— La peau est toute déchirée, c'est… »

Mister s'arrêta net. Il se tourna vers l'Aigle et brandit sa main sous son nez. Les blessures étaient enflammées, béantes, là où la peau s'était ouverte. « Tu vois quelque chose qui ne va pas dans mes mains, l'Aigle ? »

L'Aigle répondit calmement : « Non, je ne vois rien, Mister. »

Il était l'homme de Mister. Ni maintenant, ni jamais, il n'avait osé être quoi que ce soit d'autre. Ils passèrent devant les boutiques aux rideaux de fer baissés, les bancs où des couples se serraient désespérément pour lutter contre le froid, et les cafés où les serveurs lavaient les sols et empilaient les chaises sur les tables. Ils arrivèrent au square. Autour de la pelouse, il y avait de gros buissons, dénués de feuillage mais assez épais pour projeter des ombres sur l'herbe. Ils virent le garçon. Il avait des écouteurs sur sa jolie tête, qu'il secouait au rythme de la musique qu'il écoutait. Les chiens reniflaient l'herbe, errant dans la pénombre. Leurs laisses étaient accrochées à leurs colliers et traînaient par terre derrière eux. Il était observé, et ne le savait pas.

Atkins tourna à droite, l'Aigle suivit Mister à gauche, pour se mettre derrière le garçon, comme on lui avait dit. Il faisait toujours ce que Mister lui disait. Il s'agissait du Craqueur, que l'Aigle détestait, et de l'honneur du Craqueur, qui n'en avait jamais eu le moindre.

Ils refermèrent le cercle sur le garçon, Enver, perdu dans sa musique.

CHAPITRE SEIZE

Il marchait, à pas laborieux, en proie à des douleurs atroces. Il aurait pu prendre le van bleu.

L'excuse que Joey se donnait pour aller à pied était que l'exercice allait dénouer les jointures de ses hanches, genoux et chevilles, faire réduire les hématomes de sa cage thoracique, le sifflement dans ses poumons, et adoucir la douleur derrière ses yeux. Cette excuse était, au vrai, une tactique dilatoire. Il allait à pied parce qu'il n'était pas pressé d'atteindre sa destination. Il s'était d'abord rendu au troisième étage, appartement H, du 27 Fojnika. Une jeune femme avait répondu, drapée dans une chemise d'homme trop grande, en se frottant les yeux pour en extirper le sommeil. En lui racontant son histoire, Joey avait trahi ses rêves. Quand il avait achevé son récit et achevé de la dévaster, elle avait bégayé des questions : « Qui êtes-vous, comment savez-vous tout ça ? Pourquoi êtes-vous venu me raconter ça ? » Sans répondre, il s'était glissé dans les escaliers et il était reparti dans la nuit.

L'obscurité et le froid glacial l'entouraient.

De Novo Sarajevo, il avait avancé le long de la Miljacka, passant devant les tours noires des immeubles, repaires des snipers, puis il avait traversé la rivière au pont de Vrbanja. C'était là qu'on avait tiré sur elle, là que Jasmina et son petit ami avaient été trahis, eux aussi. Des voitures passaient à l'endroit où elle était restée étendue. Des taches d'huile s'étalaient là où elle avait perdu son sang. Il était aimanté par la colline, la rue en pente, un endroit où il n'avait nulle envie d'aller.

Joey avait dit : *Mais c'est impossible*. Il savait leur histoire, combien ils avaient souffert, il connaissait leur force… Ce n'était pas possible.

Il n'y avait plus de voitures, maintenant, plus personne se pressant de rentrer en remontant la rue sans éclairage. Plus vite il serait en haut, plus vite il saurait la vérité sur tout cela. Sans la lune, grosse et brillante, il n'aurait rien vu au-delà de la dernière tache de lumière du réverbère. Une chouette poussa un cri au-dessus du cimetière. Il continua. À sa montre, les aiguilles marquaient plus de minuit. C'était déjà le jour de la réunion. Sans l'autorisation signée par un juge officiel, tout élément de preuve obtenu par le téléobjectif de son appareil photo, ou par les micros directionnels de la valise de Maggie Bolton, serait irrecevable devant un tribunal. Il voyait les visages, vieux, fatigués, condescendants, des hommes et de la femme de la nouvelle équipe Sierra Quebec Golf, et il entendait la voix grinçante de Gough le blâmer sans la moindre indulgence… Ça ne pouvait pas être vrai, ce n'était pas possible.

Joey se rendit compte que quelque chose avait changé.

Au bout de la rue défoncée, de la lumière filtrait par les fenêtres d'une maison entourée du squelette d'un échafaudage. La lumière se reflétait sur la peinture brillante d'une limousine Mercedes noire, et étincelait sur sa calandre chromée. À côté de ce qui avait été la moitié d'une maison, des parpaings étaient empilés dans la lumière, à côté de deux bétonnières. La lumière venant des fenêtres tombait sur un porche tout neuf entre les échafaudages et la voiture garée, et éclairait pour Joey de nouvelles poutres de charpente qui dépassaient d'une grosse bâche goudronnée.

Joey s'avança vers la lumière. Par la fenêtre, il aperçut l'ampoule nue suspendue à un câble neuf lui aussi. Auparavant, il y avait là une lampe à pétrole inefficace, crasseuse et puante, pauvre chose diffusant pourtant une lueur de dignité. Il ignora la Mercedes et se mit à frapper à la porte avec son poing fermé, jusqu'à ce que la douleur se rue en torrent à travers tout son corps.

L'Aigle raccrocha. Il était évidemment bien trop au fait des questions de droit pénal pour s'imaginer que rester en retrait, ne pas participer physiquement, atténuerait en quoi que ce soit sa culpabilité. Les textes de loi établissant cette culpabilité s'alignaient sur les étagères du bureau au-dessus de la laverie automatique ; le principal était l'Archbold, trois pouces d'épaisseur de fin papier bible, imprimé en tout petit, avec une couverture en cuir, qui lui coûtait trois cent vingt-cinq livres chaque année en janvier. Il serait accusé, même s'il plaidait être resté à l'écart, de meurtre en bande organisée avec Mister et Atkins. S'il pleurnichait qu'il n'était pas au courant de ce qui allait se passer, il serait tout de même coupable de complicité de meurtre. Qu'il s'agisse de meurtre en bande organisée ou de complicité de meurtre, la sentence était la même – prison à vie. Mais c'était là pure rhétorique… Dieu seul savait quelle serait la sentence à Sarajevo, plus probablement équarrissage des couilles, suivi de défenestration… C'était sa nausée, qui le faisait mépriser de Mister, qui l'avait contraint à rester dissimulé dans l'ombre. Ils n'avaient pas besoin de lui. Le ciel en était témoin, ils s'étaient très bien passés de lui…

Atkins s'était occupé des chiens. Ces chiens, c'était de la frime, du vent. Ses chiens, chez lui, avec Mo, pouvaient faire mine d'être féroces, mais ils semblaient presque gênés de ça. Atkins s'était glissé dans les buissons près de la pelouse, s'était assis, avait roucoulé à leur intention, et ces veaux avaient montré que leurs crocs et leurs airs menaçants étaient du pur cinéma. Atkins avait tenu les chiens et Mister avait abattu le tranchant de sa main sur le cou du joli garçon, l'avait assommé, lui avait enfoncé un mouchoir dans la bouche et lui avait tordu les bras dans le dos. Atkins avait accroché les laisses des chiens au montant d'un banc – cela les retiendrait quelques minutes avant qu'ils ne parviennent à se libérer –, puis il avait couru, passant devant l'Aigle qui traînait les pieds, pour aider Mister à tirer Enver dans l'allée latérale qui allait du square à la rivière. Quelque chose de liquide gouttait sur le pavé, dégageant une sale odeur. La vessie avait lâché en premier, puis les sphincters. Sur les derniers mètres, en arrivant au pont, le garçon avait compris ce qui l'attendait, et il s'était battu pour sa vie. Dans la mêlée, Atkins avait sifflé : « Ne t'avise pas de me mordre, espèce d'enculé. » À voir la bagarre et la manière dont ses bras remontaient derrière son dos, on comprenait qu'ils étaient déjà à moitié déboîtés de ses épaules. L'Aigle grimaça. À la fin, il ne put s'empêcher de regarder. Mister leva son bras et frappa de toutes ses forces sur la nuque du garçon. Ils étaient au milieu du pont. Une voiture tourna pour l'emprunter, mais les phares n'étaient pas encore assez près pour éclairer la rampe. Le garçon s'effondra sous la violence du coup. Peut-être était-il inconscient, peut-être juste étourdi. D'un même mouvement, Mister et Atkins le levèrent, comme un poids mort, et le passèrent par-dessus la rambarde comme un sac d'ordures. Il y eut un bruit d'éclaboussure. Les phares de la voiture les croisèrent tous deux tandis qu'ils revenaient vers l'endroit où l'Aigle les avait attendus. Il était impossible que le garçon puisse se sortir du flot courant, sombre et profond, sous la rambarde du pont. Ils marchaient vers lui. Le garçon allait se noyer. Cette noyade ne changerait rien pour le Craqueur, ni pour les éphèbes qu'il fréquentait, ni pour ses parents, dans leur bungalow de Torbay. Il ne s'agissait que du respect dû à Mister lui-même, de son orgueil. Comme ils arrivaient à sa hauteur, Atkins ôta un de ses gants et regarda sa main. L'Aigle entendit Mister dire : « Tu n'as rien, ça n'a pas traversé le cuir – rien de tel qu'une bonne paire de gants. Bien joué, Atkins, c'était brillant. » Au pire, c'était meurtre en bande organisée, au mieux, complicité de meurtre. Ils passèrent devant lui sans l'attendre.

L'Aigle se plia en deux, jusqu'à avoir la tête près des genoux, et vomit le repas pris à l'hôtel.

« Je ne suis pas Falcone. »

Joey secoua la tête. « Je ne sais pas qui est…

— Et je ne suis pas Borsellino non plus, poursuivit doucement le juge.

— Je ne sais pas de quoi vous parlez. »

Elle l'interrompit, parlant avec sévérité : « Giovanni Falcone était un juge d'instruction en Sicile. Il a arrêté de nombreux mafieux, les a traduits en justice et jetés en prison. Il a été tué par une bombe cachée dans un tunnel creusé sous la route, avec sa femme et ses gardes du corps. Il a été remplacé par Paolo Borsellino, qui a poursuivi la Mafia avec la même détermination. Borsellino a été tué dans une voiture piégée, avec ses gardes du corps. Ils s'étaient dressés contre la marée. »

La pièce était un chantier. Ils étaient comme des nomades, voyageurs campant dans leur propre maison. De l'autre côté de la table, il y avait des couches de journaux étalés, et sur les journaux un tas de sable poussiéreux. Sur deux des quatre murs le plâtre avait été gratté, faisant apparaître les vieilles pierres. Telle qu'il s'en souvenait, c'était une pièce où régnait une paix inconfortable et sale, quand elle était éclairée par les lampes à pétrole, mais l'électricité toute nouvelle y jetait une lumière crue. De nouvelles fenêtres en PVC rutilantes avaient remplacé celles de bois pourri, à présent appuyées contre un mur. Joey était perché sur le bout de la table face au père qui était assis sur le lit, en bras de chemise, près d'un radiateur électrique à trois résistances. Elle tournait autour d'eux, avec la nervosité d'un animal en cage dans un zoo, dessinant des cercles avec son fauteuil.

« Je ne suis pas un héros, dit le juge. Ils ont été des martyrs au nom de la loi. Je ne suis pas eux. Ils ont vu s'ouvrir l'abîme, et moi aussi. Ils ont sauté. J'ai reculé. »

Elle ajouta, d'un ton hautain, comme pour soutenir son père : « Il y a eu de grandes manifestations à Palerme après ces meurtres, des milliers de gens dans les rues pour dénoncer la Mafia. La Mafia est toujours en vie, mais Falcone et Borsellino sont morts.

— Vous aviez dit que vous m'aideriez parce que vous vouliez retrouver votre dignité. »

Quand les lampes à pétrole éclairaient la pièce, le visage du juge était empreint d'une sorte de dignité séculaire. Sous cette lumière crue, il semblait hanté par la défaite. Joey n'avait rien à faire ici, il était comme une critique vivante pour eux.

« C'était un rêve…, dit le juge avec lassitude. Vous savez qui a eu les plus belles funérailles de Sarajevo, pendant la guerre et depuis ? Musan Topalovic. Pour les gens de la rue, il était un héros et un martyr. Il s'était rebaptisé Caco. Qui a tué ce héros ? Il a été abattu par des soldats de l'armée bosnienne durant les quelques jours qu'a duré la répression contre la criminalité, à la fin de la guerre, pour donner une illusion de probité aux puissances étrangères. Durant les premiers jours du siège, il tenait une ligne de front avec ce qu'il avait nommé la 10e Brigade alpine, une unité de rats sortis des égouts. C'était un boucher, avant de devenir un héros et un martyr. Il égorgeait les Serbes qui étaient restés en ville, après les avoir dévalisés, et il brûlait leurs cadavres. C'était le mal incarné… Il y a quatre ans, son corps a été exhumé et porté à épaule d'homme à travers les rues, vers une sépulture neuve et plus digne. Les magasins se sont vidés, et les cafés et les bars. Je revois encore l'adoration de ceux qui regardaient. Je me suis réveillé de ce rêve, Joey. Les gens de Sarajevo ne voulaient pas de moi – ils voulaient pour héros et martyr un homme qui était un boucher, Caco. Ils ne voulaient pas de moi qui n'étais qu'une copie insignifiante de Falcone et Borsellino… Tout ce que je vous ai dit, ce n'était qu'un rêve. »

La voix du juge faiblissait. Une semaine plus tôt, Joey Cann aurait hoché la tête avec sympathie, et aurait acquiescé. Mais une longue semaine avait passé.

« Qu'est-ce qui s'est passé, persista Joey, qu'est-ce qui vous a fait changer d'avis ? »

Le juge leva le nez, et ses yeux mornes clignèrent sous la puissance de la lampe au plafond. « On m'a mis deux offres en main. Soit d'être tué, soit… Dix-huit hommes sont venus ce matin, au lever du jour, avec des camions, des bétonnières, des parpaings et des poutres. Ils ont travaillé toute la journée, jusqu'à la nuit, et ils reviendront dans quelques heures. À l'heure du déjeuner, la Mercedes est arrivée. Dans l'après-midi, on nous a apporté des catalogues. Nous aurons la salle de bains de notre choix, avec une douche spéciale pour Jasmina, la cuisine adaptée pour elle, un réfrigérateur avec congélateur, et des chambres refaites. Qu'en dites-vous ? »

Joey, vétéran d'une semaine à Sarajevo, dit avec rancune : « J'en dis que toute la ville saura que vous aviez un prix.

— Nous sommes à Sarajevo, Joey. Toute la ville va m'applaudir : cet imbécile est enfin devenu raisonnable… Dans la soirée, un fonctionnaire du département des retraites est venu du ministère des Finances. Il m'a rendu le document que j'avais donné à Ismet Mujic, il y a neuf ans, pour payer une partie du passage de Jasmina par le pont de Vrbanja. Avec ce document, il y avait un reçu officiel, comme quoi la dette était acquittée. Ils me possèdent, ils m'ont acheté, et le monde entier le saura. Vous n'avez pas un prix, Joey ? »

La question faisait mal, touchait au plus profond, et Joey hésita. Elle était derrière lui, tournant en cercles. Les roues grinçaient et crissaient sur le plâtre. Il ne voyait pas son visage. Il lui avait acheté des fleurs. Toute personne qui levait le nez du trottoir, ou de son volant, dans les rues de cette ville de merde, avait pu voir cette fille en fauteuil roulant, tenant ses fleurs. La question le frappa sous sa garde.

« Je ne sais pas – si quelqu'un que j'aime était en jeu…

— Je ne pensais pas que j'avais un prix, dit le juge. Je vous le dis, priez votre Dieu pour ne jamais avoir à boire dans la coupe du diable. »

Le juge regarda Joey dans les yeux puis demanda simplement : « Qui se serait occupé d'elle ?

— Papa, assez parlé, le coupa-t-elle. Il n'a aucune sympathie pour ce que tu dis – regarde-le. Il nous a compromis, papa. Tu n'as pas à te justifier. » Elle fit le tour de la table et bloqua son fauteuil entre son père et Joey.

« S'il s'agissait de quelqu'un que j'aime, murmura Joey, il se pourrait que j'aie un prix. Je ne vous juge pas. J'espère que je n'ai pas cette vanité.

— Allez-vous partir enfin ? Vous bouleversez mon père. » Joey vit la colère flamboyer dans ses yeux, et ses joues s'enflammer.

« Le retrait de l'autorisation de surveillance, ça vous complique la tâche, Joey ? » Le mince filet de voix du juge montait derrière le dos de sa fille.

« Si je portais l'uniforme, si j'avais l'esprit de l'uniforme, il me serait impossible de continuer.

— Et, sans cet uniforme, que peut faire un homme motivé ? Qu'allez-vous faire, Joey ? »

Parce qu'il était entré dans leurs vies, ils avaient perdu leur dignité. Il se demanda s'ils allaient le maudire quand il serait parti. L'amour qui faisait naître des fleurs était mort. Il se tenait devant eux, les dominant de sa hauteur, et ils attendaient sa réponse. Il ne savait pas qui il était, et aucun de ceux qui connaissaient Joey Cann ne l'aurait reconnu.

Il dit avec férocité : « Je vais jusqu'au bout du chemin, je vais jusqu'où il me mène… Je pense que tout sera fini demain. Demain vous saurez si vous vous êtes vendus à trop bas prix, si vous avez renoncé trop vite à votre honneur… Ouvrez les yeux et les oreilles. »

Il quitta la pièce et s'enfonça dans la nuit. Ils pouvaient le maudire, ils pouvaient rester à pleurer dans les bras l'un de l'autre – ou oublier qu'il était entré dans leurs vies. Dans quelques heures, ce serait fini. Il descendit la colline, laissant derrière lui la maison en construction et la Mercedes, et aussi son amour-propre.

Elle passa les écouteurs à Salko, qui commença à griffonner sur une feuille de papier. Quand l'appel fut terminé, il donna la feuille à Frank. Frank écrivit la traduction et la remit à Maggie.

« Désolée, les garçons, j'ai eu un moment de panique, là, lança-t-elle. Le turc n'entre pas dans mes qualifications… Si j'étais plus futée, ce qui n'est vraiment plus le cas à cette heure de la nuit, je dirais qu'ils sont en train de nous pondre un limerick, vous savez, une petite comptine rigolotte ? Ça devient drôlement multinational, vous ne trouvez pas ? Premier vers : *Il était une fois un Russkoff, un Rital et un Turc*. Ensuite, on a : *Église*, *valise*, *marchandise*, *kirghize*… Je me sens un peu crevée, là. Tu connais quelque chose aux Turcs, Frank ? » Elle s'étira sur sa chaise, s'appuyant contre lui ; elle aimait bien le toucher.

« Première plaque tournante du trafic d'héroïne. »

Elle sourit. « Tu sais ce que je pense ?

— Vous n'avez aucun secret pour moi, Miss Bolton », dit Frank avec un petit sourire.

Elle le repoussa d'un geste, mais elle aimait bien son impertinence. Il faisait un froid mortel dans cette chambre. Il n'y avait qu'une seule petite lumière dans la pièce, posée au sol, sous un épais abat-jour. Elle remit les écouteurs sur ses oreilles.

« Mister croit que ça va être *sa* réunion – moi, je crois qu'il risque sérieusement de s'apercevoir qu'il n'a pas pied, s'il plonge dans ce marigot. »

« Et pourquoi ferait-il ça ? » demanda Ivor Jowett au téléphone. Sa femme, le visage crispé de fureur, s'agitait à côté de lui. Il écouta, remercia son interlocuteur et raccrocha. Il éteignit la lampe de chevet, et s'allongea sur le dos dans le noir.

Ivor Jowett était l'officier de liaison des stups affecté par les Douanes à l'ambassade britannique d'Ankara. Être détaché en Turquie était une place de choix. À l'ambassade, Sehit Ersan Cad. 46/A Cankaya, il était le premier à donner l'alerte pour les grosses opérations d'acheminement d'héroïne en Angleterre. En tant qu'investigateur acharné et ambitieux, avec les informations qu'il obtenait de la *polisi* dans les villes et des *jandarmas* dans les campagnes, il allait être remarqué, puis promu. La marchandise passait par les raffineries et s'écoulait via le Bosphore et l'Europe jusqu'à la Manche et aux ports de la mer du Nord. Sans ces contacts, et ces appels au beau milieu de la nuit, Ivor aurait grenouillé inutilement. Il était juste regrettable qu'une bonne moitié de ces appels atterrissent dans son appartement en pleine nuit et non dans son bureau durant ses heures de travail. Les relations extérieures des Douanes anglaises lui envoyaient chaque semaine des coupures de presse. La plupart du temps, on attribuait les saisies sur les quais d'Harwich, de Felixstowe ou Douvres, ou dans le port de Southampton, au « dévouement, à la persévérance et à la vigilance » des équipes en uniforme. Les statistiques montaient en flèche – un million de livres de came, au prix de revente dans les rues, c'était banal, dix millions de livres n'étaient pas rares. Ivor Jowett, un ancien de Sierra Quebec Juliet, était une star… Sa femme se retourna dans le lit pour se blottir dans ses bras. Gloria, une ancienne de l'équipe Sierra Quebec Roger. Dans le bâtiment des Douanes, on disait que les mariages entre pairs étaient les seuls qui avaient une chance de tenir.

« Tu veux un café ?

— Je ne dirais pas non. »

Le principal sujet de tension dans les mariages venait de l'interdiction pour les officiers de se confier à des épouses qui ne faisaient pas partie de la famille. Lui pouvait parler à Gloria. Elle était secrétaire à l'ambassade, mais elle rongeait son frein et se plaignait d'être sous-employée. Qu'allait-il lui raconter quand elle reviendrait avec les mugs de café ?

Il s'appelait Fuat Selcuk. On estimait qu'il avait quarante-huit ans. Il venait d'un village sur la rivière Aras, près d'Erzurum. Son territoire s'étirait le long de l'ancienne frontière soviétique, désormais en Géorgie et Arménie, d'Artvin et Kars au nord, jusqu'au mont Ararat et au mont Tendurek au sud. C'était là qu'il avait ses raffineries, où il employait les meilleurs chimistes frais émoulus des universités. Le produit qu'il transformait, l'opium brut, provenait des champs de pavot d'Afghanistan. La cargaison était apportée au nord dans des sacs, à dos de mule, depuis le point de ramassage à Taloqan, puis passée par bateau sur la rivière Pjandz, où arrivait une autre escorte armée de mitrailleuses. Puis elle était convoyée par la route à travers le Tadjikistan, et embarquée pour traverser la mer Caspienne dans sa largeur, déchargée dans le port azerbaïdjanais de Sumqayit, puis dirigée vers les postes frontières proches d'Igdir et d'Ardahan. Là, Fuat Selcuk attendait l'arrivée de la cargaison et la payait cash, en dollars. L'argent, coupé, recoupé et re-recoupé – comme le serait la marchandise –, repartait dans l'autre sens pour payer les chauffeurs des camions, les intermédiaires, les équipes des ferries, les gardes-frontières, l'escorte armée, les chefs talibans en Afghanistan, et les fermiers qui cultivaient le pavot dans leurs champs. On ne l'arnaquait jamais. La cargaison ne disparaissait jamais *en route**, des sacs ne tombaient jamais des camions, ni du dos des mules. Son bras s'étendait de l'ouest de la Turquie jusqu'aux collines d'Afghanistan. Essayer de le tromper aurait été comme s'attacher une lourde pierre autour du cou avant de sauter dans la rivière Pjandz. Il n'était jamais arnaqué non plus par ses chimistes dans ses raffineries, ni pendant que les camions sortis des ferries du Bosphore parcouraient l'Europe vers leurs ultimes destinations en Hollande, en Allemagne, en France ou à Green Lanes, dans le nord de Londres. Dans ses jeunes années, quand sa réputation d'être un homme d'honneur en affaires n'était pas encore assise, la spécialité de Fuat Selcuk consistait à couper les couilles de celui qui lui avait fait du tort, et de l'empêcher de crier en les lui fourrant dans la bouche, avant d'agrafer ses lèvres ensemble pour qu'il ne puisse pas les recracher. C'était également un homme charitable : il avait fait construire des hôpitaux et des écoles, et payé les réparations de nombre de mosquées.

L'appel qui avait réveillé Ivor Jowett cette nuit-là n'avait été qu'un chuchotement. Les hommes avec qui il travaillait baissaient toujours la voix quand ils parlaient de Fuat Selcuk, parce qu'ils savaient jusqu'où son bras pouvait frapper. Fuat Selcuk avait quitté Erzurum dans un avion privé, le matin même, direction Ankara. À l'aéroport d'Ankara, un petit futé en planque avait tenté sa chance et s'était approché assez près pour une « écoute ». La cible venait de retrouver un associé basé à Ankara et avait dit : « Ça va être une sacrée journée de merde. Faire toute cette route pour rencontrer un bâtard d'Anglais qui pense qu'il est le top des caïds. Je vais le bouffer… » Et l'associé avait dit : « Ou alors, il va bouffer ses couilles de connard… » Puis ils s'étaient écartés hors de portée des oreilles de l'agent. Fuat Selcuk avait pris un vol l'après-midi pour Damas, puis une correspondance pour Zurich dans la soirée – c'est ce que lui avait appris son interlocuteur.

Pourquoi faisait-il ça ?

Elle apporta le café, et Ivor Jowett lui raconta l'appel. Elle arqua les sourcils. « Il prend un sacré risque, cet Anglais, non, à s'associer avec un type comme ça ? »

Maggie se tenait complètement voûtée au-dessus de l'enregistreur, écoutant de toutes ses forces, écrasant les écouteurs sur ses oreilles. Des rides plissaient son front. Frank la regardait. Salko et Ante quittèrent le mur où ils étaient adossés pour s'approcher de sa table. Ses yeux étaient fixés sur un point, reflétant sa concentration, puis finalement elle haussa les épaules. « Je n'arrive pas à piger. »

Elle passa les écouteurs à Frank. Il écouta, se gratta le menton. « Il y a un problème… Quelque chose à propos du garçon au joli petit cul. »

Frank tendit les écouteurs aux Sreb ; ils se les passèrent tour à tour.

Salko dit : « Serif a perdu le garçon, Enver. Il est allé sortir les chiens. Les chiens sont revenus, mais pas le garçon. »

Ante dit : « Il parle d'un accident. Ils vont téléphoner à l'hôpital Kosevo. Une pareille chose ne s'est jamais produite. »

Fharo dit : « Il est vraiment inquiet, ça s'entend. »

Frank traduisait et Maggie transcrivait ce qu'ils disaient. Des moments comme celui-ci lui procuraient toujours un certain plaisir. Elle fourrait son nez dans la vie de ses cibles. Elle les écoutait se réjouir et elle partageait leurs moments de crise. De son petit bout de lorgnette, elle vivait leur panique. Un premier groupe était parti à sa recherche. Elle les imaginait avec leurs jeans noirs, leurs tee-shirts noirs et leurs blousons noirs, leurs chaînes en or comme des guirlandes autour de leur cou, revenant faire leur rapport – rien trouvé, on les renvoyait dans les rues. Elle écoutait le chaos s'étendre. Toutes ces journées dans les ateliers du sous-sol des tours Ceausescu, et toutes ces nuits passées avec les chefs techniciens à l'Imperial College, ces soirées recroquevillée dans son fauteuil avec son chien et des magazines d'électronique, prenaient une valeur nouvelle quand elle jouait les voyeurs. Cela ne l'intéressait pas de savoir où était le jeune homme, elle se fichait qu'il soit allongé sur un lit d'hôpital, parti faire un tour, en train de se saouler à mort dans un bar, ou à la morgue. C'était l'intrusion en elle-même qui l'électrisait à ce moment, à chaque fois. C'était le pouvoir qu'elle détenait de s'insérer sous la peau de sa cible. Ceux qui décidaient, au-dessus d'elle, étaient aveugles sans ses talents.

Elle avait une écriture ronde bien nette.

> Très cher Mister,
> Ce soir, un homme est venu me voir. Il m'a dit qui vous êtes. Il a décrit vos activités comme celles d'un criminel de premier plan. Je lui ai demandé son nom, comment il savait de telles choses et pourquoi il me les racontait, mais il ne m'a pas donné de réponses.
> Je hais la criminalité et l'exploitation de la misère, l'égoïsme des criminels. Par conséquent, Mister, je devrais vous haïr (je ne vois aucune raison pour laquelle l'homme qui m'a rendu visite aurait menti), mais…
> Je crois qu'il ne m'est pas possible de vous haïr. L'homme m'a dit que vous m'aviez contactée pour être la destinataire de vos dons afin de vous procurer un alibi ; vous vous êtes servi de moi ; vous vouliez donner une légitimité à vos camions de Bosnia with Love, qui doivent repartir en

Grande-Bretagne avec une cargaison de drogue de classe A – de l'héroïne. Cela devrait suffire à me donner une raison de vous haïr, mais…

Mais je sais juger (je l'espère) de la sincérité d'un homme. J'en vois venir ici beaucoup qui n'ont pas une once de sincérité. Quels qu'aient pu être vos premiers motifs pour apporter le camion au bâtiment de l'UNIS, je veux croire qu'ils ont cédé la place à une amitié et une affection réelles.

Je n'étais pas avec un criminel dans le village de Visnjica. Un criminel n'aurait pas joué aux cartes avec les vieux, en reconnaissant leur dignité, il n'aurait pas tenu la main d'un orphelin en lui offrant sa gentillesse. Un criminel n'aurait pas fait le voyage avec moi à Gorazde ni montré une telle empathie pour le sort des malheureux. J'étais avec un homme qui se souciait des autres, qui montrait de l'amour pour ses compagnons humains –, c'est ainsi que je vous juge, et c'est précieux pour moi.

Peut-être qu'en arrivant ici, Mister, vous ne veniez pas par sympathie ou par amour. Peut-être les avez-vous trouvés ici, en ma compagnie (peut-être que je me trompe, et que je ne suis qu'une idiote, mais je crois que vous avez gagné une douceur que vous n'aviez pas en arrivant)… Je pense que vous êtes un homme bon. Où que j'aille, quel que soit mon avenir, je me souviendrai de vous et de votre gentillesse. J'avais espéré – jusqu'à ce que cet homme vienne me parler – que je vous reverrais à chaque fois que vous reviendriez à Sarajevo, que je passerais du temps avec vous, que j'apprendrais à vous connaître. Vous auriez apporté de la lumière là où règne la noirceur, été comme hiver, apporté de l'espoir là où règne la désolation. Vous devez être fier de ce que vous avez fait, avec tant de décence.

Nous ne nous reverrons plus.

Avec amour et que Dieu vous protège,

Monika (Holberg)

Elle mit la lettre dans son enveloppe qu'elle cacheta.

Mars 2001

« Vous allez le rencontrer dans une minute, le chef d'équipe, Cinq-D. »

L'Anglais, Barnaby, descendait la colline vers le bunker et le croisement où l'on tournait pour se rendre à Ljut. Son hôte, un jeune homme attentif, pressait le pas à ses côtés. Les lumières brillaient fièrement dans les maisons remises en état du village tout proche, petits points étincelants de l'autre côté de la vallée, au-delà de la rivière, à Vraca. Dans un quart d'heure, le soleil ferait pâlir les lumières électriques des villages jumeaux. Juste avant que l'automne ne se referme sur la vallée, l'année précédente, cinq mois et demi auparavant, le certificat de nettoyage avait été établi pour le couloir de terre sous la ligne de pylônes électriques, et des équipes de techniciens s'étaient rendues sur le site. Pendant un mois, jusqu'en novembre, ils avaient travaillé dans cet étroit couloir de rubans jaunes, redressé les pylônes, remonté les câbles et réinstallé l'électricité. Il n'y avait pas eu d'autre accident. On avait rétabli le courant. La lumière avait jailli, rayonné dans chacune des maisons réinvesties, des deux côtés. Ils n'éteignaient jamais les lampes. L'association allemande World in Crisis payait les factures.

Les deux fois où Barnaby était venu dans la vallée pour organiser les plus grosses opérations de déminage, il avait acquis la certitude très nette que les Musulmans de Vraca et les Serbes de Ljut laissaient leurs lumières allumées toute la journée, que le soleil brille ou pas, et toute la nuit, qu'ils dorment ou qu'ils soient éveillés. Ce n'était pas à lui de dire aux villageois que les aides généreuses des Allemands auraient une fin. Tous les donateurs commençaient à tourner le dos à ce pays, et les subsides pour les équipes de déminage fondaient comme neige au soleil, et c'est pourquoi Barnaby avait amené ce journaliste dans la vallée. Fenton travaillait pour un quotidien londonien qui se targuait de quelque quatre cent mille lecteurs, et c'était le meilleur messager que Barnaby avait pu trouver. Le travail avait à peine commencé, et il allait falloir trouver des fonds pour le déminage sur deux décennies, au minimum. Barnaby avait besoin de reporters travaillant pour des journaux à très gros tirage, mais ils étaient inaccessibles. À la place, il avait eu Wilf Fenton. Il essayait toujours de se montrer enjoué quand il emmenait un visiteur dans un champ de mines.

« Pourquoi l'appelez-vous Cinq-D ? »

À la manière dont Barnaby le racontait, il existait des Cinq-D sur une centaine de sites. C'était un passage obligé de son entrée en matière. Il savait, de sa pratique opiniâtre de recherche de financements, que les anecdotes passaient beaucoup mieux que les statistiques dans les papiers des journalistes.

« Cinq fois D. Il était D, de démineur, il a sauté et il a eu une sacrée veine. Il est devenu D, de dispatcheur, il s'occupait d'organiser le travail des autres, mais n'allait plus sur le terrain. Il s'ennuyait, alors il est retourné au D de déminage. Il a sauté une seconde fois et a été encore plus chanceux. Il n'a pas perdu sa jambe. Il est donc retourné au D de dispatching. Mais l'ennui l'a repris, alors il est de retour au déminage ! C'est ça, les cinq D – vous comprenez ? »

Fenton frissonna, et continua d'avancer en jetant un œil suspicieux vers le ruban jaune, suivant avec soin une ligne imaginaire qui courait exactement au milieu du sentier. « Une fois m'aurait suffi.

— Il a tellement de shrapnel dans le corps… » Cela faisait également partie du baratin habituel de Barnaby. Et tous les chefs d'équipe confirmaient son histoire. « … que nous testons toujours un nouveau détecteur de métaux en le mettant contre son dos. Les lumières clignotent et l'alarme sonne plein pot.

— Bon Dieu. Et ça, c'est la zone que vous devez couvrir, c'est ça ?

— Oui, c'est cette vallée. La vallée de la rivière Bunica. »

Elle s'étendait sous leurs yeux. Un épervier planait au-dessus des herbes sèches jonchant les anciennes terres arables, il piqua, passa en rase-mottes au-dessus de l'herbe boueuse des anciens pâturages, remonta sous le vent léger et s'envola vers les piquets tombés et les fils de fer rouillés de l'ancien vignoble. Il n'y avait plus là aucune beauté. Les pointes vertes de l'herbe nouvelle allaient sortir le mois prochain, et les fleurs tisseraient leur tapis le mois suivant. C'était comme si l'endroit avait perdu son âme, songea Barnaby. Une longueur de ruban jaune apparemment infinie marquait l'étendue des champs, courant à la lisière des pentes boisées.

« Combien de temps vous faudra-t-il pour la nettoyer ?

— Sept ou huit mois. Avec vingt hommes, bossant cinq jours par semaine.

— Combien de mines y a-t-il ici ?

— Nous l'ignorons. Il n'y a pas d'archives.

— Vous iriez marcher là-dedans ? »

Barnaby secoua résolument la tête. « Je ne dépasserais pas le ruban d'un centimètre. J'ai cinquante-six ans et j'ai travaillé avec des mines pendant ces vingt-quatre dernières années. J'ai appris à les *respecter*. »

Il raconta l'histoire du chef d'équipe, celle de la grand-mère et du petit-fils, et Fenton écrivait fiévreusement.

Ils avaient atteint le bunker. La bande jaune faisait le tour de la construction massive de pierres et de troncs d'arbres moisis. La peinture rouge du fond avait craquelé et s'était écaillée sur le crâne et les os entrecroisés. Barnaby fit entrer Fenton, et le journaliste alluma son briquet Marlboro, augmentant la flamme au maximum. Il y avait des restes de chiffres écrits à la craie sur les murs, vestiges d'une ancienne occupation. Est-ce que Barnaby savait ce qu'ils signifiaient ? Il l'ignorait. Fenton dit que cela faisait penser aux listes des bookmakers qui étaient épinglées dans les boutiques de paris. La dernière date, là où la craie rayait la liste des cotes, datait de l'été, sept ans plus tôt, et, au-dessus de la date, on avait écrit le mot : Rado.

« Je ne peux pas vous aider, dit Barnaby, je ne sais pas ce que ça signifie.

— Dommage, ça semble intéressant, non ? En parlant de fantômes… » Ils ressortirent sous le soleil, clignant des yeux. Les lumières aux fenêtres de Ljut n'étaient plus visibles, ni les têtes d'épingle de l'autre côté de la rivière. Une colonne de démineurs descendait le sentier devant eux, le poids de leurs énormes boots martelant les pierres.

« Qu'est-ce que c'est que ces chaussures ? Elles ont l'air drôlement costaudes.

— Elles sont censées être à l'épreuve d'une mine antipersonnel, ce que nous appelons mine de harcèlement.

— C'est rassurant.

— Pas franchement – elles ont des semelles rigides. Elles sont très bien sur du plat, mais c'est traître sur une pente pierreuse. Vous glissez, vous mettez les mains en avant pour amortir votre chute, et tout votre poids se reporte sur vos mains. Il faut cinq kilos de pression pour déclencher une PMA2. Quand ils travaillent sur un sol en pente, comme ce vignoble, ils enlèvent leurs boots.

— Bon Dieu… Pourquoi font-ils ce boulot ?

— Pour l'argent… pour pouvoir manger et nourrir leurs familles.

— Comment faites-vous pour garder le moral, après un accident ?

— Nécessité fait loi. En général, quand un démineur a été blessé, ou tué, il y a au moins deux hommes qui se précipitent pour prendre sa place – car ils n'ont rien à manger, et leurs familles non plus.

— Vous me décrivez le monde comme une belle saloperie – pardonnez-moi.

— Sentez-vous tout à fait libre de me citer. »

Ils suivirent les démineurs qui descendaient vers le gué. L'eau rugissait comme un torrent. Barnaby indiqua une ferme, au loin, et parla d'une récente histoire de famille : une vieille femme qui se déplaçait avec des béquilles, un homme dont les restes ne pourraient pas être récupérés avant l'été, à cause de l'endroit où ils reposaient, et un vieux fermier qui résistait à la sénilité en se disant qu'il pourrait un jour retourner travailler dans ses champs. Par chance, il n'était pas encore sorti du lit – c'était bien mieux ainsi.

Ils avaient fait halte au bord du chemin, près de la rivière. Des lignes parallèles de ruban jaune couraient jusque dans les champs, juste assez espacées pour que deux hommes puissent marcher de front. Entre ces étroits couloirs poussaient de vastes étendues d'herbe et de plantes, mais les deux hommes dans les couloirs ne marchaient pas, ils étaient à genoux, la visière de leur casque baissée. Ils fouillaient la terre avec de fines baguettes d'acier affûtées. Fenton dit qu'ils avaient l'air d'attendre que la peinture soit sèche. Barnaby répliqua froidement que les risques de perdre une jambe en repeignant son intérieur étaient très faibles. Fenton aperçut le chien, et son visage s'éclaira. Un gros berger allemand au poil ébouriffé se tenait dans les hautes herbes, entre les rubans d'un couloir, à une vingtaine de mètres du sentier. Une longue corde fine reliait le chien à son maître.

« Voilà ce qu'il me faut. » Fenton sortit un petit appareil photo de sa poche et visa le chien. « Parlez-moi de lui.

— C'est Boy. Il a neuf ans. C'est le meilleur, un vrai crack. Il a été entraîné par une compagnie américaine de déminage. Ils l'ont fait travailler en Angola, puis au Rwanda et en Croatie. Ils nous l'ont vendu. Il va avoir du boulot ici. Il sent les explosifs… Mais tout le monde ne fait pas confiance aux chiens. S'il rate une mine, il ne la fera pas exploser, mais celui qui tient la laisse, si. Beaucoup préfèrent s'en remettre aux sondes. Ça fait l'objet de beaucoup de discussions. Mais Boy est spécial. Quand un chien n'est plus capable de se rendre utile, il est abattu. Ce ne sera pas le cas pour Boy. Son maître le remmènera chez lui.

— C'est formidable. Je peux aller plus près ?

— Non, désolé monsieur Fenton, vous comprenez, nous sommes dans la première semaine de la saison. Les hommes sont rouillés. Ils n'ont pas été sur le terrain depuis quatre ou cinq mois. C'est une période de danger maximal pour eux.

— J'ai une accroche, là, je vais écrire quelque chose de positif, dit Fenton avec enthousiasme. Quelque chose sur des hommes courageux, avec Boy, qui œuvrent pour ramener une vie normale aux deux communautés de cette vallée. Ça me plaît, je tiens le truc – la vallée où la paix ne sera plus jamais rompue. »

« Prendrez-vous tous une tasse de thé ? »

C'était ce que la mère de la Princesse proposait toujours quand elle était enfant, à chaque fois que le vieux Bill s'invitait chez eux, à l'aube, dans leur maison d'Ilford.

« Ça ne me dérange pas, ajouta la Princesse, je n'ai qu'à allumer la bouilloire. »

Hormis quand son père était en cellule, le vieux Bill était le surnom qu'ils donnaient à ces visiteurs qui, invariablement, débarquaient à l'aube. Sa mère, Clarrie Hinds, faisait toujours bouillir de l'eau pour une grosse théière et vidait le placard de toutes les tasses pour les mettre sur un plateau ; s'il y avait un officier plus âgé parmi eux, elle découpait quelques rondelles de citron, au cas où. Elle ajoutait sur le plateau une assiette de biscuits, sortis d'un paquet ouvert pour l'occasion. Telle mère, telle fille. Sa mère disait qu'il était opportun de rendre plus plaisante une expérience désagréable, et que le thé et les biscuits, assortis d'un bavardage anodin – allait-il pleuvoir ou pas ? –, perturbaient ceux qui perquisitionnaient.

Cette équipe était grincheuse. Ils refusèrent le thé, refusèrent les biscuits, ignorèrent la conversation.

Cela faisait neuf mois que la maison de la Princesse n'avait pas été « visitée ». Ils avaient été plutôt polis, cette fois-là. Pas de tambourinage à la porte, pas de cris, pas de gyrophares bleus ni de sirènes quand ils avaient emmené Mister. Ils lui avaient laissé au moins dix minutes pour s'habiller, et ils avaient été discrets quand ils l'avaient fait sortir. C'était après, seulement, qu'elle avait appris par Rosie Carthew, Carol Penberthy et Leonora Govan, que toute la maison avait été encerclée par des policiers en armes, accroupis dans leurs jardins; la Princesse ne les avait même pas vus. Cette fois-là, Mister était parti comme si quelques amis golfeurs l'emmenaient sur un terrain éloigné – mais Mister ne jouait pas au golf. Ceux d'aujourd'hui étaient convenables, froids et muets.

Ils connaissaient la maison. Ils avaient étudié les photos prises quand la maison avait été « cambriolée », un an auparavant. Une pièce avait été assignée à chacun. Le plus âgé avait une pipe éteinte vissée à la bouche. Elle l'avait vu regarder autour de lui dès l'instant où il avait franchi la porte d'entrée. Il n'y avait pas de cendriers dans la maison de la Princesse. Elle voyait qu'il mourait d'envie de sortir ses allumettes et d'allumer sa pipe, mais il ne lui demanda rien. Du temps du vieux Bill, ils demandaient toujours s'ils pouvaient fumer, et, invariablement, sa mère sortait un cendrier pour eux. Il errait de pièce en pièce, comme pour superviser les opérations, et la Princesse le suivait. Ils allèrent à la cuisine, au petit salon, au living, dans le coin douillet où elle rédigeait son courrier, à la salle à manger qu'on n'utilisait jamais, puis en haut, dans les chambres et les salles de bains. Elle le suivait comme un chien méfiant. Quand la femme qui avait fouillé la salle à manger, sortant tout du buffet puis replaçant chaque assiette et chaque verre exactement à l'endroit où ils étaient précédemment, était allée rejoindre l'homme à la grosse barbe qui avait passé le petit salon au peigne fin, la Princesse se trouvait en haut des escaliers. La femme et le barbu étaient dans le hall en dessous.

« Tu sais, ce que je trouve bizarre dans cet endroit, c'est qu'il n'a pas l'air habité, ça flanque un peu la chair de poule. On se croirait dans un logement témoin à la foire internationale de la maison. Pas une chose qui ne soit pas à sa place – et pas un livre. Tu as vu un livre ici ? Moi aucun. Ça me file le frisson. Un peu comme une chambre d'hôtel qu'on vient de nettoyer pour le client suivant. »

Ils l'avaient alors aperçue, en haut des marches, et la Princesse ne les avait plus entendus dire un mot avant qu'ils ne repartent.

Ils sortirent à la queue leu leu. Des années auparavant, Clarrie Hinds lui avait expliqué qu'il ne fallait jamais montrer sa colère devant eux, ne jamais paniquer, ne jamais crier, parce qu'ils en parleraient après en allant prendre un petit déjeuner à la cantine, et qu'ils feraient passer le mot à leurs indics, la racaille qu'ils achetaient. Se laisser aller à crier ou à pleurer dans un coin l'aurait déchue de sa dignité, et aurait amoindri le respect dû à Mister. Ils n'emportèrent rien avec eux.

« Merci pour votre coopération, madame Packer. »

L'allumette du vieil officier brilla dans la lumière terne.

Elle ne répondit pas. Les moteurs démarraient dans la rue. En général, chez sa mère, ou chez elle depuis qu'elle avait épousé Mister, quand la police ou l'Église venait avec un mandat, qu'ils fouillaient tout et repartaient les mains vides, sans preuve dans leurs pochettes, on lisait la contrariété sur les lèvres crispées de leur chef. Elle ne vit aucune colère, mais un mince sourire, qui exprimait peut-être du mépris, ou de la satisfaction. Peu importait. Elle raconterait tout ça à Mister quand il serait de retour, demain ou après-demain. La règle, qu'elle n'avait jamais enfreinte, voulait qu'elle ne l'appelle jamais quand il s'absentait. Cela attendrait son retour. Ils étaient partenaires. À sa manière étrange et non exprimée, son Mister aimait sa Princesse. Il ne la prenait jamais dans ses bras, ne la touchait même pas quand ils n'étaient pas seuls, ne lui faisait jamais de compliments devant des étrangers, mais il l'aimait. Et c'était réciproque. Ils se faisaient confiance. Quand il reviendrait, elle dirait à Mister où ils avaient été, comment ils avaient fouillé, de quoi ils avaient l'air. Il l'écouterait sans l'interrompre une seule fois, et tous les détails seraient rangés dans sa tête, dans sa mémoire. Quand elle aurait fini, il dirait « bien joué », ou « c'est bien », ou, s'il était d'humeur causante, « à croire qu'ils n'ont rien d'autre à faire », et la vie reprendrait son cours. Elle ne regardait jamais vers le futur, n'y pensait même pas. Il y a très longtemps, au début de leur mariage quand Mister était en pleine ascension, elle craignait qu'on ne le retrouve dans un caniveau, ou dans une voiture incendiée, et que les Bill en uniforme ne viennent la chercher pour l'escorter jusqu'à la morgue afin d'identifier son corps. Elle ne laissait plus de place en elle pour de telles peurs. Il était intouchable désormais ; comme elle lui disait par manière de plaisanterie : « Dieu lui-même n'oserait pas. » Elle ne lui demandait pas de quoi le futur serait fait, et elle ne s'en inquiétait pas.

Tandis que les voitures s'éloignaient, elle vit que Leonora se tenait près de son portail, en robe de chambre, et mimait le geste de prendre une théière et de boire une tasse de thé, mais elle secoua la tête avec un sourire – rien de grave – et elle referma la porte derrière elle.

Un point la troublait pourtant. Il n'y avait pas eu d'alerte. La nuit avant son arrestation, Mister avait été averti qu'ils viendraient le chercher à l'aube. Elle dirait à Mister que ses contacts ne l'avaient pas prévenue… Elle alla à la cuisine. Elle se fit un café, et mit du pain à griller. Elle emporta sa tasse et sa tartine au petit salon et alluma la télévision.

Ses yeux erraient de l'écran à sa tasse et à la petite assiette, flottaient à travers la pièce. Impossible de voir que l'Église était venue fouiller la maison, tout était étrangement ordonné, rien n'avait bougé. Elle finissait de balayer du regard les aquarelles, les décorations, le décanteur, les verres, et la cheminée, lorsqu'elle aperçut l'enveloppe.

Elle était posée bien droit, sur une table basse près du coffre où elle rangeait sa tapisserie. Elle n'avait pas posé cette grande enveloppe brune sur cette table.

Elle se demanda ce qu'ils avaient laissé derrière eux.

Elle posa sa tasse et l'assiette sur le repose-pieds devant son fauteuil, alla à la table basse et saisit l'enveloppe.

Le rabat n'était pas collé, mais replié à l'intérieur. Aucun logo dessus, aucune mention manuscrite. Elle ouvrit l'enveloppe et en sortit un paquet de photos grand format. Au verso de la première photo était collé un Post-it avec une inscription. « Chambre 329, Holiday Inn, Sarajevo. Téléphone : (00 387 32) 664 273. » Elle retourna la photo. Elle regarda.

Ses yeux se fermèrent, elle lança un coup de pied dans le vide. Son chausson de fourrure rose alla taper dans le repose-pieds près du fauteuil. La tartine valsa, retomba sur le tapis côté margarine-marmelade, et la tasse de café s'envola. La Princesse attrapa le Post-it, fonça dans la cuisine et arracha le téléphone du mur.

Il était en train de s'habiller, son meilleur costume et ses plus belles chaussures, quand le téléphone grésilla près du lit. Mister le prit, puis l'écarta de son oreille en entendant hurler la voix.

« Mon problème, ce n'est pas eux, Mister, ils peuvent venir quand ils veulent, une fois par semaine si ça leur chante, avec ou sans rendez-vous – mon problème, c'est toi, Mister. C'est qui, *elle* ? C'est ça mon problème, toi. C'est qui, celle-là ? Ne joue pas l'idiot avec moi, Mister, ne t'avise surtout pas de me répondre que c'est rien, personne… Juste une amie que tu as rencontrée… juste un petit coup comme ça. Dehors, à la vue de tout le monde, comme un gamin dans un parc. Qui est-ce ? T'as perdu ta voix, tout à coup, Mister ? Tu as baissé ton pantalon, Mister ? Faut qu'on t'appelle Mister, pas vrai ? Tes histoires de respect à la con ? Il est où, le respect ? Se planter dehors en pleine lumière, à se bécoter avec des yeux de vaches devant les appareils photo de l'Église ? Et ne viens pas me dire que tu n'avais pas vu l'objectif, que tu ne savais pas qu'ils étaient là. Tout ce que tu voyais, c'était ses putains de nichons, tu n'aurais pas vu l'appareil photo même s'ils te l'avaient flanqué dans l'œil. Ah, ils doivent bien se marrer, à l'Église ! J'en ai bavé pour toi, Mister, j'ai fait tout ce que tu me disais de faire, je t'ai toujours couvert, j'ai vécu une demi-vie de merde – et tout ça pour quoi ? Pour recevoir une série de photos certifiées de toi en train de bander pour une salope assez jeune pour être ta fille – si tu avais seulement été capable de faire des gosses. Je t'ai fait confiance, Mister, et toi tu m'as… »

Il reposa le combiné sur le téléphone.

Il finit de s'habiller, choisit une cravate chic et vérifia son apparence dans le miroir.

Ils l'attendaient dans le hall. Comment se sentait-il ? Il se sentait parfaitement bien, il allait passer une excellente journée, il était le maître du jeu.

Chapitre dix-sept

Est-ce qu'ils étaient en chute libre ? Il était assis à côté d'Atkins, qui conduisait, avec l'Aigle derrière lui. Ils étaient sûrement en train de se dire que les choses commençaient à craquer, à se lézarder, et ils restaient tous deux muets, ils n'avaient pas dit un mot de tout le trajet, depuis la ville jusqu'à l'entrée de la gorge où coulait la rivière Neretva, à Jablanica. Rien dans la vie de Mister n'était jamais parti en chute libre.

Il était fatigué. Il dit, doucement, d'un ton las : « Très bien, l'Aigle, très bien, Atkins, je vais vous expliquer comment je vois les choses, parce que vous vous le demandez, et que vous avez le droit de savoir. "Est-ce qu'on est en train de se planter ?" Une bonne question. Qui mérite une vraie réponse. Nous avons le positif et le négatif, crédit et débit… Je commence par le négatif, le débit… Nous allons rencontrer Marco Tardi, de la famille Brusca, et Nikki Gornikov, qui appartient aux *vory v'zakone*, ainsi que Fuat Selcuk, qui possède la moitié de l'ouest de la Turquie. Ils sont tous en première division, ce sont des vieux routiers, leur rayon d'action s'étend à travers toute l'Europe et le Proche-Orient, jusqu'en Asie et même aux États-Unis. Je n'ai jamais rencontré des gens comme ça jusqu'à présent. Il m'arrive de rencontrer des gens à Londres ; si le soleil brille et que c'est un bon jour, je vais parfois jusqu'à Manchester, Birmingham ou Newcastle, et, pour un truc vraiment spécial, il peut même m'arriver d'aller jusqu'à Glasgow. Je traite avec des Yardies[1] et des Chinois, des mecs qui m'appellent Mister parce qu'ils chient dans leur froc devant moi. Je suis le gros poisson dans un petit étang. Je ne sais pas comment ça va se passer quand je vais rencontrer ces gens aujourd'hui. Je ne sais pas si je vais me casser la gueule, s'ils vont penser que ça ne vaut pas la peine de perdre du temps avec moi. C'est un terrain nouveau pour moi – est-ce que je suis prêt pour ça ? C'est le négatif. »

Ils avaient laissé derrière eux le lac Jablanicko Jezero, avec ses guinguettes en bois et ses pêcheurs, immobiles comme des moines, tenant leurs cannes à pêche en fixant les profondeurs bleu-vert. Ils étaient maintenant dans la gorge. Le soleil dardait ses rayons jusqu'au fond. La route était belle et sèche, les collines couvertes de neige étaient loin derrière. Ils passèrent devant des champs que labouraient des tracteurs. Trois messieurs élégants se rendant à une réunion d'affaires. Sa voix était douce, sans passion.

« Depuis que nous sommes ici, nous avons été sous la surveillance constante de l'Église. Pas une grosse équipe, peut-être même le boulot d'un solitaire. J'ai

1. Argot anglais pour désigner les gangs de Jamaïcains. *(N.d.T.)*

fait ce que je fais habituellement. J'ai lancé un avertissement, une petite mise en garde, et je lui ai foutu la trouille de sa vie. Je ne sais pas s'il est encore là, ou pas… Ils doivent être au courant pour l'entrepôt où on s'est installés, pour les camions de l'association. Pour être franc, tous les arrangements que nous avons mis au point cette semaine sont à refaire. Ça, c'est du débit. »

Tous trois s'étaient habillés avec soin. Le costume de Mister était gris pâle. L'Aigle portait un costume noir très formel, le genre qu'il aurait sorti de sa garde-robe pour un dîner à Guildford avec des membres de la magistrature qu'il aurait voulu impressionner, une cravate discrète, de marque étrangère, en soie, et il avait passé un petit moment dans sa chambre à cirer ses chaussures avant de partir. Atkins avait revêtu un pantalon marron clair, une veste de sport et la cravate de son régiment. Mister poursuivait son monologue d'un ton songeur, comme si son interlocuteur principal était lui-même.

« L'Église met la pression, et pas seulement ici. Ils ont perquisitionné chez Atkins, à la maison de l'Aigle – chez moi aussi. La Princesse m'a appelé ce matin. Elle a parfaitement l'habitude de tout ça, et pourtant, elle a enfreint la règle la plus élémentaire que nous avons entre nous. Je n'ai été prévenu de rien avant qu'ils ne débarquent chez moi, et je n'avais pas été averti non plus pour toi, Atkins, ni pour toi, l'Aigle. On dirait qu'ils enjambent l'alarme photoélectrique parce qu'ils savent où elle est. Et ça peut encore empirer. Il y a eu des photos prises quand je suis allé dans ce village paumé où ils ont distribué les trucs de *Bosnia with Love*. L'Église les a laissées chez moi pour que la Princesse les voie. Le genre de photos où je suis avec une jolie fille, l'air un peu proche. Bon Dieu, je ne suis pas du genre à aller avec des filles. Il ne s'est rien passé, putain, il ne s'était encore rien passé, mais les photos donnent l'impression que je l'embrasse. La Princesse m'a agoni d'injures. Elle n'a pas pu supporter ça, elle vociférait, et leurs magnétos étaient en train de tout enregistrer. Voilà pour le négatif. C'est pour ça que la question est pertinente – est-ce qu'on est en train de se casser la gueule ? »

Il ne pouvait pas voir l'Aigle, sur la banquette arrière, mais il entendit son haut-le-cœur. Les yeux d'Atkins ne quittaient pas la route.

« Donc, je bats en retraite, je fais une croix sur mes pertes et je repars en courant ? »

Les deux autres restaient silencieux. Ils n'avaient pas prononcé le moindre mot depuis le début du voyage. Il se dit qu'ils étaient aussi pathétiques l'un que l'autre, mais n'en montra rien.

« C'est une question légitime, et vous avez le droit de la poser. »

Sa voix restait parfaitement calme.

« Je ne suis jamais parti en courant, jamais… Même quand j'étais gamin, à l'école. Je me faisais démonter la tête parce que j'essayais de faire mon trou. Des mômes plus âgés, plus grands et plus forts me tabassaient à coups de poing et à coups de pied, je rentrais à la maison avec du sang plein la figure et des dents branlantes. Mais j'y retournais le lendemain matin, jusqu'au jour où j'ai pu répliquer à coups de pied et de poing. J'ai régné sur cette école. Je faisais la loi. Si j'avais montré la moindre peur, je serais resté un minable, juste un banal petit teigneux, et je me serais fait dégommer… Quand on m'a viré de l'école, quand j'ai commencé à vraiment creuser mon trou – à quatorze ans je protégeais les boutiques et les petits business –, des gens ont voulu que je laisse tomber et que je dégage. On a sorti les couteaux, on m'a même jeté un cocktail Molotov. Je ne les ai pas lâchés. J'étais un gosse, mais je suis allé les chercher dans leurs pubs et dans leurs piaules, je ne les ai plus lâchés jusqu'à ce qu'ils se barrent. Il a d'abord fallu que je me débarrasse des gars de Stoke Newington, puis de ceux d'Islington et Holloway, puis de Dalston et Hackney. Il y avait du gros business à faire et les gars ne voulaient pas de moi… Je suis allé au trou. J'ai gagné deux choses à Pentonville. D'abord le respect, mais il a fallu que je me batte pour ça, et avec le respect sont venus les contacts. Le Mixeur vient de Pentonville, et les Cartes, et le Craqueur, et toi, l'Aigle. Si je n'avais pas tenu mon rang, si je ne m'étais pas battu à cet âge-là, j'aurais fini avec ces mômes qui servent de joujoux pour les vieux pervers… Je suis sorti. Je suis allé à Green Lanes et j'ai commencé à acheter, à négocier, à revendre. Il fallait gagner de nouveaux territoires, et des batailles plus dures. J'aurais pu renoncer, à cette époque. Mais c'était une question de volonté, de détermination, de confiancc. Si je n'avais pas eu la volonté, si je n'avais pas été si déterminé, je serais mort. Il y avait des paquets de fric à se faire, mais trop de groins dans l'auge, il y avait de la place pour un seul là-dedans, moi. J'ai envoyé des mecs à l'hôpital, mais ils n'ont pas parlé à la police parce qu'ils n'ont pas eu les couilles, et aucun n'est venu en redemander. Ce que je veux dire, c'est que le respect ne vient pas comme ça, il faut le gagner. Je l'ai gagné. Je suis assis en haut de l'arbre parce que je n'ai jamais fait demi-tour, que je ne suis jamais parti en courant, que je n'ai jamais renoncé… et les années passent. Je suis assis en haut de mon arbre et je réfléchis. Où est-ce que je dois aller, si je ne recule pas, si je ne renonce pas ? La seule chose à faire, c'est de trouver un arbre plus grand, l'escalader et me retrouver encore plus haut. Est-ce que quelqu'un a dit que c'était facile ? Ça n'a pas été *facile* à l'école, ni pour convaincre les commerçants de se mettre sous ma protection à Stoke Newington, ni pour nettoyer le territoire du nord de Londres, ça n'a pas été facile à Pentonville, ni pour arriver à Green Lanes. Mais j'avais la volonté… Et donc, maintenant, j'ai des problèmes. »

Il se relâcha et se carra sur son siège. Il les méprisait.

« C'est quoi, un problème ? C'est un truc qu'il faut résoudre. Les problèmes, c'est pour les minables, pas pour Mister. Je continue d'avancer, je n'ai jamais renoncé à quoi que ce soit que je voulais. Et ce que je veux, c'est ça… L'un ou l'autre d'entre vous veut sortir ? Vous voulez repartir à pied ? Vous voulez vous retrouver sur le bord de la route à attendre un bus ? Regagner l'aéroport ? Je ne t'entends pas, l'Aigle ? Tu ne dis rien, Atkins. »

Il entendit un froissement de papiers derrière lui et se dit que l'Aigle devait se cacher derrière, et les yeux d'Atkins quittèrent la route pour regarder dans le rétroviseur. Ils sortaient de la gorge de la Neretva.

« Alors on fait comme ça, donc… Je pense qu'on est un peu en avance, peut-être que nous pourrions nous arrêter manger quelque chose ? La journée risque d'être longue. »

Mister ferma les yeux et sentit le soleil taper sur son visage. Il ne pensait qu'à la réunion. Monika et la Princesse étaient oubliées, tout comme l'Aigle et Atkins, qui n'étaient que des rebuts, et Cann, qui n'était qu'un moustique. Il était intouchable, il faisait la loi, et cette réunion le prouverait.

Ils arrivaient dans une plaine vaste, et les panneaux indiquaient Mostar. Joey était au volant du van bleu. Il avait échoué. Il avait tout fichu en l'air, et gisait sur la rive, comme du bois flotté.

Maggie était à côté de lui, ses jambes tout près du levier de vitesse, sa jupe remontant sur le siège, et Frank Williams était assis de l'autre côté sur la banquette, contre la portière de droite. Il avait passé son bras derrière la nuque de Maggie, la tête posée contre sa joue. Ils dormaient tous les deux, ils avaient bien mérité ça. Ils étaient restés éveillés toute la nuit à l'écoute de la panique grandissante, suivant les cris et les ordres qui claquaient, transmis par le transmetteur satellite. Le garçon, Enver, n'avait pas été retrouvé. La police de Sarajevo le cherchait partout : il n'avait été admis dans aucun hôpital. Ils n'étaient revenus à l'hôtel que lorsque Ismet Mujic avait abandonné la direction des recherches et était sorti pour aller accueillir le premier vol en provenance de Zagreb. Ils avaient eu juste le temps de prendre une douche et de se changer, avant de repartir pour l'Holiday Inn avec le van. Joey étant le seul à avoir dormi, c'était lui qui conduirait. Il avait regardé le Mitsubishi quitter l'hôtel et, quand il avait atteint la route principale, il l'avait laissé s'éloigner, perdant volontairement le contact visuel. Il était guidé par la petite lumière clignotante de la balise, parfois intense, parfois faible, sur l'écran devant les genoux écartés de Maggie.

Il avait échoué parce qu'il n'avait plus d'autorisation pour cette surveillance. Il ne pourrait plus produire aucune preuve, à présent que cette autorisation avait été retirée. Il pouvait dire avec certitude quand le professionnalisme dont il s'enorgueillissait avait cédé devant son obsession, quand il avait bazardé tous les enseignements de l'Église. C'était au moment où Mister était entré dans le cimetière, quand il avait vu son allure pleine d'aplomb, épaules dégagées, et qu'il s'était fait manœuvrer, piéger ; c'était un *échec*. Tout ce qu'il avait fait depuis n'avait été qu'une tentative médiocre et impuissante de réparer cet échec. Joey Cann, et cette idée pulsait dans son crâne, restait le loser – encore et toujours.

La balise le guidait et il laissait dormir Maggie et Frank.

Deux pick-up le suivaient. Les Quatre Sreb s'étaient séparés par paires. À l'arrière du second pick-up, il y avait une cage grillagée. Dans cette cage se trouvait Nasir. Non que Joey éprouve un quelconque intérêt pour ce monstre, mais il s'appelait Nasir – Muhsin lui avait dit son nom et d'où il le tenait avant qu'ils ne quittent Sarajevo, comme si c'était une information d'importance, une information qu'il fallait avoir en tête. Nasir Oric était le commandant qui avait tenu la ligne de front de Srebrenica – qui avait été rappelé sur ordre du gouvernement, et qui n'était plus là quand l'enclave était tombée et que les gorges avaient été tranchées. La lumière de la balise faiblissait, et Joey appuya sur l'accélérateur pour pousser le van à sa vitesse maximale.

Joey se sentait abandonné, seul – avec un irrépressible besoin de compagnie.

L'écran lui indiqua de prendre à droite à un grand carrefour, direction Mostar – loin devant lui, avant qu'il ne tourne, une ligne de collines basses miroita dans une brume de chaleur. Il ne connaissait pas leur nom, ni la vallée qui se cachait derrière, et il perdit de vue les hauteurs pour affronter un ciel implacable, éclatant de soleil.

Husein Bekir était descendu jusqu'au gué, mais l'eau était trop profonde pour qu'il puisse traverser. Il se protégeait du soleil de la même façon que du froid de l'hiver. Son manteau, qui le couvrait jusqu'aux genoux, était étroitement serré par une ficelle autour de sa taille, et il portait ses grosses bottes de caoutchouc. Un béret protégeait son crâne du soleil.

Les démineurs étaient assis sur le sentier, à l'ombre d'un frêne, et leur chien était allongé contre le tronc. Ils mangeaient du pain en buvant des canettes de

Coca. Husein était venu au gué pour voir jusqu'où leurs couloirs de rubans jaunes avaient progressé au cours de la matinée – l'un, estima-t-il, avait avancé de cinq mètres, un autre de sept, mais nul n'avait fait plus de dix mètres. Ses champs mesuraient plus de mille mètres de longueur, et un peu plus de deux cent cinquante mètres de large. Il cria vers l'autre rive. Pourquoi avaient-ils besoin de s'arrêter pour manger et boire ? Est-ce qu'ils ne devraient pas plutôt travailler ? Combien les payait-on pour rester assis à l'ombre à ne rien faire ?

Ils l'ignorèrent ; pas une tête ne se tourna vers lui.

Husein fit volte-face. Le calme retomba sur la vallée. Elle avait été un cadeau de Dieu, maintenant elle était empoisonnée. Dans la brume de chaleur, les champs semblaient s'éloigner de lui, sous une cape de silence.

Ismet Mujic avait choisi l'endroit par déférence envers Marco Tardi, l'Italien qui était venu de Messine à Bari, puis en avion privé jusqu'à Split, en territoire croate. Dès l'atterrissage, il avait été conduit vers Mostar.

Tout était très compliqué. Il fallait montrer de la déférence envers l'Italien parce qu'il était son premier partenaire dans ses affaires. Le Russe avait dit qu'ils devaient se rencontrer à Brcko, près du marché Arizona, où il avait des associés. Le Turc voulait Sarajevo, la base de ses alliés. Fuat Selcuk était arrivé à l'aéroport de Sarajevo le premier, et il avait passé à récriminer l'intégralité des trente-cinq minutes où il avait dû rester à attendre l'arrivée de l'avion de Nikki

Gornikov. Le Turc et le Russe ne voulaient pas voyager dans la même voiture, exigeant tous deux d'être encadrés en permanence par leurs propres gardes du corps. Ils avaient formé un convoi de trois voitures de l'aéroport jusqu'à Mostar, et une quatrième les rejoindrait là-bas. Quel merdier… Il avait passé onze appels sur son mobile, mais le garçon, Enver, restait introuvable.

Il alla les rejoindre. Il observa le Russe et le Turc qui, sans bouger de leurs voitures, fixaient froidement l'Italien, assis dans la sienne. L'été, on trouvait de petits scorpions dans les collines arides entre Mostar et la côte, et les gens du coin avaient coutume de les attraper, sans mettre de gants de peur de les abîmer, puis de construire une petite prison pour eux avec des parpaings, et de les regarder combattre en pariant de grosses sommes sur le vainqueur… Ismet Mujic n'aurait pas parié sur l'Anglais.

Sa voiture menait le convoi, et, noyées dans la poussière de la route, les autres suivaient.

Mister marchait et Atkins restait à distance derrière lui.

L'Aigle était resté dans le Mitsubishi, sous prétexte qu'il avait mal aux pieds. Ils l'avaient laissé, occupé à se masser après avoir ôté ses chaussures. En voyant les chevilles maigres et blanches de l'Aigle, Atkins s'était demandé comment il pouvait tenir de longues parties de chasse à travers champs comme il le prétendait. Leur véhicule était garé devant un grand hôtel moderne, rutilant, qui avait dû coûter un argent fou, sans doute le seul bâtiment qu'ait vu Atkins à Mostar resté intact après la guerre. Il n'était jamais venu à Mostar quand il avait effectué ses deux services pour les Nations unies dans le pays.

Mister était parti et Atkins l'avait suivi. Il s'était enfoncé dans le quartier musulman à l'est de la ville, pavés ronds, rues ombragées sous des balcons en surplomb, et il s'était arrêté un long moment devant le grand gouffre ouvert là où s'était dressé le pont Stari Most. Atkins se souvenait qu'il avait été détruit à coups d'explosifs – à l'époque de son second séjour. Les Croates avaient accusé les Musulmans d'un acte de vandalisme international ; les Musulmans avaient accusé les Croates de crime de guerre sur un site du patrimoine mondial. Il y avait là deux ouvriers, et un panneau indiquant que le pont était reconstruit par des artisans italiens, grâce à des fonds de l'UNESCO. Mister se pencha sur les eaux tumultueuses au fond du gouffre que l'ancien pont avait enjambé. Atkins trouvait son expression sereine, paisible. Il était comme ça depuis qu'ils étaient arrivés dans la ville.

Les yeux de Mister demeuraient fixés sur les eaux de la Neretva.

Atkins dit : « Figurez-vous, Mister, que dans le temps des gamins plongeaient d'ici pour les touristes, du haut du vieux pont, puis ils escaladaient pour remonter, et se faisaient payer pour leurs exploits. »

Mister l'interrompit, d'une voix calme et posée. « Tu veux que je te dise ce qui compte vraiment, Atkins ? C'est le temps... le temps qu'on a pour se fixer sur un objectif, pour se concentrer, pour réfléchir... Comprends-moi bien, Atkins, je n'en ai rien à foutre que des gamins aient plongé d'ici. Je n'en ai rien à foutre de cet endroit, de tout ce qui va avec, de leur putain de guerre. Tu m'interromps encore une fois et ce sera la dernière, parce que je t'aurai découpé la langue au couteau. Tu m'entends, Atkins ?»

Atkins chancela. L'expression de Mister n'avait pas changé. La même sérénité.

Mister se pencha sur la rampe et fixa encore l'eau pendant une minute. Il se retourna, avec un sourire affable. « Eh bien, Atkins, je crois que nous allons arriver en retard, et c'est très bien comme ça. Il faut faire attendre les bâtards, c'est ce que je dis toujours. Qu'ils aient une petite suée… Tout va bien, Atkins ?

— Bien sûr, Mister. »

La balise les guida hors de Mostar. Ils avaient traversé un village marqué sur la carte comme Hodbina, un semis de maisons éparses, de petits champs cultivés et de pâtures pour le bétail, et des femmes qui binaient et sarclaient des potagers. On quittait la route principale qui menait à la côte, vers le sud. De la fumée montait des cheminées, vite dispersée dans le ciel clair. La route, en partie bitumée, le reste constitué de pierres écrasées au rouleau compresseur, les mena plus loin, jusqu'à ce que le clignotement de l'appareil les conduise à un chemin virant sur la droite où ils aperçurent des traces fraîches de pneus. C'était un coin sauvage ; les terres cultivées étaient loin derrière eux. Une rocaille usée recouvrait le sol, et des grappes de buissons épineux avaient trouvé des endroits ténus où prendre racine. Le soleil cognait. Joey avait ralenti. Les deux pick-up le dépassèrent. Ils s'arrêtèrent un peu plus loin, puis firent demi-tour pour s'enfoncer en marche arrière dans un bosquet de bouleaux serrés, cahotant sur un sentier plein d'ornières. Il les suivit et se gara à côté d'eux. Maggie Bolton alla à l'arrière du van, ouvrit la porte, fit un clin d'œil à Frank et laissa tomber sa jupe sur ses chevilles. Elle se pencha à l'intérieur et fouilla, sortit son vieux jeans et se glissa dedans. Le chien, Nasir, fut libéré de sa cage et autorisé à errer entre les arbres. Il leva la patte, puis on lui passa sa laisse. Ils s'enfoncèrent ensemble dans les profondeurs du bois.

Ils avaient armé les fusils. Salko, Ante et Fharo portaient des Kalachnikov, et Ante avait un viseur infrarouge vissé sur le haut du canon. Muhsin avait un pistolet à la ceinture, à côté d'une grosse bouteille d'eau, et tenait la laisse. Le chien serrait un os blanc desséché dans sa gueule. Ils marchaient devant. Frank suivait, portant la boîte à malice de Maggie. Elle marchait à côté de Joey. Ils avançaient vers la lumière, là où le soleil butait sur la dernière ligne d'arbres. À la lisière du bois, ils regardèrent en bas et virent la maison.

Le chemin avec les traces de pneus descendait la colline devant eux, et atteignait une oasis de verdure. Il y avait un très riche jardin autour de la maison, surgi de la rocaille et des épineux. Des arrosages automatiques tournaient au-dessus des pelouses, créant de petits arcs-en-ciel. Quatre Mercedes étaient garées sur le gravier bien ratissé devant la bâtisse, avec le Mitsubishi. C'était un manoir façon hacienda espagnole, avec des murs de stuc blanc et des volets fermés protégeant les fenêtres. Une corneille planait au-dessus, poussant des cris discordants. Deux hommes entièrement vêtus de noir nettoyaient les voitures – mais pas le Mitsubishi –, ôtant la poussière accumulée sur la route.

Frank s'approcha de lui et murmura : « Maintenant qu'on est là, je peux te demander quelque chose ?

— Vas-y toujours.

— Pourquoi sommes-nous là ? »

Joey réfléchit avant de parler, comme s'il ne parvenait pas à trouver de réponse. Puis il dit : « Pour le pousser à l'erreur.

— Oui, oui – OK, très amusant, mec. Je vais le redire lentement – qu'espérons-nous accomplir en étant là ? »

Joey secoua lentement la tête. « Je ne sais pas.

— Attends une minute, restons calme, dit Frank d'une voix égale. Si tu veux qu'on arrête tout, aucun problème pour moi – on est six ici, plus toi. Tu dois bien avoir une idée d'où on va ?

— Même si vous n'étiez pas venus, aucun de vous, je serais ici. »

Frank le fixa, les sourcils froncés, et dit d'une voix rauque : « Pourrais-tu me faire la grâce de me dire s'il y a quelque chose que je dois savoir ?

— Tout ce que tu dois savoir à cet instant, c'est que le juge Delic a retiré son autorisation de surveillance sur cible un. »

Frank siffla entre ses dents. « Donc tout ce qu'on fait en ce moment est illégal ? Bon Dieu, tu as vraiment choisi le bon moment. »

Les yeux de Joey se détournèrent au loin, vers la maison et les hommes qui nettoyaient les voitures.

« Mais tu es idiot, ou vraiment con ? demanda Frank. Tu te prends pour qui ? Pas d'action légale, pas de preuve recevable, rien à produire devant un tribunal, et personne qu'on puisse serrer. Pourquoi on est venus ?

— Parce que j'ai fait la promesse de suivre cet homme où qu'il aille », dit Joey, comme si c'était la seule réponse valable.

Ils descendirent la pente avec prudence, vers la barrière qui encerclait le vert de l'oasis. Le chien ne lâchait pas son os, remarqua Joey. Le soleil était à son zénith et projetait leurs ombres sous eux. Ils se rapprochèrent de la barrière. Quand l'un d'eux, ou les pattes du chien, envoyait rouler des petits cailloux, ils se figeaient tous, puis ils reprenaient leur avancée en voyant que les deux malabars continuaient à laver les voitures. À une dizaine de pas du grillage, il y avait un petit fossé et ils s'aplatirent dedans. Avec précaution, Muhsin versa de l'eau dans la gueule du chien. Une grosse pierre plate, usée par les intempéries, les dissimulait aux regards depuis la maison.

Allongé sur le sol, pressé contre lui, Frank murmura : « Tu sais quoi ? Les idées fixes, c'est dangereux pour la santé – la tienne, et la nôtre.

— J'ai promis », répondit Joey, d'un ton égal.

Ce fut, l'Aigle devait l'admettre, l'heure de gloire de Mister.

Il ne s'excusa pas de son retard. Il était clair qu'ils avaient attendu : assiettes et couverts sales sur la table, tasses de café et verres posés près de bouteilles d'eau vides. Pas la moindre ébauche d'excuse. Tout naturellement, Mister s'était imposé à égalité, comme avec des partenaires. Ils avaient dû s'impatienter, ils avaient dû pester, mettre en doute les arrangements d'Ismet Mujic, ils avaient dû tendre l'oreille en entendant crisser le gravier quand le véhicule retardataire était enfin arrivé. « Ne vous inclinez pas devant eux », avait dit Mister, tandis qu'on leur ouvrait la porte d'entrée. « Ils doivent comprendre que c'est un privilège de nous rencontrer. » C'était risqué, d'après l'Aigle, mais Mister gagnait toujours parce qu'il prenait toujours le risque. Ils étaient entrés dans la pénombre fraîche d'une vaste salle de séjour et Mister avait serré leurs mains, très formel, mais avec élégance. « Je suis Mister, et voici mon conseiller juridique, l'Aigle, et j'ai également amené avec moi mon associé, Atkins. Ce sont tous deux des hommes brillants, et aussi attachés que moi aux principes de l'honnêteté dans la façon de mener les affaires. » Ismet Mujic lui avait demandé s'il voulait manger, et Mister avait décliné, d'un ton sec. Il lui avait porté un premier coup. « Eh bien, Serif, est-ce que cette pièce a été fouillée ? » Ce n'était pas le cas… Les sourcils de Mister s'étaient haussés avec surprise une fraction de seconde, et les autres l'avaient tous fixé, un instant de suspicion planant dans l'atmosphère. Mister avait hoché la tête en direction d'Atkins qui avait quitté la pièce. Des radios avaient commencé à brailler un peu partout au rez-de-chaussée du bâtiment, puis dans les étages.

Mister n'avait plus rien dit avant le retour d'Atkins. Puis Mister avait désigné la chaîne stéréo installée dans la pièce, et on l'avait mise en marche, assez fort. « Maintenant, nous pouvons travailler. » Puis il avait claqué des doigts en direction de l'Aigle et d'Atkins, en désignant la table. Ils avaient commencé à la débarrasser, et l'Italien s'était mis à les aider, suivi par le Russe et le Turc en dernier, et Ismet Mujic criait vers les cuisines, appelant ses hommes. Mais, le temps qu'ils arrivent, les assiettes étaient empilées et les couverts ramassés, et Ismet Mujic encore un peu plus déconsidéré.

« Mes amis, il nous faudrait un chiffon pour nettoyer la table. »

Une fois la table essuyée, Mister s'assit. Avec l'Aigle et Atkins, il se déploya sur un côté de la table, transformant presque le salon en une salle d'opérations militaires, où il jouait le rôle de l'officier au commandement. Juste avant qu'ils n'entrent sur le gravier devant la maison, Mister leur avait dit : « On trouve une pièce avec une table, on s'assoit d'un côté de cette table. On n'enlève pas nos vestes, et on ne desserre pas nos cravates. On ne se vautre pas dans des fauteuils. C'est nous qui tenons les commandes – et ils ont une sacrée chance de nous avoir. »

Les autres s'installèrent en face. Ils étaient vulgaires dans leurs tenues et leurs attitudes, et leur joaillerie leur dégoulinait dessus. Le contraste était criant, et c'était ce que Mister avait voulu.

Il commença par une manière d'excuse, le maximum qu'ils puissent attendre de lui en cette heure grandiose.

« Je regrette de ne parler ni italien, ni russe, ni turc. Non plus que mes collègues. J'espère que nous pouvons nous en tenir à l'anglais. »

Ils le regardaient fixement, impassibles.

« C'est entendu, donc. Je veux dire deux choses avant de commencer. Je vous suis très reconnaissant, Serif, d'avoir rendu cette réunion possible. Je suis très conscient que cela n'a pas dû être facile pour vous de réunir ces trois gentlemen avec leurs emplois du temps chargés, tous très importants. Je vous remercie sincèrement, Serif. » L'Aigle se demanda s'ils avaient des armes avec eux dans la maison. Atkins avait laissé les leurs dans le Mitsubishi, comme Mister le lui avait ordonné, et chacun d'eux, pendant les présentations, avait négligemment entrouvert sa veste pour montrer qu'il n'était pas armé, selon les instructions de Mister. « Je travaille selon une règle impérieuse, qui n'est pas négociable. Ma parole m'engage. Quand je conclus une affaire, je garantis que tout sera fait au mieux et que l'affaire sera menée à bien ; "fait au mieux", avec moi, cela suffit. Serif peut vous dire que j'ai passé un accord avec lui, et que les sommes promises sont désormais sur son compte à Nicosie, comme je m'y étais engagé. Vous devez tous avoir des associés à Londres. Vous avez dû vous renseigner. Poser des questions à mon sujet. On a dû vous dire que je suis un joueur à prendre en considération. Donc, gentlemen, est-ce que je peux vous exposer mes propositions ? »

L'Aigle n'arrivait pas à déterminer lequel d'entre eux avait les yeux les plus cruels.

« Vous me permettrez, enchaîna Mister, de vous donner d'abord mon sentiment sur des données qui vous concernent tous les trois. À Londres, vous n'atteignez pas pleinement votre potentiel commercial – vous êtes même loin de ce qui pourrait être accompli. C'est là que je peux vous aider, que je peux faire la différence, pour votre profit. »

L'Italien avait un regard plus jeune que les autres, mais sans la moindre étincelle pour s'accorder à son sourire.

« Marco, vous faites venir de la marchandise du Venezuela et de Colombie, mais votre problème est de la faire pénétrer sur le marché européen. Je suggère que vous la fassiez transiter directement par les ports du Monténégro, et de là vous aurez différentes options. Vous pouvez vous occuper de la marchandise vous-même, avec les filières maritimes de l'Adriatique pour gagner l'Italie, ou vous servir du réseau de transports routiers que je vais mettre en place en Bosnie, pour emporter vos produits vers l'est, ou vers le nord. Si vous le souhaitez, et que vous envoyez vos produits vers le Royaume-Uni, je mettrai à disposition l'organisation de dealers et de distributeurs que je possède. Vous ne rencontrerez aucun obstacle, vous n'aurez pas à vous battre pour investir le territoire, parce que je serai votre allié et que personne à Londres ne se bat contre moi. Le marché vous sera grand ouvert. Voilà ma proposition, Marco, et j'aimerais que vous la considériez avec attention. »

Le Russe avait des yeux étroits comme des fentes, et des poches gonflées en dessous.

« Si j'ai bien compris, Nikki, vous et vos collègues engrangez de grandes quantités d'argent, mais c'est là que vous vous retrouvez embarrassé. Que faire de tout cet argent ? Je peux dire que vous allez avoir de plus en plus de mal à utiliser les services des banques russes à New York, à Chypre, ou en Hongrie. Ces établissements vont faire l'objet d'une surveillance de plus en plus étroite de la part des forces de l'ordre. Pour tirer le meilleur parti de vos profits si durement acquis, vous avez besoin d'accéder au système bancaire légal. La City de Londres. Je peux vous fournir, contre un pourcentage très raisonnable, des opportunités de blanchiment dans la City, grâce à certains contacts. Plus de cheveux blancs, des opérations financières sans stress… Par ailleurs, vous êtes engagé dans un commerce de personnes, mais de manière chaotique et un peu amateur. Un trop grand nombre de vos cargaisons humaines sont perdues parce que vous n'avez pas l'expertise d'un partenaire britannique. Je peux vous aider – et je peux aussi vous aider avec votre filière de voitures de luxe et vos ventes d'armes. Londres n'est pas seulement un immense marché à ciel ouvert, c'est aussi un nom. Londres est synonyme de respectabilité. Le nom de Londres ouvre des portes dans le monde entier, comme vous le constaterez si vous acceptez mon offre. »

Le Turc avait de petits yeux très rapprochés, et les plissait jusqu'à les faire disparaître.

« Merci pour votre patience, Fuat. Vous êtes un grand homme. Là où vous opérez, vous régnez, sauf dans un domaine. Je récupère votre produit final. Je suis au bout de la chaîne, mais, à Green Lanes, c'est moi qui achète le produit que vous avez acheté, raffiné, puis exporté vers le Royaume-Uni. Là où vous ne régnez pas, loin s'en faut, c'est dans le domaine de l'exportation. Je lis les journaux chez moi, comme je suis sûr que vous lisez les vôtres. Pas un mois ne passe sans qu'une cargaison soit saisie dans un port anglais. Inévitablement, vous dépendez des transporteurs turcs – des camions turcs, et des containers turcs. La cargaison de tels camions et de tels containers attire toujours énormément d'attention. Le paiement se fait à la livraison, et donc, si la cargaison est saisie, vous ne touchez pas votre argent. Je vous suggère de livrer à Sarajevo, que Sarajevo soit le point de transit entre nous deux. Un âne aveugle pourrait apporter notre produit à Sarajevo, n'importe quel camion avec n'importe quelles plaques peut entrer ici, et c'est là que vous serez payé. Bien sûr, cela fera moins d'argent pour vous que la livraison directe au Royaume-Uni, mais c'est moins risqué. Je peux faire circuler des camions britanniques, avec des chauffeurs porteurs de passeports britanniques, à qui on fait signe de passer quand vos transporteurs se font arrêter et fouiller. Avec tout le respect que je vous dois, rien ne chatouille plus le nez d'un douanier qu'un tampon "Fabriqué en Turquie" sur un carton de carreaux de céramique, d'oranges ou de ce que vous voudrez. Ce que vous gagnez, c'est de l'argent, ce que vous perdez, c'est le mal de tête et les ennuis. Voilà la proposition que je vous fais. »

La fumée de leurs cigarettes formait un mur qui coupait la table dans sa longueur et les faisait larmoyer, mais ils regardaient Mister sans ciller.

« J'ai un contrat avec Serif, et je suis très heureux des termes de notre accord. Je peux prédire en confiance qu'il sera un ami pour moi, un frère. Chacun de vous trois, gentlemen, avez de l'influence sur ceux qui dirigent ce pays, et je crois que cette influence grandira encore quand les puissances étrangères se retireront. J'ai l'intention de m'implanter ici, et je vous demande votre coopération, un partenariat, dans notre intérêt mutuel… J'aimerais à présent faire une pause. Pendant ce temps, tous trois, Marco, Nikki et Fuat, vous pouvez réfléchir à ce que j'ai dit, et décider si vous voulez aller plus loin. Si l'un de vous décide d'en rester là, qu'il se sente tout à fait libre de se retirer et de partir. Si vous vous sentez prêts à aller plus loin au sujet de ces nouvelles perspectives que je vous ai présentées, alors nous parlerons détails et pourcentages. Est-ce qu'une pause de quinze minutes vous convient ? Je souhaite que cette réunion soit productive. Je veux conclure notre affaire. »

Il se leva, leur adressa un bref sourire, puis se dirigea vers la porte, Atkins et l'Aigle dans son sillage.

Cela avait été un moment de triomphe pour Mister, une vraie master class. Bien sûr, il connaissait tout ça par cœur, mais il ne s'était pas tenu à réciter le grand plan du Craqueur comme un perroquet. Il s'était exprimé avec persuasion, en douceur, sans une interruption, sans même un bâillement. C'étaient les mots du Craqueur, mais seul Mister était capable de les prononcer face à la cruauté de tous ces yeux.

« J'ai été comment ? »

Ils étaient ses courtisans. Atkins lui dit qu'il avait été très bien. Ils connaissaient leur texte, et s'y tenaient. L'Aigle lui dit qu'il avait été magnifique.

« Bon Dieu, j'ai besoin d'un peu d'air, loin de cette foutue fumée de cigarettes. »

Le chien Nasir voulait jouer, il gémissait, et Muhsin essayait de le calmer. Joey ne comprenait pas pourquoi ils l'avaient amené. Assis en tailleur sur la grosse pierre plate devant le fossé, il avait son appareil accroché autour du cou, avec le gros téléobjectif vissé dessus, et à côté de lui il y avait la petite antenne parabolique, mais Maggie avait dit que tout ce qu'elle entendait, c'était de la musique, venant d'au moins quatre sources, et ces radios anéantissaient toute chance de percevoir les voix. Si elle avait été dans son laboratoire, avait-elle expliqué, elle aurait pu effacer la musique de la bande pour entendre les voix, mais il avait répondu qu'elle n'était pas dans son putain de labo, mais sur une putain de colline en Bosnie, et elle s'était arraché les écouteurs des oreilles. À l'ouest, le soleil était descendu derrière les collines. Quand l'obscurité s'était faite, Joey s'était installé sur la grosse pierre plate, comme pour s'éloigner d'eux et s'éloigner du chien. Il ne savait pas quand Frank avait parlé à Maggie, ne l'avait pas entendu chuchoter le nom du juge Delic.

Derrière lui, Nasir se tortillait sur le dos et Muhsin lui parlait tout bas ; Joey entendait ses doigts gratter le ventre du chien.

Joey savait tout de l'histoire de ce chien et de son nom. Quand ils attendaient dans le fossé, Muhsin avait dû penser que ça l'intéressait, et Frank lui avait tout traduit, d'une manière assommante.

« C'était le meilleur combattant de l'armée bosniaque, meilleur que tous les généraux ou brigadiers, meilleur que Serif. Nasir Oric a tenu Srebrenica pendant trois ans. S'il n'avait pas été là, la ville serait tombée des mois plus tôt, peut-être même des années. C'était un chef-né, et il n'avait que vingt-six ans quand il a pris le commandement. Il avait été garde du corps de Milosevic à Belgrade, mais il est revenu vers nous quand la guerre est devenue inévitable. Il appelait son groupe "l'unité de manœuvres", et il était toujours armé d'une mitrailleuse calibre cinquante, qu'il portait lui-même. Il terrifiait les Serbes. Il passait nos lignes la nuit, pour se glisser dans leurs villages… »

Maggie les avait interrompus. « On s'en fout, de l'histoire de ce machin plein de poils. Ce que tu as fait est inexcusable. Continuer, sans rien nous dire, comme s'il ne s'était rien passé, alors que l'autorisation a été retirée – et l'annoncer à Frank maintenant, c'est vraiment une honte. C'est une trahison. Nous agissons en toute illégalité. C'est quoi, tes conneries au sujet d'une promesse que tu aurais faite ? »

Il l'ignora, ne protesta pas face à ses accusations et demanda à Frank de continuer à traduire l'histoire que racontait Muhsin.

« Quand le bruit se répandait dans l'enclave que Nasir Oric allait faire une sortie de nuit avec son unité de manœuvres, avec son calibre cinquante, les gens de son côté de la ligne de front mettaient un aphrodisiaque, de l'eau et du miel fermenté avec des noix broyées, dans des jarres devant leurs maisons, et il buvait et ensuite il allait tuer des Serbes. Ils ne lui offraient pas de l'aphrodisiaque pour qu'il baise mieux, mais pour qu'il tue mieux… Et donc, j'ai appelé le chien Nasir… »

Maggie avait dit : « Merde, mes chefs me scalperaient s'ils savaient – après tout ce que j'ai fait pour toi. »

Depuis que la nuit était tombée, avec la fraîcheur, il était devenu difficile de faire tenir le chien en place, cette brute avait perdu tout intérêt pour son os… De la lumière jaillit soudain de la porte d'entrée, loin devant lui. De son rocher, Joey fit signe aux autres de rester silencieux dans leur fossé…

Il les voyait tous les trois, Mister, l'Aigle et Atkins, debout devant la bâtisse.

Ils quittèrent la maison de Dragan Kovac. C'était devenu un rituel, un rituel très apprécié.

À la fin de la journée, quand la pénombre leur interdisait de continuer à travailler dans leurs couloirs de rubans jaunes, quelques-uns – dont le chef d'équipe – s'arrêtaient chez Dragan, s'asseyaient sous sa véranda avec lui et buvaient son eau-de-vie de prune. Il se disait qu'ils en avaient bien besoin avec le travail qu'ils faisaient. Le soleil avait disparu depuis longtemps derrière la colline à l'ouest de la vallée, quand ils remontaient le chemin jusqu'au replat où leurs pick-up étaient garés avec leurs caravanes.

Disparaissant dans le noir du soir, le chef d'équipe cria : « Merci, Dragan, et passe une nuit paisible. »

Il rit bruyamment. « Je n'en ai eu que trop. Toutes les nuits sont paisibles. »

« Ils disent que tout se déroule comme il l'avait prévu, murmura Maggie. Si je comprends bien, il y a eu un préambule, et maintenant ils font une pause. Les détails vont venir ensuite, si les autres décident de se lancer… L'Aigle dit que Mister a bien joué mais que les autres sont hostiles, soupçonneux et sur leurs gardes, mais l'argent annoncé les séduit. Côté argent, ça va, mais – toujours dixit l'Aigle – ils restent méfiants. Mister dit que tout dépendra des pourcentages… Bon Dieu, y en a un qui pourrait étrangler ce foutu clébard ? »

Elle avait rejoint Joey sur le rocher plat et, les écouteurs sur la tête, elle faisait tourner la petite antenne parabolique pour la diriger vers les trois hommes qui se tenaient debout sur le gravier, entre la porte de la maison et les véhicules garés. Frank était avec elle, ainsi que Fharo et Ante. Derrière la pierre, dans le fossé, Muhsin et Salko étaient allongés avec le chien, lui grattant le ventre et lui flattant le poil pour qu'il cesse de gémir.

« L'Italien, c'est Marco, ils vont lui demander quinze pour cent de la valeur de la cocaïne dealée par le réseau de Mister en Angleterre – non, c'est le départ de la négociation. Ils vont descendre jusqu'à douze et demi, c'est l'Aigle, il dit que c'est le dernier prix… Nikki, le Russe – les banques de la City, la

City de Londres, blanchiment d'argent. Dix pour cent comme minimum, mais ils commencent à onze et demi pour cent de toutes les sommes qui passeront par les courtiers de Mister. Ils sont repartis sur d'autres pourcentages – toujours avec Nikki, mais c'est du trafic d'êtres humains… La vache, ils parlent de sommes énormes. Du business à grande échelle… Mais merde, étranglez-le ou étouffez-le, mais faites taire ce chien ! »

« Pour les armes, Mister, je suggère de commencer en douceur », dit l'Aigle, d'un ton respectueux.

« Londres est l'endroit idéal pour ce genre de commerce, Mister. La meilleure connexion qu'il puisse trouver – une porte vers l'Afrique et le Moyen-Orient. » C'était la première fois qu'Atkins intervenait ; il se sentait muselé, mis sur la touche. On l'ignora.

« Commence à six virgule trente-huit, sur le premier million, et descends jusqu'à cinq soixante-dix-huit, dit Mister, d'un ton assuré. Neuf pour cent sur le deuxième million, et dix sur tout ce qui est au-delà de ça, s'il passe par nos contacts.

— Ça paraît correct, murmura l'Aigle. Maintenant, le Turc, cette espèce de bâtard malfaisant… »

Mister sourit d'un air mauvais.

« J'imagine que sa mère l'adore.

— Le Turc – nous payons trente-cinq mille livres le kilo, livraison à Sarajevo, pour un produit raffiné –, vous le payez quarante-cinq à l'heure actuelle.

— Donc, je vais l'avoir, au maximum, à trente-six par kilo ? »

Quelque part dans l'obscurité au-dessus d'eux, un chien aboya. Un jappement aigu, étouffé.

« Trois virgule six millions pour cent kilos. Je pense que ça devrait aller. Si ce n'est pas des camions, j'ai commencé à réfléchir à toutes ces régates en mer du Nord… »

Il y eut un autre aboiement, interrompu brusquement, puis un petit couinement, puis plus rien.

« Des régates en Norvège, Suède, Hollande, Belgique, France, tous ces clubs qui organisent des compétitions. Tu fais de la voile, Atkins ? Non ? Tu pourrais apprendre. Bon, je vais pisser. Les quinze minutes doivent être passées. Tu veux aller pisser, l'Aigle ? Je t'appellerai quand j'aurai besoin de toi, Atkins. »

C'était impérial de la part de Mister. Atkins avait entendu l'aboiement et il savait que c'était celui d'un chien de garde ou d'attaque. C'était un aboiement typique des chiens utilisés par la police militaire pour la protection d'un périmètre ou pour une chasse à l'homme. Il entendit la porte de la maison se refermer derrière lui. Avec un chien de ce genre, il devait y avoir un maître-chien et des types armés, et – il réfléchissait à toute vitesse – un système d'écoute. Les aboiements se perdaient au-delà de la tache de lumière autour de la porte. Cela avait été magistral de la part de Mister de finir ainsi sa phrase sur les trajets des régates, puis de dire qu'il allait pisser – comme s'il était assez stupide pour ne pas avoir été alerté –, pour le cas où on les écoutait. Atkins frissonna. Il entendit la porte d'entrée se rouvrir derrière lui.

Un projecteur s'alluma dans son dos, depuis le hall d'entrée. Son rayon, peut-être de deux cents bougies[1], était braqué sur un point loin devant lui, au-delà du jardin, des pelouses soigneusement arrosées et tondues, au-delà des arbustes en fleurs et de la clôture de deux mètres de hauteur surmontée de barbelés ; vers les broussailles, droit sur une grosse pierre plate gris clair, à une cinquantaine de mètres de lui. Atkins vit soudain l'homme qu'il avait tenté de renverser, de tuer. La lumière accrocha les grosses lunettes, trop larges pour son visage, les épaules étroites et les genoux saillants, car il était assis en tailleur, parfaitement immobile. Une femme avec une petite antenne parabolique se tenait à côté de lui, ainsi qu'un homme plus âgé, en uniforme. Puis le projecteur révéla deux hommes en combinaisons noires, et Atkins vit luire les chargeurs de leurs fusils d'assaut. Un autre homme, muni d'un fusil-mitrailleur équipé d'une lunette de visée nocturne, se précipita pour les rejoindre. Il ne voyait pas le chien, mais ses aboiements étaient frénétiques et le bruit se mit à tourbillonner autour de lui.

Le projecteur s'éteignit. Un vacarme infernal régnait dans la maison et sur le seuil… Atkins pensa à tous ces connards de vigiles, le cul posé dans leur cuisine, contents d'eux – pas un de ces salopards n'était sorti vérifier les abords de la propriété.

Atkins commença à marcher. Il en avait fini.

---

1. Unité de mesure obsolète : 10 bougies équivalent environ à une ampoule de 35 watts. *(N.d.T.)*

Il avançait d'un pas tremblant, ses genoux étaient sur le point de lâcher et il avait envie de pisser, mais il traversa très vite les pelouses et les massifs. Il entendit qu'on l'appelait, mais il ne se retourna pas. Derrière lui, des moteurs démarraient, et il y eut des éclairs de phares, des claquements de portières et des bruits de pneus écrasant le gravier. Il entendit crier son nom, comme un poignard dans le dos, et tout de suite : « Laisse tomber ce bâtard de foie jaune ! » Il entendit les aboiements du chien et les rugissements des moteurs.

Et Atkins hissa le drapeau – le drapeau blanc, abject, de la reddition. Il hurla : « Je me rends ! Ne tirez pas ! S'il vous plaît, ne tirez pas… »

Il sauta par-dessus la clôture. Elle plia, vacilla sous son poids, mais tint bon. Il ne sentit pas la douleur quand les barbelés lui déchirèrent les mains. Il roula par-dessus, comme on l'avait entraîné à le faire. Il tituba à travers les buissons épineux, vers le chien. Soudain, il se retrouva plaqué au sol. Des mains couraient sur son corps avec brutalité, entre ses cuisses, sous ses aisselles. On le retourna sur le ventre en forçant ses bras en arrière dans son dos, et des menottes claquèrent, serrées, sur ses poignets. On le traîna au sol. Des cailloux déchiraient ses tibias. Il pensa à la fidélité indéfectible de sa mère, si elle venait le voir au parloir, et à la manière dont le garçon s'était débattu quand ils l'avaient fait passer par-dessus la rampe du pont ; et au mépris qu'il verrait sur le visage de son père. Ils étaient dans un bois très dense. À deux reprises, il heurta un tronc d'arbre et il sentit le sang gicler de son nez. Pas question pour eux qu'il les ralentisse. On le balança à l'arrière d'un pick-up. Une cage grinça en se fermant. Le véhicule bondit en avant. À côté de lui, juste derrière le grillage de la cage, il sentait l'haleine du chien qui grondait.

Il était libre. Il n'était plus Atkins.

« Lequel est-ce qu'on suit ? demanda Frank.
— Mister, la cible un.
— Et les autres ?
— Hors sujet pour moi, dit Joey.
— Et le mec à l'arrière ?
— Il est à vous, pas à moi.
— Je peux appeler la cavalerie à l'aide.
— Je ne veux pas d'aide, de qui que ce soit.
— Et on va où, d'après toi, Joey Cann ?
— Là où il nous mène. »

« Il va témoigner, hein ? Il va tout balancer, sous serment…
— Je m'occuperai de lui, l'Aigle, tu t'inquiètes trop.
— En effet, oui, là, je me fais vraiment de la bile.
— Contente-toi de conduire.
— Vous êtes meilleur conducteur que moi, Mister.
— Si je conduis, je ne peux pas tirer. Réfléchis, l'Aigle, reprends-toi. »

L'Aigle connaissait Mister dans des situations cadrées. Il le connaissait en réunion, devant un auditoire, ou avec un agenda devant lui sur la table, dans le bureau au-dessus de la laverie automatique. Tout ceci était très nouveau. Il ne connaissait pas Mister en situation de crise. Il n'était jamais convié à ces discussions où l'on étudiait des cartes en chargeant les flingues ; il s'était toujours tenu loin des armes. Les deux pistolets étaient sortis de la boîte à gants. L'un reposait entre les cuisses de Mister, l'autre était dans sa main droite, sécurité ôtée sur les deux. Le visage de Mister, et sa voix, ne laissait transparaître aucune panique. C'était comme s'il était arrivé au dénouement qu'il attendait. La vitre était baissée, l'air froid de la nuit leur cinglait la figure. Mister regardait sans cesse dans le rétroviseur, mais les phares demeuraient derrière eux. Dans le chaos du départ, ils avaient tous deux tenté de monter dans la voiture du Russe, mais ils avaient été repoussés. Un pistolet s'était braqué sur leurs ventres. La voiture du Turc était déjà partie. L'Aigle n'avait jamais conduit un véhicule en fuite. La lumière des phares derrière lui restait stable, mais les feux rouges qu'il suivait s'atténuaient.

L'Aigle s'efforçait de les suivre au plus près, mais le Mitsubishi n'avait pas la puissance de la flotte de Mercedes qui les précédait. Les phares brillaient violemment derrière lui. Il avait envie de pisser, presque indifférent à l'idée de mouiller son pantalon. Tout allait bien pour Mister, il se trouverait un autre imbécile d'avocat. Tout à coup, les lumières devant lui disparurent.

« Ils essayent de nous semer, ces salauds.

— Cherche-les.

— Vous vous rappelez, Mister, les barrages, plus loin ?

— Non – contente-toi de chercher leurs phares.

— Ils connaissent la route, Serif sait par où passer… Qu'est-ce que c'est que ça ? »

L'Aigle était prêt à jurer que, plus loin sur la route, juste après le panneau d'entrée du village de Godbina, il y avait eu un flash rouge de feux stop, mais pas de phares. Il était certain que les trois Mercedes avaient coupé leurs phares pour que le Mitsubishi ne puisse plus les suivre. Bien sûr qu'il y avait des barrages, et des foutues mitrailleuses pour aller avec. Ses compétences à lui, c'était de savoir lire l'Archbold et les codes de procédure, pas de contourner des putains de barrages et de mitrailleuses. Et s'ils échappaient aux barrages, que se passerait-il, après ? Où devaient-ils aller ? Il ralentissait. Il aurait pu jurer – sur la Bible, sur l'Archbold, la main sur le cuir lisse, sur sa vie – que les feux stop avaient brillé à nouveau, hors de la route de Mostar, grimpant vers la droite. Il se décida. Il vit le croisement. La lune se levait, énorme. Il braqua le volant à droite et éteignit les phares.

« Qu'est-ce que tu fais ?

— Vous m'avez dit de les suivre.

— Tu es sûr que c'était eux ?

— Sûr, Mister.

— Absolument certain ?

— Ils ont tourné pour éviter le barrage. Ils savent ce qu'ils font. »

La route sur laquelle ils roulaient resta bonne pendant quelques centaines de mètres. L'Aigle commença à se détendre. Il avait pris une décision, s'y était tenu, et sa décision avait été acceptée… Sa décision, et non celle de Mister. La sueur cessa de couler dans le creux de son dos. Il dut ralentir et rétrograder, car le revêtement de la route se détériorait. Toutes les trente secondes environ, il voyait cligner les feux de freinage devant lui, plus haut, montant toujours. Ses yeux s'accoutumaient à conduire à la lumière de la lune. Il se pencha sur le volant. En se concentrant de toutes ses forces, il arrivait à distinguer la plupart des trous et des ornières, et à en éviter certains... Puis il sombra. Le désespoir lui saisit le ventre, le cœur et l'esprit. Il n'osa pas immédiatement regarder dans le rétroviseur. Cela avait été *sa* décision. À côté de lui, Mister demeurait silencieux, comme s'il se dégageait de toute responsabilité.

Les châssis bas des Mercedes auraient accroché sur cette route défoncée.

Il regarda dans le rétro et les doubles phares, émergeant derrière lui, l'aveuglèrent. Devant, les feux stop lancèrent un éclat, puis s'éteignirent. En arrivant à leur hauteur, l'Aigle vit un tracteur et deux hommes qui déchargeaient des bottes de paille.

Ils continuèrent sur le chemin déglingué à la lueur grisâtre de la lune, et, en le dépassant, l'Aigle vit que les phares avant du tracteur étaient brisés. Il avait pris une décision et c'était la mauvaise. L'humiliation et la peur l'envahirent. Il se tourna vers Mister. « Que devons-nous faire ? »

Une réplique d'un calme glacial : « Prendre à travers champs et marcher pour sortir de là... Qu'est-ce que tu as à dire, l'Aigle ? Tu dis quoi, bordel ?

— Je dis que je suis pas très malin, Mister.

— Je te sortirai de là – et tu diras quoi ?

— Je dirai merci, Mister. »

Dans le rétroviseur, les phares brillaient plus fort, et la distance rétrécissait au fur et à mesure qu'ils se rapprochaient d'eux. Le duel était inévitable, se dit l'Aigle. Il l'avait su quand il avait vu les fusils et entendu le chien, et quand le projecteur avait éclairé le jeune homme assis en tailleur sur la grosse pierre plate, qui les observait derrière ses grosses lunettes. Mister avait dit qu'il s'était « occupé » de ce jeune homme. Il se souvint de ce qu'il avait dit, en arrivant devant chez Mister, un mois auparavant, avec un bêlement dans la voix : *Vous savez ce qui me tracasse ? Je veux dire, ce qui m'empêche vraiment de dormir ? C'est qu'un jour vous vouliez aller trop loin – je veux dire, que vous fassiez un pas de trop. Voilà ce qui me tracasse*... Et il se souvenait du coup de poing de Mister, juste sous le cœur, et de la douleur. Il s'arrêta sur le bas-côté, et le Mitsubishi chancela dans une rigole.

« Vous ne me laisserez pas tomber, Mister ?

— Je t'ai déjà laissé tomber ? »

Ils étaient au sommet d'une colline. Le chemin, de plus en plus impraticable, descendait brutalement devant eux. En bas, sur la gauche, il y avait des lumières et les silhouettes de bâtisses serrées les unes contre les autres. Il y avait d'autres lumières, plus loin, et le bruissement d'une rivière. Entre les deux grappes de lumières, il y avait un grand trou noir que l'Aigle fouilla du regard, sans rien voir. Il se précipita dehors et glissa dans la rigole. De l'eau rentra dans ses chaussures et le froid saisit ses pieds. Il fit le tour du Mitsubishi. La silhouette de Mister se découpait contre la lune. Il entendit le vrombissement des véhicules dans le chemin derrière eux – dans quelques instants leurs phares seraient sur eux.

« Tu viens ou quoi ?

— J'arrive, Mister. »

Ante avait épaulé son arme. Le haut de son corps était appuyé sur le capot du van bleu. Il visait. Il avait la poitrine de la cible numéro un dans son viseur de nuit. Il arma le fusil, un déclic se fit entendre. Frank lança son bras vers lui. Son poignet dut toucher le dessous du canon, juste après la lunette de visée, et le coup partit vers le ciel. Frank se mit à sermonner Ante, tandis que Joey observait la colère de Salko et de Fharo. Muhsin avait sorti le chien de la cage, qui pissait sur la roue du van.

« Tu as bien fait, dit Joey.

— Merci – mais je ne l'ai pas fait pour toi. Il allait le descendre. Je suis autorisé à utiliser mon arme en tant qu'officier, et parfois j'ai le commandement d'un groupe. Cet homme est sous mon autorité. Je suis responsable de ses agissements, et sa cible est un citoyen britannique. Je serais passé en conseil de discipline, avec enquête approfondie. Je connais les règlements – la vie de personne n'était en danger. Ç'aurait été un meurtre, et, si je n'étais pas intervenu, j'aurais été complice.

« J'approuve ce que tu as fait.

— Je t'en remercie, Joey.

— Je t'approuve, parce que Mister est à moi. »

Joey répartit les tâches. Muhsin avancerait devant avec le chien, et Ante irait à leur côté. Joey marcherait une dizaine de pas derrière, avec Salko et Fharo.

Joey dit à Frank : « Tu devrais surveiller le prisonnier. N'hésite pas à lui lire ses droits, et tu peux lui offrir l'aide d'un avocat. Tu peux lui assurer qu'il bénéficiera du fonds d'aide légal pour faire appel devant la Cour européenne si c'est nécessaire, et assure-toi qu'il soit au chaud, installé confortablement, qu'il ait à manger, et… »

Mais Joey n'acheva pas sa phrase. Il partit en courant dans le noir, dans le martèlement des rangers et les aboiements du chien.

Mister courait.

L'Aigle traînait des pieds derrière lui.

Chaque buisson paraissait devoir s'accrocher à sa veste ou à son pantalon, et il lui semblait trébucher sur chaque pierre. Parfois ils arrivaient sur un sentier, et alors ils pouvaient aller plus vite, mais chaque sentier s'enfonçait ensuite dans des broussailles plus épaisses. Il tomba du haut d'une marche abrupte, au moins la moitié de sa hauteur, et fut projeté en avant, le souffle coupé. Il appela Mister à l'aide, mais l'aide ne vint pas et il se releva tant bien que mal, et se remit à suivre les craquements, les bruits de feuilles dans le sillage de Mister. Il était aiguillonné par le bruit du chien derrière lui. Il ne voyait pas comment ils allaient pouvoir semer le chien. Il y avait des gens dans sa campagne, ses amis et les amis de Mo, qui étaient prêts à payer sept cent cinquante livres pour un chien qui n'était encore qu'un chiot, et qui parlaient sans arrêt de leurs chiens – ils ne parlaient de rien d'autre que de leurs satanés chiens –, et de la trace au sol, et de la trace dans l'air… La trace au sol était produite par ses chaussures, et la trace dans l'air par sa sueur, tandis qu'il haletait pour suivre Mister. Ils disaient, leurs amis à lui et à Mo, que « la chose la plus difficile sur cette terre était de semer un chien bien dressé ». Le talon de sa chaussure droite s'était arraché.

« Vous êtes là, Mister ?

— Tu t'en sors très bien, l'Aigle, continue comme ça. »

Il entrevit l'ombre de Mister, puis elle disparut. Les arbres se resserraient. Mister s'était enfoncé là. Puis un sentier. L'Aigle s'engagea sur le sentier, et le quitta quand il entendit les pieds de Mister faire craquer du bois mort. Mister ne l'avait pas prévenu pour le sentier, il ne lui avait pas dit de venir là, ne l'avait pas guidé vers cette descente. Il tenta de courir, mais ne put que trottiner, au ralenti. Son souffle le brûlait et le poids de son ventre pesait sur sa ceinture. Il trébucha. Le clair de lune ne pénétrait pas sous la voûte des arbres autour de lui. Il tomba à plat ventre. Sa chute vida l'air de ses poumons. Ses mains cherchèrent où s'agripper, pour se repousser du sol. Le chien se rapprochait, avec le staccato des voix qui l'encourageaient. Ses doigts trouvèrent des formes douces. De longues formes fines, puis plus larges mais toujours aussi lisses, puis les formes d'une articulation, et des courbes en creux, puis des dents, et ses doigts glissèrent dans les orbites, puis sur la forme ronde d'un crâne. L'Aigle gémit. Le squelette était en travers du sentier. Il ne le voyait pas, mais il le sentait, le touchait et le lisait aussi clairement que s'il avait lu du braille. Il se releva avec peine. Les aboiements du chien le firent repartir. Il avait fait une vingtaine de petits pas lorsqu'il prit conscience qu'il avait perdu sa chaussure gauche. Des épines, des petits cailloux, des souches déchiquetées et des branchages lui avaient déchiré le pied. Il boitilla à la poursuite de Mister en sanglotant de douleur. Mister avait atteint la lisière du bois. Il y avait une lumière gris pâle venue de la lune, tombant sur une étendue vide devant eux, traversée par une ligne noire où grondait une rivière, puis un autre vide grisâtre, puis des lumières. Ces lumières étaient son graal. Mister avait le pied posé sur un ruban de plastique jaune.

« J'ai perdu ma chaussure et l'autre a lâché.

— Bon Dieu, tu es vraiment ma croix. »

L'Aigle enjamba le ruban. Mister le dépassa. Le pied de l'Aigle s'enfonça dans des herbes épaisses.

Maggie avait sa torche braquée sur la carte.

« Je crois que j'ai trouvé où nous sommes. Ce village, le plus près, c'est Ljut – et par là-bas, l'autre plus loin, c'est Vraca… Si tu regardes dans mon sac, Frank, au fond, il y a une flasque. Ça ne sera pas chaud, mais c'est mieux que rien. »

Elle alluma son portable et composa un numéro, écrasant les touches.

Muhsin, le chien et Ante s'étaient arrêtés à l'orée du bois. Joey les rejoignit, avec Fharo et Salko. Le chien tirait sur sa laisse, mais Muhsin le retenait.

Joey discernait les ombres des deux silhouettes, séparées, glissant vers la coupure noire. Il s'avança : il devait aller là où on le menait. Des bras s'emparèrent de lui ; des mains agrippèrent son manteau. Il lutta pour se libérer. Où que mène ce chemin, il le suivrait. Ante souleva le ruban jaune et Salko força la tête de Joey à se baisser jusqu'à ce que ses yeux soient à quelques centimètres de lui.

Fharo dit le mot, et Muhsin le répéta, comme un écho.

« *Mina… Mina.* »

Chapitre dix-huit

La montre s'arrêta au poignet de l'Aigle une minute après vingt-deux heures.

À vingt-deux heures pile, Mister baissa les yeux et vit les aiguilles lumineuses de sa propre montre, reprit son souffle et regarda derrière lui. Il vit qu'il était arrivé à peu près à mi-chemin entre la lisière du bois qu'il venait de traverser et son objectif, une bande noire d'où lui parvenait le grondement d'une rivière rapide. Il tournait le dos aux lumières lointaines. Il avait le Walther PPK à sa ceinture et le Luger dans la poche de sa veste. Il trouverait quelque chose avec des roues dans ce village, là où étaient les lumières, et le PPK et le Luger seraient un moyen de persuasion efficace pour emprunter un véhicule. Si le chien s'approchait, il l'abattrait avec l'un ou l'autre.

Il ne comprenait pas pourquoi le chien, les hommes et Cann n'étaient pas sortis du bois à sa suite… Puis il se souvint des fusils-mitrailleurs. Il se rendit compte de la cible qu'il offrait et se baissa vivement, l'herbe humide mouillant tout le bas de son pantalon. Mister observa l'approche maladroite et essoufflée de l'Aigle, à peut-être une quarantaine de mètres. L'Aigle titubait vers lui, comme un ivrogne. Combien de temps allait-il l'attendre ? Une demi-minute ? L'Aigle s'était arrêté. Il oscillait, en équilibre sur un pied. À la lueur de la lune, Mister vit qu'il se tenait les bras écartés, comme un funambule sur son fil. Il semblait ne pas oser poser l'autre pied, celui qui n'avait plus de chaussure, et il vacillait. Mister n'allait pas revenir sur ses pas pour le chercher. Mais il se voyait comme un homme bon, généreux et loyal, et il se fit une petite promesse : quand ils atteindraient la rivière, il porterait l'Aigle pour traverser – d'après le bruit qui montait jusqu'à lui, ils auraient un méchant courant à affronter. Il prendrait l'Aigle sur son dos, ou sous son bras, et il lui ferait passer la rivière. Il pourrait marcher pour finir le trajet vers les lumières, vers une voiture – bien sûr qu'il y aurait une voiture.

La demi-minute était passée.

« Allez, l'Aigle, décide-toi. »

Il ne ressentait aucune peur. La rivière ne l'inquiétait pas, ni la pensée des fusils braqués sur lui. Il n'avait pas peur non plus du jeune homme avec les grosses lunettes, qui s'obstinait à le suivre. Tout ce qu'il ressentait, c'était de l'excitation. On le défiait, on le testait. L'excitation courait en lui comme un microbe *virulent* – mais Mister ne connaissait pas ce mot. De chaque défi qu'on lui avait lancé, de chaque test auquel on l'avait soumis, Mister était toujours sorti vainqueur – toujours. Et quand ils auraient passé la rivière, atteint les lumières et pris une voiture, l'Aigle en serait le témoin.

« Allez – tu attends que le chien te chope ? »

Une minute après vingt-deux heures.

« J'arrive, Mister – et merci de m'avoir attendu. »

Mister s'apprêta à se retourner pour courir vers l'étendue noire de la rivière, mais resta à le regarder. L'Aigle sauta à cloche-pied, gesticula comme un clown, se balança, puis posa le pied qui n'avait pas de chaussure, s'appuya dessus… L'éclair fut intense, doré. L'Aigle fut pris dans la flamme, puis soulevé comme si un fil invisible le tirait. Après la flamme vint une fumée tournoyante, et le tonnerre écrasa les oreilles de Mister. Il sentit le souffle le gifler et, pendant un instant, il crut qu'il allait être balayé, mais il pivota sur ses genoux et le souffle le dépassa. L'éclair lui avait ôté la vue. Il n'y avait plus qu'un noir total autour de lui. Le silence retomba.

Mister restait pétrifié. Il n'avait plus d'yeux, et ses oreilles tintaient faiblement à cause de la déflagration. Ça ne ressemblait à rien qu'il ait jamais vu ou entendu. Puis la voix résonna.

« Vous êtes dans un champ de mines, Mister. »

La voix explosa dans sa conscience.

« Vous avez pénétré dans un champ de mines, Mister. »

La voix était nasale, comme une voix artificielle, amplifiée.

« Il y a des mines devant vous, à côté de vous et derrière vous – tout autour de vous, en fait, Mister. »

La voix provenait de la ligne des arbres et il devina qu'elle jaillissait de mains en porte-voix.

« Vous êtes entré dans le champ de mines quand vous avez franchi le ruban jaune, Mister. »

La voix était neutre, ne laissait paraître ni plaisir ni triomphe, et elle finit par effacer le tintement dans les oreilles de Mister.

Il se baissa. Il posa le poids de ses fesses à l'endroit où il avait posé ses pieds, puis ramena ses pieds le plus près possible de ses fesses… Il y eut d'abord un gémissement… Il n'avait entendu qu'une seule fois la voix qui lui parlait, mais il la reconnaissait. Elle n'avait prononcé que huit mots, elle était faible à ce moment-là, pas nasillarde et amplifiée comme maintenant. Les mots résonnaient : *Vous avez fait une erreur, Mister, une erreur*. Le gémissement se mua en sanglot étouffé… Mister tenait ses bras serrés autour de son corps. Une petite brise faisait onduler et bruisser l'herbe autour de lui. Assis, les lumières lui semblaient plus distantes qu'avant, là où il y avait une voiture, au-delà de la rivière qu'il devait traverser à la nage… À l'endroit où l'Aigle devait se trouver, le sanglot se changea en un cri suraigu qui lui transperça le crâne… Cann n'avait pas crié quand Mister l'avait tabassé. Il était assis dans l'herbe, et ne pouvait pas échapper au cri de l'Aigle, comme un couteau qui s'enfonçait en lui, le cri d'un animal mourant. Il ôta ses mains de sa poitrine et les plaqua sur ses oreilles, pressant ses paumes contre son crâne, mais cela n'arrêta pas le bruit. Le hurlement tourbillonnait dans l'herbe autour de lui, s'enfonçait dans le sol sous lui, il était tout autour de lui – et les mines aussi. Mister ne savait pas à quoi ressemblait une mine. Il devait en avoir vu à la télévision, mais, si c'était le cas, il ne s'en souvenait pas. Il n'y avait pas de mines au salon de l'armement où il s'était rendu avec Atkins. Il ne savait pas si elles étaient cubiques ou rondes, noires, vertes ou blanches… Bon Dieu, ce hurlement n'allait pas s'arrêter ? Finalement, cela cessa. Il se changea en sanglot, puis se réduisit à un gémissement. Mister ôta ses mains de ses oreilles.

« Mister, vous êtes là ? Dites-moi que vous êtes là ?

— Je suis là, l'Aigle.

— Pouvez-vous venir près de moi ?

— Nous sommes dans un champ de mines, l'Aigle… »

La voix s'étrangla. « Je ne sens pas ma jambe, Mister.

— Je ne peux rien faire.

— Je voudrais que vous veniez, Mister. J'ai mal partout, sauf dans mon pied – par Dieu…

— Je ne peux pas bouger. Je ne peux pas venir.

— … À côté de moi, pour me tenir – j'ai tellement peur, Mister, et tellement mal…

— Est-ce que tu m'écoutes, l'Aigle ? C'est un *champ de mines…* » Il prononça ces mots comme s'il parlait à un idiot. Sa voix était calme. Elle était toujours calme quand la colère montait en lui. Quand il était en colère, il fallait se pencher pour l'entendre. « Si je viens jusqu'à toi, je risque de sauter aussi.

— Oui, Mister… putain de saloperie… bien sûr, Mister. Je suis votre croix – c'est ça, hein, Mister ? »

Mister savait ce qu'on disait de lui à la police criminelle ou à l'Église, ainsi qu'aux renseignements : ils disaient qu'il était prudent. À contrecœur, mais ils le disaient, prudent, et leur éloge était plein d'amertume. Il ne prenait jamais de risque. Il pesait chacun de ses mouvements. Seuls les idiots prenaient des risques. Il possédait des clubs où l'on misait gros à la roulette, mais lui ne jouait jamais. Il ne pariait jamais sur des chevaux ou des lévriers, sauf si on lui garantissait le nom des vainqueurs… La dernière fois qu'il avait été imprudent, qu'il avait fait une chose qu'il n'avait pas planifiée, c'était quand il était sorti du véhicule de Monika Holberg pour aller au van bleu, et qu'il avait traîné Cann à l'arrière et roué de coups cette petite mauviette jusqu'à ce que ses pieds soient douloureux et que ses mains saignent. La petite voix par terre avait appelé ça une *erreur*. Se déplacer dans ce champ en pleine obscurité serait un sacré pari.

« Qu'allez-vous faire, Mister ?

— Je ne sais pas.

— Mister, j'ai besoin de vous… S'il vous plaît…

— Je ne peux pas t'aider.

— Non, Mister, vous ne devez pas prendre de risque… »

À la lueur de la lune, au-dessus des herbes agitées par le vent, il parvint à distinguer la forme de la hanche de l'Aigle et son épaule, à vingt ou trente mètres. L'Aigle était sur le flanc, et lui tournait le dos. La douleur avait dû se muer en spasmes. Il y eut un gémissement sourd et le bras du haut fut pris de tremblements. Une convulsion releva la jambe de l'Aigle plus haut que sa hanche. Pas de pied. Mister cligna des yeux. La jambe de pantalon n'existait plus à partir du genou. Mister ne savait pas à quoi ressemblait une mine, mais il savait ce qu'elles faisaient. Il devait réfléchir. Tout cela dépassait de très loin ce qu'il connaissait, et il ne pouvait se fier à son instinct pour le guider. Il regarda sa montre. Il était vingt-deux heures quinze. Il lui restait au moins huit heures d'obscurité pour le couvrir. Vers minuit il aurait décidé quoi faire, et quel risque il pouvait prendre.

Frank avait traversé le bois. Ils l'avaient entendu approcher, Salko avait fait clignoter sa torche pour le guider, et le chien avait grogné. Il les avait rejoints.

« Qu'est-ce qui s'est passé ? »

Joey désigna le sol devant lui. Il y avait un ruban jaune au niveau de ses genoux. Frank siffla, puis avala une grande bouffée d'air. « On a entendu l'explosion – c'est lequel ? Et puis le hurlement… Mon Dieu. »

Joey tendit la main et tapota le bras d'Ante. Il lui fit signe de lui donner son fusil. Il cala la crosse contre son épaule, releva l'arme à l'horizontale et colla son œil dans l'extrémité arrondie du viseur nocturne. Il n'avait jamais été un fin tireur. Les gardes-chasses du propriétaire étaient des champions, mais pas lui. Cela faisait au moins douze ans qu'il n'avait pas épaulé une arme à feu ; depuis l'adolescence, en fait. Le poids caractéristique de la Kalachnikov était encore accru par celui du viseur. La croix tremblotait dans le viseur. S'il avait tiré, il aurait manqué sa cible parce qu'il était incapable de stabiliser l'arme, mais il parvenait à voir. L'image était un lavis blanc grisâtre, et il essayait de fixer la croix sur la forme déployée la plus proche. La cible deux, entièrement blanc – visage, corps, vêtements –, exposé. Joey bougea et l'image se brouilla. Il passa au-dessus des arbres qui longeaient la rivière, remonta, trouva les lumières du village au loin, et l'image disparut. Il pointa l'arme vers le bas, balaya le champ, et soudain il vit la cible un. Mister était assis, les bras serrés autour de ses genoux, la tête courbée reposant dessus, mais Joey ne put maintenir sa visée. Il passa l'arme à Frank.

Dans la pénombre, il vit les mains expertes de Frank la parcourir pour la vérifier, puis elle fut contre son épaule, parfaitement calée, comme si elle faisait partie intégrante de son corps.

« Inutile de te creuser la tête, dit Frank, et Joey n'avait jamais entendu une telle gravité dans sa voix. Oui, j'en ai déjà eu dans les mains, et j'ai tiré avec. Tu as vu ta cible numéro deux ? Il lui manque une jambe.

— Je n'arrivais pas à la tenir comme toi. Je ne savais pas qu'il lui manquait une jambe.

— Il n'y a plus rien sous le genou. Il a dû peser de tout son poids sur la mine. »

Frank avait l'œil vissé dans la lunette, et Joey se dit qu'il semblait hypnotisé par ce qu'il voyait.

« Qu'est-ce qui se passe maintenant ?

— Rien ne se passe, dit Frank, il ne peut rien se passer. Il fait noir, au cas où tu n'aurais pas remarqué. Un homme qui s'aventure dans un champ de mines en pleine nuit est bon pour l'asile. Nous pourrions appeler des renforts, mais cela ne servirait qu'à leur faire perdre une précieuse nuit de sommeil – s'ils daignent venir. Ils ne feront rien avant que le jour ne se lève. On dirait qu'il est évanoui, ou quelque chose du genre, et c'est ce qu'il y a de mieux pour lui. C'est l'avocat, c'est ça ? »

Joey reprit le fusil-mitrailleur. Il regarda dans le viseur une dernière fois, puis rendit l'arme à Ante. La lune était au plus haut, et très brillante, mais il avait du mal à distinguer l'un ou l'autre des deux hommes dans le champ devant lui. « Il survivra ?

— Tu veux quoi, une réponse de dame patronnesse ou la vérité ?

— Je me fous complètement qu'il survive.

— Oh, Joey, tu trimballes une telle dose d'humanité… J'ai passé du temps avec des démineurs, ceux qui venaient de l'extérieur. Tous les week-ends, ils vont au pub irlandais près de l'hôpital Kosevo, ils se bourrent la gueule, et ils causent. Ils sont intarissables. Il faut évacuer un blessé rapidement. En ce moment, dans sa plaie, il y a les composés chimiques de l'explosif, avec un quintal de terre et le shrapnel qui y était enfoui depuis cinq, sept ans – de la vieille bouse de vache aussi, de la merde de mouton, de renard, de lapin. Il y a tout ça dans sa plaie. Il faudrait qu'il soit dans un hôpital dans deux heures au plus, mais il n'y sera pas. Il ne fera pas jour avant huit heures. Quand il fera jour, il faudra qu'ils fassent un passage jusqu'à lui – ça fait quoi, quatre-vingts mètres, peut-être cent ? Ils devront y aller à genoux ou à quatre pattes, avec des sondes. Ça prendra toute la journée de demain… Je peux te raconter une histoire ? Elle n'est pas de première main, elle m'a été racontée par les gars du poste quand je suis arrivé, eux ils y étaient. Il y a onze mois, il y avait un champ de mines à la lisière de Sarajevo – on ne parle pas de contrées reculées, on parle de la capitale de ce pays béni du Seigneur –, c'était indiqué avec des panneaux, mais pas grillagé. Ema Alic – on m'a dit son nom, et je ne l'ai jamais oublié, je n'oublierai jamais – était une petite fille de onze ans. Elle était avec deux garçons, de douze ans tous les deux, et ils étaient sortis jouer dehors. L'un d'eux a déclenché une mine. Les garçons ont été tués sur le coup. Elle non. Elle a survécu pendant deux heures. Elle agitait les mains en appelant au secours. Une foule regardait et écoutait, mais ils avaient trop peur pour se risquer à entrer là où étaient les enfants. C'est Sarajevo, d'accord ? Et on est en pleine journée. On peut avoir les démineurs deux fois plus vite qu'ailleurs. Le temps qu'ils aient constitué le couloir, qu'ils soient arrivés jusqu'à elle, elle avait cessé d'agiter les bras et cessé de crier. Même pour une enfant, ils ne se pressent pas. Tu voulais savoir s'il va survivre…

— Que fait Mister ? demanda Joey d'une voix égale.

— Ce que je me demande, moi, c'est comment il se sent.

— Chez lui, Frank, il a des gens autour de lui.

— Mais là, il est seul. »

Joey pensa aux heures, aux semaines, aux années passées à vivre la vie de Mister. Sans jamais pouvoir le toucher – jusqu'à aujourd'hui. Il n'y avait personne dans sa vie à qui il aurait pu décrire ce sentiment de jubilation exaltée – ni à Jen, ni à sa mère ou son père, ni à Dougie Gough. Cette exaltation lui appartenait, et il la gardait pour lui.

Il dit, d'une voix sourde : « Chez nous, il a ses hommes de main, pour se faire respecter, il a un comptable et un avocat, il a le Mixeur qui coordonne l'équipe, il a les Anguilles qui l'emmènent où il veut, il a la Princesse – il a un système légal qu'il tient et dont il se joue, parce qu'il est corrompu et incompétent. Il trône sur un empire.

— Il est seul, Joey. C'est pour ça que c'est différent.

— Est-ce qu'il va craquer et se mettre à courir ? »

Dans l'obscurité, Joey eut l'impression que Frank Williams, le policier habitué à manier les armes, se tortillait, comme pris de frissons. « Tu le ferais ? Est-ce que je le ferais ? Non. S'il se levait pour marcher jusqu'à la rivière – je ne connais pas le terrain, et je ne peux que faire des suppositions –, il aurait neuf chances sur dix d'y arriver, peut-être même quatre-vingt-dix-neuf chances sur cent. Mais ça en laisse une sur dix, ou une sur cent. Est-ce qu'il doit courir, ou marcher, ou ramper ? Est-ce qu'il doit fermer les yeux et foncer, tout simplement ? Ou doit-il tâtonner avant chaque pas ? L'explosion a dû le rendre sourd, il n'a jamais connu une situation de ce genre, il est sous le choc parce qu'il sait que son avocat a perdu une jambe. Il essaye de réfléchir clairement, mais c'est très difficile. Il n'est pas allé à l'aide de son compagnon, et c'était la bonne décision, parce qu'un amateur qui essaye de secourir quelqu'un est presque toujours la seconde perte. »

Le vent soufflait dans les arbres au-dessus d'eux, zéphyr secouant les branches nues, le même vent qui balayait Mister, mais lui était seul.

« Ce que tu dis me plaît, fit Joey.

— Qu'est-ce que tu veux de lui ?

— Je veux qu'il soit brisé.

— C'est le pire endroit au monde où un homme peut se retrouver. » Il y avait un tremblement dans la voix de Frank. « Il est prisonnier dans un champ de mines.

— Je veux l'entendre hurler de peur.

— Il y a une procédure légale.

— Je veux le voir détruit, dit Joey.

— Tu es malade ? Je crois que tu es vraiment dingue. »

Frank Williams s'éloigna. Joey s'assit près du chien. Il s'adossa à un arbre, et ses pieds arrivaient sous le ruban jaune. Il gratta le ventre du chien qui lui lécha le visage, et il se mit à rire. Il cria dans la nuit, assez fort pour être entendu dans toute la vallée : « Hé, Mister, regarde derrière toi, regarde, je suis là ! »

Et Joey Cann éclata de rire, encore plus fort.

Minuit…

… En l'aidant à se déshabiller et à se préparer à aller au lit dans la pagaille de leur maison, le juge Delic demanda à sa fille : « Tu penses à lui ? Est-ce qu'il te sort un peu de la tête ? » Jasmina Delic dit : « J'essaye de ne pas y penser, j'essaye de penser à la voiture et à la nouvelle cuisine que nous allons avoir, et à notre nouvelle vie. » Il savait qu'elle mentait, mais il n'eut pas le cœur de lui dire qu'il le savait.

… Ismet Mujic regagnait son appartement dans la vieille ville. Il avait laissé le Turc, le Russe et l'Italien à l'aéroport avec un avion privé qui les emmènerait. Il avait été discrédité, humilié, et il hurla dans l'escalier : « Vous l'avez trouvé ? » Un sous-fifre tremblant lui répondit que son ami n'avait pas été retrouvé, et son monde s'effondra encore un peu plus.

… Un corps qui avait été coincé dans des branches au fond de la Miljacka se libéra soudain et refit surface. Il fut emporté par le courant au-delà de Hrasno et des ensembles d'immeubles de Cengic Vila, sous des ponts, et il roula par-dessus les barrages.

… Sa journée terminée au building de l'UNIS, tour A, Monika Holberg, avant de rentrer chez elle à Novo Sarajevo, poussa la porte à tambour de l'Holiday Inn. Elle s'avança jusqu'au comptoir de la réception. Elle vit sa lettre dans le casier, intacte, toujours close. Elle serra les lèvres et ressortit dans la ville endormie.

… Dans la salle occupée par Sierra Quebec Golf, dans l'immeuble des Douanes, arriva une copie sécurisée d'un message provenant d'Endicott, pièce 709, Vauxhall Bridge Cross. Il fut remis à Gough. Ils étaient tous là, et ils le regardaient. Gough annonça : « Packer s'est rendu à sa grande réunion – elle a tourné court quand Cann s'est montré – nous n'avons aucune preuve enregistrée – la cible trois, Bruce James, est entre les mains du GIP – Packer et Arbuthnot ont pris le large dans la campagne et Cann est à leurs trousses. Mais cela n'a plus d'importance, en fait, car l'autorisation de surveillance intrusive a été retirée. Je crois qu'il nous a eus. Packer. J'en ai trop demandé à Cann. J'ai cru que Cann pouvait le faire tomber, et j'ai pris le risque. C'était trop demander. » Ils commencèrent à ranger leurs bureaux et à décrocher leurs manteaux.

… Endicott, depuis son bureau de Vauxhall Bridge Cross, appela à son domicile un commandant de la police criminelle. « Ne m'interrompez pas, je vous prie, et ne me demandez pas de qui je tiens l'information. Vous avez une fuite chez vous, quelqu'un qui tuyaute Packer. Un appel vers Sarajevo a été passé avant-hier matin, sur le trottoir devant votre bureau de Pimlico. Oui, nous pouvons être aussi précis que ça. L'appel a été passé à dix heures dix-neuf et a pris fin à dix heures vingt et une. Si vous contrôlez vos caméras extérieures, vous verrez qui passe cet appel, qui est sorti du bâtiment durant cette fenêtre de deux minutes. Agissez en conséquence, je vous prie. » Endicott raccrocha. Traîtres, renégats, taupes faisaient partie de l'histoire de son organisation ; il connaissait la gangrène cancéreuse qu'ils généraient.

… Dans leur résidence officielle, le ministre entra dans la chambre de son épouse, pour éteindre la lumière et l'embrasser sur la joue. Il s'assit près d'elle, murmurant. « Tu te souviens de ce que tu faisais, tes bonnes œuvres, quand nous étions encore dans l'opposition. Tu arpentais l'est du Yorkshire afin de lever des fonds pour les réfugiés en Bosnie. Tu étais redoutable avec ceux qui ne voulaient pas mettre la main à la poche, tu les secouais jusqu'à ce que les chèques tombent. Si je rentre si tard, c'est parce que je lisais des rapports sur ce pays. Tu n'aurais pas dû te donner tant de mal. Le rêve est fini. C'est un havre de corruption pour les criminels, qui est en train de sombrer, et cela ne va faire qu'empirer. La fin d'un rêve est toujours triste, la lumière disparaît, et il ne reste plus qu'un recoin noir et sordide. » Il lui prit doucement la main, espérant qu'elle dormait et qu'elle ne l'avait pas entendu.

« Vous êtes là, Mister ?
— Je suis là, l'Aigle.
— Quelle heure est-il ?
— Si cela change quelque chose pour toi de le savoir, il est minuit une.
— Je sais où je suis.
— Tant mieux pour toi, l'Aigle. »

Oui, il savait où il était et il savait ce qui s'était passé. Il y avait eu un moment de félicité, un moment de bonheur où il ne savait plus où il était ni ce qui lui était arrivé. Il ne pouvait pas s'être endormi, mais peut-être s'était-il évanoui. Il n'y avait pas eu de délire, pas de divagation ou de rêverie, seulement une obscurité muette, insensible, dans son esprit. Il avait traversé l'obscurité et se souvenait d'avoir ouvert les yeux et tenté de bouger son corps, mais la douleur l'avait arrêté. Il se sentait très faible, et il avait envie de vomir, mais il n'en avait pas la force. Il explora son corps à tâtons, du mieux qu'il pouvait, en étant allongé sur le côté. À chaque endroit qu'il touchait, la douleur augmentait, et il sentait quelque chose de chaud et collant sur ses doigts. Du liquide coula sur ses mains quand il toucha son ventre et ses cuisses. La douleur ne se calmait que lorsqu'il restait allongé sans bouger. Il tournait le dos à Mister et ne le voyait pas, mais se retourner pour le voir lui aurait coûté une trop grande souffrance. De là où sa tête reposait, sur son avant-bras, il n'y avait aucune lumière visible, mais la clarté de la lune révélait l'étendue blafarde du champ et la ligne noire des arbres.

« Est-ce que quelqu'un sait où nous sommes ?

— Oui, Cann. Il est dans le bois. Juste à côté. Il sait.

— Est-ce qu'il a appelé des secours ?

— Il fait nuit, l'Aigle, et nous sommes dans un champ de mines. Personne ne va venir à notre secours.

— Je n'en ai plus pour longtemps, Mister, si on ne fait pas quelque chose… Vous ne pourriez pas venir près de moi, Mister ?

— Tu n'as pas entendu ce que je t'ai dit ? C'est un champ de mines.

— Vous n'allez pas venir près de moi, Mister ?

— Il y a des mines – c'est ce que Cann a dit – tout autour de moi. Je ne peux pas bouger. Je réfléchis… »

L'Aigle se sentit libéré. C'était comme si une chaîne venait de se rompre. Il ne voyait plus les yeux de Mister, ces yeux qui transperçaient les hommes et les faisaient trembler. Il tournait le dos à Mister. Il n'avait plus peur de Mister, désormais, et il n'avait plus besoin des récompenses avec lesquelles Mister l'achetait. La liberté était cette brise fraîche qui jouait sur son visage, qui apaisait la douleur. Il était libéré de la peur.

« Mister ? Vous m'écoutez, Mister ? J'ai été avec vous pendant plus de vingt-cinq ans. Je vous connais, Mister, comme je connais ma main droite. Je veux vous dire ce que je sais de vous. »

L'Aigle devait lutter pour hausser la voix. La salive faisait des bulles dans sa gorge. La souffrance empirait quand il essayait de parler. Il n'avait pas la force de crier, et n'avait plus beaucoup de temps devant lui. Il aurait aimé pouvoir se retourner pour regarder Mister dans les yeux. Il savourait sa liberté, et il savait qu'on ne pouvait plus la lui reprendre. Il espérait que Mister l'entendait.

« Vous êtes le mal, Albert William Packer. Vous êtes l'homme le plus malfaisant que je connaisse. Que Dieu m'en soit témoin, j'ai honte d'avoir été lié à vous. J'espère être purgé des péchés que j'ai commis avec vous, lorsque ceux que j'aime diront des prières sur mon cadavre. »

L'Aigle ne pouvait plus relever sa tête, qui reposait sur son bras. Il parlait à un mur d'herbes et de tiges, sentait la terre fraîchement retournée et l'odeur âcre des explosifs.

« Vous êtes un barbare. Vous infligez la douleur, le malheur. Après votre mort – peu importe quand, peu importe où –, vous serez haï et méprisé. N'imaginez pas qu'un long cortège endeuillé suivra votre cercueil. Quand il passera dans la rue, les gens claqueront leur porte et tireront les rideaux, car vous êtes un être vil, dégénéré. Mais je vous remercie, je vous remercie du fond du cœur de m'avoir amené ici. Ici, je suis parvenu à me libérer de vous. Merci, Mister. »

Il aurait aimé que Mister puisse voir son visage et y lire l'authenticité, la sincérité de ce qu'il ressentait. Sa voix faiblit, et il ne savait pas s'il l'entendait. Il ne se souciait plus de la douleur, il voulait juste élever la voix.

« Et je vous remercie de m'avoir montré cette dernière image de vous. Vous avez peur, pas vrai, Mister ? Moi, je n'ai plus peur du tout, c'est terminé. Vous crevez de trouille, je le sens d'ici. Comment je le sais ? Parce que vous n'avez pas pris la fuite. On ne peut pas acheter une mine, pas vrai, Mister ? On ne peut pas la corrompre. Une mine ne va pas se désamorcer parce qu'un bâtard servile dans mon genre va prêcher pour votre salut devant une foutue cour d'assises. Il n'y a pas de jury, vous ne pouvez pas l'intimider – c'est une mine. »

Derrière lui, il entendit un bruit ténu, un glissement léger.

« Vous voyez ma jambe, c'est pour ça que vous avez peur de vous mettre à courir ? »

Un frottement de métal, un levier huilé sous la pression d'un pouce.

« Prouvez-moi que vous n'avez pas peur. Courez ! Courez vingt mètres, ou cinquante, et dites-moi que vous n'avez pas peur. »

Il rassembla ses forces pour crier une dernière fois.

« Est-ce que Cann vous a eu ? »

Les trois premières balles le ratèrent. Elles s'abattirent comme le tonnerre autour de l'Aigle et crachèrent de la terre sur lui. La quatrième frappa son épaule et l'aplatit au sol, le ficha dans l'herbe comme si on l'avait transpercé avec un marteau et un clou. Il s'étouffa.

« Est-ce que Cann… »

Il pressa la détente, encore et encore et encore… jusqu'à ce qu'un cliquetis remplace les détonations et que le chargeur soit vide.

La voix provenait de la ligne des arbres, loin au bout du champ.

« L'Aigle était le dernier de vos garants. C'est une autre erreur… Qui va vous protéger désormais, Mister ? Allez-vous courir ? »

Il laissa le Luger glisser de ses doigts et resserra ses bras autour de son corps pour réduire au minimum le carré d'herbe humide sur lequel son poids reposait. Il restait six heures d'obscurité. Il avait encore six heures pour prendre sa décision. *Allez-vous courir, Mister ?* S'il se tournait, il pouvait apercevoir la ligne obscure de la rivière, à une centaine de mètres ; il l'entendait. Au-delà de la rivière, il y avait les lumières du village, il y aurait une voiture. En courant, il faudrait cent pas pour atteindre la rivière, cent fois ses pieds frapperaient l'herbe et la terre, cent fois le risque… Il ferma ses yeux sur la nuit.

L'explosion l'avait réveillé, mais c'était le hurlement qui avait tiré Husein du lit. Il était assis sur le gros rondin de frêne devant sa maison. Il avait enfilé son manteau, mais c'était une maigre protection contre le froid glacial. L'explosion l'avait réveillé, et il avait failli se rendormir, blotti contre le dos chaud de sa femme. Puis le cri s'était élevé. Malgré son ouïe déficiente, le son aigu l'avait transpercé. Impossible de l'ignorer : il l'avait tiré du lit et traîné jusqu'à sa porte. Il connaissait les bruits que faisaient les animaux quand ils souffraient. Ce cri n'était pas celui d'un animal. C'était un bruit qui lui montait au cœur – et puis il avait faibli, s'était atténué. Longtemps après que le hurlement eut cessé, et que le calme fut revenu dans la vallée, il y avait eu des coups de feu. Les détonations étaient faibles à ses oreilles, mais il les avait entendues.

Des gens vinrent le rejoindre. Ils arrivaient avec des manteaux comme le sien, ou des couvertures de laine sur les épaules, et s'installaient à côté de lui, ou derrière lui. Du fait de son statut de patriarche de Vraca, personne ne se mettait devant lui. Il avait une vue dégagée sur le vide noir des champs de l'autre côté de la rivière, mais il ne distinguait aucun mouvement et, même en tendant l'oreille, il ne percevait rien. Certains des hommes rassemblés autour de lui avaient pris leur fusil de chasse à deux canons, mais prendre le sien ne l'aurait pas protégé du cri. Il était plus de trois heures du matin quand Lila apporta du café. Il serra la tasse entre ses mains, sentant sa chaleur sur sa peau.

Il veillait, et attendait l'aube.

Quand le hurlement avait commencé, Dragan Kovac avait bondi de son lit, attrapé son manteau de sergent de police et sa casquette. Il s'était rendu à l'abri sur le côté de sa maison, où était rangé le bois pour la cuisinière, et avait tâtonné pour trouver sa hache.

Il s'était adossé à la porte et avait écouté les cris en serrant le manche de sa hache. C'étaient les cris les plus effroyables qu'il ait jamais entendus. Il jugeait être un homme endurci, conditionné pour endurer la douleur. Longtemps après que les hurlements eurent fait place au silence, il était resté devant sa maison, la hache prête. Il y avait des lumières de l'autre côté de la vallée, d'autres dans son village derrière lui, et des phares de véhicules en haut de la colline, là où le chemin passait la crête avant de redescendre vers Ljut, mais il ne parvenait pas à voir quoi que ce soit dans l'obscurité. Puis Dragan Kovac avait entendu les coups de feu. Il avait compté les détonations et compris que le chargeur avait été vidé. Les coups de feu l'avaient fait rentrer chez lui.

Il ferma le verrou, puis tourna la grosse clé dans la serrure et coinça une épaisse chaise de bois sous la clenche. Il s'assit sur son lit, n'ôta pas ses bottes, ni son grand manteau, ni sa casquette, incapable de faire taire ces hurlements dans la tête. Il tenait sa hache, attendant la première lueur du jour.

Ils lui proposèrent la flasque, mais il refusa. Il ne pouvait pas leur parler, et eux ne pouvaient pas lui parler non plus, mais, quand Ante tendit la flasque devant lui, Joey secoua la tête.

Il sentait l'odeur de l'alcool. Il se demanda si c'était l'alcool qui leur avait permis de tenir et de combattre quand ils étaient sortis de Srebrenica, ou la foi, ou le désespoir… Et il se demanda comment ça se passait pour Mister, et s'il avait une croyance en laquelle trouver refuge, ou si son désespoir grandissait. Il ne savait pas comment ça allait finir, mais il se dit qu'il était arrivé tout près du bout du chemin, comme il en avait fait la promesse. Quand ils eurent fini avec la flasque, il tendit la main et tapota le bras d'Ante, désignant le fusil, et on le lui donna. Il regarda dans le viseur nocturne.

Il vit Mister, recroquevillé, immobile, et puis, au bord du tunnel qui limitait sa vision, il perçut un mouvement glissant, quelque chose qui s'approchait de Mister.

C'était une ombre gris sombre sur le champ gris pâle.

L'ombre avançait à petits pas dans le clair de lune.

Elle venait de derrière Mister, le contournant avec circonspection. Pendant deux ans, peut-être plus, il y avait eu un renard qui s'aventurait dans le jardin de sa maison près de la rocade nord. En traversant les rayons, le renard déclenchait l'éclairage automatique et faisait sonner l'alarme des boîtiers de contrôle, dans l'entrée et dans la chambre. Plusieurs fois, Mister et la Princesse avaient été alertés par les alarmes et s'étaient mis à la fenêtre pour regarder le renard, au vrai une vieille renarde. Une créature prudente, ce que Mister aimait bien – et sans crainte, ce qu'il aimait encore plus. Alec Penberthy avait raconté qu'elle avait une tanière et des petits à la lisière du grillage qui entourait les terrains de sport de l'école. De nuit, dans son jardin, elle était magnifique. Il reconnaissait cette ombre qui s'approchait de lui en faisant un grand demi-cercle.

L'animal se tenait à distance, mais ne semblait pas intimidé.

Trois heures passées… Ce renard était une échappatoire pour Mister. Il s'était dit qu'à trois heures, quand sa montre marquerait trois heures pile, il prendrait une décision, il se lancerait, il bougerait. Bien sûr qu'il allait bouger. Il était Mister. Il ne connaissait pas la peur. Il allait écarter ses mains, les planter dans l'herbe, pousser pour se relever, et ensuite marcher à pas fermes vers la rivière. Il s'était imposé cette limite – trois heures – et maintenant le tic-tac continuait et les aiguilles de sa montre grignotaient l'heure d'après. Il observait le renard, et c'était son excuse pour ne pas bouger. Le renard le regardait.

L'ayant dépassé, d'un pas si léger, hors d'atteinte du danger, le renard s'arrêta en face de lui et s'assit. Il voyait sa silhouette se découper dans l'ombre. Quand il bougerait, lui se lèverait. Voilà la promesse que Mister se faisait. Quand il faisait une promesse, il la tenait toujours ; il n'avait qu'une parole. Quand le renard s'esquiverait, il se mettrait en marche. Il se répétait que quelques minutes ne changeraient rien. L'animal semblait l'étudier, comme s'il était un intrus sur son territoire. Puis il se retourna et se gratta. De sa patte arrière, il se gratta le cou, puis le dessous de la patte avant. Il s'ébroua soudain, tendit le cou, et son museau pointa vers le haut. Il reniflait. Pour aller jusqu'à l'endroit où le renard était tapi, Mister aurait dû se mettre debout en prenant appui sur ses mains, peser de tout son poids sur le sol, et faire dix pas. Il entendit un reniflement bref, et le vit se redresser. Le renard s'éloignait en trottinant. Mister songea que le sol et l'herbe sous ses pattes devaient à peine le sentir. Il s'arrêta, renifla à nouveau, puis s'aplatit au sol tout en continuant d'avancer.

Il avait repéré l'Aigle, la charogne.

Il commença à tourner autour. L'ombre glissait sur l'herbe, et les cercles allaient en rétrécissant. Mister avait abattu l'Aigle, il l'avait réduit au silence. Puis la voix avait jailli vers lui dans la nuit, depuis l'ombre des arbres, et l'avait désorienté. Sans cette voix, qui le mettait au défi – *Allez-vous courir, Mister?* –, il serait déjà parti, il aurait entamé les cent pas jusqu'à la rivière. C'était ce que Cann voulait, qu'il coure. Cann voulait que ses pieds, ses chaussures, son poids s'enfoncent dans la terre et l'herbe du champ. Cann voulait voir l'éclair et le tonnerre de l'explosion, voulait entendre son hurlement. Cann était dans les arbres, il attendait, lui rappelant les conséquences d'un seul mouvement : un pas finissant sur l'antenne d'une mine. Le renard était tout près de l'Aigle.

Mister n'arrivait pas à détourner les yeux.

Il distinguait à peine le corps de l'Aigle. Il imaginait que le renard était en train de l'examiner. Il entendit le bruit d'un tissu que l'on déchire. Le renard avait trouvé la plaie. Il tira sur le pantalon déchiré, puis commença à s'intéresser à la jambe. Sans chargeur, le Luger ne servait plus à rien. Mister avait le Walther PPK coincé dans sa ceinture. Il vit l'ombre du renard s'attaquer à la jambe de l'Aigle. Mister lança le Luger sur le renard. Il dut toucher sa patte arrière ou son ventre, car l'animal poussa un petit cri strident, mais il ne s'enfuit pas. Il tourna la tête vers Mister. Ils se regardaient fixement. Si le renard s'était enfui à ce moment, Mister aurait planté ses mains dans l'herbe, se serait relevé et se serait mis à courir ou à marcher vers la rivière. Mais il ne recula pas. Au lieu de ça, son ombre s'élança en avant, floue sur l'herbe blafarde. Mister distingua quelque chose qui volait en l'air dans la nuit. Le renard rattrapa ce qu'il avait lancé, puis devint espiègle, courant à petits bonds avec ce quelque chose dans sa gueule.

Le renard jouait avec la jambe de l'Aigle.

Il plongeait sur la jambe et lui jappait après, la poussait puis bondissait en arrière. Puis il s'arrêta.

Mister entendit la mâchoire se refermer et le craquement de l'os. Il ne pouvait pas tirer sur le renard avec le Walther PPK. Il aurait besoin de toutes les balles de son pistolet quand il se mettrait à courir, quand il entrerait dans le village où brillaient les lumières, pour s'emparer d'une voiture qui l'emmènerait loin d'ici. Une pierre… Il chercha une pierre. Il entendait tous les bruits de mâchoire du renard. Mister posa la main dans l'herbe près de ses fesses. Il arracha de l'herbe et la balança devant lui. Il dégagea un carré de terre de la taille du mouchoir qu'il avait dans sa poche, grattant dans le sol avec ses doigts. Il se cassa des ongles, continua à creuser. C'était un limon meuble et doux. Il ne savait pas que cette terre fine, tamisée et travaillée, avait été apportée par le ruissellement de pluie depuis le bord du champ. Il enfonça sa main, progressa comme une taupe dans la terre molle, chercha frénétiquement un caillou. Il paniquait. Il se mettrait à courir dès que le renard serait parti, dès qu'il aurait trouvé une pierre et chassé le renard loin de la jambe de l'Aigle. Il sentit quelque chose de dur et lisse. Le petit trou qu'il avait creusé était trop noir, trop profond pour que le clair de lune y pénètre. Il commença à gratter sur le côté de ce qu'il avait déterré, et sentit la symétrie des formes. Ce qu'il touchait avait la taille des couvercles en plastique des boîtes de deux cents grammes de café moulu qu'achetait la Princesse, se dit-il. Ses doigts passèrent du côté au dessus de la boîte, et il ôta le plus gros de la terre gluante jusqu'à ce qu'il sente soudain l'une des six pointes qui formaient la petite étoile. La mine était à vingt centimètres de ses fesses, enterrée sous quinze centimètres de terre et de racines. C'était là que sa main se serait posée, là où la pression se serait concentrée quand il aurait pris appui pour se relever, avant de commencer à courir.

La voix, froide et dénuée d'expression, lui parvint depuis la ligne des arbres. « Le temps passe, Mister. J'aurais pensé qu'à cette heure, vous seriez déjà parti en courant. »

Quand la voix s'éteignit dans l'obscurité, Mister se retrouva livré au bruit des crocs du renard sur la jambe de l'Aigle. Le givre raidissait ses cheveux.

La première lueur de l'aube arriva comme une traînée pâle sur les collines derrière le village de Ljut.

Chapitre dix-neuf

Le soleil bas couvrait d'or la vallée, teintait les collines et les arbres dénudés. La patine dorée se répandait sur les champs, s'accrochait dans les herbes et les épines mortes des chardons et des jacobées ; elle se perchait sur les piquets du vignoble et luisait sur les fils de fer qui les reliaient. De brillants petits éclats de lumière rougissaient l'échine hérissée d'un cochon qui avait quitté l'abri des arbres pour chercher à manger. La douceur mordorée baignait les champs et les bois, et dessinait des motifs dans les fumées qui s'élevaient des cheminées des deux villages. Les fumées tournaient à l'ocre dans la lumière naissante avant de se disperser dans le ciel. Le soleil tirait des reflets éblouissants de la rivière, là où elle bondissait sur les pierres saillantes, entre les trous d'eau.

Joey Cann regardait l'aube se lever. Toute la vallée s'étendait devant lui. Il vacillait de fatigue, et il cligna des yeux, essayant de dissiper la confusion qui obscurcissait son esprit.

S'il voulait voir Mister, il lui fallait regarder droit vers le soleil qui faisait fondre le givre. Il pouvait attendre. Le soleil allait monter plus haut dans le ciel et, là, il verrait Mister, il saurait comment il avait passé la nuit. Joey était assis sur le sol, les jambes écartées, ses pieds touchant le ruban jaune, et il se redressa sur un coude. Autour de lui, les hommes ronflaient tranquillement, le chien collé à eux. Il avait cru que Mister se lancerait dans l'obscurité, qu'il aurait rassemblé son courage pour aller jusqu'à la rivière et les aurait mystifiés. Au loin sur sa gauche, il vit une colonne de pick-up et d'ambulances descendre lentement la route sinueuse et s'arrêter près du village. Il vit un vieil homme sortir d'une maison isolée, plus bas sur le chemin, vêtu d'un manteau d'uniforme et d'une casquette réglementaire, une hache à la main. De l'autre côté de la rivière, devant une autre maison située à l'écart de son village, des enfants sortirent en courant et une femme les suivit en boitant, s'appuyant sur des béquilles. Ils se dirigèrent vers un homme assis sur un vieux rondin.

Le soleil montait.

Joey aperçut Mister. Il ne les avait pas mystifiés. Dans les hautes herbes, il vit ses genoux repliés, sa veste déchirée, sa cravate de travers autour de son cou, ses mains dans lesquelles était posé son visage, et les cheveux sur son crâne. Un sourire apparut sur les lèvres de Joey. Il mit ses mains en coupe devant sa bouche et son cri rompit la paix, semblant éparpiller la poussière d'or tombée sur la vallée.

« Vous auriez dû vous mettre à courir, Mister, tant qu'il faisait encore noir. Vous aviez trop peur pour courir ? »

Il s'éveilla en sursaut. Il ne savait pas combien de temps il avait dormi, ni où.

« Qu'est-ce qui vous en a empêché ? »

Il se secoua. Un frisson le traversa. Il était assis et il avait l'impression de tomber. Il sentait son poids basculer, et il tendit la main pour se remettre d'aplomb. Sa main rencontra l'herbe mouillée et la terre boueuse, et dérapa dans le trou. Pendant une seconde, il n'arriva plus à contrôler la glissade. Il regarda en bas, gratta la terre pour trouver une prise. Sa main s'arrêta à trois centimètres des six pointes de l'antenne qui déclencherait la mine. Ses muscles étaient tétanisés... Il savait où il était. Il reconnaissait cette voix, mais il ne voyait pas Cann. Son estomac grondait de faim et sa gorge était desséchée. Près de lui, des crocs rongeaient un os. Mister fixait la mine, dans la petite cavité qu'il avait dégagée, regardant les traînées de boue sur la peinture verte. Il porta sa main droite vers son aisselle gauche et l'enferma dessous. De nuit, les arbres faisaient une ligne noire autour du rugissement de la rivière. Maintenant, le soleil brillait à travers. Il pouvait discerner chaque rameau de chaque branche poussant sur leur tronc. La rivière, c'était son salut, à cent pas de distance. Mister n'avait jamais connu la peur. Il sortit sa main de sous son aisselle, la frotta contre son ventre et sentit le pistolet passé dans sa ceinture. Puis il tira la main calée sous ses fesses et poussa pour se redresser. Il manqua de tomber à cause de l'engourdissement de ses genoux. Il resta penché et commença à se masser les hanches, les genoux et les chevilles. Quand il eut pétri la chair, massé articulations et ligaments sous sa peau, il se releva de toute sa hauteur, cambra son dos en arrière et étira ses bras. Il allait courir – peut-être fermerait-il les yeux – vers les arbres au bord de la rivière. Dans son esprit, il remit les boîtes à leurs places respectives. Il allait courir vers la rivière. Un sentier de pierres grises menait de la rivière au village, où il trouverait une voiture ; il avait son Walther PPK. Il se prépara. Il se dit qu'il allait compter jusqu'à dix, puis il s'élancerait. Il n'aurait pas dû, mais il regarda le sol entre la rivière et lui. Une carcasse blanche s'étalait au soleil, immaculée sous la lumière, comme si on venait de la repeindre de frais. De l'herbe avait poussé entre les côtes. Et la voix résonna à nouveau.

« La question que vous devez vous poser, Mister, c'est à quel moment ça va se produire : au premier pas, au dernier, ou entre les deux ? Au départ, à l'arrivée, ou au milieu ? Vous ne savez pas, hein ? Et vous ne savez pas non plus si vous allez hurler, comme l'Aigle l'a fait. »

Après avoir repéré le premier squelette, Mister en compta six de plus. Certains sur le dos, d'autres sur le flanc, et d'autres effondrés sur eux-mêmes comme si leurs pattes avaient cédé sous eux et que leur tête était tombée en avant. Deux des tas d'os blancs se trouvaient en droite ligne entre lui et la rivière. Trois autres sur sa droite, et deux sur sa gauche. Aucune logique ne s'en dégageait. Devait-il courir en empruntant le chemin le plus court, faire une courbe par la droite ou la gauche, ou aller en zigzag ? Il contemplait les ossements.

« Allez, Mister, courez ! Courez, que je puisse vous entendre hurler. »

Ses jambes étaient raides, comme mortes. Mister ne parvenait pas à faire le premier pas. Il avait oublié son compte à rebours. Le vent jouait sur l'herbe qui couvrait la terre, et agitait les chardons morts. Il entendait des corbeaux crier au-dessus de lui, et les crocs du renard sur l'os de la jambe. Il était pétrifié. La lumière et la chaleur baignaient son visage. Il était seul, debout dans ce champ.

« Bon Dieu, vous me décevez, Mister. Vous avez si peur que ça ? »

Ils s'éveillèrent, s'écartèrent l'un de l'autre. La terre ne s'était peut-être pas ouverte sous Maggie Bolton, mais le châssis du van bleu avait bien tremblé. Ils l'avaient fait trois fois. Elle avait laissé Frank faire ce qu'elle n'avait permis ni au garçon polonais ni au jeune Arabe. Elle n'aurait pas pu dire laquelle des trois fois avait été la meilleure, mais elle aurait pu hasarder laquelle avait été la moins bonne. Elle était dans sa quarante-huitième année. Pour elle, cela avait été sa première, deuxième et troisième fois – et il n'y en aurait pas d'autre. Elle doutait que même une gamine de quinze ans surchauffée eût choisi de perdre sa virginité à l'arrière de ce van bleu, sur un lit de manteaux et de chiffons, à côté du seau d'aisance tout neuf. Si cela avait eu lieu avec n'importe quel type à Vauxhall Bridge Cross – non qu'ils n'aient essayé –, le lit aurait coûté au minimum deux cent cinquante livres dans un hôtel du West End. Frank

Williams était étendu contre elle, et sa barbe lui chatouillait un sein.

« Bon, c'est donc pour ça qu'on fait tant d'histoires ?

— Maggie, tu es un coup extraordinaire.

— Je ne crois pas – toi, en tout cas, pas du tout. »

Il se détourna. Lui tournant le dos, elle se rhabilla… Cela aurait été mieux avec Joey. Il avait des mains douces, et de longs doigts ; mais il ne le lui avait pas proposé. Elle agrafa son soutien-gorge. Une lumière mate passait à travers les vitres arrière du van, et elle retrouva sa culotte sur le plancher. Elle avait été déchirée – quand il la lui avait arrachée. Elle la mit quand même, puis enfila son collant et son jeans. Elle aurait voulu être seule dans son lit. Elle se demanda s'il parlerait d'elle aux gens du bar où il allait picoler, si son nom allait finir sur une liste.

« Eh bien, allez, va t'en occuper…, dit-elle.

— M'occuper de quoi ?

— De ton prisonnier – voir ce qui se passe.

— Tu es super, Maggie – ne te fais pas du mal.

— Je suis une femme entre deux âges et si désespérée que je suis supposée être un coup facile, en principe. Ne t'en fais pas, je te suis très reconnaissante – tu m'as guérie de ma curiosité.

— Je pensais qu'on pourrait avoir un futur, tous les deux.

— Rien de bon ne sort de Bosnie – ça n'est jamais arrivé, et ça n'arrivera jamais. Débarrasse-toi de ça. »

Elle fit un geste pour montrer les trois capotes posées sur la coque de la roue, soigneusement nouées. Elle enfila son chemisier et son pull, puis tira son anorak qui était sous Frank. Elle fit cliqueter les fermetures du coffre métallique pour en sortir la caméra vidéo et le trépied replié. Il remettait son tee-shirt, décoloré par les lavages, sur lequel rampait un dragon à demi effacé. Elle détacha le téléphone mobile du chargeur universel dans le coffre. Ses chaussettes, retombant sur ses pieds, étaient usées aux talons. Elle brancha les fils du téléphone à la vidéo. Quand il eut mis ses chaussures, il récupéra les trois capotes et se pencha pour l'embrasser. Puis il s'en alla voir son prisonnier, et Maggie prit la caméra vidéo, le trépied et le téléphone mobile, et sortit du van.

Elle descendit de quelques pas sur le sentier bordé de ruban jaune. Elle trouva un bon emplacement. Elle se demandait si elle allait être différente quand elle regagnerait les tours Ceausescu, si les gens avec qui elle bossait allaient s'en apercevoir. «Tu sais quoi, je crois que cette allumeuse a ouvert les jambes, pour finir… J'ai bien l'impression qu'elle y est passée, finalement…» Elle déplia le trépied, puis ramassa des pierres derrière le ruban pour caler les trois pattes. Cela aurait été mieux, les trois fois, si elle avait pensé à Joey Cann. Elle vissa la caméra vidéo sur la tête du trépied. Elle n'avait jamais touché Joey Cann. Le téléphone mobile à la main, elle recula pour laisser le vent assaillir le trépied et la caméra, constatant avec satisfaction que l'image était stable. Joey ne portait pas l'uniforme, mais elle n'aurait pas pu trahir le sien… Elle ne pourrait jamais le toucher. Sur le sentier, Frank était en grande conversation avec l'équipe de démineurs, des hommes transformés en marionnettes avec leurs plaques de protection ventrales et leurs casques à visière.

Le vent porta vers elle la voix qui criait d'un ton indifférent.

« J'imagine que la peur augmente, Mister. Plus vous repoussez le moment, Mister, plus ça sera difficile. Je veux vous voir courir, Mister, et je veux vous entendre hurler. »

Elle balaya du regard la vallée ensoleillée… Au-delà d'un vignoble abandonné, à mi-chemin entre la ligne des arbres et la rivière, et loin des rubans jaunes, au milieu d'une étendue d'herbe, la cible numéro un était debout. Des corbeaux tournaient au-dessus de lui. Non loin de lui gisait le corps de la cible deux, et, à côté de son corps, il y avait une tache de couleur qu'elle ne parvenait pas à identifier. À ses yeux, tout cela était si joli… C'est Joey qui l'avait amenée là… Si joli et si cruel. Jamais elle ne pourrait l'atteindre.

Elle cadra la scène avec la caméra et composa un numéro sur le téléphone satellitaire.

Cinq hommes avançaient d'un pas pesant dans l'espace étroit entre la ligne des arbres et le ruban jaune. Frank allait en tête, les mains vides. Au bout de la file marchait un berger allemand, plus gros que Nasir et plus vieux, tenu par une corde.

Quand ils le rejoignirent, Joey regarda leurs yeux. Ils dégageaient un épuisement, une tristesse, qui s'accordaient avec la lenteur de leurs mouvements. Ils portaient des combinaisons d'un gris morne et de lourdes bottes, des manteaux très épais et sans forme avec une plaque qui pendait devant leur bas-ventre, et des casques en forme de bulbe, leurs visières de Perspex transparent, très sales, relevées. Ils portaient de fines sondes et des cisailles, et l'un d'eux avait une petite scie à main. Un autre portait sur l'épaule un détecteur de métaux, et celui qui tenait la corde du chien avait un rouleau de ruban jaune sous le bras.

Nasir gronda, et Muhsin l'entraîna dans le bois.

Frank fit les présentations.

Le chef d'équipe – dans un bon anglais – lui demanda comment il voyait la situation.

Joey se renfrogna, maussade. « Deux hommes, tous deux citoyens britanniques, sont entrés dans le champ juste avant dix heures, hier soir. À dix heures une, une mine a été déclenchée par le fugitif qui était le plus proche de nous – que nous appelons cible deux. Il a crié un peu, puis il s'est tu. Juste après minuit, cible deux s'est remis à parler, et alors cible un l'a abattu. Cible un est seul. À l'aube, il a failli bouger. Il s'est levé, s'est préparé à avancer, mais il a changé d'avis. Il n'a pas fait un geste depuis qu'il s'est mis debout. »

Il avait dû se faire violence pour dire chacun de ces mots au chef d'équipe. L'homme avait pénétré dans son espace à lui, avec les autres, et leur chien.

« Donc, dit le chef d'équipe sans enthousiasme, nous avons un cadavre et une personne indemne – c'est correct ?

— Correct. Le tapis de mines est dense ?

— Nous l'ignorons. Des mines ont été enfouies dans cette vallée pendant une période de près de quatre ans, mais l'endroit n'était pas une ligne de front critique. Nous ne sommes pas face à une barrière de mines. Les emplacements où elles ont été enfouies ont certainement été réfléchis, mais le temps – et surtout la pluie – a chamboulé tout ça. Elles peuvent être n'importe où. Il peut y en avoir dix, cent ou cinq cents. Nous devons présumer, toujours, que nous sommes face à une grande concentration de mines.

— Vous allez utiliser le chien ?

— Je ne crois pas. Il a trop de valeur. Si le blessé était encore en vie, cela nous obligerait à travailler plus vite. Je ne crois pas que nous utiliserons le chien.

— Vous allez faire quoi, alors ?

— Nous établissons un corridor, d'un mètre et demi de large, expliqua le chef d'équipe. C'est très lent. Selon mon estimation, il y a cent trente mètres entre lui et nous, cela signifie une journée de travail complète… Cet homme est un criminel ? Il a abattu l'homme qui était avec lui, c'est bien ce que vous avez dit ?

— Il a au moins une arme sur lui, dit doucement Frank, avec un chargeur plein. Nous avons un prisonnier. Le prisonnier dit qu'il y avait deux armes à feu dans leur véhicule. J'ai fouillé ce véhicule et il n'y avait pas d'armes. Quel que soit le nombre de balles qu'il a tirées pour tuer l'autre, il a l'autre arme, un Walther PPK, avec un chargeur plein.

— Celui qui est mort est un avocat, dit Joey, il n'aurait jamais touché une arme. Quelle que soit votre stratégie, vous devez présumer que cible un est armé.

— Vous y connaissez quelque chose en déménage ? » demanda le chef d'équipe.

Joey répondit que non.

« Il est nécessaire d'être extrêmement prudent. Nous sommes totalement concentrés sur notre travail. On y va à quatre pattes, et on sonde. Toute notre attention est tournée vers le sol, à quelques centimètres de notre corps. Nous portons un équipement de protection individuel, mais il ne sert pas à grand-chose à celui qui déclenche une mine. C'est une protection efficace pour le deuxième homme, ou le troisième, s'il est éloigné de quelques mètres. Il existe une combinaison invulnérable, fabriquée au Canada, mais elle pèse trente kilos et on ne peut pas travailler avec, pas à genoux en tout cas. Dans ce champ, vous avez un criminel, un fugitif armé… Est-ce que vous pensez que je peux demander à mes hommes d'avancer vers lui en rampant – en oubliant que c'est un criminel en fuite, armé – et de sonder le sol en cherchant des mines, sans jamais le regarder ? Je ne peux pas.

— Je ne vous critique pas, dit Joey.

— S'il n'était pas armé, si on en avait la preuve, s'il donnait des signes formels qu'il désire se rendre, alors je pourrais reconsidérer ma décision, dit le chef d'équipe en haussant les épaules.

— Et s'il part en courant, demanda Joey, quels sont les risques qu'il déclenche une mine ?

— C'est entre les mains de Dieu.

— Il n'est pas brisé, pas encore, dit Joey. Mais ça viendra. »

Ils repartirent, emportant avec eux leurs outils, leurs sondes, le détecteur de métaux, le rouleau de ruban jaune et le chien. Le soleil montait et inondait toute la vallée. Ils avançaient en file le long des arbres et Frank marchait près du chef d'équipe. Joey se dit que tout était comme il le souhaitait. Il sourit aux quatre hommes qui restaient près de lui, mais aucun ne lui rendit son regard. Il s'assit. Nasir, le chien, s'approcha de lui. Il s'allongea contre sa jambe, à l'ombre étroite de son genou plié. Les Quatre Sreb formaient un petit groupe, assis à l'écart. Devant lui, sous la force des rayons du soleil, Mister se tenait toujours debout et Joey ne voyait bouger aucun muscle de son corps. Il allait s'affaiblir, Joey le savait. L'épuisement, la faim, la soif et la peur rampante des mines autour de lui allaient briser Mister. Et alors, Mister se mettrait à courir… Il mit ses mains en cornet.

« Des hommes sont venus, Mister, qui avaient les compétences pour aller jusqu'à vous et vous sortir de là, mais je leur ai dit que vous étiez armé et que vous aviez tué votre avocat, et aussi qui vous étiez. Ils ont décidé que vous ne valiez pas le risque encouru. Tout ce qui vous reste, Mister, c'est de vous mettre à courir et d'espérer… »

Midi…

… Le juge Delic, ayant renvoyé ses audiences à la fin d'après-midi, poussa le fauteuil de Jasmina de la Mercedes à l'entrée d'une boutique sur Ferhadija, le fit basculer pour passer le seuil et la fit entrer. Ils n'étaient pas là pour faire du lèche-vitrines. Elle savait exactement ce qu'elle voulait : un tailleur-pantalon, noir, très professionnel, griffé d'une marque de Milan. La voiture était arrêtée dans une zone interdite, mordant sur le trottoir, mais jamais une Mercedes noire n'aurait d'ennuis avec la police. Et en haut de la colline, de l'autre côté de la rivière, des ouvriers s'activaient dans leur maison.

… Jugeant que la prise était assez solide, les pompiers tendirent la corde pour haler le corps sur le quai de pierre pentu de la Miljacka. De l'eau s'en écoula comme s'il venait d'échouer sur une plage. Autour de son cou blanc comme la glace, il y avait une chaîne en or. Un pompier s'en empara et lut l'inscription sur la plaque : « À mon cher Enver, avec mon amour, Serif. » Le pompier s'essuya les mains sur son uniforme et alluma son émetteur radio.

… Ismet Mujic était assis dans son appartement, rideaux tirés, le visage sombre, son monde dévasté, et il attendait que le téléphone sonne. Tout en attendant, il maudissait ce jour où un homme de Green Lanes à Londres l'avait appelé pour le presser de recevoir des étrangers qui voulaient lui faire une proposition.

… Nikki Gornikov récupérait de son vol de nuit dans son lit à Budapest, et Marco Tardi somnolait dans un salon de transit de l'aéroport de Rome, avant que la navette pour Palerme ne soit annoncée, tandis que Fuat Selcuk ronflait dans la cabine des premières sur le vol Austrian Airlines pour Damas. Chacun reprenant sa route, retournant à son camp de base, ils avaient tous fait serment qu'ils ne feraient plus jamais affaire avec Albert William Packer – séparément ou ensemble. C'était un homme mort, aussi sûrement que s'il était suspendu à un crochet de boucher.

… Monika Holberg, ayant abandonné son écran d'ordinateur dans le building de l'UNIS, traversa l'atrium de l'Holiday Inn jusqu'au comptoir de la réception et vit sa lettre dans le casier à côté de la clé. Elle demanda qu'on la lui rende. Elle la déchira en petits morceaux et donna le tout à l'employé pour qu'il le jette dans la poubelle derrière le comptoir. En poussant les portes tournantes pour ressortir, elle avait le sentiment qu'un désastre était en train de fondre sur elle. C'était la même sensation que celle qu'elle avait eue quand elle était rentrée chez elle à Nusfjord, dans l'île de Flakstadoya, et avait appris que son frère s'était pendu dans l'étable.

… Les hommes et la femme de Sierra Quebec Golf étaient rassemblés autour de l'écran d'ordinateur de Dougie Gough, au centre de la pièce, et regardaient l'image qu'on leur transmettait, rendus muets par la stupéfaction.

… Un inspecteur chef prit son téléphone pour passer un appel de routine, et constata qu'il n'avait pas de tonalité. Il leva les yeux et découvrit que l'open space où il travaillait, au premier étage des bureaux de Pimlico de la police criminelle, était soudain complètement désert. Il entendit la porte derrière lui s'ouvrir d'un coup, des mains le saisirent par les épaules et le col, et on le souleva de son fauteuil.

… Vérifiant sa montre pour synchroniser son appel avec les événements qui avaient lieu deux étages plus bas, le commandant de la police criminelle appela le secrétaire particulier du ministre. « Je pense que nous sommes désormais en mesure de coopérer. La pomme pourrie est sortie du panier. » Puis il appela le central des véhicules et dit à son chauffeur à quelle heure ils partiraient pour l'immeuble des Douanes.

… Clarrie Hinds dit à sa fille de rentrer à la maison et de cesser de pleurnicher ; le jeune Sol ferma son portable après avoir consulté le dernier CD, en s'émerveillant de la chance qu'il avait eu d'être choisi ; le Mixeur guettait un appel annonçant le vol de retour pour envoyer une Anguille les chercher en voiture ; un peu partout dans la capitale, des hommes qui achetaient ou dealaient se plaignaient des troubles que créait l'absence de Mister.

… Le soleil flamboyait sur la vallée de la Bunica.

Il lui brûlait la figure et les mains. Il lui perçait les yeux en se réverbérant sur le tapis d'herbe.

Mister savait qu'il devait rester debout. S'il se laissait glisser à nouveau vers le sol aplati sous ses semelles, il ne se relèverait plus jamais, il ne courrait plus jamais. La sueur coulait dans ses cheveux, sur son front et dans ses yeux, et le piquait. La sueur dans ses yeux faisait danser les arbres des rives comme dans un brouillard. S'il se retournait, il verrait Cann, et ses interpellations l'ébranleraient plus profondément. Il essayait de maintenir son regard fixé droit devant lui, vers les trous sombres de la rivière, et les bouillonnements argentés qui les séparaient. S'il regardait vers le bas, il verrait le trou qu'il avait creusé, et la mine. À chaque fois que la voix s'élevait pour le narguer, le tourmenter implacablement, le torturer, sa peur grandissait. Mister ne savait pas s'il pourrait annihiler cette peur. Derrière lui, il y avait le renard. Il n'y avait plus de viande sur la cheville et le mollet de l'Aigle ; les dents raclaient l'os nu. Mister commença à compter, mais il savait que, quand il atteindrait dix, alors il déciderait de continuer jusqu'à cent, et de cent à mille. Il ne parvenait pas à poser simplement un pied devant lui pour se mettre à courir.

Le soleil l'accablait, la sueur coulait sur son corps et ses forces s'épuisaient, goutte à goutte.

« C'est un duel. »

Ils s'étaient retrouvés au gué. L'eau qui courait sur les pierres était trop haute et trop rapide pour qu'un vieil homme essaye de la franchir.

« Ce que tu dis est stupide, lui cria Husein Bekir en retour.

— Tu dis que c'est stupide parce que tu n'as jamais lu un livre. Est-ce que c'est parce que tu ne sais pas lire, vieille bête ?

— Je sais lire.

— Alors, dit Dragan Kovac avec une grimace suffisante, peut-être que, comme une vieille bête, tu as oublié ce que tu as lu, ou ce que ton professeur te disait à l'école. C'est historique – écoute ça, idiot –, dans l'histoire, il y a des récits de duels. Des champions qui s'affrontent en combat singulier, d'homme à homme, jusqu'à la mort ou jusqu'à ce que l'un des deux se soumette.

— C'est idiot.

— Tu n'écoutes rien. J'ai parlé au chef d'équipe des démineurs. Ils me parlent, à moi, parce que je suis un homme d'expérience, et un homme important. Est-ce qu'ils te parlent, à toi ? C'est ça qu'il m'a dit, le chef d'équipe. C'est comme à l'époque du ban Kulin, ou lorsque le grand Khan est venu de l'est, ou à l'époque de Stephen Tvrtko, ou quand Mehmet est arrivé du sud et que la tyrannie des Musulmans a débuté. On réglait des disputes en combat singulier, jusqu'à la mort ou la capitulation. »

Husein cracha sur le sol. Dragan persista. « C'est pour ça que le chef d'équipe est revenu ici pour nettoyer tes champs – alors que tu n'y travailleras plus jamais, espèce d'idiot.

— Au printemps, je vais planter mon nouveau verger de pommiers, cinquante arbres, et je serai encore là pour la première récolte… Tu es sérieux, avec ces conneries de combat singulier ?

— C'est ce que le chef d'équipe m'a dit.

— Je ne comprends pas ça, dit Husein en secouant la tête d'un air las.

— Parce que tu es une vieille bête et que tu n'écoutes jamais rien. Le chef d'équipe est un homme intelligent, alors il se confie à moi. Un criminel d'Angleterre, le pays de M. Barnaby, est venu dans notre pays, pour je ne sais quelle affaire crapuleuse. Il est surveillé par les Douanes britanniques, par nos hommes et par la police internationale. Il prend la fuite, avec son avocat. Ils quittent la route et ils descendent la colline…

— Où est mort mon gendre, le coupa Husein d'un ton sec.

— … et ils entrent dans le champ. L'avocat fait exploser la mine…

— J'ai entendu ses cris – comme des enfants en enfer.

— … il fait exploser la mine. Le criminel lui tire dessus. Comme le criminel est armé, et qu'il a tué l'autre, les démineurs ne veulent pas lever le petit doigt pour le sortir de là. Le type des Douanes est ravi. Il s'appelle Joey…

— C'est un nom ridicule, ricana Husein, c'est un nom de fille.

— Arrête de m'interrompre, vieille bête. Il est jeune, c'est un débutant, un rien du tout. Le criminel est un gros bonnet. Il n'y aurait pas de duel, pas de combat d'homme à homme, s'ils étaient à Londres. Mais ils ne sont pas à Londres, ils sont ici – et ce criminel est dans un champ de mines et…

— Que ton peuple a semées, le coupa Husein d'un ton triomphal, et qui infestent mes champs !

— Et le champ de mines les met à égalité. Joey le nargue en lui disant qu'il est trop peureux pour courir jusqu'à la rivière, pour se risquer entre les mines. Si le criminel n'ose pas se mettre à courir, son moral va l'abandonner, et il perdra toute dignité… »

Tout en ferraillant, les deux vieux amis – Husein Bekir et Dragan Kovac – surveillaient les champs. Non loin d'eux les démineurs travaillaient dans leurs couloirs de rubans jaunes, accroupis avec leurs sondes. Dans le lointain, difficile à distinguer de là où ils étaient, à cause du soleil, l'homme solitaire était debout, et autour de lui c'était le vide.

— Qui se soucie de dignité dans un champ de mines ? Lila ? Mon gendre ?

— Et l'ancien chef d'équipe ? Tu lui as parlé du poteau qui était tombé, tu l'as forcé à aller le remettre, et il ne marchera plus jamais… Pour un criminel, la fierté, c'est tout. Va à Mostar, va trouver Tuta et Stela, la fierté, c'est tout ce qui leur reste. S'ils sont humiliés, s'ils laissent voir leur peur, s'ils demandent grâce, il ne leur reste plus rien. Cet homme, là… il essaye de garder sa dignité, et le jeune homme essaye de la lui ôter. La police pourrait l'abattre, mais alors il mourrait dignement, heureux, et il deviendrait une *legenda*. Est-ce qu'il veut qu'on se souvienne de lui pour sa fierté, ou pour la peur qui l'a poussé à se rendre ? C'est subtil, mais tu ne comprendrais pas. Pour le moment, il ne sait pas quoi faire… Je pense qu'il souffre.

— Ce sont des propos stupides, dit Husein Bekir, en crachant par terre. Quand un homme est dans un champ de mines, quelle valeur peut bien avoir pour lui sa *fierté* ? »

L'écran diffusait une image pastel, décolorée. Mister, en costume, était debout dans un champ. Dans la salle des Douanes réservée à Sierra Quebec Golf, l'équipe se tenait derrière Gough, SQG12 était le seul absent. Ils avaient tous abandonné leurs postes de travail, bureaux jonchés de dossiers, de papiers et de photos. Sur le seul bureau rangé, celui où l'ordinateur était éteint, se trouvait le panonceau : « Si on peut le faire, Cann le fera ». Ils étaient tous pris au piège de ces images qui défilaient devant Gough, mais personne n'avait envie de s'en détacher.

L'image montrait leur cible numéro un.

Tous avaient des montagnes de paperasses à traiter, mais ils avaient tout lâché quand était arrivé l'appel de Vauxhall Bridge Cross, et SQG8 avait été sommée de venir devant l'ordinateur de Gough. Elle avait entré les codes, s'était connectée au réseau, puis avait téléchargé les images. Gough en aurait été incapable, car il était peu versé en techniques modernes, mais SQG8 était une magicienne. Les tâches prévues ce matin et cet après-midi devaient permettre de mettre au point les dernières étapes des descentes qui avaient été planifiées et de les amener chez le Mixeur, deux des Cartes, l'Anguille qui avait conduit le camion de *Bosnia with Love*, et à l'entrepôt où ledit camion était planqué. Le plan de Gough était que Mister, à son retour, trouve son organisation en pleine confusion après ce passage au crible, et ses lieutenants en pleine déroute… mais ces tâches étaient ajournées. L'image les captivait. L'angle de la caméra ne changeait jamais, et l'objectif ne zoomait pas. Cela aurait pu être une image fixe, sans les occasionnels vols de corbeaux et le passage de nuages épars poussés par le vent. Mister ne bougeait pas. Il ne faisait pas passer son poids d'un pied sur l'autre, il n'allongeait pas les bras pour s'étirer, ne fléchissait pas les genoux, ne portait pas la main à son front pour l'essuyer. La pluie tambourinait sur les fenêtres qui donnaient sur Lower Thames Street, mais l'averse n'existait pas pour eux. Ce qui était réel, c'était la chaleur du soleil sur le crâne et le dos de Mister ; ils pouvaient la sentir. Comme Gough avait allumé sa pipe, en complète infraction avec le règlement intérieur, des cigarettes étaient apparues, et SQG4 tirait des bouffées d'un fin cigare. La pièce était pleine de fumée. Ils regardaient Mister, et chacun, dans sa tête, jouait avec son dilemme, se demandant ce qu'il ferait face à une telle situation. Les apostrophes, lointaines et métalliques, diffusées par les micros à côté de l'ordinateur de Gough, les mettaient mal à l'aise, mais ils étaient incapables de décrocher.

La porte s'ouvrit. Des têtes se tournèrent brièvement. Les regards jetés aux intrus trahissaient leurs sentiments. Le CIO faisait entrer le commandant de la police criminelle. Il y en avait parmi eux, et Gough en tête, qui se seraient en principe rués sur les murs pour arracher toutes les feuilles sur lesquelles étaient détaillées la roue de charrette et l'organisation des prochaines descentes, mais l'écran les retenait.

Cork prit la parole. « J'ai pensé que vous deviez être informés que, cet après-midi, des officiers de CIB3 sont venus dans les bureaux de la police criminelle pour arrêter un inspecteur chef, qui était la principale source des fuites dans les enquêtes concernant Albert William Packer. La fuite est colmatée. Le ministre délégué de la Couronne m'a donné l'ordre – oui, *donné l'ordre* – de coopérer, nous devons partager les résultats de notre enquête avec le commandant et ses équipes. On m'a expliqué que, unis, nous augmenterions de façon inestimable nos chances de traîner Packer devant les tribunaux et de démanteler son empire. »

Si quelqu'un l'avait écouté, il n'en paraissait rien ; toute l'équipe gardait les yeux braqués sur l'écran.

« Pour commencer, j'ai l'intention d'intégrer un membre du SQG à la Criminelle et de vous adjoindre l'un des plus expérimentés de leurs officiers, à qui vous ferez le meilleur accueil. Quand Packer reviendra, tous les moyens des deux organisations seront mis sur lui. Packer est sur le chemin du retour, n'est-ce pas ? Est-ce que nous avons un numéro de vol ? »

Gough désigna l'écran. Avec réticence, SQG3 et SQG9 se décalèrent pour laisser aux intrus une petite place derrière le fauteuil de Gough. Le CIO et le commandant tendirent le cou pour regarder.

« Bon Dieu ! C'est Packer ? C'est ça ? Où est-il ?

— Il est dans un champ, commandant, il est debout, au milieu d'un champ, dit Gough, avec une sécheresse polie. Il est debout dans ce champ et, pour l'instant, ses pensées sont très loin de la question de son billet de retour. Ce champ se trouve dans une vallée qui se trouve elle-même à peu près à quinze kilomètres au sud-sud-est de Mostar.

— Mais pourquoi ? Qu'est-ce qu'il fait à rester planté dans ce champ ?

— Ce n'est pas un champ ordinaire. Ce n'est pas un champ de navets ou de pommes de terre, c'est un champ de mines. Packer est dans un champ de mines. Comment sait-il qu'il est au milieu d'un champ de mines ? Il le sait, parce qu'Arbuthnot – l'Aigle, notre cible numéro deux – a marché sur une mine, et maintenant il est mort. Il est coincé, piégé dans un champ de mines, et sa petite cervelle tourne à cent à l'heure.

— Et les secours ? s'enquit le commandant d'une voix enrouée, il n'y a pas là-bas des équipes spécialisées qui peuvent le sortir de là ?

— C'est une longue histoire, éluda Gough. Trop longue pour la raconter maintenant… Voilà Arbuthnot… »

Le menton du commandant et la mâchoire du CIO se tendirent par-dessus l'épaule de Gough tandis qu'il pointait son doigt sur le cadavre, et ils plissèrent les yeux pour distinguer la forme sombre dans l'herbe, menue, insignifiante, toute petite dans la vaste étendue du champ.

« Qu'est-ce que c'est que ça ? » dit le commandant en posant son doigt à la place de celui de Gough. Le point qu'il désignait se trouvait au-delà de la silhouette debout, à côté de la forme couchée. Sous le doigt du commandant, il y avait une tache rousse, indéfinie.

« Je l'ignore, dit Gough.

— Eh bien, zoomez dessus. »

Gough hésita et rougit. « C'est un peu au-delà de mes capacités.

— Faut-il que je fasse venir ma petite-fille par le ferry ? »

SQG8 se glissa entre eux, s'agenouilla à côté de la jambe de Gough et prit la souris. Elle cliqua sur la tache rousse, recliqua et zooma, la ramenant plus près tout en faisant le point dessus.

Cork n'avait pas besoin de parler. Tous voyaient ce qu'il voyait. Mais il balbutia : « Bon sang, c'est un renard… Qu'est-ce qu'il fait ? Il a un os. Il est en train de ronger un putain d'os… Mais qu'est-ce que c'est, au bout de l'os ? Je ne peux pas y croire. C'est une chaussure ! C'est la chaussure d'Arbuthnot. Ce renard a bouffé sa jambe, bordel ! Il a tout boulotté, sauf ce qui reste dans la chaussure… Dieu du ciel ! »

Les fumées des cigarettes, du cigarillo et de la pipe de Gough flottaient devant l'écran. SQG8 dézooma, puis fit le point sur le centre du dos de Mister, et il grandit d'un coup, soudain tout proche des spectateurs. Ils pouvaient voir les ruisselets de transpiration sur ses tempes.

La voix résonna dans les haut-parleurs. Chacun tendait l'oreille, retenant son souffle.

« Alors ? Est-ce que vous allez vous mettre à courir, Mister, ou est-ce que vous allez supplier qu'on vienne à votre secours ? Laissez-moi vous expliquer un peu comment vous devez faire. Jetez d'abord le pistolet, puis déshabillez-vous, entièrement, puis implorez de l'aide. Vous êtes nu, vous suppliez pour qu'on vous aide, et le monde entier sait que vous êtes fini, que vous êtes un loser… ou alors, mettez-vous à courir. Ce sont les deux options, Mister… Allez, décidez-vous… »

La voix s'éteignit. Un vent léger bruissait dans le micro de la caméra.

« Qui parlait ? aboya le commandant.

— SQG12, il s'appelle Cann, dit platement Gough. C'est notre plus jeune agent.

— C'est de la torture, de la torture psychologique, cracha Cork. C'est quoi son problème ? Il essaye de le pousser à risquer sa vie dans un champ de mines ? Qu'il soit loin d'ici ou pas ne fait aucune différence, Packer est désormais en état d'arrestation, si vous avez quoi que ce soit qui permette de l'inculper. Ce que vous faites est obscène. Même Packer a des droits. Je n'autorise en aucun cas des agissements de ce genre. Tout ce que j'ai autorisé, c'est une surveillance.

— C'est que vous ne connaissez pas le bonhomme, dit Gough. Qu'est-ce que vous voulez, monsieur Cork ? Une procédure légale bien ficelée, ou l'élimination de la cible numéro un ? Je pensais avoir compris ce que vous vouliez.

— Sortez-le. C'est un ordre, monsieur Gough. Virez Cann de là.

— Plus facile à dire qu'à faire… Au cas où vous ne l'auriez pas remarqué, monsieur Cork, ce champ, cette vallée, et Packer et Cann sont très loin de moi. Mais je vais faire ce que je peux.

— C'est un ordre, monsieur Gough. »

« Combien croyez-vous qu'il y a de mines ici, Mister ? »

Frank écoutait résonner la voix de Joey, impitoyable. Il lui semblait que les épaules de Mister étaient plus basses, par rapport au sol, et il se demanda si ses genoux n'étaient pas en train de céder. Frank était allé jusqu'à Mostar pour coller son prisonnier dans une cellule, sous la garde du GIP, puis il avait acheté de quoi manger et de l'eau dans un supermarché. Il était revenu sur le haut de la colline, et l'appel sur le téléphone de Maggie, qui transmettait les instructions de Londres, lui avait fait dévaler le sentier escarpé avec l'eau et la nourriture, passant devant le squelette d'un malheureux qui avait tiré sur le fil déclencheur d'une mine PMR2A. Les hommes tournaient le dos à Joey Cann. Il s'accroupit près d'eux et écouta ce qu'ils avaient à lui dire pendant qu'ils mangeaient et se désaltéraient.

Frank Williams était policier de métier, et il croyait en la valeur du maintien de l'ordre, et des procédures du code pénal. Il écouta Ante, le porte-parole, puis les remarques lapidaires de Salko, de Fharo et de Muhsin, celui qui tenait le chien en laisse. Il avait vu l'image sur l'écran de la caméra vidéo, et entendu les apostrophes narquoises résonner dans la vallée. Ce qu'il avait vu et entendu était une caricature de la justice telle qu'il la concevait. Quand les hommes eurent dit ce qu'ils avaient à dire, il alla se poster derrière Joey Cann, lui proposant du pain, du fromage et une pomme, et ce qui restait de la bouteille d'eau. Cann ne tourna pas la tête, ses yeux restèrent vissés au loin sur la veste noire dressée dans la brume de chaleur qui montait des champs.

« Est-ce que tu m'écoutes ?

— Je t'entends.

— Londres veut que tu rentres.

— Vraiment ?

— L'ordre que je dois te transmettre m'a été donné par Douglas Gough en personne, au nom de Dennis Cork, l'officier supérieur. Pas demain, ni après-demain, *tout de suite*. Tu pars et tu arrêtes tout.

— C'est ça qu'il a dit ?

— Ce que tu fais est barbare. Maggie filme tout et transmet la vidéo avec son mobile. Ils sont en train de regarder, à Londres. Ils voient ce que tu es en train de faire et, comme moi, ils sont écœurés par ton arrogance et ton égocentrisme. Tu t'abaisses au même niveau que Mister, peut-être même plus bas.

Si tu ne crois pas ce que je te dis, que tu dois arrêter ça et partir, prends ton téléphone et appelle Gough toi-même. Vas-y. »

Joey changea son poids de jambe pour attraper le téléphone accroché à sa ceinture. Il le sortit de sa vieille gaine de cuir usé, et ouvrit le compartiment arrière pour en extraire la batterie. La batterie atterrit dans sa poche de poitrine et le portable regagna l'étui accroché à sa ceinture.

« Ces hommes derrière toi, dit Frank d'une voix d'un calme glacial, ils t'appellent Nasir. Ils t'ont donné le nom du chien... Muhsin t'a dit que Nasir Oric, le défenseur de Srebrenica, leur chef militaire, était un héros. Salko vient de me raconter que, quand la ville est tombée, les gens ont tout saccagé et pillé durant les dernières heures qui restaient avant l'arrivée des Serbes. Et ils ont découvert des hangars remplis de nourriture donnée par les Nations unies, mais ce n'était pas pour la distribuer gratuitement. C'était pour la revendre au marché noir, c'était criminel... Ante m'a dit que Nasir, qui avait été rappelé à Tuzla par le gouvernement avant la chute de Srebrenica, avait mené une colonne de cent soixante-dix hommes à travers les lignes serbes pour faire la jonction avec les combattants qui quittaient la ville, menant des combats au corps à corps, avec pratiquement aucune chance de succès, et ça, c'était héroïque... Fharo me dit qu'aujourd'hui Nasir Oric est un homme riche. Il s'en sort bien pour un ex-garde du corps de la police, avec un restaurant sur le lac de Tuzla, qui marche du tonnerre. Plus personne ne raconte d'où vient l'argent de départ.

— Pourquoi m'appellent-ils Nasir?

— Il était un héros d'un côté seulement. L'autre côté était… Un homme bien, et un assassin. C'est le genre de confusion qui se produit ici, et tu es salement atteint. Donc, ce que je te dis maintenant, c'est que je ne veux pas être mêlé à ça, Maggie non plus, ni les Quatre Sreb… Je te laisse de quoi manger? Nous ne voulons absolument pas être mêlés à ce que tu fais.

— Il ne mange pas, je ne mange pas», dit Cann en se tournant enfin. Frank vit la sincérité puérile qui déformait son visage, et son sourire. «Je vais gagner, tu sais. C'est lui le loser, je suis le winner.

— À quel prix? demanda Frank avec aigreur. À quel prix, putain?»

Le sourire disparut, le front se plissa au-dessus des grosses lunettes. «Je n'ai qu'une seule faveur à te demander. S'il te plaît, dis-leur de me laisser le chien. Je le ramènerai à Sarajevo, sain et sauf, je le jure, mais j'aimerais vraiment le garder. La nourriture et l'eau seront pour le chien, s'il n'y a rien d'autre.»

Ce n'était qu'un chien. Frank transmit la requête. Un chien comme les autres. Frank partit avec les Quatre Sreb. Avant de s'enfoncer dans le bois, il s'arrêta et regarda derrière lui. Joey donnait du pain au chien, puis il lui versa de l'eau dans la gueule. Frank se remit en marche, pressant le pas pour rejoindre les autres, et le soleil tombait en longues échardes à travers les arbres. Il entendit un faible appel.

«Remercie Maggie pour tout ce qu'elle a fait pour moi – embrasse-la pour moi.»

Il s'affaiblissait.

Le soleil tapait dans le dos de Mister. Il n'était plus sur son visage et c'était un léger soulagement. Il restait debout, il ne bougeait pas. Il marmonnait des nombres, mais sans suite, sans rythme, et il ne se fixait plus d'objectif à atteindre. Les nombres venaient au hasard, la décision était reportée. Il ne savait pas quelle heure il était, mais la brûlure du soleil avait quitté son visage et le sommet de son crâne, et tapait maintenant dans son dos.

Il sombrait.

Les chiffres, par centaines, dizaines et milliers, embrouillaient son esprit. Il finit par les perdre et ils disparurent. Alors, il pensa à Cann. Le visage de Cann apparut dans le fouillis des chiffres. D'épaisses lunettes, un front large, des cheveux bouclés en bataille, une petite bouche – le commis, le gratte-papier de Sierra Quebec Golf. À cet âge, il devait être à peine plus que stagiaire. Ce gamin le collait comme une sangsue. Pourquoi ? Mister pouvait acheter des flics, des jurés, des banquiers, et l'administration et… Quel était le prix de Cann ? De la menue monnaie, dix mille, de l'argent de poche, cinquante mille, l'apport pour un appartement. L'Aigle avait dit : *Vous savez ce qui me tracasse? Je veux dire, ce qui m'empêche vraiment de dormir? C'est qu'un jour vous vouliez aller trop loin – je veux dire, que vous fassiez un pas de trop. Voilà ce qui me tracasse*… Ce bon vieil Aigle, pauvre vieux, il avait raison, comme toujours. Il ne voyait plus les arbres qui bordaient la rivière parce que le soleil rebondissait dessus, et ses yeux étaient trop fatigués pour se concentrer sur eux. Il n'y avait aucun respect dans la voix de Cann quand il criait… Mister ne savait pas combien de temps il pourrait encore tenir sans bouger. S'il devait être vaincu, et supplier, ce serait très bientôt.

Il glissait…

Il jouait avec l'esprit d'un homme, et avec la vie d'un homme.

Joey était seul avec le chien. Il lui avait donné le pain et le fromage, et la pomme à croquer, ainsi que toute l'eau qu'ils avaient laissée. Il avait entendu le bourdonnement du moteur du van quand il s'était éloigné du sentier, et le bruit des pick-up. Parfois il entendait, portées par le vent, les voix des démineurs qui travaillaient près de la rivière, mais ce n'était guère plus que des chuchotements et il ne pouvait même pas les voir.

Il s'adressa au chien, baptisé du nom d'un homme qui était à la fois un héros et un tueur.

« Tu vois, Nasir, je m'en fiche de descendre plus bas que terre avec lui, et de devoir me battre encore plus salement que lui. Il perd, je gagne. Ce que je veux, c'est le tenir dans ma main et l'écraser. Il a toujours gagné, et j'ai toujours perdu, mais pas ici. Tu comprends ça, Nasir ? »

Sa tête tremblait, la faim et la soif devenaient cruelles, et il n'avait plus de salive.

Devant lui, sous le soleil, Mister tomba.

« N'essaye pas de m'avoir, enfoiré, croassa Joey. Pas de supplications, pas de pleurnicheries. Lève-toi… »

« Lève-toi, enfoiré de tricheur ! Je veux que tu coures, que tu coures entre les mines, et je veux t'entendre hurler. Allez, debout ! »

Le son faiblit dans les haut-parleurs et se perdit dans le bruit de la circulation de Lower Thames Street ; l'image mourait peu à peu. SQG8 dit que c'était la batterie du portable qui rendait l'âme, ou celle de la caméra qui s'épuisait. Elle précisa qu'elle était étonnée que la caméra et le téléphone abandonnés sur leur poste d'observation par Mlle Bolton aient tenu aussi longtemps après qu'elle s'était retirée, comme elle en avait reçu l'ordre. Dans la salle, tous s'étaient tournés vers Dougie Gough, et le dévisageaient sans la moindre compassion.

« Ne dites rien, vous n'avez pas besoin de me le dire. J'assume la responsabilité. Je crois qu'ils sont sur le point de se livrer à ce qu'on appelle, par euphémisme, un duel au corps à corps. Ça va se passer dans le caniveau, un vrai combat de rue. Je me demande si, là-bas, Cann peut gagner – et ensuite, est-ce que ça a une importance pour qui que ce soit d'autre que Cann, de savoir qui gagne ou qui perd ? Que Dieu lui vienne en aide. »

La dernière image sur l'écran, avant qu'il ne montre plus qu'une tempête de neige, fut le renard s'éloignant avec l'os, et l'homme à terre qui essayait de se relever.

Chapitre vingt

Les cieux étaient clairs et le vent avait balayé les rares nuages au-dessus des collines, à l'est. Il allait encore geler cette nuit dans la vallée, ce genre de lumière annonçait les gelées blanches.

Mais, aux dernières lueurs du jour, le soleil hésitant au-dessus des crêtes avait encore de la force et dardait ses dernières réserves de chaleur. Il frappait dans le dos d'un jeune homme assis, les chaussures couvertes de boue, le jeans maculé, des traces sales sur son anorak, et se reflétait à l'intérieur de ses épaisses lunettes sur son visage crasseux ombré de barbe. Il accentuait les couleurs du pelage d'un chien qui jouait à mordiller son poing. Il dansait dans le champ sur les épaules d'un homme plus âgé qui essayait de se relever, échouait, essayait encore, et il jetait des ombres sur ses efforts désespérés. Il effleurait un corps abattu et avait encore assez de force pour chauffer sa chair et en faire monter une odeur putride.

Le soleil tombait sur les champs en friche qui jadis étaient des cultures, chatouillait les poches de graines desséchées des mauvaises herbes, et nourrissait les cosses de fleurs pas encore prêtes à éclore. Il se posait, dans la tombée du soir, sur les pâtures et les carcasses blanchies des génisses et du taureau qui avaient ruminé ici, et filtrait entre les piquets, les fils de fer et les ceps pourris d'un vignoble moribond. Et il éclaboussait un bout de terrain qui deviendrait peut-être un verger, un jour. Le soleil s'enfonçait, le rouge remplaçant l'or, les ombres s'allongeant, et il caressait la carrosserie rouillée d'un tracteur abandonné. Il étincelait sur une rivière gonflée, captant chaque remous au-dessus des pierres enfouies d'un gué. Il étalait le treillis des reflets des branches dénudées sur les bassins sombres et profonds où chassaient truites et brochets. Il aveuglait un sergent de police à la retraite et un fermier las, malmené par la vie, l'un sur une chaise sous son porche avec sa bouteille devant lui, l'autre assis sur le rondin devant sa maison, une cigarette grossièrement roulée aux lèvres. Il éclatait sur les pare-brise des pick-up qui ramenaient les hommes en haut de la colline, avec leurs vestes de protection, leurs casques à visières, leurs énormes bottes et leurs fines sondes d'acier. Tandis que le soleil tombait, le silence se faisait dans la vallée, et les hommes outillés de marteaux et de perceuses qui réparaient leur maison descendaient de leur échelle. Et les femmes qui bavardaient, riaient et criaient après leurs enfants tandis que leurs bras brunissaient dans la chaleur se hâtaient à présent d'arracher leur lessive des cordes à linge, de passer un dernier coup de balai sur le seuil de leur maison, de fermer leur portes et d'alimenter le feu.

Ce serait une nuit froide, car le ciel était clair au-dessus de la vallée, le soleil avait perdu son or et semblait d'un rouge rageur.

À l'ouest, la crête de la colline mangea le premier petit morceau du soleil.

Les spectres arrivèrent, d'abord groupes fantomatiques, petites ombres dansantes. Les axes de leurs brouettes grinçaient par manque d'huile, et ils maudissaient le poids des sacs en jute qu'ils portaient, avec les pelles et les pioches sur leurs épaules. Les visages des spectres étaient jeunes, et ils étaient vêtus de treillis bleu-vert, ou à motif camouflage. Ils se dirigèrent vers leurs postes. Le silence qui régnait autour d'eux fut brisé par le va-et-vient des pioches frappant les pierres et des pelles balançant des mottes. Ces fantômes étaient les empoisonneurs. À quatre pattes, ils mettaient le plastique, les produits chimiques et les parties métalliques dans les trous qu'ils avaient creusés, ils desserraient les boulons qui donnaient vie au poison, et disposaient du terreau et des petits cailloux autour de ce poison, avant de remplir les trous et de lisser la terre. Et les spectres mesuraient des longueurs de fil, et utilisaient le plat de leurs pelles pour enfoncer des piquets auxquels les fils seraient attachés et tendus. Plus tard, la pluie viendrait tremper les spectres, et des coulées de vase emporteraient le poison loin des sentiers et des bunkers, des chemins et des portails, et disperseraient le poison au hasard, partout, dans les champs – puis les spectres s'en iraient.

La descente de l'astre, avalé par la crête de la colline, ramenait la tranquillité dans la vallée. Il était trop bas, désormais, pour révéler ce fil tendu sur lequel l'herbe avait poussé, protectrice.

L'or avait disparu.

Il savait que ce serait la dernière fois qu'il essaierait. Mister s'appuya sur ses mains. Elles écrasaient l'herbe. Il poussa pour se remettre à genoux, puis il prit une grande inspiration, poussa à nouveau. Ses genoux protestèrent en craquant, et il se releva. En se remettant debout, sur ses pieds, son corps avait pivoté. Il chancelait. Il était affaibli et s'était juré que c'était l'effort final. Il se redressa, chancela car ses pieds étaient engourdis. Plus de la moitié du soleil avait disparu à l'horizon. Ce qui en restait tapait à l'horizontale droit dans ses yeux, et il avait du mal à distinguer les arbres, mais il pensa avoir aperçu les grosses lunettes et le front pâle de Cann. C'était sa dernière tentative : il avait rassemblé ce qui lui restait de forces. Cinq fois il avait essayé de se soulever, et cinq fois il s'était retrouvé sur les fesses. Il fit remuer ses orteils. Son sang avait cessé de circuler et ses muscles étaient tétanisés, mais il tint l'équilibre et la confiance revint peu à peu.

« Bien joué, Mister, bel effort… Allez, maintenant, c'est Noël, fais-moi un grand cadeau… Cours ! Ne me lâche pas maintenant, Mister. »

Cela faisait une heure que la voix ne l'avait pas harcelé, une heure complète depuis qu'elle l'avait défié pour la dernière fois. Pendant une heure, il était resté assis, entre chaque tentative pour se relever, et autour de lui la vallée était devenue silencieuse. Il pensait aux jours passés, et au présent, l'Aigle et les mines, le Craqueur et les mines, la Princesse et les mines, le Mixeur, les Cartes, les Anguilles, les mines, les *spieler* cafés de Green Lanes, les camions arrivant aux docks de Felixstowe et au port de Douvres, et le pouvoir, et les mines… L'odeur piquante qui émanait de l'Aigle, comme s'il pourrissait déjà, rappelait toujours les mines dans son crâne.

Mais il était debout… Que le passé et le présent aillent se faire foutre. Il n'allait pas courir, il allait marcher vers le futur. Son esprit était sens dessus dessous, sous l'action du soleil et de la faim. Mister avait soif d'avenir… Vas-y doucement, avance tranquillement. Le jeune Sol pour remplacer le Craqueur, peut-être le gosse de Davey Henderson pour remplacer l'Aigle. La Princesse de retour auprès de lui – elle serait là, bien sûr. Un nouveau Craqueur, un nouvel Aigle, la même Princesse – et la rumeur fuserait dans tous les pubs, tous les bars et tous les clubs, que Mister avait traversé un champ de mines à pied, qu'il avait eu les couilles de poser le pied à terre et d'avancer, un pas après l'autre, sur un sol truffé de mines. Il n'avait pas peur. Absolument pas peur… Il était Mister, et aucun bâtard ne pouvait prendre ses aises avec lui.

Les ombres des arbres descendant de la colline semblaient ramper vers lui.

Il tourna son corps, en maintenant ses pieds à la même place sur l'herbe écrasée. Le vent se leva, une petite brise qui courba les herbes et lui ramena l'odeur de l'Aigle. Elle semblait s'accrocher à lui. Il pouvait vaincre les mines, il était l'Intouchable. Il y eut comme un glissement furtif devant lui. L'ombre de sa tête bougea, loin devant de lui, sur un bout de terrain presque nu, d'herbes éparses. Mister vit le serpent sortir de l'ombre de sa tête. Ses écailles étaient d'un brun sombre et chaud, mais avec des taches plus claires, comme des flaques d'eau sur une mer d'huile. Il devait avoir sommeillé sur la terre chaude jusqu'à la fin du jour, mais alors Mister s'était levé, finalement, et avait jeté son ombre froide sur l'endroit où il se reposait. Le serpent était exactement sur la ligne que Mister s'était tracée, la plus droite pour marcher jusqu'à la berge de la rivière. Il n'avait pas peur des serpents, ni des insectes, ni des araignées. Il regarda le serpent ramper sur la terre nue. Il aperçut sa tête, ses yeux comme des têtes d'épingle et sa langue qui pointait. Mister allait faire le premier pas, sans courir ni fermer les yeux, marcher pour garder sa dignité. Le serpent s'enfonça dans l'herbe épaisse qui bordait la tache de terre nue. Il le regarda une dernière fois. Il prépara sa jambe pour le premier pas. Il respirait fort, faisant descendre l'air dans sa gorge, dans ses poumons. Il n'éprouvait aucune peur. C'était comme si une crise venait de prendre fin. Son ombre s'étalait loin au-delà de l'endroit où le serpent avait dormi. Il allait suivre son ombre jusqu'à la rivière – et laisser ce gamin, ce Cann, brailler et gueuler derrière lui. Il toucha la crosse du pistolet passé dans sa ceinture. Et, comme il tentait de suivre le dernier glissement de la queue du serpent, Mister aperçut le fil.

Sans le serpent, il n'aurait jamais vu le fil.

Il n'avait pas la brillance lustrée des écailles du serpent. Il était encroûté de terre. Mister suivit des yeux la ligne qu'il traçait. Par endroits, l'herbe le recouvrait, puis il réapparaissait, avant d'être à nouveau caché. Il n'aurait pas dû regarder l'extrémité de ce fil, qui courait à hauteur des lacets d'une chaussure d'homme. Il comprit qu'il aurait dû plisser les yeux jusqu'à les clore, nier la présence de ce fil, et continuer à avancer. La ligne du fil entraîna Mister à regarder loin à gauche, au-delà d'une vieille branche dans laquelle il était entortillé, et ensuite il remontait plus haut, en angle. Mister vit le piquet qui le maintenait et le corps peint en vert avec de petites lettres effacées, avec une sorte de couronne d'antennes qui pointaient à hauteur de genou, surmontées d'un anneau auquel le fil était fixé. Son souffle siffla en quittant son corps... Ses genoux cédèrent, et avec eux sa vessie.

Son urine fumait sur la jambe de Mister tandis qu'il s'affaissait. Une fois à quatre pattes dans l'herbe, il ne pouvait plus voir.

Le dernier rayon de soleil dépassait de la crête et les plus grands arbres en étaient nimbés. Le ciel répandait une lumière rouge sang sur la vallée, abolissant l'éclat de cette journée.

Il était brisé. Sa tête était courbée sur ses genoux et ses doigts couvraient ses yeux, mais les larmes affluaient, et l'urine coulait sur sa jambe. La voix de Joey chanta.

« Bon Dieu, Mister, vous me décevez vraiment... Vous n'allez pas courir ? On oublie Noël ? Vous allez faire quoi ? Rester assis là toute la nuit ? Ça va bien rigoler, du côté de Stoke Newington et Dalston, Hackney, Hoxton, Harringay. On ne pourra plus s'entendre, à Green Lanes, avec toutes ces rigolades… C'est quoi, le nouveau grand projet ?»

Mister sanglotait, et la lumière déclinait autour de lui. L'odeur de l'Aigle et de l'urine deviendraient pires avec la nuit, et les fils commenceraient à se rapprocher de lui, à se resserrer autour de lui.

« Vous savez ce que j'allais faire, Mister, si vous vous étiez mis à courir ? J'ai un gros chien, là, un chien-loup. J'allais vous laisser approcher la rivière – si vous n'aviez pas sauté sur une mine – et j'allais le lancer sur vous. Vous pourriez perdre une jambe avec une mine, mais lui, c'est une brute, avec lui, c'est votre gorge que vous auriez perdue. Qu'est-ce qu'on va faire, Mister ?»

Il était hypnotisé par la voix, et les larmes coulaient sur ses joues brûlées par le soleil, et le vent semblait plus froid sur son dos. Il avait peur.

« Venez me chercher.

— C'est une blague, Mister, vous plaisantez ?

— Venez me sortir de là.

— Quoi ? Que je marche là-dedans ?

— Venez me chercher… Je ne peux pas tenir une seconde nuit, pas ici… Sortez-moi de là.

— Votre maman ne vous a pas appris le mot magique ?

— S'il vous plaît… Sortez-moi de là, putain… *S'il vous plaît…*

— Il va falloir faire mieux que ça, Mister, beaucoup mieux que ça. »

Il hurla dans l'obscurité grandissante qui tombait sous les dernières lueurs du soleil. « Je vous en supplie – par charité, par pitié –, aidez-moi. S'il vous plaît, aidez-moi !

— C'est terminé, Mister? J'ai gagné et vous avez perdu?

— J'ai perdu, vous gagnez... C'est fini.»

La voix changea. Le mépris railleur fit place à un crépitement d'instructions. «Vous signerez une déclaration listant, de votre main, tous les crimes et délits que vous avez commis depuis votre sortie du QHS de Pentonville... Vous plaiderez coupable à chaque procès subséquent... Vous donnerez les noms de tous vos associés dans les crimes...

— N'importe quelle putain de saloperie plutôt que de passer une autre nuit ici.

— Vous n'avez qu'une parole, vous vous rappelez?

— Faites-moi confiance – et aidez-moi.

— Vous êtes armé, Mister. Jetez votre arme loin de vous.»

Il prit le Walther PPK dans sa ceinture. Il balança son bras et le lança très haut. Il le distingua, dans les dernières lueurs pourpres, avant qu'il ne disparaisse dans l'obscurité qui descendait de la colline.

«C'est fait.

— J'ai vu, Mister. Déshabillez-vous. Je veux voir tous vos vêtements à vos pieds, et vos chaussettes et vos chaussures. Tout. Puis relevez-vous. Alors, je viendrai vous chercher.

— Merci, Cann, merci.»

Il arracha sa veste, et ses doigts bataillèrent avec sa cravate. Il déchira sa chemise pour l'ouvrir, et il la jeta dans l'herbe, ainsi que sa ceinture.

Sous la lumière qui baissait, Joey regardait Mister, dans le champ, qui se débarrassait de son pantalon.

Il prit son téléphone mobile à sa ceinture et la batterie dans sa poche, les assembla, et pressa les touches.

La voix était frêle et lointaine dans son oreille. «C'est comme si je l'avais tué. Je l'ai détruit. Je sais ce que j'ai fait. Pour en arriver là, Jen, je suis descendu plus bas que lui. J'ai été plus cruel, plus brutal, plus vicieux. Je l'ai saigné à blanc. Il était intouchable, il ne connaissait pas la peur, et maintenant il est debout dans un champ en train de se pencher pour enlever ses chaussures et ses chaussettes, et après il sera entièrement nu – je lui ai dit de se déshabiller. Jen, il m'a dit *s'il vous plaît*. Après ce que j'ai fait, tu ne voudras plus me connaître. Il y a deux jours, il m'a tabassé, et je n'ai pas pleuré. Il avait une grande réunion, et je l'ai torpillée. Je l'ai fait déchoir, je l'ai privé de ses hommes. Il s'est aventuré dans un champ. Je suis à la lisière de ce champ. Je l'ai couvert de sarcasmes, j'ai ri de lui, j'ai fait naître la peur en lui, lui qui prétendait ne jamais avoir eu peur – quelqu'un de bien comme toi ne peut pas perdre son temps avec moi. Tu m'avais demandé, Jen, comment ça se fait que des gens comme ça ont tant de pouvoir. Eh bien, je lui ai ôté son pouvoir, et, à la place, j'ai mis la peur. Il est nu, il me mange dans la main… Je n'ai pas d'idéal, Jen, je ne sers aucune cause ici, je ne suis pas en croisade – c'était juste à qui resterait debout, lui ou moi, rien de plus, rien de moins. C'est comme si j'avais été contaminé, par lui et ce qui m'entoure… Il faut que j'aille le chercher, Jen, je ne peux pas avoir peur. Il faut que je le sorte du champ où il se trouve. Et, Jen, c'est un champ de mines… »

Le monologue décousu prit fin et elle n'entendit plus que la tonalité qui résonnait à son oreille.

Il était dévêtu, entièrement nu. Le vent caressait sa peau, et Mister avait l'impression qu'il l'apaisait, qu'il effaçait les brûlures et séchait sa sueur. Il étendit les bras en croix.

Le soleil avait disparu, mais il restait une auréole pâle au sommet de la colline, et les lumières des deux villages brillaient, lointaines, scintillantes.

Il perçut un mouvement à la lisière des arbres. Le chien collé à son genou, Cann venait vers lui, pour le sortir de là.

De son belvédère sous son porche, Dragan Kovac regardait, comme Husein Bekir depuis le rondin devant sa maison. C'était leur vallée, et elle était envahie par des étrangers. Ils avaient le droit de regarder.

Joey enjamba le ruban de plastique jaune.

Il commença à marcher vers Mister. Il se sentait lié au chien. Le chien n'avait pas peur, et le poids de son corps frottait contre la jambe de Joey, ce qui le réconfortait. Ce chien lui donnait du courage. Il avait demandé : *Quels sont les risques qu'il déclenche une mine ?* On lui avait répondu : *C'est entre les mains de Dieu.* Les pattes du chien glissaient sur l'herbe, mais Joey pesait lourdement à chaque pas.

Il savait tout de l'homme qui se tenait devant lui, les bras écartés : quand il mangeait, quand il se douchait, quand il baisait, quand il nettoyait ses chaussures. Il connaissait l'organigramme de son organisation, le timbre de sa voix, sa façon de marcher, et les richesses cachées qui le mettaient au sommet parmi ses pairs. Seul Joey savait ce qui avait fait entrer la peur dans l'esprit de Mister, ce qui l'avait fait tomber. Dans l'immeuble des Douanes, s'ils avaient vu Mister nu et levant les bras en signe de reddition, ils seraient partis dans une beuverie de tous les diables. Mais ce moment appartenait à Joey, à lui seul. Il ne ressentait aucune exaltation, mais plutôt une espèce d'assouvissement indifférent. Pas de frisson, pas de triomphe. Il était allé jusqu'au bout de la route, l'avait suivie là où elle l'avait mené, et l'horizon était vide.

Il ne regardait pas en bas.

Joey arriva près du corps de l'Aigle. Il le sentit et le chien le renifla. Il tourna sur sa gauche, entamant une large courbe qui allait l'amener face à Mister. La pénombre se rassemblait autour de lui. À côté de Joey, le chien gronda doucement et montra les crocs, contournant les fesses de Mister puis sa hanche et son entrejambe. Sous la lumière crépusculaire, Mister offrait un spectacle pathétique et pitoyable, mais toute miséricorde avait fui Joey depuis longtemps. Il vit la supplique dans les yeux de Mister et il sut qu'il avait gagné. Il se mit face à lui.

Il ne parvenait pas à concevoir d'après.

Il allait emmener son prisonnier jusqu'aux arbres, lui faire remonter le chemin en passant devant le squelette, jusqu'en haut de la colline, et il lui permettrait de se rhabiller, sauf ses chaussures et ses chaussettes, et il posterait le chien près de son prisonnier. Au matin, quand les véhicules reviendraient, il prendrait – quémanderait ou emprunterait – une voiture pour aller à l'aéroport de Sarajevo, et il s'envolerait pour Heathrow. Là, il remettrait son prisonnier à la garde de l'équipe SQG, et il rentrerait vers sa chambre au dernier étage de la maison de Tooting Bec, et il dormirait. Il ne pensait pas revenir un jour dans l'immeuble des Douanes. Il s'était dépouillé de cet uniforme, il ne partageait pas cette culture. C'était le prix à payer – la capture de Mister avait un prix –, il serait viré. Il regarda le corps de Mister. Il ne recelait aucune puissance, aucune menace. Il n'avait aucune vision d'un après.

Joey s'avança pour prendre le bras de Mister et le sortir de là.

Au premier pas, son pied s'enfonça dans de l'herbe enchevêtrée et une branche de chardon craqua sous sa semelle. Au deuxième pas, il se posa sur une tache de terre nue. Il regardait Mister fixement. Au troisième pas, il rencontra un obstacle. Joey sentit l'entrave et donna un coup de pied en avant pour s'en dégager.

Barnaby conservait les mines sur une étagère dans son bureau en préfabriqué à la caserne Maréchal-Tito. Quand il avait des visiteurs, des donateurs potentiels pour le programme de déminage, il les descendait pour expliquer leur mécanisme, sans la moindre émotion.

« Voici la mine antipersonnel bondissante à fragmentation, qui s'est avérée la plus mortelle de toutes celles utilisées pendant la guerre de Bosnie. Elle existe en deux modèles, l'un déclenché par un fil de traction, l'autre activé par pression, mais la plus fréquente est celle avec le fil de traction. Nous l'appelons PROM. Comme vous pouvez le voir, mesdames et messieurs, elle a la forme d'une bouteille, en acier, et le détonateur se trouve dans le col de la bouteille. L'intérieur de la bouteille est cannelé, ce qui optimise la dispersion du shrapnel, la fragmentation. C'est aussi une mine "intelligente". Si on tire sur le fil, ou si on exerce une pression, la réaction primaire est la mise à feu d'une petite charge de poudre qui pousse la charge principale, retenue par une longe, vingt-cinq centimètres plus haut. C'est l'effet "bondissant". Il emporte neuf cents grammes d'explosif en l'air, et alors la charge principale explose – et non à hauteur de cheville, de façon à causer le maximum de dégâts aux cuisses, parties génitales et organes vitaux du ventre. Son rayon d'action létal est de vingt-cinq mètres. Les PROM ont fait plus de ravages dans nos équipes qu'aucune autre mine. Ce soir, à votre hôtel, quand vous commanderez une bonne petite bouteille de rouge slovène, regardez la bouteille que le serveur vous apportera, et repensez à l'autre bouteille que je vous ai montrée, la PROM, exactement la même taille, mais mortelle. »

Barnaby remit la mine désactivée à sa place sur l'étagère. Les visages de ceux qui l'écoutaient montraient de la consternation, comme c'était prévisible.

Il doutait qu'ils soient nombreux à commander du vin ce soir-là au dîner.

Une des visiteuses s'arrêta à la porte pour regarder à nouveau l'étagère. Il lui demanda si elle voulait prendre la PROM en main. Un petit frisson parcourut le visage de la femme, mais elle hocha la tête. Il redescendit la mine et la lui passa. Elle la tenait comme si elle n'était pas convaincue qu'elle ait été désamorcée.

Il s'adressa à elle d'un ton posé, car une description factuelle et dépassionnée fonctionnait mieux que le mélodrame avec les donateurs potentiels. « Le mécanisme de la longe, le bond en l'air avant de disperser le shrapnel, c'est cela qui la rend particulièrement efficace. Quand le fil piège est tendu, il suffit d'une pression de trois kilos pour la déclencher. Si votre pied se prend dans le fil, vous le sentez à peine. »

Les doigts de la femme tremblaient quand elle lui rendit la mine.

Octobre 2001

Dougie Gough écrivit le nom dans son carnet : Dragan Kovac. Il garda son crayon en l'air en attendant la traduction.

« Je suis sergent de police à la retraite, et donc familier avec le type de déclaration qu'un estimé gentleman comme vous doit attendre… Mon souvenir de cette journée est très précis… Je sais désormais que le plus vieux des deux hommes s'appelait Packer, et le plus jeune, Cann. Cet homme, Packer, avait enlevé tous ses vêtements, il s'était rendu. Le combat entre eux deux était terminé. Packer s'était soumis. Le soir tombait. Cann est arrivé avec un chien pour le sortir du champ de mines – que lui-même marche dans ce champ était le signe ultime de sa victoire. Packer était nu et le chien était à côté de lui, il le gardait, et Cann a déclenché la mine. C'était une PROM, avec un fil déclencheur. Cann est tombé. Depuis le porche de ma maison, j'avais une vue parfaite sur tout ça. Packer a ramassé quelques-uns de ses vêtements et il s'est mis à courir, comme s'il était libéré. Il a couru vers la berge. Il était presque arrivé à la rivière, quand le chien l'a attrapé… Je me suis avancé dans le sentier qui descend vers la rivière, et j'ai rappelé le chien – j'ai l'habitude des chiens policiers. J'avais pris ma hache avec moi. Il faisait de plus en plus sombre, mais il y avait assez de lumière pour que je voie que le chien avait été blessé par du shrapnel et qu'il avait mordu Packer au bras. Je les ai ramenés tous les deux chez moi, Packer et le chien. Le chien le surveillait, et j'avais ma hache, et j'ai attendu que les secours arrivent. Et alors il a crié, Cann a crié, dans le champ. Le chien l'a entendu. Il est parti en boitillant vers le champ. J'étais seul avec le prisonnier. J'avais ma hache, mais je suis un vieil homme, je suis à la retraite depuis des années. Je ne pouvais pas le retenir prisonnier – on ne peut pas me blâmer pour sa fuite. Le chien est retourné dans le champ et, au moment où il a atteint Cann, il avait cessé de crier. Vous devez me croire, je n'aurais pas pu garder le prisonnier. »

Il était à la retraite désormais, une retraite « anticipée ». Mais le téléphone avait sonné dans son bungalow aux abords de Kilchoan. Le CIO lui-même lui avait demandé d'assister à la petite cérémonie en tant que représentant des Douanes. Un jeune diplomate, Hearn, l'avait accueilli à l'aéroport et l'avait conduit dans la vallée. Il n'avait pas pu comprendre les discours et il s'était éloigné. C'était sa femme qui lui avait suggéré d'emporter ses chaussures de marche. Il s'était assis au bord de la rivière et il avait échangé ses mocassins contre ses grosses chaussures, puis avait traversé en passant sur les plus grosses pierres. Il avait foulé les sillons d'un champ labouré mais pas encore semé, puis traversé un pré où des chèvres, des moutons et deux vaches maigres s'étaient dispersés à son approche. Il était passé devant les squelettes. Il n'avait pas besoin qu'on lui explique où aller. Le but qui l'attirait était un cairn, d'un mètre de haut. C'était une campagne familière, et il s'y sentait à l'aise, petits champs, pentes boisées et montagnes au loin, comme celle que longeait la route menant à sa maison dans la péninsule d'Ardnamurchan. Il était resté debout devant le cairn, s'imprégnant de toutes ces images, et avait dit la même prière tranquille que celle qu'il prononçait silencieusement chaque dimanche dans le silence de la chapelle de Kilchoan.

Quand la cérémonie s'était achevée, une procession nonchalante l'avait rejoint autour du cairn. Le diplomate traduisait les mots du vieil homme sûr de lui, carré, qui portait un vieux pardessus d'uniforme et une casquette de policier. Il savait que c'était à lui d'être le réceptacle de leurs récits. Il y avait eu un rapport officiel, établi par l'ambassade six mois auparavant, mais il n'y avait aucune âme dans ces pages imprimées. Le policier à la retraite le salua et se recula. Un vieillard s'était approché, les joues entaillées d'avoir été rasées pour saluer l'importance de cette cérémonie dans son village, et il avait pris la place de Kovac, avec à ses côtés, boitant comme lui, un berger allemand dont la patte avant gauche était coupée à l'articulation.

Il écrivit le nom suivant : Husein Bekir (fermier).

« J'ai marché depuis ma maison et j'ai avancé dans le gué, j'ai bien cru que j'allais être emporté, et puis j'ai monté le chemin qui passe devant la maison de Kovac – ce vieil imbécile gémissait que ce n'était pas sa faute si le prisonnier s'était enfui – et j'ai suivi les démineurs qui avaient été appelés. Nous avons pris un sentier qu'ils avaient tracé entre leurs rubans et les arbres tout au bout de mes champs. Ils avaient apporté de grosses lampes. Ils travaillaient le plus vite qu'ils pouvaient pour faire un couloir dans le champ. Quand ils sont arrivés à mi-chemin, on l'a vu dans la lumière des lampes. On m'avait dit qu'il s'appelait Joey, un nom ridicule. Il était couché à terre, sur le côté. Il était encore en vie. Ils ont accéléré, je pense qu'ils prenaient de gros risques. Ils ont trouvé une mine, une petite, comme celle qui a estropié ma femme, et un fil déclencheur, mais il avait été détaché de la PROM ou de la PMR2, et puis ils se sont arrêtés. Pourquoi ? À cause du chien. Le chien était à côté de Joey. Il le gardait. Même de là où j'étais dans les arbres derrière le ruban, je pouvais entendre le chien gronder – et je n'ai pas une bonne ouïe. Les hommes avaient plus peur du chien que des mines. À chaque mètre qu'ils gagnaient dans leur couloir, jusqu'à ce qu'ils s'arrêtent, le grondement du chien devenait plus menaçant. Ils disaient qu'ils n'iraient pas plus loin si on n'abattait pas ce chien, et ils ont envoyé l'un d'entre eux au village de Ljut chercher un fusil pour le tuer – les Serbes ont beaucoup d'armes, ils n'ont pas changé. J'ai travaillé avec des chiens toute ma vie, un bon chien, c'est aussi important dans ma vie que mes enfants ou ma femme. Je me suis avancé dans leur couloir jusqu'à l'endroit où ils s'étaient arrêtés, avec leurs lampes et leurs baguettes d'acier. J'ai parlé au chien. Un fusil a été rapporté, mais j'ai donné ma parole que le chien ne blesserait pas les démineurs. J'ai sauvé le chien. Nous sommes allés jusqu'à lui. Le chien était à côté de Joey, il avait passé son bras autour de lui, il s'accrochait à son pelage. C'est un bon chien. Il n'est pas très utile pour le travail, mais c'est un ami… Ce soir, il aurait dû y avoir une fête, à cause du certificat, nous aurions dû boire jusqu'à rouler sous la table – il n'y aura pas de célébration. Nous sommes tous honorés de votre venue, monsieur. »

Le fermier lui serra la main, s'éloigna avec le chien, et un autre prit sa place en tête de la file.

Il n'arriva pas à saisir le nom, alors il écrivit : Chef d'équipe (démineur).

« Il avait perdu une bonne partie de son ventre et un bras, et sa jambe droite était très gravement touchée. Il avait subi un traumatisme et perdu beaucoup de sang. Si nous avions pu l'emmener rapidement, nous aurions pu lui sauver la vie, mais il aurait fallu lui amputer la jambe. Je crois qu'il était devenu aveugle, aussi, mais je n'ai vu aucun rapport d'autopsie… J'étais très perturbé. Je l'avais rencontré plus tôt ce jour-là, et j'avais refusé d'aller chercher l'homme qui était coincé dans le champ, en lui expliquant les multiples dangers, et il avait écouté tout ce que je disais. Alors pourquoi a-t-il pénétré dans le champ ? Pourquoi a-t-il attendu que nous soyons tous partis et qu'il fasse noir pour entrer dans le champ ? Je ne saurais dire ce qui l'a poussé à faire ça… Quand nous l'avons atteint, il était mort. Nous avons fait ce petit tas de pierres à l'endroit où il s'était trouvé. »

Au cours de la cérémonie, avant que Gough ne s'esquive pour aller au cairn, un certificat de dépollution du périmètre avait été remis par le chef démineur à Kovac et Bekir, et le diplomate avait murmuré à son oreille que ce certificat ne valait que jusqu'à dix centimètres en profondeur – ce qui suffisait pour l'instant. Le couple se présenta à lui. Il se souvenait d'elle à l'aéroport d'Heathrow : « J'ai été mutée à la maternelle », avait-elle ironisé. Soit elle avait vieilli, soit elle ne portait pas la couche de maquillage qu'elle avait alors. Quatre policiers locaux à l'air sombre se tenaient derrière eux.

Il nota les deux noms : PC Frank Williams (gendarmerie des Galles du Sud), Margaret Bolton (consultante en surveillance, gendarmerie des Galles du Sud).

« Nous avons souhaité être présents. Nous étions impliqués, vous comprenez, nous avons joué un rôle dans ce qu'il a fait à Sarajevo. Et nous nous sommes rencontrés ici, Maggie et moi. Nous l'avons abandonné, et nous emporterons ça dans la tombe. À la fin, je lui ai dit que nous étions écœurés de ce qu'il faisait. Je lui ai dit qu'il était arrogant. Maintenant, je travaille dans une brigade d'intervention rapide. Je fais mes heures, je range soigneusement mes armes à l'armurerie à la fin de mon service et je rentre à la maison, et je laisse mon travail à la porte. Je ne parle pas de gagner ou de perdre, comme il le faisait. Est-ce qu'il a réussi quelque chose ? Est-ce qu'il a gagné ?

— Savez-vous, monsieur Gough, quels ont été ses derniers mots quand Frank l'a laissé ? C'était : *Embrasse Maggie pour moi...* Si j'avais été là, si j'étais restée, même si j'avais dû m'asseoir sur lui, bon sang, je l'aurais empêché de pénétrer dans ce champ, mais je ne suis pas restée. Je fais du conseil, désormais. Je fais des conférences sur les méthodes de surveillance et je développe de l'équipement, puis je rentre à la maison retrouver Frank, on se fait un petit dîner, et nous ne parlons jamais de ce qui s'est passé ici. Mais il est avec nous. Je revois ses foutues grosses lunettes ridicules, et son sourire de gamin... Le pire, c'est qu'il ne voulait pas que nous restions avec lui... Nous étions un obstacle, c'est tout. C'était une affaire personnelle, entre lui et l'autre. Je suis contente que ça se soit passé ici, dans un bel endroit. »

L'homme qui arrivait derrière avait l'air irrité de ceux qui n'ont pas l'habitude de faire la queue... Gough avait l'impression d'être le parent du défunt, à la porte de l'église. Il sentit que, si cet endeuillé-là était venu de Sarajevo, c'était parce qu'il avait un trou dans son emploi du temps, et non pour pleurer le disparu. Il donna son nom d'une voix cassante. Était-il censé savoir qui il était? Ce type lui était inconnu. Il écrivit : Benjamin Curwin (Intelligence Service, attaché à la Mission des Nations unies pour la Bosnie-Herzégovine).

«J'ai appris qu'ils vous ont viré après ce fiasco. Ma foi, tout ça était un peu puéril, non? J'aurais cru qu'une organisation telle que la vôtre aurait su mieux tenir ses hommes... Je lui ai dit que les gens comme lui, je cite, n'apportaient que des emmerdes, fermez les guillemets, et nous court-circuitaient – je lui ai dit d'aller faire son enquête ailleurs parce qu'il allait tout foutre en l'air... L'empire de Serif tient toujours et sa réputation est accrue par la rumeur qu'il possèderait des armes antichars de l'OTAN, et un système de communications que nous ne pouvons pas encore décrypter. Ses tentacules s'étendent toujours dans la classe politique, il contrôle toujours le gouvernement, mais c'est de plus en plus dur pour nous d'avoir l'œil sur ses affaires... Mais tout n'est pas noir. J'étais à Londres la semaine dernière, et j'ai eu les dernières nouvelles de votre vieille cible. Ça ne va pas si mal. Vous êtes hors circuit désormais, donc vous n'allez pas vous précipiter. Packer a regagné Sarajevo en arrêtant des véhicules, arme à la main, puis il s'est planqué là-bas pendant deux jours, avec une femme de l'ONU, avant de reprendre la route – elle lui a soigné de sales morsures au bras. Il vit maintenant comme un moine trappiste dans le nord de Chypre. Pour moi, le mitard de Wandsworth aurait été préférable. Il est sous surveillance là-bas. Il vit dans une villa en haut d'une colline entre Kyrenia et Ayios Amvrosios, avec la bénédiction des Chypriotes turcs – le bruit court que ça lui a coûté cinq millions pour arrondir les angles avec eux et cet horrible truand du continent, Fuat Selcuk. Packer est coincé. Sa femme est venue le rejoindre, elle est restée un mois, puis elle est repartie – elle vit désormais chez sa mère. On raconte que ses principaux sujets de conversation, quand il trouve quelqu'un à qui parler, sont le prix des tomates, la qualité de l'alimentation en eau, et la fréquence des pannes de courant. J'ai entendu dire qu'il s'est fait totalement dépouiller par son nouveau comptable… Tout n'est pas si noir. Packer est coincé derrière une barrière, des alarmes, de l'électronique et des projecteurs – il doit se sentir un peu comme en taule. Ne vous méprenez pas, j'aimais plutôt bien votre homme – un petit saint, mais il avait des couilles. »

Il tendit la main pour prendre congé, mais Gough l'ignora et resta penché sur ses notes. En apprenant où en était Albert Packer, il avait feint une indifférence totale. La seule chose qu'il avait apprise depuis qu'il avait quitté l'Église, c'était qu'un mur, le plus haut et le plus épais que l'on puisse concevoir, séparait désormais les officiers en service des anciens. Il avait perdu sa position avec son badge. À la place des rapports courants ou des évaluations, il avait reçu une horloge, un flaçon à décanter, et suffisamment d'argent rassemblé par une quête pour s'acheter un petit tracteur-tondeuse à gazon. Pour son dernier jour aux Douanes, avant d'aller boire un sherry avec le CIO et de faire un tour au pub avec Sierra Quebec Golf, il avait dirigé une ultime réunion, une vraie douche glacée, lors de laquelle le procureur de la Couronne avait anéanti tout espoir de poursuivre « Atkins » en l'absence de Joey Cann (décédé).

La petite file de gens s'était dispersée, et Gough rangea son carnet et referma son stylo. Il se tourna et posa la main sur le tas de pierres. Le diplomate avait battu en retraite, comme s'il comprenait son état d'esprit. L'enterrement, dans l'ouest de l'Angleterre, avait eu lieu en privé ; la famille avait demandé que l'Église n'y assiste pas, et il n'y avait eu aucune protestation. Il n'y aurait pas de plaque avec le nom de SQG12 et ses dates de naissance et de décès dans le hall d'entrée de l'immeuble des Douanes : « Refus notoire de suivre les instructions, on ne pourrait pas mettre ça… Ou bien a enfreint tous les règlements, se moquant totalement du code… ou a agi uniquement de sa propre initiative… Mettre un mémorial, ce serait envoyer aux générations futures le message selon lequel nous approuvons que le personnel opère dans l'illégalité… C'était une vendetta, un comportement intolérable. » Il n'y aurait donc que ces pierres dans cette vallée. Il entendit une voiture approcher et le diplomate lui toucha le bras. Une grosse Mercedes arrivait, bringuebalant dans les énormes ornières creusées par des roues de tracteur. Les portières s'ouvrirent. Un homme âgé très mince aida une jeune femme à s'installer dans un fauteuil roulant, puis poussa avec peine le fauteuil à travers champs vers le cairn. Il ne les avait pas vus à la cérémonie au village. Elle tenait un petit bouquet de fleurs. Il se sentit pris d'une tristesse épuisée. Un crachin commençait à tomber.

Il ressortit son carnet et écrivit leurs noms : juge Zenjil Delic, Jasmina Delic.

« Nous avons dû faire un choix, le présent ou le futur. Nous avons choisi de sauvegarder le futur.

— Il m'avait acheté des fleurs… Avant que nous ne le rejetions, je lui avais montré les pierres tombales antiques de Sarajevo. Sur l'une d'elles était écrit : "Je me suis levé pour prier Dieu, ne pensant pas à mal, et pourtant j'ai été frappé par la foudre." C'est bien qu'ils aient mis ces pierres ici, là où la foudre a frappé… Je lui rends ses fleurs. »

Elle lui tendit le petit bouquet de fleurs aux couleurs vives. Gough se pencha pour l'embrasser sur la joue, puis déposa les fleurs au pied du cairn. Il regarda le tas de pierres. Certaines étaient recouvertes de terre sèche, d'autres de lichen. Il entendit la voiture repartir dans le champ. Il se sentit soudain écrasé par sa responsabilité. Ils lui avaient tous dit qu'il n'était pas responsable, le CIO l'avait dit, l'équipe l'avait trompeté, et sa femme avait cherché à l'en persuader – mais il savait ce qu'il avait fait… Ou alors, se pouvait-il que cette vallée ait vu l'accomplissement d'un jeune homme ?

Le diplomate toussa, puis dit doucement : « Si vous voulez avoir votre vol, monsieur Gough… »

Il regarda autour de lui. Il vit les champs, labourés et arpentés par le bétail, un vignoble bien taillé, avec des piquets et des câbles tout neufs, et les pentes boisées, et l'or des feuilles d'un gros mûrier, les fumées s'élevant des cheminées, et la rivière, et il se dit que c'était un endroit parfait, un lieu de paix. Il tira de sa poche le petit canif avec lequel il nettoyait le foyer de sa pipe, l'ouvrit et s'agenouilla devant le cairn. Il choisit une grosse pierre, et il grava les mots dessus en se demandant combien de temps ils résisteraient aux intempéries.

Si on peut le faire, Cann le fera.

Les mots, au-dessus des fleurs, luisaient vaguement. Il tourna les talons.

PAPIER À BASE DE FIBRES CERTIFIÉES

Le Livre de Poche s'engage pour l'environnement en réduisant l'empreinte carbone de ses livres. Celle de cet exemplaire est de :
700 g éq. CO_2
Rendez-vous sur www.livredepoche-durable.fr

Composition réalisée par Lumina Datamatics

Imprimé en France par CPI
en janvier 2016
N° d'impression : 3015342
Dépôt légal 1re publication : février 2016
LIBRAIRIE GÉNÉRALE FRANÇAISE
31, rue de Fleurus - 75278 Paris Cedex 06